在阅读中展开，人生的可能

CONTENT
肯特文化

四木 作品

解连环

长江出版社

图书在版编目（CIP）数据

解连环 / 四木 著. — 武汉：长江出社，2018.8
ISBN 978-7-5492-5523-8

Ⅰ.①解… Ⅱ.①四… Ⅲ.①长篇小说-中国-当代
Ⅳ.①I247.5

中国版本图书馆CIP数据核字(2017)第289788号

解连环／四木 著

出　　版	长江出版社	
	（武汉市解放大道1863号 邮政编码：430010）	
选题策划	肯特文化	
出版统筹	柯利明　林苑中	
特约监制	伊　然	
市场发行	长江出版社发行部	
网　　址	http://www.cjpress.com.cn	
责任编辑	尚　进　梁　琰	
特约编辑	冷　静	
营销推广	刘　源	
装帧设计	李　琳	
责任印制	法成海	
印　　刷	三河市华东印刷有限公司	
版　　次	2018年9月第1版	
印　　次	2021年5月第2次印刷	
开　　本	787mm×1092mm　1/16	
印　　张	41	
字　　数	683千字	
书　　号	ISBN 978-7-5492-5523-8	
定　　价	78.00元	

版权所有，翻版必究。如有质量问题，请联系本社退换。
电话：027-82926557（总编室）027-82926806（市场营销部）

目 录

第一章　卿本佳人难自弃 / 001

第二章　谁家公子入门来 / 024

第三章　一入王门深似海 / 048

第四章　既见君子胡不喜 / 069

第五章　初试愚顽犹可训 / 089

第六章　良玉何需辨雄雌 / 110

第七章　公子无情训弓马 / 134

第八章　梦回故园弄青梅 / 159

第九章　万里江山何堪赌 / 188

第十章　一片丹心报君恩 / 211

第十一章　冲冠一怒为谁许 / 237

第十二章　落花有意水薄情 / 264

第十三章　此躯难捐负君意 / 288

第十四章　意乱情迷夜雨时 / 311

第十五章　夜来幽梦忽还乡 / 331

第十六章　敢将三世许三生 / 351

第十七章　如花美眷坐满堂 / 373

第十八章　公子托辞误佳期 / 397

第十九章　莫道婵娟难逐鹿 / 419

第二十章　身负诬名意凄惶 / 442

第二十一章　不忍朱郎遭囹圄 / 465

第二十二章　红绡帐里试天真 / 492

第二十三章　怒马难渡千山雪 / 518

第二十四章　黄沙不掩万里情 / 542

第二十五章　不悔荒村欺软玉 / 568

第二十六章　素心不改解连环 / 596

第一章　卿本佳人难自弃

夏末深夜，雨下得正酣。非衣靠在乱坟岗一块墓碑上，伸长了右腿，特意将它搁在了山道上。他又冷又饿，走到这个前不着村后不着店的地方，索性坐下来不走了。

周遭简直没有一点声气儿，除了雨水像珠子打下来，砸在断石残碑上噼啪作响。不大一会儿，前面山道隐约传来一些赶路人的声音。

闵安提着灯笼打着油纸伞走在前面探路，回头又殷勤地替后面队伍照亮，对于脚下难免疏忽了一些。非衣伸出来的长腿不偏不巧将他绊倒摔了一跤。他爬起来将灯笼凑到墓碑前一照，看到非衣那张在雨水冲刷下显得苍白的脸，马上惊叫道："哎哟，毕大人，这里还躺着个人。"

闵安喊的毕大人名唤毕斯，再朝前走就是他的治辖地黄石郡。毕斯刚给上级王知县送完了禀帖和贺礼，回来时正好赶上了夜雨，心里堵着一股烦躁劲。再又听到闵安说乱坟岗上躺着个无名氏，他推想着怕是郡外来的流浪汉，要不就是和死人有关的污秽东西，连忙坐在轿子里跺脚，"快走，快走，别管那些了！"

抬轿子的随从也在嘀咕："这是死人的地界，小相公千万莫整事儿。"

闵安拎着灯笼又凑近了一些,看清了非衣墨黑的眉峰和抿紧的双唇,生得极为俊美。他又细心打量了一下非衣的领口、袖角,见那些地方是干净的,且隐隐露出了一截内里缎布料子,心里更有底了,回头说道:"大人,这躺着的是个落难公子,不是什么杂七杂八的人,不如搭把手救他回去吧。"

毕斯甩开轿帘子说道:"他有手有脚,来历又不明,本官保着一郡的治安,哪能随便捡个人回去?"说完又催促队伍继续朝前走,早些赶回郡衙里。

闵安踌躇一下,随即跑开。

非衣继续靠坐着蓄力,没有动弹。就在他坐的那块石碑前面有一截断掉的石基,与碑面形成了一个椅子状,经过雨水一冲刷,座面上干干净净,再挪个地方,他还怕脏了衣服。再就是刚才那个小相公提灯笼来照时,他看见了小相公长得俊俏,杏眼直鼻的,不是他想撞见的人,依照买来的消息推断,小相公只是那人的徒弟。

等天亮雨停了再朝前走吧,黄石郡只那么大,总能找到那个叫吴仁的。非衣打定了主意,开始闭目养神。小睡了一会儿,山道上传来急促脚步声,他睁开眼睛一看,原来是小相公提着灯笼又跑回来了。

闵安抹去满脸的雨水,蹲下身子对非衣说:"我们郡子这段时间兴盗贼,他们老爱半夜打劫,把你一人丢这里,我还不放心。"他的声音柔和低沉,一双黑白分明的眼睛看着非衣,模样极为可亲。非衣又听他说了两句,语声总是那么温和,听得非衣很想睡着。

非衣这么一想,干脆真的闭上眼睛睡觉了。闵安急得拍他手臂,"喂,我说你,站起来跟我走呀,我好心来收留你,难道还要我背你回去不成?"拍了一阵,非衣不动也不答,眼皮也不抬一下。

闵安非常无奈地转过身子,将非衣拉上他的背,背着非衣朝郡衙那条路走去。他边走边说:"我叫闵安,公子怎么称呼?从哪里来的?为什么大半夜坐在坟前吓人?"

非衣的身子有些沉,压得闵安大口喘气,人却不答一句话。

闵安丢下灯笼,扯了根树干做木杖杵着,深一脚浅一脚地朝前走。山道上的风大,夹着急雨,有时还飞来一点细碎的石末荆棘枝,刮在脸上可有些痛。非衣将头低了一低,躲进了闵安的颈窝处。闵安还得迎着风朝前走,背着一个快睡着的家伙。

"公子既然不作声,以后总得要被人称呼对吧,不如叫三不公子。为什么呢?因为一问三不答啊,不答名姓,不答籍贯,不答来这里的原因。前些天我从后山捡回来的小狼狗,还有个名字呢,叫阿瓜。阿瓜之前是一头猪叫阿花,它也是我捡回来的,身上的毛黑一块白一块,像石斑鱼,我把它俩放一起,老打架,最后这个叫阿瓜的狼狗竟然被一头花斑猪给咬死了,你说稀奇不稀奇。哦,对了,阿花还在我师父院子里,等会儿我把你也送进去休息下。"

闵安絮絮叨叨说完,非衣就开口了。

"我叫非衣,曾定居楚州昌平府,不久前死了娘亲,外出游玩散心,走到山上迷路了,借宿在路边,不巧又被你吵醒。"

闵安一愣,"你是说……你靠在坟前睡觉是在'借宿'?"

"嗯。"

闵安小声嘀咕道:"有这样借宿的吗?从坟包里伸出一只腿,半天又不吭声,吓死个人。"

非衣听得见闵安在说什么,淡淡说道:"贵地方圆二十里只有一家客栈,不收我这样的客人。"

闵安答:"近来掌柜的不敢收陌生人过夜,怕你是盗贼派来的探子。"

非衣没说什么,事后才让闵安明白,他之所以流落郡县之间,无饭食无宿处无衣装,最大的原因是他随身带着大面额的银票,所经过的饭庄客舍都没法换散。即使碰上了银铺,见他所持的银票盖的是前代皇帝颁布的印玺模子,不是现有的摄政监国的楚南王颁布的印戳,马上一口回绝了他。

非衣就此成了"有钱的穷人"。

当晚,闵安费了九牛二虎之力,将非衣安顿进了黄石郡衙破落的边院里,烧了一灶热水,送给非衣好好清洗了下。他取来一套师父干净的细布袍子,从窗口递了进去,又去厨房里做了一碗热腾腾的馎饦,从瓦罐里捞出一碗山菌莲藕汤,一并送进了非衣房里。

非衣饿了一天,吃到这姗姗来迟的饭食时,举止却还是斯文的。他的头发上带着水汽,氤氲在灯彩里,衬得发色如墨。清洗一番后,他的容貌完全显现了出来,象牙白的肌肤温润如玉,将那墨黑的眼、淡抿的唇极美地映衬了出来,有如丹青妙手用笔描过一般。

闵安看非衣安静地吃着，心里想，这公子哥生得这么美，像是没经过什么风浪的样子，手指上却长了点细薄的茧子，看来也是会武功的练家子。难怪他一路走过来，也不怕遇上什么盗贼打劫。

非衣放下汤匙问："在想什么？"

闵安摆手笑，"没什么没什么，我收拾一下就让你早些歇息。"

非衣抓起手巾擦嘴，"上次有个直勾勾看着我的男人，被我挖了眼睛。"

闵安脸红道："知道了知道了，以后斜着眼看你就是。"

非衣拈起桌面上散落的一粒瓜子，轻转手腕，朝着闵安的眼皮弹了过去。闵安躲不开，眼皮被弹了个结实，痛得他哎哟叫了一声，忙不迭地捞起托盘竖在面前，退出了门。

非衣打量了下冷清的厢房，蒙了一层灰的土炕，还有桌上遗留的瓜子花生，皱了皱眉，收拾出干净的一块地儿，打算应付一宿。临睡前，他将袍子脱下折叠好，放在膝上，才端坐在椅子里闭上眼睛。

门外，闵安看见对面厢房里的油灯亮了，连忙压低了身子，蹑手蹑脚朝外走。那间房里马上传出一道苍老而又激越的声音，喊道："死小子，半夜不睡觉在瞎捣什么！抢老鼠女儿做娘子吗？给我滚进来！"

闵安立刻唯唯诺诺走进厢房，领教了师父一顿好骂。吴仁骂得口干，要闵安温茶给他喝，又嫌弃水烫，抄起一只布鞋向闵安砸去。闵安捡起布鞋，给师父恭敬地放回了脚踏上。吴仁骂得兴起，伸脚一踢，还好闵安躲得快，才没被蹭掉帽子。

吴仁瞪着眼睛吼道："快去烧水洗个澡，凉着了咳着了别指望我给你治！还有对门那小子，来历不清不白的，你也敢捡回来，不怕招着狼了吗？"

闵安忙赔上笑脸，嘴里一直应着"晓得晓得"，安抚住了师父，再带上门退了出来。他看了看非衣那边漆黑的窗口，觉得非衣也是异于常人，师父这厢指桑骂槐地嚷了半宿，他那边一声不吭，完全沉得住气。

闵安拿了两片白菜帮子，走到墙角的猪圈前，戳了戳没动静的花斑野猪，嘴里说道："嚯嚯，这么吵，阿花也睡得着嘛！"野猪哼唧了起来，窗口纸屏一抬，吴仁的布鞋又砸了出来，伴随着一句吼声："滚远些！莫吵着老子睡觉！"

第二天，从太阳打头起，就不断有郡衙里的狱卒、随从、捕快走进院子里，借口端详阿花是否产了崽，眼睛却瞟到一边厢房里去，将非衣打量了个够。非衣穿着青色细布袍子,露出一截雪白的绫缎里衣,一副清俊淡雅的模样,把一众在乡下行走的男人比了下去。毕斯作为郡衙里最高长官,听说来了外人,生得比小相公还要漂亮时,也走来打探,询问非衣的出身来历。

非衣还是那套说辞,娘亲去世,他独自一人外出散心。有武功傍身,所以不怕山贼。毕斯问他是哪家公子时,他顿了顿,才回答说娘亲来自北理国谢家,父亲这一脉则略过不提。

"北理国么……那倒是个远地方……"毕斯叉着手说,"近四五十年与我们华朝互通贸易经商往来,也落得个友邦的声名。罢了罢了,既然远来是客,就在本官郡子里住下来吧。不过有一点,公子要跟着小相公走,听他的吩咐,千万不能生事。"

非衣点头应承。

毕斯哈哈一笑,道:"小地方也没什么好东西给公子接风洗尘的,这顿饭就暂且记在本官名下,等来日本官腾达了,再好好给公子办一场盛宴。"

闵安站在一旁微微一笑,没说什么。

非衣从袖口扯出一张百两面值的银票,双手递给毕斯,恭敬道:"银票放在我身上,难得花出去。请大人帮我一个忙,收下这张银票,如能兑换出白银,抵当我的食宿费用,算是大人体恤我的最大恩情。"

毕斯一年官俸不超过四十两,非衣"小露一手"且用词含蓄文雅,极大地装点了毕斯这破落黄石郡的门面。毕斯家里也不是缺银子的,这个低于七品的郡官就是家里捐纳出来的,但钱财多总不是坏事,看非衣谈吐大方自身带了财富,想必也不屑于做盗贼那一类的事,毕斯这样考虑着,一天没过,已经完全对非衣放了心。

对孝敬的银子,毕斯照例要推辞一番。非衣诚恳道:"请大人赏我一个薄面。"毕斯哈哈笑着,见左右没有闲人,取了银票塞入袖子里,再迈着方正的步子离开。

半月没过,不多话的非衣默默在黄石郡衙里住了下来,低调出入门户,没有生起一点事端,取得多数人的信任。吴仁长期不落脚屋里,对非衣没有一点好奇心,听说非衣是个富翁时,他也只是翻了个白眼,哼了声"与我何干",背着百宝箱离开郡衙,去外地开场子挣银子去了。

黄石郡是个穷郡。前面是乱坟岗,后面靠着山,官衙残破,办案人手短缺。

比它高一级的县衙，至少有几十个差官，还不算编制册外的帮闲。处于华朝最底层的黄石郡衙里，只有闵安一个书吏，兼长官毕斯的幕僚、随侍等多种职务于一身，小心翼翼侍奉着毕斯已经两年多了。

本月盗贼兴起，天不亮，又有一名乡农披着露水来报官，说是自家的耕牛被盗了。

黄石郡衙的门子是个狱卒兼着，叫小六，正抱着竹梆窝在门口打盹儿，被乡农推醒，说了案发经过，小六连忙把脸一抹，二话不说就冲向了内堂，咋咋呼呼向毕斯呈报了案情。

毕斯一边起身梳洗，一边吩咐小六去西边吏舍叫醒闵安，唤他外出督办此事。

西边吏舍就夹在两个院落之间，土门矮得不需要推，小六直接踮脚跨过墙就能进来。小六抱着竹梆一阵敲，嚷道："头梆响，开大堂。二梆响，吏起床。三梆响，上工房。安子安子听到没有，我已敲过三遍梆。"

吏舍里的闵安抱着粗布被子翻了个身，嘟哝道："天还没亮啊，小六你来早了，让我再睡一会儿。"

门外的小六敲得更急了，把做早点的厨娘花翠给敲了出来。她穿着一套翠绿的湖绸衫裙，腰上系着精致的双丝绦结，款款走过来，像是一阵春风扶着弱柳。小六一看到她，心里也像是吹进了春风，连带着笑容都柔和了不少。

花翠对小六熟视无睹，径直走过去，一脚踢开闵安的房门，让小六目瞪口呆。小六常常弄不明白，看似柔若无骨的美娇娘，为什么出手出脚完全端着一个壮汉的风范。叫不动闵安时，他也试过去推闵安的房门，离奇的是，不管他花了多大力气，那门还是纹丝不动。

小六不知道的是，花翠本来就是翠湖庄前走南闯北的楚州总镖局家的小姐，自幼练得一身功夫，家道没落之后才被迫出来卖艺糊口。她从十五岁起辗转奔波在楚州各郡县间，不大习惯在人前抛头露面，只愿意躲在马车里帮忙做些彩绳木梯等器物，因而获得的报酬极少。就在她快饿死时，吴仁在市集跳大神驱邪，偶然看到了她的手艺，向班主交了一大笔银子将她赎了出来，带在身边讨生活。

收留花翠之前，吴仁已经收留了闵安，带着闵安在华朝九州转了个遍。花翠碰见闵安那会儿，闵安才十三四岁，长得眉清目秀，正在蕲水县县衙做门子。据吴仁当时说，这已经是闵安做的第二任门子了，他还是前中书令闵旭大人的嫡孙，父亲官任四品知府，吃了官司被前代皇帝判了斩刑，家里人散的散死的死，他才和花翠一样，被迫流落民间。花翠当时吃了一惊，才知道跟在吴仁吴老爹身边，要想活下去，必须忘记自己的出身，实打实地做事讨生活。

从此后，吴仁、闵安、花翠就凑在一起过活。吴仁向毕斯家投信自荐，声称他能出任仵作，闵安打杂，花翠掌厨食。毕斯上任时需要自己的一班人，家里也没有给他准备得那么齐全，在考查了吴仁三人能力之后，他当即拍板，就带着三人来到黄石郡。吴仁从来不向别人提起他的过去，偶尔喝醉了酒才透露两句。花翠也不在意，想着闯荡江湖的人，哪个没有一两点心酸的往事。只要不是她应该关心的事情，她一概不管也不过问。她尽心尽力给这两人做饭食、洗洗补补的，一晃过了三年。她已经十八岁，闵安十七了。

慢慢地，这日子就过得稳定了一些。只是有两件事需要花翠多加操心，那就是闵安的衣装与起居。推究根本原因，是与闵安的来历有关。

据吴仁老爹所说，其实闵安跟花翠一样，也是个女儿身。闵家遭受灭顶之灾时，闵安不过六岁，失了娘亲和家仆，她本有个龙凤胎的哥哥闵聪，时常背着她在外找吃的。有次哥哥看她实在饿急了，偷了茶楼里的晚点，拉着她就跑，撞到一伙赌输了钱的泼皮身上，被那伙泼皮拉住，好一顿毒打。

哥哥把闵安护在身下，一直抱着不放手，结果被活活打死。闵安个小，也挨了不少拳脚，头上受到重重一击，当即就昏死了过去。吴仁救活闵安后，闵安的心智已变得不清楚了，不断说着胡话，以为她哥哥没有死，她就是她哥哥本身。一碰到打雷天，她就尖叫不已，喊着"妹妹快跑"，把自己假想成正在保护妹妹的哥哥，抱着枕头在屋里乱跑。

吴仁本是御医出身，也治不了这种臆想症，只能慢慢调教她，多顺着她的心意说话，但是她的病情不见好转，反而愈变愈烈，甚至有一次，她举起剪子自戕咽喉。吴仁思前想后，替闵安施了一场手术，将她的喉咙补好，用线垫出一个假喉结，告诉她，她其实在替两个人活着——为了救活她，他曾经把她哥哥的心脏移到她胸腔里，将两个人变成了一个人。

闵安看到胸口有条若隐若现的浅疤痕线，信以为真，自此安稳了下来，只当自己就是哥哥。吴仁带着她走南闯北，逼着她苦学各朝律法典例、熟悉刑名之学，就是为了日后将她送上官途，替闵家翻案。闵安听从师父安排，进了县衙做门子，一干就是五年。衙门里嫌她年少，本不愿意收，吴仁腆足了老脸求得同乡官员收留了她。

按照惯例，门子是从当地百姓中征发的，由长官挑选眉清目秀、唇红齿白的少年郎充任。长官看闵安长相上乘，又低眉顺目的，勉为其难收留了她。从那时起，闵安越发将自己当成男孩，束起头发戴上帽子，穿上束胸行文士礼，想象着哥哥闵聪长大后的样子，她就是哥哥的一个影子，在替哥哥做这些事。

花翠听完闵安的往事，只叹了口气，没说什么，更不去打破闵安的臆想。华朝律法在四十年前修改过，允许女子做官，但成功跻身官场的女人，可是凤毛麟角，到现在也只有楚州昌平府知府萧知情一个。

女人想做官很难，能做到重审昔日钦定旧案的大员，更是难上加难的事情。所以在吴仁心里，闵安能否替父亲翻案，实在是没有把握的事情，借这个由头，让她有个立身之本，才真正不错。

这之后，花翠更是顺着闵安的意思来打点她的生活起居，内外都当她是一个男儿。

闵安睡觉时不喜欢被人打扰，特地加固了门栓。花翠掌握了踢门技巧，屡试不爽，用脚尖震开了栓扣，从容进出她的卧室。今早小六敲过梆子后，花翠看见闵安还在死睡，就走过去掀开她的被子，提起她的衣领，将她掼下了凉榻。

闵安弓身在地上打了个滚，来不及咕哝什么，就被花翠一脚踢醒。花翠拉着她来到水盆旁梳洗，提醒她将束胸马甲穿好，从衣柜里取出她外出公干时常穿的公服。

华朝书吏着装大同小异，一般穿长衫系儒绦结，足蹬方口黑靴。花翠手巧，针线活尤其了得，亲自收拾闵安的衣装，让她行走出去，常常看得人眼前一亮。闵安穿着细布白袍，襟袖绣上小朵兰花，外面再套上遮尘的云线纱衫罩，配上她的秀丽五官和修长身姿，天然带着一股儒生的俊采风流。

花翠丢出撑窗杖将院子里东张西望的小六撵走，替闵安抚平衣衫，又取出一双针线密集的鹿皮靴要闵安穿上。闵安套靴子时，她在一旁说："今早我看到了非衣替换下来的衣服，摸了摸料子，那可是楚州昌平府特供的，别的地方没有。要将加运过来的涪州蚕丝拆开，只挑精韧的，加上老工匠的独门抻弹手艺，织成不断丝的五尺绸子。后面再换绣娘手织裁剪，托上云锦布，两面用针才能制成一只袖子，还得剪开废料，不能见到针脚。你想想，非衣一只袖子就够五品官吃上一年，他的来历怕不是富贵家公子那么简单。"

闵安打着哈欠，懒懒道："我知道他有钱。"

花翠咬牙提住她耳朵说："他不止有钱，弄不好还是个大官宦人家出来的！你想想，普通富贵家的敢穿着特供的布料满大街走？"

闵安痛得跺脚，去扯花翠的手腕，呼道："管他是天王老子还是官宦子弟，现在落在我黄石郡，就是我的跟班！"

花翠一掌拍上闵安后脑壳，将她拍出门，"光说得好听，到了人跟前就成了个熊样，半天哼唧不出一句！"

闵安摸着头委屈地说："我又不是阿花，干吗要哼唧什么。"转身见花翠要锁门，又扑上去说，"好翠花，我肚子饿，好歹赏我一个馒头半张大饼什么的，让我垫垫底儿啊。"

花翠看都不看她一眼，摆着腰走了，"光吃不长脑子，还说不是阿花。"

闵安摸到非衣住的小院里一看，师父那边的厢房照旧锁着门，从窗口看进去，里面冷冷清清的。非衣正在木架前翻晒花草，穿着一身素袍，黑发如墨，直披下来，映得他的眼睛也是冷冷清清的。

闵安站在院子门口说："非衣你随我外出走一趟吧，有乡民报官遭了贼匪劫舍。"

非衣不应话，也不动。

闵安抓了抓头，摸到帽子抽带，想着不能乱了衣冠，又把手放下。她知道非衣的意思，自顾自地说道："那地方挺远的，你大概嫌脏不愿意去，这样吧，晚上等我回来替我守夜，就当偿了这次的公差。"

毕斯在前堂等得心急，半天不见闵安来应签，干脆找到后院来了。非衣拿着一株山草仔细辨认，背对晨阳，像是从头到尾没听到闵安在说什么。闵安悄悄走近，伸头去看他的袖角衣料，想看看是不是像花翠说的那么名贵。

毕斯咳嗽了一声，说道："小相公拿着我的朱签令去现场查查吧，快去快回。"

闵安看到自己探头探脑的样子被上官抓到了，羞红了脸，抓过签令就快步走了出去。毕斯在后面笑着说："调匹马跑得快些！见到保长佃户先问话，问好了再红脸，回来还来得及探望非衣公子！"

闵安听得耳朵也红了，忙不迭地跑远。陪着乡农到达他的农舍后，闵安查看了现场地形及失牛痕迹，可确定盗走了耕牛的是一伙人，犯案手段还挺熟悉的。她问了保长的口讯，拿出自己的工俸交给乡农，安抚了乡农急作一团的家人。

保长问："小相公心里有底儿了？"小相公是南方地界对书吏的尊称，大家看闪安长得高挑而清秀，年龄不大，为人和气，都乐意这样称呼她。

闪安点头，道："这次一定能抓到茅十三，大叔放心吧。"

闪安风尘仆仆赶回郡衙，向毕斯通报了情况，断定这桩案子是早些年出入在外州的盗贼茅十三一伙人所为。

毕斯敲着额头说："听说茅十三那批人极是悍勇，本官郡子里没有得力的捕快可以制服他，这该怎么办？"

闪安回道："大人可以再上书向县衙求援，本郡的捕快还不足十名，茅十三连窜数州，抢了上百户人家，已经算得上是要案。按例这样的大案，也不是我们小小的郡子能办得成的。"

毕斯皱眉道："茅十三流窜各州犯案，通常不会在小地方停留多久，不如等他自己离开郡子……"回头看见闪安没表态，他又马上改口道，"要本官再上书惊扰到王知县，本官怕随后的任期考语会得个下等……"话没说完，他就拿眼看着闪安。

官员三年任期满了之后，上级官员会给下级写考语，查看守、政、才、年四个方面，这就是俗称的四格考核。其中行政方面就是查看官员直辖地的治安情况，包括风化、命案、强盗窃贼等案发率。毕斯任期快满，所治政绩平平，又得罪过上级，最后还不凑巧碰上茅十三来黄石郡犯案，实在是件倒霉的事情。他看着闪安，不是因为闪安听不懂中内的关联，而是希望闪安顺着他的心意，将这烫手山芋丢出去，替他合理处置好此事。

闪安懂得毕斯的心意，到口的官场法则被她咽了下去，没有顺溜地说出来。东家的脾气她自然知道，那是打个雷都会把脑门缩进背壳里的主儿，千万条法子，万千的困难，都必须先由她小相公来扛着。

毕斯只需要撂担子就可以了，闪安却要去经手随后的事情，最大的困难就是要说服非衣出手，将茅十三抓捕归案。闪安与茅十三打过交道，知道茅十三的为人和功底。而对非衣的功夫，她虽然只是管窥一二，已知是极好的。郡里的人手不足，恰遇上半路捡了个非衣回来，岂不是老天派来专拿强盗的？

傍晚闪安去郡衙后门转了一趟，抓来一把紫色野花，土根上还带着泥巴。她走到非衣院子里时，非衣正背手站在木架一旁，在夕阳下静静看着满匾的干花干草，似乎在欣赏着一幅稀世画卷。他的周身润了一袭花香，盖过了本来的熏衣香，微风拂过，送给闪安满鼻的清凉感。

闪安将带着泥的野花递过去，讨好地说："你瞧瞧，这种花草用得上吗？"

非衣转头看了看从闪安指缝中滴下的泥水，皱了皱眉，没有说话。

闪安低声道："你来郡子十三天，每天就是采花种草，侍弄着纱布香囊，也不见你做些别的事。我现在遇上了一件棘手案子，你能帮帮我吗？"见非衣像往常一样不答，她又继续说："你可是答应了毕大人，留在这里要听从我吩咐的。"

非衣仍然不说什么，只抬起墨黑的眼睛看过来，直看得闪安脸面大窘。闪安本来就是最低级的小吏，哪有什么资格指派非衣，更何况非衣已经交了"食宿费"，算得上是长官毕斯的客人。

闪安等了一会儿，见非衣像往常一样不爱搭理她，把心一横说道："你的性子一向冷淡，留在我们郡子里不走，想必是要做什么要紧的事情。别指望我会相信你对大人说的那套话，你越是低调行事不引人注意，我越是猜想你另有图谋，说吧，你到底想干什么？再不痛快说出来，我就报告给大人去。"

非衣淡淡道："我想拜吴先生为师。"

闪安一怔，道："就这样？"枉费她先前猜了许久非衣的"图谋"。

"你想我怎样？"

闪安不答，认真想了想，有些恍然。"难怪你天天站在院子里，原来是守着师父的门，看他回来没有。"

非衣淡然道："你帮我劝动吴先生，我就帮你办案。"

闪安一口应道："成交。"

非衣凝声道："只帮你这一次，下不为例。"

闪安想都没想就应道："好。"

转念她又觉得稀奇，问："你拜师做什么？"

非衣拿起一株干花，拈在指间看了看，说道："家人患上头痛症，需要吴先生的银针手法治疗。吴先生治病有规矩，不医官员及家属。我想求他出手，又不能打破他的规矩，只能拜他为师，学得扎针技巧。"

闪安笑道："你连师父的来历都打探好了，可见是有些门路的人。师父那些陈年往事密封在刑部的案卷之中，非高官及特使才能见到。你能找到这里来，实在是令我惊奇，非衣公子到底是什么来头？"

非衣脸色更加冷淡了，"娘亲过世，父亲不爱，能有什么来头。"

闪安识趣，不再顺着这个话头说下去。她转眼看了看屋檐下吊着的纱囊干花，温声说道："非衣整治这些花草，倒是有门道。每次看你晒花、翻压，都显得很熟练的样子，难道是有可人的姑娘教给你的？"

非衣的眼色柔和下来，语气也不知不觉地温柔起来，"为了她，我可以做任何事。"

闵安轻轻嗟叹一下，又微微笑了起来，听非衣答非所问，她也大致猜得出来非衣的意思了，便顺着语意说下去，"那位姑娘很有福气，当然你若能让我师父点头，收你做徒弟的话，也会是一件有福气的事。想我师父收下你，自然要好好帮我办理这个案子，你说是不是？"

非衣瞥了闵安一眼，没说什么，指了指院门。

闵安诧异，"怎么了？"难道是当面撵她走的意思吗？

非衣看着闵安罩衫上东一块西一块的桃红脂粉，说道："你先去洗洗。"

闵安低头一看，衣角沾了草灰木叶，袖口和纱罩有姑娘家押过的手印子，上面还染着脂粉。她从袖里扯出一块帕子擦手，说道："唉，我下次乡可受欢迎了，姑娘家都围着我，追着要看我衣服上的花样子。看完了还要摸，摸完了再塞一些帕子胭脂盒什么的，把我的袖子都塞满了，顺手还拍几个掌印在我衣服上。回头翠花看见了，又要骂我不干净……"

她低头嘟囔着朝外面走，正碰着挎着一篮子菜路过的花翠，转头就想跑回非衣院子里，花翠眼尖，两步赶上去扯住她的耳朵，大吼道："早上才给你穿的干净衣服，还没过一天就脏成这样了？脱下来！穿麻布衫出去！"

闵安像一条泥鳅在花翠手里扭，没挣脱花翠的掌控，耷拉个头随她走远。非衣在后面看见这一幕，不由得笑了笑。

当晚，闵安收拾停当，穿着麻布短衫黑裤子，提着灯笼来找非衣。非衣换上青布袍子，扎紧头发，已经稳稳地候在那里了。

闵安左看右看，问道："我不是叫了几名捕快大哥辅助你吗？怎么不见人？"

非衣当先走向了郡衙大门，"用不着，走吧。"

闵安追上去，将信将疑地问："当真？"

非衣再不答话，抿起了嘴角。

闵安识趣地在前面打着灯笼照亮。山路蜿蜒，星光惨淡，夜枭躲在林子里呱呱乱叫。山风迅猛，不时有些沙石枝叶夹在风里，吹打到闵安脸上。闵安扯了一张皮纸罩在灯笼外面挡风，小心看着路。她闷头走了一会儿，只觉夜里太静了，非衣跟在后面，简直像是幽灵一样，既听不到脚步声，气儿也不喘一下。

闵安开始找话说，随口问了问非衣家里的情况，非衣自然像往常一样不回答。夜枭呱的一声拖着翅膀飞过，吓了闵安一跳。她站着定了定神，回头看，非衣留在树下，气定神闲的样子，始终与她保持着一点距离。

"走吧。"闵安招呼一声，继续摸黑爬山。走得大汗淋漓时，后面传来一句声音："你要带我去哪里？"

闵安拉着衣袖擦了擦汗，喘道："谢天谢地，你总算开口说话了。"

"我是想提醒你，刚才你已经绕过这棵松树一次。"

"……是吗？"闵安翻出羊皮纸地图看了看，讪笑道，"难怪我觉得好像走过这条路。"

非衣接过闵安手中的灯笼，走在前面带路，闵安赶紧跟了上去。非衣的脚步不急不徐，灯笼在他手上稳稳的。闵安追着他并肩走了一阵，汗珠又冒了出来，擦汗时她忍不住偷偷看了看非衣的脸，柔和的灯辉映着非衣秀挺的轮廓，将他的冷淡气息无形降低了几分，只是他的唇，仍然抿得紧，隐隐显露出不耐烦。

闵安寻思着，非衣只怕以前没做过这些烦琐事，半夜能跟着她在山林里赶路，可见拜师是有很大的吸引力了。

山道上死静，闵安掉在非衣身后，闷头走了一阵，开口说道："你知道吧，我们郡子坐落在乱坟堆上，在外行走时经常会踩到死人的骸骨。毕大人觉得晦气，专程找了我师父请神镇邪，师父好奇门杂学，请神是颇有些手段的，又能顺带给人看些小病，这样名声传出去，外面郡子就会不时请他过去做一趟法事，这也是你大半月见不到我师父的原因。"

"嗯。"

非衣丢下一个嗯字后，半天再不接话。夜风里传来些兽类的声响，闵安不由得朝非衣靠近些，继续说："我跟毕大人说设个神坛镇鬼就可以了，毕大人又不听。他倒是修了一座皂隶庙，将一个黑脸红衣服的差公当真神，每到初一十五就去上香，对着差公泥塑身子说小话……"

闵安说到这里，故意掐断了话尾巴，看了非衣一眼。非衣似乎并不懂这些话里的意思，表情仍是淡淡的。闵安咬了下唇，干脆将话挑明："你大概还不知道，皂隶神在衙门里就是'龙阳之媒'，拜祭者对着神像耳朵说话，就是想神像显灵，将念叨里的美男子送到他们身边来。"

非衣持着灯笼稳稳朝前走，许久才回道："你的意思我懂。放眼这天下，没人敢动我一根手指头，你放心吧。"

闵安落在后，长吁一口气。她毕竟也要靠毕斯这个东家赏半碗饭吃，知他喜好男风，也不能太拆他的台面，只能在背后提点非衣一下。

大概是闵安卖了非衣一个人情，随后的半山路，非衣不紧不慢与闵安闲聊了几句。

非衣说："衙门里的事务，我看你知道得许多。"

闵安挺直了腰身，颇有些自得地说道："大小衙门里的陋规常例都逃不过我的眼睛。"

"你怎么知道那么多明的暗的事情？"

"我三岁时爹爹就带着我升堂，让我在他暖阁里的桌子底下玩，自小听多了见多了为官之道，必然会知道一些事。后来家里破落了，我辗转去了三座衙门里当差，碰到了不少稀奇事，看多了记下来，就成了我以后吃公门饭的法宝。"

非衣没再说什么，只是将这些话记在了心底。

闵安见非衣主动开了口与她说话，心里有些惊奇，嘴上不知不觉就说了下去。

"官律规定各级官员不得置'别宅妇'，讲究糟糠之妻不下堂，这前面的清泉县王怀礼大人，年初就把自己的原配休了，理由是原配腋下有狐臭。他纳妾大宴四方，我们东家赶着去送礼，还没走回来，又听说王大人的原配在返乡的路上遇了灾，王大人伤心忧虑得起不了身，东家就赶紧再折回去看望王大人。为了舒缓王大人心怀，东家特地将海外带回的挂毯给送了过去。那小妾没见过这新鲜玩意儿，将挂毯裁成了一个披肩给王大人。王大人觉得好看，天冷时戴着披肩四处走动，有一次在幕僚前吹嘘，说那小妾多么贤惠，幕僚听得烦了，冷冷地说'不就是一块枕头布吗'，唉，这下可糟了，我们东家就此遭了殃。"

非衣不接话，像是没听到似的。

闵安叹口气，道："你这人太无趣了，难道不好奇下面的事情吗？比如说我那东家为什么遭了殃？"

非衣抿唇不语。

闵安抓抓头，道："这个不好听吗？那我再给你换一个。王大人的小妾跑了，心急如焚地找到我们东家，要东家给他荐一个小娘子做妾，还提了要求，说是'樱桃小口杏核眼，月牙眉毛天仙脸，不讲吃喝不讲穿，四门不出少闲言'，东家在郡子里忙上忙下找了几月，终于被他找到了合适的人选——非衣你说说，该是我们郡子里的哪位姑娘？"

"你。"

闵安惊呆，喃喃道："我可是……地地道道的男儿身啊，哪能做娘子！"

非衣微微一笑，道："毕大人好男儿，王知县要娘子，左右都是你，还是认命吧。"

闵安又呆了一呆，随后才赶上去，叫嚷道："哎哎我说的例子是想给你解闷啊，你怎么调侃起我来了？再说你真的不好奇我们东家为什么遭殃了吗？那小妾是怎样跑的？还有郡子里的哪位姑娘能合王知县的眼缘？"

非衣还是不答话，就是不顺着闵安的意思问下去。闵安像是挠不到痒处的猴子，急得抓耳顿足，很想抓住非衣给他说清楚原先就编排好的故事。非衣只觉好笑，脸色还是冷淡的，甚至看到山路边有一处坑洞也不出声提醒，任由闵安哎哟一声一脚踏了进去。

山民做的捕猎陷阱不浅，闵安这一跤跌下去，半晌没有回过神，脸上擦破了一块皮，额头撞出一个包，痛得她掉出几滴眼泪。她抬手去捂脸，袖子上染了好大一块血迹。

非衣站在洞边问："还能走吗？"

闵安咝咝倒抽冷气，沮丧道："脚崴了，你给我劈一段树枝来，我拄着走。"

非衣说："不如我一人去抓茅十三，快去快回。"

闵安扒拉着坑壁上的树根，奋勇地朝外爬，"你去了没用，茅十三不服输，得想个好法降服他。"

非衣折断一根树干递了过去，将闵安拉出了坑洞。闵安就着灯笼亮光，在林子里扯来一些野藤，上面还留着一把散发出清藿气的红花。她将叶子和花摘下，揉碎附在崴脚处，又脱下布衫，紧紧扎在自制草药外面，试着动了动脚踝，嘴里又呼了声痛。

非衣提起灯笼继续朝前走，闵安无奈地跟在后面，一拐一拐的。身上一旦有了痛处，注意力就集中在脚下，她再也没有开口说话。沉默走了一阵，非衣心里想：这下清静多了。他无意回头去看时，看到了闵安皱着眉的脸，像是一个苦枣子似的。

非衣勉为其难问了句："很痛吗？"

闵安鼓了鼓嘴，不答。非衣回头继续走，闵安看到非衣就随口问了一句，再也没有更多的体恤话时，兀自愠怒了许久。

"心肠这么坏，明明眼力强看得清路，也不提醒我一下脚边有个洞……"她暗自嘀咕了一句，拄着拐杖乖乖地跟了上去。

非衣说："你包扎的手法很老到。"

闵安没好气地答："所以呢？"

"你经常受伤。"

闵安不说话。非衣又说道："大概吴先生也教过你这些本领。"

闵安嗤道："师父从来不给我医治，只打我。我被逼无奈才自学了这些本领，哪是师父教会的。"

这次换非衣无话可说。闵安走了一阵说："哎，你是真的不好奇我们东家为什么送礼还遭了殃吗？还有那小妾……"

非衣扬手制止道："不用说了。"

"好吧。"

两人再也没有交谈过，走了大半个时辰，才翻完黄石郡后山，来到桃花寨前。桃花寨前没有种桃花，只挑了两个艳红的大灯笼，在门柱子上缠了一根彩绸布，夜风一吹过来就猎猎作响。

非衣也看出了这个地方不大正经，皱起了眉头。闵安拐着脚走过来说："是个妓寨。抓活的。染了绿眉毛，落单的那个。"她言简意赅地说完，也不管非衣听不听得懂，自顾自走到一边的树后躲了起来。

非衣听懂了，也不好奇闵安躲起来的原因，等在了门柱旁的暗处。不一会儿，果然有个绿眉毛的大汉走了出来。等那汉子离门不远，非衣出手如风，拍上他的双肩，将他拍翻在地。

绿眉大汉倒地大骂："哪个小兔崽子偷袭爷爷？有种天明再跟爷爷打一架，欺黑算个什么好汉？"

非衣衣袖一甩，袖风将柱上挂的灯笼扫落地下，烛火砸在草皮上燃烧了起来。火光越来越大，足够照亮方圆一丈内的景物，跌倒在地的大汉看清面前站着一个挺拔的人影，一双墨黑的眼睛，心底顿时生出一股凉气。

他愣了愣神，嚷道："瞧你像个公子哥，跑到这寨子外面偷袭爷爷做什么？"

非衣垂下左手，只伸出右手，向大汉斜摊掌心。这是一招很平常的起手式，却看得大汉大为光火，因为要对他发招的敌人只给出了半只手，很像是瞧不起他的武功似的。

大汉一声虎吼，如风扑了上去。这次的较量可以称得上光明正大，而且非衣特意燃了灯笼照亮地方，一点儿不欺人。但是大汉很快又倒在地上，他根本没有看清楚非衣的出手。

"他娘的这算什么？哪里来的野种这样奚落你茅十三爷爷？想当年爷爷在闵州混时，你恐怕还在娘肚子里呢！"

非衣听他口里骂得恶毒，走过去一脚踢中茅十三的心窝，差点了结了他的性命。茅十三躬身在地上咳嗽，嘴角里吐出了血沫子还是嘴硬，骂道："爷爷不服！爷爷刚在那小骚娘们身上泄了精气！是好汉的等爷爷三天后再来！"

非衣眼底戾气一起，就要再次起脚，这次蓄上了十成力。树后的闵安看得真切，立刻挂着拐杖跳出来，叫道："脚下留情！脚下留情！"非衣这才停下脚，走到一边儿掸衣拂袖。

闵安快步拐到茅十三身边，蹲下身说："十三兄，我们又见面了。"

茅十三抱着心口在地上打滚，突然听到了熟悉的声音，抬头一看，马上认出了闵安的脸。他怒叫道："怎么到处是你？爷爷特地避开了闵州走外州发财，还能碰到你？真是见鬼了！"

闵安笑道："十三兄一别数年，精神一如从前，嗓门还是那么大，寨子还是爱乱钻，口号还是没有变，打不赢就喊非好汉。"

茅十三犟着颈狂吼，几乎将唾沫星子喷闵安一脸，"你他娘的小相公，总是趁着爷爷落单算计爷爷，算个什么男人！"

闵安笑而不答，走到茅十三背后，用准备好的牛油绳将茅十三捆了个结实。她拉住绳索的另外一头，示意茅十三跟她走。茅十三站在原地，使出蛮力与闵安角力，闵安争不过他，险些被他掼到地上去。

站在一旁的非衣没说什么，看闵安的眼神却微露不屑之意。闵安被绳子带得跟跄一下才站好，讪讪地说："非衣，我脚痛，还是你来牵他吧。"

非衣看见天色快透白了，没再推辞，拿过绳头在掌心里震了一下，马上就有一股大力顺着绳子传递过去，结结实实地弹在茅十三身上。茅十三受痛，脚下不由得跟跄了一下，还待抗拒，这次的绳子震荡得更加厉害，直接刷上了他的脸，像是被人用手扇了一巴掌。

茅十三吃了暗亏，知道非衣的厉害，不再倔强，顺着绳子的劲头朝前走，一路上骂骂咧咧不停，只想着身上受了痛，总得在嘴上过过瘾。

走出一段，非衣突然停脚，闵安暗呼不好，连忙拐到茅十三身边，用自己脚下的外衫布条缚住了茅十三的嘴。茅十三闻到一股泥巴味，又亲眼看见布条是怎样来的，挣扎得更厉害了。"唔……唔……他娘的……小相公……要爷爷吃你脚气……"

闵安拄着拐走在一边，笑着说："我这'杂味百草膏药'还是好的，等会让你进了小六的监牢，有你受的。"

茅十三唔唔怒喝，闵安拉高布条，死死堵住了茅十三的嘴，又说道："三年前你说你家的鸡啊鹅啊还有老娘没人奉养，我好心放了你，你偏生又跑到我的地界撒野。我们忒熟了，这次先跟你知会一声，你犯的案子太多了，惊动了刑部，上头说一定要把你捉拿到案，是死是活不计。死活不计听得懂吧？小六已经把号房给你准备好了，靠里的单间，现成的铺卷，是先前那个吊死的女囚留下来的。半夜要是听到什么动静，别慌，那是女囚吊酸了脖子，下来吐吐气的……"

茅十三听到这里突然跳了起来，眼珠子瞪得极大，苦于口不能言，脸上已露出惊恐的神色。闵安看着他，笑了笑道："当然，你要是见了我们东家的面，先一口气招了其余的手下在哪里落脚，我们东家自然也不会送你进监牢，进号房之前的那些过堂手续也可免了。哎，比如简单点的有'湿布衫'，将你按进水塘里睡一宿，落个腿痛腰痛的毛病，轻点就是'上高楼'，头朝下反吊着你，糊你一鼻子浆面，保准你第二天缓不过气……你这样瞧着我是不是不信呀？反正离得不远了，咱们走着瞧吧。"

茅十三双肩急抖，神情变得极为激愤，闵安稍稍拉下他嘴上的布条，他就吼道："爷爷还怕你们这些毛孙子的阴招吗？哎哟……你他娘的，看到有坑也不叫爷爷……"

茅十三落在捕猎用的坑底，脸朝上吼叫个不停。非衣走过来冷冷看了一眼，闵安做了个抹脖子的手势，茅十三马上收了声，不喊不叫了。

茅十三费力爬出坑洞，闵安替他绑好了布条，他没有反抗。闵安说："学乖了吧？不是每个人都像我这样好性子，随着你折腾。"

茅十三听闵安倒打一耙，怒目相视。闵安笑道："怎么，我说错了吗？要是错了，你可以指点出来。"她只顾着查看茅十三的动静，扭头跟茅十三说话，不料朝前赶了一步，一鼻子撞上了非衣的后背。

闵安揉了揉鼻子，问道："怎么不走了？"

非衣站着不动，皱眉道："你说完了吗？"

闵安摸着红鼻子讪笑，明白了非衣的意思。非衣指了指闵安的嘴，闵安会意，乖乖摸出一条不知是哪个姑娘家塞给她的角帕子，蒙在嘴上绑好。

天亮后，非衣一人当先走回郡衙，回到自己的院子，安稳地睡下。过了一刻钟，闵安用绳子牵着茅十三走进郡衙大门，尽管已经看不见非衣，他们还是老实地堵着嘴，排在屋檐下，等着毕斯起床发落。

负责打点传梆的小六，一大早又受到惊吓。整个衙门是被花翠的一阵尖叫惊醒的。

"好好地出门崴了脚回来，麻布衫子呢？还有一半在哪里？在他嘴里？你还敢跑？给我死回来！"

毕斯在简陋的偏厅里审查茅十三的案子，没有升堂。茅十三被捆一夜，仍然生龙活虎，大口叫骂闵安不地道，趁他喝花酒的时候来抓他，不是君子行为。毕斯色厉内荏地拍响惊堂木，喝令衙役进门打板子，企图以此煞掉茅十三的威风。茅十三挨了两记板子，仍然如虎一般跃起身，用强壮的臂膀去顶撞衙役，在偏厅里闹得人仰马翻，嘴里叫骂不停。他骂完闵安骂毕斯，顺带诅咒了整个黄石郡衙的人。毕斯受惊退出了偏厅，下令将门锁上，先饿上茅十三一天一夜再说。走出两步转身，又吩咐把门钉上才罢。

郡衙里不断有打杂的衙役嗵嗵嗵地跑来跑去，听从毕斯的安排布置木板铁钉封门。非衣被吵醒，洗漱过后，站在窗口的桌案边煮了一壶早茶。一阵浓郁的胭脂香气扑面而来，他也没有抬头看。

花翠穿着水红半臂短衣，杏黄曳地长裙，如初秋枝头探出的海棠花，俏生生地立在窗口。非衣不理会她，她就拈着一根竹枝，戳了戳红泥茶炉，说道："安子是不是跟你说了，那个毕斯送礼、小妾偷跑的故事？"

非衣知道这个郡衙里的人，说话做事多有异于常人，见识了多次，也见怪不怪，拿着茶夹子将她竹枝轻轻推开，端起茶炉慢慢倒进杯里。

花翠软着腰身靠在窗口说："你是不是没让她讲完？"

非衣没否认，只抬眼问："怎么了？"

花翠伸着竹枝在茶汤水里搅了搅，说道："你不让她讲完，她的病就犯了，得吃药，老爹又不在郡子里，只能你去治一治了。"

非衣心里恼花翠无礼，面上仍不动声色。他并不关心闷安犯了什么病，需要吃什么药，只问最在意的一件事："吴先生去了哪里？"

"在别地儿跳大神。"

"什么时候回？"

花翠答："黄石郡是毕斯的地盘，老爹不好腆着老脸在这儿装神弄鬼，所以只能去远点的地方，保准十来天才回。"

非衣低头想着心事，没再答话。

花翠见他又不说话，把茶炉盖戳得乱响，嘴里说着："喂，我在跟你说话呢！安子那边你要去一下，听她把故事讲完，否则这一天她像是掉了魂似的，在房里走来走去，头不梳脸不洗，毕斯喊人叫她去应差她也听不进去，我是拿她没办法了。以后再碰上这样的事，你长个记性，见她兴致一来要讲故事，你就赶紧撇开，落个后面清静……"

非衣截断花翠的话问："她得了什么病？"

花翠愣了下才答道："也没什么毛病，就是爱心烦意乱，没顺着她的意思就爱生闷气。"

非衣暗暗想道：原来还有这样的一种怪毛病，难道是她脑子有问题？可看她谈吐和做事，明明比常人还要聪慧……

花翠有点猜到非衣的想法了，嗤道："和老爹在一起的都不是正常人，你就省省心吧。"

非衣无语。

花翠转身要走，非衣用茶夹子夹住了花翠的半臂衣角，让她挣脱不得。"喝完这盏茶再走。"他拾起茶杯递过窗子，淡淡说道，"再用力，花衫子就破了。"

花翠感受到那股传来的力道，知道他是个高手，加上心痛新衣装，无奈接过茶杯，将那一盏茶一饮而尽，用绢帕抹着嘴角走了。

非衣将茶汤倒尽，清洗好了茶具，慢慢踱向西边吏舍。院子外还有衙役在连声催着闷安去堂前听令，无奈吏舍大门紧闭，里面没有一点反应。

非衣推门，门不动。他想了想，贯力在足尖向上一踢，随即向内轻推，门果然应手而开。闷安在屋里走来走去，像是无头苍蝇一样到处乱撞，见他进来也不理会。

非衣走到桌旁坐下，问道："你到底犯了什么病？怎会这样焦躁？"

闵安敲着自己的头，皱眉答道："天气闷，好像要下雨了，我头里很痛，像要裂开了。"

非衣看看闵安的脸，苍白异常，鬓角也已经汗湿了。想起花翠说的有关闵安的病情，不由得问："和你昨晚讲的故事无关？"

闵安一愣，细细问了非衣这样说的理由。当她知道是花翠转告的原委时，忍不住笑道："翠花护着我，不敢跟你说真话。我是真的有病，就在脑子里，时常爱犯糊涂，发作起来谁都不认得。"闵安喜欢将花翠的名字反转过来叫，非衣在衙门多时，也早听惯了的。

闵安一番话依然让非衣听得云里雾里。不过非衣生性不爱过问闲事，能听从花翠的要求来这里一趟，也是因为看重闵安能联系到吴仁。看闵安这情形，恐怕脑子的确带了点毛病，使她说话做事异于常人。

闵安回头看见非衣慢慢冷下来的脸，又一笑，"唉，既然你来了，我就跟你说一说昨晚那故事的结尾吧！"

花翠的忠告言犹在耳，还特意提到了不要讲故事的细节。非衣立刻站起身朝外走，闵安赶过去拉住非衣的袖子，赶忙说道："你是真的没有兴趣听吗？"

非衣冷冷道："放手。"

闵安拽着非衣的袖子不放手，道："你听完我就放你走。"

非衣心中暗怒，在衫子上运了几成力震开了闵安，闵安受痛跌倒在地，脸色涨得通红。非衣见闵安额上不断滴下汗珠，心里一软，走回桌边坐好，却没有说一句话。

闵安面露喜色，一跃而起，连讲带比，讲完了山道上三个故事的前因后果。

原来是毕斯送的那块挂毯闯了祸，被小妾裁成了披肩给王知县戴上了。幕僚平时里有些瞧不起王知县的为人，借口说披肩像是一块枕头皮，奚落包着披肩的王知县就是一个草包。偏偏小妾听出了言外之意，添油加醋讲给了王知县听，并唆使王知县处置幕僚。王知县大怒，将一众幕僚赶走。这王知县确是个草包，此后，他亲自决断案子及政务，使清泉镇的治安和民生变得更加困顿了。满衙门里的人，没有一个不怨这小妾的。

小妾受不了衙门里众人的白眼，寻了一个下雨的夜晚，卷起细软逃出了衙门。小妾在途中碰上了茅十三一伙人，竟然跟其中的秀才军师看对了眼，两人打得火热，又约齐了一起上路。王知县失了小妾又新戴上一顶绿帽子，迁怒毕斯，要毕斯再务色一名漂亮娘子。毕斯苦寻不着，想着王知县说的"樱桃小口杏核眼，月牙眉毛天仙脸，不讲吃喝不讲穿，四门不出少闲言"，怕只能是菩萨才能符合要求了，忙不迭地打了一尊金菩萨送了过去。谁知毕斯这一次送礼彻底触发了王知县的火气，王知县将毕斯骂了个狗血淋头，并摊派给黄石郡更多的杂役活计，拒绝调拨公差下来辅助办理盗匪案子……就是毕斯碰钉子的那晚，一行人回来途中，在乱坟岗前遇见了非衣。

非衣听完，若有所思道："我只听说过楚州吏治混乱，还没想到一个小小的七品知县竟有这样大的权力，瞒上欺下，营私舞弊，将底下县郡整治成这个样子，这还有王法吗？"

闵安喝了口茶，不以为然地说："官大一级压死人，华朝吏治向来如此，从太上皇帝起就是这样的了。你是官场外的人，不用把这些放在心上，听听就过去了。"

非衣淡淡道："你跟我说了这么多，怎么可能让我听听就过去了，肯定又有什么事要我做。"

闵安笑道："非衣真是个聪明人，怎样都瞒不住你。"

非衣皱眉道："快说吧，少戴高帽子。"

闵安似乎忘了头痛，兴致勃勃地到非衣桌边坐下，说："前面我也跟你说了，王知县不喜欢我们毕大人，不愿意派人下来办理盗匪案子，毕大人惧怕王知县发威，也怯怯弱弱的，不敢接茅十三的案子。现在我已经帮毕大人把茅十三抓到，就差茅十三的供词，让他招出其余的盗匪在哪里。但是茅十三的脾气太犟了，不管怎么打都不招，把他关在偏厅里，他还骂人骂得震天响。要整治他，让他心服口服，只能想些奇巧法子。毕大人催我催得紧，我躲着不见毕大人，也是因为整治茅十三的法子还缺关键一步，要您帮忙搭把手……"

闵安说完，乞求地看着非衣。非衣转头瞥了闵安一眼，问道："整治茅十三的法子怕是很早就想出来了吧？"

闵安点了点头，仍然热切地看着非衣。非衣又说："所以很早也想好了要我出手帮你？"

闵安讪笑道："我就说非衣聪明吧，还没什么事能瞒得住……"

非衣冷冷看过去，闵安马上打住话头，生怕惹他不快。

"免谈。"非衣起身朝门外走,"我说了只帮你一次。"

闵安当然记得非衣先前说过"只帮一次"的话,所以才大费周章对付他。见非衣要走,闵安急忙冲上去,又想拉住非衣袖子。非衣故意顿了顿步子,在闵安即将抓住他的瞬间,极快地闪躲到一边。闵安收不住势头,径直撞上了门框,砰的一声大响。

闵安顾不上揉痛处,伸手死死拉住非衣衣服,嚷道:"哎,你这人怎么这么不好说话呢,既然留宿在郡衙里,总得看看毕大人的佛面嘛,处置好了茅十三,等于帮了毕大人一件大事啊。"

非衣拂开闵安的手说道:"你办好了茅十三的案子,是叫毕斯拿去讨好上级的,你们都有好处,与我有什么关系,我为什么要帮你?"

闵安情知非衣说得不错,一时之间没有合适的话应对他,只能抓住他的袖子不放。非衣伸手揪住闵安耳朵,将她拎出了门,正好送到了等候在外的衙役面前。

衙役忍住笑说:"小相公请吧,大人等得急了。"

闵安正正衣襟,咳嗽了一声,背着手慢慢踱开,迈着极为方正的步子。

第二章　谁家公子入门来

毕斯在宅院里走来走去，见闵安进门，连声说："你总算来了，赶快说说，拿这茅十三怎么办？"

闵安躬身请了安，道："大人有所不知，茅十三之所以能从别的州县安然无恙逃到黄石郡来，多次干起盗贼的老本行，就是因为他好义气，底下的贼众拥戴他。我们打他，他肯定不服，所以我们只能使计诱他，让他心服口服，乖乖招出其他人在哪里。到时候大人前去招安，先平定底下的贼寇，再将茅十三用枷车一锁，送到清泉镇王知县面前，不就是大功一件吗？"

毕斯眯了眯眼，想着能借这个案子讨好上司王怀礼、缓和与他之间的紧张关系，嘴角的小胡子不由得翘了起来。闵安看他笑了，心底也松了口气。可是毕斯转念一想，闵安说得容易，可如果茅十三不上当，一直不配合他审案，更说不上随后的招安和投降了，那他会不会又被上级怪罪一个"办事不力"呢？这样想着，他的笑容便慢慢僵了。

闵安仔细看着毕斯，知道他又开始在天人交战，默不作声等在一旁。果然，过了半晌，毕斯开口说道："本官觉得对付茅十三这个悍匪，不如就依本官先前想的，要他立下保状，不再来本郡生事，将他逐出去了事，底下的那些贼众也就会跟着他转移地盘了，省得我们麻烦。"

闵安佯装想了会儿毕斯的提议，才回道："大人，官理上有明训，消弭盗贼与抵御敌寇不同，御寇之法，驱逐境外就行。但是弭盗也驱逐出境外的话，是嫁祸给邻近郡县。一方有警，不行扑灭，致蔓延至他境者，会被重惩。"

毕斯伸着颈愣了会儿，闵安趁机又说道："大人不必过于忧虑，可先试下我的法子，若是不行，我们再从长计议……"

闵安深谙官场之道，自然不会去提以前的长官也是这样怕事，放走茅十三，结果导致茅十三流窜数州犯案，贻患至今。她不揭破这层，就是在毕斯面前维护前任长官的名声，顺带保存了毕斯的颜面。

毕斯踱开两步，叹气说道："没想到小小一个茅十三，竟能生出这么大的事端，就先用用你的法子吧。"

晚膳过后，大家坐在厨房外的大通间里喝着花翠泡的大补茶，一个衙役外出扯了几根草再回来，捏在手心里，要众人一一抽草签决定今晚值守重犯房的人手。除去郡衙长官、仵作吴仁、厨娘花翠及食客非衣外，所有人都被列入抽签当值名单中。

狱卒小六抽到了最短的草签，急得把身子朝前一扑，想伸手去抢离他最近的闵安手里的平安签。闵安有所提防，将草签护好，笑眯眯地走了。花翠燃起一根白蜡烛，用烟气绕着小六周身转了圈，简单做了一下驱邪的法事，嘴里念念有词："阿弥陀佛，自求多福，有去有回，一宿平安。"

小六紧了紧裤腰带，带着壮士断腕的气概走向了监牢大门。门前正好撞上合七人之力才被制服的茅十三，依然风采不减，唾沫星子喷得众衙役纷纷躲避。小六帮着其他人将茅十三推进大门，回头拿起毕斯亲笔画押的封条封住了门口，再对着门头上的狴犴铜像拜了拜。

茅十三仍在骂骂咧咧，小六跳过去赏了他一爆栗，叫道："狱神面前也敢不恭敬，找死了吗？"茅十三把眼一瞪，因两手被捆得紧紧的，干脆伸嘴去咬小六。小六又跳过去赏了他一爆栗，喝道："不拜狱神，小心鬼上身！"

当晚冷风大作，乌云压顶，重犯号房的气窗外渗进来一点惨淡的光。茅十三睡在匣床上，头发缠绕在木板铁环上，脖子、胸口都被铁索锁住，手脚半分动弹不得。距他身体五寸的地方卡着一块钉满了三寸长钉的号天板，小六正睡在上面。

夜里死静，空气潮湿。不多时，雨声渐起，檐雨滴滴答答砸在院里。突然，一道幽怨的女声飘了进来，不停念着："我死得好冤哪……你个狠心肠的，怎能不来陪我……"

茅十三猛然醒来，阴森森的声音直贯耳中，汗毛都倒竖了起来。他身不能动，只能抖着嗓子呼喝："牢头大哥……你去看看……是哪个在哭……"

小六被吵醒，揉了揉眼睛，抬头去看气窗外。等他看清了是什么东西时，大喊一声："我的亲娘唉！"咕咚一声滚下号天板，躲到了茅十三匣床底下。"都怪你这天杀的，不拜狱神，这回真的有鬼吧，惨大了……"

气窗距离号房地面少说也有一丈高，可还是能真切地看到那上面飘荡着一道白衣影子。一个女人披散着头发，衫子上滴着水，嘴唇从乱发底下突出来，青乌乌的，每开口念一个字，就吐出一截血红的舌头。她的身影飘忽不定，所以声音也是时断时续地传进来，像是被雨点打碎，拉长成一道凄凄厉厉的曲子。

"茅十三你来听真切，听小女子与你说前端。当年你签了保状与堂约，应了外出闵州不来犯。我观你三年买卖富贵成，忘了前约背弃信义，还待不收手，犯我黄石郡，惊动地下石棺相继开。石棺开，魂魄飞，小女子唤你来作陪，哎……"

茅十三听到女鬼唤他名字，手脚乱颤，抖得锁链哗哗作响。

"爷爷……爷爷……哪知道鬼大人的府邸……是建在……建在乱坟岗上……大人……大人放了爷爷……不不，是放了我……我再也不回……"

黄石郡的官衙本来就建在乱石堆上，据说下面埋着无数萧萧白骨，以前时常发生闹鬼之事。小六当了快三年的狱卒，虽听过这说法，却是第一次亲眼看到女鬼显灵，吓得比茅十三更厉害。茅十三听到女鬼还在索命般地唱着，急喊小六打鬼。小六从匣床栏边冒出一点脑门，战战兢兢地对着女鬼身影磕头，喊着："冤有头债有主，女鬼大人找他的晦气去，千万别拿眼看住我。"

飘荡的白衣女鬼从嘴里幽幽吐出一口烟，那张惨白的脸越发迷离。此时，另有一只烟筒从气窗角递入，悄悄散出安神助眠的香气。女鬼等了一会，看见茅十三还在匣床上发抖，没有昏睡过去，忍不住低头去吸一大口烟气，再待吹送出去。可她没料到那烟气竟是那样辣，呛得她差点咳出声，为了不露出破绽，她索性一口强吞下烟气，结果又被迷香迷软了身子，咕咚一声栽倒在地。

墙外的花翠连忙收了滑竿，蹲下来拍着女鬼的脸，低声道："说了让我来，又要逞强，真是个猪脑子。"

女鬼喝了花翠喂的米汤，悠悠清醒过来，她扒开头发，抹去嘴边的水渍，冲着花翠感激地一笑。花翠将她的脸别到一边，嫌恶说道："鬼样子就别笑了吧，寒碜死人。"

一道闪电直劈下来，照亮了女鬼惨白的脸。花翠看到她的眼神起了变化，瞳孔都变大了一轮，暗呼不好。花翠按住女鬼挣扎的身子，捂着女鬼的嘴低声说："安子别怕，这儿不是闵州的巷子，没那些打你的坏人在，你回回神，别害怕，啊？"

被捂住嘴的闵安在花翠手下拼命挣扎，她的眼前看不到闪亮的天、漆黑的夜、珠子般的雨串，只能感觉到从地底渗透过来的冷气。又一道闪电撕过夜幕，雨水从屋檐瓦头冲刷下来，砸在她的脸上。这一切与十一年前的那夜完全重合，那一晚有很多人在踢她和哥哥，哥哥的血大片大片洒在她的脸上和手上，就连雨水都冲不走那些刺眼的红色……

花翠看着闵安的神智慢慢陷入疯迷中，暗暗叫苦。她使出大力按住闵安一刻，累得气喘吁吁。闵安双腿不断挣扎，与花翠斗了一会儿蛮力，一个闪电再劈下来，惊得闵安怪叫一声，趁着花翠分神，她掀开花翠的身子，像是弹起的兔子般，一阵风地跑远了。

花翠想喊又不敢喊，顺了顺气，拔脚追了过去。

偏院里的非衣合上讲解花草的医书，用冷水净了面，回身打算挥袖熄灯就寝。一道冷风横吹过来，撞开了窗子，送进一阵奇怪的声音。非衣下意识地用手遮挡，突然看见外面有一道模糊的白影连跑带跳，跃过矮院门，径直扑了过来。那团影子跑得太快，挟着冷风夜雨，顶着一头惨白的闪电，在光亮下露出一张黑白相间的怪脸，看起来既恐怖又眼熟。

非衣没有时间去细细思量，见那影子来得紧急，当下运气鼓动衣袖，向前一推，一道大力砰砰关上了窗子。外面那道白影突遭变故，没有反应过来，径直撞上了窗台，再咚的一声倒在了窗外。

非衣走过去加固窗栓和门栓，脱下外袍安然入睡。窗台上伸出两只瘦骨嶙峋的爪子，映着闪电光亮在不断刨着木窗棂，还伴随着一道细密的呼声："妹妹快跑，妹妹快跑。"

雨夜乍一听这种瘆人的声音，自然会让人觉得毛骨悚然。可是非衣艺高人胆大，听在耳里，只当是迷路的松鼠在啸叫。他平躺不动，静心地吐纳几下，逐渐有了睡意。

掉在窗下的闵安迷乱地喊了一刻，开始砰砰地敲窗，焦急地喊道："放我进来！放我进来！"

非衣叹了口气，起身走到窗边问："你又想干什么？"听了那么久，他自然知道外面是谁的声音。

闵安边敲着窗边道："放我进来！我很怕！"

非衣默然一下，应道："放你进来，就要换成我害怕了。"

闵安低低地说："求求你，我真的很怕……"

非衣听她的声音不似作伪，犹豫片刻，便开了窗。闵安捏着白衫子衣角，狼狈不堪地爬进窗来。她虽是女鬼装扮，中衣和长裤倒是男儿装，还穿着束胸甲衣，在非衣面前自然还是平常的样子。

非衣拈起一张湿手巾，朝闵安脸上丢了过去，说道："擦净了脸再说话。"

闵安喘息了片刻，走到水盆边洗干净了脸，又恢复了俊秀清丽的少年郎模样。闵安摸了摸披散下来的头发，将头发捋到耳后，看到非衣打量着自己，禁不住红了脸，低头说："今晚，我们挤着睡一宿好吗？"

非衣问："为什么？"

闵安期期艾艾地回答："外面打雷，我很怕啊……"

"你不是女鬼吗，应当是人怕你才对。"

"可是女鬼也怕遭雷劈啊……"

非衣知道再说下去，就会被闵安绕进话里，干脆闭口不言。自从遇到这个小相公，莫名其妙的事情太多，也有些见怪不怪了。他掸了掸袖角，走到土炕前睡下，呼吸渐匀，像是真的睡了过去。

闵安坐在炕脚，抱着肩膀缩成一团，抖抖索索了一刻，见窗外不断划过亮惨惨的光，忍不住将头埋进双肩里，低声说着："妹妹不怕，妹妹不怕，哥哥在这里。"小声啜泣了一会儿，倦意袭上心头，她抹干眼泪，抓起炕上的一块软布枕头，轻手轻脚走到非衣厢房里的衣柜前，拉开门缩身躲了进去。这是她常用来躲避雷声躲避光亮的地方，如今被非衣占了屋子，无奈之下，她还是硬闯了进来。

衣柜里有淡淡的熏香味，像是非衣身上的那股气息，薄而清凉，让闵安心绪渐宁。闵安缩在三尺见方的隔板上，觉得四处都妥贴了，黑魆魆的感觉将身子包裹得很好,她才慢慢地睡着。

土炕上的非衣睁开眼睛,听着闵安细碎的呓语逐渐停了下来,仍然了无睡意。他听见闵安低声说"哥哥""妹妹"的话,即使不愿意动心思去想,也大致猜得出来闵安身上遭遇过极大的变故。

闵州闵家,本是闵州最显赫的官宦世家,据户籍记载,当朝曾育有一对龙凤胎。长子为兄,叫闵聪,次女叫闵安,长得聪明伶俐,极早就被定了亲事……非衣心里念着从户部里看到的档案,微微皱起了眉。照档案的记载,闵家的女孩才叫闵安,何以身边衣柜里的人,明明是男儿身,却叫着妹妹的名字……

窗外响起的砰砰敲击声,打断了非衣的思绪。非衣看向窗外,一道纤长的影子映在窗上,有人在问:"有人吗……有人吗……"

非衣不想再生事,冷着脸不答话。花翠的声音又传过来问:"没人的话,那有鬼进来了么……"

至此,非衣完全相信了花翠所说的"老爹身边没有一个正常人"这句话。他听花翠叫得不休不饶的,拈起花种子弹向了窗台,在窗纸上发出噗的一声轻响。"他睡了,明早过来将他提出去。"

花翠敲窗的手一顿,顺势理了理头发,轻轻问道:"那么,你们是睡在一起了?"

听她问得蹊跷,非衣有些后悔答她。外面花翠仍在细声细气地问:"你们是怎样睡的?她在哪边?左边还是右边?或者……是上边还是下边……"

非衣决定不再理她,凝了凝神,开始潜心入睡。

没听到回答的花翠纳闷地转过身,走向了自己的屋子。她边走边想,难道是她说错了什么?安子穿着束甲,睡在非衣身边,可千万别被打着胸了啊!

到底她睡在哪一边呢?

真是好奇死了!

雨过天晴,气息清新。半夜突发的离奇呼喊夹杂在冷风冰雨中,被巨大的雷鸣声吞没,并没有惊动整个黄石郡衙的人。当门吏敲响卯初一刻的头梆时,整座郡衙开始苏醒,按部就班地开始运作。

洗漱完毕,穿戴整齐的非衣打开衣柜门,看到闵安蜷作一团寐在隔板上,毫不犹豫地推了推她的肩膀。闵安搂着布枕头翻个身又要睡,非衣拉住闵安的衣领,将她拎出了柜子。

闵安睡功了得，在非衣手上并不挣扎，仍紧闭着双眼，手中抱着枕头。非衣见她脸上还带着没有干透的泪痕，淡红薄唇紧抿，似乎在无声诉说着昨晚的委屈，手里不由地松了一下。闵安落到地面上，将头搁上土炕脚踏，调整姿势又睡了过去。

非衣坐了下来，看着脚边的一团，实在说不出话来。正在犹豫是否再次叫她起身时，花翠一阵清风般地袅袅走过来，在窗口处唤道："安子，该起身了。"

闵安毫无动静，非衣更是诧异。

"阿花昨晚被雷劈死了。"

闵安突然睁开眼睛，爬起身来，用枕头抹了下脸，如风般走出门外。

阿花的栏圈在师父吴仁那边的厢房前，顶上没有棚子遮挡，平时木门关得也不够严实，大家也任由阿花跑出去闲逛。有一天，毕斯升堂正在审一桩田产纠纷，阿花不知道怎地径直进来。它抬头一看都是熟人，自顾自地这里拱一下那里拱一下，把毕斯气得了不得。闵安当时正在笔录，不等毕斯骂人，她就丢了笔跳起来到处抓猪去了。

历经过这次风波后，阿花被毕斯禁了足，只准在边院出入。

可是闵安没想到，这小小的一方天地，终究也没保住阿花的命。她像是丢了魂一样站在栏圈前，怙香看着菜叶稻草铺垫的猪窝，好半天也没将三炷香插进石粜里。非衣从窗口望出去，突然想起闵安说过，经她豢养的动物都是有节操和灵性的，比如阿花，知道跑出去排泄，保持着草窝的干净。有时师父打闵安打得狠了，阿花还会哼唧几声，让师父的怒火转移到它身上。

"阿花是我的拜把子兄弟。"闵安抬起头，失魂落魄地瞧着站在窗口的非衣，"它的祖籍是黄石坡，方圆十里都没有哪只动物能长得像它那样威武，我问过师父，师父也承认阿花是珍稀品种。"

非衣看见闵安难受的模样，勉为其难地接了句："所以你就捡了回来？"

闵安回答："我一般不出手，除非是珍稀品种，你也是。"

非衣弹了一粒石子出去，将闵安的额头弹出一个包，再关上了窗子。闵安揉着额头，嘀咕说道："好歹接句话呀，让我问清楚，你这珍稀品种到底是何方神圣……"

午饭时，还发生了一件让闵安难以接受的事。通过现场痕迹勘查，花翠肯定地说，昨晚闵安穿着白衫子，直奔非衣窗口而来时，极大地惊吓了阿花。阿花慌不择路跑到空旷院子里，才被一道闪雷劈中的。也就是说，阿花其实是被闵安害死的。

待闵安心怀愧疚来到厨房外的大通间，准备进午膳时，却发现桌上多了一道菜——烤酱汁猪。

小六已经听说过昨晚闵安扮鬼惊吓茅十三的事，还有阿花的不幸，所以吃起大菜时非常卖力，以此来报复闵安的惊吓之仇。其余衙役争先恐后朝着阿花的残骸落筷，闵安看着餐桌欲哭无泪。花翠端出一碗青菜黄针汤，低头在闵安耳边说："这道烤猪是为小六做的，给他压压惊。再说阿花死了也没多大用处，不如装进大家肚子里，还能代你赔个礼。后面那截你夜闯非衣厢房的事情我就没说了，给非衣留个面子，也给你留点体面。"

闵安这才想起抬头找非衣，问道："他人呢？"

花翠答："刚喝了一碗粥就被毕大人叫走了，听说是死了一个村民，叫非衣过去鉴定下伤痕。你也知道除了非衣，整个郡子没一个靠谱的高手，叫他看看总不会错……"

闵安连忙抓起花翠的手巾，边擦嘴边朝外走，"两三年才出一桩命案，是大案子，我得去看看。"

尸体是由路过的庄稼汉抬过来的。一个村民身穿齐整的短衫长裤和草鞋，平躺在一块木板上，散发着一股烟火气。事发现场在黄石坡，由于人来人往，已经被破坏了痕迹。非衣站在穿堂里看了一眼尸体，已经估测出了个大概，问毕斯："大人以为如何？"

毕斯摸着小胡子推断道："昨晚打雷下雨，闹得十分厉害，本官看这人多半是被雷劈死的。"

背对着毕斯的非衣皱了皱眉，心中不以为然，嘴上却顺着说道："那就按照大人的意思来结案吧。"他不想揽事，这样结案对他来说，是无可无不可。

毕斯微笑道："非衣认为本官是对的吗？那就好，那就好……"正说着，闵安已经匆匆走过来，低头围着尸体转了一圈，再蹲下来细细查看死者口鼻、四肢。

毕斯皱着眉头看闵安忙来忙去，就怕她节外生枝。不出所料，过了一会儿，闵安站起来躬身施礼，说道："恭喜大人不日就要破除茅十三那一伙匪贼。"

毕斯有些不悦，问道："这又说的什么话？这个人明明是被雷劈的，怎么扯到茅十三那伙人身上去了？"

闵安恭敬道："大人是要听真话还是假话？"

毕斯吹胡子道："当然是真话。"

闵安从袖口抽出一方帕子，遮住了自己的手指，才揭开尸体上的短衫，说道："通常被雷劈死的人，一定会在身上留下焦灼烫伤的痕迹，即使是在最隐蔽的嘴里，也会有股烧灼焦味，决然不会像这个人一样，身上肌肤完好无损，还能穿着整齐的衣服。再者，这人七窍并未流血，掰开他的口舌去闻，没有焦味，只有烟火气，鼻腔中可检验到烟灰，由此可推断，他极有可能是被大火活活熏烤致死的。"

毕斯良久无语，考虑着闵安所说的可能性。第一次遇见人命案，他毫无断案的经验，能依靠的也只有眼前这位小相公了。毕斯迟疑道："小相公一直跟着吴先生出工，学了不少他的本事，本官也是相信小相公的，只是这人如果是像你推断的那样死法，该怎样证明呢？"

闵安料到毕斯会有此问，因此早有准备。她唤人去厨房取来加热的芝麻末，捏在手里朝着尸体的嘴巴及手腕处一吹，马上就有芝麻末黏在嘴唇四周和手腕上，比起身体其他的地方显得密集了许多。闵安拍了拍手说道："这人嘴巴里没有烟灰，鼻子里却有，所以我想他可能是被人封住了嘴巴，阻止他发声。他的手腕被捆住，大火一旦烧起来，热气熏过来烤炙他的皮肤，那些被捆绑堵住的地方，体内油脂散不出去，必然会凝聚在一起，即使人死尸冷，依然能附着热芝麻。所以我向大人推断，这人一定是被人有意捆绑起来，活活烤死的，却又被抛到黄石坡，做成一副被雷劈死的假象。"

毕斯听后点头道："小相公言之有理。"他搔了搔额头，看看一旁静听的非衣，又问："公子可认同她的话？"

非衣拱手答道："大人的书吏很聪明，既能断案，且能验尸，大人知人善用，是百姓之福。"心底却有些暗暗惊异。原来闵安验尸、推断案情时，并不像平日所表现出来的那样软弱糊涂。

非衣的官腔说得很地道，四平八稳地点到各方面，由他那种淡淡的口吻说出来，虽是恭维之意，却不着痕迹，更让毕斯受用。

毕斯心下熨帖了不少，又问："那……小相公先前说的，茅十三那伙人又是怎么回事？"

闵安指着那人道："大人请看，这人染了绿眉毛，中宽边窄，正是茅十三一伙的标志。茅十三对外自号绿眉好汉，这眉毛的染色越深，代表地位越高。从这人眉色来看，他极有可能是匪贼里的二当家……且先假定他就是二当家吧。现在二当家曝尸荒野，被人用不着痕迹的方法杀死，可见匪窝里没了茅十三坐镇，已经发生了内讧。大人抓住这个机会搜捕，既抓住凶手结案，又一举清剿这伙匪徒，可谓一举两得。"

毕斯听得连连点头，道："你把这里处置停当，就回去布置吧。"说完，他拿出官印交给闵安，自己先回房去了。

闵安收好官印，看到非衣站在一旁，低声说："大人害怕讨伐匪贼时没有高手保护他，所以才三番四次地迟疑。不如非衣跟着大人走一趟吧，我保准大人付给非衣多多的赏银。"

非衣眼睛一翻，回道："银子我多得是，要我给你多少，才能让你不再来找我的麻烦？"他甚至吝于瞥上闵安一眼，径直走开了。

闵安见非衣拒绝，叹了口气，蔫头耷脑地走到偏厅。一进门，她就恢复了常态。茅十三坐在一张椅子里，愁眉苦脸的，看来着实被昨晚的女鬼索命吓得不轻。

闵安依照道上的规矩，给茅十三备酒压惊，并出示一封盖了官印的约战书，约定十日后黄石坡一战，与茅十三讲定若战败，他必须连人带手下听从毕斯的处置。毕斯也会请一名高人来为茅十三做一场法事，驱散他身上的邪气。

与茅十三约战，就是闵安所想的办法。若是她当面询问茅十三的手下在哪里，茅十三必然不会出卖自己的兄弟们。但是闵安以文书约战的形式提议与茅十三公平打一场，以茅十三的脾气，必定会带着所有手下出战的，到时只需提前布置好，一网打尽匪贼就行。

茅十三经过昨晚那一惊吓，脑袋添了几分糊涂，加上他平生好勇斗狠，听见闵安说毕斯要与他公平一战时，心想：这里既然有鬼，自然是待不下去了，能有个公平的机会好好打一架，就是输了也是条好汉。想好了，嘴里应道："好，这才是好汉的样子！"

至于毕斯那边，闵安经过两次游说，已经让毕斯完全听从了她的主张，也就是先放走茅十三，再约战，相机招安了茅十三那一伙人，永绝了匪患。

茅十三走后，闵安坐在偏厅椅子里，脸上泛起了一些酒气，像是新开的桃花那样红艳。她捧着脸，正在想着该怎样说动非衣去黄石坡一趟时，非衣已经一脚踏进了大门。

非衣站在闵安身前，袖口透出一丝淡淡熏香，惹得闵安忍不住偷偷伸颈去闻。

"你还不消停？"

闵安抬头问："怎么了？"

"我的窗前为什么多了一块坟包？"

"那是忠义阿花的埋骨地，生前为我挡骂消灾，死后为我证明被雷劈死的惨状应该是怎样的。它做了那么多的贡献，我就不能立块碑纪念它吗？"

非衣这才明了闵安当场看了一眼尸体，就马上判定那人不是被雷劈死的原因了。他根本没有联想到被雷击死的阿花身上，当时还有些惊讶闵安的能力，简直要追得上昌平府的萧知情了。

非衣没有与闵安多费口舌。他赏了小六一锭小银子，没过多久，小六就替他把事情办好了，直接将阿花的骨头坟包移到了猪圈旁边。小六哼着小曲压好土时，心血来潮，自作主张地为阿花另立了一个木头碑，写道：一只好猪，死得其所。

非衣的银子是毕斯外出一趟换开的。早前他给毕斯的这张银票既然能兑现银，之后便源源不断，谁也不知道非衣到底随身携带了多少银票，能兑换出多少银两。所以非但毕斯对他异常客气，而且差官衙役们也争着迎来送往，极尽所能侍奉好他。

闵安见阿花的坟被迁，本想与他理论，再趁机游说他出手讨贼，可是等闵安走进院子，却发现里面已经站了两三个衙役，正在培土稳固花架，花架上还吊着五个竹片记事牌，字迹拙劣不堪，内容倒写得很清楚：

辰时一刻，毕斯大人约定公子喝早茶。

巳时，公子翻晒干花干草，闲人勿扰。

未时，花翠进献莲子银耳汤，小六、小甲、老班头全程护卫，闲人勿扰。

戌时，萧庄二小姐第三次约公子看星星看月亮，预先备好纸伞茶水瓜子，若邀约失败，可赠萧小姐赏银，闲人勿扰。

今日院内当值顺序：小六、小甲、老班头。

旁人预约应当在三日后，逾矩者诅咒死一户口薄，并附带值守茅十三夜班草签一根。

午后，闵安见不到非衣的面，无奈转回了自己的吏舍。正值花翠进来抹粉、更衣，准备出街买熬汤的食材。花翠每次外出前，必然会重新将自己收拾一番，觉得满意了，才如一朵妖娆的春花，婷婷袅袅地走出门去。闵安想着非衣喜好花草，以养白骨开奇花著称的黄石郡，肯定有些奇特的种类，如果托花翠去市集上打听下，兴许能搜集到非衣没有的奇花异草。

花翠对镜装扮，见到闵安杵在一旁，笑道："怎么今天对姐姐的花粉不过敏呀？"

闵安怎么可能没反应，她将袖子放开，连打几个喷嚏。花翠每次出了厨房，一定要把全身擦得香喷喷的，祛除油烟气。闵安与她一起生活了几年，还是受不了她的满身粉香。后来她想了个法子，将姜片、白檀、清菊混合在一起做熏香片，每日早起晚睡之时，涂抹在鼻底，间歇时还喝凤尾茶，整治了两年，自己也落得一身清雅的香气，才勉强习惯了花翠的粉香味道。

闵安从师父收藏的书籍里挑选了两三种花草图样，用笔摹下来，将画纸递给花翠，请求她在市面上打听。

花翠摸摸闵安的脸蛋，笑道："哟，你对非衣的事情倒是蛮上心的，难道也看上他了？"

闵安慌得脸红，急道："我是男人，怎能喜好男子。我是有求于非衣，才想投其所好，让他答应我的要求。"

花翠挎起篮子，又笑道："你是想求他把萧庄的小姐让给你吧？"闵安抿唇不语，回想起萧庄的小姐萧宝儿，每次见到她，不分场合不分时辰抱着她不放的往事，着实有些难为情，白皙的脸庞像是染上了一片桃花红霞。自非衣来了，萧宝儿才不再黏她，转去向非衣献殷勤，花翠取笑闵安便是为此。

花翠伸指点上闵安额头，笑啐一句："呆头鹅也想约姑娘看星星看月亮吗？"说罢扬长而去。

屋子里的闵安松了口气，嘀咕道："萧宝儿就是一个小霸王，我躲她都躲不及，还敢约她看星星看月亮？我是高兴她终于不来找我了，将祸害转移到非衣身上。"说完她觉得轻松异常，高兴地趴在桌上着手绘制长木战车图纸，预备在十日后与茅十三的约战中使用，确保她的长官毕斯稳赢不败。

傍晚时，花翠带回好消息说，黄石坡下真的长着一株"紫美人"花树，采摘来花瓣塞进枕里可以安神助眠。闵安一听是黄石坡，属于萧宝儿时常出没打猎的地盘，央求花翠第二天与她一起去。花翠却以路远日头大会晒黑做理由，拒绝了闵安。

戌时夜幕有星无月。闵安拿着战车图纸给毕斯过目了，商妥细节才走回吏舍。路过边院时，她习惯性地抬头看看师父那边的厢房是否燃上了灯，却发现一道熟悉的背影站在非衣紧闭的窗前，嘴里还在哭喊什么。

一个头戴珠玉流苏小花帽，身穿水红纱裙的姑娘，正拿着鞭子抽打院子里的花架，带着哭腔喊道："公子带我回去嘛！我要去看姐姐！"这个姑娘就是萧庄的小姐萧宝儿，昌平府女知府萧知情的妹妹。

闵安一听到萧宝儿的声音，连忙弯腰压低身子，擦着低得不能再低的矮墙边儿走。还没挨过转角，萧宝儿就提着鞭子跃出门来，喊道："闵安，你给我站住！"

闵安站起急奔，跑得比兔子还快，专拣夹院之间的小弄堂钻，衣衫蹭上青苔也顾不得了。萧宝儿是有些拳脚功夫的，时常纵马打猎，身手练得比衙役还要厉害。闵安眼看快要钻到出口了，萧宝儿从旁院堵她，抵着她后退，将她堵在了夹院两壁之间。

闵安看着萧宝儿涨得通红的脸，只得站定，却差点被萧宝儿疾驰而来的身躯冲倒。萧宝儿紧紧抱住闵安，摆头哭诉着，将满头的珠玉流苏晃来荡去，着实耀花了闵安的双眼。

"我十分想念姐姐，你带我上昌平府好吗？公子不愿意见我，更不愿意带我回去。"

闵安夹在两壁之间，被萧宝儿抱得死紧，动作不大灵便。她抬手拍拍萧宝儿的后背，帮她顺气，

问道："非衣是昌平府人吗？是哪家的公子？"

萧宝儿哽咽道："公子来头可大了，姐姐都得看他的脸色。"

闵安听着了关键处，由着萧宝儿像往常一样抱着她大哭，问道："萧知府萧大人算是昌平府最大的官了，还要看非衣脸色？那他莫非是楚南王家里的？"

萧宝儿抬起梨花带雨的脸，跪倒在闵安面前，看着她说："你还是别猜了，是要害我被爹爹打吗？姐姐写信过来，特地叮嘱了，不准泄露公子的身世。公子本来就不近人情，惹得他心烦，他还有更厉害的手段对付我们萧家。再说他上面还有个世子撑着腰，那也是个不好相与的人物……偏偏姐姐又被世子捏在了手里，成了什么家臣……"

萧宝儿被萧老爷管制得极严格，不能出黄石郡，已经三年没见到亲姐的面。时间一长，正值十五六岁年纪，生性爱玩闹的小姑娘怎么受得了。萧老爷虽然宠着萧宝儿，对她三番两次要上昌平的举止却坚执不准，为此罚了她多次。萧宝儿自小失了母亲，对唯一的姐姐极为依赖，所以她想找到一切能避免受罚的方式去昌平府。

闵安平时被萧宝儿缠了多次，知道她的心结，对此她也无能为力，只能耐着脾气安慰。萧宝儿叫她不要猜测非衣的来历，其实她已经差不多猜到非衣的底儿了，只是缺少证据去证明。

萧宝儿哭倒在地，把脸藏在闵安腰下的长衫里，顺便用衣摆抹了下眼泪鼻涕。弄堂出口那边，伸出了小六、小甲的头，朝着闵安与萧宝儿一站一跪的地方瞧了瞧，将手里的灯笼举高照亮，眼睛突然就睁大了，过后又互相递了个眼色，再徐徐收回脑壳。

闵安猛然也醒悟过来，萧宝儿在她身上滑溜着哭倒，远远看去，姿势可谓暧昧之极。

闵安心急火燎地将萧宝儿打发走，还没躲进吏舍里，小六等人就围住了她，塞给她一些瓜子干果，说道："小相公艳福不浅呐，非衣公子刚拒绝了萧小姐的邀请，萧小姐转头就钻进小相公怀里去了。远远看着实在不过瘾，要不小相公给说说中间的曲折，让哥儿几个过过干瘾？"

闵安端起架子呵斥小六等人，想将他们吓走，他们反过来向闵安讨要赏银，理由就是闵安撵走了萧宝儿，让他们备用的小茶点白费了。闵安不情不愿地拿出几个钱给了小六等人，小六还嫌她太慢了，跳过去赏了她一爆栗。

闵安怎能忍下这口气，马上一掌击出，打中了小六胸口。她自小跟随吴仁学得武艺傍身，拳脚虽然比不上总镖局出来的花翠，对付寻常的角色可是绰绰有余，小六自然也不在话下。小六也不肯吃亏，再跳过去与闵安缠斗，引得周围的衙役哄笑。

正在睡觉的花翠被吵醒，抄起一根压被絮的竹杠就走了出来。她横扫一杠，将所有人扫出吏舍院门，站在大门口说道："再吵着姑奶奶睡觉，小心你们的狗命！"

等夜色笼罩大地，闵安才敢偷偷摸进院门。她决定明早要去探一探黄石坡的紫美人花，有必要磨出一把柴刀开山辟路。

花翠睡了半宿，院外光线惨淡，窗台下反射了一点冷光，还有些霍霍的声音，听着怪瘆人。她披衣起身，走到院中，朝闵安后脑一拍，愠怒道："大半夜的还磨刀？不能点个灯吗？"

闵安委屈道："点灯又碍着你的眼了，你总说睡得不好。"

花翠叹气请小祖宗退到一边，三下两下就将柴刀磨好，还给上了油蜡。院外丢进一个打更的竹梆，正砸中闵安的头，接着传来小六的声音："大半夜的还磨刀，吓死人，就不能点个灯吗？"

闵安将竹梆捡起来，揉着头去睡觉。

天明时，闵安拿着这竹梆，匆匆穿过宅门、穿堂门、仪门、大门，在云板及梆筒上乱敲一气，提前将毕斯等官吏唤醒。毕斯看见小六惯用的竹梆留在过道里，大骂了小六一顿。

小六值守一夜，本该回住所休息，无端被骂受了冤枉气，自然记恨闵安。他和闵安一样，在郡衙里身兼数职，各县的文书传递也是他经手的。跑腿时，他还得知了一则重要的消息，不过故意没有对闵安说明。

辅国监政的楚南王之子，已领世爵在身的世子李培南私服出游，来到楚州几座有名的郡县狩猎，各级官衙已经风传开来，各自备好府邸准备迎接。

黄石郡幅员狭小，所治民户不过三百，没有人力物力养缮驿馆，哪里更去寻得一个好府邸预备给世子。毕斯发愁此事，想和闵安商议，却听小六说闵安去了黄石坡。

小雨霏霏，花草淡香，黄石坡上没有一点虫叫鸟鸣。

闵安用柴刀开路，齐腰长的深草窸窣作响，不知从哪里跳出一只金黄色的小猴子，挂在树梢上一荡，取走了她的帽子。闵安掰下一根树枝戳小猴子，它也学她的样，用树枝戳她，将她的头发戳散。一时没有称手的东西束发，闵安只能任由一头黑发如瀑披下，她走到黄石坡顶，费力地扒在树根上，伸出柴刀去砍紫美人的花枝，将仅有的一株捏在了手里。

突然，旁边闪出一道黄色的影子，如圆球一般晃过闵安眼前，头上还戴着她的帽子。闵安受惊，抓起柴刀去砍，突然想起这是刚才那只小猴子，又急忙收手。这一下力道用岔了，脚下一滑，不禁朝下跌去。多亏她松手丢了柴刀，牢牢抓住一截倒生的树根，才避免继续滑落。

小猴子戴着帽子，边拍手边吱吱叫，闵安挂在山坡上哭笑不得。猴子低头看她，帽子被吹落，它追着帽子跳下来，正好压在她的手臂上。树根难以承受重量，松脱开来，闵安和小猴子一起滚落下去。小猴子还没成年，在石头崖壁上找不到树枝攀缘，惊得吱吱大叫。闵安于心不忍，将它护在怀里，转瞬间已经滚到崖底，重重跌在地面。

闵安吸了吸气，背部传来一阵剧痛，比起师父的棒槌敲打可厉害多了。她勉强撑起腰身，将自己挪到一边的石头上靠着，对着呆站在一旁的小猴子做了个鬼脸。小猴子跑开，捡起闵安的帽子戴在自己头上。突然，小猴像听到什么，吱吱叫着蹿到闵安背后，只从她肩头露出一点蓝汪汪的脸，注视着远方。

闵安抬头去看，发现山路那头走来一支豪华马车队伍，车头插着锦青丝绣金龙旗，正迎风猎猎作响。车辕、车身、垂幔无不精致，随侍穿着一色锦袍，系着白玉章星腰带，笔直坐在马身上，目不斜视。领头的侍卫长得尤其英武，背缚着一个玄色锦帛剑盒，上面按了一道金漆徽印，宣示着利器的出处不凡。

闵安看不到车厢里的人，但她辗转在外多年，多少有些眼力，当即就看出这支马队排场不算很大，透出的王家气象却是独一无二的。

闵安暗忖，背部实在是太痛了，恐怕伤势不轻，这里行人不多，耽误下去恐怕后患无穷。考虑再三，她只得勉强起身，向这支威严的队伍求救。"诸位侍卫大哥，小弟在郡里当差，途经此处不慎受伤，能否借一匹马，让小弟去前面的黄石郡衙赶差事。"她摸出怀里的镶铜木条牌记高举，表示自己说的身份是真的。

整支马队没有人看她一眼，当她如路边草芥一般，除了打头的侍卫长。那人稍一停滞，身后的队伍就有了一丝迟缓，马蹄却依然不乱，足见平日训练有素。车厢里传来一个冷淡的声音："不用停。"马队再无迟疑，径直走过闵安面前。

小猴子从闵安身后跑出来，看看马车消失在山道口，又回头看看痛得直皱眉的闵安。闵安朝它努嘴道："呶，呶，去那边拣根棍子来，棍子听得懂吗？"

闵安抓起手边的细枝条砸小猴子，小猴子依葫芦画瓢，也抓起木棍草枝等物丢过来。如此互砸了一刻，闵安长衫与罩衣上都溅上了泥巴，头顶上也落了不少。终于，皇天不负有心人，小猴子丢完了身边之物，回头探到了闵安想要的那根黑木树干，双手拖抱过来，就待费力砸向她。

一阵不急不缓的马蹄声传来，打断了小猴子的动作。小猴子戴着帽子跳上树，想了想，又跑到闵安身后躲起来。闵安好不容易够到了那根黑木树干，支撑着站起。才勉力走了两步，树干折断，她重重跌向了路边水洼，溅了满身的黄土泥巴，白皙的脸上也抹上了一些污秽水渍。小猴子见她与自己颜色相近，拍手吱吱欢叫。

蹄声到了近前，马上之人正是方才领头的侍卫长。他跃下马，向坐在地上的闵安抱了抱拳，说道："在下厉群，敢问一事，阁下手里拿着的可是紫美人花？"

闵安低头一看，这才发现从崖上跌落到现在，她的左手还紧紧攥着那株紫美人花枝。那是她用来请动非衣出马的筹码，被她看得比命还重。

侍卫长厉群说道："我用这匹白马换阁下的花，可愿意吗？"

闵安连忙摇头，道："只有这一株了，不能换给你。马我可以不要，反正等天黑，总会有人来寻我回去的。"

厉群踌躇一下，翻身上马，朝着来路奔去。闵安试着挪了挪腿，没法站起，又得诱使小猴子砸她更粗的一根树干。就在她与小猴子熟练地互砸时，刚才那顶气象威严的马车缓缓驶回来了，在蒙蒙细雨中深沉醒目。同时，车内人也将闵安与一头蓝脸猴子互砸的情形尽收眼底。

马夫停稳马，打开黑檀车门，铺上脚踏，再低头退向一旁，始终没有抬起眼睛。

一截紫袍下摆先出现在闵安眼前，紧接着是一件拂散开来的罗纱蔽罩，下车的人长了一张俊美至极的脸，双眼如墨，唇若紫绸，堪堪看了闵安一眼，就让闵安凝住了呼吸，大气也不敢出。

闵安知道自身脏乱不堪，忙抓下头顶的那些杂草土坷，勉力想要坐起，可无论她怎样调整手臂，都成了一种匍匐在地的卑贱姿势。

紫袍公子站在闵安面前，脸色如冰雪一般冷漠。见闵安不再动，他取出一块雪帕隔住手，微微弯腰向闵安伸去。闵安闻到一股淡淡的薰香袭来，以为他要扶起自己，不禁一呆。随即，那公子取走了闵安手上的紫美人花，用雪帕小心包着花枝，交给一旁的随侍。他看都不看一眼闵安错愕的表情，径直上了马车，吩咐马夫继续走。

闵安见花枝被拿走，忍不住喊了起来："世子既然拿了我的花，就应当拨出一匹马抵偿我！"

车厢里问："你知道我是谁？"

闵安恭声说道："锦青龙旗是楚南王府专属的徽志，其余王公大臣皆不能采用相同的制式。在这偏野之地，让我等乡民有缘见到世子尊颜，实在是三生有幸之至。"

车厢里,李培南再问:"你既然知道我是谁,为什么先前还敢拒绝我的要求?"

闵安低头道:"乡民一时驽钝,忘记这楚州一草一木皆是世子家产,斗胆推了侍卫大哥的换花要求,还望世子恕罪。"

李培南没有再说话,敲了敲车门。车夫马上甩了下缰绳,催动马匹前进。

厉群将马匹让出来交给闵安,伸手拉了她一把,低声道:"还没有哪个人见到世子竟是这样大胆,不过,阁下的衣服实在是脏得紧呐。"闵安脸红,讪笑着道声谢,站在山道旁等着马车队伍离开。她将长衫脱下,洁净的一面反铺在马身上,费了半天劲,终于趴到了白马背上,徐徐上路。小猴子从草丛间蹿出来,戴着帽子吱吱叫着跟在后面。

毕斯正等在了大门前,看见一身落拓的闵安回来,也没问她的伤情,就忧心忡忡地说了李培南此次来怕是不简单,黄石郡又没有像样的宅院款待他。

闵安趴在马上,忍痛说道:"大人勿要忧虑,我在山头看到世子的龙旗朝东方去了,可见队伍已经出了黄石郡,不会在大人这里落脚了。"

毕斯喜上眉梢,想想又问道:"那世子路经楚州各州县,到底是个什么用意?"

闵安想了想,联系这三年来楚南王颁布的加强各级县治州治的政令,说道:"世子不是爱游玩狩猎的人,此时来各地州县走动,可能是与楚南王的政令有关。或者说楚南王在朝政上要有一番大动作了,先派出世子来试探各地的反应。"

毕斯惊道:"王爷位极人臣,再有动作,那就是夺取……"他看到非衣走了过来,猛然记起此地还有第三人,连忙把"皇权"两字咽下嘴。

闵安本想微笑应和毕斯,却被伤处痛得扯了扯嘴角,等到一身锦袍的非衣翩翩走到跟前时,她才开口问了句:"非衣觉得大人与我的推断正确吗?"

非衣淡淡道:"不可妄议朝政。"

"大人身在公门,有责任于一方百姓,怎能不思量朝政决议,替自己的子民忖度利益?这又怎称得上是妄议?"

非衣看了看一脸黄泥巴中圆睁双眼的闵安,冷冷道:"我先前就说过,你是个聪明人,只不要自误才好。"说完他向毕斯抬手行了个半礼,徐步踏出郡衙大门,外出采摘花草去了。

毕斯在后搔搔脑门,迟疑道:"小相公,非衣说的是个什么意思?"

闵安也不迟疑,直接提醒了她的长官兼东家:"非衣不当面回答是因为不好回答，也就是说，大人与我先前的推断是正确的。大人勿要忧虑，一切看着各级上司的风向行事即可，即使变了天，责任也不会落在大人肩上。另，大人一定要厚待非衣公子，据属下所闻，非衣公子的来头可是不简单的，他在这里，等同于楚南王在这里，如果我没猜错，他就是楚南王的二公子。嘘，嘘，大人勿要惊慌，切切不可露出异样，既然非衣公子不想被人探出他的来历，想必是有一番道理的，大人与我都不要点破这层……"

毕斯回味着闵安的话，半晌才说道："我早就说过，小相公真是个聪明人啊。"心里忍不住感叹，若是撇开了这个小相公，要他一人去应上级王怀礼的差事，那还真是……

毕斯一边摇头，一边迈着方正的步子走开了。闵安趴在马背上喊："大人，你倒是叫个人来驮我回屋啊！"

闵安背部受伤，慰问者不过花翠及毕斯两人。不出半日，整座郡衙就流传着闵小相公因采花不成，失足滚下山坡，刚好滚到路过的世子马前，险些被践踏至死的消息。大家吃晚饭时，兴致勃勃地议论。

"小相公光天化日就去采花？"

"是的。"

"黄石坡？"

"是的。"

"那不是野合？"

"看不出来他竟然如此禽兽啊！"

"哎，打住！我只好奇一点，他滚到世子跟前时，怕是光着身子的吧，糊了一身泥巴回来，要办的事儿也被耽搁了……"

小六放下筷子，拍着桌子说："简直比茅十三还要下作！比阿花还要愚蠢！采花采花！就不知道晚上去找那姑娘吗？"

非衣喝完一碗粥，只留心世子的消息，知道闵安和世子至少打了个照面。他对其余的事照例一概不关心，擦净了嘴先离开了大通间。

吏舍里，闵安坐在浴桶里清洗。背部大片的紫红，浴巾擦上去，痛得她险些掉泪。她抹抹眼睛，突然又想起了李培南的那双眼睛。

李培南和非衣都长了一双凤目，直挺的鼻子上面，眉眼神韵竟有七分相似。只是李培南如同山巅的积雪，冷冽之外，还带着无人能企及的华美。而非衣就像是云端的风,清淡疏离。

闵安缩了缩肩膀,暗自想到,这两人都是不好相与的,但世子更让人有些不安。非衣总归在郡衙里,容易套点交情,若是生了什么变故,靠着这棵大树总能分得一两点福荫。这样想着,闵安就轻松了一些。

花翠听说闵安受伤,直接闯进门来,吓得闵安拿衣服捂住胸惊叫。花翠鄙夷地看她一眼,说道:"胸口长了俩鸡蛋才能区分正面反面,叫个什么叫。"

闵安始终是斗不过花翠的,不多久就被花翠拖出水,上了药包扎停当,再穿好了束胸甲衣和罩衫。她走到铜镜前左看右看,鼓了鼓嘴说道:"前面看着多精神,怎么不能分正反?"花翠懒得理她,抱着她的脏衣服出门清洗。

闵安侧躺在床榻上休息,小六提着裤子一身水地冲进院子里,大喊大叫:"安子滚出来!是不是你收养了一只野猴子?那猴子竟然偷看我洗澡!"

闵安不为所动,躺在榻上直发笑。花翠走出来问清原委,知道猴子站在树上左看右看自己的尾巴,小六才看到它,淡淡地说了一句:"猴子是在纳闷,怎么你的尾巴那么短,还长在了前面。"

小六呆若木鸡,过后又大叫一声,提着裤子跑了。闵安在屋舍里笑得气喘,边咳边问花翠:"翠花你是怎么知道的?真乃神女子也。"

在院子里洗衣服的花翠依然淡淡回答:"我混过马戏班子,驯过猴子,自然知道猴子的意思。"

闵安听得眼一亮,道:"那你帮我驯那只小毛猴啊!我和它可有缘分咧!"

花翠不依,闵安死磨,答应以后不弄脏衣衫,帮助花翠多干活,翠花这才勉强点头答应。

就在闵安养伤的几天里,花翠驯服了小猴子,给它取了一个名字叫玉米,起因就是它极爱吃玉米苞谷。

玉米是只公猴,花翠缝制了几套小衣服,将它收拾得漂漂亮亮妥妥帖帖的。玉米头戴小瓜皮黑帽,见人就作揖,很快就成了闵安的私属跟班,在郡衙里也闹出了不少笑话。这小东西自有它伶俐之处,非衣不喜热闹,它也知趣地躲开非衣所居住的边院,不去叨扰。

闵安伤势略好后,加紧赶制长木战车。她拿着钉锤叮叮咚咚敲打着木柄,玉米捏着苞谷站在一旁啃,好奇地望着她。闵安敲得力乏,不小心锤着自己的手指了,玉米跳过去吱吱叫着,摸了摸闵安的脸,突然又一阵风似地消失在檐头屋角。

过了一刻,一袭长袍的非衣踏月而来。他负手站在院子里看了看,问道:"什么事?"

闵安吮着受伤的手指,笑道:"玉米一向怕你,也敢跑过去朝你作揖,大概是想请你帮我忙吧,要么修战车要么帮我出战。"

非衣回道:"那几个蠡贼我还不屑于动手。"

闵安叹了口气道:"那我请你还不行吗?"

"你还排在了蠡贼之后。"

"……"

"吴先生什么时候回来?"

"快了。按照往例,一般出十天就回了。"

"别忘了你答应我的。"按照口头协议,闵安必须将非衣推荐给师父,让师父收他做徒弟。

"非衣大人的事绝不敢忘。"

非衣转身离去,月色将他俊挺的背影拉得修长。玉米等非衣走开了,才跑回来,这次却请动了毕斯。

毕斯见闵安辛苦,转身将手一点,准备唤随从帮她的忙。连狱卒小六、门子小甲在内的,充作郡守大人门面的侍从,不待毕斯发话,早就如鸟兽散去。

毕斯忍不住笑骂道:"他们也敢欺负你,是我这个长官没办好事。新发的文书下来了,世子以狩猎为名,正在巡察各地的吏治。王大人惶惶不可终日,已经在驱逐县里的乞丐、小贩、巫医等人,整肃街道,小相公剿灭了贼寇后,请去清泉县一趟,把吴先生叫回来吧。"

闵安连忙应是,不小心又锤歪了锤子,痛得大叫一声。

闵安的苦心没有白费,经她沥血赶制的长木战车,后来在黄石坡一战中果然发挥出了重大作用。

约战那日,小六早早收拾完毕,将一个青布包袱交给花翠手上,凝重地说道:"几年来我攒下的东西都在这里了,你代我保管。我要是没回来……你就拿着这些找个好人家嫁了吧。"

花翠回道:"就算你回来,我也要找个好人家嫁的。"

小六拖着朴刀走开几步,仍觉不妥,又回头说:"万一……我真的没回……头七那天别忘了多给我盛碗饭，清明那天别忘了多烧扎纸钱……"

花翠掂了掂手里的包袱，沉甸甸的，忙换上一个笑脸，柔声道："你放心地去吧。"

站在一旁的闵安大受启发，回屋换了一身麻布衣衫，用素白的腰带捆紧了，再带了一副绑腿和一壶桂花酒，摸到了非衣的院子里。

不出她所料，今天是决战的日子，大家早早就去做准备了，没有人还站在这里值守。闵安不费吹灰之力就闯进非衣厢房里，将东西放在木桌上，低头说道："这半月我为师父缝了一双绑腿，酿了一壶酒，你先帮我保管吧。要是我没回，你就拿着这些东西进献给师父，讨得他老人家欢心，后面拜个师学个艺就不在话下了。"

非衣临窗而立，拾起一盏早茶慢慢饮下，花架上吊着的竹片记事牌，正在晨曦中泛着青光。

闵安又走到他跟前，用藏在衣袖里的手狠狠掐了一把自己，抬头时，眼睛就立刻泛红了。"万一……我真的没回，有些事要先交代给你……师父脾气不大好……你要记得打不还手骂不还口，砸鞋过来闻不到臭……好好侍奉他老人家……"

非衣看都没看闵安一眼，不紧不慢把茶喝完，才说道："走吧，我随你去一趟。"

闵安没想到，随后要说的话已经被非衣猜到了，而且还这么容易地答应了，忍不住呆了一下。随即反应过来，她追着非衣走出去的身影说："唉，原来你是吃软不吃硬的人呐，早知道就用这法子……"非衣回头看了她一眼，她拉高领巾捂住了嘴巴，以示噤声的决心。

黄石郡衙一共出动了连毕斯在内的十一人，推着三辆长木战车上了土坡。毕斯撑着青布伞盖坐在高高的坡顶上督战，一身黑衣的非衣站在他身旁护卫。和闵安在一起的小六小甲老班头等人，放下白布帽上的垂纱，稍稍遮挡了下眼睛，又将颈上的领巾拉高，护住了鼻子和嘴巴。

茅十三带着百余匪贼气势汹汹而来，看到闵安等人一副丧门神的模样，堵在坡下哈哈乱笑。一名窄眼尖下巴的年轻匪徒高声叫道："公门狗都怕了我们大当家的，捂着个丧门幡做铠甲，以为刀枪不入，不晓得我们大当家一张口，就可以骂死你们吗？"

这匪徒说完后，茅十三果然扯开喉咙大骂。闵安一众人听得都要忍不住去捂住耳朵了，东风才渐渐起了。所谓万事俱备只欠东风，闵安等的就是这一刻，她立刻顺风点火，抽打马股，催动马匹跑下山坡去。其余人见状纷纷效仿。

闵安做的战车虽粗劣，却有奇效。马匹冲锋时，马尾的布索被烧断，打开了与之连接的石灰布袋袋口。石灰顺风鼓出，一路喷散出来，被疾风裹挟着，直扑茅十三一伙人头脸。他们提防不到这种打法，很多匪众眼睛被烧灼，分辨不出敌我，互相践踏起来。

马匹冲到匪众丛中，嘶鸣不已，待众匪意欲抓马时，战车顺着坡锋滑下，带着一股巨力直冲，车身上的机关受力又被开启。只听见一阵密集弦响，从布袋之后的弓弩上射出无数枝箭来，雨点般泼向众匪，哀嚎声中，倒有一大半匪徒倒了下去。好在箭头事先做过手脚，只伤不死。

山顶上的非衣张弓激射，箭无虚发，从高处为闵安等人压制住了匪贼的势头。他的弓箭像是长了眼睛一般，不杀贼人的要害之处，却偏能将打头的几个放倒，让战车能够顺利地倾轧过去。一鞘箭矢射完，他安然负手而立，继续看着底下那不成章法的混战。

闵安招呼着老班头等人冲下山坡，见人就踢，踢不倒就补上几棍子，不费大力收拾好了匪贼中的二三十人，还用淋了油的牛皮绳子捆住了茅十三。毕斯忙不迭乘着马跑下坡，官腔十足地宣谕招降，匪贼见大势已去，尽数投降。

毕斯大获全胜，将茅十三一伙人一网打尽。他当场发放良籍凭证，分化了匪贼里的众多喽啰，好生安抚他们回家营生，不可再做伤天害理之事。所剩的匪贼就是案卷上挂了名号的头领们，点数起来，不过五名。毕斯看到先前叫阵的那个年轻人一脸戾气，担心留他不好管束，心下沉吟未决。闵安一直在观察那人的反应，见毕斯犹豫，连忙低声提醒他，绿眉贼二当家那桩公案还没了结，这个匪徒面相狡诈，多半要着落在他身上。毕斯点头称是。

年轻人见到手的户籍纸被收了回去，而另外的一班衙役拿着绳子在朝他走过来，大喊道：“我是下庄柳二，荒了田地才跑出来做买卖，我姐夫是清泉镇马老爷，有头有脸的人物，你们也敢绑我？”

小六喝道：“哪个马老爷，我们这地儿只听毕大人的！”他一脚飞踢过去，踢倒柳二，用绳子捆绑得结结实实。

众衙役都不愿看管茅十三，只得再次抽签。大家屏气看着老班头手里的草签,迟迟不敢下手。老班头推推不作声的闵安,说道:"小相公想的法子捉贼,打了个胜仗,是第一功臣。小相公先抽。"

闵安无奈先抽草签,抽到了一个长草根,脸上马上堆起笑容。众人一一抽过去,最后一根短签落在了小六手里。小六大叫一声,转身就要跑,老班头连忙拉住小六的后衣领,喝报道:"茅十三号子外值守一宿!朱六头点卯!"

闵安笑道:"原来你叫猪六头啊!"

小六翻了个白眼,道:"爷爷行不更名坐不改姓,朱留投是也!"

老班头笑道:"朱留投,猪留一头,好好待那儿吧。"

闵安见非衣站在远处,衣袖随风飘摆,一派闲适的样子,忙跑上去温声说道:"多谢施以援手。"

非衣转身就走,闵安跟着他走了一阵,才听到他淡淡说道:"你们这种打法倒很新鲜。"

闵安有些羞赧,道:"上不得台面,上不得台面,传出去要丢大人的脸。我们人少,只能用些奇巧法子了。"

非衣道:"能达到目的就不用计较手段,记住这句话。"

闵安果然记住了这句话,并且不久后就用上了。

第三章　一入王门深似海

午后，毕斯带着一众人马凯旋归来。他听从闵安的建议，在偏厅里审问柳二，喝问道："冤有头债有主，十天前黄石坡前死了一个绿眉盗，可是你犯的案子？"柳二初时抵赖，后来受不住棍刑，招出他为了泄私愤，用火烤之法杀死了绿眉二当家，然后又借雷雨天气抛尸的事情。被架出去之前，他仍在叫嚣，嚷着杀死一个盗贼不叫杀人犯法，清泉县马老爷就是他姐夫，他姐姐极为疼爱他，一定会想出法子来解救他的，叫毕斯不要贪小利过早了结了这桩公案。

毕斯有些吃不准柳二的话，回头与闵安商议："清泉县倒是有一户有头脸的人家，主人叫马灭愚，儿子还在京城做大官，得罪不起。据本官所知，马老爷今年有七十高龄，他的夫人也有六十多岁，两老怎会放任小辈在外面胡来？"

闵安嗤道："那柳二生得一副尖嘴猴腮的相貌，一看就知道不是个善茬儿！他自己说是马家的亲戚，我看多半未必。"她朝毕斯行了个礼，再说道："大人不可轻信此人的言语，他敢下毒手杀掉二当家泄私愤，手段又是这般周详，可见心肠就是顶顶黑。对付这种心狠手辣之人，大人只管严查细访凶案枝节，其他事一概不必瞻顾。"

毕斯叹了口气，嗫嚅道："好吧，暂且先听你一次。"他唤衙役将柳二投到监牢里，严加看管，但不可随便整治。

闵安说："柳二狡诈，为了防他生事，至少上个枷号绑住他手脚。"毕斯却把手一抬，念着"人情留一线，日后好想见"，就此否决了闵安的提议。

闵安还想再劝，毕斯听不进去，打发闵安回屋安歇。

毕斯有意犒劳郡衙破贼有功的差役们，让花翠去账房领几两银子，火速赶制庆功宴。花翠不负所托，晚上烧制出浑猪炙与蒸肉卷两道拿手菜。小六、小甲一班人听说有大菜宴席，都兴奋不已，坐在大通间里不断敲着碗筷。到了钟点，两名衙役扛着红木盘上来，盘子里放着一头完整的烤猪，正冒着热气，散发出焦香。

小六急得伸长颈脖说："花姑娘的手艺就是妙！不输给京城里的御厨！闻着就这么香，吃起来更妙！"

花翠用筷子拍掉小六猴急的手，朝着上首的毕斯款款行了个礼，说道："禀大人，这道烤猪有个美名，叫做'吐玉盘'，层层包裹食材，前后用了两个时辰才蒸烤成，请大人品尝。"她用剔骨尖刀划开缝合好的猪肚，从里面滚落出一只熟透的烧鹅。热气扑鼻而来，盛在木盘里，满溢动人的香气。她再剖开鹅肚，露出用酱汁蒜蓉拌匀的肉和糯米饭。顿时，甜香软热交错在大通间里，令在座之人食指大动。

毕斯看了极为满意，摸着小胡子说道："各位辛苦了，本官今晚排宴为各位庆功，可不许再讲尊卑，大家吃得尽兴方可。"衙役将木盘抬到毕斯座前，蹲跪下来，请他先动第一筷。毕斯却向左侧木桌后的非衣拱拱手，衙役会意，连忙将木盘抬到非衣跟前。

非衣放下喝粥的木勺，略拱拱手，向大家说道："我饱了，你们吃吧。"小六迫不及待地招手，将全盘烤猪叫回到自己那桌。非衣起身离开大通间时，花翠正在上第二道菜，蒸肉卷。

小六抓起一张刚出炉的金黄的面饼，包上热腾腾的蒸猪肉，浇上蒜泥豆酱，塞进嘴里一咬，一股浓稠的油汁顺着他的嘴角就流了下来，看得其他人胃口大开，也纷纷抓食。

毕斯让人去郭庄请了一支戏班子，边看边乐，酒至酣时，色心萌动，端起酒杯四处寻找非衣。非衣仍然穿着那身染了花草香气的长袍,站在院子里吹风。他的肩上披着朦胧月色,冷清站在那里,如同一尊镀了银的瓷玉。毕斯喝得两眼泛花,早就将闵安先前的警告放在一边,摇摇晃晃地走到院中,伸手去抓非衣的袖子。

非衣运力贯袖,扬手甩出去,用袖子狠狠扇在毕斯脸上。毕斯吃了这一击,酒醒了大半,软溜溜地跪在地上,颤巍巍地磕了一个头,带着哭腔道:"下官糊涂,下官糊涂,惊扰了公子,请公子恕罪。"

非衣冷冷道:"滚。"

毕斯连忙用袖子抹了下脸,弓腰退出了院子,摸黑回到内宅,不住懊恼地长吁短叹。他回想着非衣那张冷得泛青的脸,越想越后怕,又唤人叫来闵安,支支吾吾地说了说刚才的丑事,请她设法转圜。

闵安跌足长叹,忍了又忍,才用平和的声音对毕斯说道:"大人勿要担忧,我去探探公子的口风,再帮大人补救一下。"毕斯忙不迭地点头,亲自将闵安送到宅院外。

闵安在非衣的边院外走来走去,思索良久,跺了跺脚,走了进去。她先是对非衣道了劳,又找种种借口,请非衣来到吏舍院子里。非衣是个聪明人,毕斯对他的态度前倨后恭,今日酒酣无礼,随后竟然行跪拜大礼讨饶,他猜测是自己的身份被人摸到底了。闵安是毕斯的耳目,按理说应该也知道,但从态度上倒看不出来。他心下有些好奇,便顺势来到吏舍,冷眼看着闵安要做什么。

闵安请非衣坐在院里石桌旁,走到厨房推开纸窗,一边透过窗口与非衣闲聊,一边在砧板上切菜拌酱料。"你大概吃不惯我们郡子里的饭食,每天就颠来倒去喝那几碗粥,翠花都给我说了的。我想你来的那一晚,也好好地吃完了我做的馎饦呀,所以猜想我做的汤食还对你的胃口,对吧?"她笑得露出一口白牙,自信满满的样子,非衣撇开了眼睛不去看。

闵安自顾自地继续说:"哟,原来我猜错了呀,那肯定是你吃不惯油腻的东西,喜欢吃素淡点的家常小菜,这次总对了吧?"

非衣照样没有应话,闵安想起他的脾气,也不再多说话了,将醋芹、秋葵汤、凉拌菠菜抬进托盘端了出来。闵安烫好碗筷杯碟,给非衣一一摆开,殷勤劝道:"尝尝吧,味道不一样的。"她起身走回厨房,温好了一壶桂花酒,再烧了大火蒸起一笼黄粟米,又洗净野菌菇做了一道炙盘,最后去剖鱼。

非衣坐在院子里，看着眼前色清味浓的汤菜，不由得怀念起娘亲给他烧制的饭食。他拿起筷子，细细品尝了起来。

闵安心想今晚千万不可惹恼了非衣，特意走回屋里匆匆擦拭一遍，换了一套衣衫，祛除了满身油烟味。待她再回厨房时，米饭刚刚蒸好，菜肴也已经齐备。她用托盘装好，再送了出来。

非衣吃了半碟醋芹开胃，喝了一碗秋葵汤暖腹，看到闵安送出第二盘饭食，眼里略略闪过一丝讶异之色。闵安小心观察他的面色，突然记起他不喜欢这样被人直眼看着，忙咳嗽了声，偏过头说："你曾说过你娘亲的祖籍源自北理国，那边的姑娘烧制饭菜时，都是按照这两种步骤来的，所以我就试着给你整治了一番，你尝尝合不合胃口？"

闵安拿出炙菌菇、豆腐滑鱼、桂花酒并一碗米饭，放在了非衣面前。非衣闻到一丝丝熟悉的气味，那些容易勾起他对娘气味的回忆，心头不觉百味杂陈。他安静地进食，一直没有停过筷子。

闵安看到自己依葫芦画瓢烧的饭菜，竟然很对非衣的心意，心底无声笑得开心。非衣吃到七成饱，抬头一看，突然对上闵安柔和而满足的眼神，脸又冷了半边下来。他摸出一粒花种，赏给闵安一记额头弹丸。

"别露出那种笑容，像是在看着玉米吃饭。"

闵安迟疑道："有吗？"一边又揉了揉脸，抹去了残留在脸上的笑容。

非衣擦净了嘴说："说吧，找我过来有什么目的。"

闵安知道在非衣面前，转弯抹角反而坏事，嘴上忙应道："毕大人酒后一时糊涂，冒犯了公子，还望公子雅谅。毕大人向公子保证，以后决不会再犯这样的错误。"

"放心吧，我现在不会整治他。"非衣冷淡道。

"那公子的意思是，以后会为难毕大人了？"

"以我的脾气，当时没杀了这厮，已算是给了你天大的人情，你还想怎样？"非衣的口气已渐严厉。

闵安不敢应声，抓抓额角，长叹一口气低下了头。非衣看她一脸的黯然，又说道："你对毕斯倒是忠心，为他鞍前马后操劳，收拾一团烂摊子。看你可怜，今晚的丑事我就此揭过去。你回去跟毕斯说，以后别撞在我手里，叫他谨慎点过太平日子。"

闵安连忙点头，非衣又问："你从哪儿得知了我的来历？"

"什么来历？"

非衣冷冷道："你如果认为我只是一个普通的食客，还会这样处心积虑来讨好我？"

闵安暗地咬了咬唇，没有应声。

"我要名字。"

闵安在非衣的双目注视之下冲口而出："萧宝儿。"

"她说了什么？"

闵安说完大悔，绝望地像个快要溺亡的人，在非衣的冷眼下垂死挣扎。她乞求道："求你别去找她的麻烦，她也是无心说出来的，就随口说了两句。"

"哪两句？"

"你是楚南王家的人，但身份好像……比较特别，不喜欢外人提起。"

非衣突然站起身，居高临下看着闵安，"你给我记着这笔账。"

他转身疾步走出院门，闵安慌张不过，连忙跟了上去。

非衣越走越快，朦胧月色被他抛到身后，他的肩膀似乎有些僵硬，背影看起来更是凛然不可侵犯。闵安曾用心思猜想了一下非衣的来历，但决计没有想到，今晚被自己轻轻一提，竟然戳到了非衣的痛处，连先前好不容易用饭食收买到的好感也败光了。闵安转念间，突然察觉到了一些异样，同是楚南王之子，世子李培南出巡沿途都有官员接送，而非衣无论去哪里都是无声无息，联想到非衣曾说过"娘亲过世，父亲不爱，能有什么来头"……

闵安猛然醒悟了过来。

原来非衣是个不受宠的二公子。

看到非衣径直朝内宅走去，闵安踌躇一下，跑到非衣跟前说："是我不对，你别生气了，好吗？"

非衣寒冷的目光压得闵安抬不起头，"以后我没说的事情，就不准问，听懂了吗？"

闵安乖乖点头，听到非衣冷冷道了声"让开"，又忙不迭地让道一旁，眼睁睁看着非衣走向了内宅大门。老门仆迎前向非衣行了个礼，非衣唤道："叫毕斯出来。"

毕斯出门后，非衣站在原地指着远处的闵安说："派他去守茅十三。"毕斯虽莫名其妙，却不敢违拗，哪管闵安摆头求饶的样子，一口应承了下来。

当晚，闵安扎紧衣裤，万般不情愿地走进重犯监号房，睡在了茅十三的匣床顶上的号天板上。茅十三手脚不能动，照样用嘴骂了半宿，后来骂得累了，他才歇息下来。闵安忍受着蚊虫叮咬、夜鼠蹿动、毒骂穿脑的苦楚，默不作声地闭目养神，期间她还得挥手赶跑气窗外蹦跳个不停的玉米，唤它自己去屋里睡觉。

快到寅时，闵安才睡着。囫囵睡了半宿觉，号房外的木门敲得震天响："小相公快起来，小六死了！"

小六原名朱留投，是从散花县征调过来的衙役，一来黄石郡就入了册。毕斯知道他后头有贵人衬着，平常也不大为难他。否则以他这样年纪轻轻的，办事又比较含糊的人，是不大容易挤进编制的。

闵安在明堂里仔细查验了小六的尸体，对外伤及旧伤都做了详细笔录。小六口眼大开，手散舌落，舌不抵齿，脖子上有一道明显的勒痕，足底鞋跟有挣扎磨损的痕迹，这些迹象都符合被人勒死的状况。闵安再三查验，觉得无误了，才走出来向毕斯禀告："大人，小六多半是被人从背后勒死，凶手高出小六一头，手臂力道强大，可单手拖曳小六的身体。"

毕斯叹口气道："真不该派小六去守柳二的监号，谁又能想到柳二的臂力有那么大……"

闵安暗想，当时劝你枷住柳二，你又不听，白白害得小六送命。她在心底埋怨，眉尖忍不住蹙了起来，毕斯看了她一眼，反倒怪责道："早该听本官的话，放走那个祸害，现在好了，他打破监牢逃了出去，再流窜到外地犯案，本官可逃脱不了干系。"

闵安气急败坏，又不能顶撞上司，只能沉默应承下毕斯的怪罪，心底仍在痛惜小六的惨淡离世。毕斯要闵安查出柳二勒死小六的细节，闵安请老班头抱来玉米，还没开口说什么，玉米一见到她就蹿上她的手臂，搂住了她的脖子。

毕斯皱眉道："怎么抱这个猴子来？"

闵安摸出一片谷芽糖塞进玉米嘴里，轻轻拍着它的背，说道："玉米昨晚见我睡在监号里，也跟了过来。它喜欢偷看小六洗……发现小六就在外院号房里，荡在气窗上叫他。它也许看见了小六被害的经过，受了惊吓，所以赖在我身上不敢下来。"

见毕斯无甚话说，闵安摸摸玉米戴了瓜皮帽的头，又赏给它一片糖，柔声对它说:"给大人演示下,昨晚你看见了什么,嗯?"

玉米吱吱叫着,有些不依从。闵安板起脸,冲它龇了龇牙,它马上跳到桌上,抓起一支毛笔,朝它自己头上比画了下,又举起来献给闵安。闵安看看一旁候着的花翠,说道:"翠花给大人解释下,玉米说的我还有些不懂。"

花翠细细看着玉米的动作,释疑道:"应该是柳二拿出一柄女人金钗,作假说要献给小六,骗得小六走近。小六昨晚吃了太多油腻的饼子,出去上了几次茅厕,手脚发软没力,就被柳二活活勒死了。"她用衫角抹了抹眼角,低声道:"剩下的,大人就自己猜猜吧,猴子只说了这么多。"

玉米跳下桌,替花翠拭泪,花翠将它抱走。

闵安说道:"柳二拿小六的钥匙开了门,顺道还卷走了小六的公服和腰牌,大人发捕状出去时,可要说明外面流窜着一名假公差,提醒乡民结户严防。"

毕斯摆摆手,吩咐底下人拿号牌领武器张贴捕状,招募壮丁看护进出黄石郡的道路。一连两天的搜捕都没有任何音讯,闵安由此推断,柳二只怕已经逃出了黄石郡。

花翠拉着闵安替小六守坟,将小六先前交给她的包袱翻出来给闵安看,说道:"他包袱里有些银子,足够我给他办个好棺材。还有一本手札,写着散花县云桥路朱家寨的民俗,你给看看,他是不是那个地方的人。"

闵安接过手札一看,字迹方正,像是出自读书人之手,墨色已经有些年头了。她回道:"大概是小六家里人写的,小六本人是不识字的。"

花翠又烧了一串纸钱,对着坟头叹口气说:"不管这写字的人是你哥还是你爹,总归有个亲人在家里候着你。我呢?孤身一个……唉,不说那些了,今晚我就代他们守你一宿。"她与闵安挤在简陋的冢庐里,肩挨着肩说了一些话,再一起抖抖索索打着瞌睡。

闵安临睡前,将头搁在花翠肩上,看着天上模模糊糊的星星。她想起父亲说过的生死无常大道长生的话,心底无端有些伤感。小六虽然平时与她有口角争斗,终究是她的同伴,现在突然去了,让她一时难以接受。"好端端的人就这样没了,老天要整治谁,也不会提前说一声。翠花,我以后要是走了,你也给我守夜。"

花翠清醒过来,打着闵安的嘴,"呸呸呸,那些不吉利话已经落土里去了,老天爷听见算不得数的。大半夜你发什么癫呢,这么多年过去了,还看不破世上的一套套吗？老爹说了，每个人命里注定有的，怎么躲都躲不过，小六大概就是这样的。你看十几年前，你们闵家该风光吧，高门深户，车马络绎的，谁又料到前代皇帝下道圣旨就把你们全家给办了呢？你爹死了，还落得一个不清不楚的罪名——你这样看着我做什么，我说的是实话。所以我劝你，不用拼死抗争了，好好活着及时行乐，就算哪一天脚一蹬眼一闭，到了阴间也是个逍遥鬼。"

闵安撇嘴道："我不想光顾着自己逍遥，让家里人躺在坟里哭冤。如果老天给我机会，我还是要抗争一番的，至少给闵家翻翻案。"

花翠安静想了一会，才应道："这样说着也有道理呐，算了，我还是那句话吧——你做什么我都支持你。"

闵安露齿一笑。花翠继续陪她说说话，心里的愁怨消解不少。

天明后，闵安收拾行装，带上毕斯呈给上司王怀礼禀告案情的文书，动身赶往清泉县。一半为公事，一半为迎接吴仁回来。她如往常一样，穿着白布袍和绿纱罩衫，一身书吏打扮，颇有翩翩文士的风采。外出公干总不能随意，多少要顾及到黄石郡衙的门面。只是后面能不能保持衣衫干净，维持好体面，闵安就没法保证了。花翠不能跟着她去，为防万一，事先给她准备好了一个包袱，另准备了衫帽鞋袜在里面。

闵安背着包袱，骑着马晃晃荡荡朝前走。不多时，身后驶来一辆青布幔的松木马车。车夫稳稳驾着马，非衣斜躺在软座里，拨动吊架上的一粒鎏金香球，远远就能闻到那股香气。

闵安暗道非衣用的东西就是精巧，小小一座黄石郡，也能让他置办完所需的一切。马车车辕上立着一道铜铃琉璃塔灯，闵安仔细看了看，突然认出上面是萧庄专属的徽记。有了萧宝儿的老爹的雄厚的财力，闵安更加相信非衣在黄石郡没有办不成的事。

可是眼下看来，非衣似乎是要离开黄石郡了。

闵安打马追到车窗口位置，问道："你去哪里？"后面一句忍着没说——不是要拜老爹为师吗？

非衣放下窗幔，说道："世子在清泉县，我去会会他。"

闵安见非衣愿意答话，又赶着问："还回来吗？"

非衣淡淡道："舍不得我？"

闵安脸一红，道："我还欠你一个承诺，没有兑现过。"

"见到吴先生就可兑现了。"

非衣留下这么一句，坐着马车远去。闵安骑着那匹劣马，晃悠着在后继续走，也不指望非衣能捎她一程。到了傍晚，她总算赶到了清泉县。先去县衙交付公文后，闵安向门役打听了一下最近整治市集的消息，听说并不严厉，想来师傅还在这里混着，就径直去了街口。

薄薄暮色笼罩着街市，一群人围在前头不散开。闵安挤进去一看，正是师父吴仁在跳大神。她连忙把头一低，弯着腰朝人群后面钻。

吴仁甩开拂尘，卷上闵安的罩衫，嘴里念道："小徒不要跑，为师等你多时了。"

这样的开场白闵安何曾听不懂，那是师父的暗语，要她充作二神，跳一段请神舞。闵安配合过多次，此时既然被叫住点名，只好把眼一闭，无奈走上场。

吴仁穿着长长的深色长衣，腰间系着九串铃铛，手持长单鼓，每击打一下，铃铛必然响和一声，震得冠帽上的翡翠羽毛也跟着一起颤抖。他围着一位坐在地毯上的大叔跳个不停，口中还念念有词，大概是表现出他请动了神灵，唤神灵附身在大叔身上，治好大叔的腿软毛病。

此时，闵安已系上长腰带，分出两头拖在地上，又戴上粗布制作的高帽，充作二神站在病人的毯子后。她用手搭在大叔肩上，见师父转过来唱时，轻车熟路地应上一声。

吴仁拖长声音说："看我左手敲起文王鼓，右手执起武王鞭，号令一声天下太平，各路神仙快快显灵。"

病人屈膝坐着没有反应，他本来也不懂什么请神仙的把戏。

吴仁看了看闵安，闵安清了下嗓子，开口唱道："蟒常附身脚底凉哎，骨节痛得泪汪汪；胡黄附身睏得香哎，时笑时哭喊爹娘；悲王附身怨冲天哎，耳穴冒风气不全；武仙附身筋骨壮哎，棒打八方逞豪强。"唱罢，闵安拍了拍病人肩膀，问道："敢问客人是哪一路神仙？"

病人茫然，不知道怎样回答。

吴仁赶紧喝道："东两仙，西两仙，满场站得亮灿灿。我看客官面色黄，不如请出金苍神来赶魔障。"说着，吴仁朝着暮色沉沉的天空一指，从他袖中飞出浸了磷粉的黄纸，黄纸燃烧起来，悠悠扬扬落地。民众目光被火光吸引，吴仁趁机围着病人打转，手舞足蹈，头晃眼翻，似乎真的得到神灵的指示一般，口中不断念叨:"眼角垂,嗜瞌睡,腿根软,步难行。大仙指点得是,小人省得。"

围观民众看他们热闹,也跟着起哄。吴仁回头瞟了闵安一眼,大声喝道:"送金苍上神!"

闵安扬手摆动铃铛圈,发出一阵叮叮当当脆响,吸引了围观民众的注意力。她穿白袍戴高帽,容貌生得俊秀,拧着身段旋转起来,衣襟像白莲一般散开,比吴仁刚才手足乱抖的请神舞显得文雅了许多,也更好看。

吴仁缓口气,擦去汗,对病人说他已经得到金苍神的全部指点,按照神的旨意配合了一大包草药,将草药递给毯子上的病人,卖了一个好价钱。

闵安跳完舞,抬起衣袖擦汗,看到已经散得疏落的人群后站着一道熟悉的身影,怔了一下。非衣绾发束冠,穿着玄色锦袍,披着时兴银貂毛领,静静站在那里,如同一尊冰芝玉雕,华美得夺人眼目。闵安猜想非衣是来看师父的,回头又朝师父那里望了一下,结果发现非衣的目光并没有挪动,只是放在她的脸上。

难道是来找她的吗?闵安狐疑地迎上去问道:"怎么了?"

非衣嘴角挑起一丝笑,道:"继上次石灰战之后,你又让我开眼界了。"

闵安擦擦汗,笑道:"见笑见笑了,临场献丑而已,算不上什么。拜我师傅,这种事情可少不了的。"

非衣听了她话,不由得皱皱眉。这时,两名锦袍侍卫上前,躬身向非衣施礼,恭敬地请他继续前行。非衣向闵安道:"世子向来不喜欢巫医术士、江湖郎中这些旁门左道,你和吴先生早点避开吧。"说罢转身行去。

闵安顺着非衣的身影看过去,这才发现街口向南之处,屹立着一座别致门楼。八名守卫一字排开,身着华服,手握官刀,牢牢把守着门户。楼柱上悬着两串大红灯笼,笼口洒了紫金粉,映出一片绚丽的光彩。闵安透过楠木大门朝里面望去,只见八列雪白的玉兰灯挑在伏龙滴水架上,将庭院四壁照得亮堂。她的目光再朝里面探,内庭却被一道麒麟献瑞的大理石影壁遮挡住了,只从橙色云霞中挑露出四角飞檐,立着翅尖上的数对金龙,在暮色中闪闪发光。

闵安暗暗咋舌,这栋行馆的派头不小,从门口的侍卫看来,显然是清泉县衙专程进献给世子落脚的地方。闵安忽然又想起她和师父就站在行馆之前卖弄把戏,引来一大群民众鼓噪叫好,这动静恐怕已经惊扰到楼里的贵人。非衣好意提醒,看来此地不宜久留。

闵安套好驴车,回头去叫师父时,却见一个衣饰精巧、家仆模样的人,将吴仁请到一边低语几句，吴仁面露为难之色。闵安正欲出口相询，吴仁对着闵安说道："你先去驿馆等我，我出趟场，马老爷家里的。"

闵安追问："哪个马老爷？你不是不看官家人吗？"

吴仁低声道："这里的马灭愚马老爷声名在外，得罪不得，我先去瞧瞧再说。"

吴仁走后，闵安急急拉着驴车去了官道旁的驿馆借宿。喂过驴子后，她钻进低矮的土坯房，被米粒大的蚊子咬得满头包。她到处拍打蚊子，捆了一束艾草熏蚊子，同时也祛除房里异味。正忙乱间，看到非衣从院门口走了进来。

闵安掸了掸袖口的草末子，迎上前去。

非衣问："吴先生没回来吗？"

闵安回道："师父跳了几场大神舞，闯出了些名声，被富贵人家请去看病了，什么时候回还真没个准信儿。"

非衣再不搭话，坐在石凳上等待。闵安怕艾草气味太浓，找来一个破扇狂扇一气，受不了两个人沉默相对，有一搭没一搭地找非衣说话。

非衣照样是听得多说得少，有意无意地问起吴仁的来历。闵安告诉非衣，师父是二十年前宫中的御医首座，因事被牵连，后被贬出了官，这才在江湖里游荡。吃官司那会儿，师父散了家庭背了骂名，就此发誓哪怕是坑蒙拐骗去做术士，也不愿意为官场上大大小小的官吏治病了。

非衣听到这里，插口问："官吏家属又非官场中人，吴先生为什么也不治？"

闵安苦笑道："师父落难时，师娘卷起细软跟着一名武官私奔了，变成了官家家眷，这大概就是师父立下规矩，不治官员及家属的原因。"

非衣没有说话，陷入了沉思。闵安好心转告了这些过往，无非是不希望他碰到吴仁的钉子时，心里毫无准备。

闵安看非衣思索的样子，笑道："那个你提过的，能为她做一切事的姑娘，可真有福气，让你大半夜还候在这里等师父。"

露水渐渐地重了，大颗凝结在草叶上。非衣一动不动地坐着，像是月下的一尊雕像，对闵安的话充耳不闻。闵安突觉异样，伸颈闻了闻他的衣香，问道："咦，你用的什么香，蚊子好像不咬你呀。"

非衣从腰带上解下一个缎布香囊，拈在指上晃了晃。"小雪调配的熏香能祛除蚊虫鼠蚁，我走到哪里，这些东西都不会近我。"

闵安接过香囊，放在鼻子边深嗅一口。一股沉水、白檀的香气迎面而来，细细辨别，又传来夜香树、灵香草的气味，好似分成两重看不见的云雾，随风一吹，各自飘荡出最细腻最缠绵的氤氲。

生平所学的花草知识不多，闵安并不大懂得熏香与调香。但她闻过了这个精致的香囊后，对这位未曾见过面的小雪已深为叹服。非衣拉住香囊丝绦，将香囊勾回到自己手指上，淡淡说道："小雪的东西不能随便转赠，你要什么，我下次来再送给你。"

闵安扁嘴说道："忒小气。"她走回屋里，将包袱拆开钉在窗口四角，做成了一个防蚊虫的布帘子。满屋的草木灰味弥漫，她取出常用的熏香片放在鼻子底下嗅着，和衣在土炕上睡了。

第二天清早，闵安洗漱完毕走出门来，发现非衣竟然仍坐在院子里，看那样子，竟是坐了一夜，衣袍上铺满露珠，连墨色眉峰上都挂着水雾。闵安嘀咕道："这个傻子不冷吗？"走到非衣跟前说："走吧，我带你去会会师父。"

非衣似在入定，闻言站起身，震碎衣襟上的露水，回道："不用了，找到吴先生后请带来行馆见我。"交代完这一句，他就走出院门，登上等候在外的马车离去。

闵安站在驿馆门口看着马车远去，心里想，非衣的耐心怕是用光了，等会见到师父，还得从中多斡旋几句……让师父去见非衣，这事又有几成把握……师父一向不服管束……

闵安一路低头想着心事，一路走到了清泉县衙，去书房拿回传的公文。因是同行，她又笑得和气，一名司吏就揪着她的袖子，将她带到书架后，细细说了两件事：吴仁昨晚去马灭愚家里跳大神，马灭愚突然一命呜呼，天不亮马家人就来投递状纸，递了些银两给知县王怀礼，要求从严审判杀人的巫医。王怀礼没有升堂，直接将吴仁投入大牢中，先去了行馆向世子请安。

闵安听完暗暗心惊，额头冒汗。王知县一向不喜欢黄石郡的人，上至长官毕斯下至贩夫走卒，从来没有人在清泉县能舒舒适适走完半里地。现在师父被诬，落在王知县手里，其后果是不言而喻的。闵安从腰包里翻出最大的一块碎银，塞到那名叫李非格的司吏手里，这才打听清楚师父这桩案子的来龙去脉。马灭愚辞官回乡里养病，病情不见好转。家里人昨晚听说市集上的吴半仙能做法请神配药方，连忙请吴仁去了府邸治病。吴仁看马灭愚是回乡养老的旧官员出身，坚持说不会看病，只能做一场法事祛除秽气。被恳求不过，勉强应允开一剂补益的汤药，再三申明此药并不治病，只能健体。

做法事的时候，吴仁照旧围着马灭愚的床铺转动，跳了一轮请神舞，没想到跳完后不久，马灭愚还没喝完吴仁配置的草药，就一命归天了。

闵安知道师父配置的草药是个百当方子，不管遇到谁师父都会这样开出去，草药大多是茯苓、白术、党参等物，可以帮助病人健脾生血、益气生肌，即使不济，也不会突然要了病人的性命。

闵安推想，既然草药没有问题，师父厌恶官员，不曾近过马灭愚的身子，更不会在床外跳段大神舞就能跳死人，那么马灭愚的死，肯定是有见不得光的隐情。她匆匆辞别司吏，步向县衙大门。

马家家仆正巧堵在门外吵嚷，要求吴仁一命抵一命。闵安急转身低头，本想侧身闪过西边那扇门，顺便溜出去，一个打扮得极为富丽的年轻女子突然从家仆身后冲出来，厉声喝道："那个小相公就是那巫医的徒弟，也不是好人，给我狠狠打！"

众家仆发声喊，手持棍棒冲了上来，闵安不想在县衙前生事，脚底抹油，一溜烟跑得飞快。她的拿手好戏就是钻巷子，钻了大半天，绕来绕去的，终于将众人抛得不见影子。

可是马家人也有后招。那名年轻女子拨出一半人等在了行馆那条街外，专程候着王知县回来。闵安扶着帽子从巷子口折返时，又遇上他们。

闵安当街躲避着棍棒，冷脸喝道："再蛮不讲理，我就要还手了！"众家仆与她缠斗了两次，见棍棒几乎没有碰过她的身子，便知道她的手脚功夫是强过他们的。正在犹豫时，那年轻女子抢过一条木棒，从后面悄无声息地朝闵安头上打去。

闵安连忙躲避，仍然被敲到了背，不由得跟跄一下扑向前。背上奇痛，她突然醒悟到，眼前这女子是有功夫的。她喝问女子名姓，女子冷笑道："呸，连姑奶奶柳玲珑也不认得，还敢让吴仁老狗进了我家老爷的屋子，夺了我家老爷的命！"

闵安拍拍袖子上的灰，回道："花街上劝酒做席的娘子倒是有一个叫柳玲珑的，难道是你？可柳娘子曾留我歇了一宿她的红绡软帐，并不像个母夜叉，当街拿棒子打相公啊。"

"呸，你还敢说这些浪荡话！臭不要脸的！给我狠狠打！"

柳玲珑柳眉倒竖，吆喝着家仆夹击闵安。闵安对付家仆绰绰有余，只是柳玲珑毕竟是个女人，闵安手下就留了情。她的武功本就稀松，对方人多棒杂，如果全力以赴尚可保身，这一顾忌，立马吃亏。柳玲珑看出便宜，找空子重重打了闵安几棒，将她打得七荤八素，蒙头转向，一头栽向前去。

闵安这一扑，刚好倒在一双青黑色锦缎面螺圈纹线脚的靴子前，她熟悉华朝衣饰采制，知道这是一双官靴。当下也顾不上背痛，像是溺水的人抓到了一根救命稻草般，连忙伸出手抓住了官靴里的左脚。

被抓的人站着没动。

周遭都静寂了下来。

闵安抬头，看到了一截质地考究的紫色锦袍，衣摆处绣着祥云纹饰。她的脸擦到了袍底，闻到了一丝隐隐的薰衣香，决计不是平常的那些香料能够熏染出来的气味。她立刻意识到，自己抓的这个人绝非普通官员。

闵安扑倒在地时扑腾起一些尘土，沾到了来人的锦袍下摆，加上她的身上还带着艾草的烟火气，这些混杂在一起的奇怪味道，一下子送到来人的鼻子里。

李培南皱起眉，将左脚朝后收敛了一下，沉声说："放手，成何体统。"

闵安连忙放手，用手撑地支起上半身，就势跪地行了个礼。"卑职多有冒犯，请世子恕罪。"她跑得一身汗，文士帽子不知被掀去了哪里，头发也被马家人抓散了，模样别提有多狼狈了。

李培南看都不看闵安一眼，走向侍从准备好的马车，准备出行。王怀礼小心候在一旁，抬头露出一张黑掉的脸。闵安不用看，也猜得出来知县大人是在怪罪她。闹出这么大的动静，冲撞了贵客出行，败坏了清泉县的颜面。

马家家仆在远处看到衣饰华贵的世子根本不管闵安的事，而王知县似乎又大气不敢出的样子，胆子大了些，举起棍子朝闵安龇了龇牙。

闵安偷瞄到马家人的嘴脸，只觉背上痛得愈发厉害了。她打了个激灵，冲着李培南的背影喊："求世子主持公道，还我师父一个清白！"

李培南踏上马车，毫不理会跪在后面的闵安。闵安心急，冲到马车前张臂跪了下来，大声说道："楚南王勤政爱民，宵衣旰食，曾在三年前下了十二道明谕，说是'和乡党以息争讼，讲法律以儆愚顽'，此理正可用来裁夺我师父这个案子！世子今天代替王爷巡视清泉县，万千子民见世子如见王爷，世子在这里，就等同于王爷在这里！王爷素来悯恤子民，替子民声张正义，我信世子必然会秉持王爷的主张，替我等草民讨个公道！"

闵安这一喊，实出无奈。师傅对她恩重如山，如同亲生父亲，现在身陷囹圄，如何不急。在偌大个清泉县，她无依无靠，加上知县对黄石郡一向有成见，她依照法理来打动李培南，亦不失为一计。对于李培南随后的应对，闵安也没有十足把握，可在如今这个节骨眼上，她愿意拼上一拼。若不成功，后面还有一个王怀礼可以拉来做垫背。

披头散发的闵安在车前重重磕了一个头，低眼紧紧看着车辙的动作，屏声静气的，等待李培南的发落。

车厢里的李培南皱了皱眉，心里老大不悦。他自小就被父王寄予厚望，放在海边及西部沙场上教养，在海浪中冲刷身骨，在厮杀中练就心性，早就生得刀枪不入、心冷如铁了。闵安区区几句话，并不能打动他分毫，更何况他从来就不喜欢受任何人任何事的制约，听到闵安抬出父王的名声来压制他，且抬得如此冠冕堂皇时，怎能不让他变得更加心冷。

"走。"李培南轻轻吩咐一声。

车夫看到闵安还跪在马头前，挨得太近，担心一提马缰，车马难免会伤到她，略略有些踌躇。

车厢里的李培南又道："走。"这一声，语气已颇有些不耐。车夫急提缰绳，马蹄悬空，马嘴里发出长鸣声示警。闵安仍然一动不动伏地跪着，王怀礼离得不远，吼道："你疯了吗？"猛冲过去，一把揪住闵安的长袍衣领，将她从马蹄下拖出了两三尺距离。

王怀礼倒不是怜惜闵安的性命，而是害怕耽误了李培南的行程。拉开闵安后，他也扑通扑通跪在地上，等世子的车驾一阵风似地驶过去后，才狠狠地看住一旁灰头土脸的闵安，冷哼道："你把本官的脸丢光了，回到衙门看本官怎么整治你。"

闵安抬手抹了一把脸上的灰尘，露出一双黑白分明的眼睛来，冲着王知县一笑，慢条斯理地说："刚才我那一闹，世子爷肯定记住我这个刁民了，知道我不是那么好打发的。王大人想这么不声不响地把我拖回县衙整治一番，前脚刚走，后脚就有人把我写的状子递上去，状告王大人五条罪状。我跟王大人回县衙肯定是凶多吉少，极有可能保不住一条小命，所以来这儿之前我就先写好了状纸，准备拼个鱼死网破。"

闵安说着，从怀里掏出一张几日前抄写下来的花草医药方子，拢着四角在王知县眼前晃了晃，继续说："世子爷办完事回来一看，哟，行馆外面又跪了我家里人，又哭又叫的，看着很晦气。世子爷心想，一个状子没完没了地告下去，扰得心烦，不如就收了这个状纸看一看吧。我家里人趁机把状子就递上去了，那上面写清楚了王大人纵恶行凶、贪赃枉法、妄拿平民、私刑拷打、欺瞒上级五条罪……"

王怀礼一听见"贪赃枉法"四个字就心惊肉跳，心里想，难道自己平日收的脏银，已经有实证落在这小相公的手里了？他并不知道闵安只是照着常识推测，随口罗织了罪名来恐吓他。

王怀礼又惊又怒，伸手去抢闵安手上的纸，喝道："你……你平白无故诬陷本官，还敢越级上告，不怕本官治你那东家的罪吗？"

闵安两三年来陪着毕斯向王怀礼送了不少财礼，知道王怀礼肚里的斤两，才敢这样当场进行要挟。她抬高手晃了晃白纸方子，使王怀礼够不着，面上做出一副忠厚老实的样子，压低声音说道："王大人不要这么心急，且先听我说几句实在话。王大人好生伺候着世子爷，不就是想攀上楚南王家的富贵，让世子爷在王爷面前替您美言几句。可是大人您别忘了，王爷提升官员是要看政绩考课的，而政绩考课要首推平日里的审案。案子要是没审好，藏了冤情，甚至让人含冤上控，被上级驳诘回来，那您是既掉了面子，又影响了考绩。"

闵安话还没说完，王怀礼就冷笑起来，恶狠狠道："横竖都让你一张嘴说完了，在你这张嘴里黑的可以说成白的，本官算是见识到了。来来来，说那些没用，不如随本官回一趟衙门，让我来细细审上一审。"他站起身，甩袖要走。

闵安连忙拉住王怀礼的袖子，低声说："这大好的机会在眼前，大人怎么就不珍惜呢？我敢向大人担保，我师父的案子一定有冤情，大人破了这宗案子，一定会博得上面的赏识。再说我们东家已经结了茅十三的案子，申详的供词也递到大人这儿来了，大人在供词里再提溜提溜，多写两笔对我们东家的督责，做个结词，那么这茅十三案子的功劳，铁定会分几成到大人头上。大人将我师父和茅十三的结案供词一并送上去，世子爷一看大人一个月破了两件要案，少不得对大人要赞赏几句，说不定还会在王爷面前推荐大人。最不济的话，这两件案子也有利于大人下个月的铨选，让大人的政绩在同侪中脱颖而出，官运从此亨通。"

王怀礼想了一会儿，被闵安的话说得心思活络起来，想着如果利用这个机会,把茅十三和马灭愚的案子串起来一次了结,也不失为一条好计策。他回头吩咐随从隔开闵安与马家人,将他们各自打发走了,自己去候在行馆外,专程等着李培南回来。

傍晚,闵安向清泉县衙正式递交了诉状,请求查验马灭愚的死因。王怀礼不在县衙,差官接了状子,让她明日再来看大人是否升堂,闵安只好先回到驿馆。

掌灯时,李培南带着侍卫队回转,王怀礼赶紧迎了上去。他小心候在李培南身边,伺候着李培南净脸、宽衣、熏香,乘机说了说吴仁的案子,还提到了闵安要求验尸的申状,大有请李培南裁夺之意。李培南没说什么,饮了一口茶,摆袖让王怀礼退下。

两名伶俐的丫头走进来请安,询问是否摆上晚膳。李培南点点头,转到书房刚拿起《百草引》查看,侍卫长厉群大步走进来,施礼禀道:"二公子来了。"

李培南放下书说:"沏一壶苏州紫笋进来,叫厨房上几道北边的菜。"

华灯高燃,书房如昼。

李培南坐在主座上,穿着锦青常服,袖口翻出一片金丝藻绣,衣摆单绣一杆墨竹,如水一般垂泻下来。非衣则是紫红长袍,映着灯光,夺去了满屋的颜色,在粉壁上浮起一圈亮丽光彩来。

两人礼毕,李培南淡淡道:"坐吧。"

非衣走到主座左侧的椅上坐下,很长时间里都没有说话。李培南与非衣聚少离多,近几年见面的次数屈指可数,各自忙于事务,两人虽是手足,关系却甚疏远。

见非衣沉默,李培南也不急,耐心地坐着,饮上一两口清茶。厉群屏退了丫鬟及侍从,亲自捧着案盘进来,放在非衣身边的黄梨木方头桌几上,退到一旁给非衣斟茶。他掀开瓯窑淡青釉彩茶盏盖,将盖子反过来贴在茶杯的一边,注入茶汤,使汤水顺着杯沿流下。然后他用双手捧起茶杯轻轻摇晃,使茶叶得到充分浸润。此时茶香浓郁,飘溢出来,他才放好茶杯及盏盖,垂手退到了屏风后。

非衣深谙茶道,看了厉群侍茶的技艺,脸色不由得缓和了下来,说道:"世子有个好下属,不仅外面的事情来得,连茶道也如此精通。"非衣自三岁起就称李培南为"世子",既客气又疏离,十六年来从未改过口。

李培南看看厉群,厉群会意,连忙站在屏风后躬身说道:"二公子过奖了,在下受之有愧。"

非衣揭开茶盏喝了一口茶,不答话,书房里再次变得冷清。李培南知道非衣是无事不登三宝殿的人,猜想他肯定是有事要说,所以比他更沉得住气,连寒暄都免了。

非衣昨天中午坐马车刚进清泉县,哨铺的通信兵就忙不迭地把消息送到行馆来了,李培南第一时间掌握了非衣的动向。他等了一个时辰,见非衣并没有来拜见他,差人去请。差去的侍从回来报告说,非衣路过街市时停留了一会儿,专心看着一个道长与徒弟跳大神。在这之前,李培南站在主楼栏杆旁,早就看过闵安与吴仁在街上的怪力乱神,认出那个徒弟就是前几日在黄石郡遇到的闵安。

非衣来后,只说了两三句客套话,问问王爷身体安好等,对他连续两年流荡在外地的事情一字不提。李培南也没心思问,饮过一盏茶后,就唤厉群去安置非衣。非衣也不道谢,转身先下了楼,住进了行馆后宅里。一天一夜过去,非衣一次面也没露,拒绝了各方官员士绅的拜见,在闵安拦车喊冤不久后,他倒是出现了,所以李培南猜他来的目的,是与闵安有关。

非衣放下茶杯说道:"今天再来叨扰世子,是想向世子举荐一个人。"

"闵安吗?"

非衣并不吃惊,"是的。"

"为什么?"

非衣答道:"两年前娘亲过世,我向王爷辞行,决定外出走一趟,散散心。王爷大概怕我走回了北理,临时交办一个差事给我,要我考察各地民情,为世子网罗和推选人才。两年来我几乎走遍了楚州各地郡县,游山玩水之余,倒也没忘记王爷的交代。我平日里所接触的两百一十七号人里,只有闵安符合王爷的要求,是个堪用之才。"

非衣称同父异母的兄长为"世子",唤起自己的父王来更生分,叫"王爷",可见心性的冷淡。但他这样喊了十多年,即便王爷不悦,也没能纠正过来。

李培南听到是父王的旨意,沉吟起来。他坐在椅子里,用手指轻轻叩着扶手,徐徐道:"此人性子不大稳妥,我不放心。"

非衣看着李培南说:"我举荐闵安有三点理由。一是闵安出自闵州闵家,其父被先皇判处斩刑,爷爷受累气死,全家上下没一人受到先皇的恩待,死的死散的散,所以可以保证闵安不会投向先皇旧党那派人。二是闵安精于律法刑名之学,熟悉衙门里的各种陋规，由她出面充任相关司吏，绝对要比旧党官员强，堪可培植。三是属于我私人之请，若世子答应闵安去主持吴仁案子的审查，确保王怀礼不会挟私糊弄过去，这样才能让吴仁脱身。我需要吴仁指点我的医理，医治好小雪的头痛病。"

　　李培南知道吴仁不救官宦人家的规矩，也知道祁连雪在非衣心中的分量。除去非衣的生母如王妃，祁连雪可算是非衣最亲密的亲人。她被头痛脑热病困扰了多年，非衣四处搜求，却一直没找到有效的方子。既然非衣觉得这个吴仁有些手段，想来他确实是有些道行的。

　　然而，李培南转念想到闵安披头散发拦住他马车的样子，眉头又不禁皱起来，说道："不让这个姓闵的审理此案，也能提出吴仁，让他给小雪治病。"

　　非衣回道："吴仁脾气古怪，传闻宁愿死也不愿意破规矩。就算迫于世子的威名，只怕将来留下后患。通过闵安去说情，事情才能稳妥一些。世子明鉴，为了小雪这个病，我多年来遍访名医，对于吴仁还是有些把握的。望世子悯恤，促成这件事。"

　　非衣说得合乎情理，李培南不愿为了小事与他口舌相争，拿起茶喝了一口，没说什么，只是当面不拒绝非衣而已。非衣懂得他的意思，斟酌再三，最后还是把话说开了。

　　"现今新皇年幼，朝政多是王爷费心。王爷勤政三年，已有取代新皇之心。王爷碍着太上皇退位前的诏令，不敢打破誓言越矩登基，但他心里中意的人是世子你，想把世子扶到皇位上去。王爷在禁军营安插亲信，领军将领多属此辈，就是为了给这后来的新皇铺路。他要我为世子挑选辅政人才，也是为了给世子培殖羽翼。日后，这些人一定为世子所用，辅助世子登基称帝，成就一番霸业。像昌平府萧知情、荆门左轻权等人，确实是不可多得的人才，只是仅靠这些人，还远远不够。"

　　非衣与李培南都是正宗皇嗣，他直言楚南王图谋大位，毫不避讳，也自有其原因。

　　约五十年前，太上皇叶沉渊育有两子，取名为叶兴琪与叶景卓。他察觉到第二子叶景卓自小野心勃勃，难以驯服，将皇位传给嫡长子叶兴琪前，就诏令叶景卓去扬州雨花溪畔隐居，以免长幼相争，自己也远居海外。

　　叶兴琪登基之后励精图治，曾整顿过官场风纪，开创过一段海清河晏的局面。其后,闵州知府闵昌弹劾赈灾官员贪污赈银,引发新旧两派官员激斗,叶兴琪为平息朝政动荡,依照大理寺呈报上来的证据,处死闵昌。随后,华朝吏治更加乱象丛生,国势渐衰。

叶兴琪体虚多病,少近后宫妃嫔,年过四十才与祁连皇后诞下一子,不久后叶兴琪染疾驾崩。祁连皇后扶幼子登基,将镇南王叶景卓请出辅政。此时,叶景卓先在雨花溪畔、后在无名海岛中深居简出已有三十年。

叶景卓出山那日,去东海告祭天地,请旨恢复远祖姓氏,更名为李景卓。此举大有忤逆太上皇之意,但彼时朝野上下,并无人能与之理论,皇太后无奈下旨允准。经此一事,百官无人再敢与之争锋,多有拜在其门下认作门生的,一时权倾盖世。

在二十三岁时,李景卓倾心恋上一名平民家的女子,娶她为妻,生下一个男孩。因长期受父皇及皇兄的两层压制,李景卓对幼子寄予厚望,从《南华经》"鹏鸟培风、图南之志"之意,为他取名为李培南,将他寄放到海边及沙场里教养,逐渐磨炼出他的强韧性子。

正当李景卓隐秘实施复出计划时,华朝与邻国北理边境发生多起动乱,边防势态一度紧张起来。彼时正当权的叶兴琪为平息隐患,主动与北理皇族缔结婚约,北理国派出最受尊崇的郡公主前来和亲,叶兴琪以李培南生母出身贫寒,不堪为妃,将郡公主谢如珠拟旨赐配给李景卓。

李景卓抗命不从,声称已有发妻,且恩爱有加,愿与她执手到老。叶兴琪向退隐到海外无名岛屿上的太上皇请令,不久得太上皇加急手谕,严令李景卓即聘谢如珠。李景卓生平所怕只有父皇一人,无奈应下这门亲事。成亲之日,发妻萧冰领诏,另赐别宅安置。待李景卓第二日寻去时,萧冰已不知所终,未留只字片语。李景卓迁怒于新婚妻子谢如珠,再也不踏进谢如珠宅院一步。

谢如珠贵为郡公主,何曾想过一生金枝玉叶,一日南下,竟过起活寡的日子来,常常望北饮泪。但她深知自己身上所担负的使命,又不能随性回到故国,强撑两年后,终于心苦病倒。李景卓见谢如珠病体柔弱,动了恻隐之心,一连两日守在榻前。侍女为撮合自己的主子,冒死使出一计。李景卓一时不察,喝下侍女准备的药汤,与谢如珠共度一宿,清醒后就手刃侍女,再次弃谢如珠于不顾。谢如珠被激怒,搬出王府,去楚州昌平府定居,十月后生下麟儿非衣,让他从母姓谢。

去昌平不久，谢如珠见两国邦交稳固，更无甚顾忌，径自带着非衣回到北理国，一去就是十年。

李景卓从不过问非衣与她的任何事，更不会写信催讨她的归期，只是潜心培育李培南，重金搜求萧冰的下落。直到华朝先皇驾崩，大举国丧时，谢如珠才偕着非衣回到昌平府，以皇亲身份参与丧礼。随着她的这次回归，少年非衣也第一次立足在华朝宗亲面前，引得众亲属惊异：原来只闻名不见面的二公子，论神韵气度，并不输于世子李培南；论及其母的出身资历，比世子更显尊贵。

从此后，非衣无论走到哪里，都会得到礼待，最大原因就是他的显贵身份。非衣对待兄长李培南敬重有加，外人见了，自然会在原先的敬重上再加一层，都说这位公子爷家教谨严，不愧郡主之子。

非衣能与李培南相安无事，实在出乎谢如珠的意料。她对非衣耳提面命了一番，要他从此在华朝立足，结交当朝权贵，把自己应得的夺回来。非衣心性恬淡，志不在此，婉言谢绝。谢如珠失望之余，又因奔波两地亏损了身体，不幸染上风寒，竟致一病不起。临死之前，她唤人请来李景卓，当面告诉他一个隐秘：萧冰已病逝，骸骨就埋在昌平府故居后花园里，她是得知了这个消息，才花费重金买下这座宅院。她笑李景卓一生辜负了两个女人，自己也落得形只影单，孤老无依。言罢含恨离世。

非衣随后外出散心，李培南得知生母消息，从西疆赶回。

一别两年，直到昨天兄弟俩人再次见面。

第四章　既见君子胡不喜

华灯下，李培南听到非衣直接道出了父王的隐秘，包括那些秘而不宣的野心，就笑了笑，打破满屋的冷清，"这话可不能当着父王的面说。"

非衣答："那是自然。"

李培南状似无意说道："看来这个闵安本事不小，一晚上没过，竟让两个人来我这里举荐。"

非衣不关心另一个人是谁，只说道："我来这里不是闵安的意思。"

李培南答："我知道，除了父王和小雪，没人能请得动你。"

非衣淡淡道："世子的吩咐，我也从来不会怠慢的。"

李培南站起身，"这话我先记着。你去偏厅吃晚膳，不用再上来了。我亲自会会闵安。"

非衣知道李培南起身送客的意思了，也知道他所说的"会会"就是考验闵安，心想事情已经成了一半，也就没再说什么，直接出了门。

李培南负手踱开两步，转到书架之后，回头对屏风后侍立的厉群说道："王爷安插在此地的眼线是谁？"

厉群想了想，回道："清泉县的桩子一直没被点开过，如果不是公子这会儿一提，我险些都忘了。按理来推,那应该还是王爷十一年前派下来的老人,一个叫李非格的司吏。"

十一年前华朝先皇囫囵判了知府闵昌的弹劾案,引起朝政及官场的动荡。当时还在扬州归隐的李景卓用钱银买通吏部,安插进了九名亲信,将他们散到九个重要的州县中。这批人的位置或大或小,能沟通上下官衙事务,起到收集消息、监察官员的作用。最终的消息会汇集成一本册子,定期送到李景卓手里。八年过去,有两名亲信告老还乡,正式推卸了李景卓的任务;还有三名亲信被先皇罢官,回家种药草去了;再后来的三年先皇驾崩,李景卓复出为王,掌管了朝政,将自己改封到物产富饶地势广阔的楚州,又将余下的三名亲信调到楚州来,一一封赏了五品或是从五品的官职。唯一一处没有调动的亲信就是李非格,因为他本来就在楚州境内,且多年过去"不思上进",只从一个小书吏升到主管书吏,称之为司吏的职位。

李培南提拔的亲信却是在父亲李景卓之后的,他回来才两年,也就提拔了两个,一是荆门左轻权,二是昌平府萧知情,其余的大批人都留在了西疆,多属武将出身,善于冲锋陷阵。李培南需要文官辅政,听到非衣今晚殷勤提到闵安的名字,虽说心存疑虑,还是决定要会会闵安,随后再决定闵安的去留。

"你去将李非格请来。"李培南下了命令。

厉群见自家的公子忙了一天,连晚膳都顾不上吃,就要专程提见李非格,忙开口说道:"公子喝口热汤也不迟,我去请李先生来,还要一会儿。"

李培南摆摆手,"既然想卖二公子一个面子,就要早些把事情处置完。"

厉群躬身退出去,亲自点了一辆青布小轿,趁黑将李非格请进了行馆二楼。李非格长期做书吏,养了一副清酸的脾气,见到李培南就行了个礼,然后拢着袖子一言不发地站着。

李培南请李非格坐下喝茶,直接问道:"先生认为闵安这人怎样?"

李非格听到这句话心里有底儿了,因为他正是将吴仁案子私下说给闵安听的那个司吏。他在衙门熬了十一年,不结交人,不得罪人,对闵安也是如此。他能提前知会闵安一声吴仁犯了案,主要是因为清泉县的长官王怀礼瞧不起文人,听信小妾的枕头风,前不久将所有幕僚都逐出了府,对书吏也经常是颐指气使的,由此才得罪了这位司吏大人。

李非格咳嗽了声,说道:"我先说小相公的两点坏处,世子拣一只耳朵来听听。小相公一张嘴能说死人,只要有缝儿,他就能钻进去,说得你不得不信,还以为他是万般的好意。再就是他爱随着性子做事，聚众赌博、拉结衙役、轻浮人家小娘子、放山炮轰猴子、转嫁猴患给邻地……一些告上来的暗状多少都与他有干系。"

李培南听到这里皱了皱眉，"随性难以成事。"

李非格顿了顿，又慢吞吞说道："小相公只是性子随意了些，帮长官处置事务的底子还是有的。楚州大大小小一共一百一十座县衙，哪座县衙不是聘请六七个幕僚，分管刑名、钱谷、书启、账房四大块的，唯独黄石郡三年来只请了小相公一人，将审判、税收、治安、风化、教俗理得一丝不差，光看这一点，小相公也比整个楚州幕僚班子强上一截。"

李培南听了这句垫底的话，放下心来，朝厉群看了一眼。厉群会意，将李非格送走，又派人去驿馆叫来闵安，自己专程等在了门楼底，对闵安说："等会见到了世子，说话谨慎些，千万不可随意。"闵安忙低头应道："知道了，多谢侍卫大哥提点。"

闵安正等在驿馆里，担心着师父的案子时，突然听到侍卫通传世子要见她，就马上欣喜地赶出门来。她还以为是自己的一番话奏效了，让王怀礼请动了一副冷脸的世子爷。

然而见到李培南之前，闵安又费了一番周折。她还是穿着昨天花翠给她拾掇的长袍及罩衫，全身上下汗津津的，夹杂着各种烟火气。她不以为意，底下穿堂里的小丫鬟们却捂着嘴直笑，避得有点远，让她猛然醒悟了过来，自己该是有多脏，远隔百里还给花翠丢了脸，一直丢到行馆来了。

闵安懊恼不已，觉得不能唐突这么美丽的小姑娘们，忙躲在了柱子后，有丫鬟请她去梳洗时，她就脸红道谢。

洗澡是在一个密不透风的房间里，用水十分讲究，先用皂荚蒸煮之后，加入药用的花瓣，方便客人进行泡浴。闵安遣走众人，坐在热汤里浸泡一刻，觉得满身的毛孔都开了，才抓起一旁的花皂球上上下下擦拭了一遍。不多时，水里浮起了一层污垢，她的身上熏染上一层花香。

闵安洗得全身舒畅，束好胸甲，取来衣架上的新衣穿上。世子府备用的中衣用白绫裁成，料子薄软，贴身溢出一丝熏制好的丁子香。外袍是淡雅的水蓝色，箭袖窄腰，衣襟领口及腰带绣饰着同色花草，将闵安衬出了两分清贵气来。她穿戴好衣衫，走出门，如同一枝香气暗浮的雪兰，简直像是变了一个人。

厉群远远瞥了一眼,心想人靠衣装马靠鞍,这个模样能见公子了。他在远处做了个请上楼的动作,丫鬟拉住闵安袖子轻轻笑,"别急,见我们公子前,小相公还少不得一道工序。"

那道工序就是熏香。

闵安本来以为自己已经够香了,比她这一辈子炮制的香气还要多,可她随着丫鬟走进暖阁时,才知道自己想得差远了。

阁子里四角各立黄金漆杆的金凤衔水香炉,正缓缓吐送香气。最为巧妙的是每隔一刻时辰,就有丫鬟分撒香汤,用正中央的镂刻花叶熏筒加热,使香汤和四周的香气印染,形成一道道水雾喷散出来。闵安被推进门,站在气雾里熏染一会儿,衣衫上就沾染了郁郁香芬。她接过丫鬟递来的莲柄香斗,持在手里熏染袖口,忍不住低头闻了闻。鼻子底最先能辨别出沉水、白檀、薰陆的味道,随着热气的弥散,又转化成青桂皮、白渐香的果香,最后沉淀下来时,还能隐隐嗅到一股麝香和安息香的气味。

这些味道很熟悉,与昨晚驿馆院子里非衣给她闻的香囊是一样的。

闵安挑眉,立刻想到这些熏香技艺可能是出自小雪姑娘的手笔。丫鬟在旁轻轻一笑,细碎说道:"小相公你可瞧好了,这么多香料碾碎成细末,用清酒沥干,加上白蜜调制,才能团成这一粒粒精巧的香球,稍有差池就让整盘的香料作废,受我们名贵香料待遇的客人,你可是头一个。所以呀,等会见了我们公子时,少说话多站着,保准你犯不了错。别的不说,公子可是最喜欢祁连姑娘调出来的香味,她人虽不在这里,也能安定住公子的脾气。"

闵安点头,"记住了。"

主楼楼底一字排开锦袍侍卫,手握军刀,相貌一如既往的不怒而威。

闵安穿着考究的衣衫,带着满身香气走到二楼书房,一进门就挨着桌案脚跪下了,给主座里的李培南恭敬磕了个头,"闵安见过世子,祝世子万福金安。"

李培南放下李非格带来的案状抄本,抬头向闵安看了一眼。闵安始终恭顺垂着头,只露出半张白皙的脸、两道浓密的眼睫,着装变得轻丽干净多了,整个人也似从清泉里捞出来一样,透出一股水灵气。

李培南不叫闵安起身,直接问她:"吴仁的案子你想怎么审?"

闵安忙答:"王大人需公开审理此案,原告、被告、证人、状词、勘查单子都要到场，左右吏史记录，不能有一丝差误。马家势大，我怕王大人还弹压不了，想斗胆请出世子前去镇场。"

"依了你。"

闵安又咚地磕了个头，"谢世子。"

李培南拿起状词一旁的户籍手册查看，没再说话。他不说话，闵安就不敢动弹，仍然保持着跪地谦恭的模样。书房里帷帘上各吊着一粒铰金香囊球，遇着一丝晚风了，缓缓打着转儿。从它的四个分簇的青雀滴嘴里冒出一股熟悉的草叶香气，落在李培南的椅背上，房里那么静，闵安捕捉到这股香味时，可是切切实实的。

但她不敢抬头，顺着眼帘朝前看，只能看见一点点李培南的长袍衣摆，绣着一截峻冷的竹子，气韵像极了它的主人。

李培南看完马灭愚家户籍册子，端坐一刻，看着跪地的闵安。他越是不开口，居高临下打量闵安，周遭的空气就越是冷凝起来，压得闵安脊背渐渐变弯。闵安把手团在袖子里，蹭去了掌心的冷汗。

许久，李培南才开口说道："王怀礼本是不愿意审查马灭愚的案子，傍晚去而复返，专程来为你说话，可见我离开之后，你想出办法对付好了王怀礼。既然你挑出了事端，那就给我好好表现，重新审查你师父的案子。你师父若是有冤情，我替他平反；你师父真的犯了事，你也提头来见。"

闵安伏地一拜，"谢世子，一定不让世子失望。"

"下去吧。"

闵安躬身后退，退到门口，才转身过去下楼。她摸摸后背，已经汗湿了一片。

第二天起，李培南果然带着侍卫队进驻到了清泉县衙里。为避嫌，仵作身份的吴仁不能出场验尸，闵安提出了复查尸体的申状，清泉县仵作应差。马家人极力反对验尸，昨天在街上呼喝家仆追打闵安的柳玲珑也在，她是给卧床不起的马灭愚冲喜才嫁给了马灭愚做小妾，身上穿得素净，样式却是京城时兴的。闵安看她外罩烟罗衫，内穿绣着茶花纹样的底白缎衣，心想这也是一个讲究的主儿，大把的银子都花在了衣衫上。

柳玲珑闹得最厉害，堵在马家主宅门口，在梁上悬了根白绫，冲着王怀礼喊："敢踏过门槛就死给你看。"王怀礼喝令随行衙役抢进门抓住柳玲珑，柳玲珑当真把脖子放进白绫里两眼 闭。

闵安站在县衙出动的一群人后面,仔细观察着马家人的动静。院子里吵吵嚷嚷,闹得不可开交,这时门外传来一阵车马喧哗声,一队锦衣侍卫快步跑上台阶,占据了大门,候着礼服加身的李培南走了进来。

院子里立刻安静了下来。这下连伸手去扶柳玲珑双腿,想把她解下来的马家家仆都要跪地行礼,顾不上还踮着脚扒拉在凳面上的柳玲珑。

李培南穿着深紫长袍站在主宅门前街砖上,冷冷说道:"去烧一炉炭火来。"

通晓主人心意的厉群唤人搬来一个大铜炉,在里面堆好了木柴,并点上了火。

李培南看着柳玲珑说:"等你死了,这炉子就可以烧制你的尸骨灰,撒作花肥。"他掀开衣摆坐在厉群搬来的椅子里,并饮上了一杯茶。

厉群喝道:"柳夫人还等什么?王大人还要赶着断处马老爷的案子呐!"

杵在凳上的柳玲珑将嘴唇咬出了血,默默退到一旁,躲在了马家人身后。

王怀礼连忙呼喝县衙一班人进门,转身再向李培南请礼。李培南摆手,"带闵安进去。"闵安走到李培南座前行了一礼,也跟着进了门。李培南作为责令人留在了主舍院落里。清泉县仵作带着工具箱进屋舍检验马灭愚的尸体,有一会儿才退出来向王怀礼通报死尸外表无异伤,王怀礼问死因,李培南这时负手走进了院子大门。仵作看到李培南也进来了,踌躇一下才敢说道:"禀世子及大人,小人还是认为马老爷属于自身伤亡,非他因致死。"

这种论断很容易让人联想到,吴仁大神舞行为不当才导致马家老爷莫名死亡的传闻上去,闵安一听,急得额头冒出了一点汗。

李培南看了闵安一眼,突然问:"你想说些什么?"

闵安走出来朝众人施了个礼,"马老爷的卧室主屋被关得密不透风,光线又昏暗,我怕验伤会有错漏。"

仵作哼了一声,见李培南在场又不好发作。

李培南干脆又坐进了厉群安置好的椅子里,拈起茶碗盖刮了刮杯沿,说道:"那你去勘验吧。"

由李培南镇场的效果确是不一般,仵作与王怀礼退让到一旁,一众衙役马上就布置好了验尸场地。院子中央围了一道纱帐,竹竿头绑着两把黄油纸伞遮光,马灭愚的尸身被抬出来,搁置在了草席上。

闵安焚香向尸身拜了三拜,说道:"晚辈想验出马老爷真正死因,以祭马老爷在天之灵,如有冒犯,请多多恕罪。"

闵安先干检一遍尸身，尸身外表呈黄褐色，肉少干枯，与正常死亡状况一样。她将马灭愚扶起，仔细看了后脑，又扒开马灭愚头发看顶心，不见细小伤口形成的外伤。她再检查了眼睛、口舌、鼻孔等全身上下门户处，也不见异伤。她备好拥氇的遮尸布，请厉群将院外那炉炭火移到了草席前。

漏壶点滴落下沙子，候在帐外的清泉仵作不耐烦地喷了喷嘴，加重了鼻息。闵安隔着帐子向李培南和王怀礼行礼，请求传唤马家人，详述马灭愚暴死前后发生的事情。

王怀礼下令马家长子答话。长子说道："爹和往常一样躺着养病，我去市集请了吴仁给爹作法，吴仁在爹的床边跳来跳去的，我们所有人站在槅门外面，就吴仁一个挨着爹的床。他跳完了，给我们一包药，要我们煎成汤水给爹服下。一个时辰后，娘和姨娘扶爹起身，娘给爹喂药，一碗药还没喂完，爹就断了气……"

长子用袖口擦眼泪。

闵安问："再也没人接近过马老爷？"

长子摇头说没有。

院子里很静。闵安想到，马老爷的药没毒，尸表体征也无中毒状况，为什么会猝死？她伸手抬了抬马灭愚的下巴，发现牙关极紧，刚才掰开马灭愚嘴巴检查口舌时，还费了一点力气才把嘴巴打开，可见肌肉已经僵硬到了什么程度。如果常人突然遭受到变故，一定会张大嘴巴呼吸，马老爷虽然体弱到说不出话，本能的反应还是有的。

闵安再问："马老爷临去那一会儿，嘴巴是张开的吧？"

长子回头看他的母亲马老夫人，马老夫人冲他点点头，以示闵安说的不假。

闵安又问："是谁给马老爷整的脸容？"

马老夫人答道："玲珑。"

闵安转头去找柳玲珑的身影，柳玲珑就站在家仆那边，微微抬着下巴，透过帐子与闵安对视，样子甚是倨傲。

闵安心里一动，越发觉得柳玲珑不简单。她有好身手，又姓柳，不服旁人管束，说不定与杀了小六外逃的那个柳二有甚关系。柳二如此狠毒，这个柳玲珑想必也不会好到哪儿去。

闵安只是这样猜想，还需要证据来证明。她细心问了问马老夫人与柳玲珑喂药的细节，不知不觉走向了马灭愚养病的屋舍。

王怀礼见闵安像是失了魂一样，一句话不说就朝里走，出声喝止："小相公要做什么？"

一直坐着不说话的李培南却扬了扬手，王怀礼随即退到一旁。

闵安坐在床帏槅门前的小马扎上，用手托着下巴，在脑海里回想马灭愚病发时的那一刻场景：马老夫人坐在床前喂药，柳玲珑在床头扶着马灭愚的上半身，并给他擦拭嘴角……只有她们两个人能接触到马灭愚的身体……李培南从窗口看进去，只看得见一截直挺的淡蓝袍子，贴在闵安的后背上，被秋阳光辉勾出了一道瘦削的背影轮廓。

"想到了什么？"李培南出声问。

闵安不答话，快步走出，揭开酒醋泼蘸的掩尸棉布，将马灭愚尸身翻转了过来。经过高温拥罨的尸体体表已经起了一些变化，如果有暗藏的伤痕，是无论如何都瞒不住的。

闵安再细致查验了一遍尸体，终于在颈部的血脉处发现了一个细小的一点，呈黑色，掩在干黄皮肤下几乎看不见。她心里有底了，请人撤去白帐，洗手再焚香一次拜了拜马灭愚的尸体，向李培南禀告："马老爷已经告诉我凶手是谁。"

李培南站起身，摆了下手，厉群立刻带侍卫包围住了整个院子。

闵安手指柳玲珑："她。"

柳玲珑尖笑不已，抵死不从闵安的推论。闵安已用吸铁石吸附过伤口，见无异物落出，不得已剖开马灭愚的脖子，从血管里取出一根锃亮的钢针。

随后的审理并不困难，因为李培南又摆出了铜炉，对柳玲珑说："若不服气，尽管烧香投进炉里，看马老爷收不收你的祭礼。"

柳玲珑不知是计，当真烧了三炷高香，冒着炙得发红的炭火，将香柱稳稳插进铜炉里。李培南看了一眼，对王怀礼说道："这么稳的手，想必演练了多次，也只有她能刺进钢针不抖落一点，抓她一定没错。"

王怀礼随即带人一哄而上，将柳玲珑拖回衙门里审查。

到了下午，县衙就向李培南送来一份血迹斑斑的案子结词，详细说明柳玲珑的行凶经过。柳玲珑的凶犯弟弟柳二来投奔她，藏在马灭愚槅床后的柜子里，只有这个房间少人走动和过问。马灭愚发现柳二后，埋怨柳玲珑不该藏匿逃犯，还威胁自己会去县衙出首。柳玲珑恨之入骨，想来想去，只得弄个法子害了马灭愚的性命才可。她在街上看到吴仁的把戏，又得知他来自黄石郡衙，与柳二的对头颇有牵连，于是就想出一条嫁祸的毒计。

柳玲珑暗示街市上的吴半仙能医好人，马家长子果然去请来了。待吴仁跳完大神给了草药后，马老夫人照例是要喂下汤药去的，柳玲珑借着用手帕替马灭愚擦嘴的机会，将钢针不着痕迹地刺进他颈部血脉里，了结了他的性命。随后她怕事情败露，将马灭愚猛然张开的嘴巴合拢，连夜打发弟弟去马家祠堂避一宿，等风声过了再回来。再往后，她还指望着把弟弟改头换面，接进马家做长工。

闵安从李非格嘴里辗转打听到了一切，问了柳玲珑的来历，又摸出为数不多的碎银要塞给李非格，这一次李非格死活不接银子了，还帮忙提点出了吴仁，将师徒两人好好送出门去。

别看吴仁脾气倨傲，对待老书吏先生时，他还是极客气的。他向李非格作完揖道完别后，回头看见闵安穿了一身好衣料，沉脸喝道："死小子敢乱花钱买花衣服？活腻了吗？"

闵安连忙赔起笑脸说了说昨晚面见李培南的过程。吴仁听也不听，揪住闵安耳朵说："管你哪里来的，给老子脱下来当掉，整天穿着花衫子到处跑，又想惹得男的女的朝你身上凑？"

闵安痛得跳脚，被吴仁一路揪着去了当铺，含泪脱下外袍，抵当出了二两银子。吴仁劈手夺过银子，又将闵安的腰包搜光，一路哼着小曲回到驿馆。他坐在桌前扒拉着算盘，一点也看不出是经受过一场牢狱之灾的人。

闵安嘀咕："钻到钱眼里去了。"

吴仁抬头问："你药吃完了吧？"

闵安点头。

吴仁叹："药不能停啊——可惜银子又凑不够。"

闵安眼前一亮，连忙说了说非衣要拜师的事，从长远利益及眼前富贵两方面游说师父。可她师父不听，一手搓着泥脚丫子，一手扒着算盘珠子说："别跟李家扯上关系，他们家的人再富贵，那也是卸磨杀驴的角色。"

闵安一直感激李培南给她的帮助，不满说道："师父怎能这样说！那世子为人虽然冷傲了些，心肠倒也不太坏。"

吴仁冷笑，丢了一只布鞋过来，砸中了闵安的脑门。闵安坐着生闷气，吴仁抬起两根手指问："这是几？"

闵安不答，吴仁丢过一个小瓷盅，砸痛了闵安的额头。

闵安嚷道："二！"

吴仁再伸三根指头，"这是几？"

闵安再也不肯吃亏了，忙答道："三！"

吴仁捏住圆形茶壶盖子，刮着脚底的泥，说道："先皇二十年前威逼镇南王迎亲，我那会儿还在皇宫里。镇南王提出要求，让长子袭爵，先皇才将李培南扶立为长世子。李培南进殿谢恩，不过四岁年纪。先皇问他，京城汴陵和他父亲居住的扬州哪个大，他却回答日头最大。先皇问原因，李培南就说，无论站在哪里举头都能看到华日当照，哪里看得到汴陵或扬州的影子呢？"

闵安正愣着脖子听得出神，吴仁走过去将泥盖子遮住闵安的眼睛，问道："傻徒儿现在能看到什么？"

"黑乎乎的盖子。"

"还有呢？"

"一圈儿落日光影。"

"味儿好闻吗？"

"师父！"闵安醒悟过来，气急败坏地推开吴仁，摸着糊了泥巴的眼睛，"这么大年纪了，还捉弄我！"

吴仁又走回凳子上刮着另一只脚的泥，笑道："你现在就是泥巴糊了眼睛，把李培南当做太阳来供着，自然看不见他背后的那些暗影子。"

闵安拍桌子道："师父你把话说透嘛，干吗藏着一股怪味儿！"

吴仁咧嘴笑道："他再好也别摸过去，二十年前你爹就栽在他李家人手里，你争点气，跑远些，还不行，咱们可以不做官。"

闵安沉默不语。

吴仁嘻嘻笑着，用泥巴盖子放在闵安头顶上，拍拍她的后脑壳，说道："药果然不能停呐——脑子都变这么傻了——"然后走出门。

到了晚上，闵安吃过饭洗过澡，还不见师父回来，便提着一个灯笼出门找他。

酒馆子没人，赌庄里没人，夜市上没人，闵安不知师父去了哪里。正怔怔站着看街，前面行馆里的八列雪兰灯齐齐点亮，映得主楼富丽堂皇。一队侍卫拥簇着箭袖窄衣的李培南下马，李培南将马鞭丢向一旁的侍从，向前走几步，回头抿嘴呼哨一声，一道金黑斑纹的豹子凌空扑下，闪电般地冲进门楼里，再也看不见了。

随后又有一只白鹊剪空低飞，掠进了主楼里。待出行的捕猎帮手回归后，李培南才带着人走进行馆，撒下一地灯彩在身后。闵安提着灯笼不知不觉走近，厉群唤人关闭大门，回头看到她了，就问："小相公有什么事儿吗？"

闵安清醒过来，暗想道，是啊，案子都结了，她还有什么借口什么事儿来这地方呢？心里虽然想得明白，嘴上回的话却又不一样，"我来拜见二公子，与他商量点事。"

厉群也有所耳闻非衣拜师的事情，没再多问什么，将闵安请进了门。闵安一走进弄堂，看到昨晚伺候她沐浴清洗的丫鬟，马上问道："见二公子不需要熏香换衣吧？"

厉群只笑了笑，指指后面那栋楼说："小相公自己去吧，我要上楼听差了。"

闵安赶急问道："世子下午出去了吗？"

厉群磨了磨手掌，神情为之振奋了一把，"王大人请公子去海棠山围猎，公子捉到一头猞猁，模样真是威武，不虚此次出行呐。"说完他急匆匆走进阁子里更衣清洗去了。

闵安提着手里的纸灯笼，踏着一地银亮的月光，走向了后面的宅院。非衣穿一身窄衣，扎紧了袖口裤脚，正提着一盏纱绸木龛笼子跃上碧玉琉璃瓦檐，将满笼的花草放在月下晾着。

闵安站在檐下仰头说："非衣，师父没有答应拜师的事儿，不过你别担心，我会说服他的。"

非衣坐在屋脊上，一动不动看着月色里的闵安，半晌才答道："再不答应，世子就要动手了。"

闵安踮了踮脚，"那你呢？你会不会为难师父？"

非衣冷脸答道："世子动手之后，自然就是我动刀了。"

闵安缩了缩脖子，"好吧，我回去再去努力一下。"她走开两步，回头又看到非衣坐得如同天神一般的身姿，心里一动，问道："在那上面可以看见什么？"

"月亮。"

"还有呢？"

"你。"

"还有呢？"

非衣拈了一颗花果种子砸向屋角说:"你自己顺着梯子爬上来看吧。"

闵安找到屋角立着的一架梯子,把它摆放好,麻利地爬上了檐头。她踩上琉璃瓦,觉得有些脚滑,就小心翼翼地狗爬着过去。坐定后,她拍拍手说:"唉哟,好大好圆的月亮啊,像一只茶壶盖儿。"

非衣不答话。

闵安在瓦缝里东摸西摸,"唉,非衣你说,月亮上住着嫦娥仙子,那广寒宫肯定很大吧,和这行馆一样气派?"

非衣仍旧无语。闵安推推他,"你倒是说话啊。"

"嗯。"

闵安又说道:"那王怀礼盖这间地上的广寒宫该要花多少银子啊!"

"前门楼两百万文钱,主楼两千万文钱,后宅八百万文钱,折合起来就有三千两白银。"

闵安咋舌,"你怎么知道?"

非衣答:"行馆才是我家前院的规模。"

闵安不说话了,想想又觉不对,"可是王怀礼只是个知县,怎会突然生出这多的银子来?"

非衣抿了抿嘴没回答,心里想,这正是世子要拿来下刀的地方。上下行贪的官员太多了,再不整治,楚州就要烂透了。

闵安用手捂住眼睛,又一根根放开,从指缝里看月亮,兀自玩得高兴。默然耍了一会儿,她说道:"我突然想到,如果月亮变成一道弯儿,那嫦娥仙子会不会被挤落下来?"

非衣看看圆盘似的月亮,忍了半晌,才开口说:"你坐远些,别吵着我了。"

闵安狗爬开一段距离,坐好了,说道:"仙子肯定不会下来的,现今的房价太贵了,她落地也住不起。"

非衣实在忍受不了闵安自言自语式的唠叨,突然抿嘴呼哨一下。一只黑眼雪亮长羽的白鹘从前楼扑将过来,搅起一股激荡的风声。它的身子比老鹰还要大,翅膀一拍,险些将脊角的闵安掀下来。

闵安死死抠着瓦垄,惊叫道:"非衣拉我一把!"

非衣站起身,居高临下俯视闵安,"屋头到墙角不过两丈高,你可以掉下去。"

闪安终究没抓住，一下子跌到地上，结结实实摔了个屁股墩儿。她躲到非衣看不见的屋角那边去，捧着两边屁股在原地跳脚，嘴里直吸气。

非衣取下白鹘的脚环，展开竹筒里的字条查看，是李培南写来的命令：叫他来见我。

非衣走几步将字条筒弹下去，砸中了闪安的额头。闪安展纸一阅，嘀咕道："明明隔着这么近，还要一只白鹰来传信，真是稀奇。"

等闪安走回主楼楼道里，还遇见了一个更稀奇的东西。一只金钱纹的大猫蹲在铁笼里，尖耳竖毛，瞪着大眼睛，一眨不眨地盯着她，模样似乎很警惕。

是豹子还是猫呢？它的体型刚好介于豹子与猫之间，身上花纹黄白夹杂，让闪安无端想起了阿花的一身皮毛。她看得入神，盘腿坐在大猫前，摸出一块谷芽糖片舔了舔，与它对视。大猫吐出一截柔软的舌头，舔了舔闪安的脸。闪安没料到大猫舌底长着倒刺，皮肤刮拉拉地被舔得生痛，连忙撇过了头。大猫继续舔，她忙着支手招架，手忙脚乱中打翻了挂销，将大猫放了出来。

大猫一纵身就消失在门外，快如闪电。

闪安东看看西看看没人在这里，擦着墙根朝前面溜，把李培南要见她的事都忘记了。刚出大门，从楼外灯柱后的黑暗地方无声无息走来一只豹子，瞪着绿幽幽的眼睛，翕张着两列黄胡子，一步步将闪安抵回了楼道里。

这只可是真豹子，相貌十分不友善。

闪安看着豹子的犬牙和鲜红的牙肉，心里直叫苦，念叨怎么好巧不巧，这会儿都不见有人呢？终于被豹子抵到笼子前时，她已经无路可退，不如遂了它的心意，一弯腰钻进了铁笼里，并挂好了销扣。

闪安抱膝坐成一团，朝低吼的豹子喊："不服气来咬我啊？"

豹子用前掌拨着铁笼，一搭一搭的，发出刺耳声响。闪安安然地团着身子，背靠墙壁坐着，练嘴皮子功："我带了宵夜来的，饿不着，看，好大一片谷芽糖，你咬得着吗？"

楼上李培南负手站在帷帘后，不着痕迹地观察着底下的动静。厉群将灯笼拢住，不放出光亮来，悄悄问："公子以为如何？"

李培南道："异于常人。"

"还要试他吗？"

"不用试了。他既不呼救，也不喊叫，显然已经明白我的用意。"

李培南本想用下午辛苦捕来的猞猁试试闵安,看她怕不怕这种凶物。因为随后的一件王怀礼呈报上来的案子,恰巧就与猞猁有关。可是李培南根本就没料到,闵安的确不怕猞猁,还把猞猁给放跑了。倒是那只与猞猁外形相似的大豹子,牢牢吃住了闵安,将她唬得动弹不得。

厉群伸头看看缩在笼里色厉内荏的闵安,忍不住笑了笑,道:"这个小相公当真有意思,总能随遇而安。"

李培南走向二楼寝居,厉群想着公子没有发话,那就是要关闵安一宿了,毕竟她还是放走了公子花费力气抓来的猞猁。

厉群灭了所有的灯盏,顺着后楼梯离开了,留下楼道里的一人一豹。

天亮后,非衣练了一套剑法,换好衣装就走向主楼。一进门,他就看见闵安倒在笼子里睡成一团,用袖子遮着脸。豹子在笼子外呼呼大睡,摊着锋利的爪子。

他本想就这样走过去,猛省这一人一豹似乎睡错了地方。他踢了踢笼子问:"你惹他做什么?"

闵安与豹子奋战大半夜,睡得正酣,无奈被踢醒后,就看到身着华衣美服的非衣负手站在跟前。"谁?"她揉着眼睛问。

非衣不悦地撇了下嘴角,"李培南。"

闵安抱膝坐好,"大概是我把他养的一只肥猫放走了,害得他没有咕噜肉吃吧。"

非衣踩踩豹子的尾,将豹子唤醒,一扬手,豹子疾冲出楼道,回石屋去了。他回头又问:"所以他就把你关在笼子里?"

闵安不愿非衣把李培南想得这样坏,忙说道:"是我自己钻进去的。"

非衣冷笑一下,拂袖离开。

闵安见豹子不在笼子边,已经消除了危险,连忙爬出了笼子,整了整衣襟。楼外陆陆续续走进一众侍卫及丫鬟,衣色纷纭,各做各的事,像是没看到闵安似的。闵安靠墙站着,心想世子爷不是还要接见我吗,等在这里终归不会错的。

楼上李培南洗漱完毕,用过早点,由丫鬟服侍着,换上了一件么色窄袖长袍。待她们扎好了紫色金丝蛛纹腰带,他下令摘除身上的配饰,示意轻装出行。

李培南抓过热手巾擦了擦手,对厉群说:"叫他上来。"

厉群下楼请闵安,闵安抚了抚衣角,紧张问道:"就这样上去吗?"

厉群笑道："小相公还想早上泡个澡吗？"

闵安嗫嚅道："熏熏香也是好的。"

厉群遂了闵安的意，带她去了暖阁。闵安在阁子里熏过香，又低声求着丫鬟姐姐打水来给她梳洗，并偷偷摸来丫鬟姐姐的香汤壶灌了两口。她张了张嘴，溢出一个香香的饱嗝，自顾自地笑了。

乐呵了一阵，她发现长袍和罩衫都染了香气，头发口舌也有香味，就连脸上也热扑扑的，染红了一片。

闵安带着满头的眩晕和满脸的红晕见到了李培南。李培南回头一看到她那已经涣散开来的眸子，就皱了皱眉。

李培南的眉眼本来就生得冷峻，皱眉使得他又威严了两分。闵安见他皱眉，知道是自己行为失察了，连忙拢着袖子躬身向他行了个礼。

李培南问："你又做了什么？脑子这时是清醒的吗？"

闵安红脸呵呵笑，"我好像要被您迷倒了。"

李培南冷脸围着闵安转了一圈，他的眼睛和鼻子是极厉害的，走动间，已经察明闵安的衣衫从里到外都换了一套，世子府赠予的中衣、外袍及腰囊都不见了踪影，闵安脸上有猞猁舔出的细小伤痕，身上还有白檀、沉木衣香，鼻端呼出的气息里有曼陀罗花的热劲。

闵安仍笑着，"知道么，您其实能颠倒众生的，不管男人女人，见您准能迷倒。"

李培南冷冷道："香汤不能乱喝，兑水才能消除麻味儿。你这么散漫的性子，总得吃次大亏。"

闵安伸手搓着自己的脸，苦恼说道："您走远点成吗？我的心跳得厉害，真的快被您迷晕了。"

李培南在闵安两尺外站定，冷眼看着她。闵安捂住眼睛不敢看李培南，小声说道："就您家这香汤香气的，迷倒任何一个女人都不成问题。"说完后她就不省人事，软倒在李培南脚边。

李培南收了收脚，背手站着，低头看着面前的一团。厉群连忙跑出去拿醒神汤，下楼时忍不住扑哧笑了出来，待他取来茶壶，发觉闵安已弓身蹭到了桌椅边，正拉着李培南的衣摆说着胡话："玲珑的小嘴真香啊……比白檀还香……小手儿也软……比世子爷软……还有阿花……阿花长得最好看……不对……是玲珑比世子爷好看……"

李培南本想叫人把闵安丢出去，突然听到了"玲珑"这个名字，按捺下脾气，坐在椅子里，任由闵安拽着他的衣摆不放手。

闵安闭眼哼着文人士大夫逛青楼所编的小曲儿，断断续续的，听着不是很清楚。

李培南冷声对厉群说："灌醒他！"

厉群大步走过去，扶起闵安的上半身，将壶嘴对着她的嘴一阵子猛灌。闵安察觉到不适，不断扭动着头，坐在后面的李培南干脆拉起闵安的头发，将她一把提住，让厉群灌了半壶醒神汤进去。

闵安完全清醒后，用袖口擦净了脸，退到一旁低头站好，不动也不敢吭声了。

李培南冷脸问："可以好好说话了？"

闵安躬了躬身，忙应道："是我错了，请世子息怒。"

李培南问："你与柳玲珑私下有交情？"

"啊？"闵安抬头，不解地看向李培南，觉察到这样直视人家不妥当，又低着头。厉群在对面小声提醒道："小相公睡着时，不断念着'玲珑'这个名字，难道是与她很熟吗？"

闵安费力想了一下，有些底儿了，偷偷瞅着对面的厉群，问："我还说了什么……能提示下吗……"

厉群咳嗽了一声，却不敢朝下说了，那些浮词艳曲儿怎能在公子面前再提一次。闵安恨不得再生出一个头来理清楚方才到底发生了什么事，想了半天，还是觉得稳妥地道歉比较明智。"是我错了，是我错了，请世子恕罪。"

"你错在哪里？"

"座前失仪。"

李培南看看闵安局促不安的样子，脸上的冷意消除了一半，相信她不是存心要做出失礼的举止。他想了想问："除了柳玲珑，你还认得哪个叫做玲珑的女子？"

闵安被点醒了穴位一般，脱口说道："花街上的柳玲珑！"

天下叫柳玲珑的女子何止千千万万，昌平府花街上劝酒做席纠的娘子，当真有一个叫做柳玲珑的。她与闵安有过一两次恩缘，以嘴香手软而著称。

除去这个柳玲珑，马家小妾柳玲珑也是个厉害人物。

李培南将户籍册子丢到闵安脚边，唤她仔细查看。册子上只标明了柳玲珑来自下庄，嫁与马家做妾，随后的批注上却写明了李非格探来的消息：柳玲珑嫁入马家之前，在昌平府彭因新家做了五年绣娘，专司绣饰衣领襟口的花草，其余压线、抻弹、裁剪、合针等诸多工序由不同的班子完成。她一人干着轻松活儿，拿的酬劳却有上十两。

说起柳玲珑的主家彭因新，在昌平府盘桓过半年的闵安并不陌生。此人是朝中正三品大臣，出任楚州按察使司，家中可谓殷富。富裕本不是罪过，但超越了皇官行制就有越矩之嫌，且彭家一天的奢靡生活动辄耗费千万贯钱，相当于五十户殷实之家的一年费用总数。钱银居多，源源不断使出，那么来路就值得推敲。

闵安拣起户册看完，合上工整地摆放在一旁的桌子上。她没说话，心思却像走马灯一样转动。户册上的批注，从一个绣娘指向背后的三品大员，绝不简单。闵安一方面猜想着李培南的真正意图，一方面好奇写下批注的人是谁，越往深处想，越是心惊。

官场上的事，她这个小书吏应当少掺合。

闵安打定主意，眼观鼻鼻观心地站着。

李培南仍坐在闵安身前两尺远的椅子里，问她："柳玲珑犯下的案子，你还有什么看法？"

"案情已经很清楚了，我没有别的看法。"

"依你的意思……"

闵安硬着头皮答："证据确凿，可以上呈给刑部了。"

李培南突然话风一转，冷冷道："你帮着破了她的案子，就以为身子骨硬了，可以在我面前打马虎眼了？"

闵安连忙跪下，"这话从何说起，请世子明示。"

李培南却对厉群说："去将豹子牵来。"

闵安连忙抓住李培南的衣摆，惊叫道："世子千万别，我知道错了，我现在懂了您的意思了！"

李培南拂开闵安的手，"说！"

闵安老实答道："柳二和柳玲珑双双犯下凶案，太过于胆大妄为。我曾想，以普通农户家出身的姐弟怎会如此心狠手辣，穷凶极恶，所以就查了查他们的来历。原来他们两人都在彭家打过工，有可能是在富贵人家当差，锦衣玉食的熏染了五年，心气儿变得高傲了许多。据说那柳玲珑还曾与彭大人有过私情，被彭夫人发现了，才被撵了出来，柳二生活无着落，才去了黄石郡做盗贼。"

闵安说完，紧巴巴地抬头看李培南，"世子可还有疑问？"

李培南看到闵安被吓得额头冒汗，嘴角轻轻一动，但是极快的，他就抹去了那道不很明显的笑痕，冷脸说道："你还知道什么？都说出来。"

闵安马上摆头，直挺挺地跪着。

李培南用手指敲着椅子扶手，淡淡道："我记得昨晚你曾说过，如是不服气，可以让豹子来咬你。"

闵安后背一冷，额上又渗汗，话原本只是对着豹子喊的。

李培南继续说："它现在可是极不服气的，在石圈里转来转去，不如你去与它打一架，看谁厉害些。"

闵安快要哭了，"带笼子进去可以吗？"

李培南站起身，"依了你。"他面向厉群吩咐道："去把瓦舍空出来。"

闵安听见与豹子打架的场地还要移到夜市上的瓦舍里，看阵势世子是要来真的，心里更加抖得慌，连忙三下两下用膝盖跪移到李培南跟前，拽住了他的衣袍，哑着嗓子喊："我错了，我错了，请世子再给我一次机会！"

李培南拂落闵安的手，掀开衣襟坐了下来，"说吧。"

闵安跪在李培南座椅前，麻利地说道："彭大人虽是朝廷三品大员，但坊间多有传说，他生性贪财，十余年按察使下来，富可敌国。彭大人与马家次子，也即当今的中书大人是至交，他们才是柳玲珑背后的人脉姻亲。死了一个柳玲珑，于他们无伤分毫；但是死了一个马老爷，就可以看作是彭马一党决裂的开始。王爷新封楚州三年，近年来所颁政令，多与澄清吏治有关。但依小人看来，彭大人在此地经营多年，目前还难以撼动。王爷若是想彻查官场积弊，从马家的小案入手，层层剥落，倒不失为一条捷径……或者，静观其变也是一法，既然彭马已经生隙，也可等他们内杠更甚时，一举将他们收入罗网中——我这样说，不知世子可满意？"

闵安的猜测是根据多年做幕僚的经历来的。由于家里突遭变故，她自从一脚踏进衙门做门子起，就对朝政风向极为敏感。一是为了自保，二是为了更有效地辅助东家们站准地方。好比这次的柳玲珑杀夫案，表面上看只是一桩公案，而实际上牵连的关系人脉深得多了，正如她所提议的那样，要想行之有效地对付这些人脉，就必须一揪到底，采用层层深入的方法，或者等待时机，从中间查起，朝两边深入，这样坚持下去，总会揪到他们的要害上。

李培南早就思忖过这些曲折，默然一刻后答道："第二种。"

闵安听懂了，"王爷是已经这样做了吗？"

李培南没有瞒闵安，"父王主持朝政，我来接管楚州。"

闵安算是彻底明白了，原来操刀要整改楚州的人是世子李培南。她擦擦额上吓出的冷汗，突然又想到，世子爷既然已经有动作了，为什么还要叫她来，逼她说出这番"大逆不道"的话？

"你能看得清，必然知道怎样做，很多不便让我出面的场合，以后便可由你来代劳。"李培南好像看透了闵安的心思，这番话既像是解释，又像是指令。

李培南说的理由可谓顺理成章。他的一举一动牵扯到楚州吏治的风向，若出面大张旗鼓地过问各级官衙的事务，会给暗藏的贪官污吏们一个信号，打草惊蛇。不等他来审人，人家都已经缩回保护壳里去了，可能顺便把所有的证据消除无痕。只有不着痕迹地刺探，收集各方面的证据，才能在最后一举建功，将所有的小棋子和暗帅一网打尽。

可是闵安不是这样想的。她的心思早就浮动了开来，禁不住垂眼问道："比如说呢……"她心想，希望是些好事情，若能赚些花酒宴的好处尝尝，那是最妙不过，否则枉费了"干预"这词儿的派头了。

李培南看着闵安白皙脸上莫名浮起的红晕，冷不防问："你想怎样？"

闵安应声抬头："花街上的冻子酥奶酒是极不错的——"对上面前那双黑得透冷的眼睛后，她又低头说道："是我错了，世子您继续说吧。"

"茅十三死了。"

突然听到这么简短的一句，闵安惊愕得抬起头来。李培南并不看她，继续冷冷说道："被猞猁咬死了，你去查明事发原委。"

闵安斗胆问了一句："为什么是我？"世子直接调用底下郡县的小吏，名不正言不顺，怎能将得力干将厉群大人闲置在一旁。

李培南回答："查案子和看豹子，你与厉群各选一个。"

屏风前的厉群一抬手，笑着说道："小相公先选。"

闵安知道这绝对不是正当理由，可她偏偏无力抗拒。昨晚师父还警告她不可接近李家人，今天她就已经站在这儿了，即将作为世子特派侍从前去清泉县衙查案。她想推脱，可是马家案宗还捏在李培南手里，上面还有师父的名字，稍有不慎，李培南可翻手覆云，将师父添加到帮凶里去也未可知。唉，如果他想给师傅和自己穿小鞋，太容易了。

　　闵安在内心挣扎一刻，决定暂且屈从。她脚步漂浮地往外走，猛然想起一事，转身朝李培南行了个礼，问道："猞猁是什么？"

　　话音未落地，门外楼梯上传来一阵杂乱的脚步声。厉群让开路，两名侍卫抬着一顶铰金铜锁扣的笼子走进来，半蹲着向李培南行礼，随后极快地退向一旁。非衣最后不紧不慢地走进来，穿着窄衣长裤，手上还提着一把捕兽的弩弓。他揭开笼子上的黑绸布，向李培南展示了一只皮毛油光水亮的大猞猁，说道："这只够了吗？"

　　李培南垂眼一想，马上明白了非衣的意思，笑了笑，"够了。"

　　非衣指向闵安，轻轻道："她可以走了？"

　　李培南唇角依然噙着一丝笑，"下次必然礼待你的客人。"

　　非衣向闵安说："来。"闵安还直愣愣地站在原地，对非衣与李培南打的机锋似懂非懂，不大明白为什么事情会牵扯到她身上。非衣一刻都不愿意等，直接走过去揪住闵安的耳朵，将她拎出了门。

　　非衣一走，李培南的笑容也随即消失。

　　厉群不敢作声，静静地侍立在一旁。

　　李培南走到笼子前站定，看了半晌猞猁被弩弓射伤的前掌，冷冷道："猞猁可以再捉，好用的卒子只有一个。你不准我动你的人？我偏生要动。"

　　厉群犹豫再三，还是开口说道："小相公虽然精干，但楚州灵秀之地，想必还多得很，不紧要的话，公子还是换一个吧。二公子从来不跟公子争什么，唯独这个人他看得比较重，公子不如随了他。"

　　李培南答道："只能是他。既然荐给我，就是我的人，岂容他随意反悔。"

　　厉群不明缘由，但绝对相信自家公子的主张。公子既然说只能是闵安，那就表明随后的事情除了闵安去做，其他人都不合适。

第五章　初试愚顽犹可训

非衣将闵安拎出门后就松了手，转身去了后面的宅院，打算照料花草。没想到闵安还跟在后面，喋喋不休地问："猞猁是什么？那只飞禽是白鹰吗？是你的还是世子的帮手？"

非衣是领教过闵小相公缠功的，你不告诉她，她总有办法从你嘴里问到。在闵安问了第二遍后，非衣就回答说："白鹰是一只白鹘，名叫'将军'，它和豹子都是世子豢养的家兽，用来传信或狩猎。世子去了西疆征战，将豹子和白鹘交给我照看。猞猁外形像猫，比猫凶猛，嗜兔肉，被你放走的那只就是猞猁。"

听到答案后，闵安急忙转身离去。到了清泉县衙之后，她找到李非格，拿到记录茅十三死亡情况的尸单，询问事发经过。李非格是何等样人，两天之内跟闵安多次打交道，立刻猜到她是世子正在重用的人，也不推脱，拣着重要的事情说了说。

闵安根据李非格所说的内容，大致推出了前因后果。

闵安因吴仁的案子滞留在清泉县两天，东家毕斯为了邀功，亲自押着茅十三的囚车上县城，连夜赶路，昨天上午巳时抵达县衙监牢大门。那个时候王怀礼带着衙门里的多数人去了马家查案子，没有当场接管囚车。典史接手后，把茅十三一捆，塞进了监房里。茅十三骂不绝口，惹恼了典史，典史干脆下令将茅十三的舌头剪了，撒了一大把草木灰在他嘴里给他止血了事。

茅十三昏死在地，典史怕闹出人命，急忙叫人喊郎中过来医治。郎中随后赶到，前脚刚跨进院子里那道沉厚的黑漆大门时，倒在地上的茅十三突然跳起来，冲撞开看守他的三名狱卒，趁着大门敞开的机会逃了出去。典史带人在后面紧追，一直追到了海棠山上。茅十三朝山窝里跑去，突然从石头后跳出一只大猫，将他扑翻在地，径直咬上了他的喉咙。茅十三反抗不过，当场就被咬死。

典史将茅十三的尸体驮回来时，王怀礼正在升堂审柳玲珑的案子。毕斯得知了茅十三的死讯，害怕受到牵连，提前带着黄石郡的一队人回去了，只将公文留给了司吏。王怀礼动刑审出柳玲珑的供词后，听说茅十三也死了，当场就怒不可遏，将典史打了三十大板削除了公职，收押进牢里。监牢现在全面封锁，没人能进得去。

"小相公还有什么不明白的？"李非格见闵安听完还杵着不走，拢着袖子问道。

闵安回道："老先生说得很仔细，兄弟已经听得很清楚了，回头就给世子交差去。"

"那就好。"李非格笑了笑，转身慢吞吞地朝吏房里走。

闵安跟上去问："老先生知道茅十三骂了些什么话吗？惹得典史大哥剪了他的舌头？"

"那些可说不得。"李非格摆摆手，莫测高深地笑了笑，"说出来有恐玷污王大人的清誉。"

闵安突然笑了起来，"我知道是什么话了。王大人怕的无非就是些说他贪赃枉法的胡话。"

李非格看了闵安一眼，"小相公也晓得公门里的规矩，当说的说一半，不当说的吞到肚里去。刚才那些当我没说，懂了吗？"

闵安拱了拱手，目送李非格远去。随后闵安拿出厉群的腰牌，表明代世子来回复王大人的呈文，顺利进入马房查看到了茅十三的尸体。她戴好羊膜手套，仔细查看了茅十三咽喉处的伤口，向一旁督证的刑房书吏点头说："肉色发黄，牙印窟窿血干，外表有皮层翻卷，是咬死无误。"书吏记录下验尸结果。

王怀礼站得极远，用官服袖子捂住鼻子说："马房臭味太大了，小相公还没勘验好吗？"

闵安抬头问："大人怎么不将尸首放进停尸房里？"

王怀礼抬袖扇了扇飞虫，随口答道："外伤误死的犯人向来丢在这里，由'马王爷'镇魂，这是衙门几十年的规矩。"马王爷就是公门人供奉的马厩之神，专司怪力乱神之事。闵安熟悉衙门各角落的陋规常例，听到这样的答复，也无甚可说。她躬身施礼道："有劳王大人了，我马上就验好。"

王怀礼扇着袖子带人离开。

闵安沿着监狱内院、外墙走了一遍，找到茅十三曾经逃离的那条路，也顺着足迹探了过去。顶着秋阳走了半个时辰，路边杂草丛生，隔着一块块新蓄水的秧田，水渠旁有农户耕作。闵安隔着一人高的杂树长草，踮着脚朝田里喊："大叔，这田里的水多明润啊，昨儿个刚抽的吧？"

戴着草帽的农户答道："是的咧，每到月头，村里就要踩翻车运水出来灌田……小相公莫要朝前走了，前面山里有大猫出来咬人啊。"

闵安抓下帽子擦汗，摆摆手说："不碍事的，我去看看。"

话虽这样说，闵安走到海棠山前时还是打转回来了。她去驿馆租了一匹马跑到行馆，向厉群禀明案情十分简单，厉群却拦着不让她走，让她自己向世子禀告去。

闵安无奈，又梳洗一番熏了香在底楼候着。轻衣便装的李培南驯完大猞猁，随后也回到行馆。他将系住大猞猁的颈绳朝厉群手里一丢，对迎面走上来施礼的闵安说："等着。"径直去了偏厅沐浴、更衣。

闵安等了许久，终于见到穿戴一新的李培南走了出来，连忙禀报道："茅十三外逃被猞猁咬死，案情并无曲折，王大人的呈文并无不妥。"

闵安说的呈文是有一番缘由的。

因茅十三是跨州犯案，朝廷钦拿的要犯，现在横死山窝，按例需由当地最高长官呈送一份文书到刑部交代原委，再等刑部的裁决。王怀礼将呈文交给李培南，一是有请李培南定夺之意，二是李培南若不愿出面干涉，也请他做一个见证，来证明自己秉公执法不曾徇私。若再让世子高兴，上本保举一下，那飞黄腾达就指日可待了。

李培南走了两步，正待上楼，见闵安还站在原地，回头问："完了？"

闵安恭顺答道："是的。"

"那你来批复呈文。"

李培南淡淡的一句，就将闵安请到书房里。闵安不得已坐在桌前，却半天落不了笔。

李培南站在一旁问："怎么了？"

闵安提着小杆羊毫笔的手有些微微发抖。她抹去鼻尖的一滴汗，放笔说道："小人位卑言轻，勾批上司的呈文不成体统，更不能将小人名讳落在正典官印后。"

李培南踱开两步，坐在椅子里，冷不防说了一句："你是怕承担责任吧？"

呈文一批，以示无误，刑部审核，若不出差错，茅十三横死一案就此阖卷；若验出了差错，公文上的一众签押官员及文吏都得受责，轻则罚处俸银，重则免职流徙。

闵安听李培南已经说出她心里的想法了，连忙赔笑道："这是决计没有的事。"

李培南放下手里的茶，说道："你过来。"

闵安慢慢蹭到李培南椅子前，躬身站着。李培南点点自己膝前的地砖，闵安本想装傻，做出一副迷茫的样子，但她抬头看到李培南的眼光越来越冷时，只得心惊胆战地又走近了一步。等她杵到李培南跟前，与他的膝盖仅仅半尺距离时，猛然醒悟到不能站得比世子爷还要高，只得无奈地跪了下来。

李培南伸手虚掐住闵安的脖子，慢慢说道："这么细的脖子，洗得又干净，想必猞猁是愿意尝尝的。"

闵安心里大呼不好，想退一步挣脱开来，可是李培南出手如电，已经扣住了她颈上的动脉，身子顿时酥麻，动弹不得。

闵安跪着不敢动，就张了张嘴吸气。李培南看着她的眼睛，冷冷说道："我说过什么？你还敢再打马虎眼？"

闵安急叫："冤枉啊世子——"李培南手上一用力，掐断了闵安随后的话。闵安喘不过气，用手拉李培南的手腕，憋红了脸说："求您——求您放过我——"

李培南问："说不说实话？"

闵安艰难点头。

李培南一松手，闵安就倒在地上大口喘气。她的衣领下露出了一截白皙而柔软的脖颈，和帽底乌漆漆的发丝相映着，真个是冰肌玉骨，十分秀美。李培南皱了皱眉，心底惊异这个乡下的浑小子，怎会生得如此丽质。

闵安调好了呼吸，跪在地上说道："茅十三好骂人，整座黄石郡衙皆知。他占山为王多年，喜欢挑山石险峻处落脚，一旦逃脱，本能地想往海棠山上跑，却不知那山上饿着几只猞猁，实在是自寻死路。茅十三逃脱前受过剪舌之型，估计嘴边淌着血水，猞猁闻到腥味儿，躲在暗处猎杀……这就是我漏掉的细节，因为觉得无关紧要，请世子明察。"

"是吗？"李培南放下举到嘴边的茶，在嘴角挑了一点笑，看着闵安，"你的'无关紧要'难得打听出来，让我试试对不对？"

闵安根本来不及转变心思，李培南就再次出手扣住了她的脖子，将她掼到了冰冷的地砖上。闵安挣扎不脱，索性闭上了眼睛。李培南就势蹲了下来，用强韧的手臂压得闵安再也动不了，转头朝书房外面喝了声："牵进来！"

厉群牵着油光发亮卷着舌头的大猞猁走了进来。李培南抬手，厉群将一盏温热的猪血递到他手上。李培南将一盏血尽数泼到闵安脖子上，见闵安挣扎，冷冷说道："不动死得舒坦些。"

闵安喊道："世子爷何必为难我这个小人！"

大猞猁一步步走近，呼出的气息近在咫尺。闵安察觉到李培南没有放手的意思，大叫："世子爷！我的命再贱也是一条命！怎能就这样随意杀人！"

李培南低头在闵安耳边说："你是临死也不肯说实话了？"

眼见大猞猁的舌头已经卷下来了，闵安彻底豁出去了，嚷道："当说的说一半，不当说的烂在肚子里面！你就放猞猁咬死我吧！"

李培南当真放手，大猞猁一低头，热哄哄的舌头舔上了闵安的脖子。

闵安闭眼喷着热气，动也不动。大猞猁用生了倒刺的舌头舔完了她脖子上的血污，又卷上她的脸，将她舔得招架不住，在地上扭成了一道麻花。

方才那剑拔弩张的场面，最后变成了一人一兽的你舔我挡，亲昵游戏，看得一旁的厉群目瞪口呆。

厉群这才明白闵安不是不怕死，而是装作怕得要死。因为闵安已经知道猞猁不吃人肉的隐秘了，偏生还要一番做作，就是不服从公子的管教。厉群在旁边看着干着急了半晌，这时想通前后，心下不由得生气。

李培南拍拍大猞猁的耳朵，大猞猁随即走到一旁的屏风下蹲着。闵安抬袖擦干脖子上脸上的血污水渍，就地坐着，靠在椅腿上喘气。白布帽被她蹭落掉了，一头乌云般的黑发泻下来，搭在灰褐色的绢丝罩衫领口上，将她的肤色衬得更加白皙。

李培南走到闵安对面的椅子里坐下，看着她说："这头猞猁自捉来起就没有喂食，腹中是空的，只舔食你的血污，却不咬你。但如果我调教它一番，只怕再不会这么没血性。所以我再问你一次，茅十三是怎样死的？"

闵安拂开散在脸上的头发，有气无力地回答："我怎么知道。"

她的颜面终究在世子面前失尽，索性摆起破罐子破摔的的架势来，就那么无礼地坐着，将头搁在座椅上，闭眼不去看任何人。

李培南竟然也安静了下来，坐着看完一册《百草引》，喝了一盏茶。长达半个时辰的空闲里，他当闵安不在场，闵安也当他不在场，靠着椅子自顾睡着了。

李培南听到对面传来匀称的呼吸声，不由得放下了书，看了过去。闵安从昨晚起，先与豹子奋战，上午去海棠山走了个来回，在行馆里与猞猁打斗，早就累得疲惫不堪，见李培南没有再要她小命的意思，这一觉竟睡得安心香甜。她的头发遮挡了大半张脸，只露出一点光洁的额头和柔软的嘴唇，无论怎么看，都不像是李非格所讲的"一张嘴说死人"的滑吏模样。

李培南走出去一趟，吩咐厉群加急调来吏部与户部的文书档案，细查闵安的根底。门口有丫鬟待命，他又吩咐道："去看着他，别让他生事。"先去了偏厅进食晚膳。

调转档案需要五六天来回，书房里的闵安却不能不处置。待李培南再走进去时，闵安已经换了个模样，规规矩矩站在屏风前垂着头候命。

李培南觉得这样顺眼多了，对闵安说话时，语气也温和了不少。"茅十三的案子你始终不说真话，为什么？"

闵安垂眼答道："世子觉得茅十三一案有蹊跷？"

"先回答我的问题。"

闵安老实作答："世子清晨就说过想盘查楚州这块地的贪官们，已经有所动作，我猜想世子已经知道哪些长官身上惹了腥，偏生要装作不知道的样子，没去敲打他们。好比眼前的王大人，赚得巨多的钱银修建行馆，开办海棠山猎场，极有可能就是贪党中的一员。世子却迟迟不动他，反而要我去查茅十三的案子，显然就是等着我用这个案子牵头，将王大人及相关官员的贪赃行为一一引出来，然后坐实他们的罪名。"

李培南微微颔首，没有否认闵安的推断，"王怀礼的确是彭马党中的一个重要环节，拿掉了他，就可以使这派党羽首尾失联，那时再收网就容易多了。"

闵安低头说:"世子铲除一批贪官,在朝廷自可邀功请赏,可是我这个底下的小书吏,没有上面的福荫罩着,被党羽拖下井底乱石砸死怎么办?"

"所以你就打死不开口?"

闵安点头,"反正横竖都是逃不过死字,不如就断送在世子手里,体面些。"

李培南沉声道:"你还有理了?"

闵安低头不答。

李培南说:"你过来。"

闵安磨磨蹭蹭挨到李培南座椅前,温顺地跪下,怕挨掐,用双手护住了脖子。李培南拍了一下她的脑门,愠怒道:"这是干什么?"

闵安连忙把手放下,像一只待乳的羊羔一般,恭顺地看着施舍饭食的主人。李培南将她的脸拨得偏了偏,冷声道:"你不在我面前装神弄鬼,我就没必要取你小命。"

闵安暗自腹诽,心想就你这冷得透骨的脾气,我就算对你掏心掏肺的,也不见得能讨到好处。不如多少兜点底儿,碰见一个真正待我好的主家,我才能交付出去。

闵安心思浮动了开去,竟是想起了非衣……

李培南看着跟前的闵安眼睫簌簌轻抖,迤着眼不知在乱瞟个什么,手上一用劲,将她的注意力拉转了回来。

闵安的下巴被李培南捏在手里,痛得她咝咝吐气,含糊道:"我错了,世子爷手下留情呐。"

李培南甩开闵安的下巴,从袖中摸出一份提前置办的黄绢布扎,丢到闵安脚边。闵安拾起来一看,不禁抖了抖眉。

黄绢布里包着一份官照,用正楷字写明了闵安的姓名、年岁、籍贯、体貌特征,盖着吏部的官印。这张薄薄的纸片曾是闵安梦寐以求的东西,她曾两次考中过官学,但由于雷雨天脑子爱发病,又两度被人排斥出官学。此后她便没有继续科考,转而进入衙门做了小吏。这样的选择是受现实所逼,也硬生生掐断了她的进仕之路。

但她没想到这份官照,此刻竟在李培南的手里。除此外,布包底下还有一道李培南手写的保状,行书流丽,批语有"身份正当、品行良善"等字样。保状上加盖着李培南私章,在左右接口印了世子府的火漆徽印。

有了以上的官照和世子的保状，闵安就可以去京城参加铨选，正式走上仕途。保状本要籍贯所在州县衙门出具，李培南亲自代劳，想必比任何官衙更具有说服力。同时，这份保状也点明了闵安的身份——世子私交，王府属官，楚州新提拔上来的能员。

这份黄绢布包意味着，李培南已经收下了闵安做家臣，以后是死是活，闵安都得跟着他了，不能生出二心。

闵安捏着布包低头跪着，心中仍在犹疑。她想起了师父说过的话：李家人都是狠角色，善于卸磨杀驴。她不知道师傅何以认定，但十一年来师父说的话从未出过错，她也不知道自己是不是那只"驴"，以后的结局会怎样。但从眼前来看，如果她不接下李培南的保状，那么今天铁定是走不出行馆大门的。

李培南看着闵安脸色像云彩一样变幻，问道："还不满意？"

闵安收好黄绢布包，就地磕了个头，说道："谢世子提携。"

李培南将闵安的额头推得更远了些，对她说："坐下说话。"

闵安第一次在李培南面前堂堂正正地坐下了。她抚平衣襟，规规矩矩地坐好，将双手放在膝盖上。

李培南唤厉群上茶，厉群将清茶放在桌几上，闵安道声谢，伸手取过。她饮茶时悄无声息，是被吴仁悉心教养过一番的。吴仁还就此发过一篇宏论，说听一个人喝茶时的声音大小，足矣判断他的出身。

李培南等闵安缓过气儿，说道："再给你一次机会，说清楚茅十三的案子。"

闵安老老实实答道："茅十三一案有许多蹊跷之处。一是他好骂人的习惯由来已久，无论在闵州还是在楚州，都不见官员拿这个来整治他，偏生一到清泉县就被典史剪了舌头，可见他这次骂了不该骂的话，惹得听话人震怒。二是他来清泉县的时机非常凑巧，毕大人连夜赶路将他送来，送到县衙刚好碰上王大人在外面审案子，还带走多数的衙役及随从。县衙空了以后，更有助于茅十三逃脱。三是茅十三看似慌不择路，实际上最终的去处只有一个，那就是养着猞猁的海棠山。清泉县方圆二十里只有这一座高山，茅十三出身草莽，多年拣着山窝落脚，追他的人知道这个习惯，在后面紧逼不舍，势必会把他逼到海棠山上去。我曾走过连接海棠山的田地，昨天刚充过水，两边还有农户在耕种。假使茅十三奔逃出来，想拐进农田躲藏，一则水田行不得脚，二则容易惊动农户，惹得周遭民壮捉拿他，所以他只敢拔腿朝前跑，跑向了唯一的一条路。四是茅十三的舌伤发作，典史抓了一大把草木灰给茅十三糊嘴，灰里却掺了大量的蜜汁兔肉粉末，而猞猁就是喜欢这种味道。茅十三的尸体抬回来后，典史想用其他刺鼻的味道遮住咬痕上的气味，故意将尸体丢在了马房里。我曾细致闻过伤口里的味道，可证明茅十三就是死在这个紧要处上。五是要杀死一个茅十三有很多方法，监狱里就有'盆吊''土布袋'等等能要命的刑罚，可典史偏偏选了大费周章的方法，推敲原因，是因为王大人并不想开具这样的'讨绝单'。'讨绝单'是衙门里的长官伪造囚徒死亡的官文，必须送到刑部去审核。平常的案子刑部可以睁一只眼闭一只眼判定过去，但茅十三是要犯，惊动了朝廷，刑部也不敢糊弄过去，势必会追究他的死因。这样一来，王大人就不敢贸然动手脚，让茅十三死在官衙里，只能想办法将他做出一副意外横死的样子，来摆脱自己的嫌疑，这样'讨绝单'就绝不会查出有弊。六是王大人向来长了一个猪头脑袋，赶走了所有能拿主意的幕僚，突然一夜之间变得聪慧起来，弄出了茅十三案子里这么多的门道……依卑职愚见，身后应有高人的指点。我劝世子去提审那位典史大哥，说不定能问出前因后果来。"

李培南喝完一口茶，冷冷说道："昨天下午王怀礼请我去海棠山围猎，趁着我兴头好，通报了茅十三的案情。等我回头派厉群去牢里提人，典史早已悬梁自尽。"

闵安怔怔坐了一刻，忍不住击掌道："这个幕后的主帅真是厉害，赶在世子之前使了一招弃'卒'保'车'，断了世子的线索，手段忒漂亮了。"

李培南回道："不急，总能捉到他。"

闵安点明了茅十三被杀一案的蹊跷之处，其中许多关节李培南先前也早想到，一是想要考较下闵安的成色，二是想让她帮自己把整个案情理顺，故此一再逼迫，不许她有一点点藏私。

两人留在书房里继续商议，唯独对一处地方推断不出原因：王怀礼为什么一定要杀掉茅十三。

李培南沉吟不决，唤厉群外出一趟，隐秘地接来李非格，当面询问他是否隐瞒了什么，未曾报告上来。

李非格拢着袖子微微一笑，阴阳怪气地道："世子见问，卑职自然不敢隐瞒。卑职是王爷以前眷顾的下人，自然也当服侍世子。"

老奸巨猾的李非格当场向李培南效忠。在这之前，他对闵安有所隐瞒，还暗示闵安不可随便说出衙门里的秘密，是因为他先秉持着观望态度，有意看看李培南究竟想查到什么程度。若是李培南手段厉害，有青出于蓝而胜于蓝之势，决心一查到底，他自然知道怎么做。

所以当李培南亲自询问的时候，李非格就爽快说出了这些年查到的隐秘。这些的确是隐秘，向上可追溯到王怀礼来清泉县做官时。李非格默不作声在清泉县蛰伏了十一年，手上搜集到的消息也是惊人的。

王怀礼贪赃枉法，这个不假，但他并不是彭马党派中的普通小卒子，而是正中间最关键的一个环节——账房先生，党派中诸多银钱的调拨和往来，都掌握在他手里。朝廷各州县郡暗钱的流向，购买的产业，行贿的用度……诸多情况都记在了一个黄羊皮纸包裹的账本上。

李非格曾无意撞见过一次。王怀礼深夜盘算账目，将账本交给他最为宠信的小妾手上。王怀礼的小妾喜好搬弄是非，得罪了县衙的仆众之后，卷走细软逃跑了。她逃走时不忘带走王怀礼的账本，大概是怕日后被抓，以此作为要挟来保住一条命。可是她随后投奔去了茅十三那伙人，还将茅十三的秀才军师给拐走，两人躲躲藏藏不知去了哪里。茅十三曾在道上放出风声，说是只要军师愿意回来，绿眉寨二当家的位子始终给他留着。

闵安听到这里，问李非格："茅十三为什么一定要军师回来？"

李非格笑道："茅十三是个粗人，底下的人中除了柳二能耍点小心计，还有哪个能帮他拿主意？王大人的姨太太投奔过茅十三，极有可能把账本给茅十三看了，这账本事关重大，估计茅十三也晓得一二，但如何用好这个账本，他只能指望军师的主意。那姨太太倒好，索性把军师给拐走了。王大人听到风声，还要我在宣化坊上张贴告示，声称朝廷怜恤百姓，有误入绿眉者可一概免除责罚，切望他们来公门投案自首。那告示还贴在了坊匾上，路过的百姓都能瞧见。可是投案的人呢？一个没有。"

闵安想了想，问道："如何能肯定那账本一定在茅十三手上？"

李非格摇头道："只能是猜测。我猜王大人之所以痛下杀手，是因为怕茅十三拿这账本反咬他一口。假若王大人已经找回了账本，他完全可以不暴露自己，将茅十三送到刑部去领赏便是，何必甘冒大险。"

李培南一直没有插言，听到这里，轻轻点了点头。

闵安又问："那典史什么来历？"

李非格答道："典史是在王怀礼小妾逃了之后来的，叫做朱七明，从他随身所带的委任状来看，他是来自散花县云桥路朱家寨，在闵州散花县衙做过几年杂役，后来不知走了什么门子，被散花县派到这里。朱七明一来就入了编制，过了不久吏部又下了委任状，让他做了本县的典史。"

"朱七明……朱七明……"闵安喃喃念道，觉得这名字异常熟悉，似乎在哪里见到过。

一直没开口的李培南说道："账本丢了之后，朱七明才来县衙，可见是来帮助王怀礼解决这个难题的。朱七明最后做出畏罪自杀的样子，主动掐断了案子线索，也是为了保住王怀礼的位置，避免王怀礼受到怀疑。"

李非格拢着袖子叹道："朱七明倒是用心良苦。"

"不。"李培南冷笑了一声，"能调动他的那个人才是用心良苦。"

李非格扬眉，"世子有眉目了？"

"嗯。"

"那就好，那就好呐——"李非格悠悠一叹，"无论怎么狡诈，都逃不过世子的手掌心。"

闵安听到李非格的马屁如此直接，忍不住微微一笑。

厉群走进来添加茶水，又端来三盘糕点水果。闵安的眼睛一直"黏"在芙蓉桂花糕上面，点点自己的嘴，无声问厉群："我能吃吗？"

厉群感到好笑，对她点点头。

闵安又看看李培南，李培南正对着李非格说话，却伸手将另一果盘推到了闵安面前。闵安大喜过望，一把捞过香梨就咔嚓咔嚓啃了起来。

李非格再问："世子知道谁是幕后主使吗？"

李培南没有回答，却转头向厉群吩咐："去调出朱七明的委任状正本，查查由谁签发，安排他留在了清泉县衙。再送一封加急快件回去，详查闵州散花县知县的来历，我要看到最详细的。"

厉群得令，扣手无声地离开。

说话这当口，闵安已经啃完一只梨吃完一块糕，正要伸手去抓第二块糕点，李培南拿着茶夹子一拨，将三个碟盘尽数扫回了他那一边。

闵安的手伸在了半空中，晾了一下，又悻悻收回。

李培南问："你来自闵州，可认得散花知县？"

闵安仰脸苦想一刻，回道："不大记得了。"

李培南唤丫鬟进门，撤走两碟果盘，只留下芙蓉桂花糕那一盘。他取了一个空盘放在闵安面前,用茶夹子夹了一块糕点过去,问:"这样能否让你想起了什么?"

闵安拈起糕点咬了一个角,说道:"知县与我爹是同科进士出身。"

李培南又夹了一块糕递过去,闵安再说一句:"名叫朱佑成。"

李培南夹了第三块,闵安跟着说:"他是唯一一个考中了'书判拔萃科'的进士,我爹称他是华朝第一才子,无人可以比拟。"

李培南夹起第四块糕,闵安却没有说话。

李培南问:"完了?"

闵安强忍着饱嗝,点头道:"我就知道这么多了。"

李非格在一旁眼观鼻鼻观心地拢袖坐着,如老僧入定。

李培南喃喃道:"华朝第一才子……华朝第一才子……如果我没猜错,彭因新等朝廷大员,还要受这位区区知县,第一才子的制辖呢。"

闵安抓着额头欲言又止,李培南问:"怎么了?"

闵安答:"我记起来了,我们黄石郡有个门子,叫做朱留投,以前就是散花县朱大人的属下。可惜被柳二害死了,要不然……对了,他的随身手札中,记了些散花县云桥路朱家寨的民俗,表明与朱七明是同一出处。"

李培南站起身走开两步,沉吟片刻,抬头说:"朱佑成将本家人纷纷派驻到各州县,其目的只有一个——"

李非格接口道:"这些朱姓人所在之处,多半有同派党羽,需要受到监察。"

闵安惊呆。这样说来,她的东家毕斯也在贪官班子里了,现在被牵连进去,结果恐怕很难善终。

想通这一点后,闵安又联想到了一件事:毕斯连夜送来茅十三,显然是受到了王怀礼的指派。若他和王怀礼不是一派人,按照王怀礼如此厌恨他的脾气,东家早就被整治死了。

闵安的掌心微微渗出了汗,飞快地转念,该怎样做才能挽救东家一条命?

李培南看了看闵安的神情,似乎想到了什么,立刻对她下了指令:"你搬进行馆里住着,不准回黄石郡了,随后跟我一起去京城参加铨选。"

闵安依然在盘算着自己的心事,竟似没有听到世子的说话。李非格看不过去,拉拉她的袖子说:"还不快谢恩?"

闵安声如蚊蚋,"谢世子厚爱。"

尽管没有得到厉群返回的消息,李培南也大致推断出躲在幕后的那个主帅,后面的事情，办起来按理不难。他把余下的一些小事丢给闵安处理，要闵安首先找出王怀礼账本的下落。

至于王怀礼所犯下的罪状，目前没有直接证据可证明他借刀杀了人，李培南暂时不想惊动他，只将他的呈文批示为已阅，不指派任何意见。

闵安脚步漂浮地走出主楼，抬头看看，发觉天色已晚，一轮月亮像是圆盘一样，挂在柔和夜幕上。她摸到非衣的宅院前，果然又看见非衣坐在檐头，正守着一纱笼的花草。

闵安顺着梯子爬上琉璃瓦，拣了一个离非衣远一点的地方坐着，捧着脸看月亮。

一刻钟内，两人均无言语，沐浴在皎洁月光下。

见闵安如此安静，非衣终于忍不住问："怎么了？"

闵安无精打采地回答："你是不是早就知道我那东家有问题？"

非衣是不想答就绝对不会回答的人，但是一旦选择开了口，也绝对不会去欺瞒别人什么。他直接应承道："是的。"

"怎样看出来的？"

"我给出的银票毕斯总能兑换出现银，可见他有门路，其余郡县官员却无法做到。"

闵安苦恼地说："为什么我没早点看出来？说不定还有补救的机会。"

非衣淡淡道："你对自己的东家就是实心眼，一路跟着他收拾烂摊子，犯了事还想给他补救，这份诚心简直是世间少有。"

闵安苦笑，"你就别笑话我了。"

"我说的是真心话。"

闵安沉默了下来，随即又小声说道："你说……如果我去求世子……世子会放过我的东家吗……"

非衣心想，这样的祸害连我都不会放过。看到闵安充满期望的眼神时，他说的却是："可以试一下。"

闵安眼睛稍稍发亮，"那——怎样才能打动世子呢？"

这个问题，非衣就不愿意答了。他闭上了嘴，只是坐着看月亮，眼光似乎受到月华浸染，也变得冷淡了。

闵安冥思苦想了一刻，才喃喃说道："不如投其所好……"

闵安一连三天游荡在主楼外，窥探李培南的"所好"，晚上就去瓦舍走马斗鸡，日子过得极充实。

闵安很快发现，世子爷简直像一尊石人，定力如山一般强韧。除去外出巡查哨铺，接见回传消息的侍卫，那人整天待在书房里不知在干什么。闵安猜想锦衣玉食、香车宝马之流是无法入世子爷法眼的，自己也没财力去置办，不如另辟蹊径，拿些特别的物事来打动他的心。

世子爷目前最需要的东西就是账本。

闵安设法拿到账本之前，还需要先准备一只筹子鸡去瓦舍约赌，她将主意打到了那只叫"将军"的白鹇身上。

空手套白鹇显然也不行，所以闵安绞尽脑汁想半天，备好了两份薄礼去拜见李培南。说是"薄礼"的确名副其实，因为闵安身上没有一分银子，都被师父搜去了。她只能亲自动手炮制礼品。

闵安凭借仅有的几次交道，断定李培南只知道喝茶、恐吓人，于是她特意挽起袖子做了一包桂花茶，滴蜡封住函口，塞进了竹筒里——那竹筒是从行馆后院砍来的，既便利又干净，还是风雅之物，拿出来也不至于唐突了这些风雅入骨的公子哥们。

说起这个"风雅入骨"，又是麻烦事。按照华朝传统，闵安知道王子宫亲都要经受汉儒文化教养，但她不知道李培南的喜好究竟如何，心想如果在方口绿竹奁盒上用刀刻出木兰滴露、白鹤伴菊的图饰，那李培南会不会觉得太过做作……犹豫半晌，闵安还是拿着小刀在竹片上刻出了一幅栩栩如生的画卷，将两句楚辞"朝饮木兰之坠露兮，夕餐秋菊之落英"发挥到了极致。

包好桂花茶之后，闵安拾起一柄细漆骨折扇，在扇面上描了一轮明月、一只栖鸦、一树桂花，对着风摊干墨迹。这柄扇子也是她劈开竹骨做成的，蒙了里外两层绢帛，花费了不少心思。

备好一切，闵安请求拜见李培南，李培南本传令不见，后来听说是与账本有关，才叫厉群带着闵安进来。

闵安走进二楼书房时，李培南正穿着一件青纱丝袍站在宫灯下，映出了里身的雪白寝衣，看样子像是就寝之后不久被唤醒，然后随意套了件外袍出来见客的模样。

李培南一派冷淡地站着，又不说话，让闵安生出一刻的踌躇之心，暗道来得真不是时候。可是瓦舍里的赌约不等人，只能在晚上进行，再犹疑下去，恐怕错失了良机。想到这里，闵安就抬头说道："请世子借我将军一晚，明早定当送还。"

李培南道："你一连去了三天，天天赌得血本无归，还敢来打将军的主意？"

闵安没料到自己的行踪被摸得一清二楚，脸红应道："那只是前场戏而已，为了今晚的翻盘一战，世子一定要成全呐。"

李培南问："厉群被你套走的十两银子又何时还？"

闵安更加脸红，"今晚便还，今晚便还二十两。"

李培南看着低眉顺眼的闵安半晌，冷冷道："将军来自北方，在南方不易生长，近二十年才养活一只，价值连城——"

闵安马上从袖子里抽出细漆骨竹扇，递了上去，"我以祖传汉制丁缓双漆扇做抵押，请世子收下随意赏玩。"她躬身低着头，双手高持竹扇过肩，心里暗念，求老天保佑世子爷看不出来……还好未曾拿出寒酸花茶做抵当……扇骨新近熏烤的漆足能以假乱真吧……

李培南一句话不说，转头走进槅门，将闵安一人晾在外面。闵安讨了个没趣，抬头冲着槅门后的帷帘笑了笑，唰的一声展开竹扇，扑扇出一阵清淡桂花香气，自顾自地走出了书房。

二楼雕栏之旁，立着一道妙曼的影子，以素纱裹身，满头青丝如水般轻披而下，只在发端点了一支翠玉簪子。她背月站着，映出玲珑身段，晚风一拂，纱裙飞卷，颇有娇柔不胜衣之态。从楼梯上轻手轻脚走来一个丫鬟，将大红色的芙蓉锦披搭在她肩上，说道："姑娘，我们公子已经歇下了，夜里凉，您还是回去吧。"

闵安合上竹扇，拍了拍手心，一路走到底楼，低声问值守的厉群："那娇滴滴的美人什么来头？"

厉群低声道："王大人送来的歌姬。"

闵安挑眉，"怕是侍寝的吧？"

厉群笑了笑，没说话。闵安回头看看二楼渗着月影的那道转廊，发了一句酸气的话："一片冰心付明月，奈何明月是呆鹅。"她敲了敲厉群的手臂，压低声音说："厉大哥再敢将我的话转给世子爷听，那十两银子就没了。"

厉群拱手笑道："自当谨遵。"

闵安踌躇了一阵，走向后面宅院侧面，向雕花纱屏窗里踮脚看了看。非衣正当浴后，披着长发，穿着素袍，坐在案前临摹花草图样。闵安敲了敲窗，说道：

"你整日闷在屋里也不嫌烦,不如随我去一个地方玩。"

非衣持笔作画不抬头,"不去。"

闵安将手上包好的桂花茶龛盒放在窗台上,笑着说:"那我请你喝茶。"

非衣依然不抬头,也不应答。

闵安道:"我用纱网滤过五次水,又添加了橘皮、薄荷在里面,分成甜咸两种口味,敢说这是最好的桂花茶——你真的不试试吗?"

非衣放笔,冷冷道:"我从不要世子挑剩的东西。"

闵安回道:"我怎敢拿剩品来搪塞你,这把扇子才是世子不要的。"她从窗口投进竹扇,被非衣一把抓住。

非衣展开扇子,迎面扑来一阵淡雅花香,随着他手腕的高低,扇面在灯光下展现出不同的画面。先是素净,呈现一派秋意庭院的空灵;再是纷纭,扇骨透出石榴红色,那一株桂花树竟然变成了红梅,在溶溶雪月下傲然独放。

非衣放下竹扇,淡淡道:"你这扇子做得精巧,假以百年,倒是可以成为名家珍器。"

闵安莞尔一笑,"跟师父学的,糊弄人的手艺。"

非衣收好画纸说道:"进来吧,喝了茶再说你的事。"

闵安按捺住心急,陪着非衣坐了一刻,用陶泥小炉烹出了一壶清香的桂花茶。她讲究不了那么精细的过程,将茶水注入陶杯后就一口饮尽,跽坐在毯席上,拢袖看着非衣。

非衣闻过茶香,待气味散开,才品了一口。看到闵安游移着眼睛,神思又不知跑去了哪里,他才问道:"在世子那里碰了一鼻子灰来的?"

闵安点头,非衣又说:"普通玩物进不了他的眼,你再想想其他法子。"

闵安垂头丧气,"远水也救不了近火呀!今晚就要将军出手,要不前面三天的银子我都白输了。"

非衣静心想了一刻,才应道:"若是我帮你借来将军,你该如何谢我?"

闵安就地俯下身子拜了拜,道:"无以为报,唯有以身偿付。"

非衣皱眉道:"谁要你的身?"

闵安恭顺答道:"千万别误会,我是说愿意为你赴汤蹈火在所不辞。"

非衣没有再费口舌,又饮了一杯茶,才吩咐道:"走吧。"闵安起身跟在后面,低头偷看到案几上竹筒里咸味那端的桂花茶已经空了一半,心里念道:原来他口味略重啊。

主楼里，厉群见非衣带着闵安走回来，连忙抬手行礼。非衣脚步不停，继续朝楼梯上走。闵安跟在后面小声说："美人或许还在世子寝居里，不可直接闯进去。"非衣听都不听，径直走上二楼，免去了随从的通报。一刻钟后，非衣徐步下楼，朝底楼候着的狸奴招了招手，狸奴随即跑出，背来了装着白鹇将军的铰金铁笼子，再过一会儿，体圆膀粗的豹奴牵着豹子也进来了，满脸都是谄媚。

豹子见到闵安站在灯下，低吼了一声。闵安连忙躲到非衣身后。

非衣走出两步，突然又停住，亦步亦趋跟着他的闵安自然也要停下，鼻尖还几乎蹭到了素袍后领上。

闵安抬头不解地问："怎么了？"

非衣道："记住两件事。"

闵安低头做出洗耳恭听的模样。非衣说道："你是即将要去斗白鹇的男人，应当拿出男人的风骨来。"

闵安会意地挺起胸膛，自信满满地看着非衣。非衣扭头对上她的视线，淡淡道："你与我的交情就像这袖子，没事尽量少扯。"随后一抖衣袖，甩开了闵安的手。

夜市南街瓦舍木楼里，人头攒动，好不热闹。走卒、商贩、赌徒、膏粱子弟齐聚一堂，等着吴仁开场做法。

清泉县原本也是沿袭着自古以来的"东贵、西富、南贫、北尊"的格局，只因三天之前有一名从三十里外赶来的萧庄小姐来瓦舍里放钱银豪赌，引得众多年轻男子翘盼，因此萧宝儿的无心之举，倒是带动了南街博彩游乐业的蒸腾日上。

萧宝儿得到父亲的允许，来清泉县押回被非衣使唤走的两匹宝马。她知道去哪里能找到闵安，摸进瓦舍一看，果然看到闵安正赌得两眼发黑，她挤过去拍她的肩，她甚至没有抬头看上一眼。

待她赌完，萧宝儿才能跟她说上两句话："姐姐寄了信回来，爹爹才放松对我的管束，听任姐姐派人接我去昌平府玩儿。"

闵安翻着萧宝儿的腰包，"还有银子吗？"

萧宝儿一时高兴，唤家仆取出两百两银子，听从闵安的指派，押哪只鸡哪只鸡就斗败。闵安简直就像是扫把星拖过整座瓦舍，哄着萧宝儿拿出更多的钱银，将她看中的鸡子一一押遍，直至鸡子斗得嘴秃冠倒，精疲力竭地死去。

她这一闹，瓦舍里的博彩动静就大了，吸引了更多的赌徒前来观战。

瓦舍底下是旧城墓道，赌徒为了讨个吉利，请出近半月在县城赫赫有名的吴半仙来驱邪。前三晚吴仁规规矩矩跳完了大神舞，不断放出风声，说是在最后一晚要请动仙禽下凡，将一众战神鸡、战斗鸡、斗眼鸡扫到羽翼之下。

吴半仙的徒弟连输三天，赌徒们可是切实看到了的，当吴仁说完这句豪言壮语后，众人一阵哄笑。笑归笑，到了准点时辰，他们还是围在了木栏铁笼旁。

闵安穿着白袍罩衫挤进来，二楼坐着吃糕点的萧宝儿一见她出现了，连忙顺着家仆隔出的空地儿跑下来，大喊一声："闵安！"

闵安站稳了步子，双手交叉护在胸前，准备接受随之而来的冲撞。萧宝儿被一个马扎绊到，踉跄一下，一头撞向了她的小腹，帽子也撞掉了。闵安吃痛，脸上浮起两块红晕，两手下移，去扶萧宝儿的肩，可她够半天没捞到她的身子，低头一看，才发现她扑在她的罩衫下摆处，正伸手去拉她两腿间的帽子。

闵安内心暗叫，碰上这个小霸王，我的清誉果然要掉一地。旁边的登徒子已经哄笑起来，嘴里不干不净地嚷闹。

闵安咬牙将萧宝儿拉起身，用袖子擦去她脸上花掉的胭脂，又弯腰拾起她的流苏珠玉小帽，拍去灰，给她工整戴上。萧宝儿咬着一块糕，问闵安："这里能斗兔子吗？"

闵安答道："不能。"

"金鱼呢？"

"不能。"

"蛐蛐呢？"

"不能。"

"既然都不能斗，还开什么斗房？"

闵安一把拽过萧宝儿的袖子，低声说："我的小姑奶奶，这里是男人赌钱的地方，不兴那些来得慢的手段。你可以赶一只豹子出来，只要人家也有豹子来陪你。两个豹子斗一盏茶时间，就能见分晓了，这种一打一的斗法叫'对斗'。还有一种是'升斗'，你丢一只筹子鸡出来，对人家的斗鸡，斗赢了，就能进一阶。等你的筹子鸡升为斗鸡后，再参加车轮大战，以一对三，到最后你的鸡子还活着的话，就成了今晚的胜斗鸡，赢了个盆满钵满。"

今晚的将军无论走"对斗"还是"升斗"的路子，闵安都希望它是最后的胜斗鸡。它的出场造足了势头，充满了神奇意味，仿似真的仙禽下凡降临瓦舍一般。当时，吴仁在木鱼台上手持紫星剑，头顶雪幡帽，足踏宝船靴，将一串朱砂符文纸串在剑上，呼地一吹，燃起了火，然后立剑指天，跺着右脚，嘴里念念有词。他的头越摆越快，眼皮翻得尽是眼白，脚下快要跺穿了台，突然，他大喊一声，平地立刻起了一道响彻云霄的豹子吼。

众人惊奇不已，纷纷后退。一只金黑斑纹的豹子当空扑下，背上驮着一尊僵硬的白鹰"泥塑"——那是被吴仁喂了药的白鹰，捆在豹身上的皮带扣里。豹子在四方木栏里走来走去，低吼阵阵，逼得众人不敢靠近。吴仁慢条斯理收了一身行头，从木鱼台拾级而下，他所经过的地方，赌徒们四散躲避。

萧宝儿混在人群里，不解地问闵安："为什么大家都要避着老爹的身子？"

闵安回道："因为老爹身上有一股看不见的王霸气。"

"王八气？"

"王霸气。"闵安翻了个白眼，"老爹一直跟死人、暗神打交道，走到哪里都会有人死，所以人家怕他，不敢近身子。"

萧宝儿咬着糕点，转头崇敬地看着吴仁，"王霸老爹真是威武。"

这厢说着，吴仁已经走到铰了铁链的木栏旁，从身后的看客手上夺过一壶酒，他喝了一口，再喷到豹子身上。刚才僵立着的白鹰"泥塑"就活了，动了动眼珠子，再伸出了翅膀。可它被下了药，翅膀麻得有些不便利，长翎羽也掉了一些，无法再承托起它的身子。

将军扑地一声掉在了地上。躲在暗处的豹奴吹响了哨子，将豹子唤走，豹子朝楼梯上一扑，再纵身跳过另一截草棚，消失在夜空中。

场地里只剩下了驼背弓身的将军。

赌徒们起哄，显然看不上这只大费周章被请下凡的"仙禽"。吴仁把眼一翻，朝着四周嚷："你们这些市井徒，肉眼凡胎的，哪里晓得我这只仙禽的厉害？还斗不斗？不斗我退场了，去翻神坛撒香灰，保你们输得叮当响！"

吴仁一恐吓，周围人又笑。吴仁就说："依你们规矩，来'对斗'，我出一只禽鸟，你们也出一只，敢不敢？"

"我敢！"人群里响起一道清亮的声音。

闵安与众人扭头去看，从茶楼柱子后转出一个年轻人，戴着青布方巾帽，怀里抱着一只灰头鹰，走到了木栏旁。

一直在后查看动静的非衣，不着痕迹挤到闵安身后，低声问："是他吗？"

闵安点头，目不转睛打量着青帽年轻人，心里念道：等你许久了，五梅兄。

五梅杏眼直鼻，身着青纱袍，腰瘦不胜衣，长眉一颦，生出几丝妩媚之态。他原本是茅十三绿眉盗贼中的秀才军师，后随王怀礼的小妾私奔，听说绿眉盗全军覆没、官府不追究余众过错的消息后，才仗着几分胆子，自己剃了眉毛重新操持老本行，在各州县流窜聚赌。

小妾去了哪里，闵安并不知道，可她却是认识五梅的，知道五梅聚赌的毛病，所以设了这个圈套引他出来。五梅本是读书人出身，考中了生员，在官学里聚赌开庄，被训导教官撵了出来。闵安和他同窗半载，知他心性，怜他文弱，即使后来做了闵州县衙里的小门子，能帮衬到他的地方，闵安还是暗地里帮了忙。五梅流落匪帮，闵安随着以前的长官出行抓捕茅十三时，闵安总是劝五梅脱离贼寨，去做正经营生。

五梅跟着茅十三辗转来到楚州，好赌的本性难以改变，今晚，当他看到吴仁的那只"白鹰"似乎得了病，在心里盘算过一番后，他还是走了出来。既然吴仁摆出了禽鸟，那么只有他怀里的灰头鹰才能应战。他刚刚放出灰头鹰，场主就唤人在木栏上面扣上了笼子。

一声锣响，两名粗壮侏儒头顶四格铜盅盘子走上场，沿着木栏周边逛了一圈。赌徒们纷纷拿出铜钱、碎银、玉石等各种筹彩，看准了赔率丢进方格间，顿时激起叮叮当当一阵响声。

再一声锣响，木栏四角吹拉弹唱的乐声随之而起，为笼子里飞上飞下的禽鸟们鼓气。非衣把脸藏在斗篷里，听见四周如此聒噪，忍不住皱了皱眉。萧宝儿两手一招，乐得直叫，跑向前去。闵安赶紧跟了上去。

吴仁不断喝酒喷出酒水到将军身上，使得将军药效解除，从原来的疲软状态中振奋而起，直接冲着灰头鹰扑去。

这轮角斗可谓惨烈。五梅是靠着灰头鹰连赢几县博头彩的，将它驯出了一股沙场斗鸡的凌厉风骨。将军过着养尊处优的生活，又被下过药，一时腿脚很不利索，扑上扑下的，极力躲避灰头鹰的利爪。

闵安看得焦急，恨不得冲上去代替将军出战。萧宝儿朝前挤去，喊得声嘶力竭。将军躲避一阵，忽然反扑。吴仁看到有转机了，才咧嘴笑了笑。斗了一炷香后，将军反败为胜，血迹撒了一地。场主敲响铜锣，将笼子打开，唤侏儒顶着铜蛊盘子到吴仁跟前交付银子。

闵安看着将军负伤累累站在笼子角,无人理睬,大有鸟尽弓藏的萧索之意。猛然记起它的主人那双鹰隼般的眼睛,假若看到它这副惨相,他又当怎样想。闵安连忙伸手抱过将军,塞给乐得合不拢嘴的师父,说道:"师父赶紧上点药,养几天,看能不能调好它的身子,我得拿回去交差。"

木栏那边,萧宝儿蹲在灰头鹰前,偷偷伸手出去,扯了它的一根长翎羽,打算用来做帽饰。五梅站在一旁朝她作了个揖,淡淡说道:"小姐冰肌玉骨,生得堪比雪兰芝树,伸出纤纤秀手来,胜似芙蓉团起春色,如此雅致的人儿,怎能做出这等大煞风景之事?"

萧宝儿鼓了鼓嘴,"你说什么文词嘛!我都听不懂。"

闵安走过来一把抓住五梅的手腕,笑道:"宝儿不吃这一套,你就省省心吧。"

五梅低下眼,轻轻叹了口气。

闵安回头看看非衣已随豹奴离开了瓦舍,低声道:"真人面前不说假话,你告诉我,账本现今落到了何处?"

五梅摆了摆手腕,没从闵安手里挣脱开,无奈应道:"给了大当家。"

"你那大当家如今已死了,账本总有个去处。"

五梅淡淡道:"不知道。"

闵安拉着五梅不放手,低声道:"这里说话不方便,你随我来。"

五梅皱眉,"小相公好生不讲理,说了不知道,还要勉强人做什么?"

闵安嗤道:"你以为现在走得出去?抬头看看吧,斗场二楼已经清场了,一眨眼的事。谁有这么快的速度,能想得出来吗?"

五梅变了脸色,"世子李培南?"

闵安重重点头,五梅反拉住闵安的手,催促道:"赶快走,听说那人不讲情面,连书生都能下狠手。"

尽管闵安有意想卖个面子给五梅,可是他们还是快不过李培南的眼睛。待他们混在人群里从瓦舍边巷里钻出来时,李培南已经站在了街口处,手里提着一把寒光凛冽的长剑,剑身上镂刻了一些徽印,在檐下灯彩中泛出夺目亮色。

闵安退到一旁,低声说:"那是太子佩剑,纹了历代皇印,可先斩后奏——你好自为之吧。"

第六章　良玉何需辨雄雌

行馆里灯火通明，侍卫屹立如山。

厉群将束手就擒的五梅丢进柴房里，不多时，寂静的夜风就卷来五梅凄厉的惨叫声。

闵安跪在底楼石砖上，每听到一声喊叫，肩头就要抖动一下，又不敢伸手去捂住耳朵。从长街上起，李培南就隔开了她身边的人：师父和萧宝儿被侍卫塞进马车送回了客栈，非衣被狸奴请去了医馆，督促大夫查看将军的伤势。

闵安暗自觉得情势不利，偷看李培南，发现他的脸色还是那么冷。

李培南坐在一张折背椅里，微微低下身子，用一双蕴了秋霜的眼睛看着闵安，"我再问你一次，账本在哪里？"

闵安连忙答道："五梅还来不及对我说实话，世子爷就来了。"

"如此说来，还是我错了？"

闵安摆手道："不是不是，世子爷来得不错，是我太慢了，没问出话。"

李培南指着门外，冷冷道："我已经捏碎了他的两根肋骨，尚且不肯透露一个字，你能问得出来？"

闵安怔了一下，"世子爷用这样的手段，当然问不……"抬头看到李培南的眼睛又逡了过来，她马上闭了嘴。

李培南又道："白鹇一只翅膀伤残，羽毛掉得只剩一半，你又有什么话说？"

闵安低头道："是我错了，没打听清楚五梅灰头鹰的功夫。"

李培南坐正了身子，锦袍领口下露出的雪白寝衣仍在微微起伏，怒气并未平息。非衣过来借白鹇时，曾许下承诺，不会伤及白鹇筋骨，他才忍痛借出。中间发生了什么曲折，他大致猜得出来，大事当前，他任由白鹇带伤决斗，拿住五梅后，再来问罪。

罪魁祸首自然是闵安。听她回答说是因为低估了一只鹰的能力，才导致将军负伤惨重的后果，李培南不禁细想，是他太纵容她了吗？让她一次次随着心意做事，不计手段和后果，嘴上还说不出一点老实话来。如果都照这样用人，以后自己还怎么做事……

闵安猜不到李培南在想什么，听见耳边又传来一声惨呼，抖了下肩，说道："世子爷您听我说，五梅终究是个文弱书生，学过孔孟之道，平时总是假清高，您这样打他，只会折了他的颜面，怎么会顺利招供呢？"

李培南冷冷道："他不是那么简单的人，你先替自己担心吧。"

闵安抬起头，稍稍紧张，"我……我怎么了？"

李培南看着闵安，道："我曾说过，就你这散漫的性子，总得吃次大亏。今晚罚过你，你给我长个记性，不是我吩咐下来的事，你不准做。"

闵安着急道："我没做什么啊。"

李培南扳起手指，细数道："喝香汤、说假话、瞒住案情、送赝品扇子、骗走将军斗残，这哪一件事是我允许做的？"

闵安张了张嘴，说不出什么话。她这才醒悟到，早在六七天前，当她被迫凑到李培南跟前时，就给他留下了什么样的印象。她为了自保，曾经瞒住过柳玲珑和茅十三案子后的隐情，而这些又恰恰成了李培南惩治她的罪名。后来的诸多事情，她只是顺着平日的性子，以为目的达到即可，不想在世子眼里，均是欺上忤逆之举。

李培南见闵安哑口无言，对一旁的侍卫说："拿鞭子来。"

闵安的心像是被一只手揪住了，身上还没挨罚，就痛得不自在。她盯着李培南衣袍下摆看了一会儿，哑声道："我伤了将军，理应受罚，只是不能让世子您亲自动手。"

"依了你。"

李培南丢下一句，先离开了底楼。闵安依照世子府定下的规矩，趴在冰冷的地砖上，硬生生受了十记鞭笞。那鞭子浸过油，皮质坚韧如钢，一鞭抽在背上，已经撕起了闵安的两层衣衫，痛得她直吸冷气。若不是有束胸甲衣垫底，她的后背肯定会像两肩一样，被抽得鲜血淋漓。

最后一记鞭笞打下来时，闵安没受住痛，将嘴巴磕上了方砖角，蹭松了上颌内侧的一颗牙齿。她想在侍卫面前留点骨气，忍着一声不吭，眼里却早噙满泪水。她趴着不动，静等背上火辣辣的痛感散去，心底蓦地想起了师父说过的话。

她去驿馆向师父辞行，要依李培南的意思搬进行馆居住。师父得知她已经接了李培南所赐的官照和保状后，语重心长地说道："俗话说'不是撑船手，休来弄竹篙'，世子跟前的差事哪有这么好领教的？要入他的眼，在他府里争得一席之地，你先要抑住自己的性情，尽心尽力听着他的指派，处置得不好时，少不得受一顿罚。师父以前打你，打得再狠，也只算是轻磕个手，抖歪了脚，怎样也比不上世子府里的处罚，师父劝你莫跟过去，再仔细想想吧。"

闵安思前想后，还是选择了跟在李培南身边做家臣这条路，并劝服了自己的师父，接受非衣做徒弟。她与非衣的名分进了一层，交情却浅了许多，原因就在于非衣不喜欢她过于靠近，而她本人也比较知趣，明白自己现在是世子手下的人，如果与府上的二公子走得过近，难免生出钻营高攀的嫌疑。

师父与花翠一样，见劝服不了她的心意，索性一肩承受到底，支持她的任何决定。闵安辞别师父，一个人搬进行馆后院的竹屋里。

竹屋离柴房不远，夜风里五梅的那些痛苦呻吟声听得清清楚楚。

天亮后，受过鞭刑的闵安忍痛挨进柴房的门，看见五梅的两手鲜血淋漓，指节似乎全部被夹断了。她靠在门框上问："你受的刑比我还轻，为什么喊得这样大声，是怕别人不知道你是个孬种吗？"

被锁在镣铐里的五梅低低呼痛，没有答话。闵安又问："世子说你不是简单人，难道你还有什么把戏没使出来？"

五梅有气无力地回答："我有几斤几两你还不清楚？你行行好，不如一刀结果了我，省得我这样痛，我实在是受不住了。"

闵安走近几步，摸到五梅的肋骨断了两根，心里想，世子爷果然是个不含糊的，这日后跟着他做事，必须打起十二万分的小心，否则，眼前的五梅就是现成例子。

五梅见闵安不说话，苦苦哀求她，要么给他一个痛快，要么去向李培南求情，放过他一条贱命。闵安用舌尖抵了抵上颌，嘴里尝到一股苦腥味，呸的一声吐出断牙，说道："我在世子跟前说不上话，你不如痛快抖出账本的下落，兴许还能保住一命。"

闵安反复相劝，询问账本的下落，五梅一口咬定不知情。五梅声泪俱下地请闵安念在同窗之谊，救他一命，直说得闵安皱起了眉。

闵安干脆转过身，将背后的伤痕给五梅看，"我被整治得这么惨，就是为了这个账本。你若是实在不知道账本的下落，至少要给我提供点线索。如果助我拿回账本，你也脱了干系。"

五梅随即说了他离开绿眉盗之前，茅十三去过的地方。闵安心里有底了，先向厉群借了一匹马，将干净衣衫朝身上一裹，歪歪斜斜骑着马去了师父落脚的客栈。

萧宝儿正在院子里抽着藤条玩耍，回头看见闵安进门，就要扑过来。闵安连忙喝止她，找到了正在炼制草药的师父，向他讨要了几副伤药。她想了想，随即又告诉师父，明早会出行一次去办点差事。

吴仁见闵安带伤奔波，着实心痛。他将萧宝儿撵出房门，替闵安上好了药，缠好了布条，冷脸数落闵安一番，也有为她抱不平之意。闵安听到师父连李培南也骂时，连忙捂住了他的嘴，哀求道："在人家屋檐下就要低一截头，这是命，师父莫再说了。"

吴仁拢袖坐在一边，冷哼一下，寻思着日后该怎样把这笔账给徒弟讨回来。闵安笑着宽慰他几句，辞别出门，偷跑到隔壁的萧宝儿从窗口伸出头，小声说道："原来你是女人啊，亏得我这么喜欢你。"

闵安笑道："我被宝儿抱了七八回，追着跑了半年，已经生出要讨宝儿做媳妇的心思，怎会突然变成了女人。"

萧宝儿噘嘴道："可是我刚才听到老爹吼了一句，'你终究是个女娃的身骨，怎能消受那么重的鞭子'，难道不是说你吗？"

闵安不以为然地说道："是你听岔了，不信，回头问老爹去。"

待萧宝儿转头去找吴仁对质时，吴仁坚决否认，只说是萧宝儿听错了一个字，原话是"你终究像个女娃的身骨"，将这事遮掩了过去。

萧宝儿将信将疑地走出门，说道："那我下次再找个机会抱着试试，我不信闵安会骗我。"

吴仁将她哄走，"是男是女也是说来做耍的吗？死小子除了那句要讨你做媳妇儿的话是假的，其余实打实的真，你快去玩吧。"

闵安从来不为身份来历犯过难，在她心里，就是把自己当成了兄长。甚至有一次非衣问她，为什么明明是男儿身，却取了"闵安"这个妹妹才用的名字时，她回答说是为了纪念早夭的小妹将心脏移植给她的恩情，才时时刻刻要把"闵安"挂在嘴边。非衣当时没说什么，转身就走了，也不知道信还是不信。

闵安将萧宝儿打发，径直回了行馆，打来温水，给五梅擦了擦身子，随后又给他上好膏药。

厉群向李培南禀告了闵安在柴房里的善举，随后又依照吩咐去了后宅院，向非衣通传今日在行馆发生的事。

非衣医治好将军的伤势，见无大碍，才让狸奴背着笼子回到行馆。他梳洗一番，换好衣装，正在烹茶时，却听到厉群说闵安挨了十记军鞭，连忙起身朝外走。

厉群上前一步挡住了去路，就地跪了下来，扣手说道："二公子，请听在下一句，小相公即使还得二公子的看顾，毕竟也是个外人，二公子万万不可为了一个外人，与大公子失了和气。"

非衣负手而立，"闵安犯错只罚十鞭，还轻了些，她是世子的人，我怎会去失掉和气。"

厉群听后心下稍安，正要起身，又听到非衣淡淡说道："只是我已经治了将军，世子还打闵安，这就有些不公平。闵安再怎么说，也是我荐给世子的，我不要世子另眼相看，但也不想他受不该受的委屈。"说完他就走出院门，径直找到狸奴，抓住正在休息的将军，将它另一边翅膀折断。

戌时一刻，闵安听到通传，连忙走到暖阁里熏过香，压住了后背的清凉药草气味，才走进二楼书房。

髡发狸奴正跪在地上，五大三粗的身子缩成一团，脸色痛楚，冷汗涔涔落下。闵安向座椅里的李培南行过礼，走到狸奴身旁，看到他的左手竟硬生生地被折断了，骨头刺出了皮肤，鲜血还在不断滴下。

闵安的心连着跳了几下，惶悚不安。狸奴低着头，一五一十地转述了非衣折断将军翅膀的事情。随后他自断左臂，上来向李培南请罪。

闵安低头聆听，忍不住啧了啧嘴，暗想大活人终究比不上世子爷的畜生。李培南将一双黑亮的眼睛移到闵安脸上，突然说道："以后由你来照顾它。"

闵安愕然抬头，随后马上反应过来，顺着眉眼说道："将军身子如此金贵，我怕在我手上，又有什么闪失，世子若是不追究重责，我才敢领养它。"

李培南抿嘴一吹，将军扑腾着从笼子里跃出，落在他伸出的左臂上。他站起身走到闵安跟前，伸出手臂，立在上面的将军扑扇着翅膀，不断有残羽零落掉下，还露出了左右抻着伤绷子的骨架。

将军望着闵安，负痛哀鸣，似有责怪之意。

闵安叹口气说："是我错了，世子指派得对，我会好好照顾将军的。"她从李培南手臂上抱过将军，搂在了怀里。

李培南挥袖斥退狸奴，不大一会儿，就有丫鬟跑上楼，给闵安拿来了照顾将军所需的物品。闵安把将军放进脚边的软絮小竹筐里，在颈上挂好驯哨，又低着头老实站在屏风旁候命。

将军被系在了竹筐里，扑腾着翅膀，扇出一阵风。闵安看见李培南仍在望着她，踌躇一下，弯腰拾起竹筐，连同将军一起抱在了怀里。她伸手去摸将军头颈上尚存的羽毛，柔声说道："从此后我们相依为命，你就是我的亲人。哦，不对，你是我祖宗，可好？"

李培南道："将军再有闪失，你需得受重罚。"

重罚的例子前面已经有了，十记军鞭和狸奴的断手。闵安连忙抱着竹筐弯腰应道："是，是。"将军就势轻啄了下她低下来的鼻子，她捂着鼻子，抬头去看李培南，"世子还有什么吩咐？"

李培南问："你从五梅那里问到了什么？"

闵安答："五梅确实不知账本的下落，只对我说了茅十三爱去的三个地方。我回头细想了一下，排除了两处，只留一个最大可能的去处：桃花寨。"

李培南不接话，闵安就跟着解释："桃花寨是一处妓寨，茅十三喜好到处抢掠，不管走了多远，最后都要回到桃花寨会会他的老相好。妓寨本是个安全的所在，我想账本极有可能在他老相好手上。"

闵安的猜想是有一番道理的。她曾跟着老东家毕斯出战黄石坡，招抚过茅十三的绿眉盗,随后搜检绿眉盗的落脚村寨,并未发现任何异常的东西。按照东家与王怀礼是一派党羽的关系,若是毕斯瞒着她搜捡到了账本,早就将它呈给了王怀礼,王怀礼也就没有必要再去下暗手杀掉茅十三。所以闵安想来想去,越发觉得账本还流落在外面,极有可能捏在了茅十三信任的人手里。

李培南听完闵安的解释,说道:"我唤厉群随你走一趟。"

"谢世子。"

李培南从桌几上的火漆令大封套里抽出三份文书,一一摆在了闵安眼前。第一份是清泉县衙已故典史朱七明的委任状正本,批示者正是与彭因新有私交的官员,可见背后受到了彭因新的指派。彭因新这样做,恰巧证明了他与朱七明的老东家朱佑成有牵连,正是他在帮助朱佑成,促成朱佑成调派亲信至各地。

第二份是散花县知县朱佑成的起底资料,详细说明了十一年来朱佑成的仕途经历,包括他的亲属及随从名姓。文书由于是从吏部及户部档案中抽调出来的,所记载的私事并不详尽,唯独在朱佑成子嗣一栏里,标明了"其子朱沐嗣已与前闵州知府闵昌之女约定婚配"的字样。

看到这行清晰的文字,闵安头脑里嗡的一声炸开了,猛然想起了朱家那个胖胖的迂腐的儿子。那人少时总是追在她身后,毕恭毕敬地朝她作揖,细细唤着"玄英,玄英",那软和的嗓音一直深深烙在她脑子里,怎么赶都赶不走。

一别数年,她辗转来到楚州任事,这则婚约像是影子一样又追到这里来,再次提醒她不过是一个闺字叫做"玄英"的女子。如果前缘再续,她还必须遵守那个几乎已被遗忘的婚约,嫁给那个胖书生。

李培南细细看着闵安忽红忽白的脸色,又镇定地出示了第三份文书:闵安的出身来历。上面写明闵安六岁失怙,与兄长闵聪流落民间,后传闵聪被流氓所害,闵安被吴仁收留,流落于江湖,一直到十一岁才安定下来,进了荆门县做门子。十三岁时闵安辗转去了蕲水县,考过童试,入县学就读两月,因故退出,吴仁托人情将她送入县衙再做门子。十五岁时闵安又在院外试中考中廪生资格,入州学就读半年,后再次因故退出,离开闵州来到楚州,入黄石郡衙做幕僚,兼任书吏、长随等职务。

从这份记载文书可看出,闵安一直在衙门打转,积极求取进仕门路,无奈时乖命蹇,只能混到"吏生"这一级,离"官员"差得远了。华朝吏、官界限泾渭分明,从吏到官,许多人奋发一生也不能得遂心愿,谈何容易。即使她两次考中了官学，也未能寸进，可见一斑。

因此闵安想做正印官，只剩下最后一条便捷方法：由朝廷破格擢升。准确地说，就是由李培南提携，镇南王批准。除此之外，更无它途。

现在李培南拿出了文书，可见他已经考查过闵安的来历，怎能不让闵安紧张。

李培南问："你为什么两次考中官学，均'因故退出'？"

闵安低头答道："我有个宿疾，雷雨天便会犯病，惊吓了其他同窗，教官便劝我离学。"

"什么病？"

"脑子里烧得厉害，犯糊涂，不识人。"

"严重吗？"

闵安不敢说真话，只摇了摇头。

李培南半晌不说话，只看着闵安，闵安不敢抬头。寂静中，她突然听到李培南问："你到底是男是女？"

闵安极快应道："男。"

"据户籍记载，闵家曾育有一对龙凤胎。长子为兄，叫闵聪，次女才叫闵安，一直流落在外。你既是闵安，怎会又是男人？"

闵安看着李培南的眼睛，感受到了前所未有的威压之意，平时练得利索的答话就说得吞吐起来："我……我是为了……记住小妹的恩情……"

李培南低喝："说真话！"

闵安抿唇不语，只摇摇晃晃跪下了身子，用无声的动作表示了她的乞求和内心的煎熬。她所坚持的东西，别人不一定能懂，更何况她一直背负着兄长将心脏转给她的恩情。此时她也不敢奢求李培南突然能看懂她的隐衷。

李培南伸手抓住闵安塞进帽里的头发，将她整个人拖到自己跟前，看着她的眼睛说："不管你是男是女，不能坏我的事，懂了吗？"

闵安闭眼答道："懂。"

她是真的懂。

李培南正在着手整治楚州官场，闵州的朱佑成深涉其中，而她曾与朱家的朱沐嗣有过婚约，这种关系就使她在李培南跟前的地位变得极端微妙，以后该不该用她，又该怎样用她，已经成了李培南不得不考虑的问题。

闵安一连跟了四任东家，最为信服李培南，也最害怕他。此时，闵安不急着向李培南表示忠心，言语上效忠，也不易取信于李培南。她在心下暗忖，只想着怎样渡过眼前一关。

好在李培南并没为难她，而是径直将她打发出了门。

闵安走出门，才觉察到背上全是冷汗，将伤口蜇得生痛。背上虽痛，可她心里亮堂着，知道李培南不为难她，是好事，同时也可表明，无论她是男是女，此时在李培南的心底，是占不了多少分量的，因为她充其量只能算是一个实行计划中的马前卒，而卒子通常又会阵亡在冲锋陷阵的时候。

除非她像昌平府萧知情一样，努力爬升到一个高度，让李培南无法忽略她的存在。毕竟在世子府里，只要你有用，就可以获得提升机会，和出身来历无关。

闵安想通这个道理，觉得背伤也能忍受了。为了闵家的冤案，还有什么是不能忍的。

第二天清早，非衣陪闵安去了桃花寨。

非衣早起晨练时，萧宝儿就托人带话过来，叫他去拜见吴仁老爹。非衣去了客栈，吴仁请他随闵安外出办这趟差事，保护闵安的平安。

吴仁对非衣说："闵安背上有伤，万一遇上事情难以应付，你功夫好，去帮帮她。"

非衣近日来已与闵安疏远了许多，听到师父的吩咐后，考虑片刻，最终应了声好。即将走出客栈大门时，萧宝儿悄悄溜过来，鬼鬼祟祟地请求他帮一个忙。

萧宝儿说："闵安那个臭小子现在不准我抱他，说是背上有伤。可我觉得他是个女人，因为男人哪有这么精细的面容。二公子你帮我瞧瞧，那臭小子到底是男是女？"

非衣将萧宝儿拨到一边，不说一句话就登上了马车离去。关于闵安的身份，他早就揣摩到一丝端倪，只是无意去证明而已。

他曾想过，无论闵安是男是女，对他而言，都没有任何区别。然而和闵安共处一车时，他才发现，若闵安再规矩一点、再矜持一些，也许会更得他的心意。

闵安顶着出公差的名义向李培南要来一辆豪华马车，备好一切所需物品后，便和非衣朝县城外驶去。桃花寨处在黄石郡与清泉县中间，两人在上月抓捕茅十三时造访过。一上车，闵安就占据了一侧的软榻闷头睡觉，有时颠簸的马车蹭着她的背伤了，她还会揉揉鼻子嘟哝两句，说着将军的坏话。非衣捻开一颗香球，燃起安神香，坐在一旁静心查阅花草药理图册。看得乏了，他回头去望闵安,却发现一缕鼻血正沿着闵安的唇沟淌下。

马车里极安宁,闵安流着细长的鼻血睡得极恬静,但凡路面颠簸一下,她的鼻血就要涎下几分,非衣皱了皱眉,只好移开了眼睛。闵安兀自念着花街上的冻子酥奶酒,唤着席纠娘子柳玲珑的名字,一路上睡得不安稳。

非衣持书将闵安敲醒,"擦擦鼻子。"

闵安擦净鼻血,无奈说道:"将军现在像个大爷似的,性情极暴烈,动不动啄我,从昨晚到今天,已经把我的鼻子啄破了两次。"

非衣得知李培南将将军丢给闵安看顾,脸色不免阴沉了一下。

闵安瞧得仔细,连忙摆手说道:"我知道你待我好,暗地里帮我做了不少事,可是有关将军的这一桩,你千万不能再跟世子爷斗气了。因为每次你帮我撒了气,回头我还要受更多的气,夹在你和世子爷中间,左右不是人,像什么呢——"她低头在车厢里找半天,没找到恰当的比方,索性将拇指与食指伸出一夹,做给非衣看,"你们两头一用力,我就变密了。"

"懂了。"非衣淡淡道,"以后不管你死活就行。"

闵安点点头,随后又觉得不对,就支支吾吾说道:"我说的'变密'与医症无关,不是'重加升麻而反通'那个……"

非衣皱了皱眉,没再接话。闵安松了口气。突然扯到题外之话,实非她的本意,她原来只是想劝非衣,不要再为了她与世子争斗什么,以免她夹在里头,受两边的气。夹板气的滋味怎么样,她是有深切体会的,目前世子已经收她作"家臣",而非衣这棵阴凉又有福荫的大树,她只能忍痛放开了……

闵安恋恋不舍地看了非衣一眼,擦了鼻子转头又要睡去。非衣持书卷敲了敲榻边,问道:"我待你的好,你都记得吗?"

闵安用袖子捂住嘴,点点头。

非衣继而冷淡说道:"以后都要偿还回来。"

闵安嘀咕:"又在打什么主意……和世子爷一样的……心里总是不安分……待人不能简单点吗……"

非衣放下书,将衣襟整好,端坐着闭目养神,回道:"自小到大,我身边就挤满了求富贵的人。我又不是傻子,不拿出相应的东西来换,能指望我平白无故待他好吗?"

闵安不以为意地耸耸鼻子,"好吧,好吧,都听你的。"

马车距离桃花寨还有两里地时,闵安翻身坐起,扒开包袱开始用借来的珠宝装扮自己。她朝脖子上挂了两道玛瑙项链,在腰上捆上黑色蹀躞带,又将一些金光灿灿的链子系进玉带下方的小勾里。非衣知她一向不按理行事,见她捣腾出个怪模样,也不在意,坐在一边养神。

闵安摸出一柄小铜镜,挪了挪身子,背对着非衣检查上颌新装的假牙。她用舌头抵了抵牙根,马车一个颠簸,将她一头撞上厢壁。她回头不满地看着非衣,"你就不能坐过来点吗?我这边很飘,放空了。"

非衣无奈坐过去。闵安跟他说了说进入寨子后的计划,非衣稍皱眉,"那种俗艳之地……我也要进去吗?"

闵安抿嘴一笑,"瞧你说的,既然来了,自然要跟我进去见见世面的。"她一笑,舌头又习惯性地抵上了断牙处,将半截补牙推了出来。她连忙用手去接,托着一点细白的瓷牙光亮,如获至宝的样子,非衣别转眼睛,不忍直视她那狼狈的样子。

闵安不以为然,唤停了马车,从袖子里抽出一把描金漆花扇,摊开捏在手里,一摇三摆地进了桃花寨。非衣跟在她身后,随她指派,不断拿出银两打点遇见的龟奴及茶水工。不多久,他们就不费力地找到了茅十三的老相好,一个叫含笑的小娘子。

闵安依靠在门边,借着廊道渗进的柔月光辉,努力让自己显出几分文雅,才抬眼去看屋子里的红妆小娘子。她笑得和气,却把一柄描金扇子摇得极响,扑哧扑哧扇动间,刮得胸前的玛瑙珠子簌簌乱响。手上一用力,腰身也跟着轻颤,勾带上的金链子晃起一片明光。如此苦费心思地显露粗大财气,奈何斜倚在胡床上的小娘子没有反应,只用一根银簪子挑了挑烛心,再将手里的琉璃罩子盖在了烛火上。

非衣一进红绡小木屋,就站得远远的,不肯再靠过来了。

闵安倚倚在门口细想:这小娘子倒是个不爱财的人,从宝儿那借来的金银珠宝也打动不了她,看来要想其他法子。

她唰的一声收了扇子,躬身朝含笑作了个揖,"'含笑胭脂绝芳姿,檀香窗前赋新诗',小娘子取了如此雅致的名儿,人品更是高雅绝伦。"

含笑抽出襟口的绢丝手帕,抹了抹嘴,笑道:"小相公的嘴像抹了蜜儿的甜,过来让我瞧瞧,可生得与他人不一样?"

闵安笑着走过去，紧挨着含笑坐下，陪她周旋两句后，就知道她的取名是因为喜欢听故事讲笑话的缘故，并非与诗书文华沾上边。既然知道她喜欢风趣段子，那么投其所好也就简单了。

闵安先说了个闺风部的故事试试含笑的口味，"小娘子喜欢听笑话，在下肚里倒有几个，不妨献丑取个乐。从前有个老者娶妾，想讨她欢心，说他某处有田地若干，房屋若干。妾答，这都不在我心上，从来说家财万贯，不如日进分文的好。"

含笑抿了一口茶，含笑愣了一会儿，突然笑得花枝乱颤，用手指点上闵安的额头，"唉哟你个死相，可真坏，怎能在姐姐面前说这些干的湿的过嘴瘾。"

坐在远处条凳上的非衣，朝闵安投过一瞥，目光带着惊讶，闵安脸面大臊，连忙摇起了扇子，又说道："一武官出战将要败北，突然从天降下神兵助阵，使得他反败为胜。武官叩头请教神灵姓名，神说：'我是箭靶神'。武官说：'小将我有什么功德，竟敢劳驾箭靶尊神前来相救？'箭靶神回答说：'我是感谢你平时在练武场上，从来没有一箭伤着过我。'"

含笑抱着闵安的肩，笑歪在胡床上。闵安任由含笑的软手温掌胡乱摸着，又连讲两个笑话。含笑笑得眼角带泪，向闵安讨饶，闵安趁机说："只剩下最后一个了，你听是不听？"

含笑忍住笑，频频点头，"听，听，小心肝快点说吧。"

闵安开始吊起含笑的胃口，"听说过西疆那边的苗蜡族吗？"

"没有。"

"苗蜡族的人有些独门绝活儿，比如像'蜡尸''赶坟'等，净是新鲜东西，中原这边听都没听说过。他们不喜欢哪个人，直接用蜡封存了，过二十年之后把那人挖出来，一看，嘿，还跟新的一样。再就是兴赌坟，看哪座古坟下面有财宝埋着，送个瘦泥猴进去摸墓道，摸着摸着，扯出一个干尸来，那尸身见了光还能开口说话，咦，你不是二十年前的猴崽子吗……"

含笑朝闵安身边靠近了些，嗔怪道："你个死相，净说这些吓唬人的东西，就没有新奇点的故事吗？"

闵安笑道："你且听我说来。有个小娘子夜间去上坟，发现身后有鳏夫尾随，意图不轨。小娘子连忙拍着墓碑说：'爹爹我回来了，快些开门吧。'鳏夫闻言大惊，火速逃走，小娘子自觉得意，想要离开，不料从墓后传来一道阴惨惨的声音，道：'闺女怎又忘记带钥匙了啊？'小娘子魂不附体，连忙逃走——现在我问你，那声音是谁说的？"

含笑想了想，道："小娘子的爹爹？"

"非也非也，那本是一个盗墓人，刚好藏在了墓后。见小娘子逃走，他得意笑道：'耽搁我的活计，吓死你们也是应得的。'话刚落地，旁边走来一老者，用凿子刻墓碑，脸上带着怒容。盗墓人问老者从哪里来，老者回答：'那些田舍翁把我名字刻错了，可恶。'一句话将盗墓人又吓走——我再问你，老者是什么人？"

含笑听得入神，"鬼怪吗？又不像……"

闵安笑，"还有下文。老者见盗墓人跑远，回头得意一笑，道：'小子胆敢与我抢生意，不要命了吗？'就要捡起掉在脚边的凿子。这时，从草丛里伸出一只手，捏住了凿子，喊道：'哪个不长眼的畜生，乱改我的门户……'话没说完，老者已跪倒在地上。"

闵安闭上嘴，故意掐了尾巴不说，引得含笑揪住衣襟口，紧巴巴地看过来，"又来了什么人，你倒是快说呀！"

闵安面向含笑，背着手指了指琉璃灯盏，收到讯号的非衣只得在指间扣上两枚铁针，以极快的速度弹射了出去。

闵安抓住机会低低说道："捏凿子的是一个骷髅人，长得枯骨瘦脸的，从草泥爬出来，身上还带着蛆虫。他伸手去抓老者，掐住他的脖子，就像这样的……"

闵安说到这里，琉璃灯罩波的一声碎了，烛火随即熄灭，另一盏挂灯也被打熄了火，顷刻将一片黑暗灌入木屋里。闵安两手搭上含笑的脖子，稍一用力，就掐住了含笑的呼叫。她阴沉沉地说："骷髅人追着老者问——那账本在哪里？"

含笑被掐得咝咝吐气，"什么账本？"

闵安阴恻恻地说："我从阴间爬到阳间，就是为了账本而来！"她的手上沾着奶酥茶水，还特地握过镇过冰的瓷壶身子，掐住含笑脖子时，必然会传过去一阵湿漉漉的冰凉感。

含笑着实被吓得不轻，嘶喊道："在枕头里！"

闵安朝含笑嘴里倒入一瓷壶世子府特产的迷魂香汤，将她放倒，回头问非衣："拿到了吗？"

非衣将绿绸缎布包住的账本举起来晃了晃，随后又妥善收好。

回程之上，闵安抱着软枕倒头又要睡。非衣将她提起来问："你是从哪里学到这些下作手段的？"

闵安用手去拍非衣的手臂，无奈那手臂像是铁铸似的，纹丝不动。她嚷着："什么下作不下作的，只要能达到目的就是好手段，这话还是你前头告诉我的呢。"

非衣紧抿住唇，好一会儿不说话，过后才松开了皱起的眉，说道："可是这件事，我不喜欢。"

闵安回头去看，非衣的脸色不怒而威。闵安到嘴边的话，又咽了回去。

非衣低声说道："你不用降低自己的格调去迎合周围的人，那些浪荡话、龌龊事，以后我不想听到或看到，明白了吗？"

非衣眼睛极黑亮，一动不动紧盯着闵安。闵安被动地点头，"明白的。"

等非衣甩开她的身子，像是甩开一块脏了自己手的抹布那样，她才真切体会到，非衣是在嫌弃她。

非衣在嫌弃她什么呢？闵安细细地回想，突然醒悟到，所谓的"浪荡话"是指她在含笑跟前说的那些闺风部的段子。她再扭头看看非衣不动声色的脸，忍不住暗自嘀咕：瞧他也是权贵人家出来的公子，我不信他如此清白，没去过那些烟花软红之地。

寂静的车厢里，非衣突然开口说道："别乱想，我只提醒你一句，再这样混下去，恐怕就真的分不清自己是男是女了。"

闵安不顾背伤翻身坐起，瓮声瓮气地答道："我怎么不是男人了，你以后少拿这话来挤兑我！"

非衣淡淡道："我挤兑你做什么，你既然认了世子做主家，自然要经受他的考验，无论怎样都会水落石出。"

闵安怔忡，"什么考验？"

非衣依然淡淡道，"世子每次提携亲信属从，都要从骑、射、御、战各方面进行考查，合格者会被送到好地方去，淘汰下来的必死。"

闵安惊讶道："真的假的？"

"和你假牙一样真。"

闵安嚷道："到底真的假的？"

非衣淡淡道："不信去问问厉群。"

闵安随即沉默下来，用手杵着下巴颏，出神地望着车窗外。关于考验一事，她是宁可信其有不可信其无。世子的头号扈从厉群，手臂上就显露出了几道可怕的刀戟伤痕，据说是从西疆战场带回来的。还有萧知情，据萧宝儿透露，曾经也被世子历练了一番，最后才送进了昌平府做文臣。

闵安心想，看来无论是文臣武将，还是蝼蚁般的小人物，想攀附李培南求得一份安定、富贵，势必是要先吃一些苦头的。

这时，非衣又理了理衣襟，将它放平，状似无意地说道："不如跟了我做一个小马僮，也不会有这么多苦吃。"

闵安回过神来，惊异道："你是在挖世子家的墙角吗？"

非衣不以为意，道："受我折磨也好过在他手上寻死觅活。"

闵安撇了撇嘴，"你说折磨我倒是真的，前面这些天里，你待我忽冷忽热的，让我琢磨不透心思，所以吧，我觉得你也不是好人。"

"那你想我怎样待你？"

闵安抬手作了个揖，"朋友相交，自然要肝胆相照。"

"朋友嘛——"非衣在嘴边轻滑出一丝讥讽的笑，"你还不够资格。"

闵安先是非衣说了一番令她诧异的话，最后又被非衣丢出去驱赶马车。她坐在车座上，仔细看着车夫的驭马技巧，心里暗暗叫苦：如此困难的事，那李培南不会真的要考查我吧……

一旁坐着的车夫说道："西疆蛮夷人喜欢列车作战，一旦被我军冲散，他们抓起一匹马便能再战，武斗力可见一斑。小相公万一真的去了西疆，首先要在满天沙尘里紧抓马匹，不让自己掉下来，然后才能想着怎样保命——只要不死，那也是战功一件。"

闵安咋舌，"西疆那边……竟然杀得如此激烈吗……"

车夫瞥了闵安一眼，脸上露出淡淡笑容，"所以跟着二公子，还是稳妥一些。"

闵安像是被扎破了的气球，迅速委顿在一旁，半天才迸出一句："你们故意将世子说得这样可怕，是想我打退堂鼓吗？"

车夫笑了笑，"小相公生了一副柔弱身骨，二公子是好心提点你的。"

闵安参透不了这些真真假假的话，总觉得有一团雾水罩在她头上。她不知道车夫来自遥远的北理国，是非衣的亲信，自然也会随着非衣的心意说话做事。非衣念在同门之谊，不想她落在李培南手上过得太过辛苦，所以先行出言提醒她。只是非衣心性较为淡漠，不喜欢将话说透说净，才会让闵安生出一种难以捉摸之感。此前他向李培南举荐了闵安，又因吴仁的托付，曾向李培南讨要闵安回来，未获成功，这些事都被他按下了不提，而闵安本人也是不知道的。

夜幕愈加浓重，大颗露水凝结在树叶上。

闵安靠在车门上昏昏欲睡，车厢里的非衣了无声息，似乎已经睡着了。曲折的山路上只有他们这一辆马车的动静，在夜里马蹄声显得格外清晰。走了不久，拉车的两匹白马突然一声嘶鸣，双双失足，带动着车厢栽进一道豁开的陷阱里。

这道陷阱设置得较为隐秘，横亘在马车必经之路上，专程挑了一处狭隘地下手，使车轱辘不能避开。陷阱口上精心布置过，夜色里哪能分辨。

车夫带着马车与闵安轰隆坠地，惊叫道："公子——"

马车趔趄了一下时，非衣已经一脚踢开车窗，似一支箭般掠出了车厢，身子不停，直接落在了山道旁的松树上。他并不分心去看陷阱里的境况，只从腰间抽出一柄软剑，迎风一抖，将手上的四尺寒铁抖得笔直。

"王怀礼派你们来的吗？"树上的非衣冷冷问道。

山道两侧的树后，现出一些黑褐色短装的汉子，手持钢叉、铁弩等，围着非衣站立的松树，跃跃欲上。非衣仔细观察他们的身形，见他们手臂粗壮两腿短小，背上还负着用来捆绑猎物的绳索，心里有底儿了。"你们是一批猎户，较为熟悉地形。我就说以王怀礼那样的脑子，怎敢公然派出官差来劫道。"

捏着钢叉的汉子们仍不敢答话，彼此看了看身旁之人，脚步越发迟疑。就在凝滞的一刻间，打头的汉子招了招手，向捏着铁弩的同伴说道："坑里面找找。"

"找账本吗？在我身上。"非衣稳稳站在松枝上，借着模糊的月色俯瞰底下的人，如同居高临下的天神一般，"就看你们有没有本事拿。"

非衣说得淡定，心里却在不断盘算。他站得高，眼力强，已经看出闵安与车夫无大碍，故而将劫道猎户的注意力引到自己身上。当然，他也看得出来，即使不用这样做，闵安对付起这批人来也是绰绰有余。

就在白马拖着车厢栽进陷阱里的一刹那，车夫扑过去护住了闵安，将闵安挤出座位，他本人却被沉重的车厢压住了腿。闵安掉出来被阱壁上的山石磕伤了头，布帽系带下渗出一片血。她缓了缓神，先轻声问车夫大哥还撑不撑得住，听到肯定的答复后，她毫不犹豫地用手从伤口处摸出一把血，抹在嘴边和脖子上，再两眼一闭，歪倒在坑底假装断了气。

车夫看得有些傻眼，试着将伤腿从车厢底抽出来，向闵安爬去。闵安突然睁开一道眼缝儿，朝车夫努了努嘴，低声道："大哥你快装死呀，死了他们就不会用弩弓射我们了。"

闵安在做书吏时期，与乡民多有交道，知道猎户痛惜弓弩成本，不会贸然发射铁箭。此时紧急，哪里顾得上向车夫解释。

车夫想着不能给树上的公子拖后腿，索性拉过车座上的软毡护在胸口，也歪倒在闵安身旁。

没想到闵安又发话了："大哥你那死相不对。"

车夫低声应道："该怎么一个死相？"

闵安听到树上的非衣正在吸引猎户们的注意，抓紧时机说道："公子都说了来的是猎户，与他们对答数句都没有打斗起来，可见来的这批人无多大武力。但他们手上弓箭厉害啊，并且又看多了猎物的死相，我们能不能逃过这一劫，关键就在嘴边泗出的血丝和脑壳软下来的角度，像我这样才是正确的。您还拿个软毡紧紧护在胸口，难道是在指望着人家去猜想，那账本正好藏在里面吗？"

车夫恍然大悟，连忙丢开了软毡，闵安趁机勾过来，将它垫在了脑后止血。

坑底两人一动不动保持着"死相"。

坑外的猎户们向下张了张，果然没有去射杀两人的"尸体"，只是围聚在一起，向非衣发动攻击。非衣武功甚高，看出闵安和车夫不需分心照顾，便跳下树来，手上的软剑如灵蛇一般，直取众人的肩井穴，迫使他们松开武器，却没有伤害他们的性命。

游斗一刻，猎户们纷纷负伤，呼哨一声，尽数往山林遁去。非衣纵身一跃，抓住最后的一个，将他掼到地上，踩住他的肩，喝问："谁派你们来的？来干什么？"

被抓的猎户痛得龇牙咧嘴，不消非衣脚上再用力，就痛快地招了："山里来了一个相公，拿着文书，招募猎人去道上劫马车，上面有官府的印，所以我们信了。他要我们截住马车，不准我们伤人，只说你们身上有财宝，他只要一个黄皮的账本，我们一想这买卖成啊，就挖坑等着了。"

非衣倒持软剑剑柄，将剑尖对准猎户已被刺伤的肩井穴，一点点下滑寒气森森的光泽，引得猎户惊喘，"公子手下留情哪，我说的都是实话。"

非衣冷笑，"实话？那我来问你，官府的人是怎样知道我们去了桃花寨？"

猎户道："我们不知你去了桃花寨啊，那相公指点我们，只要等在你们回来的路上就行了。"

非衣想了想，知道猎户所言不假。他又问："你说的相公是什么人？"

猎户急道："不知道他叫什么，说是王大人派来的书童，穿着一件青布衫子，手上拿着官府的文书，瞧着蛮斯文的。"

"那人现在在哪里？"

"翻山走了，走的是小道，交代我们拿到账本之后，去官府交给王大人。"

非衣知道再拷问猎户，也问不到进一步的消息，道了声"滚"，让那猎户连滚带爬地走了。

坑底毫无声息，非衣只得走到坑边喝道："你们还要装到什么时候？"

闵安睁开眼睛仔细打量了上面的情况，才费力地搀扶起车夫，非衣将二人一一拉出。两匹白马也歪倒在坑中低声嘶鸣，非衣于心不忍，与闵安合力，费了半天劲儿才将它们一一救出，并包扎好了伤腿。

闵安摸了摸脑后，手上糊了一大团血。她只觉得眼前越来越黑，险些没有站住。车夫已经横挂在伤马马鞍上，听从非衣的指派，先去了清泉县郊的兵营。

闵安有些吃惊，问非衣："你怎么叫车夫大哥去兵营？难道是要调动军队吗？"

非衣缚紧马鞍皮扣，试了试留下来的那匹白马的脚程，发觉它的伤无大碍后就翻身坐了上去。闵安扯住了马缰，他才答道："猎户受谁指派并不重要，奇怪的是一路上世子竟然没有派哨兵前来接应，可见行馆突发了事端，将他也困住了。能困住世子的事端，肯定不简单，先调动守军来助战，才能万无一失。"

非衣打马就要冲出去，闵安忙问："那我呢，我怎么办？"

非衣用手上的马鞭拨了拨闵安的脑后头发，低头问她："你撑得住吗？"

闵安觉察到这话很熟悉，正是她问车夫大哥的那句，只好硬着头皮答道："无大碍。"

非衣淡淡道："你就顶着这样一副死相，自能渡过眼前这关，何必要跟我一起去？"

闵安讪笑，"瞧你说的，我难道不能顺搭个马回客栈，让师父帮我诊下伤吗？"

非衣用鞭子指指马身，"上来吧。"

闵安费力爬上马背，双手无着力处，嗫嚅说了声"得罪了"，就一把抱住了非衣的腰。非衣皱了皱眉道："坐好。"闵安无奈，将两手反扭到后面去，揪住了鞍，一路随着非衣颠簸，不时被颠落马下。

非衣风驰电掣跑了一阵，无奈调转马头，将落在路边的闵安捡起。再跑了一阵，他又得回头，捡起摔在地面上一蹶不起的闵安。最后，他失去了耐心，对闵安说："到我前面来，抓紧鞍桥，再掉下去我就纵马踩死你。"

闵安忙不迭地爬到非衣身前，却抱住了他的腰，侧坐在马背上，将头塞进非衣的胸口处。非衣催动白马疾驰，在风里问道："你喜欢这样坐，还说不是女人？"

闵安闷声答："头晕，借我靠靠。"

非衣低头看看闵安脸上带灰、脑后濡血的模样，暗叹一口气，就没有再理会。闵安越觉困顿，将非衣抱得更紧，额头的灰尘、帽子上的沙土都蹭到非衣的衣衫上。非衣忍耐一刻，喃喃道："每次随你出来，总要落得蓬头垢面。"

闵安像是没听到似的，抬头去看非衣，"您就不能跑慢一点吗？我的断牙又要被颠落了。"说完，她还轻轻咧嘴笑了笑，给非衣展示她的断牙处即将要脱裂开来。那模样配上满脸的汗水脏污，实在是惨不忍睹。

非衣默然一下才说道："你还是把头低着吧。"手上的缰绳却松了些，马跑得渐渐慢了。

两人在清泉县外的官道上一路向前，非衣几乎都记不清闵安到底用了什么方法，能让他一退再退，任由闵安从身前挪到身后，甚至还用绳索绑住了他的腰，借着他的肩膀及后背，囫囵睡了一觉。

正如非衣所推断的那样，就在他与闵安外出公干的一天里，世子行馆也发生了变故。

清晨，当非衣与闵安乘坐的豪华马车，罩着薄薄雾霭驶出行馆时，侍立在主楼栏杆旁的歌姬，照例结束了一整晚的等候，在丫鬟的簇拥下回到自己的房间。她一直盘桓在李培南的寝居外，却从未得到李培南的传唤。但她依然听从王怀礼的吩咐，等着侍夜的机会。

马车低调地离开后，歌姬马上派遣了一名亲信，以外出购买胭脂水粉的名义，将消息送到了王怀礼的耳中。

王怀礼这些天来一直心惊肉跳，担忧自己做的贪赃枉法之事被李培南拿到把柄，所以才将重金购得的歌姬送到行馆里，一是想讨好李培南，二是给自己做个眼线。天亮时，消息果然传回来了，他听了感觉不妙，连忙去找新聘的幕僚商议。

幕僚知道王怀礼担忧的是什么，献策道："大人现在要做最坏的打算，假设世子已经知道了账本的事。他派二公子和闵安出了县城，极有可能是发现了账本的下落。我们刚好将计就计，以逸待劳，等他们辛苦去拿账本，回来的路上，嘿嘿……"

王怀礼嗫嚅道："此计虽妙，可从二公子手里抢账本，不大好办……"他害怕的不仅是非衣的武功，还有非衣背后的世子。

幕僚怎会不懂王怀礼的心思？他来这里，就是为了妥善处置好王怀礼捅开的娄子。此时，他有自己的打算，想着不能保住王怀礼时，就将王怀礼抛甩出去，任由李培南处置，他自己去掐断中间的关节，让李培南即使拿到了账本，也无法继续追查下去。

他的本领本来就是见机行事、先发制人。

王怀礼极信服新来的幕僚，因为他早就听说过，这位幕僚比先前的典史朱七明更加厉害。见幕僚劝他劫道，他也没有多想，将随后的安排全部交给幕僚打理。

幕僚受命离开，去了山里找猎户帮忙，将时间算得极准。过了不多久，监管牢狱的牢头来向王怀礼报告，吓得王怀礼顿时又慌了神。

司吏李非格暴死在牢房外，尸身还是温热的。

李非格死在牢狱内，也算事出有因。在他出任司吏这一职务以来，没少去牢狱里走动，向被收押的泼皮、盗贼打探各方面的消息，掌握了不少黑白两道的消息。尤其窃贼多去官员富人的内外宅转悠，往往能发现平常人看不到的秘密。李非格打的就是这个主意，有意结交这些底层不起眼的人物，所获果然甚丰。

牢里这两天收押了一个绿眉盗出身的盗贼，据说那人偷昏了头，竟然摸去了王怀礼的后宅，失手被擒。李非格一听到这个消息，忙备了酒菜饭食，打点好值守的禁卒，连夜来到那偷子的牢房里。

李非格是个老书生，唤那名偷子叫梁上君，对他殷勤有礼。梁上君先是吃了不少苦头，突然有人如此相待，又有酒有肉，没过多久，就扯着李非格主动闲聊起来，从山里的捕猎说到集市上的赌斗，谈锋甚健。李非格像往常那样细细听着，从他嘴里搜集到更多消息，时不时地记录下一两句。值守轻监的禁卒只回来探望过一次，见夜深也不催，又悄悄走出牢院。

每次当李非格察觉夜深，起身要走，梁上君就会有意无意透露一两句王怀礼内宅的动静，吊起李非格的胃口。等李非格再追问时，梁上君就顾左右而言他，拉拉杂杂扯上其他闲话。

这一顿酒饭就这样吃了两个时辰，天已透亮，气窗外突然响起一声尖锐的鸟鸣。禁卒连忙走回，提来一壶花雕，殷勤给李非格倒满酒，就着场子感谢他平日的照顾。李非格经不住劝，喝下两杯后就醉倒在地上。此时万物熄声，轻重两监的囚犯仍在沉睡，禁卒走进北院，放出囚禁在内的柳二，让他按计划行事。

柳二天生臂力惊人，先前用一只铁腕就勒死了黄石郡的朱留投，奔逃到姐姐家，姐姐柳玲珑为他犯案，杀死马灭愚，事发后两人双双被关押进重监。

若无随后的典史朱七明的案子，他们两人势必会被判决勾斩。禁卒是典史心腹，典史死后，朱家又派出了幕僚来处置账本一事，这禁卒就成了幕僚的下属，依从幕僚的命令，劝服柳二参与此事。

直等到今天清早，柳二才发挥了作用。他走进梁上君的牢房，站在土炕上倒提起李非格的双腿，梁上君用棉絮堵住李非格的七窍，用干草荐裹住李非格的身子，不出一个时辰，就让酒肉饭饱的李非格在醉梦中死去，且全身上下不留任何伤痕。

这种在牢狱里阴私置人于死地的方法有个名目，叫做"盆吊"，内行人才知道隐情。禁卒见事已成，将李非格平放到牢房外，唤柳二与梁上君各自归位，自己则去回报消息。

一直等在暗处的幕僚才心满意足地离开县衙，去山里招募猎户劫道，避开了随后的事端。王怀礼得知李非格死了，身边没了幕僚拿主意，急得像是热锅上的蚂蚁，半天才想起叫仵作进牢去验尸。仵作查验了酒水饭食等物，证明无毒，向院外的王怀礼报告结果。

王怀礼问："老先生到底是怎样死的？"

仵作答："征象表明是肚胀而死。"

王怀礼愠怒道："胡说个什么呢？老先生吃了五十几年的饭没胀死，这会儿就能死了？"

梁上君等人就是要王怀礼这样想。禁卒正站在一边，听到王怀礼不信仵作查验的结果，心里暗自高兴。此时刚好又碰上衙役们要去各自的厅房点卯应班，他们稀稀拉拉地散开了，禁卒就抓紧机会，殷勤劝王怀礼进牢房再查看一下。

王怀礼拿着手巾擦擦汗，心里衡量一下，在他即将卸任这里的长官差事时，横生一道司吏命案，如果不查出个结果，只怕不好交卸。当下只好跟着禁卒进了轻监房。刚进去不久，牢狱里就发生了动乱。梁上君声称县衙栽赃害人，将李非格故意派遣到他牢房外弄死，"趁机"抢夺了禁卒的钥匙及佩刀。他挟持了禁卒，将轻监房里的其他囚犯放出，叫嚣呼喝，鼓动其他囚犯造反。一伙人跑出南边轻监院落，径直冲向北边重监院子，放出了更为穷凶极恶的重犯们。

梁上君一举成事，依赖于熟悉牢狱地形及布置。县衙法制规定，到了晚上不给轻刑囚犯加戒具，加强重监院落的值守。辰时之前，所有禁卒去狱厅点卯，趁机喝喝热粥吃些早点，必然会对牢狱四院里放松管戒。梁上君算好时候，又有关押他的禁卒暗中相助，竟带动整座牢狱里的囚犯鼓噪起来。

于是，被请进监房的王怀礼及仵作就变成了人质。衙役们听到动静，抄起家伙纷纷赶往后四院。动乱越变越大，四五十人的捕班不敌两百来人的囚犯，尤其是那些挥舞着枷锁铁链的重犯，他们大多被判处刑斩，只等秋后一并处决。此时能有机会造反逃脱，他们觉得异常振奋，见公服模样的人就打砸，已让一半的捕班见了血。

衙役们无奈后退，封锁了大门。

等行馆里的李培南带上所有侍卫队赶到县衙时，囚犯们已经攻占了整座牢狱，正挟持着李非格的尸身、王怀礼并仵作两人，合计三件"法宝"朝外退，堵在了进入大门院落的过道里。

李培南身穿世子礼服，手持蚀阳古剑走进门，红光凛冽的剑气着实夺人眼目。稍有眼力价的囚犯都看得出来，这是一柄削金如泥的宝剑。要挟知县王怀礼或是易事，对付一个满眼寒意的世子就绝非轻松了，不需动手，光是与他正面对峙，已让囚犯们凉出了一背的冷汗。

李培南自走进牢狱大门后，将蚀阳剑杵地，用手压在剑柄上，稳稳站住了，并不说一句话。重犯们堵在过道里，将折磨得衣衫褴褛的仵作推出，用铁叉尖刺对着仵作后背呼喝道："对面的公子！你胆敢不放我们出去！我们就杀了他！仵作好歹也是个官吧？要是就这样被我们剥了衣服刺了个透心窟窿，传出去对朝廷名声不好啊！"

李培南看着仵作说："你选一个。"

众人听他打头第一句竟是这样的话，多少有些惊愕。

仵作凄惶开口问："世子要我选什么？"

李培南不看仵作，只用鹰隼般的眼睛扫向重犯们，那眼光里似乎有刺，刺得躲在人后的柳二微微一低头，将自己身形藏得更深了。李培南只看了一眼，已经让躁动的囚犯纷纷敛声屏息。李培南道："体面死去，朝廷补你全家四百贯钱，子孙免除贱籍；落在囚奴手里受辱，死后不得安葬，子孙承你故业。"

仵作看了看身后抖抖索索站着的长官，想想他也被剥了衣衫正在受辱，就咬了咬牙答道："第一个。"

李培南一招手，厉群站在桩石上挽弓疾射，一箭穿透仵作咽喉。

众人哗然，朝后退了一大步。

李培南看向面如纸色的王怀礼，厉群快速括弓搭箭，将箭头寒光对准了王怀礼那方，只等一声令下。躲在人后的柳二急忙喊道："快扯他回来！他死了我们就没人质了！"众囚犯醒悟过来，连忙七手八脚地扯动捆绑王怀礼的绳子，将豁在过道口的王怀礼拖了回来。

王怀礼披头散发，官服被扯碎，后背擦着地面，一路留下血丝。他顾不上为官的体面，在囚犯拳脚下嘶喊："世子救命哪！救命哪！"

李培南并没有去救王怀礼，倒是指派侍卫抢回了仵作的尸体。衙役能请动他纡尊降贵来一趟县衙，最大原因是本县最高长官被暴乱囚犯挟持，传出去有辱朝廷名声。李培南不关心王怀礼的死活，只考虑镇压住场面，封锁消息不得外传。

早前王怀礼送来歌姬做眼线，他既不接受也不推拒，就是不想打草惊蛇，顺便看看王怀礼能翻出什么风浪来。今天牢狱暴动一事，牵扯到了李非格，他不得不走一趟。李非格虽是一介小吏，却实在是王府的人，为李家鞍前马后劳役了多年，现在离奇死去，李培南若是不出面妥善处置好此事，万一消息走漏出去，难免会累及父王的名声。

所以李培南当机立断，派出流星马加急跑回昌平府，从军营调出自己的亲信队伍来，火速赶往清泉县。清泉县郊也有本地两千守军，他却信不过，从王怀礼被卷入牢狱暴动那一刻起，他就知道整个事情背后肯定还有蹊跷，因此多留了一个心眼。

囚犯退进第二道院子里，那是禁卒和守卫的住所，一共有五间大屋。他们把王怀礼捆进椅子里，在他脚边点燃柴火熏烤取乐。李非格的尸体被孤零零地抛到屋角边，脸色还是青紫的。

木栅栏外，县衙的主簿与重犯们交涉，要求放出王怀礼。囚犯趁机要挟到了酒肉饭菜等物，试过无毒后，席地而坐，美美大吃了一顿。他们见县衙竟然退让一步，给出一些甜头尝，就鼓噪得更加厉害，又想朝大门口冲击。李培南下令侍卫队见囚犯就杀，硬是将他们逼回了二院。

此后一个下午，囚犯们冲不出去，衙役们投鼠忌器，又不敢硬攻进去，只能唯世子府马首是瞻。李培南等着亲信军队的布置，需要时间，自然不会去挑事端，任由双方僵持着。

厉群搬来椅子请李培南坐，李培南杵着剑站了一下午，脸色总是冷漠，让所有人猜不透他的心思。他整个人岿然不动地站着，心里却在盘算当前的情势。按理说，非衣与闵安去了一天一夜，应该回来了。这个时候不见消息，想必和这里一样遭了事故，说不定已经中了埋伏，账本现在应该落在谁的手里呢……

当然，他是相信非衣武功及应变能力的，否则也不会派闵安出去做靶子——歌姬既然是王怀礼的眼线，闵安外出的消息迟早会传回王怀礼耳里，王怀礼自然也会有所动作……

以非衣和闵安的能力，就算耽搁了，也差不多该到了。

李培南在等着非衣回来，两手交叠放在剑柄上，仿佛身边并没有发生什么。

第七章　公子无情训弓马

非衣回到清泉县，先去世子行馆打听消息，随即赶向县衙。在离他几里地远处，是随他而来的清泉郊野的两千驻军。

牢狱发生动乱后，县里的主簿没了上司，自己做主将消息送到了军营里，乞求发兵救援。但主簿哪里料想到，驻军都尉早前已经得到消息，拿定了主意。此时见主簿前来，便声称没接到上级调令，擅自出营是为叛乱，坚决不肯发兵。

此前，王怀礼的幕僚布置完猎户劫道之事后，径直来到军营，向都尉出示相关凭证，表明他是按察使司彭因新与散花县知县朱佑成联合派出的中间人，负责处理近期清泉县的乱局。

那都尉自然也是账本上留过名的一员将领，收受过王礼怀经手的赃银，早就是同道中人。他验明那幕僚的身份，当下就表示唯命是从。听幕僚说不需出兵，乐见其成，在主簿跑来报信后，果然借故按兵不动了。

同一天夜里，继主簿之后来向都尉求助的是非衣派来的车夫，代表了镇南王府二公子的意思，如果都尉再不出兵，就在台面上与镇南王过不去。都尉觉得左右为难，就请车夫稍坐歇息，自己回帐后与幕僚商议。

幕僚说:"账本如果已经在二公子手上,他肯定看过里面的名字,知道大人也在上面,却还要车夫来搬救兵,大人想过这其中的奥妙吗?"

都尉果然怔住。

幕僚微笑道:"我素闻楚南王府的二公子与世子不和,看来竟确有其事。二公子这是在借刀杀人哪,想借着大人的手来给世子下刀子,最后不管能不能成事,他都无需负责。大人想想,账本落入楚南王府,我辈已经与楚南王府势同水火,这个时候,大人拥众兵前往平叛,那二公子又不是个傻人,难道不担心世子的安危吗?——他却不仅不担心,还巴巴派人来请你,其用心已经昭然若揭了。"

都尉惊疑道:"先生的意思是,二公子想借此除了世子……那那那,现今之计,我们该怎么办?"

幕僚踱开几步,考虑片刻,回头说:"不如顺了二公子的心意,趁机杀过去,出了事就推到二公子身上。这次师出有名,杀人杀得正当,刚好可以处置完王怀礼那一批饭桶。即使事后镇南王怪罪下来,大人拿出今晚车夫带来的火漆凭证,向王爷禀明是他们自家兄弟窝里反,大人并不知道世子在场,这诸多的后果也与大人无关。"

都尉本是个武夫,哪里想得到如果世子有事,楚南王岂肯轻易干休,必彻查到底。真到了那时,当事的都尉绝难逃过被灭口的下场。此刻都尉被幕僚说动了心,深夜提点两千驻兵倾巢赶往县衙,将整座县衙围得水泄不通,强弓硬弩封锁所有出口,将囚犯、衙役、世子府等所有人马俱困在县衙。

在都尉的兵马围困县衙之前,非衣已经抢在前面进了县衙,会合了李培南。他所期待的兄弟反目,也并没有发生。

亥时末,处置好山道上变故的非衣骑马赶回清泉县,从行馆守卫嘴中得知一切。变故虽然比料想的要大,但还不到不可收拾的地步。略加思忖,便拨转马头,带着昏昏欲睡的闵安跑向了县衙。

山道上拷问过猎户之后,他想通了整件事情的关节,知道暗地里又被李培南摆了一道。一切均在李培南的掌握,他却任由非衣和闵安等人身处险地,并不派人接应。一向自怜身世,本就心思细腻敏感,加上看到闵安和亲随俱受伤不轻,不由非衣不怒。他算准了清泉驻军已经涉足到王怀礼一党的贪腐大案,仍然请调清泉驻军前往县衙,起初确是存了报复之意,想给世子出几道难题。

自从娘亲去世后,非衣的想法改变了许多,不再有意回避李培南的权威,牵扯到闵安的处置时，他甚至不惜冒犯世子，也要为闵安出头争胜。非衣将这一切改变的原因归结于娘亲去世所造成的打击上，不愿朝深处去想，为什么他不忍心看到闵安被他人整治的样子，甚至是李培南的正当管教也不例外。

但在回清泉的路上，他的怒气渐消，心思也澄明了许多。想到驻军奉自己所请，前来县衙后恰逢狱中暴乱，后面会发生什么，也许并非自己所能控制。虽然以李培南的能力，不会有什么意外，但自己的用心，难保不会被他察觉，那时兄弟之间的情意，恐怕将荡然无存。这个嫌隙不同以往，能否化解实在难料。

等回到清泉县，非衣已经想清楚一切，做出了决定。即使要和世子斗胜，他也想光明正大地斗，但面对外敌，他还是愿意站在李培南一边，毕竟手足亲情强过一切，尽管他并不确定李培南是否同他的想法一样。

非衣驱马宛若游龙，带着闵安先冲向县衙，李培南早已看见，下令开了大门。看到闵安一动不动伏靠在非衣后背上，扬眉问："出了何事？"

非衣解开绳带，将闵安拎到马下，闵安才惊醒。她一脸的灰尘血污，衣衫破碎，头上还乱七八糟缠着裹伤布条，模样实在是狼狈。

李培南见她无性命之忧，不等她回过神来，直接问道："账本呢？"

闵安从地上爬起，扶了扶帽子，"在二公子身上。"

李培南摆了摆手道："先去清洗下，等会混进院子里。"

闵安虽然并未完全恢复神智，但从下了马背，周遭的变故也看了有七八分。听李培南毫无体恤，立刻让自己待命，恐怕等下还要进去搏命，不由心里一冷，"我的头昏昏沉沉的，精神不大利索，恐怕难以应付世子交付的差事……"

李培南回头看了闵安一眼，眼神中带着寒意，闵安无奈，识趣地闭上了嘴巴，随着厉群走向县衙吏舍，打来水简单地清洗了一下。她翻出医药箱，取出止血化瘀的药膏，将头上的伤口裹好。趁着这当儿，厉群已经细细向她转述了县衙里发生的诸事。

这时，县衙外突然传来一阵暴雨连珠式的马蹄声，正是都尉带着两千驻兵赶到，将外面围了个水泄不通。

整座县衙布满了照明的灯烛火把，李培南留在了大院里，背对黑沉沉的大门站着。他已经听到县衙外的动静，心底稍稍惊异，朝着旁边看了一眼。

"没有楚南王二公子的知会，驻军绝不敢擅离驻地。好，长脑子了，知道借力打力。"李培南面上冷淡，嘴里低声说了一句，刚好让身边的非衣听得见。非衣知道李培南的意思，不去看他，嘴上淡淡回道："和西疆夷族一比，这两千守军如同蚍蜉，世子不会现在就怕了吧？"

李培南哂笑："怕不怕，总之你先顶着。"

非衣此时心意已决，也不言语，心中计议如何收场。

两人一时无语，听着火苗在晚风里呼啦啦地扯着。他们各自有想法，却不屑于对对方明说。非衣知李培南有见疑之意，但他已经决意陪李培南周旋，到时自然能令李培南释怀，所以并不言明。李培南也并不担心眼下的处境，他方才粗粗一览账本，已知驻军的都尉账上有名，非衣调兵前来，刚好歪打正着，错有错成。王怀礼被抓进监房，账本落在自己手上，彭马党及朱佑成一派人失机在先，接着有什么动作，看今晚这场混乱怎样发展下去就有眉目了。

大院里的两人沉得住气，二院的躁动却越来越大，声音传到吏舍这边来，无形催促了闵安的动作。闵安不能再磨磨蹭蹭地包扎清洗了，只好放下手巾朝牢狱大院走去。她的步子有些踉跄，厉群连忙伸手去扶，问道："小相公你还好吧？"

闵安无力摆摆手，心里念叨：世子这是把我朝火坑里推，我怎么好得了？这样想着，她已经虚晃着身形来到李培南面前，抬起头，露出了汗珠涔涔苍白的脸，嘴唇嚅动两下还没来得及说出什么，就一头栽倒在李培南脚边。

非衣脸色微变，想了想，还是决定不插手为好，看李培南如何处置。

李培南不看地上软成的一团的闵安，对厉群淡淡说道："叫吴仁过来。违令即斩回报。"

地上的闵安一动不动，依然全无血色。

厉群踌躇道："小相公失血过多……"

李培南道："吴仁也是仵作，此地既无人能勘查李先生的尸身，难道我也请不动他？"

地上晕迷的闵安马上爬起身，嘀咕道："我进去就是了，干吗要拖我师父下水。"

非衣看着直奔二院而去的闵安，心里不得不叹服，还是李培南有手段对付这种人精。闵安走到栅栏旁，等着主簿帮她装扮。火光映着她的背影，将她瘦削的肩衬得更加单薄了几分。她察觉到了冷意，抱着手臂抖索了一下。

非衣想起闵安此时带伤在身，心底终究一软，走到她旁边，递过一块光泽鲜润的玉佩说道："这是太皇太后赐给我的寒蝉玉，据说能解百毒，你进去后将它含在嘴里，没人能用药害到你。"

闪安打量着无瑕白玉，脸色不由得一紧。只是她失血过多，肤色苍白，竟硬生生地遮掩住了她这反应。

非衣仍然提着玉佩问："不愿领情吗？"

闪安收下玉佩，将绿丝结挽进脖子里，低声道谢。她不敢去问有关这块寒蝉玉的往事，只盼着非衣当时年幼，并不记得当年的太皇太后说过的玩笑话。这不是一块简单的玉佩，此是后话。乔装过的闪安和县衙其他奴仆一起走进二院，给囚犯们分发夜宵。她低着头，糊灰了脸，尽量不引起他人注意。默不作声地服侍重犯们吃丸子、面条时，她抬头偷偷看向院角，将主意打到了那棵绿叶桦树上。

王怀礼此时已经被折磨得奄奄一息，瘫坐在树底。闪安拿着一瓢面汤搁在王怀礼嘴边，细细喂着他，趁机撸下来几块桦树皮。据草本典籍记载，若在身上罨敷桦树皮，会形成一种浮肿状伤痕，外行人来看，极像是不明症状的溃脓。闪安蹲在王怀礼跟前，遮住了囚犯的视线，将桦树皮擦在王怀礼手腕上，又在自己的手臂及颈上使劲揉搓。过了大半刻，她和王怀礼的皮肤上就显露出深黑青色的溃烂伤口。

柳二及梁上君走到二院来查看动静，发觉一个青衣奴蹲在树下久久不起身，旁边不远地方就搁着李非格已经冷透的尸体。柳二起了疑心，走到树前抓住青衣奴的衣领，提起来一看，不由得喊道："各位大哥快来，我认得这个人，他原先是毕斯的跟班，现在攀上了镇南王府，成了世子家的兔儿爷！他混进来，肯定是来做奸细的！"

一个重犯丢下面汤，大步走过来，扯着脏袖子擦净了闪安的脸，将她的下巴拿在手里左看右看，狞笑道："这脸蛋长得白净，果真是个兔儿爷的样子！不如先让我尝尝新鲜劲！"

扑的一声，闪安一口鲜血喷到重犯脸上。

子时，清泉县衙火把攒动，马队嘶鸣。都尉指挥着两千守军攻打牢狱大门，叫嚣着口号："杀退囚徒，解救王大人！"

守军驮着梯子架在门石上，顺着青漆螺钉朝上爬，更有一队弓弩手弹射弩箭，将火油顺风送进牢狱大院里，哪里管得上门后有什么人，他们要解救的王大人又在何处。

大门后突然弹出一个火笼，落地一滚，砸得弓弩手纷纷躲避。他们围聚在一起，正待摆出阵型再弹射火弩，院墙那侧接二连三滚出几枚火笼，声势甚猛，近处的兵将纷纷躲避。

一时间，弓弩手奈何不了大门后面的反击，火力一度遭到压制。那些爬门爬墙的士卒，也都慌忙后撤。

爬到高处的士兵伸颈一看，咂舌，"门后边有个人徒手扇动火笼，就这样把火笼砸出来了！"

都尉有些吃惊，没想到县衙里竟然还有如此厉害的高手。他问过里面逃出的衙役，知道李培南守在了二院过道口，没提防住大门后面还有武力堵截。

守在大门后的正是非衣。适才见外面的士卒架梯攻上，院中又不断落下弩箭，非衣便用掌风击出火笼，阻住攻势。他扯过一块毡毯甩上大门边的墙顶，压制住了墙头的荆棘刺槐，再纵身跃向毡毯，居高临下地站在墙头。墙外的众人见了，都发一声喊，躲得更远了些。非衣抽出软剑，迎风一抖，冷冷喝问都尉："楚南王世子在内镇压暴乱，你胆敢乱放火箭伤他，是想造反吗？"

都尉听到非衣的喝问，心里一怯，转念想到幕僚所说的利害，实是关系到命运前途，把心一横，索性冷笑道："两位公子镇压了一天，没看到救出王大人，我再不动手，恐怕王大人被啃得连皮都不剩了。"他将手一招，呼喝下属抬来镶铜滚木冲撞大门，自己则躲得远远的看着。

牢狱大门及围墙是整座衙门中最沉厚坚固的所在，又高又重，想强攻下来还真是不容易。过道口的李培南审时度势，将整支侍卫队调到了大院里，去协助非衣镇守大门。

二院的角落里，远远传来重犯淫荡的笑声，"兔儿爷气得吐血了，不知道身上的肉还有没有完整的，脱下衣服给我瞧瞧？"

李培南听得皱了皱眉，提着蚀阳剑向前走了几步，又闻大门外的撞击声，最终还是站定不动了。厉群跃上墙头，将一副弓箭交给非衣，非衣赶急问了一句："她还好吗？"

厉群猜不准这个她是指谁，含糊应道："还好，还好。"转头又与非衣一起御敌。

狱门外的喊杀之声更大，箭如飞蝗，墙头的非衣和厉群不及放箭，急急躲闪。

李培南沉吟一下，舍弃了二院里的凶犯们，走回大院狱门外说道："开门。"

一阵机杼声响过后，沉厚的大门在夜色中徐徐展开。李培南提着寒光凛冽的长剑走出门来，顺手拨落了迎面而来的箭枝。几个不长眼的士卒挺矛攻上，众人只见剑光一闪，必有一两人倒地。不过片刻，大门前的厮杀竟然渐渐止息下来。

都尉看了看只身走出的李培南，万念俱灰，心存侥幸，翻身下马行了一礼，颤声道："参见世子。"

李培南不回礼，只说道："你已知我在此，为何还敢乱来？"

都尉扣手答道："下官只是担忧王大人的安危——"话音未落，一道红光掠过他的颈脖，头颅在脖颈上略停了停，滚落在地上。

士兵们哗然，不知是该进还是该逃，目光游移。李培南环顾四周，朗声呼道："华朝明令，冲撞贵族必是死罪，谁敢做下一个？"

四周的士兵犹疑不定，但是没人再敢踏出一步。外围的骑兵不明门前到底发生了什么事，提缰催促马匹前进，无形中又使得包围的圈子紧了几分。门墙上的非衣看得仔细，拈弓就射，一箭洞穿了最靠前的一名骑兵咽喉。

士卒发一声喊，往后又退了一些，但并非就此散开。

士兵们失了领头将领，在夜色里放低了武器，与门前一上一下的世子府人马沉默对峙。

直到子时一刻，县衙里的局势仍未缓解，落在二院的闵安也不例外。尽管她在心底也乞求过来个人救她吧，无论是谁，今后一定要肝脑涂地回报，可是当一名重犯将黑乎乎的大手摸向她时，她的神智突然清醒了起来。

遇见了难处，人还是只能靠自己。

这是闵安唯一的想法，解决困境之前，她必须吐对方一脸血。

在那名罪犯大呼咒骂，双手在眼睛上乱擦的时候，闵安有气无力地说道："你多摸几下我的嘴巴，我就能把恶疾传染给你了。"

那人闻听此言，浑身一抖，定睛去看闵安，眼睛中越来越是惊恐。闵安额头冒出一片密汗，脸上潮红，嘴角滚落血沫和黑涎，淌在她的衣领上，浸湿了脖颈。先前榉树皮敷出的伤口，此时涂上黑色的涎水，更显得溃烂不堪，惨不忍睹。

闵安掐住自己的脖子，佯装咳个不停，"地上那个老先生……是你们弄死的吧……不晓得他身上有瘟疫吗……现在传给了我……难受死我了……"

柳二在一旁观察着闵安的脸色，大叫："各位大哥别信他的话，他这人一肚子坏水！"

闵安转头看着柳二，踉跄着倒向他的身子，朝他猛咳，"不信我的话，你先不要躲。你们害得我这样，我做鬼也不放过……"

柳二脸色大变，忙不迭地往后躲。近处的囚犯一阵大乱，纷纷躲开。

梁上君蹲下身查看惨无人色的王怀礼，王怀礼被囚犯们折磨了一天，此刻只剩下最后一口气，对外界动静没有一点反应。梁上君看了一会儿，忍不住惊叫道："王大人好像真的染上了瘟疫！"

闵安颤巍巍地伸出手，踉跄着去抓身边的囚犯，众人见她的惨状，如见了瘟神，急闪躲避。她的手腕和脖子露在了衣外，恰到好处地展现了几处黑青色的溃败伤口，和树底奄奄一息的王怀礼一模一样。见她势同病虎，不顾一切地抓最近的人，众人发喊，抢着朝院子外跑。

见众人走得干净，闵安踉跄倒向地上李非格尸身那边，刚要抓住李非格的腰带，想将他拖出去，突闻远处山林后传来一阵震天的喧闹。她不知这是李培南调派来的亲信军队终于赶到，只觉得头脑一阵眩晕，不由自主坐在地上。

眼看火把像游龙一样越来越近，马蹄声如海潮击岸，清泉两千守军的副将被迫做出反应。他在士兵的掩护下朝李培南喊道："两位公子既然执意不肯我等救出王大人，下官只好就此告辞，只望将来两位公子能做个见证，并非职等不愿效力。"

李培南沉声道："不用啰唆，退下吧。"

副将讨个没趣，回头观望一下，咬咬牙说："大家先退吧。"这副将受都尉的厚恩，一直唯都尉马首是瞻，今晚的变故，他到此时也是浑浑噩噩。此时主将即已被斩，再围着世子绝讨不到什么便宜，自己将来恐怕要承担重责，不如即早退去，再设法转圜。

向世子拱手行过礼，副将指挥着两千守军，徐徐退向县衙八字墙外，径回军营去了。

李培南带着侍卫队走回二院外的栅栏处，主簿迎上来通报，王怀礼身受重伤，已经快断气了。

主簿声泪俱下，跪求李培南格外开恩，救王怀礼一命。李培南看他涕泪交流，大是不耐，逡巡一眼院里的动静，问道："闵安去哪儿了？"

主簿哭得悲戚，一时还没记起闵安就是经他手装扮过的那名奴仆，哽咽道："闵安……谁？"话一说完他就醒悟过来，擦了眼泪道："兔儿爷吗……不知道。"

李培南听到主簿都唤闵安为兔儿爷，似乎更加坐实了闵安是他专属娈童的传闻，心下有些不喜，眉头轻轻皱了下。主簿领会不了李培南的意思，只管跪在他脚边，继续指着院内诉求救王怀礼一命。

主簿这样恳切地求着，给了二院里的重犯一个提示。他们突然醒悟到，外面人马喧闹吵吵嚷嚷的，世子爷顾不来那么多的变故，眼下抓住王怀礼，仍然是他们逃出去的机会。他们叫两名送夜宵的奴仆架着王怀礼软塌塌的身子，一伙人躲在王怀礼后面要挟李培南说，再不让开道路，王怀礼必死无疑。

李培南布置了一天，等的就是这个时刻。他非常利落地喝退侍卫队，带人避到县衙大堂里，任由重犯们涌出，一窝蜂地逃向了夜色中。有些轻监犯也跟着跑出，只有那种因拖欠租税而被抓的老实人还留在了号房里，不去跟风逃跑。

外逃的囚犯们很快就发现他们陷入了罗网之中。李培南如此大方地让他们跑出来，并不是真想放了这干胆大妄为之徒，只是不想在县衙里自己动手罢了。这一会儿工夫，调来的亲兵大队已经和李培南通传过几道消息，李培南在清泉县城三门都布置了重兵，唯独留下通往黄石郡的那条路。囚犯们在其他门出不去，被迫逃向黄石郡方向，刚摸进官道旁的林子里，一阵箭雨迎面扑过来，将他们射成了刺猬，无一幸免。

县衙花厅里，李培南坐等各方通报。非衣抬手推开厉群递过来的茶盏，问道："闵安呢？"

李培南朝厉群看了一眼，厉群连忙扣手答道："属下这就去找。"

非衣站起身道："我随你一起去。"

一刻钟后，非衣与厉群走遍了整座牢狱，却不见闵安踪影。女监那边的大锁捆得好好的，动乱发生时，从头到尾不波及她们，闵安自然也不能藏进里面去。非衣站在二院榉树下思索一刻，回想他骑马带回闵安的种种细节，猜想闵安此时一定是筋疲力尽，多半会寻个不起眼角落睡着，就运气呼道："闵安，你要花翠抱来玉米，他们已经到了。"

院子水缸里随即传来一个声音："哪里？哪里？"

一只乌漆墨黑的手就掀开了木板顶盖，冒出来一脸灰的闵安，不断四处张望着，"我家玉米怎会知道我在这里？"

厉群看见闵安睁大眼灰兮兮的样子，不由得笑了起来。

"玉米呢？"闵安抓着缸沿，还在四处找猴子，左右瞄了一阵后，才知道是非衣诳她出来。

非衣按捺不住，走过去冷脸弹了闵安一记脑门，低声道："个个都在寻你，你倒是躲进水缸里睡着了，也不知事情的轻重缓急。"

闵安捂住额头叫道："我头晕呐，又要守住李先生的尸身，自然要躲起来。"

"出来吧。"非衣抓紧时间说道。

闵安讪笑，"没力气，出不来了。"

非衣没再说什么，唤侍卫将整个水缸抬到了花厅。李培南看到一个圆溜溜的东西进门，非衣紧随其后，起初略有些奇怪，随即明白过来。他站起身走到水缸旁边，敲了敲响瓷的缸身，说道："说吧。"

闵安听厉群简要说过自她进了二院以后狱门外发生的事情，也知道此刻她面对的是谁，连忙站起身，踩在缸底朝李培南施礼，利落说道："李先生面色青紫，双眼暴突，脚底自脖颈气脉浮肿，血流并未畅行，可见死前是倒立过来的。我从他眼眶、鼻孔中挑出几缕棉絮丝，又在他身上拈到一些草末，由此可以推断，老先生大概是被狱中叫做'盆吊'的法子害死的，世子若是想了解其中内情，我还可以说得更加细致些。"

李培南摆手道："不用了。我只问你，这推断可有把握？"

闵安恭声道："我见识过不少此类案例，因此可向世子保证，最少有九成把握。"

李培南踱开几步，远离脏污的水缸，回头说道："由此可见，牢里有人先害了先生，再引起动乱，最后伺机外逃，想一手遮掩过这些曲折。"

一直闲坐饮茶的非衣开口说："牢里暴动后，世子想必也提前布置了人手，看来他们要空欢喜一场了。"

李培南微笑不答，算是默认。闵安听两人谈了几句，深觉精神不济，斜倚在缸沿上昏昏沉沉。李培南回头看见她的模样，低喝道："还不出来？"

闵安清醒了一些，嗫嚅道："水缸太深了，我跳不出来，能搭个梯子吗？"

李培南冷眼看着闵安，非衣也是一脸无动于衷。闵安向厉群投去求援的眼神，厉群明白世子的意思，拎了一张梨木墩过去，放在缸身外，小声说："小相公快出来吧，践踏了先生的尸身就不好了。"

厉群走出花厅外，吩咐门口值守侍卫置办白绸棺木等物，水缸里的闵安就成了厅里两人目光聚集之所在。闵安更觉窘迫，把手搭在滑溜溜的缸沿上借力，还想翘上脚翻山，又怕不雅观，于是她试着跃跳两下，竟一滑脚倒在缸底。

花厅极寂静，只有闵安愤愤不平的声音："厉大哥真是的，就不知道把坐墩丢到缸里来吗？"她继续冒出上半身扒在缸口，朝非衣招手，示意非衣去帮她。

非衣摇摇头，走过去将闵安拎出了水缸。闵安一看自己身上污秽不堪，连忙向外挪去，可是李培南并没有放过她，又冷声说："洗干净了再来！"

闵安行过礼，忙不迭地跑出门，到吏舍清洗一遍，再给自己包扎好伤口。她忙了一天一夜，背上被军鞭抽烂的伤处隐隐作痛，头又昏得厉害，让她再也提不起精神去听差了。在吏舍转了一圈后，她草草吃过两个窝头，干脆倒在土炕上睡着了。

花厅里，侍卫队将清剿囚犯的结果传给了李培南。李培南细心听着，问道："不见柳二？"再过一会儿，另一支消息送到，说是柳二、禁卒等三个人死在去县郊守军军营的路上，所带王怀礼的尸身也被马蹄践踏得不成模样了。

所有越狱的囚犯都朝网开一面的黄石郡那边逃，他们三人却反向而行，甘冒大险。李培南一听，就知道里面有隐情，淡淡地说："这个主意不错，所有参与王怀礼一案的人物，现在都了结干净了。"

除了账本，李培南手里再没有一个有效的人证了。

非衣问："世子怀疑今晚这场动乱，是有人在背后策划的结果？"

"必然是这样。"李培南答道，"我猜朱家又送了军师过来。"

在楚州巡查以来，李培南已经深深明白，在彭马党背后的朱家，才是自己真正的劲敌。行事处心积虑、周密细致不说，更恐怖的是，几乎所有楚州的大小郡县，连同驻军，官员将领似乎均卷入这张网中。

只有朱家的人才会布置得这样巧妙，趁机将事情闹大，不着痕迹地杀掉王怀礼，主动抹杀了王怀礼与账本的联系。李培南即使再追查下去，官场上的惯例，似乎也就到王怀礼为止了。

因为今晚王怀礼是被囚犯挟持才惨死在山道上，只能算是因公殉职。既然他已殉职，一切罪责就不能摊派到他头上，按照惯例，朝廷还必须提出嘉奖，优抚官员家属。

李培南放囚犯出逃之前，自然想清楚了这点利害关系。他的本意就是要按下牢狱暴乱的消息，维持朝廷颜面，上奏的公文里，也必然不能细致提起今晚事发的过程。

事后他发回的奏呈也的确写成了"清泉县衙囚徒冲突，知县前往镇压，因公殉职"之意，就此揭过王怀礼保赃案一事。

非衣听到李培南说出这个主张时，不禁问道："世子这样做，岂不是正中朱家人的下怀？你将贪污保赃的事情揭了过去，只会对朱家人有利。"

李培南踱开两步，回道："朱家这次派了一个有脑子的人过来，我倒是没想到。不过不用心急，我已经安置好了后招。"

"什么后招？"

"王怀礼已死，毕斯还活着，账本上还有这么多人，我不愁没有人证，敲打一番，让他们出来做举贪证人，楚州这张大网终能收起。"

"世子用完毕斯后，把他交给我。"

李培南不由得看了非衣一眼，"你要他做什么？"

非衣冷冷答道："毕斯犯下该死之事，我容不得他。"涉及到毕斯对他无礼的旧事，他也不愿多提。

李培南也不问，淡淡道："这个容易。"

肃清楚州官场的贪腐，非衣本来也是不在意的，留在李培南身边，他只是看在王爷的面上，起到一个辅助的作用，希望王爷能改观对他的印象，生出几分亲近心来。李培南知他心意，并未将计划合盘托出，不方便讲的内容也没有多提。

非衣想到一个要紧处，道："这个朱家派来的军师，能让世子着了他的道儿，可是不简单的。"

李培南冷冷道："我会亲自去会会他。"

辛劳了一天一夜，身上袍子染上脏污，让非衣十分不适。他与李培南聊过几句，便告辞出来，负手站在院子里，等着李培南下令班师回府。厉群从他身边走过，他逮着机会问了一句："她人呢？"

厉群想了想，这次明白二公子是在问谁了，忙应道："睡下了。"

"还好吗？"

厉群道："我看小相公的神色，应该不打紧。等会回到行馆里，我叫军医过来，再好好给他检查一下。"

非衣点点头，没再说什么，让开了进门的路。厉群跑进，向李培南禀告所有事务的后继安排。待处置好一切，李培南下令亲信军队原路回转，侍卫队撤出县衙。

丑时，清泉县衙灯火通明，九架红漆牛皮扁鼓一字排开仪门外，由九名军士统一持槌，咚咚咚地用力敲响了起来。壮阔的声音散布到夜幕中，先是拖长尾调彻响一下，过后似暴雨连珠般，急促地滚荡开来。

随着鼓声，只见一列手持火把的银铠骑兵火速跑出，抽出腰间的军刀，探向黑沉沉的夜幕。随着马匹跑动的身影，那些刀锋在夜色里泛出雪亮，跑得远了，还能灼亮大门处留守的衙役们的眼睛。骑兵当先肃清道路后，侍卫队才从仪门外撤退出来，分列两边守在县衙前。

车夫将世子府专用的紫檀白玉车停在空地上，等着李培南出来。按照衙门历来的规矩，六扇正门很少会全部打开，今晚李培南平息了动乱，剿灭所有出逃的囚犯，于县里有莫大的恩典，因此县衙里的主簿做主，将所有大门全部打开，自己领着衙门的人等在门屋后的屏墙前，席地而跪，在世子府的严整声威中低下头来。

扁鼓持续敲响，声音急促而激烈，罩在整座县衙上空，牢狱里未出逃的轻犯们听见偌大的声威，都侥幸自己没有跟风跑出，这才拣回了一条性命。正在吏舍里睡囫囵觉的闵安被敲醒，她抹着眼睛走出来一看，知道要打道回府了，连忙走出来，在院里找到白马，站住眼巴巴地看着非衣。

非衣看到闵安热切的模样，醒悟过来她的意思。闵安负伤在身，一人骑马难免会跌落下来，她是希望非衣能像先前那样，将她提住放在身后，让她紧紧抓住腰。

此时不同来时，当场有几百双眼睛看着他们，非衣不能不避嫌。正当他稍一迟疑时，一身利落的李培南从大门走出，看了闵安一眼就说道："你随我坐车回去。"

闵安朝李培南躬身施了个半礼，回头又朝衙门里的一众公差作了个揖，苦着脸爬上了李培南的马车。

扁鼓声停，火把一路蜿蜒而去，县衙众人起身恭送。世子府全部人马离去半晌，众人犹自躬身不起。

回程途中只听闻车马辘辘之响，整支侍卫队安静得没有一丝声音，摆出了行军赶路的态势。

车厢里垂帘微颤，鎏金吊球里渗出淡淡雅香。李培南坐在紫檀锦缎椅正中，一身紫色礼服铺散开来，不染纤尘，也不起一丝皱褶。挤在车门边小马扎上的闵安，却是另外一番光景，她团着一身灰乌乌的袍子，正缩着手脚靠在角落里昏昏欲睡。

李培南在心里盘算一遍随后的安排，转眼看过去时，闵安已要睡着。马车走得平稳，她将脸侧放到一边，随着微微的颠簸而吐出一两声绵长的呼吸。直到马车转弯，厢壁磕着她后脑的伤口了，她才下意识地皱了皱眉。

李培南低眼看着闵安白皙的脸庞，细致看了一刻，才扫了一遍她那污败的全身。他想起今晚二院里聚集着暴乱的重犯，自己派闵安带伤孤身犯险，也不知闵安使了什么法子逃出来的，不仅带出了李非格的尸身，还帮他查清了李非格的死因。

由此看来，闵安确实不负己望，立了一件大功，也应该受到一些礼待了。

李培南正想将闵安唤醒，叮嘱她从明天起就要勤练武功，免得出去处处吃亏，车轮恰碾上石子稍一转辙，小马扎晃悠了一下，将半睡的闵安甩醒，她嘟哝一声，用手摸上伤口，还没来得及睁眼。

车夫立即停车，朗声道："公子稍等片刻，我添点油。"

"嗯。"车里的李培南应了声，车子突然停下，他稍稍收敛了双腿，任由迷迷糊糊的闵安擦过他膝前的绯色蔽罩，一股脑地从小马扎上冲了出去，额头结结实实地撞在对面厢壁上，发出咚的一声响。她回过头，愠怒地看着李培南，对上李培南的一双墨色眸子后，突然又清醒过来，抿了抿嘴，默不作声地爬起坐回马扎上。

李培南问："醒了？"闵安点点头。

李培南又说："今晚看来，你的体能、武力、骑术太过低微，从明天起，我亲自训练你。"

闵安的神智彻底归位，她哭丧着脸看着李培南，"不劳世子费心……再说我底子不差啊，和侍卫大哥比起来，也不掉世子的价儿……"

正说着，添完油的车夫扬起鞭子，轻抽马臀催促马车上路。车厢里的闵安身子一趔趄，又朝对面冲去。李培南扬起左手，按住了闵安的额头，使她免受再次撞击。闵安心怀感激正要道谢，谁知道李培南的手像是生出一股粘力，吸得她摆不脱额头，就这样灰头土脸地被他拿在了手掌间。

"这叫不差？"李培南冷脸问闵安。

闵安干脆拨开李培南的手回答："你用了内劲，我自然挣不开。"

李培南沉沉看着闵安，"留在我身边的人，至少能自保。"

闵安叹了口气没说什么，一路坐在马扎上杵着下巴颏，抑郁地看着车门缝儿外。李培南从她乱糟糟的发边看过去，只能看到一点白亮的鼻子尖皱了皱，最终在嘴角边掀开了一点笑容。

回到行馆，闵安直奔自己栖身的竹屋倒头就睡。眯了一会儿眼，竹窗外突然传来一个冷冷的声音："闵安。"

闵安一激灵，连忙起身，将衣衫拉平，擦净了脸，打开了屋门。

穿着雪白底衣，外罩青丝纱袍的李培南，正负手站在竹篱旁，身后还有一个背着医药箱的军医。闵安受宠若惊地迎出门去，问道："世子还有什么吩咐？"

李培南转头对军医说："仔细瞧好她的伤，确保她明天来练功。"

闵安垂头丧气地走回屋里，任由军医给她脑后的伤口敷了上好的药膏。军医听说她的后背也有鞭伤，要解开她的衣服，她就躲得远远的，皱眉叫："谢谢大叔，就这样好了，你早些回去休息吧。"

屋外的李培南听到声音走了进来，似乎不解地看着闵安。闵安苦着脸说："世子的好意我心领了，只是这后背上的伤，已经由我师父上过药。世子再唤大叔揭开我的裹伤布，免不得让我再受一次罪。"

李培南摆摆手，军医会意，先退出门外，离开了竹屋。

李培南环视一遍竹屋里的简陋布置，站不住脚，不说一句话，转身就要走。

闵安跟上去小声说："世子爷，世子爷，和我打个商量可好？"

"不打商量。"李培南一口回绝。

闵安不顾厉群劝阻，跟着李培南一路说："我自小读书多，骑马少，当个文吏已经足够，实在是不能拿来做武将。世子爷要训导我武力，不是赶着鸭子上架吗？请世子爷三思哪。"

李培南突然转过身，闵安险些一头栽进他怀里。闵安站住脚，看到满屋石青色的帘幕及泼墨山水字画，醒悟到这是到人家寝居内宅门口了，不便再跟着走进去。

她盯着李培南雪白底衣的衣领，声如蚊蚋："再考虑下，怎么样？"

李培南多次领教过闵安的口舌，知道这是她最过硬的手段，一路上也不作声，任由她念叨。可见她跟到寝居前也没个回转的意思，还想抗命不从，李培南不由得冷下了脸说道："明早应我三招不出事，我就随你去。"

闵安睁大眼睛，将手扒住门框，探进半个身子，颤声问："是剑术还是拳法？"

"剑术。"

闵安暗想：我这一辈子还没摸过剑呢，怎么接你三招。她有些怅然地退出了身子，左手还是无知觉地扶在了门框上。李培南关不了门，抬眼看着闵安的手指，闵安兀自神伤兼叹气，没去看主家公子的脸色。

"进来吗？"李培南突然问。

闪安无精打采地抬起头，"进来做什么？"

"歌姬已被我辞退，秋凉深夜无人暖被。"

闪安连忙退开一步，讪讪道："世子向来是威严之人，怎会对我这个末流下属开起了玩笑。"

李培南淡淡道："我不开玩笑，外面已指明，你是世子府专属的兔儿爷。"

闪安回想起了重犯的那些风流话，脸色羞得通红，"连累世子声名受辱，十分对不住。深夜又来叨扰世子，罪孽加重一层。我这就走，世子好好歇息吧。"

李培南不等闪安转身，就当着她的面关上门，不咸不淡说了一句："下次再闯进来就别想出去，我从不计较男女之分。"

闪安捂住发红的耳朵，头也不抬地逃走了。

第二日一早，竹筐里被缚住脚的将军拍动翅膀，惊醒了闪安。闪安拖着剧痛的身子爬起来给将军换了鸟食和清水，将自己收拾干净了，外出找早膳吃。

一丛翠绿的竹子旁，站着李培南修罗般的身影。他穿着箭袖玄衣，右手拎着一把竹剑，整个人显得气定神闲。闪安一走出来就看见他了，躲也躲不过，硬着头皮上去问好。

李培南点了点头，道："去选一件武器，接我三招，我就不再逼你。"

院子外的厉群早已备好两列兵器架，闪安磨磨蹭蹭走过去，选了一个皮手护套在左臂上，又持起一把泛着冷光的军刀试了试手感，最后还朝自己左臂砍了砍，看皮手护是否牢固。

她慢慢走回李培南面前躬身施礼："请世子手下留情。"

"嗯。"

随着简短的一字落地，李培南抬起头眼，双眼立刻焕发出一种秋水般冷冽的神采，身如泰山，蓄势待发。

闪安忙抿住嘴凝神对敌。

李培南起手攻向闪安手腕处，闪安抬手防护，竹剑半路一转，有如迎空掠过一道闪电，刺向了她的肘关节。闪安只觉左手发麻举不起来，忍不住呼痛道："停，停，停，我撑不住了。"

李培南没有停，剑尖反手又掠上了闪安的额头，敲了她脑门一记。"这是第一招，叫做'投木报琼'。"

闵安只觉头皮也发麻了，趁李培南还没转过身，极快抬袖抹去汗，顺便平复了一下自己脸上异样的神情。"杀气腾腾的剑招还取了个雅致的名儿，最要命的是，这样待我，还要我报答他的恩典。"

李培南的神色不见波动，又说道："第二招叫'相见恨晚'，注意看我的起手动作。"

闵安瞪大了眼也没看清李培南是怎样动的，只觉得青色剑尖搅动一层风障，密密重重地将自己围住了。她使出浑身力气向后跃去，想要摆脱剑气的追击，脚刚落地，却发现李培南已经近在咫尺，一张冷峻的脸离她不过几寸。

闵安忍住了惊呼，默默后退一大步，心里恨恨地想：好一个相见恨晚，简直是逼到眼前。

李培南不待闵安缓口气，身影如鬼魅一般无声贴近，嘴里淡淡说道："第二招还没使完，好好学着。"

闵安连忙摆手，遮在眼前，无论如何也不愿去面对李培南的动作了。李培南照样撤了一半力道，用竹剑敲上皮手护，又将闵安的左手震得发麻抬不起来。

"最后一招'白首同归'。"

即使闵安心思不专，李培南也要将剑招教完。他说出第三招的名字，竹剑反手一转，连人带身子径直朝闵安掠了过去。取这个剑名本就是喻示着朋友相识相交、情谊笃深，直至最后两人贴背对敌。闵安哪里知道这里面层层深入的关系，她还震惊为何世子爷教给她名字这么怪异的剑招，又联想到昨晚那句"不计男女"，整个人像一只呆头鹅般站着不动了。

李培南及时撤了剑招，看了看闵安呆若木鸡的表情，不动声色地敲了敲她的手臂。见她不动，又戳了一下她的耳角："神思到哪里去了？都学会了吗？"

闵安回过神应道："差不多吧。"

李培南下令："你来使一遍。"

闵安举起皮手护和军刀，左右比画都觉不对，李培南就站在竹子边冷淡瞧着她，最后她抛下武器嚷道："将军在拍翅膀，好像饿了，我去看看。"说完头也不回地跑进竹屋关上门，再也不出来了。

闵安躲在竹屋里不敢出来，坐在榻上愁眉苦脸地看着将军。将军不断在竹筐里拍着翅膀，扇起一股风，闵安伸手去摸它的背羽，想安抚住它，它却趁机昂起头啄了闵安一下。

闵安捂着鼻子望着将军诉苦:"大爷你轻些成不?惹得你主子进来,又要罚我一顿。"

一人一鸟对峙了半个上午,丫鬟送来饭食,将宝塔食盒隔在了窗台上,笑着说:"这是公子吩咐下来的午膳,想给小相公好好进补,快趁热吃了吧。"

闵安走过去一看,食盒上下三层摆满了汤食糕点,都是依照她平时喜欢的口味精心烹制的。除了养胃汤、鸭肉羹、小米粥等,底下还捎来一碗温热的桂圆红枣茶。她闻到甜腻味道,忍不住吸了吸鼻子,道:"是要给我补血吗?"

丫鬟笑着点头。闵安也不计较进食次序,取过茶盏一饮而尽,并抬袖抹了抹嘴。

丫鬟扑哧一笑,"小相公又流鼻血了,不知情的人乍一看,还以为是大补茶见效得很,片刻工夫就让小相公脾健血升了呢。"

闵安嘀咕道:"将军老啄我,又坏我一次颜面,尤其在这么漂亮的小姑娘前……"她说的又字,是因为先前在李培南跟前受训时,她已经不知不觉流过一次鼻血,滴在了李培南的袖子上,好在她的世子爷没有当场变脸色,也没有拂袖而去,而是坚持教完了三招剑法,才放任她逃进屋里。

用过午膳的闵安挨到书房去报道,果然看见李培南已经换了一套衣装,雪袍纤尘不染,半分没有灰颓痕迹。他坐在那里,雪衣鲜亮,犹如从冰泉里炼出的一块砚玉。闵安见哨铺的通信兵正在报告各地消息,连忙退开了几步,站在了门边。

李培南一直到忙完公务,才抬眼看过来,"身体怎样?"

闵安踌躇着不敢贸然应答。若说无大碍,她又怕下午要加紧训练,背伤头痛一起来;若是欺骗了世子爷,被抓到了把柄,少不得又要挨一轮更加严厉的惩罚。既然不能打马虎眼,那只能小心翼翼地套近乎了,希望世子爷心情好些,好到不去想怎样罚她一次。

闵安恭声说:"已经无大碍了,就是背痛,时常直不起腰来。刚才吃过世子赐给的补食,嘿,还别说,这伤就好了一大半。"她抬起头谄媚地笑了笑,怎奈李培南不为之所动,掀过一页通信兵留下的邸报册子,冷冷道:"那便继续练。"

闵安立刻苦着脸站在那里,不说话了。

李培南细细看完邸报上的西疆战事情况,抬头看见闵安站在门前不走,知道她心思，偏偏不去点破。他放下册子去拿茶，依然不发落一句话。

闵安踌躇一下，说道："上午世子教的三招剑法，名字文雅，姿势美妙，力道强盛，可是让我这瘦骨伶仃的人来耍，就不大适宜。不如，不如世子再教我一些简单轻巧的武术，我学得快，用得也趁手些。"

"学好那三招再谈别的。"

闵安惴惴道："斗胆请问世子爷一句，这是为什么？"

"后面用得着。"

闵安暗想，后面……到底是什么时候呢，她偷看李培南一眼，见李培南神色冷淡，又不敢继续追问下去。

这次闵安不问，李培南也回答得利索："你将代表我出战。"

闵安惊讶地抬起头，"出战？要打仗吗？去哪里？难道是西疆？那地方太远了，蛮夷人又强悍，世子爷您送我上战场，等同于把我丢进狼群里任他们咬啊——"

李培南扬手制止闵安，"没那么严重，应战的地方在昌平府，是宫廷历来的规矩。你代我出战，必须完胜其他的队伍，事成之后，我应你一个要求，可以索取任何奖励。"

最后一句话把闵安说得心神大动。她舔了舔唇，继续问道："难道是两年一次的逐鹿大会？"

"是的。"

逐鹿大会在华朝举办的历史由来已久，参与者均是王子宫亲、官宦子弟等出身显赫的年轻人，聚集在一起，比试武力、骑术、射箭三项，博得朝廷悬赏的奖品。诸多俊秀儿郎想趁此机会大施拳脚，吸引校场上闺秀的眼光，也便于在同辈人闯出好名声。闵安听到是逐鹿大会，略略放心，毕竟只是个竞技场，并非真刀真枪的沙场。但她还是有些奇怪，世子手下能人如云，为何要派自己这个身无寸长的小卒，难道真是毫不在乎这个大会？若说毫不在乎，又何以再三督促自己练习武功？

李培南多年在西疆浴血奋战，手刃蛮夷无数，声名早已震赫于华朝内外，的确并不在意这些浮夸的竞技大会。贵族、世家挑选出的俊才在他眼里，无异于纨绔膏粱之辈，半分引不起他的注意。他之所以要闵安代他出场，注重今年的比试，是因为他在有意地训练闵安的能力。

虽然相处无多，但闵安身上的诸多潜质他已经了然于胸，的确如非衣所言，放眼楚州，像这么合适自己用的人才，还真是屈指可数。而能提携闵安最快的途径，都免不了刀光剑影。想到自己和父王将来的大业，要用她的地方尚多，如果连自保都困难，多费心力去培养也是枉然。

后面这个主要目的，李培南自然不会对闵安点明，原因就在于闵安抵触打打杀杀，喜欢逍遥自在地玩乐，不逼使她自觉学习各种本领，训练之苦她是必然吃不住的。

李培南打定主意就不会更改。他看闵安歪头笑得乐呵，更不会去提随后的处置和主张。他等了一下，发现闵安仍在高兴，也没有转身去练剑的意思，就开口说道："鼻血。"

闵安醒悟过来，用袖子捂住了鼻子，低头看看洁净的地砖，还好，没发现有脏污的痕迹。

李培南下令："去洗洗。"

闵安一洗就是小半会儿，迟迟不挪身到竹篱笆院子里来。李培南穿着雪袍风骨冷清，脸色也是淡淡的，倒是不见任何愠怒神情。闵安挨得足够久，捏着一柄木剑磨蹭着走到李培南跟前，躬身施了个礼，说道："世子爷手下留情。"

李培南依然没有手下留情，竹剑上照旧贯注了五成力，快速朝闵安手腕刺去。闵安急得手忙脚乱地躲避，脑门又被拐过弯的竹剑敲了一记。她把木剑丢到地上，气鼓鼓地说："我打不赢你，又没半点武力架子，不划算！你出手太快了，我都看不清你的动作，再这样打下去，根本就是恃强凌弱！"话一说完她就后悔了，对待自己的主家公子，又是世子身份的人，能这样直呼你我的吗。

李培南冷冷道："那你想怎样？"

闵安咬住唇，低头说道："不学这三招上乘剑术，改学简便的搏斗技巧吧。"

"临敌之际，瞬息生死，何来'简便'二字。"

闵安低着头不吭声。

李培南扬手挑起地上的木剑，木剑径直朝着闵安的额头跳去。闵安没避开，又被敲了一记，不敢怒也不敢言。白布帽受力掉落地上，一头乌发随风披泄下来，遮住了她那略显秀气的眉眼。

李培南最看不得闵安像个木头桩子一样站着不动，也不说话，下意识地缓了缓语气："你过来。"

闵安朝前挪动三四步，站定，透过飘拂到眼前的发丝，看到李培南一张冷掉的脸，无奈再凑近了一步，坚决不肯再动了。她既然不愿意过来，李培南只好自己走过去，将竹剑塞到她手里，握住了她的后半个手掌。

"手腕向右翻转，手肘运力，送出剑招既要稳，更要狠。"李培南一点点指引着闵安的动作。

一股温热的气息马上包裹了闵安的上半身，还带着隐隐的白檀衣香，既使她转过头，也无法躲避身后那种强有力的掌控味道。李培南呼吸清淡，指腹下有一层薄茧，掌心却是光滑的，被他握住手的闵安能一一感触到。闵安撇了撇双肩，也没能挣脱出半分来，心底油然生起了一点慌乱。

她想着，被他这样捏住手，旁人看到了，岂非更要说我是世子爷的兔儿爷吗？即便……我是个女人，被主家公子抓得这样近，一点点的言传身教，风传出去，对他也不好呀，那他以后怎么娶妻呢？夫人进门后，会不会重重罚我……

闵安胡思乱想着，没理清头绪来，眼前走过的两招剑法又白学了，被握住的右手兀自轻轻颤抖。李培南见状用左手拍了下她的额头，低喝道："乱抖什么？专心些，我只教这一回。"

闵安勉强拉回心神，依葫芦画瓢练了几遍，已将剑招的花架子学全。李培南站在一旁说："剑招虽然不错，但毫无力气。以后需苦练体格，修习内力。"一句话又说得闵安哭丧个脸，灰头灰脑杵在篱笆前不动了。

李培南走到凉棚里坐下，过了一会儿，就有丫鬟送来温热手巾和凉茶等物。闵安侧对着凉棚，满心想着该如何躲避随后的苦修，她低头用竹剑戳着篱笆堆里的小野花，戳了一朵，心道装病装痛的主意不通，又戳一朵，再想不如将自己整治得惨一些，世子爷看了，或许还能动一动恻隐之心。

可是闵安转念想起，她的世子爷本来就没有恻隐之心，又从何动起。这样愁眉苦脸地想了一刻，仍旧没找到方法来，披落的黑发随风一荡，擦过世子府赠与她的绢衣，发出窸窣一响。她猛然记起这里其实还有一个援兵，那个只穿精工制作的衣服，难得请动的人。

闵安挨到凉棚边，还没开口，鼻血先流。

李培南皱了下眉，"鼻子破了吗？"

闵安任由鼻血长流，也不去擦拭，"身子骨弱了些，经受不得世子的体力训练，稍稍一动，就会磕破流血。"

李培南看都不看她，淡淡道："这差事你逃不脱。"

闵安索性流着一管长鼻血走到李培南跟前跪下，"我想转到二公子跟前去学。"

李培南的声音立刻冷了起来，"为何？"

闵安露出一副惶恐的神色，赶急说道："世子爷忙于公务，决计没有多余的工夫来教导我。我人笨，学得慢，在二公子跟前，还能多转几遍。待我学好，送到世子爷跟前检验，您看这样成不？"

李培南冷淡看了闵安一刻，突然起身离去，没留下一字片语。

闵安并未松口气，因为随后不久，厉群传来李培南的答复：不准。

不准跟着非衣学习。

此后两天，闵安都在绞尽脑汁想着怎样避开李培南的训练。她多数时候搂住将军常歇脚的竹筐，做出一副忠心护鸟的模样，对窗外站着的厉群说道："厉大哥去回复世子吧，就说我忙着照顾将军，走不开。"

厉群笑道："小相公前面说剑招花哨不适用，上了战场就剩下好看的架子，这后面公子才想着给小相公训下刀马骑术。我们西疆精骑共计十万八千人，还从来没有谁得到公子亲自指点的，现在有个大好的机会放在眼前，小相公怎么就想不开给推了呢？"

闵安背着竹筐，怏怏地走到行馆中专程开辟出来的练武场。一身利落短装的李培南早就等在校台前，唤着侍从拉起了绊马索。见闵安来了，他抬手指向一边的白马。闵安只好把将军放在马桩上，忍着背痛爬上了白马。

绊马索是最简单的陷阱，对闵安而言，却是难以越过的雄关。她抓着白马歪歪斜斜地跑上一圈，竟然摔了七八个跟头，直到李培南看不过眼，走过去拎起她身子时，她还晕得找不着北，整个人在李培南手里轻轻打颤。

李培南将她放好了，说道："再跑一圈不掉下来，赏你五两银子。"

愁眉苦脸的闵安眼睛突然一亮。她正在攒钱准备提亲礼，将来好去求萧庄老爷答应许她萧宝儿的婚事。几年来，师父搜刮走了她的所有俸银，甚至她私底下接的赏钱也不能幸免。

有了钱银的诱惑，闵安奋勇爬上马，驱驰着跑了一圈。这次她将自己的重量完全交付给白马，搂住马颈、夹紧马腹，随它奔跑，黏在鞍座上动都不动，果然赚得了五两银子。

校台上的厉群朝李培南拱手说："这样就差不多了，只要小相公能适应颠簸，不掉下来，再练习马上使刀就容易多了。"

李培南纵目看了一刻，淡淡道："真上了战场，只怕还是你的累赘。"

厉群躬身道："卑职明白，必然不让公子失望。"

李培南见他答得好笑，摇摇头道："看来你不怕这个麻烦，以后就由你来教授她的骑术。"

"是。"

李培南有心提携闵安入官场，想来想去，最快捷最省事的途径：立军功。不久后的铨选，所补录的官职也是七品文官，闵安作为文吏，位卑职末，能做的事情实在有限。为此，李培南不惜费事耗时，提前训练闵安，教给她一些近战武功和刀马技艺，都是为了日后建功立业。

闵安对李培南的苦心毫无所知，这会儿白得了五两银子，正高兴着，骑在白马上左顾右盼。秋阳从她头顶洒落，她一笑，白齿红唇模样俊，映得弯弯眉眼也亮堂了许多，像是用黛笔描过了一遍。李培南看了她一眼，回头又对厉群说："真遇上无可选择的关头，你当自保为先。"

厉群闻言，心中一暖，扣手低头应了。

李培南又淡淡道："闵安貌似天真，实则聪明多智，真遇到事情，总有办法化险为夷。若是只长了一副好皮囊，我也用不上。"说完后就离开了练武场。厉群心中琢磨着世子的话，预想着真要是到了生死关头，自己究竟该怎么做。半晌也无决断，干脆不再去想，到时候凭天命罢了。

下午，厉群到处寻闵安，要拉她去练弓马。闵安躲进非衣的后宅院里不出来，厉群拿她没办法，只好任由她逃过一次训练。非衣留在书房烹茶整理花草册子，闵安自顾自地左摸摸右摸摸，不吵非衣，也不嫌冷清。

非衣喝了一杯茶，在满室的清浮香气中画完一株奇花图样，正待封笔函墨，闵安凑过来说："咦，这个是紫美人花，我上次在黄石坡采到手，结果被世子抢走了。"

非衣合上图册的手一顿，淡淡道："世子将花交付到我手里，我制成干花软枕送给了小雪，你不会介意吧？"

闵安摆手，"没有没有，能让小雪缓解头痛脑热的毛病，是天大的要事，小雪好福气，得到你和世子的照顾，我除了几分羡慕之心，又怎会去介意。"

非衣垂眼沉默一下，才应道："你当初采花跌伤了背，终究是为了我。我没有问过你的想法就将花枕送了出去，算我欠你一次人情。我不喜欢亏欠别人，不如现在由你说出一件事，我替你去完成，大家就扯平了。"

闵安想了想，眼前一亮，喜道："你和世子说说，免了我的骑术、搏斗那些强硬训练吧！"

非衣知道事不可行，采取了一个折衷的方法，"我来教你如何？"

闵安大喜过望，"好啊，我早觉得你本事大，你来教我，肯定不成问题。"

午后秋阳正艳，练武场上沙土明亮，校台上的扁鼓、武器架都蒙上了一层热光。闵安擦着汗，仔细听非衣的马术讲解，软语央求着非衣不要松开马缰，领着她在沙丘上不急不缓走了一圈，适应地形。

非衣果然是个有心人，唤随从取来冰镇奶酥茶，让闵安饮了，才催促她上马操练。闵安用舌头卷了卷嘴角，回味着说："比不上花街上的冻子酥奶酒，唉，味道淡了些。"非衣嫌她磨蹭，掏出帕子揩去了她嘴边的奶皮，说道："学好了就放你出去玩，任何酒都能喝到。"

闵安勤学苦练一个多时辰，马上小有成效。非衣放开缰绳，用鞭子抽了一记马股，白马扬蹄就跑，径直冲向了起伏不平的山丘。闵安熟悉了地形，本不心怯，只是随后从木门外走进了李培南的玄衣身影，一张冷漠的脸衬着深沉衣色，马背上的闵安看得真切，手上无端抖了一下，缰绳一偏，白马竟迅疾冲向了李培南。

非衣站在远处，来不及相援，他本想抿嘴作哨，喝停白马，迅即转念，这马绝伤不了李培南，倒想看看他如何应付，索性就袖手站在一旁。

白马呼啸而来，带着惊慌失措、大呼小叫的闵安。李培南此时脚步已停，候白马到了眼前几步时，从容掠开，闪过马身。随后，他回转身形，衣袖聚力挥出，缓解了白马的劲头。白马又挟势向前几步，突然停蹄人立，将背上的闵安掀落下来。

闵安重重摔落在地，压住了还未痊愈的鞭伤，痛得她龇牙咧嘴。非衣脸色微变，闪身掠了过来，将闵安扶在臂弯中，一迭声地说："怎么样，伤到哪里了吗？"闵安看非衣脸上有懊悔之色，很是感动，连忙从地上爬起身，吸气道："不碍事，不碍事。"

李培南看了看白马，才回头对非衣说："世子府发来快件，小雪的病又犯了，你回去看看。"

非衣向李培南拱拱手,掉头朝门口走去。才走开两步,他想起闵安一人留在行馆受世子的训导,多少要吃点苦头,又回头对她道:"你好好听世子差遣,不准生事,等我回来再教你。"说完径直走出门外,撇下闵安在后面眼巴巴地看着。

李培南专程来练武场,就是为了通知非衣,将他调离行馆。厉群多次报告说二公子护着闵安,使闵安逃脱一次又一次的马术骑练,李培南刚好接到王府的快报,就趁机调开了非衣。

闵安在李培南的注视下心怀忐忑,半天不敢抬头,尽管她寻思着自己又没做错什么,更何况以刚才那危险处境来看,世子关心的是白马,而非她这个活人,愠怒的人应该是她才对。但不知怎地,对着李培南时,她总觉得心虚气短。

良久,李培南才冷淡地说:"现在没人护着你,你给我乖乖练习。"

闵安恭声应是,一直候着李培南走出练武场才抬起头,长叹一口气。没了非衣的庇护,她要实打实地学习马术搏击,真不知会伤成什么样。

第三天清晨,厉群提点闵安出院子,要她练习砍杀木头桩子。打打杀杀向来是闵安厌恶的事情,她安顿好将军,慢慢走到厉群面前说:"我头痛。"

厉群手握军刀,向闵安演示砍下去的角度和力道,说道:"左手扶住,右手用力。"

闵安抓下帽子,朝厉群侧了侧头,让他看得见一大圈缠绕起来的裹伤布。

厉群继续讲解,闵安又说:"我背上也痛。"

眼看小相公竟然要解开衣衫,厉群连忙应道:"我知道了,不用查看。"

闵安趁机说:"我还断了牙齿。"说罢,她张了张嘴,用舌尖推出一截断牙,将一个小黑洞展示给厉群看。

厉群一怔,说道:"这些都是小伤,小相公应当克服下。"

闵安继续不依不饶地说:"我头痛。"

厉群无话应答。

"我背上也痛。"

厉群依然无话可答。

"我还断了牙齿。"

厉群无奈,最后只能说道:"小相公去歇息吧,公子那边,我替你遮掩下。"

第八章　梦回故园弄青梅

　　闵安以疗伤为借口，带着将军外出游荡一天，到处寻找生钱快赚得多的门道，无奈无功而返。她摸到客栈，将将军交付给师父，还向师父打听替她存了多少银子。吴仁十分警觉，问闵安为什么急着要银子，闵安就回答说，她也老大不小了，想要娶一门媳妇，萧庄的门槛有点高，她怕钱少惹得萧老爷不痛快，不把宝儿嫁给她。吴仁的回答很干脆，拿起扫帚一阵打，将闵安撵出门，若不是闵安跑得快，他那布鞋梆子准又要砸过来。

　　吴仁边打边骂道："死小子还当真了啊？这话切莫让宝儿听到，要不就害了她一生的姻缘！"

　　闵安抓着头走下楼，喃喃道："我怎么就误了宝儿的姻缘……她对我有情，我待她有意，就不能在一起吗……再说了，是宝儿先来追着我跑，我又撵不开，不如娶回来做娘子……"

　　闵安记着萧宝儿每次见到她就欢喜异常的神情，只觉心底也柔软了，朝萧宝儿居住的那栋小楼看了看。萧宝儿不知去了哪里玩耍，不见人影，让闵安一时按下了要当面向她提亲的心思。她正在拾级而下，没曾提防到，一路嘀咕着的话，被楼梯转角处站着的五梅听在耳中。

五梅穿着白色直裾袍，领口缀着青花，头戴青布方巾帽，一副文雅装扮。他的容貌生得清秀，杏眼直鼻，这么低眉顺目地朝闵安面前一站，闵安还以为是遇见了自己的重影子。她朝后退了一步，对默不作声的五梅说："身子养得怎么样？我师父的草药不错吧？"

五梅向闵安作揖，一躬到底，由衷感激闵安这次的援手。他被李培南关在行馆柴房折磨了三天，险些丢了小命。闵安拿到账本之后，跪地向李培南求情，求他放过再无用处的五梅。李培南本想将五梅交付给县衙，后来看到王怀礼已死，闵安又一味苦求，才索性做个顺水人情，将五梅放了出来。

五梅是书生出身，生活一直无着落，拖着鲜血淋漓的身子走出行馆，几乎要一头昏死在闵安怀中。闵安请行馆值守的侍卫大哥连夜将他送到师父手上，这才捡回了他一条命。

五梅留在客栈中，与萧宝儿多有相处，主动接近巴结，竟然在她跟前混到了一个遛马的差事。究其根本，还是因为他的面相、气韵与闵安生得有几分相似，萧宝儿爱屋及乌，就收留他做了短工。

闵安看看五梅通身的穿着，笑着说："宝儿对你不错。"

"非也非也，"五梅莫测高深地摇摇头，"宝儿小姐只管带着我走狗斗鸡，玩耍游乐，真正管我营生赐我衣食的，是另外一家公子。"

"谁？"

"富贵人家的公子，容我先卖个关子，不告诉你名姓。"

五梅不是随口说说，似乎真有富贵的主家，身上并不缺银子。他拉着闵安去酒楼相谢，称自己身受大恩，无论如何得赏光。闵安素来囊中羞涩，又多次施予五梅人情，见五梅做东，也不推辞，随他去了酒楼。两人点了不少菜肴，喝着清酒，对了几句曲子，一时笑乐融融，只觉惬意快活。期间五梅起身去方便，趁机对楼下候着的同伴说："叫公子准备好酒汤，我这就带小相公来。"再又脸色如常地走进阁子间，扯着闵安闲聊。

午后秋阳透过帘子落在闵安肩上，她回头对五梅笑了笑，白净肌肤上浮上两团粉红的酒晕。五梅细细瞧着闵安的神态，冷不防说："小相公生了一副好面容，就是这个缺损的牙洞……啧啧，实在有损观瞻。离此不远有个牙医，我与他相熟，且去医治一番。"

闵安含羞拍拍自己的衣袋，五梅会意说道："诊金自然不劳小相公费心。"闵安摆手拒绝，五梅就拉下脸，"你对我有恩，我偿报你还来不及，哪能有别的心思？再推辞，就是看不起我了。"

见他真诚相请，闵安只好应允。

补牙的大夫住在一座宅院内，滴水青玉瓦，粉墙海棠花，外观整治得十分雅致。闵安走进客厅，迎面而来一阵松木香，正前墙上悬着古汉丁缓绝版的木兰白鹤墨刻画，座椅两旁摆放两列四格锦缎屏风，绣满了金凤芙蓉，富丽堂皇。闵安顺着黄灿灿的屏风图饰朝前看，突然又发现了两株碧玉通透的芙蕖莲叶灯正立在条案旁，忍不住低呼一声："这种奇香花草灯绝对出自丁缓大师的手笔！和正中悬着的木刻画一样，是失传已久的孤品！"

后进门的五梅缓缓点头。闵安咋舌，"这是牙医大夫的府邸？瞧着这么气派，竟像是大贾巨富人家。"五梅只笑不答。

闵安走近花草玉柱灯，朝莲叶上呵了一口气，见玉脂凝碧不染一丝水雾，心底更加羡慕了。她一直跟着师父走南闯北，开拓了不少眼力，日子却时常过得苦巴巴的，她在闲暇就开始琢磨艺工手法，捣腾出一些小玩意儿卖掉，还曾一心醉迷过古汉巧手匠工丁缓的技艺。前些时日，她想从李培南手里套出白鹘去参加瓦舍的赌博，花费了心思做的那把细漆骨折扇，打出的也是丁缓的名号。

可惜那把扇子没人要，至今还存放在她的袖囊里。

五梅扯着闵安的袖子，将她带到了后堂，一个青纱素袍的年轻人站在官灯木架旁，戴着粗布口罩，只露出了半张面容。他的双眼在昏暗的堂屋中特别有神，朝闵安看过来时，像是两泓清泉，能涤荡了满身尘污，连心神也变得安详起来。

闵安兜头行礼，道："给大夫请安。"

年轻人拱手回礼，"愧不敢当。小相公若是准备好了，请随我来。"

闵安跟着大夫走向院后的小屋子，大夫手持一柄玉兰宫灯，小心替闵安照着路。纱袍袖口掀落下来，露出了他一截纤秾合度的手腕，皮细肉白，宛如不沾水的砚玉。闵安心想，这真的是一个补牙的大夫吗？

好在大夫的行为没有任何偏差，倒出水银、熔炼白锡银箔做牙膜等动作也是一气呵成，让闵安不得不信服他的本领。

大夫从壁柜上取下一个雪瓮，拨开堆积的冰块，从里面勾出一方青色竹筒。他将竹筒递到闵安面前，和声说道："小相公尝尝，可还是新鲜的？"

闵安取过竹筒喝了一口里面的酥奶酒，大加赞叹，"花街上的冻子酒就是不一般。"说完一口气饮干。

大夫见闵安喝得高兴，两道温润的眉眼也充盈着笑意。闵安抹了下嘴角，问："为什么你这里会有我喜欢的酒水？"

"我特地买来，用冰镇着。"

"你知道我要来吗？"

大夫笑了笑，"补牙之前按例是要给客人喝一碗迷神汤，让客人昏睡片刻方能助我行事。我怕你喝不惯药汤里的麻味儿，所以先备了一筒酥奶酒给你镇镇口味。"

闵安听他说到迷神汤，心下疑惑，却也不及有他，被大夫请上了凉椅躺着。又闲谈了几句，她的眼皮就重得抬不起来。"大夫，你这好像不是麻药，昏得我想睡……"

大夫轻轻回道："放心吧，我不会害你。"

耳边的动静极轻柔，屋子里似乎没有一丝风声，只跳跃起昏黄的灯火光亮。闵安感觉到大夫在用清凉的水给她洗口刷牙，柔声说着："放松手脚，好好睡一觉就好了。"她放下了心防，就此想偏头沉睡在他的声音中，不再醒来。

大夫见闵安眼皮一直在跳动，并未完全合上，又滴了几滴药水到她嘴里。闵安放开手脚平躺在凉椅上，呼吸平缓了许多。大夫绞了一张干净的帕子，替她擦去额头的汗，轻轻叹道："多年不见，玄英，你竟是忘记了我。"

闵安一听"玄英"这个名字，手指微微颤动，在意识没有完全涣散开时，她仍然记得，能唤出她闺名的人只有两个，一是已经过世的哥哥，二是自小就定下亲事的未婚夫。

他们笑着叫她玄英，声音极亲切，他们是她身边最重要的人。

幼时的闵安知道她有一门衣胞亲后，心思也曾起伏过。父亲教她识文断字，让她明白了君子重诺，闵家必然会遵守亲约。她尚在懵懂无知时，就被父亲限定了以后的生活：嫁作他人妇，洗手做羹汤，相夫教子平安度过一生。

闵家突生变故，她的人生路也面目全非，师父吴仁带着她走上求仕的那条曲折小道，跋涉辗转，九死一生。奔波了多年后，突然出现在眼前的这个人，真是未婚夫朱沐嗣吗？

十三岁的朱沐嗣在蕲水县学读书时，被夫子称赞为"年少聪敏，业成麟角，文质彬彬，闻达于人"。他的气度雍容华贵，待人接物谦冲有礼，可惜是个胖子。

同在县学就读的闵安尽量避免与朱沐嗣会面，仍不可避免要和他私下接触几次。在闵安眼里，"文质彬彬"的朱沐嗣其实迂腐不可教，整日除了读书就是写文，甚至还阻止过她参与五梅的赌局。朱沐嗣站在崇圣小祠堂里讲上一番孔孟道义，逼得聚赌的学子们纷纷抱头鼠窜，连五梅也捂住了耳朵逃出门。闵安被朱沐嗣拦在书架之后，半天推不动朱沐嗣蠢笨的身子，心底对他更是嫌恶。

闵安设法报复朱沐嗣，将他骗到野外露宿三日，想借助夜游的走兽吓唬他。待闵安害怕夫子责罚寻回去时，却发现朱沐嗣削荆为笔，刻树汁做墨，夜映星月而读，暗缕麻蒿以自照，他敛衣坐在山石上，容貌依旧恬淡如水，丝毫不见落拓。

从此之后，被朱沐嗣的雍容气度打败了的闵安更觉无趣，因雨天病发，她借着教官劝退的机会，匆匆离开了县学，完全消失在朱沐嗣的眼前。

光阴荏苒，闵安逐渐遗忘了朱沐嗣这个人，还有她曾被唤过的"玄英"这个名字。

大夫似乎懂得闵安的心思，趁她昏迷，一遍遍摸着她的头发，低声问："这些年，你过得好吗？"

闵安未答，大夫又叹了一口气，"我到处打听你的消息，直到现在才知道你在这里。可你已经忘了我，还投靠世子做了手下。他待你好吗？有没有罚你？听说他那府里的规矩，可是极严厉的。"

闵安并未沉睡到底，在迷药药性下挣扎着思绪。耳边传来的柔和声音，总令她想起往事，像是哥哥闵聪在哄她入睡时讲的那些悄悄话儿。哥哥在问她，过得好不好，在世子手下受过罚吗，如此贴心的体恤话，让她的眼底涌起一股酸涩意，她挣扎着，喃喃说道："世子爷……打我、罚我……背伤很痛……又要我骑马、砍杀……不准我出来玩……哥哥，我很怕啊……"

迷乱中的闵安，不知不觉地讲着自己心中的委屈，她自然不知道，迷药药效过后，她会不记得睡梦中的事情。

大夫将额头抵在闵安头上，轻轻一叹，"你当真受苦了，何必跟着他。"闵安极力摆脱梦魇，想要回答，但睡意越来越浓，终于昏睡了过去。大夫在闵安额头上垫了一条清凉的手巾，擦去闵安脸上的汗珠，将她翻过身，细心闻了闻她后背伤口的草药味，料无大碍，才克制住自己的双手，没有立即解开闵安的罩衫衣袍，去检查她的背伤。

补好闵安的牙齿后，大夫唤来五梅，将闵安抬到厢房里，给她盖上了一床薄被，并在床边放置了一个九瓣莲花小香炉。

香炉里并未点上香球，但在清风吹拂下，依然送来一丝淡淡的青梅香。

闵安枕着一丝悠远青梅香，安然睡了一个下午。

闵安一觉醒来，已是日暮时分。五梅将莲花小香炉递给她，说是大夫赠送的见面礼。闵安见这小香炉是个古物，价值不菲，疑惑道："无功不受禄，这么名贵的东西，我可消受不起。"五梅却将香炉球塞进闵安手里，扯着她走出了宅院。

闵安回头看，暮色里的宅院寂静得像是遗世独立的隐士，孤零零站在巷尾，显得雅致淡远。她想回去向大夫当面道谢，五梅却说："不急在这一时半会儿，以后你还能见到他。"闵安无奈，只得随着五梅离去。

路过街市时，五梅买了一个凉果瓜篮和一包蜜饯糕点。闵安站在一旁问："老板娘刚说凉果制作不易，要收你二两银子。你出手如此阔绰，难道是拎回去送给姑娘吗？"

五梅只莫测高深地笑了笑，并不答话。他早就摸清了萧宝儿的喜好，几乎天天来街上给她买这种手艺独到的凉果瓜篮，可谓下了血本。他如此费力地讨好萧宝儿，自然也想获取萧宝儿的芳心，只是还没有十足把握时，并不想声张出来。

闵安性子随意，每次去见萧宝儿，总是空手来回，此时看五梅不答话，她也没有多想。正朝着萧宝儿所住的客栈走时，五梅却拦住了她，说是天色已暗，软语劝了一番，将她支走。

告别五梅后，闵安挑着一柄纸灯笼朝回走，被等在路旁的一个熟悉身影拦住了，她抬头一看，顿时愣住了，"大人怎会在这里？"

原来来人是毕斯，神色颇有些惶急，当下拉住闵安的手，将她带到一个僻静地方，一边苦笑，一边细细说了原因。

几天前，清泉县衙囚犯叛乱，合伙逃向黄石郡外那条路，被世子府亲信军队所绞杀。李培南随后提点毕斯到行馆，声称毕斯与囚犯勾结，将一众囚犯死在黄石郡辖地作为证据。这个指控虽然勉强之极，但毕斯如何敢与世子抗辩。毕斯琢磨再三，只有磕头求饶，李培南话锋一转，要毕斯转做证人、揭发楚州上下官员行贪一事。

毕斯无奈勉强应允，依令写出一些证词，言辞里仍有保留。李培南考虑到逼急则反的道理，放毕斯先行离去，让他好生自省。退出行馆后，毕斯思前想后，彭马党派根基雄厚，又兼经营多年，枝繁叶茂，而世子的背后是摄政王，双方都不是自己这个芝麻官能得罪得起的。他踌躇难决，想起自己最得力的帮手，就等在离行馆不远的路边，以期向闵安求救。

闵安听后，温言软语劝着毕斯投靠到世子阵营中，要他先回驿馆歇息，自己提着灯笼走向了行馆主楼。厉群帮她通传了一遍，得到的回复却是不见。闵安想了想，说道："麻烦厉大哥告诉世子，我上次送将军斗赌，无奈下了几剂麻药，不料将军依赖上了这种药效，性子变得极不安分，易攻击人。为了抑制将军的药瘾，我被迫将它送到了师父那里去了。"

不多久，李培南就走了出来。他刚沐浴净身，听见将军又有异常，才勉强出来接见闵安。这几日闵安不听他的管教，多次向非衣寻求庇护，惹得他不快，即使他将非衣支开，闵安却还是逃过了搏击训练，外出游玩一日，他已隐隐生怒。

闵安却不知道李培南的想法，看他冷着一张脸，还以为是为了白鹘将军，连忙跪在地上说道："我知道世子极为爱惜将军，也知道将军这类的白鹘巨价难求，即使要我抵上一条小命，都换不来将军的一根羽毛。但，如今错已铸成，所幸将军也无大碍，世子若是再责罚我时，可否轻些下手？"

说完后，闵安用手紧紧揪着衣襟下摆，抬头看着李培南，轻蹙眉头，神情极是可怜。李培南不动声色地看了闵安一刻，才冷淡开口："既然你来讨罚，我就成全你。"他站起身来，回头就要吩咐门口侍立的侍卫，闵安两三下膝移过去，抓住了他的长袍衣摆，急声道："世子打算怎样惩罚我？"

"依照规矩来。"

世子府的规矩不外乎鞭笞和断手折骨，前番闵安领教过十记军鞭的厉害，又曾目睹过照顾将军的狸奴因失了职责，自折左手的往事，心里一直为此惶悚。现在，她听到李培南冷冰冰地回了一句，早就吓得脸色大白，仰头说道："公子饶命呐，公子。我背上的伤还没有好，挨不得新一轮的鞭子，不如公子让我戴罪立功吧。"

闵安向来以"世子"来称呼李培南，眼下叫一声"公子"，实在是她心里怕得紧，指望李培南生出一点主家人的亲切感，不要将她当成一个低贱奴仆来责罚。她看见李培南脸色依然冷淡，猜不透李培南在想什么，只管抓住他的衣袍下摆，可怜兮兮地求着。

李培南嘴角微动，一丝笑容转瞬即逝。他始终不说话，闵安求得更厉害了，后来索性一把抱住了他的大腿，将鬓角搁在清润的锦缎衣面上磨蹭，口中不停道:"我戴罪立功还不成吗？公子要毕大人举证贪赃案，我去帮公子彻底说服毕大人，保准他不会生出二心。公子要是还不高兴，我将心头肉割舍给公子，送公子一只猴儿。那只猴儿通人性，会逗公子开心，保准公子喜欢。"

闵安低着头哀求，死死抱着大腿又不撒手，李培南算是第三次遭遇到了这样的对待，心里早知如何应对。他被闵安拖得动不了身，索性坐了下来，推推闵安的额头，"起来说话。"

"我不敢起身，除非公子答应我。"闵安甚至就势弯了腰，趴跪在李培南膝上，将头扭到另一侧，也不在乎主家公子是否看得见她那视死如归的模样。

李培南冷了声音，"想求我饶过你一次，就给我好好跪着说话。"

闵安暗地里咬了咬下唇，心想软语哀求既然不奏效，难道是要在世子爷面前表现得有骨气些？她上次挨罚时，可是很讲骨气的，结果背伤痛到现在还不见好，牙齿也崩掉了一颗……想到这里，闵安万般不情愿地挪动膝盖，退了一步，还恭恭敬敬给李培南磕了个头，低声道:"我错了，公子千万别生气。"

李培南淡淡道:"我不生气，你的伎俩我早就领教了。"

话音戛然而止，闵安没听出个所以然来，不禁抬头看着李培南。

李培南看着闵安的眼睛，"先认错再揪衣服最后抱大腿，赶都赶不走。若是还不奏效，就会用一副如簧巧舌游说我，找出些东西来行贿，加上种种未必的许诺。"

淡淡的几句话直说得闵安汗颜。她猜测着，世子爷不生气的理由就是这些吧？似乎把她看穿了，那现在该怎样应对？

闵安应对不了，惶急之下又扑跪过去，抓住了李培南的锦袍下摆，金线云绣捏在她手里，不一会就团出了几道皱褶。李培南低眼一看，眉尖抖了一下，使得他的声音也是冷冷的:"又要再来一遍吗？"说着他就将手压在闵安瘦削的肩上，加重了几分力。

闵安吃痛，连忙撒手，只觉左肩仿佛被一个铁轮碾过，火辣辣的疼。她忍着痛，不敢造次了，彻底相信世子爷是看穿了她，以后若是自己再伸手去揪衣服求饶之类，世子爷铁定是要捏碎她肩胛骨的。

闵安不得不承认，世子爷这种手法很厉害，简直取得了立竿见影的效果。反观自己呢，说了大半刻钟都不起作用，甚至逼得她使出了不顾颜面的哀求方法。最后，闵安耷拉个头，叹口气说道:"算了，终究是我的错，理应受罚，公子说吧，想怎样惩治我。"

李培南看到闵安垂头丧气的模样，问道："放弃了？"

闵安摇摇头，"在世子爷面前，既然百般哀求都无效，不如坦然些接受。"心底却在想，反正颜面是掉光了，也不在乎他罚轻罚重了。

李培南并未答话，只是看着闵安的神色。

闵安心知依照规矩必须经受鞭笞，但她不想被李培南看轻，尤其不能让李培南亲手来鞭打她，因此这次也提前说道："公子唤人进来执行鞭刑吧。"

李培南却回道："这一顿鞭子暂且记着。"他顿了顿，查看闵安的反应，却看到闵安依然直挺挺地跪着，脸上殊无惊喜之色，抬头问："不罚鞭子，那罚什么？"她由原先的紧张哀求发展到现在的逆来顺受，心底已是历经百转千回。李培南只能看见她的神色，却觉察不到她的细小心思，不知为何，见她落寞，李培南也就失去了继续摆布她的心思，直接发狠说道："跪一宿。"

闵安没说什么，垂下眼睛，挺直腰跪着。

李培南径直离去。回到寝居之后，他脱去外袍准备休息，厉群在外面敲了敲门，小声道："小相公头痛背伤都未见好，挨不住一夜的，公子还是饶过他这次吧。"

李培南冷冷回道："你是不是也受了贿赂？"

厉群听到冷到底的嗓音丢出门来，在门外片刻也不敢停留，对着寝居里的灯影拱手行了个礼，一声不吭地下了楼。

月淡星稀，万籁俱寂。

李培南平躺在大床上了无睡意，这种状况是以前不曾有的。他起身点燃一粒安神香球，在清淡悠远的气味中闭上了眼睛。睡了一刻，他还是翻身坐起，定了定心神，来不及披上外袍就走向了书房。

书房里的闵安仍在苦熬。她已经跪了大半个时辰，膝盖骨发痛，头也是昏昏沉沉的，可意识偏生很清醒。下午在牙医大夫那里睡了个饱觉，晚上的时间就难以打发了。

帏帘旁的宫灯散下一片柔辉，雕花窗外渗进一点模糊的月光，除此外，满地都是清凉。闵安苦着一张脸，低头去找自己的影子，微微侧过脸来，让门外的李培南看到了她咬住的唇。

那是一副委屈到极点的模样。

李培南站在门前顿住脚步，对两旁值守的侍卫低声说："都撤了。"侍卫行礼安静退下，李培南转过身看着栏杆外的月色，逐渐平息了紊乱的心绪，始终不再回头看上一眼，背手从容离去。

闵安兀自低头找影子打发时间，没有发现门外的动静。她百无聊赖地跪了一阵，膝盖发痛，心底不免生出几分怨恨来。世子府的绢衣雪袍还穿在身，表明了她的吏生身份，最不济也要像以前跟着那三任东家一样，在人前博得一句"小相公"的称呼。可是如今倒好，她多次被世子爷责罚，地位与奴仆无异，从罚跪、养家禽、遛她最害怕的豹子到外出公干、回来领鞭笞刑法，诸多的处罚手段被她一一领教了个遍，偏生还得不到世子爷的青睐与首肯。

"他太严苛了，待我又不好……"闵安嘀咕着给自己鼓气，"可我选了就不能后悔，谁叫他现在是我的主人家呢。罢了，以后想少挨点罚，还是少往他跟前凑吧……"她歪着头，又想，以前的东家是不曾这样严格地待她的，即使她的性子有时没把持住，闹出一些笑话，东家们也只是口头斥责几句，回头照样找她商量事务，客客气气唤着"给小相公看茶"。

如此看来，还是以前的日子舒坦些，现在的这个东家，简直是个大恶人……

如此胡思乱想了许久，闵安回头去看门外，不见一点人影，这才发现侍卫已经撤走了。闵安忍不住侧坐在地，揉了揉膝盖。书房里死寂，只有一些清冷的光华陪着她度过漫漫长夜。她掏出牙医所赠送的莲花小香炉球，用指尖拨了拨花瓣叶子，转出来一点淡淡的青梅香。她凑过去闻，觉得心旷神怡，又忍不住将香炉球放在面前的椅子上，自己趴睡在另一侧，转头去细致地瞅着。

天刚刚破晓，李培南走进书房时，就看到了闵安歪头趴在椅子里，身子侧跪在地的模样。

他不知道，是丁缓制作的九瓣莲花香炉球陪了闵安一夜；他也不知道，在孤单夜色里，百无聊赖的闵安曾细细比对过她的四任东家，最后得出世子爷最严厉最不好相与的结论，使得闵安认为，她本人在李培南面前没有任何地位，甚至是说不上一句话的。

李培南看着闵安的背影，头也不回地对厉群说道："将她唤醒，给些差事去办。"说完他再次离去，询问哨铺是否掌握到毕斯的动静。

梳洗完毕后的闵安带着李培南的任务出了行馆，前去游说毕斯，希求拿到他的有力证词。闵安找到毕斯常常下榻的外宅，却不见人影，将消息回传给李培南后，李培南道："找不到人，今晚还要罚跪。"

闵安的眼底还浮着一圈青印子，精神气头倒还是足的。她踌躇一下，硬着头皮答道："毕大人时常去白匾楼逗留——那地方我也要去吗？"

白匾楼就是南风馆，聚集着一批姿容清秀的小倌，为掩人耳目，只在他们居住的楼坊前挂着一块空白的牌匾，这种约定俗成的规矩李培南还是有所耳闻的。他看着闵安恭顺垂着眼捉摸不定的模样，立刻说道："不准去那些地方，离花街柳巷远些，被我发现多走了一步，打断你两条腿。"

闵安一怔，抬头说："那毕大人的下落——"

"我自会派人去搜检。"

闵安兜头行了个礼，就要躬身退出书房，门口候着的侍卫见她禀报完了事务，低声说："小相公，萧家小姐又派人送来了书信。"随即将一扎花香素笺递上。

闵安欣喜异常，拿着素笺站在门外就读了起来。李培南背手走出书房，侍卫连忙行礼，背对着他的闵安却没有注意到。李培南被阻挡了路，无意朝闵安看了一眼，发现她脸上带着笑，极高兴的样子，心念一动，就说道："萧宝儿又想约你出去？"

依照李培南的眼力，自然可以看得出这素笺带花香是出自何人之手。

闵安清醒过来，将素笺收进怀里，小声道："可否向公子告假？"

李培南不答反问："因何事而告假？"

"我想回黄石郡的萧家庄一趟，向萧老爷提亲，娶宝儿为妻。"

门口半晌没了声音，低着头的闵安寻思，难道我的话又出了什么纰漏吗？她偷偷抬眼一看，却看到李培南侧对着她，看向廊道外，嘴唇抿得极紧，使得半张脸容的轮廓冷峻了起来。

闵安暗自惊异，不见答复，只好又垂手侍立一旁，低眼看着门槛。她想着，不管世子爷听见这消息乐不乐意，总之以后不往他跟前凑就成了。

背手而立的李培南将袖中钳住的手掌松开，沉声道："大事当前，怎能为这点儿女私情告假？你速去找出毕斯，以后不准再提议亲之事！"说完他便走下楼，写一封密函，将它交给心腹侍从，让他外出一趟送给萧老爷。

萧老爷阅毕，火速传信给萧宝儿，催促她继续赶路，早些去昌平府探望姐姐。萧宝儿本也有心赶路，见爹爹传来的飞信，不疑有他，欢蹦乱跳地跑到行馆门口，要侍卫通传给闵安，来向她告别。

当然，她始终也记得要亲自抱一抱闵安，以此来检验她是否真的是个男儿身。可是她的愿望始终没有实现，因为在行馆大门处，侍卫回道："公子有令，闲杂人等不得入内。"一句话就将她阻隔在外，让她无法扑到闵安怀里去，像往常那样嬉闹一番。

萧宝儿咬着指甲先怔怔站了一刻，唤家仆架起一张梯子，爬上了行馆粉墙墙头叫道："闵安！你给我死出来！"

此时已是午后，闵安刚从厉群那里收到消息，说是白匾楼里也未搜检到毕斯，正在敲着额头苦思冥想。听到萧宝儿叫唤，她立刻走到大院里，仰脸冲她笑道："怎么了？"

萧宝儿站在梯上趴在墙头也冲她甜甜一笑，来不及说上两句原委，就掏出一块凉果瓜啃着，含糊道："我想问问你，你真的是个男儿吗？"

闵安向来随着萧宝儿的心意行事，此刻见她趴墙头，也不觉怪异。她在袖中摸了摸，没摸到什么贵重东西，索性将李培南随手奖赏给她的锦缎香囊隔墙抛了过去，说道："这是哥哥给你的定情礼，可要拿好了。据说它出自调香大师之手，气味芬芳，能祛除蚊虫鼠蚁，保百毒不侵。"

紫缎香囊划过一个弧，稳稳落在萧宝儿手里。萧宝儿拈着香囊闻了闻，咦了一声："二公子身上好像也有一个……"

闵安打消萧宝儿疑虑，"这是世子赏赐下来的，自然就成了我的东西。我现在送给你，你也变成了我的。"

萧宝儿抬头甜甜一笑，没说什么，继续啃着凉果瓜干。闵安问她为什么不进来，她才记起了缘由，唧唧咕咕说上一气。差不多解释完前后发生的事，她猛然看见一身玄衣的李培南走出底楼木门，连忙吐了吐舌头，一溜烟顺着梯子爬下，打马跑离了行馆。

闵安回头一看，也想找地方躲避，刚溜向大理石影壁那边，远远地就听见李培南问："我是怎样说的？"

闵安听得懂言下之意，不待李培南下令，她就低眉顺目地迎上去，小声说："想必我又犯了戒，只求公子罚轻些。"

李培南不置可否，"随我来。"

闵安小心与李培南保持几尺距离，不至于抬脚走动时将扬起的灰尘蹭到他的锦袍衣摆上。才走了几步，她瞅到石屋一角露了出来，哭丧着脸道："公子饶了我吧，豹子实在是太凶狠了，我不敢再拉着它出门遛圈儿。"

李培南在石屋前站定，抿嘴吹了一声，花纹豹从打开的铁门后扑出，低吼着掠了过来。闵安两步蹿到李培南身后，右手本想揪住李培南的锦袍衣带，想起昨晚的教训，连忙把手放下了。她露出半个头来问："它吃饱了吧？颈上链子拴好了吗？"

李培南弯腰拍拍豹子耳朵，豹子随即蹲坐了下来，眼露凶光看着闵安。闵安连忙将脸收回到李培南身后，斗胆戳了戳李培南的腰，"公子，公子，您倒是说句话呀。"

李培南一时半刻不回答，闵安好奇不过，从李培南肩上探出头，伸颈朝他脸上瞧了瞧。还好，世子爷的脸色算是柔和的，不似往日那般清冷。闵安见豹子就在跟前仇恨地看着自己，自然不会轻易离开李培南身边，李培南也有意要多留闵安一刻，过后才发落道："以后做错事，我也不打你，直接将你丢进石屋里，听明白了吗？"

"明白的，明白的。"闵安连忙点头，伸出一只手，朝蹲坐的豹子挥了挥，示意它赶紧走。

背对她的李培南不动声色笑了笑，召唤豹子走过来，将铁链交付到闵安手上，淡淡说道："外出查访毕斯多有不便，带上它，想必能护你周全，天黑回来也能给你壮胆。"

闵安拼命甩着手，无奈腕部被李培南拿在手里，他的手像是铁栓似的，让她甩不脱掌控。她徒劳地捣鼓了一刻，最后放弃了挣扎，抬头说道："我早些回还不成吗，干吗要带着一只凶兽出没，被猎人当街作怪物打了怎么办。"

"还有呢？"李培南突然问了一句，放开了闵安的手腕。

闵安绞尽脑汁想着"还有"是个什么意思，在脑子里极快转过几个念头后，试着说："除了早归，还要向公子请安？"

李培南松手溜了一截铁链，豹子觉察有些松动，转头就朝闵安脚下扑去。闵安低呼一声，猛退几步叫道："那就是听从公子的一切指派！"

"比如说？"

闵安抓头乱叫："尊崇将军为大爷，供奉豹子为祖宗！早晚各烧一炷高香，愿它们吃好睡好长命百岁！"

李培南转过身来，脸色冷淡了不少，闵安立刻知道自己又说错了话，摆手道："我记起来了，应该是公子上午训责的那句，不谈儿女私情！"

李培南放开铁链背手而立，豹子探爪扑向闵安，李培南稍稍抬脚，踩住了链尾，使得豹子够不到闵安，只能气呼呼地在他身前刨土。

闵安紧紧盯着李培南长及地的锦袍下摆，打算衣摆稍有一点动荡，她就转头飞奔逃离。好在李培南站立的姿势很稳当，脚底也没有打滑，仅是气定神闲地看着她，似乎在等她下面的话。

闵安只恨不能多生一个脑袋出来想清楚世子爷到底要她做什么，或者说要她表示什么……她擦去额上的汗，紧巴巴地说："还有什么是我想漏了的，公子给提醒下？"

"退亲，要回香囊。"李培南言简意赅。

闵安低头讷讷道："可是我很喜欢宝儿，觉得她做我娘子，应该是一桩美事。"

李培南冷冷道："我看你也喜欢我这楼里的小丫鬟，难道也要一并娶了回去？"

"没那么多彩礼钱。"闵安惆怅抬头，对上李培南发黑发冷的眼睛，叹出来的半口气又缩了回去，"公子教训得对，是我这个榆木疙瘩脑袋不开窍，没想通大事当前，讲不得半点儿女私情的道理。"

"以后知道怎样做了？"

闵安在威压的目光中沉沉低头："不能提亲，不能动私心。"

"错了。"

闵安依然耷拉着头，"错了吗？那公子说什么就是什么吧。"

"是不能娶妻。"

闵安的脑子混沌得厉害，根本猜不透这个结论是怎样来的，似乎又与世子爷上午讲的教训相违背了。她嘀咕道："只要宝儿反悔嫁给我，我就不娶她，总之我不能先伤她的心。"

李培南耐着脾气指点道："将你的'定情物'要回来，她自然会伤心不过，不答应嫁你。"

闵安低头踌躇不答话，心里却暗暗想到，那千万不能将香囊要回来了，娶不到宝儿事小，伤了她的心就万死难逃其咎。

李培南看到闵安又像一截木头桩子似的站在那里，不说话不应声，索性抬脚松开了踩住的链子。豹子猛然冲脱阻力，低吼一声，猛地扑向前。闵安一听到吼声，立刻就清醒过来，转身跑向后，脚底快得简直像抹了一层油。她跑了大半圈，觉察到快不过豹子的扑击，便引它绕着树跑了一圈，又折身冲向了李培南这方。

李培南站着不动。

惊恐之极的闵安一头扎进李培南怀里,将晚上受罚时下定的"不凑到世子爷跟前"的决心抛到脑后,拉住他的衣袍说道:"死也要和公子死在一起,有本事别拦着!"

李培南或许平时能预见很多事,提前布置,掐断一切可能的苗头。此时,他的确不加阻拦闵安希求的事情,依然双手负在身后,任由她撞进怀里颤抖,不说一句话。

豹子怎会不识主人,围着李培南脚边转了一圈,自发走回石屋睡下。李培南沉声道:"记住今天说的话。"见闵安没反应,伸手抵住她的额头,一下将她推开。

闵安刚从惊吓中回过神,哪里还记得今天说过什么话,又是哪一句让李培南惦记上了。她抬头看见李培南已远去,抖抖索索摸到树下坐下,两脚仍在轻颤个不停。

"的确是个大恶人,整天只会吓我……"闵安恨恨想上一阵,拾起一根树枝,在地面勾出李培南的脸。她左右看看无人,拿着削尖的树枝朝着那张脸刺了几下,才把心底的怨气完全抒散掉。

闵安打着寻找毕斯的名义才能走出行馆,身后还得跟着厉群。厉群生得英武不凡,穿箭袖长袍,腰悬宝剑,抄手向客栈门口一站,就引得过路行人纷纷侧目打量。

客栈石坛中院里,吴仁替将军上好药,正抖着手臂训练它的扑翅动作。一旁的花翠紧紧扯着玉米的小马褂,生怕它一下子按捺不住,又要冲上去与将军厮打。

花翠接到闵安的口信,想带玉米来一趟清泉县城,毕斯却不准告假。耽搁了三天后,毕斯竟然也未返回黄石郡衙,花翠没了顾虑,干脆收拾包袱赶到了吴仁这里,向吴仁打听闵安的近况。

吴仁翻着白眼说:"怎么好得了?三天两头挨世子罚,轻则跪重则打,这不背上吃了一顿鞭子还痛着,外出公干一趟,脑壳后又撞出一个洞来!本来就是个呆子,停了药,再撞一下,不晓得又要花我多长工夫去跟她讲清楚,病耽搁不得,要时刻保持脑子的清醒,哪些事情可以做,哪些事情做不得。比如说宝儿那桩……"

吴仁心底存了怨气,趁着花翠打听的这个当口,痛痛快快发作了出来,从李培南说到了萧宝儿身上。花翠知道老爹的脾气,像是雷雨天的暴风一样,刮过去就算了,没有后继的危险,因此站在一边不作声不做气地好好听着。听到后来,她已经明白了世子李培南对待闵安的态度，是管教多于提携，且从未手软过一次，不由得也愤恨了起来。

花翠带着愤恨之心走到行馆门外，叉腰看着两旁站立的威武侍卫，本想随便叫出一人理论，架势才刚摆足，两排侍卫就抽出雪亮军刀，齐刷刷的一响，硬是将她吓退了回去，连句口讯都没捎上。

这之后，花翠便住在客栈里，和吴仁一起等闵安过来。

第三天，闵安以寻找毕斯为借口外出，才能得空来探望师父，看到花翠和玉米也在，她喜出望外地跑上前去与他们嬉闹了一番，举止十分亲昵。厉群咳了一下，将抬进去的脚又收了回来，然后站到门外去等。

装扮得极为娇俏的花翠回头看了一眼，撇嘴道："安子干吗带个山大头来？"山大头是楚州方言，形容武夫长得魁梧，出事却无半点作用的意思。

闵安摆摆手，"总比带着一个豹子强，要不我还出不了门。"

花翠扯着闵安的耳朵靠过来，"喜欢他跟着吗？"

"不喜欢。"

"那我们想个办法支开他。"

花翠眼里的山大头厉群却是定力如山，无论花翠扯着闵安的袖子钻去哪里，他总能不紧不慢地跟在旁边。最后花翠咬牙使出了杀手锏，带着闵安去了一趟布店，要老板家的绣娘赶制两个肚兜，还拎着那块遮羞布在厉群眼前晃，说道："将军认为这种花色怎样？"

厉群扣手施了个礼，不说一句话就站到了门外。花翠趁机扯住闵安穿过中堂走后院小门，将厉群甩开。

闵安背着小竹筐走得踉踉跄跄，担心正在筐里睡觉的玉米受到颠簸，连忙伸手拉住了花翠，反客为主，将她带往不远处的长街。她边走边问："那芙蓉肚兜，你怎么做成大号、中号不一样的尺码？"

花翠抿嘴一笑："中号那件是给你用的。"

闵安愠怒："我怎会用得上？"

花翠依然笑："你那白面馒头再不放开，就真的长成俩鸡蛋了。"

闵安皱眉撇过头，不去看花翠，以抿起的唇来表示她的不悦。花翠当然懂得闵安，知她坚持认为自己是个男人的想法，但她受吴仁老爹所托，要细细引导闵安想通其中的道理，因此她一把扯住闵安的手腕，站在弯弯曲曲的青石巷里说："这多年来我一直随着你的心意做事，帮你穿衣打扮，将你当成一个儿郎对待。可你的想法越来越糊涂，竟然要娶宝儿为妻，娶宝儿本也不是大事，可你们假凤虚凰地过在一起，生不出娃娃来怎么办？你还说要给闵家翻案，延续闵家的香火，让子孙后代能抬头做人，在学堂孔孟夫子像前发下了毒誓，不重振闵家声誉就不回去。别的不说，单说'不孝有三，无后为大'那一句，就让你在夫子面前抬不起头来了。"

闵安听完花翠这一席话，将身子斜倚在石巷墙壁上，一点一点撞击着额头，心思十分纷乱。花翠知她甚深，伴她多年，与她情同姐妹，由她来说出这番劝阻的话也是最有效的。

闵安想了一刻才回道："宝儿喜欢我，我也喜欢她，更何况是我先提出要娶她的话，再去反悔就对不住她了。"

花翠扑哧一笑："我看你皱着眉半天不说话，还以为你在考虑什么紧要处，让你为难了，原来是这个地方。宝儿那边，我去帮你说，保准哄得她开心，不会转过头来怪你。"

闵安仍在犹疑。花翠收了笑脸，用纤指点上她的额头，戳来戳去："还想不通吗？那我来问你，你也喜欢我的对吧，有没有生出心思要将我娶回家里？"闵安摇头，花翠就问为什么，她想了想如实回答说："我能天天见到你，即使分开，也知道今后会在一起。"

花翠叹口气道："真是个傻孩子，喜欢一个人，喜欢一个东西，就要捡到自己身边来紧紧护着，跟玉米、阿花一样的死脑筋。你找到一个好男人嫁了，生了娃娃，再搬到宝儿家旁边住着，不也是天天能见到她吗？"

闵安听后眼前一亮，嘴角扬起了笑容。花翠一看她那呆模样，就知道话已奏效，长舒一口气。闵安欣喜地拉着花翠的手，继续朝巷子外的长街走去，还突发奇想地问："能不能不嫁人就生娃娃啊？"

花翠脚步一顿，"你平时溜到花街上去喝冻子酥奶酒，总听过那些小娘子说的事情，难不成这点也要我来教？"

闵安脸红地抓抓额头，"听是听过，可没亲眼见过，总觉得很诡异，因为小娘子们老说，她们晚上可受罪了……既然陪客人喝花酒要那样受罪，为什么她们还要争着抛帕子引客人来呢？"

花翠端不住架子咳嗽了一声，"这个问题，以后叫你相公告诉你。"

闵安嘀咕着朝前走，"我不就是小相公吗，还要找另一个相公……"

花翠一把拉住闵安的手细细叮嘱："乱七八糟的不要想，就听姐姐一句劝，找个聪明的脑子正常的男人嫁了，后面娃娃才不会像你，顶着个破脑袋跑出来祸害人。"

巷子又深又长，待闵安走出来时，已成功被花翠说服。她解开了心里的疙瘩，知道不能娶萧宝儿，也知道必须嫁给一个聪明人的重要性，至于她想继续装扮成男儿模样，花翠也没有多加劝阻，毕竟跻身官场求得进仕路，男子身份还是方便一些。至于真正的身份，总会有昭然的一天，那就到那天再说吧。

闵安想起往事，跟花翠交代，她曾定过一门衣胞亲。花翠听后新奇不已，揪着闵安要她细细交代出所有事，闵安捡着朱家的案子说了说，要花翠不能透露出去，并解释说，她也不知道朱家的情况，因为亲事是听爷爷及父亲说的，她自小与朱家无交往，直到上县学就读才遇见朱沐嗣。

花翠两眼放光："朱沐嗣长得好看吗？"

"是个胖子。"

"那他读书聪明吗？"

闵安不得不点头："夫子一直对他赞赏有加，称他是华朝第二个顶尖才子，无人可以比拟。"

花翠怔了怔："那第一个是谁？"

"朱沐嗣的爹爹朱佑成大人，唯一一个考中了'书判拔萃科'的进士。"

花翠啧啧嘴："爹爹是做官的出身，应该攒了不少人脉，小胖子未婚夫读书又聪明，仕途前景一片亨通。你去查一查，如果未婚夫没有参与爹爹的破案子，不如拐来嫁了吧，就当是拯救他出了火坑嘛！"

闵安的脑子虽然时常糊涂，不大懂得她为男为女有什么要紧的分别，但是有关公务事，她还是有主张的。朱家的案子牵扯到彭马党，人脉关系错综复杂，有没有拉朱沐嗣入伙，确实很难预料。最关键之处在于，世子正在查办这批人，手段雷厉风行，她是属于世子阵营中的卒子，稍稍行差踏错一步，其后果不堪设想。

闵安想起那日在书房里，李培南当面抓起她的头发，将她提到跟前说的那句话：不管你是男是女，不能坏我的事。那双冰冷至极的眼睛，充满了生杀予夺的意味，至今还浮现在她脑子里。

闵安背着竹筐不禁打了个冷战，玉米悠悠转醒，抓着她的帽子吱吱叫。闵安伸手按住玉米，对花翠说："这条街里有一家食铺子挺有名，做出的凉果瓜篮口味独特，姑娘们都爱吃，我买来给你尝尝。"说着就带着花翠走进昨天五梅光顾过的店铺。

花翠听后很高兴，腰身笑得一阵轻颤。"哟，要一向穷到底的安子掏银子出来买东西，可是稀奇事啊。有这份心，姐姐就知足了，不劳你破费了。"

闵安脸红道："我的银子都被老爹搜去了，要不，我买给你的东西会更多。"她伸手摸进腰包，将五两赏金里的碎银子捏得紧紧的，才带着壮士断腕的决心交给了老板娘。

老板娘却不收，只摆手道："忙着呢，今天的瓜篮要涨价了，你这点银子先放放。"她径直走向堂屋中央，细心去查看什么。闵安这才发现，那边的八仙桌旁还坐着一个年轻人，穿着青纱袍雪白底衣，头顶气窗渗落一丝阳光，撒在他身上，让他看起来像是一株温润的玉芝树，就这样沐浴着华彩，静静地生长在一角古朴的天地里。

年轻人拿着一把小刀雕刻果身，老板娘背对着门口站着，看得入神，根本不理会上门的客人。

花翠见不得这样的待客之道，冷笑一下，准备发作，闵安一把扯住她说道："别嚷嚷，自我们进门起，说话的声音就大了些，是我们先失礼，再吵下去，会耽搁那边的公子刻花纹。"

闵安走向八仙桌，借着天窗的光亮，将年轻人打量得很清楚。她最先注意到年轻人长了一双干净的手，指节修长，握住小刀的动作很轻柔，像是在打磨一方胎玉。嫩黄的葡萄柚在他手里徐徐挪动，刀尖轻移，外皮已经落下几枚兰花草叶纹路。青纱袖口随着他的动作轻颤，腕上的肤色宛如砚玉。

闵安抬头去看，被一双柔亮的眼睛所吸引，里面似乎藏着一股清泉，目光流动，煜煜生辉。他专注着手中的活计，犹如空谷梦蝶，宇宙万物均不在意。闵安暗暗纳罕，浑然忘俗。

闵安站在一旁，安静等待年轻人做完手边的活儿。

年轻人雕完花纹，将葡萄柚剖开，用小刀轻轻挑了些陈皮、山楂、蜜橘果酱，涂抹在果肉上，然后交付给老板娘。他细细说道："先晾干果肉，再垫上一层蜂蜜、麦芽糖皮，刷上果酱，如此三次后便能塞入干果花末，封住顶口做成一颗花盏。将花盏拾出，与其他的甘草茯苓糕搭配，盛放在香橼瓜中，即可完成健胃脆口的凉果瓜篮。"

老板娘高兴地接过瓜果，连声道谢，称赞年轻人手艺奇绝，从钱罐中取出一锭大银子交过去。年轻人却不接，用扇子隔开了老板娘的手，微笑道："老板可将我这雕花果皮倒个模子出来，方便以后夹取。酬金就免了，老板若有心偿我，可送一个凉果瓜篮给这位小相公吧。"

擅长烹菜的花翠一听别人有奇门手艺，心痒不过，凑过去瞧了瞧。一闻到葡萄柚里的清甜味道，她就撇了下嘴说道："果真不错。"

闵安还站在原地怔怔地问："我与公子素昧平生，何敢接受馈赠？"

年轻人抬手向老板娘施礼，以示告辞，再向闵安微微一笑，"我总听五梅谈及你。"

闵安仔细看着年轻人温润的眉眼，皱眉想了一会儿，不得要领。年轻人忽而抬袖遮住口鼻，并不说话，只露出一双笑得和善的眼睛。闵安猛然醒悟了过来："你就是那天补牙的大夫！"

年轻人躬身施礼，道："正是在下，不敢忝辱'大夫'二字，小相公可唤在下的表字玄序。"

闵安喃喃道："玄序……玄序……难道公子也是冬天出生的吗？"就如同她的小字玄英一样，带着寒冬的气息。

年轻人玄序微笑点头。老板娘站在一旁，耐心等着他们寒暄完，才将凉果瓜篮交到闵安手上。闵安推辞："已经无功受公子厚赠，难以还报，这次不能再贪拿东西了。"说什么也不接瓜篮。背后的玉米急得真叫，翻过闵安的肩，顺溜地滑到篮子里，伸舌舔了舔它最喜爱的麦芽糖皮，任闵安呵斥也不走。

老板娘笑道："这小猴子多伶俐，不如送给它吧。"闵安只好收下果篮。待老板娘讨得座上宾的欢心，就转头索要甘草茯苓糕的配方，玄序却提出条件，若是日后闵安再来铺子，老板娘就要奉送果篮，不得收取任何钱银，以一旬两次为例。老板娘为求得独门秘方，何况一旬两个果篮所费无多，自然满口答应。

玉米趴在果篮里舔舔麦芽糖皮，再抓起脆瓜啃咬，吃得十分带劲。玄序与老板娘说话时，总会温和地微笑着，手上却拈出一块谷芽糖递给了玉米，玉米尝到熟悉的味道，将瓜果丢在一边，伸舌舔食干净。它抬头眼巴巴地看着玄序，玄序仍在持礼寒暄，没有低头看下来，却能通晓它的心思，手腕在袖子里动了动，用指尖夹着一袋炒熟了的糖衣玉米粒，放在它举起的手掌里。

玉米不客气地抓过来大快朵颐。

花翠看着堂屋里的一切，将闵安拉到一边嘀咕："他为什么要待你这样好？非亲非故的，赶紧给我仔细想想！"

闵安摇头，疑惑道："我也不知。话说回来，我还欠他一份回礼呢。"丁缓所制的莲花小香炉球还静静搁在腰包里，渗出一丝隐隐的青梅香气，曾陪她度过寂静的长夜，她感激这份心意，却又无钱银偿报。

闵安心下一动，在袖囊里掏了掏，准备拿出她上次制作的细漆骨折扇回赠过去，却发现不见扇子踪影。她站着想了一刻，仍然记不起是在哪里遗失了扇子。

玄序向偷偷打量个不停的花翠作揖，笑道："还未请教姑娘名姓。"他的笑容朗然如秋月，配着一副温和的眉眼，令人有清涤于泉的感觉。花翠连忙侧身蹲了蹲，回道："翠湖庄花翠，闵安义姐，多谢公子对闵安的照顾。"

玄序微微一笑："我并非有意来照顾小相公，实在是小相公心肠好，多次施以援手救助五梅，五梅心存感激，托我偿报这份恩情。"说罢他再次向闵安拱拱手，从容走向秋阳下，极有君子风范。

花翠收回目光，朝闵安轻轻一叹："又是个了不得的人物。"她想起了那个消失不见的非衣，也是这般聪慧，用简短几句就能打消外人的猜疑心。

闵安低头揪揪玉米的耳朵，低声道："连小崽子都被他收买了，果然和五梅说的一样，他家的公子学识高深，擅长多种手艺，连动物的言语都懂不少。"

此时，闵安已经明白过来，这位温和而独特的公子，一定是五梅满口推崇的人。看他随身带着诸多小食，多是玉米爱吃的，心里又有些疑惑。

玉米望着街外还挪不开眼睛，抓了抓耳朵，吱地叫了一声。花翠笑道："果真带走了小崽子的心。"

清泉县城的格局是东贵、西富、南贫、北尊，玉器宝石、绢丝香料等买卖就集中在西边商肆里。毕斯喜好男风，时常买些精致的玩意儿送给相好的小倌，玉石、香粉店铺就是他经常光顾的地方。

闵安将竹筐里的玉米交给花翠，要她带回客栈，便于她一人利落出行，继续寻找毕斯。花翠却赖着不走，跟在闵安身后走出食铺长街，晃晃悠悠来到西边玉器楼里。

一进古朴大门，迎面一阵沉水香气。堂屋里站着一道青纱袍身影，如挺拔的玉树，顷刻之间牵引住了玉米的注意力。闵安和花翠也觉诧异，竟然在这里又遇到玄序公子。玉米跳出竹筐，跑到他跟前作了个揖，然后托举起右臂来眼巴巴地等着。

玄序轻轻一笑，拿出一块蜜饯搁在玉米手中，玉米放进嘴里啜了啜，回头看见闵安呲牙，怒狠狠地看着它，在原地转个圈后，万般不甘愿地回到竹筐中。

闵安躬身施礼："小崽子嘴馋得紧，叨扰了公子，十分过意不去。"

玄序朝闵安笑了笑："不碍事的。"回头又与玉器老板寒暄。他在指尖拈着一块青玉锦结坠，送到秋阳光中照了照，笑道："这个玉坠儿不错，光泽柔和，手感温润，内质中藏了纹路，可见是天然而成的，做不了假，配这把白绢扇子恰当。"老板回道："一看公子您就是懂玉的行家，给您包起来吧？"

"不急。"玄序微微一笑，"老板先招呼下这位小相公，我怕他站得久了。"

闵安感激地躬躬身，行了个文士礼，将老板拉到一旁，细细询问他这两天是否见到过黄石郡的毕斯老爷。老板与毕斯打过多次交道，自然是认得毕斯的，当即他就斩钉截铁地说，已经有两月不见毕大人的面儿。

闵安尽管能预计到答案，仍难掩失望之意，她走回厅堂中，玄序就放下手中的玉坠，柔和的目光一直追随着闵安，踌躇一下，随后移开。花翠本是扯着玉米，不准它再去讨要零嘴儿吃，因此有一搭没一搭地与玄序说话，见他脸色有异，觉得惊奇，就顺着他的目光瞧了瞧，才明白症结出在闵安那张没神采的脸上。

花翠迎上去问："没找到？"

闵安点头，低声道："再找不到毕大人，我就难得回行馆向公子交差了。"

玄序走过来，将手上的白绢扇面展开，盛托着那块青玉坠子，一并送到闵安眼前，"喜欢吗？"

闵安一愣，道："我若说喜欢，公子难不成又要送我？"

玄序翘起嘴角微微一笑："烦劳小相公帮我系个绳结。"

闵安虽不明就里，但在心底存留着对玄序的好印象，因此也未多推辞，依言在扇骨下绑了一个精致的双结，将碧玉通透的坠子掉在了下面。

玄序笑道："看看，多简单的法子，找对了洞穴就能穿过去。"

闵安细细思索了一下，有些猜不透，就向玄序作了个揖，道："公子似乎意有所指，恕我鲁钝，不能领会精要。若公子不弃，还请再点拨明白。"

玄序微微一笑，并不答，而是转头向老板看了一眼，说道："不知老板是否还记得，在玉石上系上绳结，也是有一番道理的？小相公亲手给我系的这个结，唤作'双梅'，取义为'双梅不独发，归君系天华'，用行话来说，就是小相公系了这样的绳结，玉饰就应该归属于她，以示相识之情。"

老板端着木案准备进茶给出手阔绰的贵客，听他这样一说，本是愣了一下。过后，他看见客人的眼光一直胶着在他脸上，猛然醒悟了过来，连连笑道："瞧我这记性，险些把老祖宗的规矩都忘了。客人说得在理，小相公不接受这玉坠子可不行。"

闵安看看一旁微笑的玄序，从愁思中清醒了神智，嘀咕道："第一次听说这样的规矩，我也真是好运气，走到哪里都能遇见公子的馈赠。"她不接扇子，玄序就将扇面合拢，压了压她的手指，说道："方才提到穿绳结的方法，你不想再听听下文吗？"

闵安拱手道："愿闻其详。"

玄序作揖道："方才与花翠姑娘闲谈，得知小相公要寻回自己的长官。我并非了解那位大人的行事，只是在想，小相公既然找了如此多的地方都不见他踪影，是否是因为他已经躲起来了，有意不见外人的缘故呢？"

闵安心中一动，抬头看着玄序，玄序笑着将白绢扇子连同玉坠子塞进她手里，继续说道："小相公可以反其意而推断，去大人最为厌恶的那些地方找找。"

闵安辞了玄序，与花翠交代了几句，拿着扇子匆匆走出玉器楼，径自向花街而去。白昼里的花街，客人寥寥，多数人家尚未开门迎客。闵安看到有一家门开着，里面传出嬉笑之声，便走进去。

鸨母见有人进来，便迎上来。见闵安穿着绢衣，眉眼生得干净，料她是体面人家出来的读书人，心里暗忖能在她身上捞得几两。闵安不翻牌不叫局，一杯茶未喝完，只问妓馆里是否来了清租客，惹得鸨母冷笑，嚷道："敢情你这雏儿是来探路子的，来人啊，搜好了茶水钱，给我撵出去！"

闵安连忙推开倚在她身上的两位姑娘，将袖中的玉坠子一撸，提出来放到鸨母眼前说道："这个，包下妈妈家的含笑小娘子，应该足够吧？"

含笑原本落户在桃花寨，是茅十三的老相好，被闵安套走了账本之后，觉得风头不好，收拾细软来县城的妓馆投靠。她的艳名不算大，只是那爱听闺风部段子的毛病改不掉，一些恩客将她的趣事儿流散了出去，又被喝茶赌马的五梅听到。五梅昨天拉着闵安闲逛，也是无意一说，向闵安透露了这个消息。

闵安经过玄序的一句话点醒，思前想后，只能找这位与往日案件相牵连的小娘子试试运气了。闵安猜想，毕斯最为厌恶的便是粉阵脂堆，了解他的人都不会去那些地方找他。若是他恰巧听到茅十三的老相好含笑也来到妓馆里，依照他那怕事的性子，十有八九会找到含笑询问账本的下落，再拿着账本作为傍身的筹码。即使找不到账本，躲进女人堆里也不失为一条遮人眼目的方法。

鸨母抓过玉坠子捻了捻，立时变了面皮，堆笑道："小相公的耳目倒是灵得很，知道我们含笑，只可惜呀，含笑昨晚陪着一位客人去了夜市看皮影子戏，到现在也没回来，应了你的局。"

闵安再拐弯抹角地探听，大概猜出那位客人就是毕斯，但后面就探不出任何有用的消息了。她摸出身上唯一的五两赏银，包了和含笑相好的姑娘一个钟点，得到的答复都是一样：含笑从不曾与妈妈立下契据，大概与往常一样，借着外出的机会，又投奔到了新地方。

闵安把身上的银子花光，仍是无功而返。出了花街，她抬头看天，才察觉到乌云密布，东南那半边的县城似乎要下雨。她急步走回玉器楼，老板告诉她，贵客公子和他的朋友早已离开此处，倒是那只猴儿，还蹲在二楼栏杆上。

穿着红马褂的玉米极是显眼，左手拿着干瓜啃，右手抓着蜜饯嚼，闵安问它话时，它都忙得没空应对。见到闵安要上楼来撵，它才吱吱叫着，跑向了商肆外的街道。

闵安顺着玉米的指引找到了花翠及玄序，他们正坐在茶馆里闲谈，桌上摆了些精致的糕点。花翠手边多出一个锦包，不待闵安问，她就翻出一些熏香、口脂、眉黛盒子，献宝似的说："玄序真个豪爽，这些胭脂水粉都他挑出来的，连他说的唇妆名儿我都没听过，有什么石榴娇、小朱龙、媚花奴……"

闵安压住花翠翻来翻去的手，淡淡道："也是他送给你的见面礼吗？"

花翠一怔，道："是啊，怎么了？"

闵安转头看着玄序，"每次都好巧不巧遇见公子，又多次受公子厚赐，如我料想不错，公子这样做定有深意，还望见告。"

玄序拈起茶杯浅饮一口茶，明亮的眼神落在闵安面容上，看着十分温文而从容。"你想多了。"他淡淡笑了笑，"我虽称不上富可敌国，但经商有年，尚算得上殷实，些许薄礼能值得几何。且我有四处结交朋友的习气，馈赠礼物也属寻常，并无他图。"

闵安沉默不语。虽是对玄序有好印象，但不知玄序根底，她始终不能完全放下心。花翠是个伶俐人，见茶桌上的气氛有些冷了，连忙笑着说："玄序言谈举止落落大方，哪有什么藏私的事儿，我反正是信他的，安子要是忙，就先走吧。"

玄序看着闵安温和笑道："既是惹得小相公见疑，不如容我先行告辞。路遥知马力，日久见人心，日后必有相见之期，小相公当知道我是何等样人的。"

玄序起身施礼，甚至还向一旁站着看热闹的玉米作了个揖，才转身落落离去。闵安见他是真的要走，忍了忍，又呼道："且慢！"

玄序回头看着闵安，闵安难为情地吐出两个字："茶钱……"

她的额上已渗出一层汗，花翠看得仔细，用帕子给她擦去，顺手摸了摸她的脸，才恍然道："原来糊涂病又发作了，我就说吧，安子什么时候会拉着一张脸。"

玄序走回来，笑了笑道："今日出来匆忙，身边带得不多，方才略买些东西，不想囊中磬尽，真是汗颜。"

闵安转头看花翠，花翠瞪眼道："看我做什么？我的银子不够买下这顿茶点。"她从腰包摸出一点碎银，拍在桌上道："有银子的话，又怎会让玄序破费。"

闵安有些呆愣地看向两人，喃喃道："我刚喝完花酒回来……通身的银子都交了出去……"

玄序微微一笑，冲闵安眨眨眼道："我来想办法，不用担心。"

花翠拉过闵安的手腕，用极低的声音凑到闵安耳边说："看好了，玄序有使不尽的聪明法子，你应该找这样的男人做相公——我刚给你打听了，他今年十七，与你同岁，尚未婚娶。"

"可曾被人追着满街跑过？"玄序回头问闵安，"我虽有个主意，但你要做好这方面的打算。"

闵安一愣，想起小时候和哥哥闯祸，常常被人追着在小巷跑，心中一阵难受。她犹豫一下，在嘴里应道："当然没有，公子到底是何良策？"玄序笑了笑："无银子付茶钱，自然是吃霸王餐。待掌柜的反应过来后，你们要跑快一些。"他的笑容始终温和可亲，即使商议见不得光的勾当，也是大大方方说出来，带着磊落的风骨，断然不会让人看低了他。花翠极有兴致地凑过来说："反正我没试过，不妨今天让我开开眼界。"

玄序正襟而坐，唤来站堂的掌柜，问清该付多少茶水钱。他将花翠先前拍在桌上的一点碎银推出去，便回头对花翠从容说道："走吧。"

花翠拉着闵安的袖子站起,做好了快步溜出门的准备。掌柜愣了一下,急忙伸手拦住玄序说:"这个,只够一壶山泉茶水的价钱,糕点钱还没给呐。"

玄序微微一笑,道:"先前掌柜的送来三盘芙蓉桂花糕,不合我朋友的口味,我便请掌柜换来三盘凉果,可是这样?"

掌柜回道:"没错,所以说客人得给凉果钱呐。"

"凉果不是拿糕点换的吗?"

掌柜一怔:"那糕点客人也没给钱呐。"

"我并未吃一点糕点,何须给钱?"说完后,玄序绕过掌柜的身子,衣袖飘飘从容走出茶楼大门。花翠扯着闵安早已等在了街上,看玄序出来,拍掌笑道:"没想到竟是这样容易。"

玄序不回头地说:"赶紧跑吧。"他伸手拉住闵安的手腕,脚下带风疾走向前,闵安有些紧张,又去拉住花翠,背着竹筐里的玉米跟着他朝前赶。三人像是串钩上挂着的泥鳅,融进人流中,极为麻利地挤出了街口。

花翠回头打量没人撵过来,拍拍胸口,"还好,还好。"她的脸上染了一点红晕,眼神既顽皮又惶恐,朝玄序道:"生平第一次做亏心事,却没有一点害臊的意思,玄序当真有妙法子,让我不得不服气呐。"

花翠其实是说给闵安听的,闵安却没听出味道,仍然杵着身子站着,擦了擦额头的汗。

玄序拱手作了个揖,又要先行离去,花翠问:"你去哪里?"

玄序抬头看天,笑着说:"东南半城乌云盖顶,马上要下雨了,我得回去放出风筝,算计下雷电的力道有多大。"

花翠一听新鲜玩意儿,眼前又是一亮,"听着很有意思,好玩吗?"话一说完她又记起闵安见不得雷雨天气,如果自己跟着去看个究竟,那么由谁来照顾她。于是马上改口说道:"打雷下雨还要跑出门,多险呐,玄序还是做些稳妥的事吧。"

玄序环顾一下四周,回头看着花翠说道:"听花翠姑娘这么一说,我记起了另一件有意思的事,要跟来看看吗?"

花翠扯扯闵安的袖子,"怎么样,去吗?"

闵安回道:"我想去夜市看看皮影戏。"她心上记挂着毕斯的事,他随着含笑去了街市,再也没回,不知会不会有什么意外。

花翠自然是随着闵安的心意做事,哪怕她自己也顾念着稀奇事情。玄序再次笑着施礼辞别，才走开两步，一直受他投喂的玉米从竹筐里跳出，举起左手抓住他的衣摆，亦步亦趋地要跟着去。

闵安一番呵斥，玉米委屈地围着玄序脚边转圈，抓着玄序的手丝毫不肯放。玄序是个随和的人，见此情景，就说自己也无甚要紧事情，竟随着闵安来到夜市瓦舍里。

湿气沉闷地扣在瓦舍四周，老人孩子挤坐在一起，等待围院里的戏台支上布幕演戏。闵安见人多，额上的汗越发流得多，她擦了一遍又一遍，若不是顾念着必须交付世子爷吩咐下来的差事，她也坚持不了站那么久。

玄序走近她身边，递过几粒糖丸，和声道："我时常带些清神醒脑的药丸，要不要试试？"闵安不推辞，拈起糖丸塞进嘴里，糖衣化开之后，一股薄荷叶、金盏花的味道冲上鼻腔，让她顿时神清气爽了一些。

脑子里没那么昏沉后，闵安精神略复，笑着对玄序道声谢。玄序看着她亦是微微一笑，眼里似乎掬着一股清流，只专注地洒落在她身上。闵安被男男女女看得多了，不觉有异，转头打量铜锣响彻的戏台。玄序站在她身后，稍稍伸开两臂，替她隔开了两边挤过来的路人。花翠将这一切看在眼里，也不去点破什么，一直嘴角含笑等待戏场开演。

锣鼓声后，戏台上张着红幔白布，乐工们手提皮影画儿，攀越山坡，趟过溪水，演了一折流传甚广的救母故事。故事演到高潮，孝子手持利斧劈向高山，本要救出备受压迫的母亲，这时候一个大黑影儿径直落在布幔上，遮住了山的轮廓，孝子伸斧去砍，黑影子也伸手去拉，一来二去纠缠不清，引得乐工一声大吼："这是谁家的猴子？扯着线轴不撒手做什么？"

叫喊声中，线轴下的孝子皮影画儿乱抖个不停，一折戏演得完全走了形。

花翠低头一看，暗呼不好，赔着笑脸将玉米抱回了竹筐，在一众愠怒的目光中先退了场。玉米吃饱喝足，兀自在竹筐里比画，学着乐工演示的皮影动作。

花翠嗔怒地拍了拍它的耳朵，"小崽子倒是乐得慌，赶明儿送你去戏班演猴子戏，天天挨鞭子。"

细细查看过瓦舍四处的闵安跟在后面出门，暗地向花翠摇摇头，示意没找到一点毕斯下落的线索，将玉米抱了起来。

花翠说道："刚下一场雨，我送你回去吧。"

闵安看着身边的玄序说："烦劳公子送我义姐先回客栈，我带猴崽子回行馆交付差事。"

玄序笑着应允。花翠揪了揪闵安的袖子，叹口气道："行馆门槛高了些，不让我进去，我很想多留你一会儿，省得以后不好见面。你要是有什么话托我转给老爹的，赶紧说吧。"

闵安摇摇头，带着玉米走向街外。玄序延手请花翠跟上，三人路过废弃的内河桥堤时，玄序说道："稍等一下，我马上就回来。"

闵安与花翠站在桥上，看见玄序分开岸边的柳树，一步步走向了河滩。刚刚下过一场小雨，地面上稍有湿意，从瓦舍底下延伸过来的旧城墓道一直通到了河边，使得土里藏了数不清的细碎磷骨。

玄序拿出几张羊膜皮纸，折成灯龛状，轻轻搁放在磷骨上。不大一会儿，蓝蓝绿绿的火光聚在纸里，并没有四处游弋，直至燃烧完毕。玄序在河里放进一些蓑叶状的草舟，看着它们随水漂走，脸色始终虔诚。

桥上的闵安说："没想到玄序也爱这样拜祭鬼火神灵，我常听师父说，真正敬畏鬼神的人才会相信暗力的约束，才有一颗向善之心。师父如果见到他，估计会有一些闲话可以聊的。"

花翠扑哧一笑："神神叨叨的老爹，自然会喜欢上做事有趣的玄序。明天我就将他们凑一堆，试试老爹的反应。老爹有个同伴说话，就不会尽是生出一些外出骗钱的心思，我们也能少操点心。"

闵安倒不是不放心师父的手艺，而是她始终记得清泉县由李培南坐镇，巫医术士很难出趟场讨口饭吃。她被关在行馆里训练本领，师父和花翠虽然不说什么，实则是来陪护她的。她走到哪儿，他们自然也要跟上。师父整天想着攒钱给她配药，又没了生财的门路，往往要外出转上半天，赌钱也好做工也好，很少安顿下来。花翠提到的建议，实在是可以试一试的。

闵安又仔细看了一眼玄序站在河边的身影，心里暗暗想到，他真的是个聪明人，似乎走到哪里，都能得到欢心。花翠喊他玄序，那口气就像是唤着自家人，如果明天师父见了他，也喜欢上他，而他又能给师父解闷的话，那我也要好好待他了，可不能再胡乱猜疑他做事的意思……

闵安背着玉米一路左思右想走回行馆，玄序果真遵守君子之诺，将花翠送回客栈，见她楼上燃起了灯才离开。

东街行馆巍然独立，两旁的街灯不曾熄灭，前后两栋高楼却寂然无声。

闪安醒悟到回来得有些晚了，算是打破了他对李培南应下的早归规矩，不由得叹了口气，自发走向了边院石屋，站在石栏外踌躇。豹子似乎睡着了，不见任何动静，屋洞门口黑魆魆的，沁过来一阵湿气。

坐在屋顶的豹奴见闪安踮脚伸头探了探栏里，摆摆手，示意他不要靠近。闪安撇撇嘴说："世子爷说了，我再犯错，他就将我丢进石屋里喂豹子。我想着与其等他来动手，不如自己走进去，好歹能抢到一个笼子住着，让豹子咬不到我。"

道理虽然想得很通透，决心也早就下定了，可是待闪安安顿好玉米，走向石栏铁门时，两条腿却抖得有些脱力。豹奴来自西疆，能听懂楚州话，却说不出来一句，只会咿咿呜呜拼命摆手。

闪安紧握双拳，举到胸口前给自己鼓了鼓气，说："阿奴是不是觉得我傻，为什么要自己领罚，可是你不知道，世子爷实在是太吓人了，比这豹子还让人害怕，我宁愿挨着豹子睡一宿，也不愿回头求他饶我一次。"

一阵急促脚步声在背后响起，闪安回头看到一队锦衣侍卫手持灯笼，正小步快跑过来。他们本是军旅出身，早应熟悉在夜色里稳当地走路，这时跑动间，手上的灯笼都有些打晃，可见是赶得多么急切。闪安有自知之明，知道他们不会为她而来，所以再调头四处细心地找了找，果然看到树下立着一个熟悉的身影。

李培南仍是穿着就寝之前的惯用衣装，在雪白底衣外拢着一层青纱袍，如同夜色里的一抹惊鸿，披月走来，身子就悄然无声划开了沉沉黑幕。他显然比侍卫队先行一步，又身傍轻功，背对着他的闪安竟听不见任何动静，所以闪安根本不知道，他是什么时候来的，又听到了多少自己的唠叨。

不过有一点闪安很肯定，那就是世子爷一旦说出的话、下达的命令，绝对不会更改。

眼见人已经到了跟前，闪安哪还有其他的念头可以盼的，她给自己鼓足了最后一口气，拨开铁门插销，一阵风地冲向了石栏里的铁笼子，弯腰钻了进去，整个动作利索无比。

加固好铁栓，闪安就放下心来，她抱膝团坐在铁笼里面，隔着石栏说："公子请回吧，我已经领罚。"心里想着，受过罚就不会再挨他的打了，毕竟他还是要遵守他曾经说过的话。

闪安却没想到，李培南也走进了石栏里，脸上俨然罩着一层严霜。

第九章　万里江山何堪赌

石屋前,厉群是第三批赶到的,但只有他了解所有前因后果。

白日里被花翠撇开后,他连忙赶回行馆向李培南禀告,有意隐瞒了花翠使计摆脱他,只说小相公与家内女眷采办闺阁物品,他不方便跟进去,所以就先行撤了回来。

"什么女眷?"李培南问。

厉群沉吟道:"一名被唤作'翠花'的姑娘,健谈,似乎与小相公是至亲。"他目睹过闵安与花翠的举止亲昵,涉及姑娘家的名声时,他还是说得较为慎重,只用"至亲"遮掩过去。

李培南通过加急调回的档案,与李非格先前透露的消息,早就摸清闵安落足在黄石郡时,身边围着哪些人。

"是花翠。"李培南道,"镖局小姐出身,流落艺班多年,现在辞了厨娘差务,专程赶到闵安身边来照顾她。"

厉群暗想,这姑娘讲义气,为人挺不错,看来先前瞒着公子,不说她坏了事的决定也是对的。厉群正在暗忖,冷不防听李增南问道:"你提前退回来就是因为她?"

厉群只好原原本本把事情经过讲述了一遍，包括花翠那些挽住闵安不避嫌的举止，以此来证明不是他失责，而实在是不便于继续跟进。

李培南听后沉了脸，"身边都是些随性人，难怪养出她散漫的性子，没个规矩。"

厉群隐隐觉得，公子虽然对闵安也很严苛，但比起以前御下时动辄就要剥层皮的脾气，确实不大一样了。至于公子为什么严厉管教小相公，甚至亲自指点武功，派自己亲随监管，远远超出了一般亲随的限度，他虽然难以理解，但觉得公子肯定有他的道理，或许在将来，小相公就要被委以重任，办什么了不起的大事呢。

李培南不说话坐了一刻，想着如何处置闵安，以及怎样防微杜渐，避免行馆众人也出现不守规矩的局面。令行禁止是他需要的结果，但是从目前来看，这条法则似乎要绕过闵安才能实现。他想得眉眼俱冷，没有心思去责备厉群办事不力。候在一旁的厉群见机问道："公子……还要我去找回小相公吗？"

"依了她，放她逍遥快活一次。"李培南许久才答。

整个下午，李培南如常处理传递回来的消息，对起伏不定的西疆局势做了一番新的布置，决策、调度、指令方面如往常一样雷厉风行，没有半句闲话。直到傍晚时乌云压顶，潮湿的雨气透进书房窗口送了进来，李培南突然推开面前的邸报地图，抬头问了一句："她还没回吗？"

静待指令的厉群怔了一怔，没有立即想起"他"是谁。就在静寂的这个当口，李培南走到一旁的条案前捻熄了安神香，回头对厉群说："将她找回来。"

厉群拱了拱手，跑下楼去，命令行馆里所剩不多的侍卫火速出行，务必要将闵安请回府。

布置完毕，雷声大作，雨丝已经飘落下来。厉群回到书房中，见李培南背手望着窗外雨幕，宽慰道："说不定就是这场雨耽搁了小相公，他可能早就想回了。"

李培南道："她死蹭着不回，是因为还没找到毕斯。"他旋即又想到，闵安即使知道雷雨天会犯毛病，仍要留在外面找毕斯，可见是真的被自己责罚怕了，不敢轻易回来交差。

李培南的心沉了一下，站了半响，不由得望向雨幕外更远的地方。一阵潮湿的冷气扑进来，两三点水珠飞溅在他衣领处，他也没想着去关窗，仍是一动不动地站着。身后的厉群猜不透他的心思，继续回禀刚刚接到的消息："王爷要亲自来楚州一趟督责政务。"

李培南向来不喜受任何人制约，哪怕父亲的管束也只是听取一面。因此他一如既往地回答："小心接进世子府伺候着，大事自由我去禀报，未经许可，一律不准去絮扰他老人家。"

厉群扣手答："是。"踌躇一下，却未离去。

李培南问："还有什么事？"

厉群低头回道："除了公事，王爷在底下还交代了一些体己……"

"直说。"

厉群低声道："公子推了王爷定下的几门亲事，惹得王爷十分不悦。王爷下令，公子必须在这次的逐鹿大会上，挑出一个名门闺秀来做世子妃，容度出身不得低于小雪姑娘。"

李培南在西疆作战多年，已过了娶妻年纪，却未将此事放在心上。无论父王怎么催，他只传回捷报，人却从不露面。厉群是李培南的心腹，连王爷的来信往往都由他代复，王府及世子府的一些家务事，他自然心知肚明。忖度王爷此次来信的意思，其实就是逼着世子娶祁连皇后家的小雪为妻，这样做，难免有些强人所难了。

二公子非衣素来与小雪交好，照顾她多年，将她当成明珠一样供着，极力避免她重蹈祁连皇后的覆辙。皇后作为政治棋子嫁入深宫，未得先帝宠爱，清心寡欲活了多年。先帝殡天之后，她就要承担起扶植幼帝、重振朝纲的重任，夹在楚南王势力与娘家势力中斡旋，常常被两派人责难。她没有掣肘的手腕，偏生又得协调两方势力，可以想见她在深宫中的难处。非衣就是念在小雪慈弱，难以驾驭这种种王权争斗，所以执意紧紧抓住她的手，不让她落入宫廷火坑中。

是否嫁入李家做妃子，当然不由非衣做主，非衣自然也知道，但他有足够的理由去阻挡——没了他的照顾，小雪早就被头痛脑热病折磨死。只要一听到任何对小雪不利的消息，非衣势必要赶回她身边守着，即使要送她出阁嫁人，也必须先由他来把关。

李培南没有心思去跟非衣争这份闲气，他极力想撇开的是父王那一边的威逼。

沉默了一会儿，李培南已想好了应对，道："原来父王所说的'督责政务'是这个事情，劳他费了不少心。我自有分寸，你下去吧。"

厉群在书房点燃安神香，安静地退了下去。

李培南在淡远清香中放松心神，细致考虑了很久，终于决定，依照先前的想法将闵安送到西疆战场上去，待她立下一番功勋后，再将她带回京城，保她做内臣。若出了差错，就让她在西疆待着，也不必再回来了。

李培南清晰地提醒自己，闵安只是自己的家臣，这个身份既然定了下来，就要按照家臣的规矩。

夜深，他照例看了花草方子才入睡，厉群没接到他的交代，斗胆来敲门，禀告说：小相公带着一只猴儿回来了。

李培南记起闵安哀求时，曾说过要将她的"心头肉"送过来消遣，估计就是这只猴儿了。既然送来了猴儿，那也可以推断得出她是真的寻不到毕斯，想拿着"心头肉"来讨几分欢心，免除应受的重罚。

"跪一宿。"房里的李培南冷冷道，心里却颇不平静。

不久，厉群又急跑上楼，禀道："公子还是过去看看吧，小相公自己进了豹子栏，瞧那样子是想不开。"

李培南自然不会相信整日偷懒、溜出去快活的闵小相公会想不开，但他还是站起身匆匆赶往了石屋，只想着看过之后，才能睡个安稳觉。

待他赶去石屋，才知道闵安是怎样想的，也知道自己的这个安稳觉是睡不成了。

他带着满身冷气走进了石栏。

闵安抬头对上李培南一双黑得透亮的眼睛，心底首先一怯，抱膝朝铁笼角落移去，躲进了石栏旮旯里。随后她又想到，不能在世子爷面前掉了气节，因此转开眼睛，不去看李培南。

李培南觉察到闵安的肩膀瑟缩一抖，不由得站定了脚步，沉声问："你去了哪里？"

闵安借着抱膝的动作，偷偷低头嗅了嗅，突然察觉到自己身上带着草末尘土汗湿气，还有遮掩不住的胭脂花粉香。若不是天暗，想必她袖子上、脖子底的香粉手印，也会落进世子爷眼里。世子爷说了，被他发现在花街柳巷里多走了一步，就要打断她闵安的两条腿。

闵安低头说道："布店、长街凉果铺、西边的玉石楼、香粉店、酒楼茶楼、瓦舍。"

李培南趁闵安说话时，悄然走近了两步，在闵安头顶伸袖掠了一掠，立刻分辨出夜色里的各种味道。他不动声色地继续问："还有呢？"

闵安又避了避身子，将自己团成更小的一团，嘴硬道："没了。"

"都是毕斯常去的地方？"

"是的。"

"毕斯喜欢脂粉香？"

闵安觉察到自己扭头不去看李培南，也招架不了他那嗓音里的冰凉意味，索性抬头嚷道："不喜欢又怎么样？大不了我明晚再睡一晚笼子！"她拉住铁笼栅栏，用手愤恨地摇了两摇，抖出一些声音。

李培南没说什么，低头看着闵安。闵安已经打算豁出去了，恨恨道："我都沦落到这种地步了，世子爷还想怎么样？放豹子来咬我吗？来啊，我好好跟它拼个死活！"说完她又拉住栅栏一阵抖。

静寂的夜里，豹子如愿被惊醒。它缓慢地伸出头，翕张着两列黄胡子，朝闵安看了过去。闵安立刻挪个姿势溜进了最里的旮旯，睁着两粒圆溜溜的眼睛，气儿也不喘一下。

李培南忍不住心里好笑，扬手一指，示意豹奴将豹子栓进石屋。

闵安长吐一口气，摊开袖子坐着，额上渗出的汗珠在些微灯火中闪着光。李培南瞧着她那外强中干的模样，又说："宁愿一次次触怒我挨重罚，也不愿改正一回过错，这万般的艰难都是自讨的。"

闵安暗地撇了撇嘴，心想道，我唯一的过错就是认了你做东家，所以每次没讨到好果子吃。如果还有一次机会，我就……算了，目前也只有他能助我登上青云梯，我还是将就他的意思吧。

想到这里，闵安就对李培南抬手施了个礼，"更深露重，公子请回吧。"

李培南却在厉群搬来的木椅上坐了下来，正对着闵安的脸。他随手拾起一截香木，敲了敲铁笼，"你冷不冷？"

闵安没好气地答道："刚吓出一身汗，不冷。"

"真不出来吗？"

闵安只想着出来的代价怕是要受更离奇更严苛的责罚，毕竟世子爷夜深不去休息，陪着她这个无足轻重的下属闲聊，其中必然有诈……因此她老实答道："不用了，我确实犯了错，哪有受一半罚的道理。"

李培南淡淡道："依了你。"

闵安请又请不走李培南，陪他寒暄又觉怪异，只能用袖子遮住脸，团着身子准备睡去。没想到世子突然又用香木敲了敲铁笼，将她震醒，还丢过来一句话："明晚不用睡笼子。"

闵安瓮声瓮气地答道："世子爷先让我睡完今晚的吧！"

笼子外半晌没了动静，闵安好奇，将眼睛睁开一条缝，捕捉到了李培南嘴角一闪而逝的笑容。她嘀咕道:"看我落难还这么高兴,显然是不安好心,难道是特意寻来的吗,我又有什么值得世子爷消遣的。"

李培南淡淡道:"你给我记住,除了我,无人敢消遣你。"

闵安扬了下眉,心底想着,原来被世子爷消遣还是承蒙看得起,遭受的罪那就不用提了。腹诽归腹诽,她在嘴上还是说得挺利落的,"谢世子爷厚爱,属下受宠若惊。"

她把身子朝里面靠了靠,歪头又要睡,一点也没显示出受宠若惊的样子。李培南正要说到话头上,转眼就看到她又开始撂性子,不由得在手上注入了一分力,拿着香木敲向笼子角,震得里面的身子团在半空中跳了跳。

李培南问道:"刚才那句话,听懂了吗?"

闵安被三番两次被敲得睡不成觉,忍不住拉住栅栏一阵嚷:"听到了,听到了,我很重要!专供世子爷消遣,世子爷缺了我就没了乐子!"她咬着唇气呼呼地看着李培南,却加深了李培南嘴边的笑容。

李培南笑完了,才不咸不淡地说:"外面盛传你是我的兔儿爷,连行馆里的侍卫都这样说,偏生你这做兔儿爷的没有一点觉悟。"

闵安最恼的就是这个,平常侍卫大哥们见了她总是客气行礼,待她走开才闲聊两句,再也没人敢与她约赌,看哪位大人送来的姬妾能顺利进入世子爷寝居留宿一夜。以前赌这个,总能有所进项,现在则再与这项银子无缘。再就是行馆里的那些如花似玉的小姑娘们,现在看到她就低着头跑开了,任她怎么唤,她们也不敢像往常那样笑着围过来,翻检她身上的小玩意儿。

她突然明白,自己对李培南的火气,很大一部分是因此。以前与行馆中的人相处,向来如鱼得水,如今似乎人人对自己敬而远之,毫无乐趣可言,怎能不叫闵安怅然若失。她常常站在走道里,看着左右匆忙走过的情影,眼巴巴地等着她们回头一次,甚至还想问一句:你们都不理会我了,以前那些被你们摸走的帕子、香巾、漆骨扇,能不能还给我……尤其是那把扇子,我花了很大工夫做出来的……

当然,她最后怕羞没有问出口,也不知晓扇子是否就在姑娘们手里。不过,现在被李培南一提,她倒是确切知道了,行馆里的一众人躲着她的原因。知道真相的感受就像是戳到了痛处一般,让她顿时跳脚起来,也不管她面对的是谁。闵安伸腿踢了一下栅栏,恶声道:"世子爷好没个羞,被人扬言成断袖癖也不知制止,传到官里去难道是个好事吗?再说了,您不屑于名声,我还惦记着这微末声名混口公门饭呢。"

"你在光天化日之下抱住我的腿不放手时，声名不早就扫地了吗？"

闵安一怔，哑口无言地看着李培南。

李培南又说："求我放五梅那一天，你当着众侍卫的面，又抱了一次。"

闵安恼火地踢了一下栅栏，回转过身子背对李培南，再也说不出什么。身后传来第三句："书房里没人看到就紧紧抓着不放手，赶都赶不走，我的三次声名又有谁来惦记？"不紧不慢的话让闵安彻底捂住了耳朵，脸红得快要滴出血来。

李培南见闵安羞恼得差不多了，缓了缓嘴角的笑意，用一种平稳声音说："出来吧，我不罚你。"

闵安的回答就是保持原状，像刺猬缩成一团搁在铁笼角落里。

夜风起，侍卫手里的灯笼一闪，哗的一响，衬出四周的寂静。正当石栏里的空气陷入僵冷时，不远处的石子路上稀稀落落传来一点声响。

侍卫们回头一看，忍不住乐了。

一只头戴瓜皮帽身穿红马褂的蓝脸小猴子，拖着一个竹筐，一路费力地走过来。大概舍不得丢弃它的安乐窝，所以拖拖拉拉地磨蹭。好不容易走到石屋前，它记起这里就是闵安与它分开的地方，乐得吱吱叫了一声，尾巴一卷，荡上了榆树枝。

闵安听到玉米叫唤，回头甩袖子赶它，"快些走，快些走，回屋里睡觉去。"

玉米荡来荡去，突然觉察到树下坐着的身影有些熟悉，也是穿着青纱袍白底衣，跟那地里的玉米苞谷一个颜色，尤其跟一直喂它糖吃的年轻人差不多衣装，应该是可以讨巧的。于是它麻利地跳下来，落在青纱袍前，高举起左臂，眼巴巴地望着椅中人。

闵安忍不住回转脸低声说道："错了，错了，不是他。"

玉米回头望望笼子里的闵安，又看看面前的李培南，作了个揖，仍然高举着左臂。闵安急不过，从袖里抠出一片谷芽糖，朝玉米摆了摆，"喏，到这边来。"

夜风轻缓掠过石栏，李培南闻到了玉米身上的甜腻糖味儿，还有小兽们特有的皮毛清藿味。李培南豢养的家禽走兽，平时交给奴仆打理，被洗刷得干干净净，身价与样貌决计不是一只外来的猴子可比拟。他不唤人撵开玉米，已是礼待，玉米却不知道这一点，依然杵在他跟前好奇地看着他。

李培南看到猴子的一副伶俐相，问闵安："这就是你的心头肉吗？"

闵安一向惧怕李培南的惩罚，这会儿有点草木皆兵的感觉，担忧讨食的玉米惹得他不快，连忙点头。

李培南再仔细地看了一眼，"既是心头肉，鼻子上又为何有道缺儿？"

闵安听得头皮一紧，不答话。

李培南将手里的香木递给玉米，玉米接过啃了啃，又随手丢到一边，一直歪头等着下一次的赐食。它看了这么久，自然也能感受得出，眼前的男人眉眼黑而冷，与白日里的年轻人轮廓不一样，像是苞谷田外罩了一层冰凉的网子，将它与心头好阻隔了开来。

玉米退一步，挨着铁笼站着，吱地叫唤一声，似乎在唤闵安一起离开。闵安伸手将它拨弄到笼子一边，再用自己的身子遮住了它，大有保护之意。

李培南淡淡道："护得这样紧，是因为做错了事吗？"

闵安嘴硬，"它能有什么事招惹世子爷……"

"这猴子肯定跟将军打过架，才被啄到了鼻子。"

闵安连忙伸手捂住玉米的鼻子，无奈说道："世子爷的禽兽金贵着呢，啄下来我们又不敢还手，总归是我们吃亏。"

李培南驯服过猛兽飞禽，此时应对一只小猴子却没有多少经验。他的袖中不可能带着小吃零嘴儿，好在他一身富贵，随便拈出一片薄薄的金叶子来，也能哄到小猴子新奇地凑过来两步，再不济，还能引得它的主人多伸头看上两眼。

李培南在指尖拈着蝉翼金丝叶，对玉米晃了晃，说道："你叫什么名字？"

闵安忍不住将头扭到一边翻了个白眼，玉米吱地叫了一声，托举起左手，又吱地叫了一声。

李培南低声道："说出名字我就赏给你。"

闵安爽快道："玉米。"随后李培南当真将叶子放在玉米手里。玉米咬了咬金叶子，又要丢，闵安眼急，苦于手臂不能穿出栅栏，就在嘴里低叱一声："给哥哥换糖果子吃！"

玉米将手掌摊开，吹了吹金叶子，递给闵安，闵安毫不客气地接过，塞进了腰包里。既然一金到手，闵安的心情也变得轻快了不少，随后李培南不管怎么问，她都是极为麻利地回答，就好像银货两讫各不赊欠一般。

李培南问："为什么去妓馆？"他闻到闵安身上的胭脂香味浓郁，还有女子常喝的清洒气，必然知道闵安做过什么。

闵安答："找毕大人，断了线索，最后还是没找到，我猜毕大人躲起来了。"

李培南再问:"玉米将我错当成了何人?"

闵安不知李培南为什么会在意这个问题,但她下意识地想隐瞒住玄序的消息,不想让李培南再继续深究下去,因为依照世子爷的脾气,总是喜欢查访她身边的人,轻则隔绝重则法办,师父、花翠、老东家毕斯等都是现成的例子。

打定好主意,闵安就面不改色答道:"我师父身边新来了一个学手艺的,叫玄序,一直喂玉米吃乱七八糟的东西,喊也喊不停。"她故意说得一脸嫌弃,不曾想到正中李培南下怀,李培南淡淡嗯了声,就此揭过了这个问题。

闵安能搪塞过这个问题也并非凑巧。一是她受过李培南的恐吓后,一直说的是真话,给李培南留下了好印象。二是白天里东逛西逛遇见玄序时,厉群已不在身边,且未派出侍卫来跟踪他们,这前后几次的相遇情况自然就不会传回到李培南耳里去。

站在一旁的玉米玩得乏了,自己趴回竹筐里睡觉,闵安看着它蜷成小小的一团,心底柔得要滴出水来,连忙脱下了绢衣,从栅栏缝儿处塞出来说:"求公子……给它盖盖。"

李培南当真接过绢衣叠了叠,捏成一床软被子,搁在了玉米身上。他在纡尊降贵做这件事时,没有假手于人,无端引得闵安心里一暖。

闵安就说道:"公子请回吧,夜深露重倒秋凉,不是一句假话。"

李培南淡淡道:"我的话还没问完。"

"那您快问吧。"

"你当真怕我?"

闵安第二次听见令她惊异的问题,尚能控制住脸色,就点了点头。她静待着余下的问题,此后却没听到李培南再说一句话。李培南一直安静地看着她,神色恬淡,并未有平时的冷厉之感。闵安抓了抓头想不通此中的道理,终于熬不过倦意,蜷着身子沉沉睡去。

李培南又默默看了半晌,起身唤人取来一床厚毯,扬手撒落出去,严严实实遮住了笼子四壁。最后他运力于臂,将笼子轻巧提起,一路提到了主楼书房里。才起脚走开两步,他想了想,又折身回来用左手提起竹筐,将笼子挪到更靠里面的地方,远远避开窗户。

清晨鸟语花香,闵安一觉醒来,发现铁笼大门已开,自己睡在书房里,底下垫着软毡，外面罩着厚毯，整个人的待遇变得不一般了。她抓头想了半天，只想出了一个较为合理的解释，来说明世子爷这样做的缘由。

那就是，世子爷当真不计男女，决定收她做兔儿爷了？

闵安吓出一头冷汗。按照花翠提点的意思来看，她可是要嫁给一个聪明男人、生下娃娃后，就搬到萧宝儿隔壁住着的人，怎能和自己的东家扯上不清不白的关系。以前做门子时，师父将她看得紧紧的，就是怕长官们依循官场上的惯例，收她做娈童，坏了她进仕的名声。现在搬到行馆里来住，师父不在身边，这随后的应对就得靠她自己想办法了。

闵安觉得，在目前的情况下，要将一番肺腑之话对他说清楚，绝非是件易事。她有些忧愁地站在书房里，一旁候着她早起洗漱的丫鬟们互相递了个眼神，推选出一名资历老的姑娘上前去问究竟。

"小相公怎么了？"

闵安红着脸问："若是想……婉拒世子爷的好意，又不想世子爷怪罪下来，有什么妥当的法子吗？"

那姑娘的确伺候李培南起居多年，叫莲叶，多少了解李培南的脾气，但闵安的这种问法太过于含糊，让她莫名其妙。她纳闷地看着闵安，闵安就吞吞吐吐地说："反正世子爷是不好相与的……就算我'投其所好'也不见得让他高兴……比如说为了那只白鹘，我就前前后后挨了不少罚……所以我想问问姐姐，到底有没有什么法子，能让世子爷答应我的要求，又不会责罚于我？"

莲叶听懂了大概，抿嘴一笑，"小相公可以做一件要事，换来公子一句承诺。因为公子向来是有诺必行，以前萧大人也有这种例子。"

莲叶向闵安讲了讲昌平府知府萧知情的事情，大意就是萧知情曾将李培南交付下来的案子办得妥帖，获得褒奖，从而进一步要求，只要李培南在昌平府逗留，就得允许她陪侍一旁，向他讨教书本和武艺。

李培南随后果然践行了这句承诺。

大好的例子在前，听得闵安眼前一亮。她带着莲叶的提议开始了一天的准备。她首先画了几张小像图样，将它们一一摆在玉米面前，对着它殷殷教导道："这个，是世子爷，哥哥的主人。见他要乖巧些，不准讨要零嘴儿。"她把非衣的那张像拈在手里，和李培南的比了比，说道："小崽子还记得非衣吗？对的，你见他总是躲着，就是这个非衣……"看到玉米捂住眼睛以示惧意，她又笑了起来，"世子爷就是非衣的哥哥，也是生得一身冷气，你见了他们，大意不得，要好好哄着。"

如此反复比画，反复教导，引得玉米一阵吱吱叫，做着有力的抗议。闵安声音逐渐大了起来，传出了门窗外。"一定要记住好生哄着，懂了吗？"

玉米突然高举着两手在椅子上左跳右跳，闵安回头一看，一身锦袍的李培南正站在竹屋门口，眉眼映着秋阳，有了一些温暖之色。他显然是听到了闵安殷殷叮嘱的话，往日冷峻的面容也变得和善不少。

闵安迎上去行礼问："公子有什么吩咐吗？"玉米也跑过去作了个揖。

李培南道："有两件事需要亲自交代你。一是不得外出和见客。二是加强马术、体力训练，回头我都要亲自考核。"他说完就走，根本无意踏进竹屋一步。闵安哪里知道是简陋的住处留不住人的道理，还奔出去殷勤挽留，"公子借一步说话，可以吗？"

李培南顿步，"说吧。"

闵安低头请示道："外面眼目繁多，请公子随我进屋。"

李培南转身，在闵安的延请下进了竹屋，玉米接到闵安的眼色指示，连忙顶着一个小木盘走向了李培南，上面还稳稳当当放了一盏凉茶。

闵安躬身候在一旁，李培南在她期待的目光下，无奈拾起茶盏饮了一口。淡淡桂花香气袭来，他的心脾也沁得开阔了一些，温言道："无故献殷勤，必有所求，说吧。"

闵安踌躇一下，道："公子若是图个乐子，大可消遣我一番，只是外面的那句传言，千万不可当真。"

李培南敛容问："兔儿爷？"

"正是，正是。"

李培南的声音冷了下来，"于你名声有损？"

"正是，正是。"闵安一答完就觉得不妥，连忙摆手道，"我不是这个意思，我是想说，公子是血气方刚的男子，日后势必要娶一门妃子诞下子嗣，若是过多与我亲近，恐有辱公子名声，给世子妃心里添堵——"

李培南截口道："我的家事与你无关。"

闵安听着冷透心的嗓音，默不作声地候在一旁，心念电转，一时想不到合适的言辞。李培南看了一眼闵安紧抿住的唇，问："还有什么话要说？"

闵安想了想，决定采取迂回战术，于是说道："公子先前答应过我，若我赢了逐鹿大会，一定会应我一件事。不知这话可算数？"

"算数。"

"可以请求任何事吗？"

"情理之内。"

闵安点头说："那是自然。"

闵安心里拿定了一个主意，如果赢了逐鹿大会，自己就请求出嫁。向主家公子提出嫁人要求，本来就是合情合理的事情，他日嫁人后诚心侍奉夫君，关于兔儿爷的传闻便不攻自破。

闵安低头候在李培南左前，面色恭敬有加，脸上殊无笑意，却偏偏惹得李培南不快。他起身出门，冷淡地丢下一句："既然想迫不及待撇开关系，我便依了你。"

李培南这样说，自然是知道闵安的心意，除此外，他还将一件事搁在了心上。今早练完剑术后，他走回书房，发现闵安已经不见踪影，将莲叶唤过来询问时，莲叶为了讨巧，向他转述过闵安的话。

李培南当时并未完全猜出闵安的心意，才有了后面亲自去竹屋传话的事，结果水落石出，让他彻底想明白了闵安的意思。

一个末流的下属，竟然惦记着名声，要与主人划清界限，说是可以消遣他，却不准生出一丝逾越心。

李培南听后心底哂笑，她还真把自己当成一个宝了？片刻后立刻拂袖而去，免得与她多费口舌。

下午，闵安在厉群的指导下，完成了两个时辰的马术训练。汗水打湿了闵安的衣衫，脸上也尽是沙土，马桩上蹦跳的玉米看得乐不可支。好歹有所进展后，闵安拖着疲惫的身子回到竹屋洗刷一遍，换了一身干净的短衣短裤坐在窗口纳凉，这时，窄袍装扮的侍卫来请她去打马球。

闵安推辞，侍卫就解释说，马球、蹴鞠是世子府必须修习的课业，并非消遣。为了将就她的时间，马队还特意将比赛挪到了晚上。

闵安被推着走进了校场，战战兢兢地骑马打球。李培南并未到场，侍卫们一阵疯抢，几度将闵安掀落马下。闵安吃的苦不可计数，等一场马球结束后，她的脑后又磕出一个大包，手和耳下都擦出了血。

厉群走过来拍拍她的肩："多练几次，身子骨就会硬朗些。"

闵安站着缓了半天劲头，汗水里滚着血丝，从脸庞滑落下来。厉群看得于心不忍，叹口气说："每个人都是这样挨过来的，练好了本领就能熬出头了。"

闵安抬袖擦去血汗，回道："多谢厉大哥提醒，我记得了。"

厉群再拍拍闵安不堪承受重担的肩："还有个事别忘了。你对公子说过，要自愿领罚，公子说顺了你的意思，不再免除你那一宿笼子觉。"

灰头土脸的闵安钻进铁笼又睡了一宿。晚上一轮明月挂在榆树上，照亮了软和的草皮。豹子吃过浸了药汁的肉食，睡得正沉，连豹奴都清闲了不少，直坐在屋顶上打盹。

万籁寂静时，闵安十分担心豹子会冲出来，强撑着睡意搂住薄毯看月色，颇有些萧瑟之态。看着看着，月亮躲进云层中，只露出弯弯的一角，竟让她想起了玄序的眉色，也是这般温和而清雅。

"他若在这里，肯定会做一些有趣的事情。"闵安抱着膝盖想，"只有他才能善解人意，知道我其实很厌烦行馆里的训练，如果他是我的主家公子，应该不会勉强我吧？"

记起玄序对她的种种好处，与自身现在的处境一比对，真是让她感受到了天壤之别。她看着榆树叶缝里渗落下来的月华，叹口气："举头望明月，低头思玄序……我这是怎么了，干吗想些别的，难道是病了吗？"

闵安一阵胡思乱想，最后难敌倦意，倒在铁笼里睡了一宿。随后的三天，她根本没时间去想别的，总是马不停蹄地训练马术及体力，累得直不起腰。即使有一次李培南走进校场督查她的成绩，她也站在烈日下张着嘴唇直吐气，说不出一句求饶话来。李培南对着她笑了笑，不发一句就离开了校场，过后侍卫们照旧一哄而上，将她再次拎上马搏杀。

闵安简直是掰着指头算日子，只求早点脱离苦海。她那白皙的脸晒成了黄麦色，引得来探望的花翠一阵大呼小叫。

先前李培南有令，不准闵安外出和见客，也不准闲杂人等出入行馆。花翠自然被归于闲杂人一类，她拽着一个包袱，站在行馆大门朱柱前苦巴巴地看着闵安。

闵安哀求道："侍卫大哥行个方便，让我姐姐进来说上几句话吧。"

值守侍卫面有难色，"世子有严令，坏了府里的规矩，弟兄们难担干系。"

花翠柳眉一竖，将包袱丢进门，对闵安说道："安子等着，我就不信光天化日之下，世子还能做出有违法理的事。"她撸了撸袖子，闵安以为她要冲进来，连忙摆手示意，她却转身离开了大门，架起早就准备好的梯子，气昂昂地登上了行馆墙头。

闵安站在院里问:"翠花怎会带着一架梯子?"

花翠拍拍手,撇嘴道:"老爹早就说了行馆门槛高,不放我们进去。所以我先备好了梯子一路拎了过来,果真派上了用场。"

闵安走开四处探了探,觉得不在李培南的眼线内,也架起梯子凑到了花翠面前。两人隔着一堵墙说着小话儿,外人远远地一看,还以为是一对男女在白日青天里骑墙幽会。

花翠告诉闵安,玄序在这几日拜访吴仁老爹,说些新奇的东西,竟然引起了老爹极大的兴趣。老爹也不赌钱,专程跟着玄序在外面跑,去野外放风袋收集风力,等着雨天放纸鸢算计雷电力道,忙得三餐都顾不上。玄序自然好吃好喝地供着老爹,只要老爹提起话头,玄序必然把一切事安置好。比如老爹突发奇想,要试下西疆苗蜡族久负盛名的"蜡尸"绝活儿,玄序也随着老爹的意思,陪他去墓道里挖坟敛尸捣鼓一气。

花翠细细说了许多,最后叹口气道:"总之一句话,玄序现在成了老爹的心头肉,我稍稍劝阻一句,叫老爹不要跟着玄序朝外跑,老爹都要骂上我半天。话说回来,我也不讨厌玄序,因为他总是送我礼品给我赔罪,弄得我也不好意思去说他什么,本来嘛,就是我把他引荐给老爹的。"

闵安低头在包袱里掏了掏,竟然掏出一筒锡封的冰镇冻子酥奶酒,大喜过望。花翠趁机说:"玄序连夜给你买来的,还问你什么时候有空,能再去会会他。"

闵安摇摇头,交付完花翠一些话,从墙头爬下来,背着满当当的包袱走回了竹屋。她坐在榻上摸摸玄序赠送的各种小玩意儿,一时忘了训练的疲劳,开心地笑了许久。

玉米在旁吱吱叫,闵安从包袱里拎出一袋糖炒玉米粒丢给它,笑着说:"他也没忘记你呢,瞧把你乐得。"

玉米吃着零嘴儿看着闵安,闵安弹了一下它鼻子上的缺口,又说道:"吃人嘴软拿人手短,你这样惦记着他,是喜欢上他了吧?"

玉米吱地应了一声,闵安将包袱收好,坐在窗前把玩起玄序赠与她的白绢扇子,心里想着,如果有机会,我也是希望见见他的。

窗口掠过一阵凉风,吹动闵安布帽系带。她摊开白绢扇面怔怔看着,思绪浮动,浑然不觉竹篱外已站着一道熟悉的身影。

李培南拿到户吏两部的消息,正要通传给闵安,信步走来,远远就见到闵安静坐窗前,似是若有所失。她低垂着眼睑,紧抿着秀气的唇,黑压压的鬓角下,露出一截洁白的脖颈,玉质肤色恰好与晒黄的脸形成对比,引得李培南笑了笑。可是闵安沉浸在回忆中,侧影显得如此温柔,与平日泼皮无赖的模样大不相同,无端又引得李培南多看了两眼。

李培南突然看到,闵安手中拿着一柄素白的绢扇,看上去很是眼生。还有上次罚跪在书房,她所摆出的九瓣莲叶小香炉球,也是李培南不曾见过的小玩物,想来都是外人转赠给闵安的东西。绢扇素来是文雅士子附庸风雅的饰物,送礼的人应该就是这类酸儒。

李培南心里突然一阵不快,但此时惦记着正事,无意在小处上拿闵安落刀,因此沉着脸踢开了木门,带着一身冷气走进竹屋里。闵安连忙收起了绢扇迎了上去。

李培南将大理寺抄录来的文书丢在闵安脚边,冷淡说道:"几天前由你牵头写的申状已经递到了朝廷里,大理寺收了状子伙同都察院进行联合审查,这是批录的判词,你仔细看看,是否有破绽。"

闵安捡起判词文书细致看了看,里面的内容说到了"驳诘"一项,立刻明白对手已经在朝堂中做出了反应。

几天前,闵安遵从李培南的意思,用她自己一名低级小书吏的身份,向朝廷递交了一份申告楚州上下官员大行贪腐的状纸,她的举动等同于正式发出了楚州举贪案的先声嚆矢。同时,李培南派心腹送出王怀礼账本及毕斯亲笔书写的证词作为佐证,将闵安的状纸一并封在牛皮纸袋中,越过楚州府衙直接送到主持早朝的父王手上,手段不可谓不猛烈。

随后,楚南王依照国法将状纸证词等物批放到大理寺进行审核,又钦点了都察院的都御史全程督查此事,当天就确保贪赃案进入了两堂会审的程序中。摄政王如此雷厉风行督办案子,极是威吓了底下的一批官员。自早朝散后,由大理寺主持的堂审就不断传讯楚州官员,引起彭马党派弹劾,朝堂议论纷起,自发形成三派势力进行政治博弈。

一派即是彭马党,以按察使司彭因新为主,其附庸有中书令马开胜及楚州其他大小官员。他们变被动为主动,一面唆使楚州官员联名上书辞职,一面派老臣鸣鼓闯进中宫面谏祁连皇后,声泪俱下,以不可轻撼国库财金之基础——富饶楚州的政务说起，劝得皇后出面干涉楚南王清洗楚州官员的行为。皇后考虑到若是全力查办贪赃案，势必要置换掉楚州现行的一半官员，便于楚南王安插自己的亲信进入这空出的六十个官额中，于是当机立断，授意三省谏议大夫推动朝议，以此来抵制楚南王的谕令。

因此，被请出宫的皇后形成了政局里的第二方弈主。她的身后自然站着整个祁连家族和先皇重用的老臣们。

与上述两派搏击的就是楚南王这一派势力，内中网罗了朝廷大量的四品以上官员，在轮番的弹劾和政议中起到了稳固重心的作用。他们能与皇后及彭马党派形成分庭抗礼势力，最大原因是手中握有两大筹码：一是世子李培南把持着西疆精锐重兵，在外围形成强有力的威慑；二是公子非衣出身尊荣，联系起了华朝与北理两座宫廷的亲缘，由他出面能借调来北理国大军，若他与世子西北夹击，势必会夺走华朝半壁江山，从而动摇皇廷的统治。当然，不到万不得已之时，楚南王父子三人决然不会发动战争，遑论去惊动隐居在海外的太上皇。

彭马党羽正是想通了其中的利弊关系，所以站在法理这一点上，在大理寺的堂审中据理力争。他们首先质疑状纸来历是否可信，待大理寺卿出示了闵安的清白出身，尤其点明闵安是口碑良好的前闵州知府闵昌之子，现在楚州充任小吏，位卑未敢忘报朝廷时，就斩断了质疑的声音。李培南考虑得精细，按照以下诉上的惯例，起用了无权无势的闵安做原告，也是为了不授予人话柄。至于他开具给闵安的官照与保状、世子府属臣的真实身份，自然是等贪赃案判结之后才送呈到吏部去，让闵安借着检举之机一跃而上，在吏部铨选中崭露头角。

彭马党眼见驳斥原告的法子行不通，就开始争辩起证物里的谬处。他们一口咬定王怀礼为镇压牢狱叛乱，因公殉职，应被朝廷记为大功，朝廷只能抚恤其家属，不可追问其罪责。楚南王看过李培南传回的奏呈，知道彭马党派所言不虚，只得依循先前故例处置，在大理寺卿递交上来的驳诘申词中圈点"不可追究王知县之责"字样，首肯了彭马党派的第一记反击。

彭马党"乘胜追击"，在第二份证物，即毕斯的证词中找出大量语焉不详的字句，要求毕斯当堂对质。而毕斯已经失踪多日，自然无法在堂审中露面。只有证言而无证人，这就给了彭马党口实，指控此证言极有可能为捏造，甚或证人被诱供或屈招。被传上庭的一些低级官吏，甚至使出无赖的手段，又哭又闹，扰乱庭审，局面甚是不堪。

几番攻守下来，大理寺禀复楚南王，案情因缺乏铁证，尚难以坐实。以目前来看，不外乎判那几个小官员"罔顾朝纪纲法""当庭无仪"，打几十大板，罚百两银子了事，严重点的贬官，枷号两个月以作惩戒。

楚南王深深感触，面对这样积重难返的朝纲吏治，在政治博弈上来不得半点马虎，如果条件不成熟，就绝不能轻易幻想秋风扫落叶的手段，只能未雨绸缪，像蚁穴毁堤一样，一点点去攻克。

他指示大理寺暂停审理，将唯一可列为证据的黄皮账本函封好密藏，连夜写了一封书信传给李培南，谴责李培南办事不力，只给他这个父王一些浮略证据，经不得对手的一番驳斥。不想李培南用加急流星马送回复信，毫不留情地嘲讽父王手段柔软，连证据确凿的贪赃案也判不下来，并提出自己的建议：反间彭马党中第二中坚力量马开胜，就以马灭愚被杀案作为切入契机。

李培南还在书信里说，若是父王目前对朝廷官僚尚未足够的震慑力，就设法分化出彭马党中的低级官吏，诱发他们举荐账本上的贪污官员，再督促被举官员另行揭发其他官员，一触二、二触三……直至十人百人，最终必能揭起盘吸在官场吏治上的这一块痼疾，将底下藏匿的脏污、脓溃全数除去。

李培南的复信暗藏讽刺，楚南王看完书信后气得一宿未睡，又不得不信服长子软硬皆施的对策，思前想后一阵，他向朝廷告了假，回到楚州，私下接见中书令马开胜家人，并与世子会面，计议后续的步骤。

楚南王回到楚州，朝廷里的举贪案由此落下第一轮硝烟，等待着第二轮新证据呈堂，由都察院再主持审查，若都察院二审无异议，依照国法，楚州贪赃案状自此阖卷，永不得翻查或追责一干官员。

楚南王等着第二次机会，彭马党派也在积极应对。他们搜罗大批幕僚来想出法子堵塞缺漏关节，还飞信请求闵州散花县知县派出首脑人物来坐镇，很快他们就收到了朱佑成的回信：犬子已出行楚州，若有要事，可与他相商。此后，朱佑成就断了与楚州及官廷里的联系。

朱佑成为官十几年，以官养商，小心而谨慎，不求上进，只想固本，是以从不轻易抛头露面，更不会让自家人的名字出现在账本上。朝廷万一要追究下来，也只会寻到朱家寨人到州外各地帮役的事实，决计找不到他与彭马党相交往的有力证据。即使朝廷找到先前彭因新曾指派亲信，签发他所派出的役工的委任状，也只能证明他们之间有所牵连，治下一个"处事不当"的私罪，罚处钱银了事，依然撼动不了朱家官商根基。朱佑成只愿出人力和计策，坚决不肯染指官银及盘剥民生，他有自己的计较，一方面与彭马一党盘根错节，另一方面，又保持着适当的距离。

朱佑成帮助彭马党落得最大的好处，便是自闵州至京城，使朱家商户一路获得便利的"盐引"，畅通无阻地实行盐铁营运。十一年来，朱家寨人成了盐商巨贾，赫赫声名传于闵州百县。朱佑成见好就收，有意帮彭马党最后堵塞一次娄子后就彻底撒手，因此面对彭因新的请求时，只抛出了自己的儿子。

彭因新火速调派人手四处寻访朱沐嗣的下落，苦于无人见过朱沐嗣的面相，接连几日的查访就遇到了难处。彭因新发飞信已联系不上朱佑成，知道朱佑成撂了担子，暗地里咒骂了多时。这时，心腹传话过来，说是在昌平府的街市上见过五梅，五梅曾是朱沐嗣的同门，应该能识得朱沐嗣的面相。

彭因新顺藤摸瓜找过去，竟然不期然遇到了朱沐嗣，那是一个眉目清朗的少年公子，手里正拎着一筒冻子酥奶酒，他站在街头缓缓一笑，就给了彭因新莫大的定力。

"已等大人多时。"朱沐嗣淡淡说道。

彭因新在少年郎面前折腰作揖，"公子知道我要来？"

"我来昌平府，便是为了平息此事。若想扳倒楚南王，必先铲除世子势力，如此需听我一切主张。"

"谨诺。"

就在朱沐嗣不动声色地帮助彭因新阻挡楚州贪赃一案再度审核时，宫中下达的驳诘判词也传到了李培南手里。两拨人在角力，在斗争，揣度着对手的心意，再想方设法打探对手的动静。

只是双方人手都足够谨慎，李培南始终找不到摆了他一道的朱家军师，朱沐嗣也暂时预测不到李培南下一步的行动。于李培南而言，他已提前布置好对策，鼓动父王出行楚州反间马开胜；于朱沐嗣而言，他只能见招拆招，力求扭转劣势，用一场大案打乱李培南的步调。

两人隔着地界进行一场看不见的博弈，都在静静等待着时机。

远在行馆里的闵安捡起驳诘判词细细查看一遍，当即就体会到了棋局中的艰难。李培南看着她，静待她的结论。闵安答道："判词无破绽，完全遵循了法理，公子除非能提交有力的新证据，否则此案进展无望了。"

"嗯。"

闵安忙问："公子已有对策？"

"有。"李培南随后简短解释了一下他的计划，包括推动父王来到楚州那些。

闵安放下心来，又想起一事，询问先前诛杀王怀礼等三条人命的幕后人物，是否已有线索。她与李培南一样，并不知朱家派出的军师是谁，却一致认为此人较为关键，不找到他，总是一个隐患。如果能一举成擒，那就打开了全局的突破口。

"找不到，与毕斯一起消失了。"李培南的答复也很干脆。

闵安斗胆问："公子的哨铺也无任何消息？"

李培南看了闵安一眼："哨铺连接各州县事务消息，并不负责寻找人证。"

"哦。"

李培南特地多等了一下，以为闵安忍受不住连续几天的强盛训练，会像往日那样抓住他衣袍求饶。可是距他一尺之遥的闵安只低头站着，不知又在想些什么，让他不由得又冷着一张脸走出了门。

再过两天，闵安完成下午的马球训练后，在墙头再次接到了花翠捎来的口信：老爹去了昌平府跟着玄序做生意，据说已经小赚了一笔，可添作闵安出阁的嫁妆。她放心不下老爹，也要跟过去了，叫闵安照顾好自己。

闵安拿着花翠转交的书信，回到竹屋里。拆阅后，她的心思越发起伏不定。师父已在信里指明，将她许配给玄序，一月后即要完婚。

师父向来不考虑父母约定媒妁之言，在他眼里，闵家财散人亡，他就是最后拿主意的家长，连闵安的几任东家都不能撼动他的地位。

闵安早起，洗漱完毕后，将蜂蜜、鸡蛋清、花粉调和的药汁涂抹在脸上，刮成薄薄的一层皮状，然后顶着一张黄白夹杂的脸站到了校场上。

侍卫张放跑过来问："小相公参份子了吗？赢了还是输了？"

闵安保持着静立的姿势说："我赌世子爷睡书房，赢了五两。"

张放啧啧嘴，"昨夜那歌姬，生得体态娇柔，直把哥的心也给勾走了，还不能让世子爷破回戒？"

闵安一动不动，僵硬地回道："可能大哥没摸清楚门路。"

"什么门路？你倒是说啊！"张放推着闵安的肩，见闵安始终不说也不动，恼了，"就兴你知道个中隐情，也不让哥哥多份财路。"

闵安用手扇扇脸庞,吐舌说:"大哥跟着世子爷那么久,都不见他娶妻纳妾,难道就不动脑子想想原因吗?"

张放脸然大变,转头打量四处,见无人,比画了一个抹脖子的动作,"上次有人说了这么一句闲话,被公子丢到门外亲自结果了,你的嘴巴严实点,别说哥哥没提醒你。"说完忙不迭地跑了。

闵安在烈日下站马桩,另一个侍卫骑马跑过来。"小相公昨晚入局了吗?输了还是赢了?"

闵安看到蝴蝶飞了过来,动都不敢动,只微微张了张嘴:"输了。"

侍卫问:"那谁赢了?"

闵安报上张放的名字,还传授机密说,张放有生财的门道,就是嘴硬,死不承认他知道个中内情。

侍卫若有所失,"张放那小子滑头,小相公有法子撬开他的嘴吗?"

闵安又微微张了张嘴,"有。"

"赶紧说说。"

"你去跟张放大哥说,若不交出昨晚赌赢的五两银子,就向公子告状去。因为张放大哥在背后四处散播,说公子是断袖癖,喜好男风。"

不大一会儿,张放气急败坏地跑到闵安面前,吼叫着与她对质。闵安依然平举双手一动不动站在马桩上,"张放大哥莫生气,就是讹诈你五两银子而已,谁叫你口风不严实呢?"

闵安是在报着以前的一箭之仇,张放说的无聊话多了,根本不记得犯了哪一桩事。

张放反过来跳脚,"是你说公子坏话吧,却反咬我一口!是我叫你口风要严实吧,你却来倒打一耙!你这人当真不知好歹,算我瞎了眼,竟然还想与你结拜成兄弟,罢罢罢,五两银子认清一个人!"

闵安掀了掀嘴皮子,"张放大哥莫生气,我帮你今晚再赢十两银子。"

张放猛然回转过身子,"当真?"

"你需借我五两银子作本钱。"

"还不还?"

"当然还。"

"成交。"张放摸出五两银子塞进闵安腰包里。

闵安像个稻草人一样站着，"你去告诉歌姬，公子喜欢豹子。叫歌姬穿上豹皮裙堵在书房门口，就可以引起公子的兴致。"

张放抓了抓头，"真的吗？我总觉得此法有些不妥。"

"张放大哥不是说过，我是公子专属的兔儿爷吗？既是兔儿爷，自然会摸到公子一两点奇特的癖好。"

张放狂笑，"你这兔儿爷是假的！只受罚，不侍寝，我们馆里的人早就知道了！你休要拿这个骗我！"

闵安僵硬着一张脸问："你去不去？"

"去哪里？"

"告诉歌姬。"

"我要吃了熊心豹子胆才敢去！反正到了晚上，没人能摸进公子的门。"

"那你赌哪边？"

"不告诉你。"

闵安挥手赶走一只嗡嗡飞的蜜蜂，"我知道，你赌书房。"

张放啐了一声，转身走了。

厉群走过来检查成果，问闵安："站得住吗？"

闵安不动，"站得住，就是晒人。"

一只蜜蜂飞过来，被闵安赶走。一只秋蝶飞过来，落在闵安鬓角，扑扇着翅膀，闵安不动。玉米呼的一声爬到她肩上，将蝴蝶赶走。蝴蝶飞回，玉米再赶，忙个不停。

李培南路过校场时，看到玉米忙着护住闵安头脸的样子，心里想，这小猴子倒有护主之心，比某些人还强呢。看了半晌，才转身离开了。

傍晚，闵安洗净了脸上自制的防晒药汁，坐在院子里休息。张放等人如约而至，手里拿着赌钱的铁盒子。他们看到闵安并未接触歌姬，且歌姬仍做平常装扮的模样，一口气将银子压在了"书房"这个点上。

其余人纷纷下注，并询问闵安是否入局。闵安拿出赌赢的五两与张放借她的五两，一共十两银子压在了"客房"那个格子里。

侍卫大哥们哗然，"你一人赌偏门？我们至少知道公子睡不成书房，也会回寝居里去。"

闵安点头，"我还敢赌公子与歌姬留在客房一宿，只要你们加银子。"

侍卫大哥们一阵哄笑，决然不信一向不近女色的公子忽然转了性，纷纷在"书房"及"寝居"里加了银子。

闵安问："今夜谁值守？"

张放答："我。"

"可要看仔细了。"

张放带着另一名侍卫走向主楼二层。过了不久，他看见李培南穿着雪白底衣外罩青纱袍走进了歌姬留宿的客房，还听见传来歌姬娇滴滴的声音，"奴家等公子许久了。"

张狂看直了眼，打起精神一宿，果然在天亮时才看到李培南走出了客房，后面照例传出歌姬娇滴滴的声音，"奴家恭送公子。"

张放等交了值，跑到校场询问缘由，闵安涂着蜂蜜蛋清护脸膏，依然不说原因，只拿出十两银子递过去，"这是我帮大哥赢的银子，我不曾食言，保证大哥拿到了十两。"

书房里，李培南对着趴睡在椅子上的玉米仔细端详，心里猜想，他是不是被一只猴子给骗了。玉米昨晚摸到李培南的寝居去，摘走了他的玉佩，一阵风跑到歌姬客房里。李培南跟了过去，不想那歌姬对玉米说出些奇怪的话，玉米竟像是完全听得懂。李培南非常好奇，他一直对训兽有着深厚的兴趣，便让歌姬教他。学了一宿的"猴子话"，还来不及对玉米说上两句，一宿蹦跳个不停的玉米已经累趴在椅子上，唤都唤不醒。

它的主人也不找来，留着它霸占了李培南的座椅。李培南只能将会议地点迁到偏厅里。日暮时，他试着对玉米说了说指令，却发现玉米根本不听他的。他拿出玉米粒来哄，玉米才回头瞧了瞧。

李培南发现，若用食物做引诱，玉米会配合着做上一些动作，也会喜欢围着他身边，若是想只通过语言来指派它做事，它就会逃得远远的。

"这是什么道理？"李培南将歌姬提到偏厅询问。

歌姬说了实话："玉米并非是普通山猴，有特定的训练方法，从而使它养成只听一种指令的习惯。早先训练它的人肯定是个女人，因此它对周遭环境形成固有的反应，只会听从女人的指令。"

李培南站着想了想，突然笑了起来，赏给歌姬一笔银子就打发她出了行馆。他径直走到校场里，果然看到闵安站在马桩上一动不动，脸色僵硬得很，只骨碌碌转动着两个眼珠子。

李培南将所有人支走，回头问闵安，"你串通歌姬合伙骗钱？"

闵安险些一头栽下来，"公子不要乱说话，被侍卫大哥们听见，可要让我挨一顿打。"

"说实话，我自然会帮你。"

闵安老实答道："我写了一封信叫玉米带过去，要她配合我骗过公子，留公子在客房一宿。"

"你怎知她会猴子话？"

"她本来就是翠花那戏班里的歌姬，驯过猴子，后来才被主簿大人买去。"

闵安见厉群已不在周围，放下了手臂，扇了扇自己的脸，赶走一只蜜蜂。李培南默不作声看着她，突然又问："你脸上涂了蜂蜜？"

闵安讪笑不出来，连点头也困难，就嗯了声。

李培南问："你觉得该怎样做，才不会让我说出你作弊的事情？"

"不知。"

"站着别动。"

闵安不明就里，果然站着不动了，李培南走近她，更加真切地闻到一股淡淡的蜂蜜味道，忍不住抬袖抹净了她的一块脸，并在上面亲了亲。

闵安如遭雷击，身子晃了几晃，李培南已扬长而去，留下她像尊泥塑站在马桩上。

此后李培南不提，闵安就当没有这一回事，继续将他当做喜怒不定的世子爷看待。李培南见闵安如此害怕他靠近，内心暗暗好笑，表面上仍是如常冷淡。

闵安为了早日摆脱兔儿爷的名声而努力训练，确实吃了不少苦头，但身子骨练得结实了一些，本领也长了一截。唯独不变的就是她对李培南恭顺的态度，还有不再去拉住李培南的衣衫求饶，更不提那些当面讨价还价的羞人之事。

闵安有时会想起玄序的笑容，就扎了一个天青色的孔明灯，点燃后看它缓缓飘入夜空，念叨着，愿早日与你相见。她一连放了两次，又过于虔诚地对着夜空祈愿，终于引得莲叶过来问："小相公在做什么呐？"

闵安缓缓道："想念一位朋友。"

"谁呢？"

"一个温暖的人。"

第十章　一片丹心报君恩

十月二十五，秋阳高照，消失了近半月的毕斯突然浮出水面。

闵安正在校场里站马桩，李培南示意厉群朝她脚上加两个沙袋，一名通信兵找过来，向李培南禀告："已经找到毕大人了，在城外的乱坟岗。"

闵安一听这话，一头从木头桩子上栽了下来。老东家毕斯待她虽说不上优渥，但也有两三年的知遇之恩，现在听到东家不明不白地被撂在乱坟岗里，怎能不让她心急。她爬起身，顾不上拍去衣袍上的沙土，对李培南说："公子容我去看看。"就跑出了校场大门。

李培南在行馆里等了十多天，就是在等一个结果，至于当事人的死活，他原本就不关心。看到闵安心急火燎地跑出去，他考虑一下，转头吩咐厉群说："跟过去，只要不坏事，尽可能帮她查出死因。"

厉群应命，连忙追了上去。

乱坟岗在清泉县东头十里远的地方，每隔一段日子，就有老役夫赶着驴车，将县衙里瘐毙的犯人或无家属认领的受刑尸身，拖到这里埋掉，连前不久死的要犯茅十三也在里面。

乱坟岗除了阴湿气重了些，偶尔飘飘鬼火，大小坟头一直都很平静，不远处的山坡还开出了一面紫色的山花。今天的坟坡上，却多了一道尸身，并非是老役夫拖来的，穿着又很体面，所以老役夫很快就报了官。

清泉县衙一连失了知县、典史两名官员，朝廷里下派的新任知县又未到达，因此代为主政的就是主簿。闵安赶到乱坟岗时，主簿已吩咐衙役们拉起了竹障阻挡外人靠近，并在尸首周边撒好了石灰粉，将初期勘察事务准备妥当。

县里的仵作在先前的牢狱动乱中被射杀，编外又未招置人手，主簿看着地上摊着的尸身有点着急。回头看见人群里露出闵安一张焦急的脸，他连忙招手唤道："小相公过来看看。"

闵安若是凭借厉群的腰牌，完全可以走进这块案发地。但她熟悉刑名律法学，知道案件牵引到自身决计没有好处，因此只站在竹障外观望。听到主簿叫唤，她也不过去，只摆手说闲杂人不便靠近。

主簿说："我本想请吴仁先生过来勘验的，没想到先生已经离开了本县。小相公再推辞，毕大人的尸身就没法安殓了，小相公以前是他的属下，总不愿让他曝尸在这地方吧？"

闵安考虑得谨慎，再三向主簿强调只能粗验一遍尸身，且所说的结论不能作为呈堂的证据，推脱了责任得到了保证后，她才动手勘验。

自走到竹障外看到坟坡上的迹象起，她就知道东家毕斯死得蹊跷。且不说死亡的时期刚好卡在都察院再审案之前，单是看坟坡里杂乱的光景，就让她备感惊异。

毕斯侧卧在一株斩断的花树下，衣袍整洁，没有打斗痕迹。致命伤是咽喉一记剑痕，凶手直戳进去，并未溅出多余的血迹。毕斯牙关紧闭，脸色隐隐带些青紫，皮肤白中带黄，四肢软疲，除此外表一切如常。

尸身旁边有很多杂乱的足迹，野草被踩倒，倒向四方，已看不出是何人从哪个方向来，又走向了哪一方。足迹这一点线索断了之后，另有一条拖曳的痕迹延伸到坡下去，压得草尖倒生，就像是有人从花树底爬下了坡，抑或是滚下坡一样。

主簿自然看得出来这条明显的痕迹，已派衙役走到斜坡下查巡。留在坡上的闵安专心勘验毕斯尸身，查过身体未进服任何毒物后，她席地跪拜了拜，解开毕斯衣袍，去查看体表的尸斑。

"从尸斑出现的情况来看,毕大人应当死于今日凌晨。"闵安抬头看到眼前的山花开得灿烂,又补上一句,"死在花开之时……"

主簿蹲下身,指着尸身旁的花树残枝,问道:"四处的花儿都长得齐整,就这一棵被斩断,小相公再看看,认得这棵是什么花不?"

闵安早就看出花树的不简单,还曾趁着蹲下身的机会闻了闻残枝上的香味,最后大致肯定,它正是非衣一心想找的紫美人花。以前她在黄石坡曾花费大气力采到一株,被李培南拿走转送给了非衣,非衣将干花制成软枕送给小雪,小雪后又发病,需要紫美人花的清霍香气醒脑,非衣若是知道此地也长了一株,势必会来采的。但闵安对此花并不熟悉,没有到达一看便识的程度。

不仅如此,闵安还知道非衣的脾气。非衣为了小雪的头痛病向来不假手于人,甘愿自己四处奔波帮她采摘奇花异草,即使还偏远阴凉的地方,也不能阻挡他的脚步。

联想到这些,闵安突然隐隐担忧起非衣。主簿推她,她回过神答道:"紫美人花。"

主簿随后唤一名懂得花草的老书吏过来,让他闻了闻残枝香味,印证了闵安的话。这时,下到坡底的衙役大声喊着:"大人,这底下还有个活死人!"

主簿带着闵安赶紧走到坡底查看。

映入众人眼帘的是一个新坟,坟前立有一个木牌,上面写着茅十三的名讳。坟包前,摆放着一些祭品和纸钱,和其余的野坟并无多大区别。除去衙役踩出的脚印,拖曳的痕迹也断在这里,地面草皮坍塌了一块,露出一点黄黑的陶缸缺口。胆大的衙役翻开草皮盖子,在里面掏了掏,竟然掏出一个浑身是泥蜡的女人来!

闵安扒开女人的乱发看了看,失声唤道:"含笑!"

含笑眼睛睁得很大,眼神中满是惊恐之色,仿似瞧见了什么怪物一般。她的绣花鞋糊住了一层泥,衣裙脏乱不堪,闵安无意摸上去时,还察觉到她的身体滑腻腻的,带着点冷气,倒不像是泥浆糊了外衣那么简单。

含笑伸出满是泥浆的十根秃指,指向闵安,呼喝道:"是你!是你杀了毕斯!"

主簿惊异,抬头看看衙役们,使了个眼色,衙役们连忙将蹲着的闵安围在中间,厉群见状,抽出军刀走了过来。

闵安浑如不觉,稳住含笑的身子问:"我一直待在行馆未出门,如何杀得了毕大人？小娘子可要想清楚啊，不能含血喷人呢！"

含笑一阵恍惚，突又尖利地叫道："那就是随你一起来的公子！被你唤作'非衣'的那个！就是他！就是他！"

厉群提着军刀走近闵安这群人，主簿看到厉群面色不善，连忙站起身笑道："中间可能有些误会，军爷休要恼怒，我们将人带回衙门再好好审审！"

两刻钟后，厉群骑马带着闵安火速赶回行馆。他们匆匆上楼，书房里的李培南正与侍卫队长张放商议事情。

闵安仔细闻过自己周身并无多大异味，才走进书房，向李培南转述了毕斯的死因及症状，再斟酌言辞说道："案发现场还有一名人证，叫含笑，是茅十三以前相好的寨妓，我与二公子从她手里寻回了账本，她认得二公子的面相，不知为何指证是二公子杀害了毕大人。"

李培南冷冷道："她说得十分肯定？"

闵安点头，李培南又问："可有破绽？"

闵安想了想说："含笑的神情已有些恍惚，精神气头不大正常，但说话还是很清楚。如果要驳斥她的证词，只能从她的疯病入手，使她的言证无效。"

李培南冷淡道："这还需要驳斥吗，疯人的话本就不足为信。"

这倒是事实。闵安揭过第一个问题，朝厉群看了一眼："还有一条不利于二公子的证据。"

厉群拿出一张画好的草图给李培南过目，"二公子随身所佩带的软剑是用乌金淬冰特制的，剑口呈三棱状，一旦刺入人身后，剑上所带的寒冰气即可封住血脉，不使伤口迸血，而毕大人的致命伤与此吻合。"

李培南回道："他从哪里找到这样一柄软剑，净是添乱。"一眼看完草图后，他随手丢向一边，回头对张放吩咐，"火速传信回去，叫非衣进世子府好好待着，不准出大门一步。有官府人来，请出父王，守到我回。"

闵安这才知道第二条证据当真对非衣极为不利，否则也不会惊动世子爷摆出如此架势。世子爷向来不大理会华朝法理，只要能保全楚南王的名声和颜面，除此两点外，闵安看他想杀谁就杀谁，完全没有心慈手软过。

前面县衙牢狱动乱，闵安曾细细数了，王怀礼大人死在世子爷的见死不救上；仵作死在他的亲自授意下，被厉群一箭洞穿了咽喉；大批越狱重犯死在他布置的飞箭下；那个大门前敢与他叫阵的都尉，也被他寻了个借口一剑斩落在马前……

由此可见，世子爷对于外人极为狠心，他能传信回去，叫非衣不露面躲藏起来，大概是因为遇见了必须要顾虑的问题。

果然，李培南拈出一张文纸放进闵安手里，"父王告假之后，宫里特派彭因新作楚州御史，监察大小政务，首站就是清泉县。他这次来得快，带禁军封锁了进出清泉县的所有路，设置重重关卡盘查，哨铺的马兵也被阻隔在外，只传回了飞信。"

闵安担忧道："彭大人已经到了吗？"

李培南回道："下午到任。"

下午申时果然传来消息，彭因新手捧幼帝御赐的尚方剑，带着一队骑兵进驻县衙。令人意想不到的是，非衣随后在衙役夹道的恭请下，也走进了县衙，并未有受胁迫之态。

李培南一听完消息，就放下手里的茶，对随侍的莲叶说："更衣。"莲叶连忙去收拾世子的公服，伺候他出门。

闵安低头揪心着非衣的行事，推想到他既然能来县衙，肯定是出自本意。李培南从头到尾没说什么，换好了衣装，再取过散发着寒气的历代太子佩剑蚀阳，极为利落地朝县衙走去。

李培南赶到县衙之前，含笑作为首要证人，被主簿接到了县衙花厅里休整。主簿唤来郎中给含笑诊断，含笑一直坐在椅子里轻颤，闭嘴不说话。郎中诊了一刻，对主簿说她并无大碍，只是受惊过度，需要调养身子。

无论主簿怎么问，含笑都不开口。

因为她不敢说任何和案子有关的事情。尽管那些事情烙印在她脑子里，根本不能忘记。如果不出意外，等审查案子的大人升堂后，她还必须拔下头上那把唯一的头饰——镶珠银钗，狠狠扎进自己脖子里，在公堂上死给到堂的人看，以加深她言词的可信性。

即使快要死了，她都不能清晰记起是如何沦落到这一步的。她只记得那个穿着青纱袍的少年公子，带着一双温暖如春的眼睛，坐在她跟前，极清楚地说着：记住每一个步骤，不能错。

少年公子的声音很温和，像是春风吹拂到湖面，解冻了沉睡一冬的雪水。她听着他轻柔的嗓音，觉察不到一丝的恶意，不知不觉想要睡去。直到泥蜡抵挡不住冰块的冷气，刺着她的皮肤了，她才能清醒过来，原来她仍然留在噩梦中，天天要在满室的冷气里苟延残喘地活下去。

含笑所能记起的事源，是从毕斯来向她打听账本的那晚开始。她害怕妓馆人多口杂，又给捅出娄子，害她再没个落脚处盘营生，忙不迭地挽起毕斯的手臂，笑着跟鸨母说要随官人出场。随后，她和毕斯所乘坐的轿子却被抬到了一座青玉瓦的大宅院中，几个粗壮的轿夫赶着他们进了堂屋，并守住了唯一的退路。

含笑这才明白，轿夫们特地等在妓馆外，是专程冲着他们来的。一名穿着雪白底衣拢着青纱袍的少年公子，从一列富丽堂皇的芙蓉锦缎屏风后转出来，看了她一眼，微微笑道："姑娘与毕大人有牵连，为了不出纰漏，只能将姑娘一并请来了。"

含笑慌张喝问："什么纰漏？又关姑奶奶什么事？"

少年公子不看她，只对一旁默不作声的毕斯笑了笑，"想必大人已经猜出了我是谁，又是为了什么目的而来。"

毕斯脸色大变。少年公子出示了两道分契的镶铜木牌，向毕斯讲明他就是按察使司彭因新和闵州朱家寨联合派出的信使，负责账本一事的善后事宜。

含笑听到"账本"两字，情知自己实则是脱不开关联，忍不住瘫软在地。她看到毕斯脸色变了又变，似乎在急促地思量着什么，偏偏那公子一直微微笑着，丝毫没有端出狠厉的颜色。

毕斯犹疑之时，少年公子淡淡说道："毕大人从第一天向彭大人投诚，拿到了第一笔'赏银'起，就知道若是整个事出了纰漏，自己该怎样做才能补救大局。彭大人现在就要毕大人做出表率来，不可令后面跟进的官员们学到坏处，继续错了下去。"

毕斯擦着汗问："彭大人想要本官做什么？"

少年公子指着桌上的两只青玉碗，缓缓说道："喝下这碗水后，大人可能会觉得手脚无力，但并无大碍，这不是什么致命的毒药。大人在我这宅子里住几日，随后等着彭大人来发落。"

"先是……软禁吗？"毕斯也能想到，随后的处置谁又能担保不拿他小命？

少年公子轻轻点头，"外面一直在找大人，大人也需要找个地方避一避。"

毕斯仍然犹疑不决，不愿服下汤药。

"毕大人高堂今年七十有七，准备于下月做寿，届时吏部会下放一道官照赠予令弟，选拔令弟出任宣议郎一职。"少年公子微微笑着，"与喜好不俗的毕大人一比，想必令弟更得高堂的欢心。"

毕斯思前想后，一直抖索着身子，最后才咬牙说道："彭大人可要保证本官家人的富贵，本官才能听从公子的安排。"

"那是自然。"

得到保证后的毕斯拾起青玉碗，十分艰难地喝下了迷神汤。随后，少年公子看向一旁屏声静气的含笑，手指向另外一碗水。

含笑唯一的牵挂，是昌平府花街上做席纠娘子的妹妹，柳玲珑。玲珑为了凑钱银赎她脱离烟花柳巷之地，将自己卖进了杂戏班子里。可她堕入红尘久了，早已过不惯其他的日子，拿到妹妹的银子后，辗转去了更偏远的地方落脚。她本以为离着远了，听不到妹妹的消息，心里就不会那么愧疚，直到眼前的少年公子告诉她，玲珑被班主转手卖进了花街，其实也落入火坑里时，她才知道自己的贪恋害了妹妹的后半生。

含笑听到妹妹一直眼巴巴地等着她来赎，苦练陪酒技艺最后被迫卖身时，流下了羞愧的泪水。

"我可以将她赎出来，给她一份良籍，让她过上正常的日子。"少年公子允诺道。

含笑不会傻到仅凭一句口头话就相信一个陌生人的承诺，况且代价到底是什么，自己并不清楚。她需要的是更多的保证，如果真能让妹妹脱离苦海，她也认了。

少年公子似乎猜透了她的心思，淡淡道："毕大人就是现成的例子，这既是彭大人的决定，毕大人显然是信得过的，以毕大人的身份尚且如此，姑娘你又何必执着呢？"

含笑扑倒在地，悲痛大哭，心中实在是难以做出取舍。她一点儿也不信这少年公子的话，什么彭大人，更不用提。这一碗水喝下去，多半命归黄泉，悔之晚矣。蝼蚁尚且贪生，更何况她是正值年华的女子。少年公子将她扶起身，用雪帕擦去她的眼泪，叹气道："我的话说得重了些，是我的不是，向姑娘赔罪。姑娘若是不愿意喝下迷药，也可，只是有一点需保证，不能随便走出这座宅子，被外面人逮了回去。"

含笑忙不迭地点头，在一间昏暗的石屋里照料着昏软无力的毕斯，前后度过了十天。期间，她并没有见到那名少年公子，只有仆人递进饭食所需来，也不和她说话。

第十一天，她和毕斯吃过午膳的汤食之后，双双昏倒在地。待她再清醒时，发觉已被挪到一处地下室中，四处堆满了冰块，石槽里还有两道琉璃石所砌的透亮棺材，夹层也被搁置了降温的冰块。

她看到毕斯疲软侧卧在冰棺里，身上换好了锦袍，如往常一样睡着了。

少年公子走进门来，叹了口气，拈出一张昌平府衙户房批下的"放良"文书在她眼前，上面有妹妹柳玲珑的姓名年岁、体貌特征等内容，并说道："这张文书是官衙发放的，已在户房勾了档，一旦姑娘成了事，我必将文书转交到玲珑手里，让它即刻生效。"

含笑听出自己并无选择的余地，忍不住抖着身子问："公子这样说，是不是那彭大人已经有了指示下来？"

少年公子点点头，道："彭大人要确保案子无法审理，必然要消除一切对他不利的证据，而你和毕大人恰巧又在证据中，所以一定要消失。"

含笑哭了起来。少年公子静坐一旁，待她哭完，才摸摸她的头发说："睡一觉就好了，不用那么痛苦。"

她哽咽道："为什么一定要我这个弱女子死，才能成全大人们的案子？"

他淡淡回答："我从接手楚州这边的案例起，就知道没有回头路，也做好了死的准备。所以说，不仅是你，连我也逃不脱最坏的安排。所以，现在我们只能为自己争取最好的结果。"

她听了这段话并不能宽心，哭泣不止，眼泪结成了冰珠子。少年公子一语不发坐在一旁，待她哭累，递过一方帕子给她，说道："传闻西疆苗蜡族有门绝艺叫'蜡尸'，将人封进泥蜡里，只留气孔喂食淡盐蜂蜜水，可多保存五日的气息。"

含笑止住了哭声，惊疑道："公子所说的，我以前在哪里听到过……"

少年公子苦涩道："我知道，讲故事的是闵小相公。他在读书时从我这里听去了原委，添油加醋一番，再四处说出来恐吓旁人。"

含笑越发惊疑不定，"公子现在再讲一遍，又是什么道理？"

"只是传闻，并未亲见，总归要试一试的。"少年公子答道，朝冰室门口看了一眼。

随后走进一个颧骨高瘦的男人，脸上少肉，眼睛深陷，手上带着黄泥的气味,让含笑看了一眼,立刻就想起闵安所讲故事里的那个"骷髅人"。她惊叫着,不住朝后退。

少年公子沉声道:"委屈姑娘了,先拿姑娘来试试'蜡尸'一法是否可行。"

高瘦男子咧嘴笑着,滑腻腻的十指就要摸上含笑的身子,被少年公子一把拦住。"舵把子曾答应过我,只展现独门绝艺,决不坏了姑娘家的身子。"

舵把子即是行话,被用来称呼独门手艺的掌门人。那高瘦男子显然就是掌门人,他恋恋不舍看了一眼含笑软媚的身子,抑制住色心,果然动手涂抹起泥蜡来。

少年公子动手剥开含笑的外衣,只留下她的一层底衣小裤,看着调匀的泥水糊了她一身,再任由高瘦男子细细封上白蜡,将她扛放在冰块石棺中。

少年公子走近,看着含笑的眼睛说:"三天后,你会在茅十三的坟前醒过来,要一口咬定是公子非衣杀了毕大人,随后会被衙役带进衙门里审理。在公堂上,你会见到彭大人,就是彭大人掌握着玲珑姑娘的生死,倘若你说错一个字,你和玲珑的后果都很惨,我也不能挽救残局……"

高瘦男子凑过来狞笑:"最好你说错话,成不了事,彭大人就会把你赏给我,我天天筑个泥坛子养着你。"

被泥蜡封住只露出一张嘴和两只眼睛的含笑,努力掀了掀嘴皮子,"求公子……帮帮我……"

少年公子叹道:"我也难保自身,实在是爱莫能助。彭大人这边的案子审得好,一荣俱荣;审得不好,一损俱损,连我也脱不了干系。姑娘可想好了,后面应该怎样做,是成全玲珑过上太平日子,还是忤逆彭大人的意思,最后去伺候这位舵把子?"

含笑艰难看看站在一旁狞笑的高瘦男子,无奈地闭上眼睛。

少年公子又说:"彭大人会在公堂上询问你案发经过,你无需说清楚,只管一口咬定就是非衣公子杀害了毕大人,故意落个破绽下来。非衣公子那边,势必会有楚南王世子撑腰,我的目的就是要世子质疑案件是否合理,在公堂上引发争议。一旦世子质疑了彭大人的审理,与彭大人当堂对质起来,彭大人就有借口调派军队镇压,将世子一批人囚困在县衙里,随后是死是活,一切看彭大人的主意。"

含笑默然听到这里恍然明白,少年公子口口声声提及的"彭大人"必定是幕后首领,位高权重,在外操纵着一切;而赶来撑腰的世子,才是他们最终想灭掉的人物。

少年公子似乎并不惧怕她的不配合，当着她的面处理了毕斯的尸体，起到了杀鸡儆猴的作用。他拿出一柄尖利的剑刃递给瘦高男子，说道："彭大人的意思是，毕大人必须死，再嫁祸给非衣公子。非衣有一把防身软剑，是特制的，曾在山道打斗时展露过一次。我寻了曾被他伤过的猎户问清楚，赶制了一把一模一样的来。"

瘦高男子拿剑利落地刺进毕斯咽喉中，昏迷的毕斯动都未动就断了气，冻透的脖子也未迸出更多的血珠，恰好达到了少年公子要求的寒气封喉的效果。

待毕斯尸身落出尸斑之后，两人再将尸身小心抬进冰棺里放好。少年公子对瘦高男子说："就等非衣听到我散出去的消息，来乱坟岗找紫美人花了。花开在卯时，需要一个时辰解冻尸体，你在寅时升火解开尸体，再运到坟坡上去，那时非衣已走，你必然不会与他相遇，而尸斑仍然显示是在卯时案发的。"

"至于她嘛……"含笑看到少年公子朝她看了过来，极力睁大眼睛，流露出哀求之情。少年公子对她微微一叹，低声道："能用自己一命来换取妹妹的一生安乐，这也值当了。"他再也不看她，转头向高瘦男子说道："烦劳你在坡上弄出一些杂乱痕迹，让衙役找得到她。"

"记住每一个步骤，不能错。"最后，少年公子对含笑说完这一句，就离开了冰室，只留下一名心腹仆从照料她的饮水药汁事务。

含笑昏睡在石棺里，觉得身上一阵冷一阵热。她饿得腹中空乏，偏生又死不了，每隔很长一段时间，仆人就将咸而淡的汁水滴进她嘴里，若是一只滑腻腻的手忍耐不住，摸向她的脸时，那人还会将手掌拍开，确保她不会遭受更多的骚扰。

含笑不愿睁开眼睛看到高瘦男子那张骷髅脸，以及他脸上不怀好意的笑容。大概昏睡了三天后，仆人将她抱出冰棺，剥开她身上的白蜡，套上她先前穿的衣裙，又将她浸在一个泥水陶缸里，赶着马车去了乱坟岗。

被埋在地底陶缸里的含笑看不到外面的动静，她聚集起所有力气，用十指抓挠缸口，想掀落满身的泥巴和草末皮爬出去。她拼着一股求生的欲望，扒拉了很久很久，待她回过神看时，才发现不过是手指掏开了一个泥巴洞。一缕久违的阳光落在她眼前，让她突然升起一线希望，但随即，她就明白了她所做的事情，其实是徒劳无益的。

因为她很快发现，衙役找到她、质问她看到了什么、误以为她就是案发场地的人证……种种事情与少年公子的推断不差分毫。含笑心如死灰，混乱想着她与妹妹柳玲珑的前半生，最后终于屈服在现状面前，接受了少年公子的安排。

含笑抱着自己的肩，等着彭大人的到来，眼里流露出惊惶之情。可是无人能看懂她，她也抗争不过已经安排好的结果。

含笑任由县衙里的厨娘替她整理好了衣裙，抖抖索索来到公堂上。

这是她第一次上公堂，依令跪在了听审月台的石板上。她抬头去看，大堂暖阁里摆着蓝天红日屏风，砌着青砖石台，公座上坐着一个圆脸白面的官员，身穿斜襟青蓝色丝织孔雀锦翎官服，相貌硬冷，几乎不屑于将目光落在她身上。

大堂衙役擂响堂鼓，将迷神的含笑震醒。她再怯怯抬头看，又看到一名气宇轩昂的公子站在公案下，神情冷漠，一袭锦青色长袍衬出了他的孤离，以至于让她忽视了他衣袍下摆的花粉草末印子，以及靴底的那些黄泥。

她想起来了，他就是非衣。

含笑忽视的问题，在升堂的彭因新眼里，却是有力的证据。他开始质问非衣，何时去过乱坟岗，又曾做过什么事。

非衣淡淡道："彭大人已经知道我去了山坡采摘紫花，又特意派重兵守在我退路上，将我请到公堂上来，何必再假意惺惺地问我呢？"

彭因新坐着抬了抬手，"本官依律审案，自然需要公子在公堂上说出缘由，方便书吏落笔记录证词。如此简单易懂之道理，公子却装作不甚明了的样子，依本官来看，公子才是那个假意惺惺的人罢！"

非衣回道："公堂之事我确实懂得不多，但至少晓得，大人不可仅凭他人证词就将我定罪的道理。大人说我杀人，需要证明我的动机，杀了此人是否有利可图，又是怎样杀害当事人的，谁人可做人证，物证又在何处。这种种细节，不是大人坐在公堂上张张嘴就能下定论。"

非衣自恃清白，又因连闯关卡会连累父王名声，害得父王面上不好看，才想着亲自回县衙一趟，将这桩麻烦事了结掉。他站在公堂上听了一刻审，逐渐意识到，彭因新根本就是有备而来，特意搜集好了"证据"来对付他。

彭因新首先请出随侍毕斯的老仆人。老仆人说东家毕斯曾冒犯过公子一次，被公子甩了一耳光。随后东家就在他面前长吁短叹的，说是公子生气得狠了，以后会要了他的一条小命，他必须去求小相公想想办法。

彭因新问："可有此事？"

非衣淡淡道："有。"

彭因新再示意跪在月台上的含笑说出她所看到的事情。含笑虽经那少年公子再三点拨，但她本来就没看到所谓的"事发经过"，不可避免就要说得牵强含糊。非衣听得皱眉，一旁记录的书吏也是难以下笔，硬头皮挑拣着主要意思写了下去。

彭因新却不动声色，只问非衣："公子还有什么话说？"

大堂仪门外突然响起了云板敲击的清脆声音。随后，前堂鼓也擂响了，门子拖长嗓音喝报："世子驾到——"

世子位极爵禄，只是三品官员的彭因新也必须站起身，整理衣装走到月台下，朝着仪门外作揖相迎。

李培南束发戴冠，身穿紫色锦袍及绯红罗纱蔽罩，腰悬长剑走了进来。他的步伐不紧不慢，衣摆层层拂落下来，即使有风，也断然不能掀开一角底衬。世子冠服熨帖在他修长的身体上，勃发出一股威严之意。

彭因新想起李培南一言不合就敢杀人的往例，自查礼节已到，就朝身旁侍卫使了使眼色。随李培南而来的两名护卫官立刻挡在他身前，并指示随行的骑兵包围住了大堂院落。

李培南对身边的动静似乎毫不在意，径直走向官厅。跪在地上的含笑看到进来的李培南，暗道：这个就是彭大人要对付的世子，观他气度，是彭大人一干人能对付得了的吗？如果他出手，自己和妹妹也并非完全没有希望……

含笑心思稍稍活络起来，不料一抬头，就对上了彭因新恶狠狠的眼睛。他的眼里饱含着警示之意，好像在说，胆敢做错一步，他就当场撕了她。

含笑想到妹妹还把持在彭因新的手里，又难过得低下了头。身旁又匆匆走过一道瘦削的身影，她没心思去看是谁，那人倒是站在不远处，用一双关切的眼睛看着她。

公堂上，李培南吩咐书吏递堂审记录给他，完全不在意升堂的规矩及礼仪。他浏览一遍后，冷淡道："既然彭大人要审世子府的人，必须按照世子府的规矩来，由我另提一名文吏参与庭审。"

彭因新站得远远的，冷笑两声道："一事不烦二主，公堂上同时有两名官员发号施令，世子觉得合适吗？再说了，据我所知，世子府就算有文吏，也没有三品的品阶吧，又怎能与我一起审案呢？"

李培南冷冷回道："彭大人听从我的文吏指派，便可避免上述局面。"

彭因新哼了声，抬抬手道："本官看世子不是来听审，倒像是来扰乱公堂的。"

"是又如何？"李培南慢慢走前一步，惊得彭因新与身边的护卫后退，"你们想动世子府的人，自然要先过我这一关。"

彭因新抬手拜天，厉声叫道："法理何在？世子难道真想担上一个'扰乱公堂、威胁朝廷御使'的大罪？"

李培南从来听不进任何言语胁迫，对着彭因新，自然也是不以为意。"我在楚州，便是法理。"

他再走近两步，引得彭因新脸色大变，忍不住喊道："禁军何在？"

院外的骑兵手按佩剑嗵嗵跑进来一队人。李培南双眼一翻，剑已铿然出鞘，非衣眼疾手快按住他的手臂，低声说："这事有蹊跷，世子可不能随便杀人，授彭因新话柄。"

李培南震开非衣的手，淡淡道："我就是要他反抗，生出叛乱，否则杀他容易，杀御使就会给父王扣上反政的名头。"

非衣看着李培南一双蕴含深意的眸子，立刻让开了道路。李培南转脸看到闵安仍杵在公堂一角，默不作声地望着含笑，不由得唤了一声："来我这里。"

含笑抬头，看到不远处穿着绢衣的人正是闵安。闵安似乎未听到李培南的话，仍然细细看着她，还低声说："不要怕，我求世子替你主持公道。你有冤说冤，有仇说仇，必定会有一个答复的。"

含笑看到公堂上的彭因新已经用眼色示意她了，连忙凄凉地摇了摇头，冲到了闵安身边。她极快地丢下一个"冰"字，然后一鼓作气跑到公堂前，扑通一声跪下："大人！小女子句句是实言，并未发疯！小女子愿意以死明志，来证明杀人凶手就是非衣公子！"说罢，她抽下头上的发钗，咬牙朝脖颈里刺去。

含笑含血倒下，扑倒在彭因新脚前，抬头挣扎出最后一口气，"求大人怜悯……"她自始至终都没看旁人一眼，遑论被她举证的非衣。

公堂上陡生波折，气氛由紧张变为凝滞。

李培南看着一脸镇定的彭因新，冷冷道："这就是彭大人的手段？"

含笑的尸身软倒在地，扑在彭因新脚边，右手搭在彭因新的螺圈线纹结底的官靴上，迫使他后退了几步，好像在迫不及待地躲避着脏污。含笑的衣衫很整洁，脖子上的伤口濡出一些血迹，渗落在地砖上，合成一股细流，除此外，她的全身上下找不出污败的地方。

彭因新脸色强自镇定，脚下却退得快了些，这个细节并没有逃过公堂上两个人的眼睛。李培南不看任何人，只管看着彭因新的脸，冷冷道："这就是彭大人的手段？"闵安心中却是一动，不知不觉走上前，蹲下身摸了摸含笑的脖子。外人看来，她似乎是在探查含笑的伤口，而实际上，在她听到含笑死前传过来的"冰"字后，她就有了详细检查尸体的想法。

面对李培南的质问，彭因新极快调整好一时失察的步伐，再缓退两步，向李培南抬了抬手："若不是世子横加阻拦案件的审查，耽搁了进程，也不会逼得证人寻死。证人为何受迫自尽，这中间的曲折到底是谁的手段，本官一定要查个水落石出，好向朝廷回奏。"

李培南分神看了看闵安，见她不起身，猜测她可能发现了什么端倪。院落里的禁军在缓慢走近，似乎有冲上堂拼杀一阵的准备。李培南一瞬之间就有了决定，扬手朝外一指，厉群会意，立刻带着五十名侍卫一字排开，守在了滴水檐前，阻隔了禁军的靠近。

这样的安排，既能牵制住大堂里的彭因新，起一种威慑作用，又能为闵安的检查争取一点时间。

闵安四处探了探含笑的尸身，她的脸上有余温，脖子是冰冷的，从衣衫下露出的领口肌肤也是一片冰冷。闵安不由得思索，含笑说的冰字，难道就是冷的意思？

护卫官看到吏生打扮的闵安蹲在尸身前一脸沉思，有意要维护彭因新的威严，借机呵斥道："闲杂人速速退后！尸身也是证物，怎能随便翻动！"

闵安已经摸了含笑的手腕和小腿，察觉到皮肤都是冷意，心中的疑问更多了，只是仍需一点时间理清其中的关联。护卫官一斥责，就打断了她的思绪，她还来不及站起身子道声告罪，护卫官的脚已经踢了过来。

一直在查看彭因新反应的李培南提剑掠了过去，扬起的凛冽剑影堪比寒雪，剑光掠过，起脚踢人的护卫官已经倒地，若不是他退得快，想必整支右腿就被连根切下。

与此同时，站在公案前的非衣出手如风，拉住闵安的衣领，将她拖了过来。

闵安在非衣手劲下勉强撑好身子，抬头时，只看到护卫官抱着腿咬牙倒地，而李培南已经站在了她与彭因新的中间，用一道凛然的背影阻隔了她的视线。

彭因新拉下脸道："世子当真要动用武力胁迫朝廷御使吗？公堂可是一个讲法理的地方！世子权势再大，也大不过天子的旨意罢！世子今天胆敢杀本官，就是抗旨逆政，可以谋逆罪问斩——"

彭因新的话未说完，李培南已经扬起蚀阳剑径直劈落下去，站在一旁的另一护卫官连忙举起刀鞘格挡，甚至还来不及抽出军刀。一声扑的钝响后，刀鞘断成两半，强烈的力道震得护卫官虎口迸血，右手垂落在身侧不住地颤抖。

李培南一击被阻，身形并不停，扬剑劈落第二记。彭因新趁着护卫官阻挡的那一刻，已经拔出了幼帝御赐的尚方剑，他见李培南袭来，将剑反挡上去。一阵大力直面冲击过来，彭因新站不稳，被迫后退几大步，直退到身子被公案撑住。这时，尚方剑啵的一声断成两截，李培南若是再进一步，扬剑劈下第三招，谁都无机会救下彭因新一条命。

彭因新反手撑在公案上，面如土色，心如鼓擂，此时无论如何都想不起朱沐嗣交给他的应对策略。李培南并未抢进一步，相反的提剑指地，只在嘴边掠了点笑容问："彭大人长记性了吗？我在楚州，就是法理。"

禁军呼喝着朝堂上冲，厉群一声令下，侍卫队齐齐抽出军刀，用刀尖对准了外面，就是非衣，也将闵安拉到身后，从腰带中抽出了软剑。

剑拔弩张之时，躲在暖阁屏风后听审的一众内务官吏将主簿推出，主簿踉跄一下，突兀地站在公堂众人面前。他愣了愣，咬牙冲到公案前，对提着剑的李培南连行礼，说道："世子万万使不得，彭大人好歹是个朝廷命官，在公堂上殒了命，会连累整座清泉县的老百姓吃苦役……。"

提到老百姓这句话，倒是震醒了一旁冥思苦想的闵安。她从非衣身后伸出头来，朝李培南的背影唤了声："公子，我有话要说！"

李培南并不回头，森然道："说吧。"

"公子请过来。"

李培南当真收了剑走了回去。非衣站着不动，面色依然镇定，心里却在惊奇，世子怎会听得进闵安的话？

外人并不知道，李培南愿意撒手，不再威逼彭因新，是因为他觉察到自己一步步的挑衅与羞辱，都不能迫使彭因新呼喝禁军进公堂护驾，这与他想制造一场动乱再趁机杀掉彭因新的计划有偏差。正如他对非衣所说的，杀一个三品官员彭因新容易，杀一个朝廷特派的御使却有些为难，因为谋逆之罪足以动摇他与父王的地位，尤其是在父王还未完全准备好的情况下。若是他退一步，禁军却闯了进来，无论彭因新是否授意，他都可以治彭因新一个冲撞皇亲贵族的罪过，杀了彭因新。加上他的人少，恰恰还能占住一个"以弱势自卫"的合理理由。

这就是李培南的盘算。他细细观察着彭因新，意外地发现，慌乱中的彭因新居然长足了脑子，迟迟不发出命令唤禁军进堂拼杀。他沉思一下，立刻醒悟到，彭因新暗中也在等着他发出拼杀的指令，去抢占公堂上合理自卫的理由。他可以激怒，却不可以抢先杀了御使，因此借着闵安的一唤之机，他收好了利剑走回来，再准备发起下一轮的挑衅。

非衣见李培南走回，依然挡在闵安身前。闵安自发走出来，对着一脸淡然的李培南说："公子真要讲些道理，公堂上哪能仗着武力乱杀人的。"

李培南笑道："那你想怎样？"

闵安低声说："彭大人不是口口声声要依照法理审案吗？我们就听从他这一次，在法理上找出证据破绽来，让他定不了二公子的罪名。"

李培南淡淡道："也好。"

闵安回头再看非衣，道："二公子认为怎么样？"

非衣本对整件事不以为意，见李培南都答得痛快，他自然更无不可。

"听你的。"

闵安不由得抓了抓头，低声道："今天两位公子倒是好说话。"

李培南与非衣互望一眼，又各自转过脸，并不说一句话。

主簿是个明眼人，看到公堂上的纷争有了缓和迹象，忙不迭地请求彭因新暂且退堂，方便衙役进来清扫地面。彭因新低声嘱咐护卫官，护卫官得令后，跑到堂前，命令堵在院落里的两百禁军原地守护，铁桶般的军阵实则依然阻挡了世子府一批人的退路。

衙役收敛了含笑的尸身，提水泼洗公堂地砖，厉群带着五十名侍卫撤向大堂后门，驻扎在穿堂走道中。再朝后就是二堂院落与花厅，李培南已与非衣、闵安进花厅商议事情。

主簿不断在大堂暖阁与二堂花厅中跑进跑出，给两边的大人们端茶递水，传达一两句口信。他作为县级的差官，深知今日之事难以善了，不论是哪一边，都不是自己能得罪得起的，只能尽力伺候，当听的就听，不当听的就在门外等着，心里只求老天爷保佑。

花厅里，李培南劈头第一句话就说道："我知道不是你杀了毕斯，你仔细回想下，中间发生了什么曲折，别让人钻了空子。"

非衣看了看闵安，淡淡道："毕大人不是我杀的，即便我要杀他，也不会寻了那种地方去，脏了手里的花。"

闵安道："二公子一向骨骼清奇，只怨我那东家命不好……唉，说岔了，二公子还是赶紧答公子的话吧。"

非衣这才转头向李培南，讲述了这段时间自己的详细经历。他在昌平府照顾小雪时，听到了个消息，说乱坟岗的骨粉土质养出一株奇异的紫美人花，当即就找了过去。他骑马穿过官道抵达乱坟岗，一路并不曾见到任何关卡，等他采了花回转时，唯一的归途上已有重兵把守，且在严密盘查来往行人。

李培南下结论道："彭因新将时间算得极准，只让你去，不准你回，显然是要嫁祸于你。"

三人将含笑和毕斯老仆人的口供，以及验尸所取得的证据等再三参详，最后一致认定紧要处在于两点：一是含笑的口供对非衣不利，据她所说，她是为了拜祭茅十三的野坟才恰巧出现在案发现场，又目睹了非衣杀人的经过，至于非衣反问他是如何杀人、为何又漏掉她这个目击证人等细节，她显然答不上来，最后竟然在公堂上突然自尽，以求加深她言词的可信性。

人既已死，死无对证，因此，非衣很难再针对含笑证词上那些语焉不详的细节部分进行反驳了。

第二点不利的地方就是，大家都认定了只有非衣的软剑，才能造成毕斯那样血凝不进口的致命伤。非衣表明，他的软剑只在一月前，为打退抢劫账本的猎户而使用过一次，平常也从未离身。若说毕斯是被他这把剑杀死，显然不可能。因此李培南推断，凶手必定打造了一把一模一样的剑刃，来造成特殊标记的伤痕。

闵安思索很久，沉吟道："软剑可仿造，伤口不出血的情况却不常见……再说毕大人身上的尸斑已证明，毕大人是在卯时遇害的……如果凶手想栽赃给二公子，势必要在卯时花开那一刻才能杀死毕大人，可是二公子却说，当时在花树前并未见到一个人影……"

非衣打断闵安的话问道:"可否先在别处杀人,再将尸身移到坟坡上?"

闵安摇头道:"若是这样,尸斑就会变动,决计不会显示出毕大人侧卧在地受死的样子。"

李培南和非衣对仵作之道并不深通,但对闵安的说法自然深信,他们对望一眼,都深觉到背后布置这一切的人头脑不简单,竟然在这次设下了一个死局。

"怎样才能做到……既不流血,又能控制尸斑发生变动……"闵安坐在椅子里沉吟,突然记起含笑所说的那个冰字,心中猛然一动,"是冰块!"

她谨慎地没有喊出口,仅是在心里盘算,冰冻尸身是否可能,毕竟以前师父没有讲过这方面的例子,验尸法则上也没有记载过。她想确定这个推论后,再将结果报告给两位公子。

闵安在心中盘算时,李培南已经移步花厅的另一侧,唤非衣过去商议事情。

李培南指了指一旁的座椅,示意非衣坐下,然后轻微动了动嘴唇,用细密的语声对非衣说:"公堂上免不了一场拼杀,要先把闵安送出去。"

非衣侧身应道:"我也有此意。她武力最弱,真正动起刀枪来,还不能自保。"

李培南点点头,起身离开了花厅,去外面唤厉群布置。非衣走到闵安跟前,问道:"你的头痛、背伤,都好了吗?"

闵安答:"都好了。"

"牙齿呢?"

闵安又会意地露齿笑一笑,向非衣展示她那修补得整齐雪亮的假牙,非衣移开眼睛,不去看闵安灿然的笑容,接着问:"我离开行馆之后,你有没有挨打?"

闵安委屈道:"我一向乖巧,哪能挨打。"

"那就是挨罚了?"

闵安担心日后受夹板气,不敢向非衣告状,就说道:"没有,大公子待我很好,将军也很好,我还跟豹子混熟了。"

非衣站在闵安座椅前背手哼了声。闵安一直顺眉低眼,看到非衣锦袍下摆上的花粉草末印子,下意识地弯腰给他拍了拍衣摆,嘴里说道:"二公子待小雪姑娘真好,这么远的地方,也要亲自去把花采到手。"

非衣似无意地后退一步,淡淡道:"换成待你,我也是这样。"

闵安抬头一愣,过后才由衷说道:"那真是谢谢你了啊,你真是个好人。"心里想着:他若真心待我,我一定要肝脑涂地地回报。

闵安并非不相信非衣，而是非衣以前曾对她说过一句话，被他记得牢牢的。非衣陪她出行桃花寨时，在马车里说过："我待你的好，以后都要偿还回来。"

尤其非衣还强调，自小到大，他的身边就挤满了求富贵的人，不拿出相应的东西来换，不能指望他平白无故待那人好。

也许从那时起，闵安始终觉得，非衣虽然表面上备极荣宠，但内心深处却是孤单寂寞的。她暗下了决心，与非衣相交，必须要秉足真心，让他知道自己并不是只求从他那里获得便利，这世上，也会有人用一颗赤诚之心，去和他交换。

非衣细心看了看闵安的表情，见她仍是一派天真，眼神不由得一黯。他在分别的这半月里，不时想起闵安俏皮微笑、耍无赖的各种样子，觉得自己记挂闵安的原因应该是，他随意将闵安丢给了李培南，将闵安留在行馆里受训，势必会让闵安孤立无援，吃到一些苦头。他的内疚与关切之情都浮现在脸上，可是闵安却看不懂，也瞒住了李培南惩罚她的事实。

显然，闵安与自己生分了许多⋯⋯

然而非衣转念一想，这不正是自己想要的结果吗，又何必生起一股惆怅之情？非衣低头定了定心神，恬淡本性终究战胜了起伏不定的心思，使得他再次面对闵安时，又恢复了平常的处事态度——不冷不热，保持着适当的距离。

闵安看到非衣背手站在一旁不说话，关切地问了一句："你在想什么，是在为案子担忧吗？"

非衣抬头微微一笑，道："天塌下来也不会让我担忧。"

闵安受他感染，也笑了笑道："说得也是，除了听说小雪不舒服，很难见你变脸色。"

非衣暗自别扭，忖道：每次与我说话，她总是提及小雪，难道在她心里，小雪是我的未婚妻吗⋯⋯

非衣微微皱起眉，突然抻出手去，捏住闵安的下巴，痛得闵安龇了龇牙，刚好显露出被补好的那一颗。

闵安含糊道："干吗呢？"

非衣细心看了看闵安的补牙，淡然道："补得不错。"

闵安去扒拉非衣的手，呵呵笑，"玄序的手艺当然是好的。"

"哦？"非衣手上不由得加了点劲，"玄序是谁？"

闵安觉得这种动作下的对话十分诡奇，终于从非衣手里救下了自己的下巴。

她对非衣没那么多戒心，一边揉着下巴一边低声嚷嚷着："玄序的本领可大了，会很多活计，性子又温和，总之我很喜欢他！"

非衣忍耐半天，最终拈出一粒花种弹向闵安脑门，"不是听说你喜欢萧宝儿的吗？"

非衣这一弹的手劲奇大，闵安不满地瞪过去，道："玄序我也喜欢！"

非衣又拈出一粒花种，扣在手指间问："老实讲，那玄序又是何方神圣？"

闵安看到花厅雕窗外走来的李培南身影，连忙摆手，"还是别问了，大公子不喜欢我谈论私事，为此还重重罚了我一次。"

非衣抿唇不语，看她确实是怕得很，脸色透出了一点苍白。他不知道李培南用了什么手法，竟然让闵安达到闻之色变的地步。

李培南走进门来，看了看一坐一立的两人，十分不喜他们不约而同安静下来的气氛，想都不想就出声唤道："来我这里。"

闵安自然知道他唤的是谁，乖乖地走了过去。

李培南随手拈开杯盖，贴着杯口试了试水温，闵安连忙提起一旁的茶壶再斟了一盏茶，递给李培南，并眼巴巴地看着他，"公子有什么吩咐？"

李培南安然受茶，喝了一口才说道："等会儿彭因新又要升堂，我安排人驳诘那两条证据，再派你外出。你出去后，记得不要再回来。"

闵安惊异，"为什么？"

李培南直接回道："你武力低，又怕死，留这里无用处。"

若是换成旁人，那人势必要在主家公子面前表露一番决心，再拿出誓死追随的气概来。闵安却有自己的打算，欣然点头应道："好啊。"

李培南见她答得爽快，忍不住笑道："我喜欢这样的……"后面生生克制住了，没将"你"字说出口就调头走出了门。

闵安朝非衣招手，两人随后跟着李培南穿过穿堂走道，来到公堂上。公堂上下的光景依然如故，彭因新站在暖阁青砖石台上，朝李培南这边抬了抬手，待讲过场面上的礼仪后，他就坐着传令升堂，堂下的禁军驻扎在卷棚前，守住了出路。

主簿顾着李培南的声威，暗地传话下去，省去两旁衙役拖长调子的呼喝"升——堂——啰"，催着他们赶紧擂两下堂鼓了事。

第二次堂审开始。

李培南与非衣坐在暖阁公案左侧椅中，闵安站在椅后。对应的右侧座位虚设，无人有地位能与楚南王的两位公子抗衡。

彭因新见非衣稳坐不动，拍了一下惊堂木，"疑犯堂前听审！"

李培南虚抬左手，示意非衣坐着不动，朝厉群看了一眼。

厉群大步走出，向公案后的彭因新抬手说道："禀告大人，二公子昼夜奔波，身子受了点风寒，不宜站在堂前听令，不如让下官代替二公子受审，请大人发落。"

彭因新寻思若是再坚持规矩，这第二次堂审又要进行不下去，只能暗地里咬了咬牙，应允了厉群的要求。

但是他没想到这仅是厉群的第一步。

厉群不等堂上发令，自顾大声道："大人断定二公子杀害彭大人时，正值卯时花开之刻，那时天色尚未大亮，即便是站在坟坡上，也不见得能看清行凶者的面目。"他伸开手臂，落落大方在满堂的官吏面前转了一圈，又说："各位大人看看，下官的身形、体态、衣着是不是与二公子很相似？假设下官走到坟坡上，采了那株紫美人花，会不会就让人误以为是二公子去了那里呢？"

彭因新厉声喝道："厉将军休要混淆堂上诸位大人的眼目！那证人含笑临死前说极清楚，她是亲眼看到非衣公子去了坟坡，杀死了毕大人！"

厉群指着世子府的一名侍卫说："你给大人们说说，卯时花开之时，非衣公子正在做什么？"

侍卫抱手向堂上诸人行过礼后回道："在下陪着公子寻找进山的路，还曾在树底歇息了一阵，待卯时过后才启程……"

彭因新大怒，猛拍惊堂木，喝道："荒谬，简直是一派胡言！厉将军以为随便提出一名亲信，就可以反驳证人临死前的证词吗？法理上近亲避嫌的规矩，你们都不知道吗？"

一直坐着不言语的李培南，此时开口说道："既然彭大人说近亲不可信，那我便从彭大人的亲随队里唤出一人，让他来证明二公子去了哪里。"

彭因新疑惑不定，李培南的话，几乎让他乱了阵脚。这显然是朱沐嗣没有考虑到的，彭因新更是手足无措。他在脸色上竭力保持镇定，拿着火签准备撒下去，喝令衙役撵开厉群，李培南却不看他，朝着堂下随手一点，"你来。"

彭因新抬头去看，一名穿银甲佩长剑的禁军走进了公堂。那人一直站在堂下守院门，不可能私下与李培南有任何密谋。可是李培南随手一点，就将他点了出来，而他也依从地走上堂来，神态坦荡，丝毫没有惊惶的神色。

走到公案前的这名禁军相貌俊朗，他低头扣手一拜，颇有大将之风。

"卑职左轻权，禁军西营骑兵百卫长，可证明今日卯时花开之时，正带队巡查乱坟岗外的山道，当时曾看到二公子正坐在树下。因此在下可用身家性命担保，二公子不是杀害毕大人的凶手。"

公堂上下除去李培南与非衣，及刻意保持镇定的彭因新，在场之人均是面面相觑。彭因新略略沉吟，猛地一拍惊堂木，大声喝道："你身为禁军，乃天子肱股，开口之前可要想清楚了，串供证词是重罪，莫毁了前程！"

左轻权一字一顿道："在下字字属实，串供的指控绝不当。"他回头朝堂下一扫，朗声道："当时西营尚有众多兄弟与卑职一样，亲眼看到二公子，大家可愿做个佐证？"

受他统领的百位骑兵齐齐上前一步，呼道："队长字字属实！"

彭因新看向一旁镇定坐着的李培南，这才明白，李培南远在他审案之前，已经安插了亲信进入禁军营。若不是非衣案子的牵连，这个藏得如此之深的暗桩，想必还不会被翻出来。

到这个时候，彭因新也无法可想，下一步，他决定仍然按照朱沐嗣的主张走，不再旁生枝节了。

在左轻权誓死证词下，非衣出现在案发现场的嫌疑已经不能成立。彭因新只能专注于第二点：只有非衣的佩剑，能造成毕斯的致命之伤。

公堂上摆出的第二条证据不易辩驳。非衣所佩戴的软剑始终未曾离身，且能造成寒气封血的伤口，如果没有证据表明，这世上尚存有第二把这样的剑，则直接可证明非衣就是杀人凶手。而依非衣孤傲的性格，他自然不屑于借失剑、借剑等托词来使自己避开嫌疑，这也是彭因新意料中的事。

在昌平府商议种种要事时，朱沐嗣就对彭因新分析过与案件牵连的各路人马的脾性，以及随后可能会出现的局面。当局面超出控制时，又该用怎样的后继方法来弥补。

至今为止，彭因新不得不承认，公堂争讼的情况大致都被朱沐嗣猜中了，只是驳诘的手段略有区别。世子府翻出暗桩左轻权做假证，推倒了含笑的证词，物证方面，却不容易再遮掩过去。

左轻权的确做假证串供了证词，只是他并非和厉群私下串供，而是在堂下听到厉群的供词后，灵机一动，即时决定出来作证的。他一直在禁军营当值，并不曾巡查过乱坟岗外的山道。只是他耳聪目明，见李培南指认他之后，就知道报效主君公子的时候到了。

　　因此他不负所托地站了出来。

　　不仅如此，他还要带着辖下的百名禁军骑兵，在公堂上向李培南投诚，表明他们会誓死守卫世子府的人马。他向后招了招手，百名军士果然随着他的身姿站到了公堂左侧卷棚下，遥遥对应着李培南座椅的方向。

　　顷刻之间，大堂院落里分化为两方阵营，左右相互对峙。

　　彭因新看到了卷棚外的变化，冷笑几声后，他催问非衣道："退一万步，公子其时并不在现场，但杀死毕斯的凶器，此刻就悬在公子腰间，证据确凿，公子还有什么话说？"

　　非衣淡淡答道："并非只有我的佩剑才能造成毕大人的伤口，据我所知，刑部架阁库曾有记载，民间流传的一柄软剑'月光'，同样具备了寒气封喉的功效。"

　　李培南听着扬了扬眉，却没有说什么。

　　彭因新沉声问："那公子可否取来作为旁证？让本官验证一番？"

　　非衣淡漠回答："'月光'早已不知所踪，只是留有文字勘录，大人若是不信，我可派人送来抄录的副本以供核对。"

　　彭因新冷笑道："如此说来，这杀人凶器又成没影子的事了？"

　　"信不信在于大人，我知无不言，言无不尽，问心无愧。"

　　出身于江湖的护卫官站在公案一旁，附在彭因新耳边低声说道："大人，下官也曾听说过此剑的传闻，无论有否，大人可趁机派出闵小相公去拿抄本，将他撵出官衙。"

　　经过护卫官的提醒，彭因新才记起朱沐嗣格外叮嘱的一件事。临行之前，朱沐嗣说昔日同窗好友在世子跟前当差，与他有旧缘，若是在公堂上动起干戈来，要先确保他的故友不生意外。

　　朱沐嗣托付这件事时，脸色极为郑重，彭因新当然掂得出分量。

　　彭因新目视主簿，主簿忙不迭地跑上堂给李培南、非衣斟茶。趁着这个间隙，彭因新问护卫官："哪个是闵小相公？"

　　护卫官在侍卫队与李培南那方一阵端详，说道："就是方才给含笑验尸的那个小子。"

彭因新点点头，这个姓闵的后生小子，看来是做惯忤作这行的，在这里的确有些碍手碍脚，趁着这个机会将他调开，倒不失两全。他站起身，朝李培南遥遥抬了抬手："方才二公子提议派出一人取物证抄本，不知世子座前的小相公可否担当此任？"

李培南略感意外，朝闵安看了一眼，蕴含深长，"可以。"实则这正是他随后要操心的事情，没想到彭因新已经替他解决。

闵安走上前向两位公子行礼，意示告辞。李培南看着她说："记住我刚才说的话。"非衣紧跟在后叮嘱："听懂了吗？这事不能含糊。"

闵安点点头，站在卷棚前等候。依照公堂上审查特殊案件的规矩，若是派人外出取拿证物时，必须经由原告、被告双方同意，且需要官员全程陪护。李培南与彭因新同时看了看暖阁外候命的县衙一众人物，最终将目光落在那个主簿身上。

主簿左右望望，同僚们十分默契地后退一步，突显出了他的身形。主簿无奈，走到公案前接过彭因新朱笔签发的火签及公文，随着闵安走出县衙。

他们一离开大堂院落，里面的禁军急步站位，又补上了走道上的空缺，铠甲摩擦生出一片钝响。

闵安暗暗焦急，为这里面一触即发的局势。

主簿公事公办，催促闵安上马赶往京城，必须由他们亲力亲为拿到抄本，这一去往返最少也要花费数天。闵安却不想浪费时间，不断在马上劝主簿，放她另去搜集证据。主簿自然不肯，说是重任在身，如何敢擅专。闵安反问，若是没等到物证呈堂，县衙里已经打起来了又该怎样？主簿却不以为然地回答，只要办好了上面交付下来的差事，天大的罪责也轮不到他来担负了。

闵安叹气道："大人真是糊涂！大人先前送了一名歌姬进行馆，千方百计讨得世子欢心，难道不是想要攀附世子府的势力吗？现在世子在县衙里有了危难，万一被彭大人调派军队进行剿杀，灭了世子府之后，大人还能逃脱干系吗？而且彭大人和世子之间争斗，这是何等大的事体，过后不管是哪一方，都需要一堆替死鬼来卸责……"

主簿不由得勒住马缰，杵在出城的道路上一阵细想。这时，身后传来马蹄疾驰之声，闵安回头张望，看见通往郊野兵营的山道上尘土飞扬，闪电般掠过几个军士,其中有一人注意到了闵安这边的动静,调转马头朝他跑了过来。

"怎么还不上路?"护卫官大声呵斥,"大人还在等着证物到堂呐!"

闵安在马上抬抬手,"敢问军爷是去郊外的军营吗?难道是想调动军队过来?"

"不关你事。"护卫官蛮横回道,并在闵安座下的马臀上狠狠抽了一鞭子,"彭大人自有安排,你赶紧出县城办事。"

闵安在疾驰的马上吊着一颗心。护卫官虽然没有回答她的话,可是听到自己问话时的眼神,还有行事方式已经证明了她的猜测,县衙里的这场乱局果然难以善了,彭因新看来已经下了决心,只是怕镇压不住世子府的力量,这才派人寻求援军。

彭因新身为钦差,领着幼帝御赐的名衔,手里只怕还握有祁连皇后的密旨,调动县城外的两千守军估计问题不大。守军统领都尉先前打着解救王怀礼的旗号,被李培南一剑斩杀,军权就落在了副将手上。副将听到护卫官的传令,几乎不可能违令,很快,两千精壮人马将再次围住县衙,而李培南所辖制的军力,只有区区百余人……

有道是,新仇旧恨一起算,那位讨了没趣的副将,也许正等着这种打翻身仗的机会。

已跑出县城外的闵安想通了其中的关联,越来越心急。她回头一看,主簿已经跟上来了,后边还跑来两匹马,正是护卫官派来的骑兵,负责一路督促监视。

趁骑兵赶到之前,闵安拉住主簿的马缰急急说道:"县衙里已经闹起来了,大人想清楚,到底要站在哪一边?"

主簿仍在犹疑,闵安恨不过捶了他肩膀一下,说道:"榆木脑袋不开窍!以后这天下,将落在哪家人手里?"

主簿愣了愣答道:"李家。"

"李家谁的势力最大?"

"世子。"

闵安放开马缰,极清楚地说道:"这不就结了,大人要抓住这个机会做出贡献来。等下我会帮大人甩开后面两名骑兵,大人拿着文书可一路通过关卡,直接跑进世子府去搬救兵,让他们有多少人就来多少人,千万不要犹豫。"

主簿想了想,终于点头。闵安最后又恶狠狠地威胁道:"若不成事,小心王爷抓了大人的皮!"

两刻钟过后，疾驰在官道上的四匹马刚刚拉开了一点距离，闵安突然一头栽倒在地，囫囵滚向了草坡下。两名骑兵见状大惊，立刻勒住缰绳，跳下马朝闵安跑去。

闵安像块石头一直向下滚去，直到坡腰的一小块平地，才好不容易稳住了身子，趴在草地上不住喘息。见两个骑兵走近，她抬头说："多谢两位军爷关心，我实在是力弱，不堪忍受长途骑行，不如让主簿大人先去取物证吧？"

两名骑兵本来受命监视闵安，此时看都不看坡上官道里的动静，任由主簿一人一马去得远了，还在关切地问："小相公没出什么事吧？"

闵安松了一口气，抹去额上擦出的血丝，有气无力笑了笑，道："蒙两位军爷眷顾，多谢了。不知护卫官大人为何如此看重在下，去京城数百里，也要差两位军爷来照应……"先前，彭因新主动提出要她外出取物证，使她避开了县衙里的厮杀，她就觉得奇怪，只是当时事态紧急，她才先按下了这份疑心。

骑兵不答话，闵安又说："护卫官大人显然只是听从彭大人的指派，我实在想不通，彭大人又怎会在意我这样的小人物，所以我想来想去，只找到了一个合理的解释：背后还有人要求彭大人这样做。两位军爷能不能告诉我，那人是谁呢？"

两名骑兵互相望了望，迟疑道："小相公怕是想多了吧，护卫官只交代下来，让我们好生照看小相公，并没有说其余的事。"

闵安笑道："看来两位军爷也不知其中的曲折，我可能真是想多了。"话一说完，她啊的一声喊，再次倒地，手脚乱抓乱舞一番，又径直朝着山坡底滑落。秋草软滑，闵安迅速地消失在两个士兵的视野里，两人面面相觑，无奈矮身向下搜寻，将到坡底，只听到一声凄厉的惨呼，不由得心头一凛，加速向坡底跑去。

及腰长草之中，有一大片被辗压过的痕迹，但闵安已经不知去向。

第十一章　冲冠一怒为谁许

在漆黑的天幕下，乱坟岗上寒鸦凄叫，野火飘飞，四周静得没有一点声气儿。

闵安从长草丛中小心地站起身来，确认摆脱了两名骑兵后，才敢直起腰长喘一口气。放松了心神，她才注意到左臂痛得厉害，低头一看，发觉手臂发肿，用手轻轻捏一捏，传来一阵钻心的痛。

骨头好像折了。

闵安走到长满奇花异草的坡底，扯了一把泥巴药草捂在肿痛处。坟头的破瓮破瓦片倒是不少，像样的木板却没有一块。她摸黑找了一阵，最后只能在臂弯内外绑上两条粗树枝了事。

闵安抬袖一抹，擦去脸上的汗水、泪水、鼻涕，坐在坟前歇口气，心里埋怨着自己竟是这般不顶事，在行馆里学了大半个月的骑术，最后也避免不了受伤。

"以后需多加练习。"她暗暗下定决心，低头看了看左边泛着水光的破瓮，里面闪过一个黑乎乎的倒影，吓得她跌倒在地，连蹬几脚爬了开去。

"鬼啊！"——这两个字堵在闵安喉咙口，被她死死忍着没喊出来。她擦了汗凑过去看，才发现是自己披头散发的模样，映在水瓮里就成了鬼影子。她转念一想，突然发现一件不合常理的事情：含笑比她更胆小，又怎敢在大半夜里跑到乱坟岗拜祭呢？

显然有人陪着她，或者说，带着她来到这里的吧？

闵安收拾好散发，塞进帽子里，朝着茅十三的坟头拜了拜，才摸到了含笑被埋的陶缸边。陶缸过重，深筑在地底，衙役们忽视了这个物证，并没有搬回衙门。闵安在缸里掏了掏，抓出一把泥巴来，放在鼻底，闻到了一股苦辛的白蜡味道。

闵安回想着刚挖起含笑那一刻，她的身子又冷又滑，似乎涂过什么东西。而她在检查毕斯尸身时，只在心窝处摸到了一点透心凉的冷气，除此外，全身上下并没有滑腻的感觉。她为了求证得精细些，又爬上毕斯遇刺的山坡，学着尸身倒地的姿势，侧卧在残花树丛前。

案发场地杂乱如前，但是花树底，却遗留了一个泥脚印。闵安躺倒下来，隐隐闻到一股熟悉的泥蜡味道，她断定这就是她要找的证据。

有人将泥蜡涂抹含笑一身，又将毕斯的尸身搬到山坡花树底，费这么大周折的目的只有一个，就是嫁祸给非衣。

以眼前状况来看，找到泥蜡的来源处，就可以找到那个凶手。闵安想到了调派猎狗搜寻气味的法子，忍着痛又赶回了城里。她凭着彭因新发放的火签，向东门守军解释，外出办公负伤，所以先行回到衙门报道。那名守军见闵安痛得脸色发白，手臂又上了夹板，不像是作假的样子，就摆手放她进了城门。

亥时已过，街上实行宵禁，家家户户大门紧闭。闵安摸进巫医术士常落脚的民巷里，一一拍开大门，给他们闻了闻腰包里裹着的泥蜡。大多数人摇头说不知味源，有一家郎中认得师父吴仁，从而记得闵安这个小徒弟的面相，好心跟她多说了几句：泥蜡里封了凝脂梨花蜜，是西疆特酿蜂蜜的味道，应该是来自西疆。小相公要想找到主人，必须去异乡人集居的南街。

闵安听出了门道，连忙摸出些碎银子塞过去，请求大叔再帮她解答一个疑问：若是冻住尸身一段时间再解冻，外表会否发生改变。郎中摇了摇头，说是医书中从未记载过此类例子。

闵安四处翻找，摸出最后一点碎银，一把递了过去，并跪地向郎中磕了个头，"我说个法子大叔帮我求证，一有了结果，就请大叔跑到县衙外敲响门鼓，事关数百条人命，大叔千万马虎不得。"

郎中听她说得重大，受惊不敢答应，闵安一阵苦求，终于迫得他点头。细细吩咐了事情本末后，闵安才辞别郎中，摸黑朝着行馆那边赶。一到街口，探头瞧了瞧，果然不出意料，他看到一队刀兵把守着门户，将行馆团团围住。

李培南赶往县衙时带走了所有侍卫，只留下一些仆从及丫鬟守门。依照现在光景来看，应该是行馆被彭因新派来的人围住了。闵安转到街外转角处，取来民户翻晒屋顶所用的梯子，顺着梯子爬上了石屋背后的那棵树，朝坐在石屋顶上的豹奴咄了声。

始终留守在屋顶的豹奴回头，看到闵安挤眉弄眼的模样，以手指口啊啊叫着。闵安连忙点头，低声道："我知道，我知道，行馆出了事，阿奴不要慌张。现在仔细听我说，世子爷还困在了县衙里，等着我送证物进去。阿奴把豹子赶出来，给我绑好坐鞍，我要骑着豹子闯进公堂，听明白了吗？"豹奴明白了她的意思，狐疑不定地去准备了。

一刻钟后，行馆石屋处响起一声爆吼，一道金黑斑纹的身影从半墙掠过，径直奔向了长街外。兵士不敢追赶，押住豹奴询问究竟，豹奴说不了楚州话，只管咿咿呀呀地摆手，兵士只好不了了之。

闵安口中衔着哨子一阵追赶，终于在小巷里看到了豹子的身影。豹子听到召唤的哨声，硬生生刹住爪子，朝闵安走了过来。

闵安对上豹子绿幽幽的眼睛，打了个激灵，一边退一边笑道："豹兄，我们尽释前嫌可好？现在正处在紧要的当口，我们千万不能窝里反了，应该拿出男子汉的风骨来。要是你也同意我的话，就趴下来……事成之后，我一定拿着好吃好喝的款待你……"

闵安使出全身解数终于"说服"了豹子，提着胆子爬上了鞍座，将双腿紧紧夹在豹肚下的皮绳里。豹子虽然没有战马那样高大，胜在外形威武，在背上驮起缩成一团的少年郎，也并非是难事。它在夜色里低吼了几声，依着闵安在背上的拍击指示，箭一般弹向县衙那方。

县衙外，重重围着两千郊野驻军。前锋军已经闯进了大堂院落里，手持火把，正对着二院叫嚣，二院的过道中，已经堆满了尸体。

两三个时辰前，李培南待闵安走出公堂大门，对着厉群轻轻点了点头，说了声："去吧。"

厉群领命，走到卷棚前，向左轻权低语："公子命令我们激怒彭大人生事。"

左轻权并不问缘由，受命后马上与厉群走上堂去，大声对着彭因新一阵质问，完全不顾公堂上的礼仪。

　　"事实已经如此清楚，非衣公子并非凶手，现在将他和世子一起困在这里，彭大人做何解释？到底意欲何为？"两个人言辞纠纠，甚至不容彭因新作答，只顾乱嚷。

　　彭因新见局面近乎失控，而李培南依然坐着不过问的样子，只好大声呼喝着禁军前来保护。非衣站起身走动两步，刚好拦在门前，朗声呼道："且住，诸位可要看清楚了，堂上的两位将军未曾佩带武器，只是想向彭大人问个清楚。世子在此，彭大人并未受到任何威胁，诸位披坚执锐，冲进公堂，冲撞国戚和贵官的罪名不小，请退回原地待命。"

　　蠢蠢欲动的是禁军营中，除了左轻权属下的另外一部分士卒，虽奉命随彭因新查案，却并非他的亲兵。左轻权倒戈后，这部分士卒本就人心浮动，此时听了非衣的言语，脚步顿时停了下来。

　　非衣又道："我劝诸位权作壁上观为好，有天大的事，也有我与世子担待，与你们无涉。若是执意踏进公堂，就是与我们公然为敌了。"

　　左轻权治下的禁军，唰的一声齐响，整齐地拉开了佩刀，齐齐看向右边的禁军，声势煞是惊人。这一手甚是漂亮，显是平日里操练熟了的。左轻权听到声响，连忙快步走出，向着那群禁军团团作揖道："今日若是免不了一战，小弟请求各位兄台留待最后，不要当先冲进来。厮杀时，小弟刀背向外，不敢忘却昔日的同营之情。"

　　左轻权诚恳长揖到底，属军果然齐齐调转了刀刃对着自己，对外露出宽厚的刀背来。敌对的百名禁军长官回头使了个眼色，身后的禁军缓缓后退，离开了卷棚一段距离。

　　那名长官说："兄弟奉命保护钦差，不敢怠慢。请世子送出彭大人来，我等自然不会越过大门一步。"

　　李培南坐着不说话，彭因新也站在公案前不敢动。非衣走回来低声询问李培南的意见，李培南朝彭因新看了看，说道："留他无用。"

　　彭因新突然朝屏风后跑去，非衣闪身掠过，衣影犹在风中翩跹，手中已经多了一柄软剑。他听声辨位，看也不看，一招灵蛇出洞刺去，在屏风间隙处刺中了彭因新的咽喉，赶来护卫的彭因新的亲随撞击了一下屏风，将非衣的剑尖弹弯，非衣反手一挑，凭着余力将彭因新的喉结割破。

彭因新捂住咽喉发出嘶哑的叫声，几名亲随拼死将他拖到右侧座椅后，呼喊着："来人啊，彭大人遇刺了！"

堂外的百名禁军再也按捺不住，纷纷闯进公堂来。李培南招招手，世子府的人马会意地退向了二堂，将木栅栏堵在了过道口。

左轻权极快地清点人数，见无人受损，主动向李培南请缨杀出去。李培南接过厉群递上的蚀阳，当先而立，淡淡说道："杀禁军的罪责你们承担不起，天大的事有我顶着，你们跟着二公子守墙头。"

非衣提剑走过来，笑道："我已拿御使祭了剑，也逃不脱罪责，不如杀个痛快。"

李培南转头看了非衣一眼，"你的箭术好像并未生疏。"

非衣会意，接过侍卫的弓箭，守在了李培南身后。

厉群摩了摩手掌，极为振奋地说："自从跟着公子杀退西疆一营蛮子兵后，再也遇不上像样点的场面了，希望今天能让我练个手。"

非衣心中一动，问道："被困在白木崖的那次吗？"

厉群答："是的。"

"几对几？"

"五十对五百。"

"就是你这一批侍卫？"

厉群回想起杀得激烈的那场战役，砸了下手答道："是的，活下来的都是铁打的汉子，我们杀得全身披血，公子指点我们放火赶狼群下山，又将蛮子兵囫囵烧了一遍，最后大获全胜。"

非衣拉弓对准穿堂那边，淡淡说道："好汉。"他松开扣弦的两指，弦声震响，冲过来的禁军当先一人中箭倒下。

李培南呼道："这里不用你，墙头要紧！"

非衣手持弓箭跃上高墙，居高临下打量底下的动静，果然有一队士卒拿着梯子靠近。非衣不慌不忙，准备等他们靠得更近些。正在这时，城中大道上传来一阵急促的马蹄声，以及无数士卒呼喝的喧闹，大批火把在夜色下的街巷中疾驰。非衣心中一动，对李培南喊道："彭因新调来了郊外驻军。"

李培南冷冷道："来得正好。"他扬剑劈开一道木栅栏，特意露出一个缺口，任由守军步兵冲了过来，然后手起剑落，将他们一一斩杀干净。

攻防争战只历经了一盏茶的光景，就平息了下来。意图冲进来的百名禁军，眼见李培南手中的剑光如电，挡者立毙，无不胆寒，纷纷退后。来增援的郊野守军，在彭因新一再的哑声呵斥下，分成小队，持刀向二堂冲去，同样遭遇重创，顷刻毙命三十五人。众人发一声喊，纷纷退出了大堂外，任由彭因新急得跳脚也不理会。

大堂外与二堂内相持了小半个时辰，等得厉群手发痒，只想单枪匹马外出搦战。李培南朝他看了一眼，他才冷静下来。这时，西侧库房墙外隐隐传来一阵豹子吼声，还夹杂着一个熟悉的声音："让让，让让，我家的豹子会吃人咧！"

厉群迟疑道："好像是小相公……"

非衣抬头去看，一道金黑色的豹影从高墙外蹿入，速度之快，堪比流星。紧接着，从豹子鞍座上滚落一个灰扑扑的影子，径直扑倒在院落青砖上，侍卫们纷纷避让。闵安从地上站起，已经看到李培南就在眼前。她喜出望外地说道："还好走对了院子！没火光的场地儿，果然就是公子待的地方！"

院子里的侍卫队熟知闵安为人，见她这副样子从墙外骑豹跃进来，也不觉多奇怪，纷纷又站回了原位，守在李培南身周。左轻权治下的禁军破天荒瞧了回新奇，好半天才回过神，啧啧连声地回头守卫去了。

李培南面无表情，淡淡地问道："臂伤怎样来的？"

闵安连忙摆手说道："不碍事，不碍事。"她不好意思说出跳马摔伤的尴尬缘由。

李培南突然伸手捏了捏闵安左臂，闵安当即就尖叫起来，守在墙头的非衣不由回头瞧了瞧。

李培南坏坏地笑了笑，"骨头都断了，我那豹子没事吧？"

闵安扯回手臂赔笑，"不关豹子的事，它好好的，是我骑术不行。"

李培南没再说什么，抿嘴呼哨一下，扬手指向花厅，一直在院中盘旋的豹子依令走进了花厅大门。随后他吩咐一句："你去歇着。"提剑走向了木栅栏，继续守着唯一的入口。

李培南对待亲信及部下向来喜怒不形于色，最大的一句体恤话就是"去歇着"，此时他在心底将闵安当成亲随一样，不觉有任何不妥之处。他不问闵安为什么又跑了进来，是因为木已成舟，闵安执意要参局的结果任谁都改变不了。再者，县衙局势紧急，他始终要关注着外面的一举一动，也不便在众多耳目前前询问闵安一些私事。

李培南所忽略的问题，非衣却放在了心上。他示意厉群跃上墙，守住他的缺口，再轻轻跃到了闵安跟前问："怎么又跑回来了？我不是说过，叫你躲远些的？"

闵安先偷偷打量一下李培南的背影，见他凛然提剑而立，不再看自己这边，才放松了肩膀，将左上臂揉了揉来缓解夹臂的痛意。

"前面你帮了我很多次，我说过要偿还你的。"

闵安这样说，倒并非是一句玩笑。在非衣帮她借出将军的那次，她在非衣面前许下誓言，说是日后有机会，一定舍身相报，也是肺腑之言。今晚的局势凶险，眼看尸体都倒在二院门口了，最后要不要她舍身，她并不知道。只是在这个时候，与非衣和世子在一起，才是最让她安心的。

非衣失笑道："局面已经控制住了，你跑进来只能拖后腿，哪里需要你偿付什么。"

闵安昂首站立在非衣面前，气昂昂地道："你和大公子只知道打打杀杀，就从来没想过讲法理也能解决事情吗？"她挺了挺胸，转眼看到李培南的背影，在火光映照下，颇有种背水一战莫问前途的味道，就将后面的话咽了下去。

"唔，说得也是。"非衣不以为然地笑了笑，"看你摆出的这副自信模样，想必是掌握着凶案铁证了？"

闵安低头翻腰包向非衣展示关键的证物泥蜡，突又想起他不喜欢这些脏乱的东西，索性放下手，去拍了拍袖子上的灰，"总之可以帮你翻案，我摔了一跤才找来的，不是你说的这样容易。"

闵安此时形同乞丐，绢衣撕破做了绑手的带子，布袍上也沾了许多泥浆。听她这样一说，非衣才知道断手是怎样来的，心底委实酸痛了一下。他连忙收起玩笑的神色，拍了拍闵安的头，低声道："多谢了，我其实很感激。听我的，先下去治伤。"他深深看了闵安一眼，跃上墙，继续守住了攻路。

闵安左右看看，院子里的人各司其职，没人注意到她。若是依照李培南和非衣的吩咐，她带伤在身、连夜奔波，实在是可以去花厅休息一下的，只是豹子还在里面，与外面的威胁一比，里面也不见得让人放心。刚才事出紧急，竟然骑着豹子乱跑，此时想起来还后怕。

闵安踌躇一下，走到李培南身侧，低声说："公子，今晚一定要大开杀戒才能成事吗?"

李培南淡淡道:"我一向挑最简单的方法解决问题。"

那就是还要动刀动枪决一胜负了。闵安语塞一下,又快快退后。李培南转头看了她那苍白的脸色一眼,说道:"你怎么还在这里?"

闵安暗地在袖中握了握拳,果敢回道:"我不累,还撑得住。"她的手臂摔得很痛,脑子还是清醒的,提醒她要抓住此时紧急的局势,来表现身为下属的忠诚和决心。

李培南倒持蚀阳剑柄,将长剑递了过去:"我有些累了,不如你来替我镇守一刻。"

闵安抓了抓头,十分迟疑地接过蚀阳,只觉手上突然一沉,长剑险些掉落下来。她运力持好剑身,正面对着栅栏口,转眼看到李培南当真要走开,连忙追着问:"公子,要是他们真的冲进来了,我该怎么办?"

李培南不回头道:"见人就杀,宝剑会助你。"说完径直走进了花厅。

闵安拿着长剑低头一阵恍惚,凛冽剑身散发着淡淡寒气,与月色一映照,流淌出一层红光华彩。她心想,宝剑虽好,可杀人无数,我难以掌握呐。回头又看看一旁待命的侍卫,她轻轻向熟人张放招了招手,"真的要拿着公子的宝剑砍杀吗?可我武功很低啊。"

张放平时与闵安赌惯了的,私交甚好。他凝神想了想,醒悟到自家公子不可能临场卸了担子,将重责转到旁人身上的道理,也低声说:"你进去问问公子不就成了?"

闵安在一院将士安静的对峙中,磨磨蹭蹭走进了花厅大门。李培南正坐在椅中,看样子似乎是知道她要来,脸色没有任何变化,豹子趴睡在他脚下,助长了冷峻气势。

闵安怯怯地走上前,还没开口说话,李培南就迎头丢来一句:"为什么不听话?"

"我不是故意要进来的,是张放大哥提醒我……"

"进来的目的,就只是为了非衣?"

"公子怎会这样想?我只是觉得重要关口,我这个武功低微,这个如何守得住……"

"你与非衣说的话,我听得很清楚。"

闵安大奇，纳闷地看着李培南道："我与二公子说了什么啊……不就是劝他放弃打打杀杀的方式，凭法理翻案的意思吗……"

"还有呢？"

闵安仔细想了想，道："难道……是说要偿还二公子的那句？"

李培南不说话了。闵安突然省悟到，与世子爷前面的这番对话，明显是说岔了。

"公子怪罪我不听话，可我实在是担心公子的处境，所以带着物证一口气跑回来了。"闵安翻出腰包里的泥蜡，放在桌上，低声说道："更何况，公子曾教导我，君子重诺，我既然身为公子家臣，忠心侍奉您是应有之义，若公子也要我舍身偿还恩情，我绝对不说二话。"

"说错了。"

闵安满腔的忠心赤胆，被李培南冷淡的一句话掐灭了热情，她不甚明了地望着李培南。

李培南淡淡道："不是这一句。"

闵安实在不明所以，索性低头不语，想着无论世子爷说什么，应声就是了。

"你曾说过，死也要死在一起，今天倒是个好机会。"

闵安惊异抬头，"外面局势竟然这么严重了吗，要公子说出这样的丧气话？"

李培南不置可否，只紧紧看住闵安的眼睛，"愿不愿意？"

闵安毫不犹豫地点头，坚定地说："即使一日为君，也当追随一生。我自然是愿意的。"

李培南敲了敲扶手，对闵安道："你有这番话，我就可以明白告诉你。我有意挑起事端，并不是嗜血好杀，而是为了借机剿灭彭因新这股势力。彭因新现在胆怯不过，调来县郊两千守军，这也是我能预料到的事。守军私自占山，截断朝廷的盐铁运营，祸害民众许久，趁着今天这个机会，可让我一起清算，因此公堂上讲不讲法理倒是其次，有借口杀出去才是我想要的。"

闵安想起倒在穿堂里的那些尸体，横七竖八压在一起，血水自上而下，一点点流落到地面，昔日种种耀武扬威，祸害百姓的气势早已荡然无存……可即便这些人生前多有作恶，她还是觉得心里闷得慌。一条条命断送在世子爷手上，哪怕有正当理由，也不是那样容易揭过的，他们又不像是一阵灰，吹一吹就能消散，来过人世走一遭，总归有亲友记挂的。

闵安吞吐道："公子就不能……劝劝他们……再动手吗？"

李培南看她半晌，道："你想说什么？"

"以前老东家带着我们讨伐匪贼时，多次拿出公文招抚贼兵，然后发放良籍好生安置他们，以此来彰显朝廷恩德。公子为什么不试试这种办法？"

"你想劝我心软一些，少杀多恩，积些阴德吗？"

"是的。"

李培南指向窗外，嘴角微微扬起，道："两千精壮围困县衙，若不用杀伐手段，你能平息这场动乱？"

闵安暗自握了握拳，然后点头道："能。"

"用什么方法？"

闵安咬了咬唇，大声道："我打算用一张嘴说死他们！"

看着闵安无比认真的脸，李培南默然片刻，突又笑了起来，"我信你这一次，给你一晚时间，够用吗？"

闵安喜出望外，大声道："谢谢公子！"

李培南遵循的是用人不疑、疑人不用的原则。若是按照他以前的处事方法，必定是要扫荡整个事发之地，哪怕寸草不生，也能再委派亲信过去治理，发展农牧，养兵驯马，将当地整治成固守一方的军镇。

闵安听说过这些手段，当年太上皇统一华朝时，据说就是推行的铁腕政策。但在太平时期，在鱼龙混杂的清泉县，若是一味雷厉风行解决问题，本地底层的民众，尤其是清泉多有的巫医百工就很难保全。

闵安从小跟随师父，混迹于市井和乡野，后来成为衙门小吏，可以说她自己就是这些蝼蚁百姓中的一员，所以深知其苦。当听到李培南理直气壮地讲出他的宏大目标，根本不觉得为此牺牲平民百姓有什么问题时，她内心的抵触可想而知。

她下意识地觉得，一定要为清泉的老百姓做些什么，所以斗胆向李培南提了提建议。她没有想到的是，这个建议竟然被如此爽快地采纳了。她在花厅里紧张地走来走去，盘算着后面的事，李培南撇下她，走到院中吩咐所有人马退回花厅及库房里休整，待命。

"我守前半夜，你带人守后半夜。"李培南坐在厉群搬来的椅子里，驻守在走道口栅栏后，对非衣说。

非衣内心惊异，走进花厅向闵安询问李培南突然停战的缘由。闵安说了一遍她的主张，并催促非衣快去歇息。

非衣劳顿了一天一夜，衣衫上沾染了脏污，早已令他十分嫌恶。此时听了闵安的话，虽然将信将疑，且乐得偷闲。他走去吏舍打水清洗了身子，穿上中衣，在外套好侍卫递过来的软皮甲，一切停当才出了门。

中宵月残，冷寂无声。

李培南孤单地坐在厅上，没有一点声息。非衣走过去，问："世子怎会听从闵安的主张？"

"她的话说得有道理，我自然会听。"

"没有别的想法？"

"你以为呢？"李培南轻轻一弹放在膝上的蚀阳，长剑随即发出一阵清冽的嗡鸣。

非衣抿嘴不语。李培南抬头看非衣，道："你如此关心闵安，为了什么？"

非衣淡淡道："师父将她托付给我，要我照顾好她。"

李培南的脸色愈加冷淡，"有一个小雪，还不够你操心吗？"

非衣笑了笑，直视李培南道："我不敢妄猜世子的心思，但有一言不得不说，世子切莫见怪。闵安的确是个干才，以才干训之足矣，将来必能为世子出力，不要让她有涉世子的私事。"

李培南冷冷道："这就是你对兄长说话的态度？"

非衣慢慢站起，对李培南一揖道："我在心里敬重世子，从来不改分毫。只是闵安与我既有同门之谊，我也对她非常了解，万望世子能纳我一言。"

"我自有分寸。"李培南语气依然冷淡，"你去吧。"

非衣却并不即去，徐徐道："王爷有意将小雪指婚给世子，世子不从；又想撮合萧知情与世子，世子依然不为之所动。现在世子看重闵安，府上已有不少风言，若是被王爷觉察，或是这些风言传到府外，实在有损世子清誉……"

李培南拈起膝上的蚀阳剑，利索地挽了个剑花，突地一束红光袭向非衣咽喉。李培南持剑的手很稳，剑尖堪堪点到非衣脖子前，不过毫厘之差，剑气甚至在非衣的脖子上刺出了一个清晰的红点。

"说完了？"李培南冷冷问道。

非衣目不稍瞬，不动声色地再向李培南行了个礼，转身离开了院子。

厉群透过雕花窗看见院里已经没了旁人，走到软倒在围椅里的闵安身旁，将她推醒，并递上了一副披风。"夜里凉，小相公去给公子加件衣服。"

闵安揉了揉眼，低声道："我的手很痛呐，厉大哥你去吧。"

厉群回头看了看李培南阴沉的脸色，为保险起见，还是将闵安推出了门。闵安磨磨蹭蹭向李培南走去，将披风朝他身上一搭，退得极远说道："夜凉风冷，公子保重身子。"

李培南反手抓过披风，甩在了闵安身上。闵安捂着披风说："公子不要吗，那我笑纳了。"说完冲着李培南的背影笑了笑。

"你过来。"李培南说道。

闵安转到他跟前，弯腰看了看他的脸，问："公子有什么吩咐吗？"

李培南沉吟一下，当即说道："若是父王来了，无论他怪罪你什么，你只当没听到。万事来找我，我替你撑腰。"他见闵安迟迟不动身外出，采用"一张嘴说死人"的策略退敌，自然猜得到闵安搬了救兵，正在等着合适的机会闯上堂去。救兵的备选不外乎府衙、世子府、亲信军，李培南细细一想，也能分辨出等会来解围的人是谁。

今晚本不需出动任何人来县衙解围，闵安外出一趟又跑回，还请来救兵，这是李培南预计不了的事情。不过闵安既然做了这些事，赢得他赞许，他何不顺水推舟，放任闵安处置今晚的变故。即使最后事不成，他还能收拾残局，正如他历来对付父王的手段一样，先松后紧，直至胜券在握。

闵安哪里听得懂其中的关联，杵在椅前愣了愣："连王爷的话也不听？不大好吧。"

李培南拍了拍闵安左臂，轻声道："不用管他，听到了吗？"

"痛啊痛啊。"闵安跳到一边吸气，注意力根本没放在李培南的叮嘱上，嘟哝着，"一家人都是个怪脾气，有话就不能好好说吗……"

李培南睁大眼睛道："好好说你能听得进去？"

闵安站着想了一会儿，觉得他说得也对，只有师父、翠花、玄序的话自己才听得进去，因为他们和其余人不一样嘛。她的心思无意被牵动，想到了玄序身上，不由低头微微笑了笑，一抹白皙的脖颈露出领口，羞态可掬，看得李培南直皱眉。

他冷声问："你又想起了什么？"

闵安正色道:"没什么……公子冷吗?"

李培南转过脸不说话。闵安踌躇一下,捂着披风想走进花厅继续睡。

李培南下令道:"留在这里,陪我守夜。"

闵安走到他身旁,伸头朝穿堂外看了看,黑漆漆的,隐约映照过来一点灯光。

闵安问道:"这有什么好守的?"依然得不到李培南的回答。她低头看了看,李培南坐得笔直,容颜笼罩着一层朦胧的月色,膝上摆放着寒光凛冽的长剑,像是看守满院冷清的孤王。她的心底软和了一下,陪着李培南值守了许久,最后熬不住睡意时,她干脆顺着椅背滑坐下来,靠在李培南的身后眯了一会儿眼。

迷迷瞪瞪时,一只手掌放在她的发顶揉了揉,紧接着传来李培南冷静的声音:"你等的人来了。"

寅时,县衙外的大队马蹄声响彻长街,自远而近像浪潮般卷来,两列银甲骑兵驱马跑过牌坊门楼,并不停步,一阵风地冲进县衙大门里,恢宏气势震慑住了驻扎在屏墙前后的郊野守军。

骑兵肃清道路之后,紧接着跑来金鞭络绎的仪仗队伍,锦青龙旗飘卷,长号一吹,声震四野。另有大批持刀侍卫如狼似虎地奔驰过来,遇见莽撞的士兵呵斥,也并不答话,手起刀落便将来人砍翻。一路砍杀数十人后,围在县衙外的守军哗然朝后退一大步,惊得里面的官吏敲响行军鼓,将稍作休整的彭因新请了出来。

彭因新包扎好了颈伤,嗓音沙哑,已说不出话来。他站在县衙门口,远远望见楚南王的仪仗,只好朝着街道抬手拜了拜。黄白黑青四色旗队之后,缓缓行来两辆马车,当前的一辆,檀木作辕,白玉镶柱,幨帷绣金,礼仪格制自是不一般。第二辆马车装饰较为简单,青布顶盖流苏窗幔,车厢隐隐透着一股沉水香气。

马车停稳之后,车夫铺好脚踏,打开车门,躬身侍奉一旁,候着主人下了马车。楚南王李景卓身穿紫金袍,束青玉绅带,冷冷地站在车旁,侍卫及骑兵齐齐翻身下马,右膝点地向他行军礼,声浪传向内衙,"有请王爷升殿"。

衙门原本只设了公堂,从未有宫殿的称呼,在这批亲随军眼里,请动摄政王进县衙,厅堂的格局还不够,所以被他们讳饰为殿堂。

李景卓年过四十八,面白无须,眉长目冷,容貌传自父皇,俊美之余,气势中总带有睥睨天下的锋芒。他看了彭因新一眼，彭因新将双手抬得更高，弯下腰去，回避了他的目光。

李景卓站在大门前，所有禁军及官吏早早伏地相迎。他也不理会，对着候在身后的昌平府府丞说道："传圣旨。"府丞是李景卓亲自提点来的，从四品官职，依照官制，他不应该出州府地界，可是李景卓嘱托他事态紧急，若是等着宫中传圣旨出来，已是等不及，所以李景卓拿着国玺自己炮制了一份圣旨，无需三省官员附议，也无需宫中派出太监来宣读，他直接调来一名亲信官将自己的意思传达下去。

彭因新见是昌平府府丞宣旨，已知事有蹊跷，可是在楚南王的大队人马面前，也无法可想。他思前想后，被迫后退一步，接了圣旨。

旨令有云，毕斯系朝廷命官，身份干系重大，此案务必慎之又慎，现着朝廷新派的御史大臣萧知情重审，力求找到铁证，对胆敢谋害命官的案犯严惩不迨……

彭因新抬头看了看，才知道第二辆马车里坐的是什么人——昌平府知府萧知情，朝野俱知她实乃世子府家臣，传闻极得楚南王及世子的器重。

朝廷怎么可能派这样一名家臣来做钦差……不过既然她来，就预示着以谋害命官毕斯的罪名降服世子府势力的计划，已经付诸东流了。

彭因新暗暗想了半晌，也没有想出何处出了纰漏。他依照朱沐嗣的主意，牢牢控制住了行馆及县衙，李培南的手下没有人能出得了这铁桶阵，到底是怎么走漏了消息，惊动楚南王赶来了……

"晦气。"彭因新再也按捺不住，闷头走向公堂，站在了暖阁之外。李景卓已就座，亲随军带刀上堂，驱离了禁军及郊野守军队伍。值守官吏敲响堂鼓，衙役们都退到了卷棚外，传达公堂内外的讯令。

青石砖台上列着三面青天红日屏风，公案稍稍右移，让开一片空地，摆上锦缎华椅，尊崇出了李景卓的地位。李景卓饮过一盏茶，仍不见李培南带人出来，不由得冷声吩咐道："去请两位公子。"

一直驻守在穿堂栅栏后的李培南，自然听得见县衙内外的动静。他收了剑，将闵安唤醒，朝花厅雕花窗那边招招手，厉群连忙跑出来，低声问："公子有什么吩咐？"

李培南将蚀阳丢到一旁的侍卫手里，转头说道："行军鼓之后还敲过长梆，表明有官员到场，你去看看父王带谁来了。"不大一会儿，厉群就跑了回来答道："是萧大人。"

李培南道："她来了吗？也好。"说完他径直走进花厅里闭目养神，再也不见出来。

站在院子里的闵安疑惑不解地看着厉群，厉群稍稍解释："萧大人出面，公子就不需要到场，完全可以将事情交付给她。"

闵安听得咋舌，"好厉害的萧大人，若我有一日，也能让公子如此放心……"

厉群笑道："走吧，小相公与萧大人是不一样的。"

闵安擦净脸，稍稍整理衣袍，跟在厉群身后绕过了公堂，站在候命的卷棚下。堂上两墙边驻守侍卫，到场的官员并不多，只有李景卓及彭因新两人。笔录的书吏已将桌案移到了檐廊口，提笔候命。

闵安抬头看去，一眼就可看到李景卓居高临下坐在暖阁左侧，容貌冷峻，华服铺张开来，显出了皇家骄矜意味。他不说话，整座公堂就静寂无声，只有十二盏大灯笼在檐下的风中发出簌簌轻响。

非衣一身轻便地走出来，对着暖阁高台行礼，李景卓动都未动，非衣自发退到一旁的椅子里坐下。

"升堂。"李景卓传令，清脆三声梆响传递出去，从大开的仪门外不紧不慢走来了一个瘦长的身影。

萧知情绾发成束，箍在薄蝉金丝翼发冠里，露出了整个利落的脸庞。她的面容生得白皙，眉如墨洗，长而不媚，凤目稍稍游移过来，便透出一股神采。她穿着雪青绣花长袍，下摆裁出了一些褶子，与同朝官仕的衣制稍稍不同，她的长袍外还拢着一层纱衣，质地考究，足以体现她的精巧心思，就是小到衣饰细处也要注重。

闵安心想萧知情是所有女官的楷模，不由得朝她多看了两眼。正巧萧知情走过卷棚，仿似知道她在看她，也将眼睛移了过来。闵安一对上她的凤目，微微一怔，她却掠动嘴角，像是笑了笑，头也不回地走上公堂。

走到公案后，萧知情向李景卓、彭因新、非衣三人行礼问安，礼节没有丝毫偏差。到达堂审关节后，她的精干就显露了出来，追着彭因新质问，三声连下，问得彭因新哑口无言。

"敢问彭大人，在人证已死、供词翻新、证物未曾呈堂的情状下，彭大人是如何断定二公子犯下血案的？即便是二公子犯下了血案，彭大人又为何不责令二公子写下申状，择日再进行堂审？若是彭大人心忧案情，需连夜审查疑犯，又为何将禁军安置在堂上，阻断消息传向官中，甚至是禀文、申详也不曾送出？"

彭因新恼怒在心，闷了半天气才想着去回答，萧知情依照堂审规矩一一对他辩驳。彭因新吃亏在没有按照合理步骤进行审案，法理上还是有讲究的。随后，萧知情提出依法审查，请代表毕斯的苦主及代表非衣的受讼人闵安各自拿出新一轮的证据。

非衣坐在堂上，整个审案过程中未说一句话，自然还是打着身体受了风寒，不宜听审的借口而避开冗繁审查。闵安说服主簿跑到昌平府请来楚南王等人，本来就是想借着楚南王的声威重审这个案子，达到不死人就能解局的目的。主簿果然不负所托，将县衙里的前后变故交代得清清楚楚，楚南王连夜带兵赶来，在声势上压制住了彭因新，使得闵安的目的成功了一半。

闵安代非衣辩驳，提出了一个有力主张。她对着堂上行过礼，侃侃说道："诸位大人明鉴，若是将尸身冰存起来，再加热解开，就可隐瞒凶案发生的时间。此时尸身由于被冻过，且未改变倒地的形态，尸斑依然会落在原处，不会发生移位的现象。"

萧知情追问："可否证明你的主张？"

"可以，请萧大人传唤另一名证人到堂。"

被闵安委以重任的郎中早就等在了县衙外。他看到重兵把守着大门，心底怕不过，不敢走近来敲响堂鼓。闵安左等右等，多长了一个心眼，请厉群外出查看，弄清原委后，厉群就帮郎中敲响了堂鼓，极力将他留在原地，等候传召。

堂鼓一敲，喻示着有冤情要申诉。郎中被衙役带上堂，向大人们证实了闵安的推断。他说道："小相公委托我买来一头活猪宰杀，镇上冰块，再烧火解开猪身，所得的症状与案情一致。"说完后，他指着板车里放置的死猪尸体示意，"大人可走近查验。"

老书吏起身，查过猪身，与毕斯的尸单一比对，证明无误。

萧知情看着闵安，再追问："你能辩驳毕大人死亡的时间，想必也有办法证明谁是凶手了？"

闵安一对上萧知情清亮的眸子，就感受到了一股迎面而来的压迫之力。她纳闷道，她怎么知道我有办法找出凶手，难道能读懂我的脸色吗？正在迟疑间，萧知情手抚公案而坐，落落说道："你一直用手按着腰包，不顾受伤的左臂，想必是有什么紧要的证物要拿出来了？"

闵安暗叹，好一副亮眼，再不迟疑，翻出了腰包的泥蜡，请萧知情批准驱动猎狗连夜查找南街外来民户聚集之地。

萧知情询问泥蜡的来历，闵安原原本本讲了一遍她去乱坟岗搜寻证据的事情，并表明，她已将泥蜡味源缩小到了南街那一块地界里，请萧知情速速派人赶过去。萧知情撒下火签吩咐衙役调派猎狗公干，为防万一，又唤带刀侍卫一路跟随，她命令他们可当场抓捕疑犯，若遇抵抗，只需留下活口即可。

闵安细细看着萧知情行事，越发佩服她的雷霆手段，心想坐上四品官位，果然还是要一些魄力的。她退到暖阁外，得了一些闲暇，目不转睛打量着她，坐在对面的非衣轻轻一咳，将她的注意力引了过去。

闵安朝高台上躬身施礼，快步走到非衣椅后询问："怎么了？"他顾念着楚南王还在公堂上，因此站在合乎礼度的距离外，再与非衣说话。

非衣稍稍侧身道："王爷刚刚打量了你一阵，后面若是要提你问话，需要小心回话。"

"知道了。"闵安极快应道，内心稍稍诧异，为什么一晚未过，两位公子都提点他要小心应付楚南王，难道楚南王很可怕吗？她悄悄抬头朝侧边瞧去，正好对上一双秋霜般的眸子，上头的人只掠过她一眼，就看向了一旁默不作声站着的彭因新。那眼光极为冷淡，看他和彭因新没有任何区别，就像是天神在俯瞰蝼蚁苍生。

闵安心里更诧异了，不由得低头看了看自己，不知是哪里引起了楚南王的嫌弃。非衣又低声说："我回昌平府那几天，世子府里传来风声，说是王爷已经知道行馆里收留了你……还有那些不好的名声。"

非衣点到即止，闵安还是听懂了，暗想，原来楚南王赶来清泉县之前，已经听说过兔儿爷的传闻，难怪他对自己不屑一顾。想必在他们王府，还没有出现过此类有辱门风的事情吧……闵安想得额头滴汗，突然懊恼起自身的这一副脏乱衣装，落在楚南王眼里，更是跌了自己的一点体面。

闵安内心忐忑着，听到非衣轻轻说："等会儿我带你去洗一洗。"她忙不迭地点头，心思稍定。这时，萧知情下令退堂，恭请李景卓去内衙休息。李景卓不发一语走向二堂，也不招呼非衣，非衣对着父亲的背影施了礼，看了闵安一眼说："走吧。"

公案前的萧知情扬声道："请小相公借一步说话。"

非衣见状又坐下，闵安走到公案前听令。萧知情却用一双清亮的眼睛看着闵安，微微一笑道："方才小相公一直瞧着我，可瞧得满意吗？"

闵安脸红道："一时不察唐突了萧大人，还望萧大人恕罪。"

萧知情正襟而坐，居高临下对着闵安，淡淡道："容我提醒一句，小相公日后若还是这样瞧人忘了形，被旁人看了去，恐怕有损世子府的名声。"

闵安羞成了大红脸，低头道："萧大人教训得是。"心里想，下次见了她，当真要注意场合，哪怕她是萧宝儿的姐姐，也不能胡乱生起亲近的心思。她垂头站着，一截洁白的脖颈露出衣袍外，几缕黑压压的发丝滑出帽子，垂落在她瘦削的肩上，再加上她半晌不说话的姿势，给人一种受了委屈在聆听教训的感觉。

萧知情看到非衣瞟来的目光，笑了笑，决定要把面前的麻烦解决掉。她敲了一下桌案，引得闵安抬头，说道："刚才派衙役外出搜寻泥蜡来处时，彭大人脸色很镇定，可见他已知道我们找不到人了。后面你还有什么想法吗？"

闵安的注意力终于回转到案子上。她想了想答道："若是抓不到疑犯，就无法指证彭大人；若是无法指证彭大人，就必须放他回宫。如果能收买他左右的一个亲信，派他全程跟着彭大人。此次事情未成，彭大人必定还要联络疑犯，以定后计。若能如此，他总归会露出马脚的。"

萧知情沉吟道："欲擒故纵，跟我的想法暗合。以当前的情形，也只有此法可行，我找王爷商议一下。"她是李景卓的耳目，又是世子府的左臂右膀，自然知道先前在清泉镇连番发生的案情。她和闵安都猜得出来，从宫中出来的彭因新，决计没有时间亲自去筹谋凶杀，背后一定还有高人在帮他调度一切，运筹帷幄。无论那高人是谁，总归与账本一事、楚州贪赃案脱不了干系，若是联系起先前消失的朱家寨军师，他们甚至还能认定就是朱家寨的人在背后使坏，只是那人隐藏得深，至今没被抓到现行而已。

萧知情离开公堂之前，还向闵安透露一个消息，将闵安的心思撩到半空中放不下。她状似无意说道："宝儿在我那里盘桓，却整日跟着五梅出门游玩，乐不思返。你若是看到她，帮我劝劝，一个姑娘家哪能不顾着名声，跟着一个破落书生在外游荡，连姐姐的话都听不进去？"

闵安犹如挨了一记闷棍，站在公案前半天说不了话，心里想着：宝儿难道是喜欢上了五梅吗，五梅那浑小子，趁我不在宝儿身旁，竟然挖了我的墙脚？

当然，她理解的挖墙脚是指挖断了她住在宝儿家隔壁的心思，被五梅抢占了先机。毕竟宝儿要是喜欢上了五梅，她也不好天天去她家门口转悠，自讨没趣。她抓了抓发红的耳朵，心里仍有些愤愤然，就像是喜欢了很久的宝物被人夺走一般，抑或是玉米被人抱走，害得她心痒难安的感觉。

正在转念间，非衣走过来问："萧知情跟你说了什么？"

闵安哭丧着脸道："宝儿竟喜欢上了别人。"

非衣低眼看着她，却笑了起来，翘起的嘴角半天落不下来。他推着她走向吏舍，催促她清洗一下。

吏舍里已经备好了热水，非衣在门外说："我给你守着，桌上有一套干净的衣服，动作快些。"闵安也没有推却，跳到浴桶里草草清洗过一遍，用牙梳梳好了长发，抹了些茶花发膏，将发丝结成一束，塞进布帽里。坐在浴桶里临水一照，看见自己也露出一张白皙俊美的脸庞，才觉心底有了一些底气，等会儿再见楚南王、萧知情等一批大人们时，不至于让自己显得那样落拓。

闵安穿上书吏的衣衫走出门，带着一阵浴后的清湿气。她摸索着腰间的丝绦，打算系个腰结，非衣回头看见了，说道："手伤要紧吗，我来帮你。"

闵安连忙退了一步，回道："我自己来，等去了昌平府，我找师父上药去。"

非衣按住她，淡淡道："我已经唤侍卫预备好了药膏，不急着走，我先给你上一副。"

非衣堵在吏舍门口，没有让开的意思，让闵安十分为难。闵安牢记师父的教导，无论是男人还是女人，切莫轻易给外人瞧去了身子，哪怕是一截手臂也不行。她和非衣正相持着，侍卫过来传话："王爷请公子去花厅。"

"退下吧，我知道了。"非衣打发走侍卫，一点也不心急，倚在门口看着闵安，淡淡道："我有的是时间。"

闵安无奈走回吏舍，将衣袖挽起包住上臂，用带子系紧了，确保未多露出一寸肌肤，才唤非衣进门。非衣打开药箱，取出膏药煨热了，细细给她贴好。闵安咬着嘴忍住痛，撇过眼睛不去看手臂，非衣就逗他说话转移注意力。

"玄序是谁？"

"你……怎么……还记得他？"闵安吃痛，断续着问。

非衣淡淡挑眉，一脸的促狭道："被你记挂上心的人，我自然要多问一下。"

闵安蓦地又想起先前被他问起过的萧宝儿，神色不由得一黯，嘟哝道："记挂了又怎么样，转头惦记起别人时，还不是乐得好好的……"

非衣笑道："难道玄序惦记起了别人？那你不用再想他了，转头看看，说不定你身边的人更好。"

闵安无精打采地摇头，"玄序不一样……非衣你还别问了，我现在没心思说这些。"

非衣抿住嘴，将玄序这个名字吞进肚里去，暗想着就算掀翻整座清泉县，也要翻出这尊神看一看，为什么能引得闵安如此牵肠挂肚，甚至是两次避开了他的话题。他有了决定后，就不动声色地做着手边的事，真的不再去追问。

闵安满腹忧愁地坐在桌边，想着老东家毕斯无辜毙命、萧宝儿"移情别恋"、世子府流传自己不雅的声名、不知何时才能再见玄序等等琐事，一时也不想开口说话。

他们留在吏舍里安静地疗伤，已经在花厅里等候的李景卓，心里早已不耐和厌烦。

两刻钟前，李景卓起身走向二院，特意挑了一个雅静的花厅休息。李培南就在他隔壁，脚边伏着一只豹子，比他更沉得住气。他饮过一盏茶后，见李培南仍然没有来拜见他这个父王的意思，干脆起身踢开隔壁的门，冷着脸走进去质问："成何体统，竟然要父王来见你。"

李培南站起身慢吞吞行了个礼，又坐进椅子里，唤道："给王爷看茶。"

侍卫走进来奉上热茶，低声向李培南禀告："二公子带着小相公去了吏舍更衣。"

李培南点点头，心道非衣也算做对了一件事，吩咐道："去催一催。"

李景卓冷冷道："见他做什么？成事不足败事有余！"

李培南转脸看李景卓，道："这事与他无关，他也受了牵连，父王要是也这样说，只会让外人看了笑话。"

李景卓脸色更冷，叹道："从小到大只听见你帮他说好话，他有没有长进一些？"

李培南哂道："有其父必有其子，我又怎能期望他长进一些？"

李景卓沉声道："这就是你对父王说话的态度？"

"父王小心，吵醒了我的豹子。"李培南故意压低声音，戏谑道。

李景卓捏起一盏茶朝豹子砸去，刚被惊醒的豹子提防不住一股热茶从天而降，又结结实实被茶盏击中，立刻弓起身，嘴里低吼一下，就待转头攻击。李景卓袖口翻飞，手掌已掠过李培南面前那盏茶，捏着茶盏再重重砸向了豹子的头。李培南眼疾手快，伸臂接住热茶，抿嘴呼哨一声，将豹子支开，再轻轻放好了茶盏。

电光火石间，父子两人算是过了一招。李景卓的武功固然卓绝，李培南竟也毫不输给父亲。

李培南本想再气气父王，可是转念一想，父王那个冷脾气，向来是拿着他身边的人和家宠下手，再气着父王了，下一个惩罚落到闵安头上就不好。

李培南按下调笑父王的心思，道："父王要撒气冲着我来，我全数接下，少动我身边的人。"

李景卓冷冷看着李培南，怒道："你当真以为翅膀硬了，我奈何不了你？"

李培南淡淡一哂，再不应话。听到门口的通报，萧知情已敛容走了进来，朝着他们拜礼。

李景卓端坐如故，扬袖淡淡道："免礼，坐吧。"

萧知情退向李培南身旁座椅之侧，躬身说道："在王爷和世子面前，卑职哪有资格坐着，能走进这间房里聆听训导，已是莫大的荣幸。"

李景卓脸色稍缓，对李培南道："你身边的人，就数知情最懂事。你也要学着些。"

李培南以手支颐靠坐在椅中，冷冷回道："父王长进了我自然也能长进，还是从父王做起吧。"

此时有了第三人在场，李景卓的气度自是不一样，对李培南的无礼犹如不闻，看着萧知情冷冷说道："那个闵安，是闵昌之后，你将他带进府衙历练，让他做见习司吏。"

萧知情又躬身道："遵命。"

李培南却淡淡道："闵安要进世子府，我有重要的差事给她，哪儿都不能去。"

李景卓置若罔闻，对萧知情说道："请不动就派军官去请，再请不动，我调派禁军给你。"

萧知情愈加恭敬，"敬诺。"

李培南终于分神看了看自己的父王。李景卓侧脸冷峻，眉峰至唇都绷得紧紧的，就像是蓄势已久将要离弦的箭。李培南知道他正在控制着火气，此时经不得轻轻的碰触，若是一句话对不好，势必又要像以前那样，即使自己远避西疆，他也要送一些使者过来，宣读敕令，赐婚赏珍玩，烦得自己半个月过不上舒坦日子。更有甚者，他这个做父王的，会拿住世子府的豹奴狸奴问罪，导致随后的珍稀家宠无人照料，还倒毙了两头。

李培南想了想，决意将闵安隔远一些，最好不要落进父王的眼里。他唤侍卫清扫地上的茶杯碎片，没接着刚才那个话头朝下说。萧知情是个聪明人，马上站出来另提一事，说是毕斯那案子肯定无法追责彭因新，不如放彭因新回官。她本想指明这是闵安的主意，见李景卓脸色不善，忍住了没继续说下去。

侍卫清扫碎片时，李培南问道："人呢？"

侍卫低声道："在给小相公上药。"

李培南再也顾不上什么，起身走出了花厅，李景卓随后问侍卫缘由，侍卫不敢隐瞒，简略说了说非衣体恤闵安，给他换药的事情。

李景卓冷脸没说什么，心底隐隐生厌，还想起了沆瀣一气这个词，也不管是否适宜。

萧知情的目光随着李培南利落背影追了出去，又按抑着一丝苦涩之情，徐徐回转到花厅里。李景卓似乎懂了她的心意，冷淡说道："一个小童算什么，只要你肯用心，世子府的主母位置就是你的。"

萧知情低声道："多谢王爷，卑职一定尽心。"眼里不由得焕发出光彩来。

李培南疾步走向吏舍，跟在身后的侍卫追赶不及，踏出的脚步重了些，将动静传进了屋舍里非衣的耳中。非衣不为之所动，细心瞧了瞧闵安白皙手臂上，一些被粗木树枝夹板剌出来的伤痕，特意先用布缠在了找来的夹板上，再给她细细夹定断臂处，小心地缠紧。

李培南踢门走进来时，满怀心事的闵安才稍稍转神。她看到李培南的眼光一直落在她的手臂上，脸色似乎有些冷，又不知出了什么事，就想慌里慌张地站起来。非衣将她的肩膀按了按，示意她坐下别动，手上不停，继续缠着布带。

李培南冷声道："父王等你过去。"

非衣淡淡道："有世子陪着已足够。闵安伤得不轻，得先帮她弄好，要不然这条胳膊可能会废。"他一边说着，一边示意闵安捧着自己的手臂，等他再拿布带过来固定夹板。

李培南再不答话，挥袖卷向桌底，震得桌面弹跳起来，隔开了坐在左右的两个人。他在手上用了重力，闵安不防他忽然出手，几乎被桌面带起的劲风掀飞出去。李培南早有准备，滑过脚步，抢到闵安身边用左臂抱住了她的腰，小心避开了她的伤臂。

闵安一直插不上话，也不知道非衣的话为何让世子怒发，待她好不容易稳住身子，定睛一看，已经在世子爷怀里。她要挣脱出来，李培南的手臂却很稳当，将她牢牢箍着，人却冷冷看着非衣，大有掌控一切的气势。

非衣脸上一红，目光骤然冷了下来，起掌切了出去。

闵安惊叫："公子别动手！"李培南转过身将闵安护在胸口，手上依然没有放松，同时踢出一脚，将桌面震碎，像是飞刀一般击向了非衣全身。非衣卷袖全数吸进碎木，身影一闪，掌风击向李培南右臂。李培南为避免闵安受伤，硬生生受了这一记，身子巨震。

非衣看到闵安在李培南怀里吓得脸色苍白，心里一软，撤了掌力，退在一旁。

李培南放开闵安，低声说："退到一边去。"他刚受了非衣一半掌力，毫无血色的脸还未恢复过来，嘴角一抿，不着痕迹泅下了一口血气。

闵安虽然不懂两位公子为什么突然打了起来，但两败俱伤的后果是可以预见的，因此她就势用单手抱住了李培南的腰，站在他身后嚷道："非衣你走啊，世子爷已经被我拉住了！"

非衣看着李培南丝毫不退让的眼睛，冷冷说道："看在她的面子上，我先忍下这口气。"说完他头也不回地走出县衙，跃上牌坊门楼顶上，抿嘴呼哨一下。

一瞬间，从县衙街道远方跑来身穿黑衣的数十名暗卫，齐齐跪倒在门楼下。

非衣下令道："翻开清泉县，找出一个叫玄序的牙医大夫来。"

吏舍的地面散落着桌木碎屑，可证明方才在这里发生过一场激烈的打斗，除此外，所有景况如旧。

闵安觉察到身前的李培南没有动静，连忙收了手，后退一大步，手臂仿似被烙铁烫过了一般。她作为下属，没有资格去质问世子爷为什么要对非衣大发雷霆，仅凭当时情况来看，两人对答一句就动了手，争论的内容似乎与她的伤势有关。难道世子是在怪非衣为自己疗伤，从而失了礼数，耽误了去见楚南王吗？

闵安懊恼不已，弯腰拾起非衣裹了布条的药用夹板，坐在炕上，扯过一条带子给自己绑定。她想得心烦，还将手臂朝炕沿磕了两磕，死死忍住痛意，牙关紧咬。李培南吃了一惊,掠过来按住她的肩,冷喝道:"你这是干什么?"

闵安抬头,眼角已发红,忍着不让泪水流出来,说道:"我心里难受得紧,痛两下好过些。"李培南看着她倔强的脸,不由得放了手,低声说:"这不关你事,我和他,这样是从小闹惯了的。"

闵安肯定不敢指望堂堂世子爷会为她承诺做些什么,一句话不说,就低头用嘴巴咬住布带一侧,费力缠过自己的手臂,很不灵便地裹伤。李培南待起伏的心思沉静下来后,走过去说:"我来。"闵安却猛地避开了身子,将左臂搁置在炕上,嘴里应道:"不用了,世子爷去看看二公子吧,我怕他受了伤。"

李培南冷冷道:"他好得很,是我受了伤。"说罢他就控制住气息,运劲一转,在额上渗出一点汗,脸色也突然变得苍白。

闵安绑好自己的左臂,才抬头看了看李培南的脸,对着向来阴晴不定的世子爷,她不敢也不能说出什么安慰的话,只能默默地朝炕边挪了挪,给那头留出了一点位置。

李培南却不坐,苍白着脸站在闵安跟前,说道:"想不到非衣的武功现在这样厉害了,刚才我接了他一掌,现在感觉手臂已经麻了,你帮我看看。"

闵安既然记得师父说过的不能轻易给人露出肌肤的教训,同理也会这样为李培南考虑,她站起身对李培南施了个礼,应道:"我去叫厉大哥过来。"

李培南堵在闵安跟前不让她出门,闵安朝左边挪动,他也朝左边去,闵安愣了愣,又闷头朝右边走,他再一步横移,将闵安撞进了怀里。

闵安抬头道:"公子到底想干什么?"

李培南道:"你来。"

闵安始终是拗不过主家公子的,不过她的应对往往出人意料。她抽出巾帕蒙上眼睛,摸索着伸出手,在李培南的右臂上抓了抓,然后又移动手掌,在李培南肩膀上捏了捏,替人疏通经脉的动作倒是极熟练。

李培南看着闵安认真的脸,忍不住将她帕子拉下。闵安却闭着眼睛推血化瘀。

李培南说道:"你这是弄什么鬼?"

闵安回道:"难以专心。"

"为什么?"

"对着您的脸,我心底很怯,更不提敢伸手摸到您,那可是大不敬的。"

"你先前不是抱着我的腿不放手吗?"

"公子又说笑了，那不都是一些陈年往事吗，再说了，我都为了这些往事挨过罚，应该算是抵清罪过了吧。"

李培南想起闵安前前后后挨过的罚，随即安静了下来。他心里堵着一股酸涩的悔意，侧头看了看闵安白净的脸，闵安仍然在认真地替他拿捏手臂，没有一丝抱怨的颜色。他将巾帕朝上一提，给闵安蒙好了眼睛，也遮住了闵安大半张脸，才缓缓吐出一口气。

"差不多了。"静寂中，李培南开口说道，"你走吧。"

闵安忙不迭地走出吏舍大门，脚步稍稍急切，像是要摆脱满屋子的束缚力。李培南看着她如同逃脱一劫的样子，心中怅然若失，竟然忘了自己来此到底要做什么。

李景卓再次派人去请世子和二公子，以及闵安。他先在花厅里接见了左轻权，赞他年轻有为，并当场摸出两颗龙眼大小的夜明珠递了过去，说道："通过官中的武将选拔赛，就能获得禁军指挥使一职，好好干。"

左轻权双手接过赏赐，行军礼拜谢，退到座椅一旁站定，与萧知情相对。门口通报，闵安垂着眼睛走进来，跪地给李景卓请了安。

李景卓看都不看伏跪在地的闵安，四平八稳地坐着，抬手饮过一盏茶后，才冷淡说道："你以后跟着萧大人进府衙做事，多学学，你现在还差得远呢。"

闵安恭敬道："遵命。"

李景卓再不说一句话，也不叫闵安起身，守在门口的王府侍从，刚叫了一声"世子"，李培南已经如风走进。他不看任何人，走到闵安身旁，垂手提着闵安的衣领，淡淡道："起来说话。"

闵安不敢动，李培南却在手上一用力，径直将她提了起来，又转头走了出去，一贯的旁若无人。闵安有些惶恐地站在李景卓面前，低头不说话，门外传来李培南的声音："出来。"

李景卓看着闵安，眼神微冷，沉声道："你的主子不顾及名声，你难道不知道要劝着他一些？"

闵安忙应道："卑职知错，王爷教训得是。"

外面的李培南抽过值守侍卫的腰刀，起手一劈，劈落半边雕花门。李景卓不变脸色，又说了一句："主子再犯错，你拿命来偿。"李培南站在门外，将左手朝握刀的右手虎口一击，雪亮的腰刀离手，呼的一声飞进了花厅里。左轻权大惊，闻声抢位，想用身子护住李景卓，谁知那腰刀的去向，竟是座椅另一侧。左轻权醒悟过来时，脸色大变，却已无法救应。

刀锋直扑萧知情，凛冽的寒气掠过她的脸颊，割裂了她的耳角，掠下一串血珠，又砰的一声大响，钉上了花厅墙壁，刀柄一阵嗡嗡乱颤。萧知情花容失色，勉力镇定，心底徒生一团彻骨的寒意。

李培南的意思极明白，父王和他都有钟爱的下属，如果父王出手加害他的下属，他在报复时不会有丝毫的犹豫。左轻权等人则一时不明就里，俱惊得呆了。

李景卓一掌将座椅扶手拍得粉碎，怒喝道："越来越放肆！"

左轻权与萧知情双双走到李景卓跟前，齐齐跪倒施礼，"王爷请息怒。"

李培南再唤了声："出来！"

闵安不再犹豫，赶紧走了出去。王爷若是忍不住劈出一掌来，就没人能救她了。李培南待闵安走到跟前时，吩咐道："坐我马车回去。"

闵安吞吐道："毕大人的尸身尚未安葬，我想给他守一夜灵，尽尽做下属的心意。"

李培南把脸一板，认真道："现在你归我了，要尽心意也是对着我来，毕斯那边，我再派人给你守着。"

闵安踌躇道："黄石郡的规矩，应是家人仆从随侍守头夜……我们以前都是这样过来的……"

李培南冷冷道："再多话，我把毕斯的灵堂也拆了。"

闵安拉着脸，磨磨蹭蹭走向前院。李培南落后一步，特意隔开了距离，听着侍卫回禀过来的消息，"二公子唤出了暗卫，搜寻一个叫'玄序'的牙医大夫。"

李培南自然记得玄序这个名字。玉米曾将他与玄序混作一人，向他讨要小食吃，能与玉米走得近的人，想必也能得到闵安的认同。当时他问过闵安，闵安只推脱说是师父身边的年轻人，现在一向不过问闲事的非衣也在找玄序，这事越来越有意思了。

李培南吩咐道："二公子找错了地方，传信回去，派一队人去吴仁身边找。"他走进前院，看见闵安杵在马车前迟迟不上去，索性用手掐住了闵安的后颈，将闵安顺溜地举到了车门前。闵安大窘，生怕他又做出什么不堪的举动，忙钻进车厢，待李培南要她坐上锦缎横椅时，她也乖乖地坐了上去，然后扶住左臂，缩进车厢角落里。

李培南坐在他身边，看她一眼，"你那样子，像是要被猛兽吃掉了，我真有这么可怕？"

闵安稍稍挪了一点过来，李培南要抬手帮她稳住左臂，她又别过身子不准碰。李培南想了想，将她一掌拍出来，坐在她的左手边，不容挣扎就拿捏住了她的左臂。

闵安彻底不敢动作了。李培南看得十分满意，一路上用手托着她左臂，逗她说话。她却紧闭着嘴一言不发，全副心思都放在左臂上。好在李培南也没有折磨她，总是稳稳给她拿好了，碰到马车颠簸路段时，还用柔力托举起来，免除她的痛楚。

眼看马车快走到行馆，李培南扯过闵安的右手，看着她的眼睛问道："不管我做什么，你总是忍受。难道你从来不想想，我这样对你的理由？"

闵安的手臂还被李培南挟持着，她只能把身子朝后靠，拉开与李培南的距离，应道："我不是兔儿爷吗？"

李培南笑道："你还当真了？"

闵安阴郁地说："你们这些大人只会欺负我们做奴仆的，非打即骂，前面当门子时我可看多了。往往兴起一个念头，就能抓着我们逗弄一番，害得我们丢尽了脸。要是我们稍稍抵抗一下，就会讨得更厉害的惩罚，大人们还在官场里放下话，不准其他衙门收留我们，长此下来，我们也认了，只求新一任东家正常些，不要把我们当玩物养着，再不济，至少要让我们抬头做人，吃到一口体面饭。"

闵安一口气说完，也不敢去看李培南的脸色。李培南放开了她的手臂，低声说："你竟拿我去和毕斯这些人比……算了，你先去好好睡一觉，明天再来见我，我有话要说。"

闵安推开车门飞快走进行馆，直奔着自己落脚的竹屋而去，等搂住了玉米后，她才觉得自己还活着，跳到嗓子尖的心才落了下来。

她心想，跟世子爷待在一个小地方，实在是太紧张了，竟然不自觉地说了一番心里话，希望世子爷不要再重罚他。

第十二章　落花有意水薄情

闵安辗转反侧难以成眠，心里塞满了许多事，最令她难过的，是回行馆之前遇见了非衣，她向非衣摆手打招呼，非衣看都不看她一眼。

非衣难道生气了吗？可是他到底在气什么呢？

闵安快要把头抓破，也没有想通，仅仅隔了小半个时辰，非衣待她的态度为什么会发生如此大的变化。她没有想通的事情，此后非衣也未解释过，只是看她的目光显得热切了些。

缘由要从一个时辰前说起。

非衣被李培南一掌逼出吏舍大门，纵身飞跃，站在了两丈高的牌坊门楼上。他居高临下看着沉入睡梦中的清泉县城，寒气当胸而生，迫使他逐渐冷静了下来。

他从未像现在这样确定，他对闵安，产生了不一样的想法，就连小雪都未这样引得他注意。与小雪平时相处时，他总是在保护她，尽可能迁就她的意思，可是转到闵安跟前时，他却想将她留在身边，不让她受任何委屈。

今晚的闵安，实际上为他吃了很多苦。

想到这里，非衣的心思愈发明朗了起来。

这次闵安不顾危险冲进县衙，为他搜集到了证据，替他解开了嫌疑，让他十分感激。闵安与旁人不同，不会刻意讨好他来求得便利，为他做的事情是发自本心的。试想，一个身子骨单薄的人，从疾驰的马上不顾一切跳下来，再孤身探访夜里的乱坟岗，该是吃了多少苦，又该是鼓起了多大的勇气。

非衣始终记得闵安第一次跟着他去桃花寨抓捕茅十三时，走夜路走得十分小心，恨不得将自己贴在他身上……如此胆小的人，却做出今晚的壮举，可见她是在不计性命地帮他。

非衣从未体会过这样的感觉，像心底被猛然重击了一下，让他有了一股酸痛之意。他想着，此后自己应该更要强大些，不能让闵安再为他孤身涉险，不能让闵安再为他受伤。

围困在县衙外的守军早已退去，有侍卫冲了出来，站在门楼下唤道："公子，该进去拜见王爷了。"

非衣跃下身来，衣上带着秋凉，心底却是一片火热。他走进县衙，路过前院时，他看到闵安正迟疑地站在华美马车前，李培南用手掐住了她的后颈，随后又搂住了她的腰，将她扶持到了车上。闵安似乎在挣扎，回头看见他，急着与他打招呼，却被李培南拍了一记后脑。

非衣看见李培南与闵安的纠缠，心里冷笑一下，举步离开。走进花厅时，他那心底还在想着李培南将闵安搂紧的样子，越发肯定兄长对待闵安的心意来。至于父王说了什么，他根本没听进去，只是摆出默默聆听的姿势而已，连多余的神色都吝于显露出来。

李景卓先遣走萧知情与左轻权，看着垂眼站立的非衣，开始一句句数落起他的不是。他不叫非衣坐下，怪责非衣行为不慎，引来连番灾祸，还告诫非衣不可学习兄长，与一个未入流的末等童吏混在一起。

"闵安受伤，自有军医治疗，你亲自去替他包扎做什么？也不怕失了身份！"李景卓对着非衣甩了下袖子。

非衣躬身施礼，淡淡道："父王有所不知，闵安与我有同门之谊，乃是我的师兄，我自然要对他关切一些。倒是世子，名不正言不顺，整日将闵安提到身边，亲手教他剑术，还留他整宿睡在书房里，倘若这些事情传了出去……"

李景卓沉声问："当真有这些事情？"

非衣点点头，默认所言不虚。李景卓又问了几句，挥手让他退下。

非衣走出花厅，撇下一队人马，先回到了行馆后宅院里。进门时，她的一身戾气极为醒目，留在行馆镇守大门的军士哪敢阻拦。随后不久，这些军士接到彭因新已经失势的消息，忙不迭地跑回了县衙。

非衣坐在书房里，并不燃灯，对着黑暗一动不动。他曾回北理国居住十年，经受外公悉心教导，学到了超然物外的冥想方法，也就是放空心思，保持头脑的清明，整个人仿似进入禅定之境。他知道很多事情急切不得，因此在耐心地等待。

先来找他的，并不是派出去的暗卫，而是闵安。

闵安挑着一柄灯笼，趴在宅院最外侧的窗棂上看了看，正好大致能摸清书房里的光景。非衣知她不能夜视，从袖中摸出火折子，点燃灯烛问："什么事？"

闵安讷讷道："来看看你怎么样。"

"我很好。"再不答话。

非衣本不想这样冷脸对着闵安，可他始终忘不了李培南搂住闵安时的神态，他一向不与李培南抢夺任何东西，但事关闵安，他怕控制不住内心的感觉，既不舍，又难以安宁。

闵安执着问道："你没受伤吧？"

"没有。"

闵安迟疑一下，终究问了出来："王爷骂你了吗？"

非衣抿唇不语，闵安抓抓头道："那，你好好休息吧。"

她正转身时，被非衣唤住，问道："你身后带着一个包袱，想去哪里？"

闵安赶紧转身过来说道："我，我想去给毕大人守灵，可是世子爷又不准。我想偷偷跑去算了，不惊动他，可……可又害怕走夜路……"

非衣在心里权衡一下，还是决定亲自留下来等待暗卫的回传，毕竟去毕斯外宅守灵只是小事。他向闵安抛去一枚烟花弹子，告诉闵安，去街尾弹放，离得最近的暗卫见到讯号后，自然会赶过来听候差遣，这样既不惊动行馆里的人，也能找到一路随护的保镖。

闵安掂了掂弹子，见外面用金漆包住了，问："宫廷的东西？"

非衣答道："外公怕我势薄，送我百名侍护，此物是用来调度他们的。"

"外公可真是疼你啊。"闵安艳羡道。

非衣不由得笑了笑，见闵安仍旧磨蹭着不走，问道："还有什么事？"

闵安羞赧道："墙太高，我翻不过去。"

行馆后宅院一片熄灯瞎火，非衣披着一点模糊的月光走出来，两手交叠放在身前，样子最自然不过。闵安会意，踏在非衣手掌上，被非衣用劲一抛，给抛到了墙外。

闵安站定后隔墙道："谢谢你了，真是稳当，我回来时，你在里边架个梯子吧。"

"你先去，我等会儿来接你。"

有了非衣的保证，闵安更是放心地走向毕斯外宅。她依照非衣交代的方法，召来一名暗卫作陪，那名暗卫来自遥远的北理国，默不作声地潜行在她近处，引得闵安时不时地回头问："大哥还在吗？"

暗卫只得不时从屋檐下、巷道口、屋脊后露出身子晃一晃，黑色斗篷如同蝙蝠翅膀掠过低空，表明他一直在跟着。

闵安到达毕斯外宅后，发觉灵堂空空，只摆放着一个豁着盖子的黑木棺材，一名老仆坐在长明灯下打盹。闵安推醒他，得到一个消息：毕斯尸身仍被扣留在县衙里，说是要与找到的证物比对，葬礼在三五日内还举办不成。老仆从跪着求闵安，请她去县衙找回老东家的尸体，好生安葬下去。

闵安当即又赶回了县衙中。停尸房外燃着白纸灯笼，庭院里还摆上了祭桌，供放着白蜡果品。闵安站在石拱门处，看着官服未除的萧知情拈香拜祭毕斯的灵位，心底由衷升起一股感激之意。

萧知情高举黄香过额头，低声道："毕大人泉下有知，一定要指引我找到凶手。"说罢，她将三炷香插进铜炉里，吩咐道："摆出来！"

廊道上走来数名衙役，抬出一些大的瓶瓶罐罐。萧知情拿起案板上已经切割好的兔肉，一块块丢进瓶罐中，再又捞出。闵安不知不觉走出，伸头朝案板上看去，只见一块块兔肉都蒙上了一层油脂，透出甜腻苦辛等不同味道。

萧知情并不惊奇闵安的回转，甚至还对她解释了放兔肉的缘由。"我派衙役搜寻凶犯，找到了一处老屋，地下室里筑着冰棺，旁边搭着毕大人的官服，可见那地方就是凶案现场。旁边角落里还有一些瓶罐，冒着清盐、白蜡、蜂蜜味儿，被衙役们搬了回来。我丢兔肉进去，试试是否有毒。"

猎狗吃过各种味道的兔肉，摇着尾巴离开，可见罐中的汁水是无毒的。

闵安看着那些奇大的罐子，突然心中一动，惊叫道："西疆的蜡尸术！"十三岁时，她在蕲水县学就读，曾经听朱沐嗣说过一些诡闻，其中就包括蜡尸术里要用到的物什。

萧知情点头道："我提来屋主审查，屋主交代租客是名外地人，很少露面，长得脸瘦手大，不是楚州本地人的样貌。我唤画师描出租客的小像，给你请来的那名郎中瞧了瞧。郎中认出那人就是西疆苗蜡族的舵把子。"

"舵把子人呢？"

"早走了，除了那件官袍，没留下一点线索。"

"城中早已宵禁，这时候如果远遁，肯定又是彭大人放出去的。"

"所以说，线索的源头还在彭大人身上，监察彭大人就能抓到背后的打手及军师。"

闵安不约而同点头。萧知情顿了顿，突然道："你不应该来这里，王爷晚上找过行馆里的侍卫问话，过后就很生气，此时还留在了花厅里。你快些走吧。"

闵安讨要毕斯的尸身，萧知情以证物为名继续扣押，闵安只好离开了院子。

刚想绕过二院时，两名带刀侍卫突然从侧门后跃出来，提掌向闵安脑后切去。暗卫跃出，撒开斗篷一牵一引，阻住了侍卫的攻势，交手几招，暗卫甚是了得，那两名侍卫竟不能得手。

突然，一道身影从侍卫背后掠出，快如闪电，一掌就掐住了暗卫的咽喉。

暗淡月色下，李景卓转过一张堪比寒冰的脸，看着暗卫冷冷说道："如果你不是非衣的侍从，现在早已没气了。"他再不多话，提掌劈晕了暗卫，又唤侍卫架起闵安，将她拖到大门东侧的土地庙里。

州县衙门设置大小土地庙是惯例。古代官律有云，官员若是贪赃满了百两，就要经受"剥皮实草"之刑。即是把人皮剥下，淋上油蜡，蒙在稻草躯干上，制成一个"皮囊袋"。这种酷刑并未得到推行，传出来只是恐吓贪官污吏们，不过处置私刑的土地庙却一直保留了下来，成为衙门里必不可少的陪衬。

两名侍卫重重一掼，将闵安掼倒在稻草上，走出去把守住了门户。闵安已经从最初的震惊中稍微清醒，她托起受伤的左臂，恭敬地跪在地上，不叫也不求饶，尽量不去为李景卓的一腔怒火添油加薪。

李景卓走进来，坐在唯一的木椅中，指着木架上悬挂的已经风干的皮囊袋，说道："据闻你久在衙门里打混，该知道这地方是干什么的。"

闵安点点头。李景卓又说："杀了你很容易，我要你活着。但你若是走错了一步，死的便是你师父。"

闵安抬头道："千错万错都是我的错，和师父无关！"

李景卓一掌劈向闵安左肩，痛得闵安滚倒在地，冷冷道："在我面前，没人有讨价还价的余地。"闵安大痛，把嘴唇咬得紧紧的，用右手摸索过去时，发觉继左臂之后，肩膀又肿起了一块。

李景卓将闵安提起来跪放在地上，说道："你师父二十年前是太医首座，留了案宗在刑部，时效未过，我仍有追问的资格。听得懂吗？"

闵安额头冒出一片冷汗，她默不作声地点了点头。

"我花费心血培养出世子，怎能让他断送在你手上。你可能不知，他养过很多条狗，每次出猎猛兽，他都会驱赶一只去当诱饵，猛兽听到只有一只狗，它会怎样呢？哈哈，当然了，捕到猎物后，那只掉进火坑的狗就被他忘了。"

李景卓将手覆盖在闵安布帽上，轻轻压着，没有进一步的动作。闵安直挺挺跪着，控制住身子，不让自己颤抖，也不答话。

李景卓沉声道："你回到行馆，要一切如常，不能让世子看出异样。"闵安不动，李景卓就压了压手掌，闵安只好默默点头。

李景卓最后说道："知情也是我一手培养的孩子，未来世子妃人选，出身、气度、才智完胜于你，想必你也早看出来了？"

闵安诚心答道："萧大人自是人中龙凤。"

"如果你能助她取得世子欢心，我会让你的师父重回太医院，将你义姐接进宫中供养，听明白了吗？"

闵安万万没有想到，楚南王最终会以重利诱她，而不是一味威胁杀了她，忍不住抬头去看楚南王的脸。李景卓神色冷淡，仿似知道她的想法，淡淡道："杀你脏了我的手，反抗我的人，往往只会生不如死，我且看你有多大能耐。"

闵安想起今晚花厅里世子爷与王爷的纷争，还有非衣受她所累的事情，更多的是想到师父和花翠，就极快下定了决心。

她低头一拜，道："不负王爷所托。"

深夜，暗卫向静待在书房里的非衣禀告，通过翻查县衙户部黄册及询问地保等方法，摸清了玄序的来历。玄序本姓朱，单名为肆，对外自称为玄序。他的出身极清白，父母双亲已亡故，留下了殷实家产，四处游历学习奇门杂艺，家里的田产自有老仆人打理。

非衣拿着暗卫抄录回来的户册副本端详，又细细问了一些问题，最终没发现什么破绽。"他人现在去了哪里？"

暗卫答道："据他的家奴说，是去了昌平府做生意，顺便拜师学艺。"

非衣看看沙漏，觉察到时候已经不早了，赶着出门接闵安。他手持一柄灯笼拉着一匹马出门，值守的侍卫也不敢拦，更不多问一句半夜出行目的。非衣走了一刻，远远就看见闵安托着左臂跄跄走来，连忙跃过去扶住了她的肩，问道："谁伤了你？"

闵安擦去额上的汗，苦笑道："夜深走路摔一跤，不小心摔着伤臂了，不碍事的。"

非衣运力听了听四周的动静，皱眉道："随你一起的暗卫呢？"

闵安咬唇不语。非衣不由得冷喝："说真话！"

闵安故意轻松地说道："王爷找我聊了两句，要我行为检点些，不得坏了世子的名声。"

非衣调头就走，稍一细想，推断出父王所留待的地方仍是县衙，径直走向了东边那条街。闵安慌忙拉住他，哀求道："你若是再去找王爷理论，下次吃闷亏的还是我，求你了，让这事过去吧。"

非衣冷笑道："这事过去不了，平时他责骂我，我都不放在心上，现在他倒是惹着我身边的人了，怎么说也要给他留个记性。"

闵安用右手死死拉住非衣，说是忤逆父亲是为不孝，好歹将他劝住了。闵安这么一用劲，左肩和小臂就痛得厉害，额上大颗的汗珠渗出，引得非衣当场就想掀开她的衣袍看看伤势。

闵安摇手道："回行馆里我自己上药，你别过来，我不大习惯别人碰我。"

非衣看到闵安一脸苍白，神色却很坚决，没说什么，将她扶上马，牵着缰绳朝回走。夜风凉，非衣将外袍脱下裹在闵安身上，回头又继续想着心事，盘算着该如何从父王手里讨回这一笔账，且不让闵安再受牵连。

闵安歪歪斜斜坐在马上，闻到非衣外袍上的衣香，觉得心里也暖了，肩臂的伤处也痛得轻了些。闵安好不容易从手伤上移开注意力，才发觉非衣一路走来都很沉静，忍不住问："你生气了吗？"

"生什么气？"

闵安裹了裹衣襟，吞吐道："我刚说，不要外人碰，并不是在嫌弃你什么。"

非衣持着马缰不回头，淡淡道："难道到现在，你还坚持认为自己是个儿郎身？"

闵安一瞬间没了主意。她憋着半天气，才想起来问："你以前也说了多次我分不清男女……你是从什么时候起……知道我其实是……"

非衣已想通自己对闵安的心意，因此毫不隐瞒，道："雷雨那晚，你闯进我房里，说了一些胡话，我就开始怀疑了。后来问过师父，师父说了实话，还要我给你保守秘密。"

闵安擦去被惊吓出的汗水，赶着问："那……那世子知道吗？"

非衣冷淡道："世子的性子古怪，让常人难以理解，我想他大概还不知道吧，所以总撺着你去他那里。"

闵安暗暗放心下来，想着以后应该躲得远些。非衣回头看了她一眼，说道："若不想再惹这些口舌，吃这些莫名的苦头，你以后就多长个心眼，离世子远些。"

闵安极是认同地点头。非衣转脸在嘴角露了一点笑容，又淡淡说道："我跟你师出同门，讲究些师门规矩就行，至于俗世里的那些客套、杂礼，能免则免，别硬搬出来坏了我俩的同门情谊。"

闵安抓了抓头道："非衣说的客套礼节，是指哪些？"

"比如我替你疗伤敷药，你害臊不过，拿男女授受不亲那些来回绝我，就是辱了同门情谊。"

"哦。"

"还有，我若劝你推卸世子跟前的差事，早些赶到昌平府去找师父，让师父给你看看伤，你就不能回绝我，罔顾我对你的关切之情。"

"哦。"

闵安一答完，就觉得不妥，连忙说："第二条不行，我今天得去世子跟前听训。"

"为什么？"

闵安仔细想了想回行馆时，李培南在马车里对她说的话，觉得没多大紧要处，就秉着一种同门情谊告诉了非衣，还说她到现在还紧张着，请非衣给他出出主意。

非衣暗自忖道：多亏来接他，打出师父的旗号来增进感情，否则以她说话爱留半句的性子，想问出她在想什么，还真是不容易……

非衣始终记得，在闵安嘴里问不出玄序来历的例子，也不急着在这一时半会儿了断玄序，他觉得当今之急，是先处置好李培南的事情。

"你是否觉察世子在惩治下人时，手段极厉害？"

闵安毫不迟疑地点头。非衣始终不回头，控制着语声缓急，就像是在置身事外在评判局势，这样做，又让闵安生出一番信赖感。

"世子向来不讲究法理，但他御下极严，让那些人从来不敢在外面生事，保全了世子府的名声。"非衣说道，"外人都说世子府管得比宫里还严，寻常时候，千万不要进世子府去当差。"

闵安又点头。非衣继续说："世子不爱多说话，却最痛恨应差的人低头诺诺不答话的样子，那样会被视为大不敬。所以白天里无论他说了什么，你都应承下来，哪怕没听明白，也要镇定些。"

"没明白也答应？"

"是的。不要担心他在后面会处罚你，因为他只教训不听话的属下，没心思对付满嘴乖话的随从。你这样试几次，世子就会对你失去耐心，不再撵着你做事，你也能落得一身便利。"

闵安坐在马上想了半天，身子徐徐滑得歪了，仍然没有觉察到。

"这样妥当吗？"

"你想想，我以前可曾骗过你？"

"没有。"

"那就是了，用我这法子错不了。"

闵安轻轻叹道："其实见了世子爷，我就在揪着心提防他要我做什么，会不会出错，哪里又去想，他说话到底是个什么意思。"

闵安留在行馆里的这段日子，每当低头不说话时，必定会引起李培南不快，放豹子恐吓她。所以非衣一说出应对的主意，就引得闵安点头，心里认同极了。

马蹄轻缓，有一阵子，两人都未说话，默然行路。非衣扶正闵安的身子，护着闵安来到后宅院墙外，听从她的意思，让她翻墙而过，自己再拉着马从前门走入。闵安回到竹屋，打来热水擦拭身子，正要剪开袖子敷药时，非衣又挑着一盏灯笼造访。

非衣知道闵安单手动作不方便，坚持要帮她上药，闵安无奈应允。非衣始终秉持着君子之风，闭目阖眼，两手轻轻摸索过去，小心给闵安上好药，又绑定了布带。闵安看着非衣神色恬淡，才避免了羞涩之情。她暗想，还是早一点去师父身边，由师父来疗伤，才是稳当的。

事毕后，非衣对闵安微微一笑："若不习惯，就记得早些去昌平府找师父。"

闵安不由得说："非衣简直是钻进我肚里去了，想什么都知道。"

非衣笑着离开，已知彻底说服了闵安，这才放了心。

闵安倒头睡了个囫囵觉，还没睡醒，门外就传来侍卫长张放的声音："小相公快出来帮忙！"

闵安揉着眼睛起身，打开门问清原委。张放说，公子一大早就在查行馆里谁是王爷的眼线，将大大小小的消息透露出去了，不多时就找到了一名王爷安插的亲兵，将那人提到了二楼里。按照往例，公子会整得那人，不死也要掉层皮。

闵安与侍卫们以前聚在一起赌过钱，有些私交，听张放说得这样急切，也不由得白了脸。"张大哥要我去劝公子，可我在公子跟前说不上话啊。"

张放急得推闵安肩膀，牵发了闵安伤势。"你去看看总成，厉将军都不敢上楼。"

闵安匆匆洗漱，穿着一身稍微折皱的长袍，提着一颗心朝主楼里赶。一转出侧院门，她就看到一个纤秀的身影站在门前石狮子旁，正仰脸看着二楼栏杆，似乎在欣赏雕花样式。

闵安走得近，才看清了是穿戴一新的萧知情。她去了金丝发冠，将鬓角两侧的头发用丝绦系住，合编进脑后的发辫里，露出了整个秀美的脸庞。身上的撒花百褶裙更是精美，用素纱拢了一层蔽罩在外面，如同重彩画幅上的留白，始终恰到好处地引得旁人注目。

她的衣饰极为讲究，衣色淡然，衣带上栓了一道水青色的环珏，走动间，顺着盈盈腰身回转。

如此素雅美丽的萧知情，闵安也忍不住多看两眼。她迎上去，还没说什么，萧知情就转脸微微一笑："我特意来向世子回禀案情，可否让我先上去？"

闵安回道："楼上有一位侍卫大哥，据说还在受罚，如果此时进去，我怕惊吓了萧大人。"

"不要紧，你看我的，我能将侍卫救下来。"萧知情后退一步，右手压在左腰侧，行了个虚礼，"烦劳等等。"

闵安走到狮子后等着。萧知情不紧不慢上了楼，请门口的侍卫先通传，书房里的李培南拿过热手巾擦了擦手，将它甩在地砖上，遮住了那名受罚侍卫被剪断的舌头。"进来吧。"

萧知情走进门，房里很安静，侍卫跪在地上，抿紧嘴，衣襟上染了不少血迹，不远处有一块手巾，遮掩了血腥的那一角，使得四处的布置仍是那样雅致。

萧知情敛袖拜礼，眼睛却落在侍卫的血衣上。李培南穿着锦青常服，长身而立，极有威仪。看到萧知情抿唇强忍的模样，他只能对侍卫摆摆手道："下去领罚。"

侍卫磕头拜谢，若是按照平常的处置，他必定是逃不过一死，但今天恰巧萧知情来了，世子现在既不杀他，照例是不会再追罚，算是救了他一命，所以他转头又给萧知情行了个礼。

萧知情笑道："学生代他向世子谢礼。"

侍卫快步走下楼，对厉群说了世子对自己的处置，厉群唤人取来军鞭，就地结结实实抽了侍卫一顿。闵安躲在狮子后，听到鞭子落在肉身上钝响，想起鞭笞的滋味，又缩着肩悄悄离开了院子。

世子府的刑罚，果然严厉。闵安走着想了想，突然又意识到，萧知情不简单，竟然能劝得世子爷放了人。

书房里李培南听完萧知情的案情禀呈后，吩咐道："坐吧。"

萧知情依言坐下，接到丫鬟进奉的茶盏时，欠欠身道谢。李培南看向萧知情白皙的脸庞，见她耳角下遗留的血口子，与肤色一比显得那样醒目，淡淡说道："伤得重了一些。"

萧知情莞尔一笑，道："世子教学生功夫，偏生学生技艺不精，要带伤走出去，是学生的不是。"

李培南安静坐着，没有说话。

萧知情饮过一口茶，轻轻放下茶盏，说道："世子如有空闲，便请检查一下学生的课业如何？"

"我唤厉群陪你去。"

萧知情微笑回道："还不足一月就要上赛场，世子若是放心，学生输了也不会觉得愧疚。"她偏了偏头，神色中带着些许顽皮，又道："请世子定夺。"

李培南沉吟一下，起身道："随我来。"

不多时，行馆校场里擂响了军鼓，厉群带侍卫准备妥当，向萧知情抬手施礼道:"讨教了。"

萧知情单身站在极高的木桩上,周遭疾驰的骑兵掀起阵阵尘土,都不能沾染上她的裙摆。每当有骑兵飞掷过来黑色鞠球时,她手持长杖将其击飞,动作利落而干净。玉珏叮咚作响,随着她的力度轻跳着。

李培南坐在校台上看了一刻,唤道:"停!"

萧知情站在秋阳下遥遥笑问:"世子觉得怎么样?"

"很好。"

阳光撒落下来,映着萧知情深邃的眼目,如同蕴了一层墨。听到李培南的夸赞之后,她禁不住抬袖擦去额上的薄汗,对着校台露出了羞赧的笑容。这时,侍卫们依令勒住了马,马蹄稀稀拉拉扬起一阵灰。

突然,一团灰蒙蒙的影子从停驻的马腿下,连滚带爬地掠过来,裹着尘土沙障,呼的一声,径直扑向了木桩。萧知情猛然觉察到有硬物扑来,扬手挥打出去,腰身随之一拧,玉玦滑落下来,撞在桩头断成两半。

玉米吱的一叫,滚倒在沙地上。它是一路逃避着白鹇将军的飞啄,冲到校场里寻求救兵的。往日这个时辰,闵安向来是站在木桩上练功,所以它轻车熟路地冲进来,裹着一团沙土看也未看清,就直接扑上了桩头。若是闵安,必然会伸出手臂搂抱在它,岂知所遇非人,遭到当头一击。

萧知情以为误伤了世子的宠物,连忙跃下木桩,伸手要抱起玉米,嘴里连声说道:"对不住,对不住,这是谁的猴儿?"玉米龇了下牙,冲她挠了一爪子,将她白玉般的手背抓破,渗出两道血痕。

萧知情连忙甩开玉米,将手背收在身后,用袖中的绢帕裹住。玉米被外力掀倒,又在沙地上翻滚一下。它站起身跳了跳,对着疾步走过来的李培南吱吱叫了两声,然后飞奔出校场找主人告状去了。

李培南对厉群说:"跟过去看看。"厉群招手示意侍卫队跟着他赶紧离开,李培南想了想,回头又说:"把将军拴起来,再去看看猴子伤得怎样。"

很快校场里只剩下两道静立的身影了。

萧知情微微低头,抿住嘴,始终将手背在身后,眉目无异样,仍旧温和如水。李培南猜她或许是受伤见了血,想着她晕血的旧病,问道:"你怎么样?"

萧知情用完好的右手摊着断玉,苦笑道:"世子赏赐的上好龙纹玉,摔成两半，可惜了。"

李培南淡淡道："依照往日规矩来，赢了比赛，我再赏你一块。"

萧知情轻轻施了个礼，将断玉擦干净小心放进衣囊里，又抬起眼说："学生有个不情之请……"

"既是不情之请，那就不用提了。"

萧知情垂眼顺从道："世子说得是，是学生僭越了。"

李培南转身朝校场外走，她跟在后，拿出一直藏着的手背瞧了瞧，见鲜血又在渗出，连忙用绢帕系住。

李培南一直走到主楼院门前才转头问："还有什么事？"

萧知情微笑道："世子说依照往日规矩来，容学生提醒一下，马球站桩之后，便是考校武功。"

"你练得怎样？"

"数月来未曾间断过。"

"嗯。"

李培南丢下一个字，不置可否抬脚就要朝后院走，萧知情忙说道："祁连家新进了一批才俊子弟，其中不乏剑术高超者。世子若是再藏着那三招君子剑，学生恐怕在赛场上无法助得小相公取胜。"

李培南驻足道："你想学那三招剑法？"

萧知情敛衽拜了一礼，缓缓道："学生不敢僭越，只是想着，请世子演练一回也是好的。日后与小相公对练时，为学生添点切磋的资本。"

萧知情是前一轮逐鹿大会代替李培南参赛的属下，并且取得三连胜的佳绩。她说出这番话，本意不过是想取悦李培南，争取亲近的机会，李培南如何不知。但逐鹿大会事关王府的体面，以萧知情和闵安现在的武功，把握的确太小。李培南略加沉吟，唤值守侍卫抬来兵器架，选了一柄长剑在手中。他回头看了看萧知情缚住绢帕的左手，沉顿一下，最终又将武器换成了竹剑。

萧知情已经手持一柄长剑在对面遥遥施礼，道："请世子赐教。"

李培南当即攻出第一剑"投木报琼"，第一次在萧知情面前演练出从未外传的三招自创剑法。萧知情错步拧身，双手持起长剑阻隔剑招，察觉到一股柔力从上压下，嘴角不由得露出笑意。待一击相触过后，她站住脚步说道："多谢世子手下留情。"

李培南负手而立，仿似从未离开过当地，仅点了点头。

萧知情笑道："还有两招。"李培南随后又施出"相见恨晚"及"白首同归"，顾念着她的伤手，只使出了两分力。萧知情自然能轻松避开，并且看清了整个剑式攻路。

李培南问："看好了？"她有些迟疑地摇头。他将竹剑背在身后，淡淡道："我只使一遍，剩下的你自己领悟。"

萧知情立刻持剑演练起来，频频错了几次，看得李培南皱眉。他站着口述起手剑诀，督促她两刻钟。院墙外，闵安听到他指点剑招的声音，不愿意进来打扰，又轻手轻脚地走了。

秋阳爬上高空，萧知情额上渗出不少汗。李培南说道："先歇着。"转头走向了后院竹屋。萧知情朝着他的背影施了礼，走到一旁询问刚才校场里的那只猴儿是谁人的，听说是闵安的家宠时，又掏出银子吩咐随从去置办一个果篮来。

后院竹篱围住的一屋一树一桌一棚，就是闵安的全部地界。此时黄色小野花在秋阳下冒出头，爬到了她家门槛上。竹门是紧闭的，可见主人并不在家。厉群手举着竹筐站在窗外，玉米还扒在筐底荡来荡去。

厉群一见李培南走近，忙说道："小相公出了行馆一趟，买来生肉喂食豹子，说是感谢豹子的相助之恩。"他觉得好笑，说到这里刚想咧下嘴角，突然看到自家公子一脸冷清地站着，咳了下，又接着说："小相公连带着谢了豹奴，去石屋找豹奴，塞给他一些吃的，随后两人又去了偏院。"然后止住了声音。

李培南奇道："去偏院做什么？"

厉群低声道："小相公心肠好，听说侍卫挨打受了伤，唤豹奴去给侍卫上药。"而他们这一批人，慑于主家公子声威，根本不敢踏足偏院一步。

李培南立即明白，闵安早起就来过主楼一趟，只是没进书房门。他心道一个不入眼的侍从竟能引得闵安转头去探望，不先来他跟前报道，简直没个规矩。脚步才朝偏院走了两步，最后又碍于他的身份，还是停住了。

玉米朝李培南吱的叫了一声，翻过屋头跑了，动作算是伶俐。既然无伤，李培南也就放了心，对厉群说："叫闵安回来。"

接到厉群的传令前，闵安正单手杵着下巴颏搁在红木桌上，歪头看着俯卧在床上的挨罚侍卫，嘴里念叨着："大哥挺疼的吧，还好没被磕断牙齿，要不进食的时候，总有米粒儿跑到洞里面去，舔也舔不出来。"

侍卫扯了扯眉毛，觉得背伤更痛了。

闵安又撑住头，回想着补牙时的情景，惆怅说道："好大夫也出了清泉县，我应该早些跟过去。"

她向侍卫打听，世子府里有哪些严苛的规矩，比一顿鞭罚更厉害的又是什么。感念她赠药恩情的侍卫也没顾虑什么，硬撑着拿过纸笔，一五一十向她写明，尤其提到了世子府里有座养家兽的园林，白墙黑瓦，太湖石作镇桩，隔开了一个又一个小山头，堆放着炉甘石。每当雨水降了下来，石头就会冒出轻烟，映着遍地的奇花名木，云蒸霞蔚，仿似炼制出一个人间仙境。

"如此名贵的园林，竟然只是豢养家兽？"闵安听得咋舌，"那得耗费多少银子呐？"

侍卫连比带画地写道："世子并非喜欢狩猎才豢养家禽走兽，他住在西疆久了，纵马驰骋来去，总能捕得一些珍奇的品种，没地方养，所以砌了园子供着。园子里的奇花异石都是西疆各部总兵进献的，岛久家的献得最多，不需花一两银子。"

闵安想了想，又问："园子里有没有猎狗围场？"

侍卫先摇手，再写道："没有，猎狗全被世子逐进火坑，以引诱猎物出来，所以不建围场。"

闵安安静了下来，心里想着楚南王所说的，世子府里不重要的下属跟狗一样的结局。玉米从窗外跳入，站在桌上吱吱叫着，闵安看它鼻上又裹着一道泥药，知它又与将军打架不幸战败了，就是不知哪个好心人这次给它上好了药。

玉米叫了半天，也跳了半天，闵安大致看明白发生了什么事。她拿出一袋盐炒玉米粒哄着，厉群后面走过来一看，砸了下手掌心，心道怎能跑得比一只猴子还慢，结果还让它告了状，给公子招了黑。

自家公子对小相公改变了态度，他这个下属看得最清楚。无论原因是什么，先顺着公子意思，待小相公好一些，总归不会错。

厉群唤闵安回去听差。闵安接过厉群手上的竹筐，将玉米塞到里面去，一起背回了竹屋。她磨磨蹭蹭地走着，想起非衣教给的应对方法，心里有了一些底气，所以她面对李培南时，总是站直着身子，将眼光放在李培南肩上，摆出一个不高不低的恭顺态度，安静听着话。

李培南站在竹篱旁，看到闵安垂手规规矩矩站在跟前，首先说："将玉米攥走，进屋去。"玉米听到自己的名字，有所反应，从闵安肩后露出半脸瞧了瞧，龇龇牙，又缩回了竹筐里。

闵安哪有心思问缘由，回头就朝玉米挥了下手，"去玩吧。"玉米吃着小食，坐在竹筐里稳稳的，怎么撵也不走。

李培南只能退一步，任由闵安背着竹筐继续站在跟前。他伸手托起闵安左臂问："还痛吗？"闵安不敢显露出左肩的伤势，也不敢说不痛，只知道点头。她将唇抿得紧紧的，眼神既恭顺又带着点小心之意，李培南抬起手，像是要去摸她的脸，犹豫了一下又罢手。

李培南此时还记得，闵安说过极为害怕他的话。他牵着闵安未受伤的右手，将闵安带进屋里，玉米忠心护主，露脸又龇牙了一次。

李培南察觉到不先打发掉玉米，势必是说不了话的，唤人来强行抱走了玉米。可是此后，闵安担心玉米伤势，更害怕它一时想不开又去与将军打架，神情不由得发生了变化，她那眼里恨不得长出丝来，层层叠叠伸到窗外，用一股子力勾回玉米。

李培南遮挡住窗口，对闵安说："我曾细致考虑过，要确保我说的话让你听进耳里，一定要用这个方法。"

闵安回神看了看李培南的脸，记起"大不敬"的教训，又将目光移到他肩上，只点头，保持神色镇定。

李培南看着闵安白皙肤色上的两道红唇，抿得淡淡的，像是含着一瓣桃花香，感觉备受诱惑。他低头朝闵安唇上咬，哪知闵安突然闻到一阵熟悉的白檀衣香，怎么也保持不住镇定之态，害怕得朝后退了一步。他看得脸色一冷，将闵安衣领拈住，用柔力扯得闵安到嘴边来，实打实地亲到了一记。

闵安被包裹在熟悉的气息里，脸上浮动着红晕，在一片跳动的胸腔里竭力找回镇定的感觉。她傻站着不动，李培南都听得见她那怦怦跳的心声，不由得笑了笑，"现在听得进去吗？"

闵安舔了舔唇，小声道："我，我口渴。"

李培南转身去桌上找茶水，可是竹屋里置办简陋，只有茶壶没有杯子。他听到身后风声一动，不用转头，也能伸手将闵安的腰带抓住了，让她逃不出屋去。

闵安挣扎一下，皱巴巴的衣袍已经散了一些，暗道晦气，又转脸过去，继续默默地看着李培南的肩上。李培南不看闵安，伸手拈住竹凳上的一只竹筒，右手还牵着闵安的腰带。闵安本想悄悄挪一步,发觉衣袍散得更开了,无奈又慢慢转动着身子回来,就着李培南的姿势,像是给粽子滚上一层糖霜那样,挨到了李培南的手边。

李培南用茶水冲洗竹筒,斟满一筒凉茶,递到了闵安嘴边。闵安本想伸手接过,李培南却扬高了手说道:"乖乖的。"闵安只能点了点头,踮起脚尖就着李培南的手喝了几口茶。

李培南低声问:"不跑了吧?"

闵安讷讷道:"公子先将腰带还给我。"

闵安的脸红得如同染了一层霞彩,李培南暗自笑了笑,伸手替她系好了腰带。衣香过后,兜头又罩下一些淡淡气息,闵安实在不习惯被李培南靠得如此近,不由得后退一步。"公子不是有话要说吗?请早些吩咐下来吧。"她把手团在衣袖里,紧紧握住,仿似在给自己打气。

李培南看着闵安飘忽的眼神,和声道:"不用怕,我不会再捉弄你,也不会罚你。"

闵安觉察到这句话听得十分明白,连忙点头。有了保证之后,她试着抬头看李培南,继续等着他说完。

"回昌平后你就搬进世子府来住。"

闵安始终记得非衣、侍卫所说的世子府种种事况,严苛的规矩束缚人,楚南王在暗处虎视眈眈,千金不换的珍禽将军到处飞啄玉米,此中三条是她最担忧的,所以她不等李培南话音落地,就立刻摇手。

"为什么不答应?"李培南温和地问。

闵安不敢说出任何理由,只是摇头。李培南想了想,唤闵安坐下,刚将手移开闵安肩头,闵安就像弹射的珠子一般,又立即站起身离开了座位。

李培南自然看得出闵安的紧张,笑道:"既然不告诉我理由,那必定是不能说出口。"他从袖中拿出早就备好的青纱袋,内中整齐平放着五枚蝉翼金丝叶,平摊在手上,看着闵安说:"价值百两,换你一句实在话,划算。"

闵安的眼光落在金灿灿的叶子上,考虑半天还是将头艰难地抬了起来,看着李培南的肩,"无功不受禄,还是算了吧。"

李培南微微笑了笑,将青纱袋直接按在闵安手上,说道:"你向来见钱眼开,现在却不敢拿，我已知道原因在哪里。"

闵安听不懂，于是拿起非衣传授的法宝，用一张还算镇定的脸对着李培南，只点头，不说话。

"让你害怕的还不是我，是父王。"李培南细细审查着闵安的神色，靠得如此近，让闵安隐藏不了脸上的那些变化。一语中的之后，李培南接着说："父王常用的手段是挟持身边人，以此推断的话，他拿住的人应该是吴仁。"

闵安抿住唇，很想点头，想起楚南王的威逼利诱，最终还是摇了摇头。

李培南走近一步，用手扶住闵安的脸，低下头说："我明白了，你果真受了父王的欺负，怕得这样狠。"闵安慌张后退一步，隐隐觉得再竭力装作镇定已不是良策，急着问："公子还有什么话要吩咐的吗？"

"有。"

闵安稍微再退了退，等李培南把话说完。

李培南说道："回昌平就搬进世子府住着，我不会再罚你，只要你高兴，我愿意做任何事。你要相信，我绝不是将你当作玩物，无论你出身怎样，在我心里都很珍贵。父王那边由我去解决，你不用害怕。"

他看出闵安的紧张与回绝意态，终究一次说完了心里话，只是他平时冷淡惯了，很多积习在顷刻之间难以改变过来，因此他那冷峻眉眼虽然舒展开了，可脸色还是恬淡的。

闵安经过外人轮番提点，此时在心底已经形成一种印象——非衣说，世子有些怪癖，可不计男女性别，最好离他远些；还说，无论是否听懂世子的话，都要应承下来，否则会被视为大不敬，讨得一顿罚。最最紧要的是，王爷已经拿住了师父的案卷，随时可对师父不利……闵安在片刻之间焦急想了想，权衡一下心底非衣及王爷说的话的分量，再看看眼前正安静望着她、正在等待回答的李培南，不用煎熬多久就有了决定。

闵安低头道："谢公子赏脸看得起，我是清清白白男儿身，不敢冒着骂名留在公子身边，还是放我走吧。"

李培南慢慢站直了身子，将手背负在袖中，拿出了一贯掌控的气度。"我都不计较声名，你还敢说在乎？"他的声音逐渐冷了下来，黑沉沉的眼睛压得闵安抬不起头，"还是要我剥下你的衣衫来，看你到底是不是清白男儿？"

闵安已完全听不懂最后一句话了，脑子里闷得厉害。她白着脸直朝后退，退到窗口处嗅到一丝凉风，才让神志清醒了些。她想起王爷沉声所说的世子妃要求，连忙抓住了这最后一根救命的稻草，抖着声音问："公子既然不计较声名，那就是决意要娶我为妻了？"

闵安问得巧妙，让李培南不能忽视这个问题。娶一介寒女为妻，比收一名娈童在身边，其后果更为恶劣。世人的奚落、宫中的嘲笑、敢冒天下之大不韪的决心，想必作为堂堂世子的李培南，都需要一肩承担起来。

李培南极快应道："我不娶妻。"

"但是要将我留在府里？"

"嗯。"

闵安擦了擦汗，利索回道："我不愿意。"

李培南冷了脸，看到闵安显露出一副坚决不从的样子，丢下一句："由不得你。"走出了竹屋。他久在沙场驰骋，在海浪冲刷中炼身，养成了掌控一切的脾气，又怎会容得自己在区区一名小童手里铩羽，何况那人现在又没钻进他心尖里去。

闵安扶着桌子坐下，放任额上冷汗流了下来，不去擦。过了很久，她才找回感觉，心里想，公子说不再罚他，希望公子还能记得，即便是她答错了话，也不能回头来找她了。

闵安坐在桌边，窗口的凉风直吹过来，熨帖了她那焦急的心情。虽说能用娶妻名分一事难为住世子爷，可终究不是完全之策。闵安沉思一刻，想起玄序的提亲，心底又有了希望。

当今之急是摆脱世子爷的怪癖，嫁与玄序后，自然能阻挡世子爷的强留，保留自己与世子府的名声，至于以后的仕途……闵安抿唇想了想，莫强求，换个地方从低级小吏做起吧。

闵安擦去汗，喝了一筒凉茶，拿着竹筒瞧了瞧，突然又放下。她先前光顾着紧张，竟然没提防，竹筒是作为水壶留给将军啄饮的，将军伤好离开了竹屋，一套用具依然留在了她手边。

闵安倒水清洗了筒身，将它反扣在桌上。门外萧知情提着一篮瓜果走进，笑吟吟地说："我特意候到世子离开才进屋，应该没打扰到小相公。"

闵安即便还惦记着心头肉玉米的告状，听了这话，也只能放萧知情进门。她用竹筒盛了凉茶，殷勤地递过去，说道："萧大人大驾光临，令寒舍蓬荜生辉，小生唯有凉茶一杯用以款待，请笑纳。"

萧知情喝下凉茶，矜持着坐姿向闵安道歉，闵安立刻就原谅了她。两人徐徐寒暄几句，各不涉及自己的心事，话里也不藏什么机锋，总之主客交谈尚欢。

转到拜访目的时，萧知情也不含糊，径直问："小相公答应王爷的话，可算数？"

闵安答应楚南王的话只有一句，她知道应该怎样回答："绝对算数。"

萧知情稍稍低头，带着一种女子特有的羞赧之情，低声说："多谢成全。"她是个聪明人，刚才远远站在院外，看到李培南面色不悦地走出门，多少猜得到他在闵安跟前碰了灰，所以闭口不提她的心情该有多酸楚与急切。

世子的性子骄傲如天，竟然会在意出身资历均很平常的闵安，且时时不顾王爷的颜面，使得她的心意落空。就在她逐渐认定了自身没那么好的福气后，王爷告诉她，机会来了。

机会就在闵安身上，若是促成她远离世子，应是对己有利。

萧知情对闵安说道："你早些去府衙刑部报道，有一些积压的案子需要你处理。"

她的命令，正中闵安下怀。"遵令。"

萧知情见目的已达到，起身要走，闵安又唤住她，"我想请萧大人发放一张婚书。"

萧知情讶然转身。闵安施礼，"只有通过萧大人之手，才能最快促成此事。我向萧大人保证，此事绝不牵扯到世子。世子身边，还需萧大人多遮掩下。"

华朝婚书由当地衙门户部印章封函发出，再将新妇名勾进夫家黄册户籍中，需向家主通传。目前闵安的家主不是师父，而是李培南。闵安想着备好一切事宜后，才向李培南提出成婚请求，这之前，她能瞒则瞒，不能瞒则远避是非。

萧知情沉吟道："婚书上需写明是哪家女子出阁，小相公现在就有可意的人吗？我家的宝儿不能算在内。"

闵安的脸红了起来，"萧大人只需放出文书，由我填写夫妻名姓，可好？"

"这可不好，楚州从未有过先例，若是出了纰漏，我难逃罪责。"

闵安低声道："请萧大人成全。"

萧知情笑道："不如小相公先成全我。"

闵安连忙点头。

萧知情自然是懂她的，紧跟着什么都没问，爽利应允发放一张不填名姓的婚书下来。她不问，只是为了免生波折，在世子跟前，也便于找借口推卸责任。

半个时辰后，厉群依照李培南的命令，前来催促闵安进书房听差。闵安说道："今日秋高气爽，我想做个东道，请萧大人一同狩猎，麻烦厉大哥回禀公子，我已出了门。"

厉群有些为难地堵在竹屋门口，闵安假装愠怒，"伤臂痛得厉害，难道还不兴寻点乐趣消磨时间吗？"她鼓起一口气推开厉群，头也不回地走出行馆大门，与请辞完毕的萧知情汇合。

闵安偕着萧知情及两名随侍，骑马跑向了清泉县著名猎场海棠山。她极想猎一头小狻猊送给萧宝儿作见面礼——或者说悔婚的谢礼也成，因此骑术并不精湛的她，即使坐上马一路颠簸也毫无怨言。

闵安没有心思看一路的景色，时不时地向萧知情打探萧宝儿的消息。萧知情笑道："要成亲的人了，还放不下宝儿吗？"

闵安咬咬牙答道："知道宝儿常去哪里，才能堵住五梅。"

"如此说来，小相公是放不下五梅啰？"

闵安哼了一下，并不答话。萧知情此刻猜不透闵安的想法，笑了笑，还是对她说了五梅带着宝儿游玩的一些事。闵安细心听着，暗想：一定要找个机会与五梅理论下，前面帮他那么多，浑小子竟然不给我打个招呼，就牵走了宝儿的心思……还要威胁他，以后得好好待着宝儿，否则我第一个不放过他。

萧宝儿之于闵安，如同花翠和师父，都是最亲近的人。她并不怨恨宝儿的"移情别恋"，只是咽不下五梅"横刀夺爱"的这口气。再者，闵安并不放心五梅的行事，毕竟五梅好赌，又没个正经营生，若是从自己手里交出宝儿的婚事，闵安总觉得对不住宝儿，需要小心帮她挑选夫婿才好。

闵安偷眼看看萧知情，见她没有一点担忧的样子，暗笑自己担忧得太多了，又抽了道鞭子快马跑向前。

一行四人在海棠山转了大半个时辰，查看各式地形。秋阳偏斜，撒下一片光在山石上。闵安蹲在山头瞰着下面的水涧，萧知情过来找她，说道："刚才有侍从来报信，已经能看到世子的行驾，是否成事就看小相公嘴上的功力了。"

闵安忍不住一把拉住萧知情的袖子，笑道："萧大人当真要使这招？"

萧知情就势也蹲在山石上微笑道:"摔得狠才有机会赌世子一个'不忍心'。"

闵安放开手,叹道:"萧大人这样执着,还能对自己下狠手,着实让我佩服不已。"萧知情笑了笑,转身去做准备。

闵安寻思刚得罪了李培南,该怎样打消他的火气,让他同意随后的要求,坐在石上一阵抱膝苦想。哪知李培南转眼看到她坐在阳光下暴晒,心底就有些痛惜了,根本板不起脸色来,打着一把青布伞朝她走去。

青色伞幔遮住了顶上炽烈的秋阳,闵安抬头去看,对上李培南一双墨色眼睛后,她瞬间又讷讷不知该说什么。

李培南拍了下闵安的头,"想猎什么?像傻子一样坐这里。"

"小猞猁。"

李培南将伞塞进闵安手里,闵安不明所以,只好举伞杵在山石上。李培南回头说:"遮自己。"她会意过来,乖乖用肩扛着伞柄,蹲下来,遮住了周身。

李培南的脚边立刻长出一朵青色的大蘑菇。他低头看了看,叹了口气,抬脚用靴背将大蘑菇挪到一边,对着山崖下抿嘴呼哨一声。随行侍卫丢上来一只竹箱,他从里面取出一块蜜汁兔肉,抛到了底下水涧旁。

过了一刻,一只金钱纹母猞猁走了出来,低头咬起兔肉,就待跃上一旁的树上。李培南开弓射出勾刺铁箭,乌光一闪,箭尖准确无误穿过了母猞猁的后腿,将它钉在地上。闵安从伞底掀头看了看,小声说:"公子伤了它,拖出一摊血,又让我没了猎获的兴头。"

李培南却说:"等着。"径直跳下了山崖。他小心取出铁箭,用上好的药泥裹住母猞猁的后腿,然后隐身躲在一旁。母猞猁起身活动了下伤腿,一步步走向了杂乱石堆里,李培南跟着它摸进石窠,脱下外袍抱出一头小猞猁,再跃到山石上交付给闵安。

闵安欣喜道谢,李培南对她微微一笑,没说什么。闵安将小猞猁塞进竹箱里,举过一旁的青伞,站在山石上给李培南遮阴。

山头吹过一丝凉风,李培南端坐在山石上说道:"替我擦擦汗。"

闵安迟疑一下,拉过皱巴巴的袖口,在李培南的额上胡乱擦了把,趁他脸色温和时,赶紧问道:"若是送给公子一只猞猁,公子会不会回谢一番?"

李培南回答:"你想要什么?"

闵安嗫嚅,"我觉得公子应当讲究礼尚往来,会回谢的。"

"那就依了你。"

"能不能请一场戏？"

"能。"

"就今晚吧……"

"嗯。"

闵安小心说的请求都被李培南应承下，让她松了一口气。她觉得这个时候的世子爷没有往日那般不近人情，忍不住挪过伞，将阴凉全部罩在李培南身上。

李培南问："怎会想到送一只猞猁给我？"

"公子似乎喜好飞禽走兽，这周边的地头，只有海棠山有珍奇兽物了。"

李培南笑道："难得你费心想我喜欢什么。"低眼看到竹筐里一坨小团子，又接着问："是它吗？"

闵安忙回道："比它大多了，苦费一番力才能捕到，公子可不能食言。"

"嗯。"

闵安站在李培南身后，小心打着伞，耐心等着萧知情发出的讯号。为了免除李培南怀疑，她还拉拉杂杂扯着李培南说话。

"公子贵庚啊？"

"不贵，才二十四。"

"喜欢猎狗吗？"

"不喜欢。"

"那豹纹衣呢？"

李培南看了闵安一眼，"你到底想问什么？"闵安暗想，我这不是帮萧大人打听清楚你的爱好吗，哪能问得这么明显，于是又磨磨蹭蹭地说："想了解卜公子为人。"

李培南直接回答："晚上来寝居找我，我让你透彻地了解。"

闵安不敢应声。李培南唤道："坐下。"她挪开一些距离坐在石头另一边，横过手臂来打伞，李培南看不得她如此谨慎的样子，又吩咐道："遮自己。"闵安再打出一朵蘑菇花，杵在了石边上。

李培南想了想说道："我想要的东西必定会亲手去取，无人能阻挡我，军权、王权、妻子、富贵都是如此。你现在怕我，躲得紧，日后我调头喜欢上了别的，你不后悔吗？"

闵安默默道，我现在就想您调个头，她怕说实话又破坏了现成的机会，干脆岔开话头："公子平时还喜欢什么？"

"你。你乖巧听我话的时候。"

闵安语塞一下，再问："还有呢？"

李培南淡淡道："我喜欢豹子，不代表我喜欢豹衣，你别乱猜我的事。"

闵安嗫嚅道："原来公子知道了啊。"怂恿官员们送来的歌姬穿上豹皮裙，就是闵安暗中的主意。

李培南道："我既然说了不再惩罚你，自然会守信，可你的操行也需要节制。"

闵安赶紧点头。她想起了挨罚侍卫说过的有关世子府的传闻，忍了又忍，最终为萧知情问了出来："据说，西疆有一位受封的郡公主生得貌美如花，是岛久总兵家的掌珠，为了公子特意追到了昌平府来，公子待她与常人不同，可有这种事？"

李培南朝坐得极远的闵安看去，闵安用伞遮住了脸，他索性伸手掀开了伞布问："你真想知道？"

闵安脸红着点头。李培南淡淡道："搬进世子府就知道了。"

闵安稍稍惊异，"公主在世子府？"

"嗯。"

闵安心想，这怕是萧大人不乐意见到的。可她嗫嚅半天，又实在没道理再追问下去，就默默低下了头，去看袍底的一株小草。李培南等了半天，见她没下文，放开手臂，将伞布弹了回去。闵安整个儿被外力撞歪，她搂住伞柄坐好了身子，仍是不说话。李培南随手拈起一枚小石子，扣在手里弹了出去，撞在伞柄上叮的一响。闵安不知躲避，又被伞柄撞到了额头。她抬头愠怒说道："公子又在欺负人。"

李培南收了嘴角的笑容，认真说道："你杂七杂八问了这么多，又想盘算什么？"

闵安摇头，"没什么。"

"与其拐弯抹角问我，不如试着向前走一步，你怎会知道我不答应你的要求？"

闵安举高伞，露出了整张小心翼翼的脸，认真道："那，公子放我出府吧，让我单独去衙门做事。"她的意思是脱离世子府的掌控，以外派吏生资格进入府衙公干，哪怕小官小吏也行。

李培南自然懂她的意图，只是说："向前走一步再说。"

闵安举着伞朝李培南靠近了一步。李培南起身搂住她的腰，说出两字："不准。"

第十三章　此躯难捐负君意

　　李培南的手臂强韧有力，紧搂着不放，熟悉的衣香与那股男人的气息又席卷而来，闵安朝后退，却退无可退，干脆将伞柄抱在了胸前，想用来阻挡李培南的靠近。

　　青布伞幅大，李培南长得比闵安高，他低下嘴就要啄吻到闵安的唇，闵安慌张不过，将伞骨朝下拉，整个儿盖住了李培南的头。

　　李培南就势将脸搁在了闵安的肩上，趁着伞闷光线暗，偷吻到了几记。亲就亲了罢，他还要说上一句，"颈上香一些。"

　　闵安扭着身子连退几步，颜面大窘，不由得恼怒道："公子总是捉弄我。"那柄伞还被她作为护身武器捏在了手中。

　　李培南笑道："我一见你就觉得心喜，忍不住要亲近你，怎会是捉弄你。"

　　闵安向来畏惧李培南，这会儿请求落空，又被李培南肆无忌惮地亲近了一番，有些恼羞成怒。"公子总是自顾自地欢喜，从来不计我是否愿意。"她拧着眉，没有足够的勇气去看李培南的眼睛，干脆低着头一鼓作气说道："我打不过你，又要倚仗你的提携，因此心里即便窝着一股气,也要低眉顺目来侍奉你。换作是你,还会觉得这不是捉弄吗？你会愿意吗？"

李培南极快应道："愿意。"

他的声音很镇定,站在山石上的身姿也显得闲适,直看得闵安恨不得将他撵走。只可惜,闵安也知道,目前没资格这样做。

静寂中,李培南问："要怎样做,才能被你玩弄在股掌中？"

闵安语塞。李培南又低声说："不如收了我作你的随侍？"

闵安的脸红得像火烧,喃喃道："公子贵为皇胄,受世人景仰,说出的话偏生这么轻浮。"

李培南淡淡应道："即使贵为天子又能如何,得不到自己喜欢的,活得比常人还辛苦。"他自小看多了父王苦寻娘亲未果,常常深夜披着露水站在中庭熬到破晓,再接着走出去被公事缠身,因此汲取到了一个教训：喜欢什么,要努力取得,再用双手稳固它的地位。

往大的来说,这也是李培南的处事法则,可闵安未见得懂了他,或是相信他。"皇者、王者自有气度,胸纳天下,不应是公子这样的浅薄想法。"

闵安算是出言不逊了,李培南却不以为忤。他紧跟着说："不如你来决断我的事务,让我听从你的吩咐。"

闵安怔道："我不是这个意思……"

"唯一的法子就是你收了我做随侍。"

"那决计不行,公子休要再说些玩笑话……"

"收了我,就能玩弄在股掌中了。"

闵安哑然而立,李培南说完最后一句："所以先前我答道,十分愿意。"

闵安的脸快要红破,她自知说不过李培南,还打不过李培南,不如躲到一边去。她举着伞就想朝山崖下跳,实属脸薄招架不住,慌不择路了。李培南的声音从后面传来,"傻瓜。"闵安本想风力可以托住自己,所以闭眼朝下跳,李培南却纵身赶过来,抓住了她的伞骨,将她拎在了崖边。

闵安的身子趔趄出去,吓得她不敢撒手,抓住了李培南的手臂。李培南徐徐搂住她的腰,笑道："这可是你送上来的,怨不得我。"

闵安羞恼："若不是公子突然赶过来抓住……"话音未落,李培南的两只手已经松弛了些,任由伞骨滑落一截,闵安的身子又倒下去几分。

闵安连忙死死抓住李培南，顾不上说一句话。青伞落向崖底，翻滚间，被嶙峋山石割破，顷刻就失了架势挂在石刺上。李培南扶着闵安站好，和声说："这就是我抓住你的缘由。"

闵安低头一看，明白过来，低声道谢。李培南说："我救你一命，你道声谢就了事，不划算。"

闵安这次却是猜得出来他没好话要说，心想逃也逃不掉，捂住耳朵总成吧。李培南拨开闵安的手，朝她耳边说道："亲你一下，抵消恩情。"

李培南丢出来的话不是询问，而是先行的提醒。闵安无路可退，挣又挣不脱，只能架起两手遮住了脸。李培南静静瞧了她一会儿，最后冲着她保护不了的发红耳郭亲了亲。

闵安的耳朵更红一层。李培南放了手，提起装着小猞猁的竹箱，回头看见闵安仍杵在山头，出声唤道："傻站着做什么，回行馆。"

闵安慢慢跟上去。这时，一直躲在山涧罅隙处的萧知情随侍，冒出头看了看山上的动静，觉察到应是没打断李培南，抓住时机惊叫道："小相公快来啊，我家大人受伤了！"

闵安心里埋怨他喊得晚了，连忙露出惊慌神色来，顺着山石就要往下爬。

李培南蹲下身，提着闵安的衣领，问道："你下去能救她？"

闵安抬头眼露欣喜之色，急道："那公子去吧。"

李培南提着她不放手，淡淡道："太高了，我也不敢下。"

"刚才公子不是很利落地跳下去，抓到了一只猞猁吗？"

"为你做事自然不同。"

闵安内心真的有些担心萧知情，也不多话，又要往下爬。李培南干脆一把将她提上来，说道："你也不问问萧知情到底怎样了，就要急着过去？"

闵安恍然，做戏得做全套，一时心急竟然把这茬儿忘记了。她立刻沿着山头朝前面走，大声呼道："萧大人你在哪里？伤得怎么样？"

随侍带着闵安找到了萧知情。萧知情侧躺在一处半山石窝处，已然昏迷，左手鲜血淋漓。她畏血，也不需要装，当石尖刚伤手臂时，她就能自发昏过去。随侍解释，萧大人本想摸进石窠里抓一只猞猁进献给世子，没想到山石太过锋利，将她割伤。山窝豁着一块尖石杵在半山腰不上不下的距离。随侍加上李培南的侍卫，三人从顶上合力吊下绳子，想将萧知情捆绑在侍卫背后，再顺着绳力将他们拉上来。可是他们四人功力不足，所以救援一事进行得分外迟缓。

萧知情所在地仅容一人落脚，眼看她左臂鲜血直流，闵安急得推一旁的李培南，"公子救救萧大人吧？"

李培南看到萧知情确实昏迷了，沉吟一下，徒手攀附在山石上，闪身跃到石窝处。他将绳索系紧萧知情的上身及腰部，将绳结提在手里，朝上唤道："提！"顶上的侍从们一用力，李培南借着力道飞蹿上山石，几下攀爬，稳当当地救出了萧知情。

随侍慌忙解开绳索，闵安拿着水壶走近，洗过萧知情的伤臂，又要撕下布袍给她裹伤。萧知情悠悠醒来，抓住了闵安的衣襟，低声道："别松手，我怕血。"

闵安这才知道萧知情畏血，刚才还在奇怪她怎能装得那样像。既然明白她的苦肉计是实打实的苦痛后，闵安更是对她心生怜悯，回头又对李培南说道："公子武功高强，来去自如，不如公子带萧大人下山吧。"

"怎样带？"

闵安打量了下山的路，笃定道："背着萧大人难免有磕碰，公子行个方便，抱着萧大人下去吧。"

萧知情又昏迷过去。

李培南突然坐在了山石上，皱起了眉，额上还渗出一些汗水。

闵安没听到回答，回头诧异道："公子怎么了？"

李培南低声道："我也畏血。"

闵安更诧异，"我怎没听说过？"

李培南看向带来的一名侍卫，那名侍卫迎上他的目光，先愣了愣，不明所以。李培南径直看着他，再点点自己的雪绫中衣染上的几点血迹，侍卫醒悟过来，大声道："公子的确畏血！先前救起萧大人时，已被脏了衣服，公子生性爱洁，现在只能强忍不适坐在石上顺气，实在是有心无力了！"

闵安看看垫在竹箱底给小狻猊保暖的锦衣外袍，又看看李培南身上只剩下一层的中衣，不知道应该说什么。一名侍卫站出来自告奋勇地说："属下带萧大人下山，请小相公多加照顾公子。"说完，朝一旁的另一名侍卫递了个眼神，两人合力，将萧知情抱起来，小心翼翼搬下山去。

李培南对闵安说道："你过来扶我。"

闵安再次回头打量下山的路，越发觉得遥远而陡峭了。她朝最后一名随侍看过去，那人也忙不迭地抱起竹箱离开了。最后，闵安只能搀扶起李培南，任他将大半个身子压在自己肩上，十分艰难地带他下山。

闵安累得热汗直流，还不放心地问："公子骗我的吧，怎会畏血呢？公子上了西疆沙场，又怎能打赢一次次的车战呢？"

李培南低声道："我出计策，厉群带人厮杀。"说着，他的汗水也从额上滑落。

闵安迟疑道："可你包扎猞猁伤腿时，可是十分顺手啊。"

"为你做事自然不同。"

闵安仍然半信半疑，刚想将李培南放下，李培南立刻说："擦擦汗。"

闵安举袖擦去额上的汗。

李培南说："我的。"

闵安转头去望，李培南脸上汗如雨下，正期待地望着她。

下山时，闵安汗水直流，瘦削的肩膀承担不起李培南依靠过来的身子，几乎三步一顿地走着。李培南看了看她，掠开嘴角笑了一下，淡淡道："这么不顶事，看来操练得不够。"

一股微温的气息吹拂在耳边，闵安的耳郭红了。她抿着嘴不答话，也无力气辩驳什么，只是架着李培南朝前走。闷头走了一阵，喘气道："歇息一下好吗？"李培南笑了笑，突然站直了身子，背手从容而立，意态悠闲，仿似路过此地观赏满山秋景的游者。

闵安杵着双膝弯腰站着，喘息着问："公子没事吗？"

李培南淡淡道："嗯，晕血劲头一过就好了。"

闵安心头大疑，此刻没心思去求证什么，缓过一口气后，又挪动漂浮的脚步，慢慢朝山下走去。李培南看到闵安的袍底在微微颤抖，恶作剧般地笑笑，也没再欺骗她了，自己走到了马车旁。

闵安累得双腿打颤，仍然想骑马回行馆。李培南唤她上车，她不听，爬了两次竟然没爬上马鞍，突然意识到，力气消耗得这么厉害，是必定要坐车回去的。

马车上，闵安累倒在一旁，靠着车厢休息。李培南托起她的左臂问："还痛吗？"

闵安揉了揉眼点头。李培南说："回去我帮你上药。"

闵安立刻清醒过来答道："不痛了，夹板很稳固，不需再换药。"

李培南没说什么，托着闵安伤臂也未放手。

沉默了一会儿，李培南问道："我来之前，你和萧知情说了什么？"

闵安摇头不答。李培南紧接着说："你伤了手臂还请萧知情打猎，哪能无故献殷勤，必有所图。"

闵安暗想，如果一直闭着嘴不回话，难在世子爷面前糊弄过去，不如挑拣着禀告一下，消除他的疑心。

主意打定，闵安就回道："王爷调派我去府衙听差，我看萧大人在跟前，所以借着打猎之名套下关系。"她也的确在拉近与萧知情的关系，随侍和行馆里的侍卫有目共睹。

李培南抬了抬闵安手臂，道："我是萧知情上级，怎不见你来讨好我。"

闵安闭上嘴不说话，心里想着就是为了躲避您那独特的嗜好，我才回避到府衙里去的。

李培南和声道："从府衙见习出来，就随我去西疆。"

闵安惊问："为什么？"

"立军功，受嘉奖，晋级。"

"可公子怎能一手操持官员任派，想我去哪里就提我去哪里？"闵安问出来，自己都觉得非常无力。

李培南看到闵安将脸绷得紧紧的样子，不由得笑了笑："我总算是楚南王世子，又为朝廷立过军功，只要你一个人，朝廷必然会赏我几分面子。"

闵安的心情顿时委顿下去，就像被人打了一闷棍后，还被人一脚踹到了臭泥潭中，有种喘不过气的感觉。

李培南托好闵安的手臂，对着一脸菜色的闵安微笑道："比起萧知情，我是极容易满足的，不如来讨好我。"

闵安垂头丧气至极，一想到转了一圈，最后还要落进世子爷的魔掌之中，就觉得这前面的想法和计划都是瞎子点灯白费蜡。

李培南又碰了碰闵安，"如果不想讨好我，'玩弄我于股掌之中'的法子，也是可行的。"

闵安说不出一句话，一路上都苦着一张脸，李培南已将所有话说完，自然也不会吵她，任她躲在车厢角思绪起伏。

马车径直进了行馆，李培南伸手撩开窗幔朝外看了看，放下闵安左臂，温声嘱咐道："父王的车驾也到了，你自己回屋去，记住一点，出了任何事由我来解决，你不准听信父王的话。"见闵安默然不应，他拍了拍闵安的头，认真道："相信我。"

闵安只知道，即使自己相信了李培南，也摆脱不了想挣脱他掌控的念头，所以答不答这句话无关紧要。李培南隐隐猜得出来闵安在想什么，适度放松了扶她的手，托着她的伤臂下了车。

高楼上的李景卓看清了院里的动静，冷哼一下，拂袖进了屋。李培南不用抬头，也知道父王的脸色，他不紧不慢地沐浴了一遍，换好衣袍，饮了一盏茶才走进书房。

李景卓面色不善，冷冷说道："在众多属从面前，还要你去扶他下车，简直没个规矩！"

李培南走到主座前坐下，抬眼道："如果不是父王伤了她的臂膀，何需我多事？"

"伤他？我怕脏了手。"李景卓愤愤道。

"既然怕脏手，这杯茶父王就不能喝了。"李培南缓缓拿起茶杯，品了一口，说道："桂花茶是她焙制的，雪泉水是她烧开的，我都很喜欢，舍不得一次喝完。父王若是看不起，连位子也不需坐了，这行馆里每一处地方都有她的痕迹。"

李景卓冷笑道："你这样护着他，为他说话，就不怕看走眼吗？"

李培南回答："我看人不会错，比父王强多了。"

李景卓冷笑着不说话，儿子的脾性他了解，关于闵安的行事也在计划中。他追问先一步回到行馆的随侍，随侍说小相公一直为他家大人说话，可见闵安并未有负前言。

李景卓没料到的是李培南的坚持。若是一味强硬逼迫下去，可能会让预定好的事情发生偏差。李景卓转念想了想，决定在李培南面前暂且缓和一下情绪，不用那么明显地对付闵安。

只是李景卓仍然没料想到李培南的反应。早在几个时辰前，李培南已经传密信给宫廷里的亲信，唤他偷出吴仁的案卷销毁，就此了断父王的一个威胁筹码。不仅如此，李培南还派了一队哨兵去吴仁身边搜查玄序的消息，顺便将吴仁保护起来，免除后患。

等李景卓知道李培南的布置时，已经慢了一步。虽然大为光火，但对手是自己的长子,实在像武林高手被人拿住了死穴,处处受制。这也使他更加坚定了先前的谋划,不能再与世子硬碰硬地解决问题,只要假以时日,迂回一些,毕竟是血浓于水的父子,他不信李培南会跟他做对到底。说到底,他所做的一切是为了什么呢?还不是为了世子的前途。

他今天来,主要是与李培南商量楚州并发的大小案子。

李景卓驻扎县衙一夜,加派人手调出六部存放的案卷文书图册等物细细查看,加上布在楚州的眼线密报,逐渐理清了一些事情。

首先一件事,清泉郊野驻扎的两千守兵,占山为王,截断了朝廷的盐铁营运,受损失最大的就是闵州朱家寨外派的这条线路。躲在彭因新背后的军师,必定是朱家寨人。军师教唆彭因新在公堂围剿世子府势力,动用的正是那两千守军,这个借刀杀人之计,无论哪一方力量获胜,对他都有利。

第二件事,是李景卓一大早就秘密接见了马老夫人,安抚并游说一番,马老夫人当堂就起誓效忠朝廷,一定要说服二子马开胜,让他脱离彭马党阵营,转头来做人证,揭发出整宗楚州行贪案。

在李景卓回到县衙之前,马老夫人已动身赶往昌平府次子的外宅。

第三件事,是追查朱家寨军师一事依然陷入僵局。从闵州朱家寨来到楚州清泉县,沿途需经过大小十二道关口,如果朱家人过关,势必要出示路引凭证,把守关口的巡检与李培南哨铺发放的通缉名册一比对,也能较为便利地抓到他。可是近二十天来,哨铺都未传回任何消息,可证明朱家人已经过关进入了清泉县。

提到这点,李景卓有所怀疑,"前面两个朱家人可从下派的公文、过关的路引里查到线索,偏偏第三个没露一点马脚,到现在像是凭空消失掉了。"

李培南低头查看父王带来的各类邸报册子,考虑一刻,最终挑出了朱家人能蒙混过关的法子。"他必定是换了名姓,父王可查查这二十天里,有哪些可疑人等突然出现在清泉县里,逐一查探下去,必能找到一些眉目。"

李景卓觉得有理,连忙唤进亲随侍卫将任务分布下去。在随后的半天一夜里,数百差官、士卒出动,将户籍名册与各家住民进行比对,一一排查本月之中回到县城的人。

公事商谈完,李景卓提及私事。他要李培南好好照顾萧知情,不能让她为了捕捉进献的猞猁受伤后,还要饱受冷落之苦。李培南淡淡地应了声,没有接话。

李景卓看李培南如此反应,冷声说道:"你对知情冷淡一寸,必然要还报到闵安头上一分。"

李培南默然看着父王半晌，见他一张冷峻的脸满是威吓之色，冷冷道："父王此时对我诸般打压，与二十多年前皇叔威逼父王娶亲，又有什么分别？"

己所不欲勿施于人。李培南从不讲大道理，说出的话李景卓还是明白的。

李景卓冷笑道："怎会没分别？我娶你娘亲时，白衣身份，没希望入主官廷。你如今受爵封地，有宏图之志，与我当日境地相比，不知又要富贵多少！不抓此机会一举成事，我难道还要指望你下一辈？"

李培南淡淡应道："父王还有第二个儿子可以栽培。"

"他？"李景卓冷笑一声，"你觉得我能指望他吗？"

李培南追问："为什么不能？"

李景卓不语，端起茶杯。

"因为如王妃没得到父王宠爱，所以非衣就受累于母，不能获得父王赏识？"

李景卓慢条斯理饮了一口茶，答道："长辈之事，也用得着你来置喙！"

李培南敲了敲座椅扶手，讪笑道："我只笑父王太糊涂。"

见李景卓不看他，也不答话，他接着道："父王执着娘亲未得善终，一生郁郁寡欢。我自小看见父王的遭际，由此发誓，一定不能走上父王老路。我与父王最大的不同，就是能保护好自己所喜爱的人。"

李景卓将茶杯重重放向桌面，怒道："做儿子的现在能讥讽做老子的，简直是反了天！"

李培南坐着抬了抬手，说道："父王请息怒，门外还有侍从，切莫失了身份。"

李景卓冷哼一声，掀开衣袍下摆，又坐进了侧座中。

李培南看着他说："目前父王不放下狠话，想必又在心里盘算该怎样整治闲安，除了这件事能让父王上瘾，我还实在想不出来，父王前后十天的走动能起到什么作用。父王曾说助我登位大宝，可又迟迟不见动静。官里的祁连皇后倒是频频召见父王，想必对父王旧情难释，父王不如随了她的意，再纳一门姬姿罢？"

李培南所说的秘辛，坊间早有传闻，但事实并非如此简单。李景卓素怀大志，周旋于后宫和朝臣之间，时常需要倚重皇后的力量，所以经常会送一些礼品安抚皇后，较为顺当地取得她的附议，使自己政令快速推行下去。遇到重要的节日、庆典等，还会亲往后宫拜谒，难免与皇后闲话家常。这也是传闻不胫而走的缘由所在，不外乎朝廷中的对手有意散布，以使皇后疏远他的伎俩。

李景卓自问行事无愧于心，对得起发妻亡灵，却提防不住儿子将公事说成艳事，直接翻开丢到了跟前。

李景卓豁地一下又要站起身，李培南冷冷道："父王反应如此大，可见并未忘记娘亲。父王对逼婚的滋味早就尝够了，现在何必又为难自己的儿子，让他走你的老路呢？"

李景卓连番被奚落，已经怒不可遏，抓起桌上的茶杯朝李培南砸了过去，大喝道："不孝子胆敢这样对待父王，信不信本王现在就削了你的爵？"

李培南抬手将茶杯稳稳抓住，放在桌上，热水溅到手上也不在意。

"我要的一切都是亲手换来的，即使被父王夺去，依然能回到手边。反观父王处置国事家事，乱作一团麻，多年来仍然没个起色，父王需要多费心思的，难道不正是你自己吗？"

李景卓气得袍袖中的指尖在发抖，先前想好的，与儿子迂回周旋的计划早抛在脑后，眼前若是有一把剑，他铁定要拔出来斩向李培南。而李培南多年对父王退让，还一度避到西疆去，此时为了自己的意中之人，却决意要抗争一番。

换好常服的非衣等候在门外，背手而立，听着后面书房里的动静。兄长的话被他一字不落收到耳里，尽管他不是很认同李培南的手段，也忍不住在心底念了个好字。

书房里，李培南站起身与父王对视，丝毫不在意父王怒张的火气，"父王再胁迫我放开闵安，我也必定有手段让皇后追到父王身边来。"

非衣暗想，这招实在是阴毒，对付王爷似乎有效，李培南做事不择手段，以后需好好提防。

李景卓怒眼看着李培南，那眉眼上满是亡妻的神韵，想到早亡的妻子，一腔怒火突然化为哀伤，默不作声坐进了椅里，脸色灰颓至极。时隔多年，他还是忘不了萧冰冷言冷语时的神情，修长的眉微微挑起，眼睛望向后面一些，不去看着你，偏生让你记住了她不屑一顾的样子。此时，李培南的反应与她如出一辙。

李景卓神情萧索，哑声道："我上辈子到底做过什么，怎会这样受你们母子轻视？"

李培南听他讲到母亲，心下也自凄然，语气顿时和缓下来。他施礼道："父王不再强逼我，退一步，我自然也能礼待父王。"

非衣听见书房里的争斗已经落下火气，抬脚走了进来，也对李景卓行了礼。

李景卓被揭开旧伤，心底还有些失落，坐着受了两人的礼，不说一句话。

李培南唤侍从备茶，去请萧知情作陪，先离开了书房。非衣与父王本就是无话可说，见李培南前脚走了，他后脚就跟了出来。两人转到二楼僻静厅房里说话，李培南首先吩咐道："我稳着父王时，你要看好闵安，别让她吃一点亏。"

非衣求之不得，连忙应好。

李培南跟着警告道："闵安我势在必得，你别打错算盘。"

非衣一愣，没想到他就这样挑明话头。沉吟了一下道："世子需要防备的不是我，闵安已经喜欢上了别人了。"

李培南凝立桌前，提起的笔半天落不下一点墨，宛如被定住了一般。

过了一刻，李培南才想起一个人来，抬头问："玄序？"

非衣点头。

"闵安天天留在行馆练武，怎会突然喜欢上了另外的男人？"关键是那名叫玄序的男子，从未在行馆出现过，李培南自问将闵安看得这样紧，她怎么还会生出其余的心思来？

非衣淡淡一笑，"这得问世子你自己了，我毕竟还离开过行馆一段时间。"

李培南放下笔，墨水沾染了宣纸一大团，他看着雪白纸色上渐渐发开的墨，心思也在游散开去，快要脱离掌控。

非衣对着李培南说了说他所搜集到的玄序资料，原名朱肆，游学近归，家产殷实等。李培南将非衣的话在脑子里转了一遍，理清了一点线索，"你是说，玄序并非本地人，近来才到县城？"

非衣应是。李培南冷冷道："这人来得离奇，一定要找出来严审。"

非衣答道："最好提到世子府里去审。"

李培南看了非衣一眼，"不如我抓人，你来审。"

非衣抬手对李培南恭敬施了一礼，淡淡道："审这样的重犯，世子才是最合适的人选。"

李培南淡哂道："你倒是打着好算盘，唆使闵安来恨我。"

非衣愈加恭谨，正色道："世子若不屑亲自处理此事，我自当稍效微劳。"

李培南淡淡道："还轮不到你来管闵安的私事。"

非衣抬了抬手，"如此更好，就交付给世子了。"

李培南唤住要走的非衣，郑重道："闵安毕竟是你的同门，你又是你的兄长，你都逃不了干系。万一后面出了事,你也需分担一些责任。"

非衣听他讲得牵强又霸道,忍不住肚里好笑,但见他的神色中有恳求之意,终不忍相拒,无奈答道:"好。"

两人从出生到此刻,第一次达成一致:对付玄序,护好闵安,先按下父王打伤闵安左肩的事由。

李培南唤人去请的萧知情,刚从军医手中转醒,就得整理衣装去陪侍楚南王。她上了楼,洗手熏香,为李景卓泡了一壶新茶,再陪着他说话。

李培南就落得个便利,派厉群去请戏班子,再走进了闵安的竹屋里。

闵安一回到竹屋,玉米就扑过来,吱吱叫着。闵安以为它饿了,抓瓜果过去,它却不吃。她仔细看了看它手舞足蹈比画的意思,叹口气说:"哥哥只是个杂役,不能帮你报仇呢。将军生得名贵,掉一根羽毛都要抵当百两银子,你打架输了就输了,不要再去招惹它,懂了吗?"

玉米吱的一声尖叫,抗议闵安的安排。闵安怕它去寻仇,用链子捆牢了,单手拎起斧子劈竹子,想给它做个围椅。玉米不停地尖叫,在竹筐旁走来走去,闵安被它吵得烦了,刚松开它一下,它就一溜烟地跑出去,再过两刻钟才带伤跑回来,手里还抓着一根白羽毛。

玉米将羽毛献宝似地递到闵安跟前,乐得直跳。闵安看见它前掌被啄得秃了两块毛,还带着淋漓血迹,心疼不过,抱着它险些掉下泪来。

"为什么你也要受欺负?跟着我就没个好命吗?不是死就是伤的……"闵安的心里堵着一堆烦心事,还没缓过神来,难免有些伤感。她摸出去瞅了瞅动静,见狸奴看管鸟舍十分松懈,回头又跟玉米商量,"世子爷我们是打不赢的,不过我们可以想个法子报报仇,你说是不?"

玉米仍是叫。闵安在竹屋里转悠了一圈,将自己骑马练球所用的软甲翻拣出来,剪开成三块,给玉米做了一个皮头盔和一对皮手护。玉米看着新衣装,乐得上蹿下跳,刚穿戴好特制盔甲,一袭锦衣的李培南就翩翩走进门来。

闵安心想这可不好,做坏事要被抓了现行,他怎么走进来也不先敲门,真是爷的脾气……闵安朝玉米摆了摆手,唤它躲藏下,李培南一双明亮的眼睛掠过来,看见椅上搭着沾了血和猴毛的手巾,再看看玉米的装扮,已经明白发生了什么事。

闪安有些难为情地站着不说话，李培南倒是先开了口，"玉米回去寻仇，怎能不带上武器，不如拿一根小矛在手里。"

闪安以为李培南在讥笑她鼓捣的事情，脸色羞愧，低头说道："公子别生气，玉米武力低下，决计打不过将军，我才想着给它整治一套护身的东西。"

李培南不答话，转身出了门，脸色看不出喜怒。他先去院子里削了一根竹子，用小刀雕刻顶部，做出尖刺，想了想，又压着刀身将尖刺磨钝了几分。他回屋里对闪安说："取两条绢带来。"闪安左右找了找，没找到，窘迫地摇手。

李培南索性走到闪安身旁，说道："站着别动。"闪安记得前番两次，李培南都是要她不准动，然后在脸上偷亲到了两口，心里更紧张了，不由得抬起两只手护住了脸。

李培南冲着闪安笑了笑，笑容还没落下嘴角，就伸手抽走了闪安的腰带。"下次一定不会让你失望。"

闪安咀嚼到那话里的意思，心里又羞又恼。她发觉在无人处对着李培南时，完全不是李培南的对手。可即使在人前，她仍然不敢反抗他，任由他一次次耀武扬威地欺负自己。

闪安跑得远远的，对着屋角站着，眉眼间颇有些无奈之色。李培南将绢布腰带剖开，给竹矛绑好灰缨和把柄，塞进了玉米手里。至此，玉米全部武装妥当，就差跨上一只小猞猁做战马去沙场上厮杀了。

李培南问："你这主人不去看看吗？顺便还能赌上两局。"

闪安好奇不过，回头瞧了瞧，心下又觉不妥，忍不住说道："公子这样做，不是助长了属下玩物丧志的风气吗？破坏了规矩就不好了。"

李培南将玉米拎到竹筐里，淡淡道："自碰上你那日起，我这府里还有规矩吗？"一句话说得闪安汗颜，心里竟然生出些内疚之情。她又慢慢地跟在李培南身后走向了鸟舍。被罚得多了，她渐渐屈从于世子的威严，也曾努力去遵守各种条规，没想到世子爷现在竟然变了性子，要陪着她玩闹。

一路上，闪安都在小声劝着，请李培南不要将猴子把戏当真了，还是像平时那样好，免得被下人们笑话。李培南的确依从闪安的意思，一路上端起脸来，不苟言笑，气势如往常一样冷峻，往鸟舍前一站，个个侍卫的眼睛都望着他，似乎得到了无声的诏令一般。

闪安紧挨着柱子站着，可以伸出头打量到所有的情况。李培南拎着竹筐，向门口排得齐整的侍卫队说:"行馆里久无消遣,今天给各位一个机会,看看家宠飞禽博击。"

李培南的语气很淡,脸色雪清,下令处置犯错属从时也是这样的态度,大家依照往日的例子去猜,以为自家公子是来责罚他们私相游乐的,纷纷表示绝无赏玩之心。只有队长张放看见闵安是跟在公子身后来的,且好奇不过的样子,灵机一动,拨开众人走出来,嚷道:"怎能光看不乐呢?我提议给公子下彩头!"

众人不由得看向张放,眼神里齐齐带着讶异之色,就在他们认定张放会挨严惩时,李培南从容答道:"好主意。"

张放嘿嘿笑着,拿出常用的赌盒,走到侍卫们面前,哗啦啦摇响着铁片筹码,"下注,下注。"

李培南放下竹筐,玉米穿着铠甲手持小矛跑出来转了一圈,来了个精彩亮相,然后又钻进了筐里。侍卫们纷纷翻开腰包押注玉米,待李培南抬起眼意味深长地看过来一下,他们又醒悟过来,将筹码押到了将军那边。

李培南回头问闵安:"我代你下一个?"闵安仍然摸不准李培南的意思,连忙摇手,李培南却当没看到似的,将一枚名贵的玉佩丢进了铁盒,吩咐张放将筹码记在闵安头上。

闵安踮脚看了看玉佩,突然觉得眼熟,如果没记错,这块玉佩的主人应是非衣,先前在清泉县衙镇压囚犯动乱时,非衣还曾借出来一次。

闵安两次关注这块玉佩,也是有一番道理。五岁时,爷爷将她带到海外岛屿上参拜太皇太后,她那会儿还是小女童的装扮。太皇太后见她白白胖胖的样子,心喜不过,当即就要她做皇孙媳妇,根本不计较爷爷的言语阻拦。太皇太后听说她已经许了衣胞亲后,仍然执意挽留,对爷爷笑着说,日后若是这衣胞亲事有变,可凭着她亲手传下的一块寒蝉玉作约信,将小娃娃许配给持玉的那个皇孙。当时她年幼,依稀记得海边有两道笔挺的影子,一大一小,穿着富贵,应当就是太皇太后说的皇孙了。

多年后,她几乎已忘了这段往事,若不是师父又转述了这桩未成文书的约定,估计这辈子她也想不起来。

太皇太后那时曾对两名皇孙提过此事吗?

非衣当时也年幼,和她一样,就算说过也应忘记了这回事。

可是李培南那时已有……闵安一阵推算,已有十二岁,受爵在身,小小世子爷模样，恐怕还记得太皇太后的笑谈……她想着，既然李培南什么都不说，那她更不会提，能蒙混过去最好，当成没有这回事啊。再说了，太皇太后毕竟只是笑谈，据闻爷爷当时也没应承下来，怎样算得真呢？

闵安想着想着，心下安定了不少。他自然不知道李培南为了换来这块玉，向蒙在鼓里的非衣许下多么优厚的条件——听凭非衣的主张去做两件事。李培南多留个心眼，为防意外，又向非衣约束完成两件事时限不超过一月。非衣一听能大大方方地驱使世子爷为他做事，且不计被奴役之嫌，带着一些好奇心，问了问李培南为什么会青睐起一块玉来，李培南就回答说可以解百毒，送给闵安防身。非衣想了想，真的交出了玉佩。

李培南向非衣要来君子承诺，此后不得以玉佩主人自居，非衣秉持君子之风，也答应了这条附约。李培南将自己寝居搜检一番，拿出许多珍宝送给了非衣，珊瑚树、孤本字画、避水衣不在话下，从未这样和颜悦色过。非衣虽觉得蹊跷，但实在想不出有什么深意，也只得罢了。

鸟舍这边，赌局正式开始。

玉米一见将军，大有仇人相见分外眼红的气势，捏着竹矛就戳了过去。它与利嘴坚爪的将军游斗一刻，又要败下阵来，回身朝闵安吱吱叫。闵安站在李培南身旁，后面还拥簇着诸多的侍卫大哥，哪敢露出一点出千的意思，正鼓动嘴唇，用猴子话告诉玉米"抓链子""掐住将军死位"时，李培南抿嘴呼哨一下，将军听到声令，立刻收住翅膀不动了。玉米瞅出便宜，跳出来举矛就刺，终于戳到了将军的身子，痛得它哀鸣不已，竟收起翅膀回笼里去了。

侍卫们拖长声音唉地叹气，不知为什么，闵安听了之后很高兴。她大方地免了众人的银子，侍卫们齐声欢呼。李培南将玉佩拎起来，递在她手里时，认真地说道："你不收他们的银子，我管不着；再不收这块玉，是为忤逆主家，你要想得清楚些。"

闵安不敢得寸进尺，在众多侍卫面前忤逆李培南，只得收了寒蝉玉，听从他的吩咐，将玉佩贴身戴在了脖子上。

走回竹屋后，闵安看看一旁乐不可支的玉米，又想到家宠代自己终于扬眉吐气了一回，阴郁心情就一扫而光，禁不住笑了起来。李培南就是料定她会高兴，所以紧跟着要求给她换药，趁机再不动声色地说些小话，罔顾她是否招架得住。

闵安渐渐回过神来，突然意会到，世子爷这是在实践言诺，就像上午说的

"为了讨得你的欢心，我愿意做任何事"。她猛然想到这句话，心底又警醒起来，想要拒绝李培南的换药要求，直到李培南板起脸命令她坐下，她才不情不愿伸出了手臂。

李培南托着闵安的手臂，还没动作，闵安就嗞的一声抽凉气，待李培南要卷起她的袖子时，她竟然开始轻抖着身子，仿似被牵发了伤口一般。

李培南看着闵安道："我知你伤在左肩上，手臂伸直些，让我上好药。"

闵安纳闷，她是怎么看出肩伤的？就扭过身子去，将衣袖小心卷起，像往常一样用布带系紧了，确保不露出多余的一寸肌肤后，才伸出小臂给李培南看。

李培南的目光落在闵安紧实的扎口处，顿了顿，他才抬头说道："防得这样严实做什么，难道还怕我亵渎了你的清白男儿身？"

闵安欠欠身答道："多有不便，请公子谅解。"

李培南明白闵安的不便，未再坚持，将夹板取下给她敷上了焐热的药膏。闵安始终别着脸不说话，若是李培南的气息稍微拂近了些，她还必定要退后一点身子，与李培南拉开距离。

李培南奇道："我又不能吃了你，何必这样生分。"

闵安还是不答话，抿紧嘴淡淡皱着眉，只把负伤的小臂伸着，一副可怜模样。李培南看着她的表情，明白是自己迫得急了，让她适应不了，还陡然生出了排外之心，只得挪挪身子，离她稍远些，闵安这才安心。

闵安挨过了整个上药过程，整理好衣袖，退到一旁站着，又成了一个随时听命的下属。

李培南问："肩头的伤呢？"她就摆手，坚决不让李培南看她的肩伤了。

李培南又想：她一直穿着男衫，认为自己是儿郎，这也是迫切需要医治的毛病。可她现在拒绝换药，这副样子，分明清楚自己是女儿身的……

闵安安静地站在窗前，打量竹篱外的动静，满腹心事。玉米穿着盔甲跑过去，又拖着竹矛昂首阔步走过，样子神气十足。

李培南看见地上散落的竹片，拿过小斧整饬起来。闵安手笨，给玉米做的围椅只搭了个框架，底下还缺椅片和滑轮。李培南细细修缮余下的部分，还用砂纸将竹片边缘磨得光滑，磨去倒生的毛刺。闵安回头看见堂堂世子爷竟然能整治这些手工活儿，还是很吃惊的。她走过来蹲在竹椅前，由衷说道："谢谢公子。"

李培南坐在椅上不慌不忙地削竹片，手指稳定，袍底堪堪拂到地板。他的身姿闲适，模样也与平时的冷峻大不相同，闵安看进眼里，才敢蹲在一旁与他闲话。

闵安说："公子不必亲手做这些事，白白耗费了工夫。"

李培南转头看她："心里感激吗？"

闵安点点头。李培南又说："以身相许就好了。"

闵安默默地挪开一步，离得椅子远了些，抬袖擦去了额上的汗。李培南继续看着她，问道："肩伤痛得出汗？"

闵安的左肩的确有些隐隐作痛，今天的药膏还没敷上，外面的天似乎就变得闷热了些，引得她整只手臂酸麻不已。她怕李培南还要提亲手上药的事情，避重就轻说了说："晚上好像要下雨。"

李培南立刻想起闵安的第三个毛病：雷雨天犯糊涂，一旦发作就不认任何人。看见闵安低头蹲在两三尺开外，他拈起一根竹片敲了敲闵安的帽顶，说道："担心下雨天要犯病吗？"

"是的。"

"来我房里，我可看住你。"

闵安抬起脸，愁容满面地道："那可不行，你是主家公子，我怕做出大不敬的事。"

李培南笑道："我看极好，平时你也不敢反抗，趁此机会可玩弄我于股掌之中，出一口恶气。"

闵安越退越远，低声道："公子又在说笑了。"低下头忧郁地想，以前怎么从未发现世子爷的脸皮竟是这样厚，三番两次提一些无稽之言。

李培南多少猜得到闵安低头盘算的小九九，敛容说："好心帮你，真的不领情吗？"

闵安道："公子的'好心'时常出人意料，我怕真的进屋了，天亮就没个正形儿出来。"

"那换我没正形出来，这总成。你要热糊涂了脑子，我索性大方些，不跟你计较。只要你扑过来，我不会反抗的。"

"公子！"闵安怒得叫了一声，随后又蹲下身捂住了耳朵，羞得脸色通红。李培南看了看她，觉得火候差不多了，才止住了玩笑的心思。他拿着一根新剖出的细竹条,在闵安羞恼着不说话时,拨动床头悬挂的九瓣莲花小铜炉香球,震得丝绦下的铃铛叮当一响。

闵安抬头去看,是玄序所赠的香炉球,青梅香气随风漂洒开来。李培南说道:"这莲花小铜炉是丁缓所制,常用来添置软香,放在女子的闺房中。你既是男儿,要这些小巧玩物做什么?"

闵安忙回答:"有时烦闷睡不着,就点上一枚香球定神。"

李培南抬袖扇了一记风,闻了闻落下来的香气,瞥了闵安一眼:"青梅加特制依兰香,有催情功效,你是怎样定下神睡着的?"

闵安惊得睁大双眼,喃喃道:"我从未感受到意乱神迷……公子故意这样说取笑我吧?"

李培南冷下脸道:"如此伤风败俗之物,怎能留在行馆里,由我收了,你去反省。"

他将打磨光滑的围椅拎到闵安跟前,伸手取过小香炉球放进袖中,再背着手大大方方地走了。

闵安盯着半截空荡荡的系绳看了许久,忍不住抓了抓头,"难道是真的?调香我也不懂,只不过看着小香球就会想起玄序……"她走出门找玉米,逮它过来试围椅,心底颇有些不舍那炉,又哪敢去找李培南讨要。

玉米打赢了将军,正是高兴时候,在檐头屋角一阵晃荡。萧知情缠着伤臂站在外廊转角,放眼远望天边黑压压的云层,用手指轻触柱子,凉沁沁地渗着一层水,就知道晚上势必会下雨了。

闵安走上楼逮玉米,先给萧知情行礼,问了声好。萧知情转身微微一笑:"多谢小相公在海棠山上的美意。"

闵安想着又没成事,脸上讪讪的答不上话。萧知情又说:"王爷正在气头上,连摔了几杯茶,我为了宽慰王爷心怀,特意将晚上的戏换成了他爱看的《双子报冤》,小相公若是有空,也来看看吧。"

闵安不知楚南王为什么生气,暗暗想着他交代的事情都做了,应该和自己无关。傍晚天色稍沉,一层雨气闷在云里没透下来,行馆里每块地砖都被凉风吹得干净。随侍们在院子里搭好了戏台,恭请楚南王坐在堂厅里观看。

李景卓坐在主座,一袭紫金袍衣色深得显眼。他的左右分别安置两列锦座,呈扇形拱立出了主台地位。李培南穿着锦青常服,闲适坐在左侧,非衣坐在对首。萧知情走入，对着三位行过礼后，听从李景卓的吩咐，坐在了李培南身旁。

班主走出来对着主厅请了安，再吩咐开戏。

《双子报冤》之所以合李景卓的胃口，是因为里面的故事吻合了他的心意。商宦世家一夜被覆没满门，留下一对双生遗腹子。遗腹子长大，一从文一从武，性情各不相同。从文的弟弟中了科举上朝廷做官，力求翻查当年冤案，不料被仇人陷害。远在边疆厮杀的兄长赶回，顶替了弟弟的位置，使得一切冤情昭雪。弟弟佩服兄长的才干，将官位传给他，病死异乡，最终被人遗忘。

戏文里的兄长力挽狂澜平复一切事由，与李景卓出山辅政经历极为相似。不仅如此，兄长的才干也让李景卓想起了长子李培南的处事能力，再加上自己的偏爱之情，这折戏就更是落得他的欢心。他细细品着伶人的唱腔，还没完场，就叫身后的随侍将打赏送下去，萧知情见他高兴了，对着李培南微微一笑："王爷其实极好哄，下次若是我不在身边，世子可用这个法子。"

李培南不用回头也知道父王脸色缓和了不少，应了一句："做得不错。"

萧知情抿嘴一笑，忽看见对面非衣的眼光落在窗外廊道上，趁着取茶杯的机会，回头顺着非衣的目光瞧去。一抹纤秀的影子映在婆娑竹木上，闵安将手臂搭在窗台上，正怔怔看着戏台。

萧知情不动声色地回过身子，暗想，她终究还是来了。王爷说过，她是闵家长子，自小失了妹妹，那么看这出戏，她应该能想起身世来，体会一对兄弟失去手足时的痛苦之情吧？

闵安抵不住锣鼓响声的诱惑，随意走出来听了听戏文，一听不打紧，立刻由伶人所唱的兄弟亲情，联想到自己身上。她的兄长也是为了保护她而受伤，从小本领比她高强，她是顶着兄长的名额才能上学就读……极多的细节可与她的经历符合，她怔怔听了一刻，想起兄长的横死，不由得黯然神伤地站在了厅堂窗外。

戏文唱过一段，李景卓伸手取茶，杯身已凉，惹得他心下不痛快。他看着李培南说："行馆里的茶都是闵安泡的？"

李培南看了一眼瓯窑淡青釉彩茶杯，淡淡回道："父王想说什么？"

李景卓哼了一声，将茶杯砸向了地面，冷冷道："下人的身子，主人的派头，怎么做事的！"

随着珍品瓷杯的碎地声，茶水泼溅在地上，发出嗞的一阵响，竟然涂黑了砖面。李培南、非衣极快对望一眼，没说什么，李景卓已经拍椅而起，怒喝到："宵小安敢如此！"

李培南曾说过，行馆里的桂花茶，是由闵安亲手烘焙，用雪泉水来泡。李景卓摔的这盏泅了毒的秋茶，怀疑到闵安头上来，也是合情合理的。

戏文骤停，厅堂里极寂静，杵在窗边的闵安看向地砖，才知道里面发生了变故。

戏台上伶人及乐师行过礼，退向一旁站着。李景卓坐在主台上，满脸严霜。"叫闵安出来答话！"

王府的亲随跑出厅门，闵安已从侧边走进，跪在了地砖上。她曾做了一筒桂花茶，在筒口两头封了甜咸两种口味送给非衣，李培南偶然知道这个事，向她索要，她又炮制出了一袋桂花茶，放在行馆里用来招待贵宾。她低头跪在地上，心念电转，一时不明所以。

李培南看了看非衣，突然说："非衣深谙茶道，给父王说说，泡一盏上好的秋茶，需要哪些工序？"

非衣起身向父王行了礼，才落落答道："浸泡茶叶、煮沸藏水、撇去沫饽、斟茶三巡，工序缺一不可。待一盏秋茶装上案盘送到父王面前，约计要小半个时辰。"

李培南朝着主台抬了抬手，朗声道："如此说来，父王的茶水决计不是闵安做的手脚。半个时辰之前，我还在闵安屋里替她上药，她也不能分神出来煮茶，父王需查个究竟。"

李景卓冷冷回道："你向来偏袒私属，所说的话并不可信。"

李培南又朝非衣看了一眼，非衣再起身，温文行过礼说道："我也在当场，可为闵安作证。"

李景卓冷笑，"你与世子一个鼻孔出气，照样算不得真。"

李培南问："父王相信谁？可将那人提出来询问。"

李景卓道："难道我相信的人刚好也在当场，替闵安上药，顺便做个见证人？"

李培南淡淡道："未必不可。"

李景卓指着非衣，看向李培南，厉声道："今天即使你兄弟俩摆出百种证词，闵安也难逃罪责。我看不得晦气的东西堵在眼前添乱，来人哪——"

李培南突然站起身走到闵安跟前，轻轻压着闵安的头，朝主台上仍在呵责的父王虚行了一个叩头礼，并截口说道："还不知道谢恩！王爷都说留不得你在眼前，你这就退下吧。"

闵安听得楚南王正在气头上，一直不敢开口辩解，怕越说越错。李培南提着她的衣领，已经将她拎了起来，就差在手上使把劲，将她直接丢出门去。她抬头看着李景卓发青的脸色，脚下依然不敢动，倒是非衣站在一旁闲适地摆了摆手，示意她快些离开大厅。

王府的亲随见李培南还站在闵安身旁，自然也不敢动手。李培南在闵安后腰上用了一股柔力，将她推到了非衣跟前。非衣会意，对闵安从容说道："既已谢过恩，就随我一起走吧。"说完他也不看父王，径直提着闵安的衣带，拎着她出了厅。

厅外，非衣叮嘱道："你早些离开这个是非之地，看来父王已容不得你了。"

闵安擦去额上冷汗，回道："茶毒查个水落石出我才能走，否则就算是畏罪潜逃。"

非衣继续推着闵安朝竹屋走去，"世子在里面，会给出一个交代的。"

厅堂里的李景卓尽管脸色不善，但是心里明亮着。他知道茶水不是闵安投的毒，从泡制到取来，一共历经了多人之手。有烧水的丫鬟，捧案的随侍，萧知情取茶放在桌上，随后非衣还用手贴了贴杯口，细心地试了茶温。即便是那个时常忤逆他的长子李培南，也曾走过桌旁，拈开茶盖看了看，哂笑道："父王不是爱撵我这行馆里的茶么，谁又好心给父王安置上了？"

李景卓并不关心谁下了毒，只想抓着这个机会惩治闵安一番，再将她撵走。下毒的人似乎深知李景卓要求极苛，茶水多数是进不了李景卓的嘴，所以故意采用了这种低劣手法，究其目的，主要并非害得李景卓的性命，只是想借机嫁祸，将矛头引到闵安身上去。

李景卓约略猜到中间的隐情，虽然心中深恨下毒之人竟敢用自己来冒险一试，但既然事败，他也乐见其成，索性一味质疑闵安的不是。李培南当然能分辨得出真假，不过下毒之人剑指闵安，又视王府的体面如无物，势必是要彻查到底。

一直明哲保身的萧知情最先站出来，要求丫鬟搜查她的周身及行囊，看是否藏了毒，以此来证明自己的清白。李景卓看到萧知情也如此惶然，不由得安慰她道："这些腌臜事怎会牵扯到你身上，不用查你，我也信得过。"

萧知情顺意请示道："既然王爷信我，不如让我来查投毒一事。"

李景卓自然是应允的，李培南考虑到不能一味忤逆父王心意，也就顺水推舟，将事情交到萧知情手里。

萧知情在柴房里设置公案与刑具，一连提审数人，最后查出了毒源藏在一名侍卫身上。那名侍卫正是李景卓的亲信，后被派送到李培南身边，将行馆里的消息送了出去。李培南逮出他剪了舌头，鞭笞一顿，将他丢到偏院了事。李景卓听到消息后过意不去，将侍卫提到自己身边来，没想到给了他一个报仇的机会。

侍卫失舌不能说话，看着地上的供状书发了一会儿愣，又抬头看着曾救过他性命的萧知情，啊啊叫了两句，没做多余的反抗，乖乖在书尾签字画押，承认了投毒的罪行。

萧知情也没有难为他，唤他起身回屋去等候发落，将供状书送到了李景卓手里。

李景卓看到事情有了结果，非常满意。李培南细细想了下，投毒罪名由侍卫来承担，算是个不错的结果，也不多说，点点头算是同意萧知情的处置。

消息传到竹屋里待命的闵安耳里，并没有让她轻松。她曾唤豹奴给侍卫上药，与侍卫用纸笔闲聊，知道他是看得开的人。一个既然已经看开的人，又怎会吃了熊心豹胆，恶毒地给自己的主人下毒？而且处罚他的是世子，毒茶却是递给楚南王，这其中的蹊跷不可谓不明显。

屋外的湿气更重了，闵安心里堵着诸多疑问，擦去额上的汗。非衣陪着她坐了一刻，看着她一直紧皱着眉，淡淡提醒道："相信我，案情落在侍卫身上是最好的结果，你再想，也无济于事。"

闵安反问："为什么？"

非衣道："能下毒的不外乎我、世子、萧大人还有父王自己。你觉得我们四人中，谁下毒的可能性最大，而父王又想偏袒谁？"

闵安一点即通，默然闭上了嘴，因为结果显然对非衣不利。非衣不受王爷恩宠，行馆上下都知道这个内情，若说是非衣投毒，相信有一半人心里认同这种说法。即便不是非衣，投毒罪名落在王爷和公子头上也不安妥，所以算来算去，最后只剩下了萧知情。

可是，没人会相信萧知情下毒祸害王爷，就连闵安也不信。

屋子里的非衣和闵安想透了事情曲折，相对静坐，各自沉顿不语。非衣本想陪着闵安熬过今晚的雨夜，闵安倒是一直催促非衣回去休息。

非衣说："案子已经结了，明早天一放晴，你跟我回昌平府。"

闵安答道："需要先跟公子请示下。"

非衣淡淡皱眉，"请示？你还乐意留在他身边吗？"

闵安低头想了想，其实也知道请示的答案是什么。但是道理上，她仍然需要知会自己的公子一声。

非衣再追问闵安，到底去不去昌平，迫得闵安最终点了头，非衣立刻起身去布置赶路的车驾，先一步离开了竹屋。

夜空不时响彻着雷电之声。

闵安擦去汗，朝着黑魆魆的夜幕看了看，狠了狠心，摸向了侍卫落脚的偏院。院里刚响过晚梆，侍卫们按照钟点规矩入寝，哑舌侍卫的那间房，自然也是乌漆墨黑的。

闵安刚摸到窗边，用小刀拨开窗户，一声惊雷从天而降，将她吓了一跳。她回头对着天公祷告"别劈我，别劈我，我不是来做坏事的"，一道闪电又蜿蜒而下，照亮了屋子。

哑舌侍卫睁着眼，直挺挺地躺在榻上，脖上有一道刎痕，手边还有一把钢刀。

闵安顶着一头惨白的闪电，自己的脸色也不知不觉发了白，她迟迟站在窗前，不知道该怎么办。

一声炸雷将闵安惊醒。闵安对着窗里拜了拜，去推门，发觉门栓紧实，不能从门口进去。她翻窗而入，借着亮光摸索四处的痕迹，终于可断定，侍卫是自行了断的。

闵安想着应该将屋里的情况报告给李培南，免除自己的嫌疑，再次从窗口翻出来。她走了两步，雷霆狰狞似游龙，轰隆落在她的头顶，震得她头皮发麻。

闵安想想不通，又摸回去，才要抬脚爬上窗沿，身后一只稳当的手臂就拎住了她的衣领，还送来一道极为熟悉的声音。"爬进爬出没个正形，亏我在寝居里等你多时。"

第十四章　意乱情迷夜雨时

李培南的白檀衣香渗在闵安鼻底，闵安已知来人是谁，大大松一口气。"公子还有心思开玩笑，已经闹出人命了。"

雷电落下惨白，将小小一间房屋照得雪亮。李培南看了一眼里面的光景，说道："他畏罪自尽，你凑什么热闹，赶紧离开。"他在手上用劲，要将闵安拎走。至于闵安埋怨的，他自有论断。

闵安抓住窗口抗拒李培南的力道："一条命呢一条命呢，哪能说走就走。"

李培南无心磨蹭，只能拍出一掌，将闵安拍得趔趄一倒，随后又抓住了她的身子。"听我的话，案子到这里就结了，别再生事。"

闵安想起非衣也是这个意思，黯然一下，离开了偏院。两位公子的话虽然没说透，但言下之意不外乎是维护行馆里的安宁，免除弑父名声牵连到非衣头上，甚至还有可能是在保护宠臣萧大人，所以他们索性一致认同供状书上的结果。侍卫寻了短见更好，来个死无对证的收场。

闵安心里堵着一团乱麻，不大信服这种处置结果，底下的人若是没用，真当猎狗一样处理了，这可是她亲眼目睹的结局。侍卫孤零零死去，让他兴起一种兔死狐悲之感。李培南仔细瞧了瞧她的神情，特地顿下脚步，耐心说道："非衣和侍卫，我只能选一个，你再揪着此事，势必会影响到非衣，省省心。"

闵安磨蹭走着，"公子说的话有道理，可我还是觉得寒心，一条命呢，哪能随随便便抹了去？侍卫大哥寻短见，也是因为活不下去啊。可公子得想想，他为什么活不下去？"

李培南站在暗黑的天幕下，没有答话。

闵安低着头说道："我的地位低微，不知说的话能不能让公子听进去。以后再有这样的事，公子需尽力保护底下人的周全，因为只有这样的主人，我们才敢全心全意跟下去。"

一声闷雷响彻天空，劈落亮光映照在庭院里，让李培南伫立的影子更显孤冷。他沉默想了片刻，终究答道："依了你。"

李培南向来是一诺千金，闵安懂得。她虽然得到了李培南的承诺，但是心底仍然存了些抵触，一路别过身子，不准李培南碰。李培南跟在后，将她看得紧紧的，每逢一道惨白的雷电劈下来，就要抓住她的右手给她引路。

闵安既要跟天公斗，又要提防李培南的摆弄，忙得一头汗，心里也越发堵得慌。她借着闪电一看，发觉不是回竹屋的路，调头就朝来处走。抵在后的李培南提膝朝闵安腿弯一磕，磕得闵安跟跄扑出去，险些栽倒在石子路上。

闵安回头怒视李培南，李培南冷脸说："你今晚哪儿也不能去，就待我寝居里。"

"为什么！"闵安愤愤不平地问。

"免得祸害了别人。"

闵安犟颈道："公子比'别人'金贵多了，怎能受我祸害呢？不成，不成。"说着她就摆着手摸黑往回走。

李培南淡淡道："我乐意。"他抽出后负的手，抬袖轻拍一掌，拍正闵安走路的方向，硬是迫得闵安即使跳脚也得无奈地挪向前去。

一路上闵安都走得磕磕碰碰，可对上了冷面、手段足的李培南，她也无计可施。眼见主楼大门洞开，她抱住石狮子脚，说什么也不肯再挪一步。

这几天李培南越发对她好了，还开些不咸不淡的玩笑，她又不是傻子，自然知道李培南想亲近她的心思。更何况，她始终记得李培南说的一句话——下次再进到寝居里就别想出去，不管来者是男是女。

闵安挨在石狮子旁嘀咕：难道公子比爱喝咸茶的非衣，口味还要重吗？

李培南此时倒是没有多少讨占闵安便宜的心思，只想着看住她，不让她惊吓到了其他人，尤其是父王。闵安死赖着不走，李培南索性用手掐住她的后颈，将她提进了大门，她兀自在反抗，两手乱抓，李培南就沉声说："豹子在底楼看门，吵醒了就归你照看。"

闵安无奈，放弃了抵抗，一路被推着踏上楼梯走进寝居。锦青帐幔层层垂下，掩落一屋的安神香气，柔和的宫灯光华从四角泻出，映得壁上的水墨丹青增色不少。

闵安站在居室中间四处打量，嗅着清凉香气，不得不承认这里是处雅地。惨白的雷霆落进窗里，与满屋的宁谧景象相映衬，遣退了许多狰狞之意。

闵安觉得头痛脑热的毛病好了一些，坐在椅上问："谁的笔墨？公子画的吗？"

李培南应声看看墙壁挂画，随意答道："行馆自备的画作。"

闵安凑近看了看，"我觉得有一张不是，风格与其余的不同。"

李培南自然知道是哪一张，也不回头，也不应声。

闵安说："这张瞧着是女子手笔，画石不尽嶙峋之态，渲染难以分出层次，似乎意在勾描一处场景而已。"

李培南走过去牵回闵安，"涂鸦之作，不足赏玩。"

闵安啧啧叹道："竟然能入公子法眼，还要随身带着，可见是中意的姑娘画的吧。"

李培南笑了笑，"你问了这么多，难道在意我的私事？"

闵安立刻闭嘴不问了，转了下眼睛去看别的，在心底猜测着，画作主人到底是小雪姑娘还是目前居住在世子府里的岛久家御封公主。

李培南吩咐道："睡吧，我守着你。"

闵安左右看看只有一张床，势必是要问清楚的，"公子睡哪里？"

"我不睡。"

"哦。"闵安应了声，转头找房间里是否有隐秘的角落可安置身子。李培南问："找什么？"

"衣柜。"

李培南的居室里并未设置衣柜，通常整座偏厅是他的司衣间，里面放置了各种衣物。他听见闵安的回答，也未多疑虑，径直打开画柜，说道："用这个。"

闪安走过去将画柜里的画轴、香料盒取出来，又将中间的隔板拿下来，收拾出了一个空地方。她看李培南负手站在一旁，脸上无愠色，索性拖过床上锦被塞进柜里，再自身囫囵滚到被上蜷缩着。

李培南拎了一张椅子坐在画柜前，问："雷雨天要这样睡？"

闪安缩成一团点头，"安全一些。"

"还有没有别的习惯？"

"公子若不嫌弃，找一个绣花软香枕头给我吧。"

李培南当真走出门一趟，拎着软枕头回来，朝柜里看了看，闪安已经睡着了。闪安把身子团得紧紧的，像是防护着自己不受外界侵扰，满当当地占住了整个柜底。李培南怕她睡得不舒服，想伸手进去给她调整姿势，才摸到她的肩膀，她就像一只被踩到尾巴的猫一样，凄厉叫了一声："别碰我！"

李培南顿了顿手，看准了闪安的面容，朝她眼帘轻轻抚下去，又把她哄睡着了。窗外雷声阵阵，闪安的气息急促，似乎心绪不宁。李培南守在柜前半宿，见无异样，才起身饮了一盏茶。

此时雷电交加，大雨倾盆而下，雨珠子噼噼啪啪砸在窗檐上，杂乱声音传到了闪安的睡梦中。她睡得很不安稳，时不时在锦被上蹭着额角，无意识地抹去汗水。耳边传来的响声急促而激烈，听着似乎和戏班敲出的锣鼓一样，在唱着《双子报冤》里的心酸故事。她越听越害怕，想起了十一年前的雨夜，不知是哥哥还是妹妹的哭声，也是这般凄厉……

"妹妹快跑……妹妹快跑……哥哥护着你……"十一年前的场景重现在闪安脑子里，迫使她挣扎着吐露一些字眼。

戏文的唱词，雷雨天气，终于促使闪安沉浸在往事梦魇中。她区分不了梦境与现实，被一个闪雷炸醒，突然滚出柜来，抱起枕头就朝门外跑去。

李培南有所准备，伸手将闪安揽到怀里，低声说道："别怕，别怕，睁眼看看，我能护你。"

闪安扭头看着李培南的脸，眼里的光已是散乱一片，"你又是谁？还我妹妹命来！"她将枕头抛向一旁，施展起仅有的拳脚功夫，乱踢乱蹬，想挣出李培南的怀抱。

李培南见她突然发狂，只能搂紧双手，隔开她的伤臂，将她困在怀里。闪安挣扎一阵，力气用尽，布帽蹭落地，满头青丝水泻一般披散下来，遮住了她的额头与眉眼。由于用劲挣扎，她的脸颊染上一层胭脂红霞，淡抿的双唇也加深了颜色，如同衔住了两瓣桃花。

李培南定睛看着怀里，心道，这明明是个秀丽女儿，偏生要把自己当作男人。他看着她的唇色，忍不住凑过去亲了亲。

闵安别过脸，低声说："我已经醒了，公子放开我。"

李培南亲不到闵安的唇，心底只觉惋惜，索性将她搂得更紧了些。闵安在李培南的肩膀上艰难呼吸，挣扎道："公子放手，我喘不过气来。"

李培南搂着不动，甚至听得见自己急促的心跳声，闵安咳嗽一下，他才稍稍松开手臂，问了句："你什么时候才恢复女儿身？"

闵安一听，脸色雪白。"公子怎会开起这种玩笑？我十分不喜欢。"

李培南抬手在闵安的身上按了几下，动作很快，快得闵安瞠目结舌反应不过来。"这里，这里，还有这里，都可证明你是女人。"

闵安的脑子轰的一声炸开了，半天才回想起，那只手掌摸了她的哪些地方。她难以置信地看了李培南一眼，就开始发力挣扎，脸色羞得透红。李培南本不想放手，却难免吃到了闵安的两三记指抓，甚至伤到了脸上，最后他只能放开了闵安。

闵安转身跑向寝居大门，李培南在后提醒，"豹子在楼底。"闵安逃到楼梯上，借着亮光看见豹子抵门睡着，心底泄了气，忍不住一下子坐在了梯木上。

李培南走出拍拍她的头，"闹出这么大的动静，不怕随从上来查探吗？你想外人看出你的女儿身？尽管坐在这里。"

闵安只能悻悻走回寝居。李培南捡起软枕塞进闵安手里，"去床上睡，我不碰你一根指头。"

闵安提防看他，"当真？"

"当真。"

闵安始终信得过李培南的承诺，果然抱着枕头缩着身子睡倒在床上。先前两刻，他睁大眼睛盯着李培南的动静，李培南只坐在垂幔后的椅子上调息，身姿不改分毫，最后，闵安看花了眼，睡意涌上来，不知不觉闭上了眼睛。

李培南听见闵安的气息均匀了，才起身走到床边，松开她的衣领，朝她的脖子上看了看。她的喉间突起一点，他用手一摸，立刻知道个大概。

熟睡的闵安感觉到了碰触，皱眉偏了偏头，领口处溢出一块雪白的肤色。李培南的眼睛落进她的衣领里，偏生又不能探清究竟，他站在床前想了一下，才决定了随后的应对。

闵安睡得不算安稳，不时皱起眉头，胸口淡淡起伏着。衣领下的肌肤透着一股雪白香色，牵住了李培南的视线。他平常见多了曲致身材的女子，个个亭亭玉立，闵安的姿容与她们比较起来，只能算是俊丽，他都说不清，为什么会被闵安吸引住了心神。

原因肯定不在闵安的脖子及胸口上。

李培南懂得这个道理，但仍然想探一探究竟。他低头看了一会闵安的睡容，觉察她无抵触，忍不住伸出两指撩开了她的衣领。一道微微的沟壑线出现在他眼前，胸前露出的肌肤白净而细腻，溢出一点清雅的女儿香气，余下的春光悉数遮掩在一件棉布软甲下，包裹得严严实实，除了胸口的起伏，她的身前看起来浑然一体，没有突出的地方。

原来她的幽香及柔软藏匿在贴身衣甲下。

既然得知闵安不是天生的薄瘦身材，李培南也就放了心。他替她整理好衣襟，坐在床前又安静看了一刻她的样子。她竟然藏了那么多的小门道，平时见了他，又紧张又想讨得乖巧，一直磨磨蹭蹭跟在他的身边，伪装得很巧妙。若不是今晚趁机探查一次，他甚至一度怀疑自己的感觉是不是出了问题。

门外走廊上传来急促的脚步声，还有行馆随从的低劝声："二公子，回去歇着吧，这天又冷又黑的，凉了您的身子可就不好了。"

非衣威压的声音回答："找遍每间房，一定要找到她。"

寝居里的李培南一听，就明白了非衣的意思，可见雷雨天挂念闵安的人不止他一个。他沉吟一下，当机立断，取过一粒安神助眠的药丸塞进闵安嘴里，灌了些水让她服下，再放下帐幔遮住了床阁里的光景。

不多久，非衣喝退随从的阻拦，找到了寝居前。他先是有节制地敲了敲门，听见里面传来冷淡的一句"不见客"，干脆起脚一踢，踢开了门栓，径直闯进了里间。

寝居隔断成前后两间，外面摆着桌椅屏风，里面设置了槅门及垂幔，重重光华之后，才是一座楠木红柱拔步床。

此时灯影低渺，香气淡远，叠帐垂地，四境静寂不含一丝人声。

非衣看向垂幔里，先抬手作了揖，"只有世子这里点了灯，可否让我进去查看一下？"

李培南坐在床边问:"为何查看?"

"行馆里走失了闵安,我担忧她的病伤,只能冒昧四处查探。"

"我这房里由得你来查看?退下去!"

李培南威严的声音里隐含了不悦之情。非衣并未退下,仅拱手施礼道:"得罪了。"突然手腕一翻,抽出腰间的软剑,似迸发的银霜白练一般,笔直刺向前方!

垂幔里传来一缕寒风,紧跟着风声之后,便见一壶沙漏"叮"的一声,撞击在非衣剑尖上。非衣一击受阻,立刻变换剑招,削向了纱幔,想斩落重重碍眼的遮挡,让他看清里面的景况。这样一剑斩落下来,既能做到不伤世子颜面,又能揭开床阁里的秘密。

李培南猜得透非衣的心思,怎会让自己最后的隐秘心意暴露在下人眼前?他抢出身形来,两手一拍一阖,夹住了非衣的剑尖,径直朝前一推。非衣见李培南挟着一身冷气杀来,也不胆怯,脚下一点,借着李培南的推送之力飘出了槅门。他若不退,剑身就会反弹回来,以李培南十成力道的威势,必然要折损了宝剑,他心下痛惜不过,只能先退了出来。

李培南从袖中抬出一块雪帕,擦净了掌中血,丢到地面上,然后穿过重重垂幔,走到了槅门前。他的睡袍散开了一大块,露出结实的胸膛,两道锁骨在精壮胸前撑出了嶙峋感。最显眼的是,他并不忌讳脖下及肩骨上的新鲜抓痕,甚至无意穿上外衣去遮掩一下,就这样大大方方地走了出来。

非衣看得怒火中烧,冷冷道:"你竟然做出禽兽之事?"

李培南却微微一笑,"你情我愿之事,何曾需要禽兽行径。"

非衣再不答话,将剑一抖,迎面刺向了李培南,李培南闪身急避,脚下连番抢位,始终不离开槅门前。非衣攻了三剑,剑气寒冽,割伤了李培南的衣角。李培南的功力也不容小觑,竟然能空手与非衣斗得不分上下。

非衣寻了一个间隙,拧身刺向槅门前的陈列架,将蚀阳剑鞘挑到了李培南手里。"拔剑。"他冷冷说道,"我不杀手无寸铁之人。"

李培南好整以暇地抢过剑鞘,耍了个漂亮的眼花,依然闲适站着,淡淡说道:"我召歌姬侍寝,你来坏我好事,这笔账,恐怕溅血也算不清了。"

非衣回以冷漠,"世子唤出歌姬让我看一眼,别说溅血,就是刀剐我肉我也心甘情愿"

李培南伸手,用剑鞘挡住了非衣的去路,依然冷淡说道:"上了我床的女人怎能让你随便看？"

非衣冷冷一笑，挑剑刺向李培南手腕，又与他缠斗在一起。两人才过了几招，门口就传来一声怒喝："兄弟相争成何体统！"

非衣一招"飞星暗度"才走了半招，听到父王的责备，依然将匹练般的剑光倾泻出去，削向李培南持着剑鞘的左手。李培南根本就没停手的意思，将剑鞘反转，又阻挡了非衣的杀招。

李景卓抓起桌上两个茶杯，贯注十成力，呼呼两声砸向了槅门前，终于分开了两人。非衣收剑退向一旁，李培南手起剑鞘落，稳稳接住了两个杯子，将它们轻轻放在陈列架上。

李景卓多次见到李培南接他摔下的杯子，其目的是为了护住手边的家宠不受茶泼。这次寝居里没有一只飞禽或走兽的影子，让李景卓立刻就推断出，垂幔后睡着的人才牵制住李培南的万分小心。

非衣游斗一刻，衣衫发丝不见一点凌乱，他为了顾全礼节，回身给李景卓施礼："深夜惊扰王爷，事出有因，万请海涵。"

李培南放下茶杯后就转身走向了垂幔里，视外面的一屋人如无物。

李景卓自然知道因由出在哪里。他抑制着火气，对亲随说道："升帐。"随从静静走过去拉起了绳索，将重重掩落的帐幔缓缓拉起。

他们做事有分寸，所以没有拉开全部的帐幔，自身低着头，但足以让站在槅门前的两三人看清里面的光景。

李培南坐在床侧，怀里搂着一名右肩裸露的女子，香肌雪肤，与垂落的满头青丝相辉映，无声道出她的娇柔之意。她似乎睡着了，只是斜靠在李培南的胸前，脸容被发丝遮掩，露出了一点淡红的唇。

李培南挽起手中的毯子，将女子秀肩遮住，也掩住了她的周身。"看到了？"他望着槅门前众人冷冷说道，"我召见歌姬需要你们过目吗？都滚下去！"

李景卓未曾料到里面竟是一名女子在侍寝，并非是闵安在留宿，脸色还算镇定，摆摆手唤身旁的萧知情与非衣齐齐退下。他也是第一次冲撞了长子的"好事"，又不能在下人面前教训李培南几句，毕竟李培南突然开了窍，亲近起女色来，总比在身边豢养男童要强得多。

非衣见闵安披发敛容，斜斜躺在李培南怀里，心下一痛，一言不发离开了寝居。眼见闵安真的找到了，却不是他预期的样子，而且被李培南抓住机会反将一军,怎能不让他又伤心又生气。他站在后宅前廊里,披着一身冷雨等待天明。

萧知情转过身,背向而立,心里的震撼从微微抖动的双肩显露了出来。李景卓扬扬手,侍从会意放下帐幔,悄无声息地退了出去。

李景卓说完最后一句:"明早过来给我好好解释一下。"转身也走了。

李培南冰冷的声音传来:"全部滚出去,听到了吗?"

萧知情清醒过来,对着垂幔里行过礼,带着门口的随从离开了寝居。

李培南小心拉上闵安的外袍,将她里外的衣服整理好了,再放她平躺在床上。她服过药丸,仍在沉睡。他给她盖好了被毯,起身加固房门。

寝居里没留下多少痕迹,他坐在桌边守完了下半夜,唤丫鬟打过水,又亲手给闵安擦拭了手脸,再将她唤醒。

闵安从药效里清神后,立刻一跃而起,跑出了帐幔外。李培南在后说道:"外面的人都被我支走了,你回屋里换套衣服,不准再出门,我随后有事要交代。"

闵安低头查看自身衣衫,见无异状,才放下一颗心来。她穿着往日的衣装,自然以男儿自居,草草行了一个礼后,就脚不沾地地跑走了。

跑向边院的路途中,果然不曾见到半个人影,一直摸进竹屋里,才迎面撞见了坐在椅上的萧知情。有那么一瞬间,萧知情的表情是阴冷的,直到抬头见闵安走进来,她才在脸上显露出一些笑容。

"小相公可还记得,我曾说过需要翻查的老案子?"

闵安点头。

萧知情递过一个小瓷瓶,说道:"侍卫投毒时所放的毒水就在这瓶子里,与多年前的一桩老案的毒源竟是一样,烦劳小相公前去查个仔细。"

闵安先前就答应过萧知情早些去府衙报道,现在又有正当离开的理由,哪有推辞的意思。她接过瓷瓶,转身就收拾包袱,不多久非衣就走到竹门前,冷冷唤道:"准备好了吗?"

萧知情抬手朝非衣施了个礼,笑了笑,先离开了竹屋。

闵安留下一封短信在桌上,带着玉米坐上了非衣的马车。门口侍从见是非衣的车驾,且听他出语不善,也不敢阻拦,径直放他们离去。

闵安匆匆离开行馆,未曾想到,此后要去的地方并不太平。她留宿在世子寝居里,且还是个女人,这两点事由给了萧知情极大的震动。

萧知情是最后一个离开寝居的人，她漫无目的地在雨中走了一刻，才清醒过来。

自己怎会这么糊涂，看走了眼，还以为闵安只是一时获取了世子好感，留在他身边充作玩物的。官场上有极多豢养小倌、男童的惯例，有的甚至入了官员的厅堂，她听得多了，自然受影响，默许了身旁的习气，一度认为世子沾了点此类癖好也是情有可原的。

但闵安并不是男童，已经得到世子宠信，其地位扶摇直上，或许不久以后，她就能堂而皇之地入驻世子府做女主人。

到那时，她萧知情又该怎么办？

不如先下手为强。

萧知情始终记得王爷对她的鼓励，王爷说，一个小童不算什么，只要她肯用心，世子府的主母位置就是她的。

既然王爷都认可了她，那么此时她用心也尤为必要。

她想着，前面已经做恶事开了头，后面就不能退缩了。宝儿曾对她说过，闵安雷雨天爱犯一些毛病，若是碰见闵安奇奇怪怪的样子，避得远一些就成。在今天傍晚，她看到天要下雨，突然觉得这未尝不是一次好时机。

她要戏班子唱《双子报冤》，果然不出意外刺激到了闵安的心绪。或许到了深夜，闵安就会像往常一样，做出一些冲撞而大不雅的事情。

萧知情以值夜为名，等在了楚南王所居住的宅院前，打算一听到动静，就呼出王爷查看，让他彻底看清闵安疯疯癫癫的真面目。

王爷看后必然不喜，由王爷给世子施压，比她去世子跟前做恶人更好。

可是她没料到，行馆的随从来报告说，二公子为了找闵小相公，一言不合，与世子交手打斗。

闵安呢？闵安怎会没有动静？

萧知情带着讶然之情赶到了寝居里，她眼尖，看得出来世子怀里的女子，肩膀瘦削，左臂落在床阁里，被厚厚的被褥小心垫放着。

一定是闵安。

萧知情满身冰凉地走出来，淋了一阵雨，也浇熄不了心头的熊熊妒火。她并非是容不下闵安，只是不甘愿输在这样一个忽男忽女且出身低微的人手里。

大雨倾盆，冰珠子一样砸在她身上，她任由雨水四处蜿蜒，遮掩了她的眼，她的心。曾几何时，她觉得自己的模样太过丑陋，以至于心底也生出了厌弃之感。她其实知道，原来的自己并不是这样善妒的，因为在世子跟前，她始终保持着一席之地，她代替世子参加逐鹿大赛获胜，成为府里最受宠的家臣；又判出一桩桩的麻烦案子，获得世子青睐。可如今闵安来了，取代她的地位，做着她以前做过的事情，不久之后，想必世子就可以撇开她，打发她去王府候命。

她十分不甘心。

在雨里茫然走着，夜幕上的电闪雷鸣也不能照亮她的眼睛。整治闵安需要一个理由，获得王爷全力的支持，再由王爷弹压世子，才不至于让她落进世子眼里，被他嫌弃。她走了一刻，调动所有心神来思索这个问题，突然想到了绝妙的借口。

十一年前，华朝先皇胡乱判了闵安父亲闵昌的弹劾案，在当时留下非议。闵家树倒猢狲散，只有闵安还在仕途上苦苦爬升，可见她还是想翻案的。若她顺利翻案，势必要推翻先皇决议，对于已经殡天的先皇可是大不敬。

想到这里，萧知情的心态越发坚定起来。

寅时夜深，楚南王暂居的宅院里，直挺挺地跪着一道身影。

萧知情抿紧嘴，忍受着暴雨砸身的冷痛，只为着后半夜的谏言能顺利进行下去。李景卓本来就没睡得安稳，听到侍从通传后，知萧知情有话要说，索性唤她进屋。

萧知情在走廊上接过侍从手巾，擦净了发丝和脸庞，穿着湿淋淋的衣裙走进厅门。她低着头，径直走到李景卓椅前跪下，第一句就说："微臣有罪，辜负了王爷的栽培。"

李景卓摆手唤退所有侍从，再沉着脸说道："罪大，依国法处置；罪小，出门由我担待。"

萧知情磕了个头，苍白着脸答道："微臣以下犯上，在王爷茶杯里下毒，想嫁祸给闵安，罪该万死。"

李景卓不由得冷了声音，"竟然是你下的毒？看来是我愚蠢，养出了一只白眼狼！"

萧知情双眼流泪，再磕了个头："微臣的目的是引发闵安查探毒源，将他打发到乡野之地去，决计没有毒害王爷的心思。微臣知王爷心结沉郁，一定不会喝那杯茶，所以才敢下了少许的毒，确保不会毒伤王爷的身子。王爷若是不信，可取来函封证物验查！"

李景卓伸手点了点萧知情的发顶，冷冷说："我可以不追究你犯的错，可那名侍卫，怎么又给你白白陷害，说他下了毒？"

萧知情在李景卓的掌压下不敢动，极清楚地说："这正是微臣需要禀明的第二件事。"

"说！"

"清泉郊野两千守军占山劫道，阻遏朝廷盐铁营运，又恃凶祸害百姓，一直被王爷和世子视为心头大患。守军派系繁杂，背后又得祁连皇后撑腰，王爷和世子要整顿他们，偏生缺少一个合适的借口。好比这次毕斯殒命，彭马党调来守军围困县衙，王爷为维系平稳局势，最终不得以将他们放走，免除了县衙里的一场干戈。"

萧知情说到这里顿了顿，留着适当的时机给李景卓考虑。她的话一针见血，的确是李景卓为之头痛的事情。因此，被点到卯的李景卓脸色缓和了不少。

萧知情紧跟着说："微臣有办法挑动当地百姓加入县衙的缉捕队伍中来，帮助衙门打压守军势力，且师出有名。只是手段——需要绝烈些。"

李景卓沉吟，"绝烈？先说来听听。"

萧知情知道时机已到，就叩头长拜不起身，对李景卓显露出决然姿态，连"微臣"自称都免了。"这个手段又要从王爷身边的侍卫说起。我曾经救过他一命，他对我心存感激，由此服从了我的安排——我要他用守军军营特制的钢刀自尽，做出被人左手裁决的样子，打算在天明的祭神坛上抛出他的尸身。军营守军佩戴全直马刀，背宽刃窄，惯用左手搏杀，侍卫的死因刚好吻合这些特点。除了侍卫，我还安排了另外两具相同的尸身，均是来自民巷，尸主有一定地位，容易激起百姓的愤慨。待百姓情绪酿成，自有人催动他们声讨守军打头阵，我再带着大队在后面压进，说是保护百姓免遭野军屠戮，将守军清扫干净。"

李景卓久久没有应声，首先震撼于萧知情的这个绝烈手段中。一个女人，能有这种谋断，已经不输给古往今来任何一名掌权者。再者，他想到萧知情为了王府及世子府当真是忠心耿耿，不仅想好了举措应对宫里的诘难，给两府留下爱护子民、晏清世风的好名声，而且还亲自上场厮杀，不避艰险献尽最后一份力气。

一个下属女官，都有如此的见识和决断，他作为上级，又有什么理由去推辞呢？至于被她抛出的三条尸身，等同于三条人命之举措，他一并归纳进"成大事者不拘小节"的理由中去。

李景卓最终应道："此法可行。"

萧知情抑制住心喜之情，伏地说道："微臣还有第三件事要奏。"

有了第二件功绩垫底，李景卓哪还有不听信萧知情的。"说吧。"

"王爷需提防闵安。"

李景卓一听到闵安的名字就冷了脸,萧知情趁机细细说了闵安想翻案,忤逆先皇圣威的理由。李景卓由此又被打动,只是碍于长子先前放下的狠话,不便以王爷之尊再做出什么威逼利诱的事情。萧知情提出来,由她不着痕迹地处置闵安,且不会引起世子反感,这条建议正中李景卓下怀,他当即说了句:"尽量不要闹出人命,给世子留点面子。"他也未多加劝阻,由此默许了萧知情的做法。

萧知情隐瞒了闵安是女子的秘密,于她不利之事,她向来知道应该怎样避免。王爷以为闵安是娈童,尚且要她留条命,若是知道他的真身,那她后面的计划岂不是更要受阻。所以,她不仅没透露闵安的秘密,还没细说对付闵安的手段,只用简短的两句"撵走他,打发他去外地"作个了结。

萧知情从堂厅走出来后,看到一轮红日迎面升起,精神气头为之一振。不多久,闵安随着非衣匆匆离开行馆,她的心里更是欣喜。

随后,她便着手布置一切事情。

李培南一宿未眠,清洗过后饮了早茶,等待闵安过来听差。他换好衣装擦净手,仍不见闵安的影子,派厉群去催。厉群刚走下楼,就看到王爷带着一众随从走了过来,连忙让道一旁行礼。

李景卓知道厉群是去做什么的,他来主楼,也是应了萧知情的请托,尽量稳住李培南。他叫厉群在楼下候命,行馆侍卫都来报道后,举步走上楼梯,进到书房里。

李培南回身慢慢行了个礼说道:"父王还当真来了?我做事何须一一解释?"

李景卓摆了摆手,"不是昨晚儿的事。你听仔细了,今天有一场硬仗要打。"

李培南掀开衣摆坐下,安静听着父王转告正事,听到清剿郊野守军计划时,脸上也殊无异色,昨晚去边院逮闵安,他看见侍卫自裁的手法不一般,当即就猜得到事有蹊跷,把闵安拉开了。闵安随后劝他,不能如此漠视一条人命,他还真的听进了耳里。

闵安十分抵触他不讲法理不体恤民众的做法,那他就适当地改一改吧。

李培南打断父王的话,决断说道:"剿灭之前例行招抚一次,不杀投降的士兵。"

李景卓虽对长子突发善心感到诧异,但考虑到滥杀不是上策,也就应允了他的意见。在拟诏盖国玺时,李景卓也没离开过书房,李培南突然觉察到有些不对劲,撇下他的父王就走向了竹屋。

篱笆外、门槛上的小花在秋阳里无声喧闹,透着响晴的天气,而竹屋里静寂无人。

李培南环视四周,没发现平常应在的玉米嬉闹游玩的影子,不由得变了脸色。他喝止一名路过的丫鬟,询问闵安去处,那个小姑娘答不出来,低着头站在竹篱外,紧张得扭手绢。

李培南带着一身冷气站在院子里一刻,侍卫队长张放就摸清了原委,走回来细细禀告了非衣带走小相公坐车离开行馆的事情。

李培南冷冷道:"拆了屋子。"

立刻有随从取过勾抓,将屋子的竹盖瓦片、横梁、墙壁悉数拉开,只留下了一块带着门柱的基底。待一片竹喧、草灰落地之后,李培南走上基台环视四周。

废墟里可推见闵安平时生活过的影子,玉米的围椅放在榻边,竹筒扑在桌面上,箱子里永远是空的……他细细查看了许久,张放将桌面留置的书信送上,被他两下切成碎片。

李培南看都不看闵安解释的说辞,只想着一件事,她竟敢不上报一声,就跟着非衣私逃了?

胆子实在是太大了!

李培南冷脸看了半天,没找到闵安其余遗留下来的痕迹,倒是发现一个大竹筒,应是给玉米洗脸用的器物里,零乱放着他赏赐给闵安的大小玩意儿。松香砚台、玛瑙珠子、还有苦费他一番心血的扇面画。若不是勒令闵安将寒蝉玉挂在脖下,想必这会儿也能发现它的残迹。

李培南站了许久,心里终究记挂着今天要做的正事,没有发令去追回马车。看到冷冷清清的废墟,他不由得想,放闵安先走一步也是安全之策。

虽说想得通能安抚己心,可在情理上难以接受。他快要把基台站穿了,才又冷森森地下了一道命令:连赏赐带基台一起烧光,眼不见为净。

随后他就走进主楼偏厅,写了几道密令送回世子府去。

此时正值午时,清泉县的社稷坛祭拜才刚刚开始。

依照惯例,县衙会在月底祭社稷坛拜神,月初踩水车放水灌溉田地,极为重视农课。祭坛活动由衙门最高长官举行,由于萧知情摔断了左臂,所以主持任务就落在了主簿头上。

萧知情出猎海棠山时,就有了这个想法,因此弄伤手臂,可达到一石二鸟之计。一来博得世子不忍,二来不需登坛,就将重农敬神的主簿推到百姓面前。

社稷神掌农耕，祭坛设置在郊野，与守军军营遥遥相对，共饮一条山河水。主簿带着县城各里乡的农户主虔诚跪拜时，河水里突然飘来三具尸首，不仅污染了水源，显露出对土地谷物神不敬之意，而且尸首死法惨烈，均被人一刀割破咽喉，再随便丢弃在荒山郊野之外。

这种做法，无疑在心怀不满之意的民众情绪上浇了把油，彻底激怒了他们的火气。上一任长官王怀礼从不过问郊野守兵欺压百姓之事，民众只能强忍着怒火。可是今天，在这么庄重的日子里，守军还滥杀无辜随便弃尸干扰农祭，怎能不让他们恼怒。

主簿细细辨认着尸身，发觉是锦袍侍卫、租出地下室的老板以及到过衙门举证的郎中，不由得倒吸一口凉气。这三具尸身，或许正与毕斯大人暴死一案有关联。

因为彭因新已经撤走了禁军，带走了侍从，可是郊野守军还在本地，是需要审查的最后一股力量。他们没等到衙门的传唤，难道就心怀恨意将案件里的两名直接证人杀死了？

主簿犹疑不定，民众群里被萧知情指使的暗桩就开始喧闹，煽动大家情绪。他们的话说得极凄厉，将土地谷物神的尊严抬出，压得主簿及坛上的一众官吏头冒冷汗。最后，民众的火气越吵越烈，大家回到乡里敲锣打鼓，组织民勇去衙门报道，声称要肃清野军这股势力。

既然民众们都不怕死，主簿还有什么好犹豫的。他下令整座衙门倾巢出动，还向行馆报了口信。行馆里的萧知情再打着为侍卫讨法理的旗号，驱动李景卓随行的军队，一起浩浩荡荡奔向郊野。

李培南带着侍卫队杀到。沙场厮杀向来是男人的责任，他不愿意假借女官之手讨要便利，因此唤萧知情退下，并传令缴械者可不杀。

萧知情摆出尸身、单刀、伤痕勘查等多项证据，不等守军副将辩解，就回头看向主簿带来的民勇团。

主簿一声号令，民众齐齐杀出。

李培南摆手，侍卫队立刻纵马跃向军营，手持长刀当先斩敌。他留在城墙外督战，顺便护仕了萧知情的安全。墙上有暗箭激射，他用长剑斩落箭矢，本来未涉及危险，身后的萧知情怕他有了闪失，竟然纵马向前，替他挡了一道铁箭。

历经一下午的喊杀，清泉县郊野守军军营被攻破。

城墙、箭楼、营房、校场均有烧毁痕迹，黑烟滚滚之处，东倒西歪堆积着尸体。

"清场。"李培南站在城墙上俯视整座原野，下令道。

为他挡箭的萧知情已被侍卫送回行馆疗伤，使他少了后顾之忧。

张放带着嫡派的侍卫队，最先占据了军营库房，抬出一箱箱的皮革、缎布、银钱等财富。主簿在墙角组织郎中医治受伤的民众，所幸抵在前头厮杀的是正规军队，他们损失的情况并不大。

陆续有骑兵清点出马匹、武器等军资，编号封库，却没有动先前被抬出来的箱子。

李培南带着厉群沿军营内外巡查一遍，交代清楚各项事务，将早已画好的布局地图展开，给厉群看："懂了吗？"

"懂了。"厉群点头，"公子想在这里的郊野也建出一座军镇来。和西疆大大小小的屯兵处所一样，养兵牧马，固守一方。然后公子会委派亲信管理，将军权牢牢收在手里。"

厉群跟在李培南身边多年，怎会不懂自家公子的心思。

李培南看看城墙下歇息的民众团，说道："清泉县多流杂门道，人马往来频繁，我最不放心这块地。你将赏金分发下去，就地招募民众挖沟修墙，今天就要动手造出外城来。"

厉群依令行事，不多久就分发出了大量财富，重赏之下必有勇夫，民众纷纷拿起器具修建城池。主簿也听从李培南的吩咐，回县衙发放公文，征集百姓服劳役，并说明有银钱赏赐。

傍晚起，郊野上的修建事务就如火如荼地进行了起来。

军营内宅燃了灯，一名掌文书的老先生拢袖站在门口，头戴布帽，身穿白袍，眉目清矍，不曾有惊惶神色。

李培南走向他，恭敬施了一礼，"听闻先生从蕲水县学调来？为何做了营里的帐书？"

老先生还礼，"受学生所托，来营里谈条约，一直未成事，心中有愧，便留在此地长期磨着军爷，顺便讨了一份差事糊口。"

"委派先生的人，是朱沐嗣？"

老先生稍稍讶异，应道："正是。"

李培南负手道："军营阻断盐铁营运，碍了朱家寨的生意，先生又从蕲水来，很容易让我猜得到与之有关联的人,必定是朱沐嗣。我只问先生一句,朱沐嗣他人现在在哪里?"

老先生拢袖不语。

李培南沉声道:"先生还是我府里文吏闵安的老师,理应受我礼待,望先生看清形势,不要迫我动手,有辱斯文。"

老先生思前想后,终究和盘托出,"玄序托我为朱家人协商营运一事,曾来军营见过我,此后就再无他的消息。"

李培南陡然冷了声音,"先生是说,朱沐嗣又名玄序?"

老先生点头,"是的。"

李培南立刻转身走出军营,唤来厉群交代后继之事,然后纵马如游龙一般,急速驶向了县城外的官道。厉群随后送口信到行馆,声称公子有急事先回了昌平府,引得李景卓恼怒。

李景卓抑制住火气,连夜吩咐军医驾车,将晕迷不醒的萧知情也送进了昌平府的世子府里。随后,他留在行馆里督工,多滞留了几日。

李培南连夜赶回了世子府。府里的随从没接到音讯,见他纵马从大门径直冲进,连忙鸣金传唤各处。

不多时,千灯悬空,丫鬟随侍整顿衣装,齐齐侯在了门庭里。

李培南走进内宅匆匆梳洗一遍,换好世子冠服,顾不上饮一口茶,就要府衙的府丞、巡检来府里议事。随从提灯骑马去请。李培南趁着空闲,将派守在吴仁宅院外的哨兵唤回,询问这半月来的动静。

哨兵回传道:"吴先生白天去市集摆摊算命,晚上听戏,无异常举动。院子里另有一个厨娘,叫花翠,负责浆洗伙食,也无异常之处。公子吩咐查找的,那名叫做玄序的男子,从未出现过,属下还查过各处茶楼书馆,也不见他的踪迹。"

李培南不由得冷冷说道:"那人藏得深,必定不会在普通宅院里出现,你们再去各家官员下人嘴里探探,是否有新近外来的客人。"

哨兵应道:"遵命。"

李培南又问:"闵安没回吴仁身边?"

哨兵答:"下午回过一次,二公子也在身边。我想跟着过去,被二公子支开了。掌灯后,二公子和小相公就齐齐不见了影子。"

坐在椅里的李培南快要把扶手捏碎,好不容易克制住了神色,就说道:"再去找。"

深夜,府丞及巡检一众官员被世子府随从请进了大厅,个个心头揣着猜疑。李培南温声安抚两句,直接说出主意,要他们带队日夜巡查昌平府内城及城外的各关津要道,寻找一名朝廷要犯。

李培南叮嘱道:"都察院二审之前,一定要抓到朱沐嗣,必有重赏。抓到之后,将人提到我这府里来,不可走漏风声。"

管家带人捧着案盘走进来,笑着给众位官员作揖,赠送出大批钱银珠宝。

一刻后,巡检带弓兵走卒涌向各道关口,府丞派出衙役敲开各家门户,盘查新入住的客人。

吴仁听到巷子里的动静,披衣走出来看了看,花翠提着灯站在一旁,低声说:"好像是衙门里巡查逃走的要犯,打听不出名姓,只长官手里有犯人小像,也不知是男是女。"

吴仁拢袖打个呵欠,"臭小子才回来一趟,又赶急着跑了,不会是抓她的吧?"

"呸呸呸,老爹就不能说句好的么。安子现在记名挂在世子府里,由得衙门的人去抓?"

"那回去睡觉,天塌了也不管我们的事。"说着,吴仁当真又走回厢房倒头睡下,一点也不担心外面的查找。他关心的事情不外乎攒钱,玄序已去外地做生意,说是等着回来就分红利。闵安去了府衙报道,已经混到了公差身份,眼前就是花翠势头薄弱了些,还没出阁的嫁妆,以后等他再慢慢攒罢。

花翠站在门口,等待官差过来问话,锦衣哨兵在暗处对官差说:"那家不用查。"就此打发了过去。花翠等了一会没见到动静,也走回房睡下了。

睡前她还在想,世子府整天派人来盯梢,难道真的是安子出了事?不过也不大像啊,非衣还跟在了安子身边,没说一句其他的紧要话,倒像是把安子看得紧紧的。

真是怪事。花翠翻个身,就是想不通其中的道理。她还没有想到,非衣此刻并不在闵安身边,正赶去了世子府里。

世子府大门灯盏熠熠,带刀侍卫镇守两旁,相貌不怒而威。

非衣是第二个骑马径直闯进大门的人,侍卫自然也不敢阻拦。进了院子后,非衣将马缰丢到随从手里,不等灯笼在前照亮,就一路穿过走廊、垂花门、庭院,来到李培南的议事厅里。

李培南点了一盏孤灯，披着满身的冷清月色，正站在了窗口旁。

非衣未回自己的府邸，衣装如昨，周身并无疲倦之态。

李培南既不回头接见非衣，也不说话，将他晾在一旁。听他脚步走得急，李培南也知道他必定是有要事才深夜闯进来，多半与闵安有关。

非衣向李培南抬手施礼，"世子可曾记得，换走我的玉佩时，许下了两桩承诺？"

李培南现在连非衣的来意也猜出来了。

非衣说道："我要世子从即刻起，实践诺言。"

"哪两桩？"

"听闻萧大人为世子受了伤，父王已将她送进府里，所以我要世子先应允第一桩，照顾萧大人一个月。"

李培南不答话。非衣扬声道："做不到？"

李培南不多话，冷冷道："依了你。"

一月为限，他言出必行。

非衣又说："第二桩是：这一月，世子不得过问闵安的一切事由。"

李培南遽尔转身，冷冷瞧着非衣："你向来不过问闲事，现在倒是得寸进尺，莫非是我晚回来的这半天里，又有什么变故刺激到了你？"

"我只需世子应一声，能否做到。"

"军医还在府里，随传随到。"

非衣冷了脸，"世子既然做不到，先前就不能许诺，授予我话柄。天明起，我就将世子失言之事传出去。"

李培南淡淡道："一月之内，我当然能做到，我只担心一点，以你这样的脑子，又怎么护住闵安的周全。"

非衣亦同样冷淡，"不劳世子费心，与急色失礼的人一比，我还是很聪明的。"

"恰巧军医能治内科，专看头痛风涎，发作了，就回我这里来。"

非衣抬了抬手，冷脸离去。李培南站在窗前定了定心神，终究还是起掌一拍，拍断了窗棂。

一月之中，太多变故，非衣能抓住机会讨取闵安欢心，偏生他还要操心其他的事，军镇、都察院二审，甚至是府里的衣久岛的去处。

第十五章　夜来幽梦忽还乡

非衣走出门，侍从赶上前来提灯前导。此时他心绪正烦乱，轻喝一声："退下！"随后翻身上马，朝着茫茫黑夜驰去。

昌平府已实行了宵禁，家家户户熄灯沉睡。非衣穿过一道道街巷，来到熟悉的院落前，里面三间大屋都是黑魆魆的，依然不见闵安的踪影。

他十分懊恼，怎能就这样走失了闵安。

先前的归程之中，他故意冷落着闵安，始终保持着沉默。闵安想对他说些什么，见他脸色不善，又讪讪闭上嘴巴。

从清泉县回到昌平府，是一个漫长的路程。生性热闹的闵安对上非衣的火气，只好低着头一声不吭，挤在小马扎上捏面团子玩。闵安随手捏出一个兔子，举到非衣面前讨好地说："像不像？"非衣却想起了兔儿爷的面相，接过面团丢出了窗外。

此后闵安的头耷拉得更厉害了，嘴里嘀咕着，"您这是怎么了？"

非衣忍不住朝着跟前的光洁额头弹了过去，"前面我怎样跟你说的，世子那是什么人，你也敢留宿在他房里？"

闵安委屈道："世子爷提着我进了房，我挣脱不了他的控制，还点了一夜的安神香，我就睡过头了。"

非衣猜想里面可能藏着猫腻，按捺不了满腔酸腻。他再也不答闵安的话，一路上都用极冷的脸色对着闵安，但凡闵安小心凑过来要说什么，他就伸手抵住闵安的额头，将她推到一边儿去。

一腔又酸又涩的火气，总之发作在闵安额头上了，专心跟她过不去。

闵安撅着嘴说："非衣这样做，跟那不讲理的世子爷没什么差别了。"

非衣冷冷道："不准说话，自己反省。"

闵安坐在小马扎上扭来扭去，"反省之前，我想问问你，干吗那么生气？"

非衣对闵安瞥了一眼，闵安讪讪地道："最多以后听你话，见到世子爷就避远些。哦，不对，应是闻到世子爷要来的味儿，就转身跑开。"

闵安抬头望过来，一副讨好的样子。非衣看见，心底稍稍活络。他随即想到，闵安实则是没法逃开李培南的掌控，可他手上有对付李培南的法宝，就是不知一个月的限期够不够。

非衣心思摇曳，后面更不答话。闵安发觉讨不到好，心里也极不畅快，随后说了一句："萧大人催我赶紧去府衙报道，有些积压的案子需要我查访一下。"说完便再不作声。

这句话就成了非衣寻找闵安去处的唯一线索。

非衣始终沉着脸，目光又冷淡，闵安实在不明白缘由何在，也只敢说了一句正经话，此后就捧着脸缩在一边反省。

闵安的反省很安静，待非衣回神看过去时，发觉她已经睡着了。

一下马车，闵安就生龙活虎了。她直奔进院子里，与吴仁及花翠交代完，就要转身去府衙。非衣唤车夫送进布帛、干果、茶叶等礼物，提醒闵安先要换药。

不多久，师父的厢房里就传来骂声，花翠进去，见闵安低头听着，一句话也不敢应。花翠心痛不过，连带着埋怨道："怎么一到世子身边，你就照顾不好自己？前头你去三座衙门里当差，也没见落得这样惨啊。"

闵安努努嘴，低声说："翠花还是别唠叨了，是我本事低，怨不得世子爷。"

吴仁重重哼了声，甩袖走出门，非衣候在门外，施礼说道："上次来拜见师父，也未见到新进师弟的面，什么时候师父唤他一起来聚聚？"

吴仁翻了个白眼，道："玄序与你们不同，算不得同门。他是我的道友，平时忙，见他一次不容易。"

非衣听出师父偏私的味道，按下其余的话，越发恭顺地行了个礼。

吴仁是招架不住闵安的死磨赖求，才点头收了非衣做记名弟子。他始终记着李家"卸磨杀驴"的教训，对非衣多少留了一点戒心。闵安也曾问过李家人到底做了什么卸磨杀驴的事情，引得师父不痛快。吴仁实是念着闵安脑子里的病未完好，怕刺激到她，所以才瞒住了十一年前的闵家弹劾案细节。

但吴仁对着非衣时，还是喜欢撂下脸色来，使非衣不敢再打探玄序的事。

其实，吴仁来昌平府后，只见到玄序一次，所以即便是非衣向他打探，他也说不出更多的消息来。

厢房里，闵安问过玄序的下落，花翠笑着回道："他去了乡郡收果子及蜂蜜，赚了大钱好娶你。"

闵安看看萧条四壁，问道："说是娶亲，怎么不见彩礼？"

花翠笑眯眯答道："他都备好了，不需我们出半份嫁妆，自然也有新宅院等着你。到时候姐姐跟着沾光，也搬过去住着。"

闵安低头问："那他说的郡下，是指哪里？"

花翠回答："我也不知，他人都未露面，只在老爹出摊时派人送过口信，说一个月的期限一到，就过来接我们。"

闵安皱眉，"怎会这样忙？"

花翠笑话闵安是不是心里念得急，将闵安说成了大红脸。闵安问不出玄序的下落，换好衣装走出门，向非衣及师父辞别。

非衣跟着说："我送你去府衙。"

傍晚，闵安走进昌平府府衙报道，拿到见习司吏的备用物，装进包袱里背出了门。非衣又问："现在想去哪里？"

闵安确是有一个地方要去，不过她不敢拖着非衣一起过去。她要转送小猞猁给萧宝儿，顺便逮住五梅恐吓兼教训一番。她抓着头说："我去前面市集逛逛，给翠花买些小衣物，非衣回府去歇着吧。"

非衣一听是姑娘家的贴身小衣，也不便跟在身边，将马车停在了街口。暗卫现身一次，向非衣通传行馆及世子府的消息。

非衣再等了一刻，不见闵安回转，心下惊异，唤身边所有人手去市集查看。

然而所有回传的消息都说，没见到过闵安的人影。

闵安就这样消失在熙攘的集市中。

非衣想了想，吩咐车夫调头去了府衙，唤来刑房书吏，询问闵安经手办理的积案地点。书吏不敢含糊，说了两三个地方。非衣备好一应物事，打算天明之后一一探查过去。

动身之前，他要先拿到李培南的承诺，因此又连夜去了一趟世子府。

一番忙碌后，依然不见闵安的踪影，像是一只鸟儿飞离了巢穴。

此刻，在寅时的深夜里，闵安正深一脚浅一脚赶往白木郡。说是郡，其实是一座古镇，据说玄序被蜂蜜蜇伤，就落在这座镇子里养病。

闵安能打听出玄序的下落也属"无意"。他支开宝儿，赶到五梅常游玩的瓦舍，将五梅诳出来，用布袋一蒙逮着一顿打。五梅听出她的声音，连声求饶，最后又说家里公子有难，央着闵安去探一探。

五梅的说辞显然是早就准备好了，应对闵安的一切质问，答得滴水不漏。他心里自然明白，公子藏得这样深，最大原因是为了躲避世子府、府衙及非衣的搜捕。他本想等闵安回到昌平后，寻个机会对闵安说出玄序去处，没想到闵安倒是先一步找来了。

闵安被五梅说得心急，连忙撇下五梅，买了一匹马就赶往白木郡。乡野土道坑坑洼洼，闵安只能弃了马，步行过去。

赶了半夜的路，闵安终于走到一座山镇前。她爬上山，累得喘气，坐在道旁的石碑上擦汗。鸟儿唧唧咕咕地在背后林子里叫着，她学了两句，觉得十分快活。

一个修长的身影穿过碑林，那人穿着雪白底衣，拢着一层青纱袍在外面，拂开淡淡晨雾，如同从画里走出来一样，举手投足，带着淡雅的风气。

闵安一跃而起，抬手作揖道："请问老乡，郡里的医庐怎样走？"

青纱袍男子取下脸上蒙住的面巾，微微一笑，"许久不见，竟然不认得我了。"

闵安喜出望外，欢声道："玄序，你竟然在这里，咦，脸上没有蜇伤嘛！"

玄序提着面巾道："没了它，夫君的脸就会肿成胖子。"

闵安突然羞红了脸，支吾道："玄序能不能……讲礼些……我们未曾拜过堂……担不起夫妻称呼……"

玄序笑道："那小相公随我去采蜜吧。"

闵安跟在玄序身后,乐陶陶地走了一阵,突然又想起自身肩上担负的责任。她是为了探望玄序,才先跑到白木郡里,可是案发地却不在这里,此时再跟着玄序去采蜜,那可算得上是玩忽职守了。

闵安看着玄序挺拔的身影走在前,还一路细心地替自己拂开树枝,心下犹豫着。玄序是何等精明的人,见闵安迟疑不进,便问缘由。

闵安拿出萧知情转交过来的藏毒瓷瓶,说道:"萧大人要我查访的案子,毒源并不在此处,我得赶到下一个郡子里。"

玄序闻了闻瓷瓶味道,禁不住微微一笑,"你错了,来得正对,因为毒源就在这里。"

蜂房似水涡,密密匝匝地排在半山腰处。碑林上有一大片桂树,散发出郁郁芬芳。众多蜜蜂穿梭其间,又飞向不远处的巢穴酿制花蜜。

闵安站在纱网拉起的围墙外,闻着阵阵的甜香,好奇地问:"难道蜂蜜也能酿毒吗?"不然,玄序怎会说毒源在此处。

玄序笑道:"真像个孩子,尽说傻话。"他没有再解释什么,戴好手套,蒙住面巾,走向了蜂房。

玄序提起一块块蜜板,将新鲜花蜜收进陶罐中,又提着罐子走了出来。闵安凑过鼻子闻了闻,说道:"你身上好香。"

玄序笑着,从衣囊中取出一个布袋,解开袋结,抽出一根脆干的米果棒子。他将米果在陶罐里蘸了蘸花蜜,递给了闵安。

闵安拿着米果,迟疑道:"你不是说毒源就在这里,那这蜂蜜……"

玄序不说话,翘起的嘴角永远那样温和,闵安看见他的笑容,觉得比山泉还要清澈,疑虑顿消,低头咬了一大口米果,吃得脆响。

玄序拍了拍闵安的头,眨了眨眼问:"这都敢吃下去,不怕毒吗?"

闵安舔了舔嘴唇,"我信玄序。"

玄序笑道:"亏得你如此信任我,来吧,我带你看看真正的毒源。"

穿过石碑林、桂树,再向上攀爬,便是一处潮湿的山头。空气里透着一股混浊的味道,苦辛中带了些淡香。闵安揉揉鼻子,嘀咕道:"好熟悉的味道。"

玄序回头应道:"闻着像是泥蜡,吸进肺里,还有一股香味。"

闵安恍然,点头道:"对!对!萧大人给我的那个瓷瓶里,装着的就是这股味儿!"

两人还未爬到山顶，路过的乡农特地提醒道："两位相公，莫朝前走了，眼前的山洞是死坑，进去就出不来哩。"

闵安好奇道："洞里有什么？"

乡农只是摇手，一脸惶恐道："里面死了三个人，官家又不管，没人再敢进去，任哪个也不晓得里面有什么。"

乡农远去，闵安好奇不过，拽着草根朝上爬，伸头探了探。山洞像是一处石穴，潮湿而阴暗，风一吹，持续不断地冒出苦香味道，洞口的石壁爬满了白灰，像是斑驳的门板。

玄序望着闵安趴在草皮上的身影，笑了笑，拾起一块石头，朝她抓着的树枝砸去，引得她惊叫一声，松开了手。随后，闵安像是倒溜的四脚怪，哎哟哎哟地滑到坡底来。

玄序早有准备，一把提住了闵安的衣领，说道："左臂伤了，还这么不省心，先随我回去，准备好了再来。"

闵安一想，这倒是实在话，任谁都不知道洞里有什么光景，贸然冲进去不见得能讨到好处，于是就跟在玄序身后，晃晃悠悠地走向山镇。

玄序在前提着陶罐，时而回头递上一根蘸了花蜜的米果棒子，吃得闵安满嘴香甜。

一路上，不断有乡民跟玄序打招呼，玄序必定会停下来作揖问安。闵安吃完了米果，也站在后面躬身行礼。

玄序的居所落在一处青石院子里，外面有一道拱桥，两旁扶立桂花树，淡香拂罩整块河汀。

玄序打来温水，催促闵安进屋清洗，闵安梳洗完毕走出来时，却看见玄序挽起衣袖，正站在水井前浆洗衣物。

闵安问："没下人伺候吗？"

玄序笑道："我来伺候你可好？"他明明生了一副贵家公子的气度，袖口露出的手腕显得纤侬合度，和脸容一样，不带一丝瑕疵，如此养尊处优的人做起寻常事务来，竟然也是极熟稔的。

闵安心中一动，走过去抓住玄序的手，摸了摸他的指腹及掌心。这两处地方都有一层薄茧，奇怪的是并不粗糙。

玄序站着不动，笑道："少时起我便游学天下，衣食住行自然也需自己打点，下人从书上找了个偏方,教我怎样保养手掌,晚上再将法子传给你?"

闵安摇摇手,以示不在意。

两人坐在桌旁闲聊,玄序说,全赖与乡民打好交道,才能摸到山里山外的诸多秘事,比如那道长相平常的山洞,若不是乡民提醒,他第一次采蜜也险些采到里面去。

"白木郡多生白木桂树,引来蜜蜂采蜜,香味扑鼻,传向两里开外。我曾站在山头仔细查看,看到一群白翅黑背的蜜蜂钻进洞里,所经之处,就会留下白灰香粉。那些粉灰我刮来试了试,有毒。"

玄序向闵安殷殷叮嘱洞穴里的险难,说了这则重大消息。闵安问:"这种白翅蜜蜂自身带了毒吧?"

玄序回道:"是的,或许久居在洞穴里,生出了异类。"

闵安惊讶,玄序问:"萧大人派你查案,难道不知这里的险情?"

闵安摇头道:"案卷未曾写明,萧大人可能也不知情,再说案发地在旁郡,萧大人即使要我查探,也是引我去那块地头,这里的情况她自然不会提了。"

玄序微微沉吟,并不答话,此后对闵安嘴里的萧大人多留了一个小心。

闵安随即想到紧要事,正色道:"应当通知郡衙,在洞口设置栅栏石台,封上封条。"

玄序缓缓一笑,道:"一贴封条,你又能进得去?"

闵安跑进堂屋,取过笔砚,写了一则封条:兹事体大,不得入洞,违者究罪不赦,并罚劳役。昌平府白木郡宣。

她走出来笑道:"等我探完了,怂恿郡里的长官给贴上,下边已经留了府衙司吏的印章,也算有效。"

玄序看着闵安手里的封条,已经明了她的小心思,并不点破,只冲着她微笑。闵安确实怕上头记她擅离职守的罪,特地加盖她的印章来邀功,表明她在此地也是公干,还像模像样出示了封条。

既然闵安愿意留在身边,玄序自然也是心喜。他问闵安,午饭想吃什么,闵安左右看看,回道:"你这里有什么好吃的?"

玄序再一笑,道:"看我给你变出来。"他走进厨房,将两边的窗户推开,接进竹筒里的水,洗净了桌案。他在厨房里忙碌着,专心致志,偶尔应对闵安的闲聊,不多时做出一盘风味鸡,炒了一碟香菇笋干,又蒸出糯米桂花丸子和黄米饭。

闵安吃得大饱，由衷赞叹："与我家翠花手艺一般好。"

玄序洗净了烟灰气才出来陪坐，只喝了一碗白粥。闵安好奇地问："吃得这么少，怎样有力气？"

玄序笑道："我留些口感，下午给你做糕点时，便于试试味道。"

闵安心花怒放，笑问："下午还有糕点吃？"

玄序笑容不减，道："在我这里，自然由我来伺候你，下午茶配上明虾糕，那才是极美味的。"

闵安吃完桌上饭食，要去厨房帮忙，玄序将她按着坐下，塞给她一些小玩意，哄着她自在玩乐。

到了下午，玄序更是让闵安大开眼界。

玄序唤闵安脱去鞋袜，与她手拉手走进院外的河水中，说："你看好了，河底没有下网罩，只能凭感觉用脚趾去夹虾子。"

闵安在水里乱踩，呵呵笑道："这里真是一处好地方，连水也是温的！已经秋末了，还有虾子吗？"

"有，个头大，藏得深，要仔细找。"

正说着，玄序突然扬声道："抓着了！"他站着不动，稍稍弯腰，将探进水里的右手朝外一抓，竟然托出一只大白虾来。

闵安瞧着新奇不已，兀自将两脚深深探进河沙，也在水里东夹西夹，可是她费了一额头的汗，也没抓着一只。

玄序垂袖笑吟吟地看着她。

闵安在水里把脚趾头张得像是螃蟹钳子，只恨不能咔嚓咔嚓剪出声来。玄序始终笑着，最后引得闵安扑过去捶打他，他才从脚底摸出一只皮网蒲，将网住的虾子倒进竹篓里。

闵安扁嘴道："就知玄序藏了好东西！手艺这么精深，少不得整治新鲜玩意儿！"

玄序笑着拉闵安上岸，两人赤脚走向厨房。闵安跟在玄序身后，见他光韧的脚掌踩在青石板上，留下一个湿濡濡的印子，忍不住心下一动，自己也跟着去踩那些水迹，想把自己稍小的脚印装进大一轮的轮廓里。

如果踩着足迹，就能走进他心里，更好。

闵安心下暗想着，禁不住在嘴边露出一点开心的笑容。

玄序将闵安安置在通风的窗台边后，洗手和面，炸出一个个金灿灿的虾球丸子。他取来桂花蜜，又裹了一盘枣泥米果，放在灶台上蒸熟。

闵安吃到了香甜、清淡两种口味的糕点，越发觉得来对了地方。

到了傍晚，玄序再次让闵安大开眼界。

玄序点了四盏灯，悬挂起来，映得满屋雪亮。桌上摆放着金锡箔片、棉布、锦衬并针线等物，甚至还有一个椰子壳。

闵安趴在桌边兴致勃勃地问："做什么？"

玄序微笑道："要想进山洞去不受蜇，秘诀就在这里。"

闵安看了半晌不得要领，"到底是什么嘛？"

"防护衣甲和避雷帽子。"

闵安拈起已经缝制成形的金箔衣甲说："这个我知道，是穿在身上的。可进洞为什么要戴硬邦邦的帽子？"说着，敲了敲椰子壳。

玄序笑道："我查过探测天气的地辊针，知道这两日要下雨，先做来给你预防着。"

闵安一听讨人烦的毛病被玄序知晓了，心虚得直嘀咕："怎么你也知道我下雨天爱犯病呀？"

玄序十分了解闵安的内心，自始至终温和地笑着："我不会嫌弃你一分，只有在我身边，你才能断了这毛病。"

当晚，大雨如期而至，不远处的天空扯过几道亮闪，照耀着白木桂林山尖。

闵安趴在窗前听檐雨滑落，滴滴答答之声仿似唱着歌。玄序在屋里点了一盏檀香，气味缭绕在画卷屏风上。闵安的背影清静安闲，玄序未去打扰，自己拿了账本坐在桌前一一查看。账本上记载了乡农向他出售桂花粉、红枣、蜂蜜的情况。他特地买了一间大屋，用来储存货物。

闵安听雨时，风中传来阵阵浓甜香气。

"玄序，这郡里的秋货快被你收完了吧？"

玄序听到问话，抬头答道："我曾放下风声，只要是桂花粉、红枣、蜂蜜这三种存货，就全收。"

闵安兴致勃勃地问："收这么多做什么呢？"她曾厚颜想过，即使自己爱吃玄序做的枣泥米果、鲜炸丸子，也用不着收这么多的食材嘛。"

玄序招招手，道："你过来，我教你一个赚银子的法子。"

闵安眼前一亮，立刻靠近了桌边。玄序执起一支毛笔，在白纸上勾描，画出了一碟糕点。他的手腕端地方正，无多余动作，纸上的画作却活灵活现。

"白木郡是昌平府贡品的源头，专事进献秘制桂花糕和枣泥金果饼，其中桂花、红枣、蜂蜜是主要的食材。我将这三种买光，朝廷若是派来采办，发觉短时间内没了食材，必定会易地再去收集，那时我可派人在市集上放出经我改良的蜂蜜、桂花、红枣馅，倒手赚得大批银子。"

闵安听得惊奇不已，"那采办的官员见你横扫了存货，不会治你的罪吗？"

玄序含笑道："目前，昌平府律法中，无任何一条罪名可指我居货有错。"实则上他也有足够的银子买光所有的秋收货品，打得依照惯例下乡来的官员措手不及。

闵安抓头道："你这是倒买倒卖吧，官府毕竟看不上眼的，小心点为好。"

玄序不以为然地笑笑，"我只做幕后的老板，底下还有打短工的人跑腿，出了罪名也担不到我头上来，放心吧。"

闵安相信玄序的能力，心里暗想，难道他的银子就是这样源源不断赚来的吗？他的方法确实与常人不一样啊。

"奇巧的玄序。"闵安喃喃道，下了结论。

窗外，一道惊雷炸过屋檐，吓得闵安缩肩一抖，从桌前倒向了玄序那边。玄序连忙挽住闵安的肩膀，低声道："不要怕，仔细盯着雷电，别眨眼睛，你会打败它。"

闵安躲在玄序身边，一脸惊色，"它又不是妖魔鬼怪，我为什么要打败它？"

玄序微微一叹，道："难道你想一辈子都活在提心吊胆之中？雷电如同长在你心里的鬼怪，面对它，强过躲避它。"

闵安将信将疑地走到窗边，睁大眼睛看着天边的闪闪。一道惨白的光亮轰隆劈在院子里，青石砖仿似碎了一点。闵安又跳回来，决计不敢再朝前看了。

玄序将闵安安顿在座椅里，再取来一床薄毯将她围好，蹲下身来笑了笑，"瞧仔细了，我戴帽子给你演示下。"

闵安在脑子里浮想着玄序头戴椰壳帽身披金箔衣的奇怪样子，嘴角不由得翘起，即便一个人被留置在屋里，也不觉得害怕了。

玄序走出门去，过了一刻才出现在窗口前，借着灯笼的亮光，对着闪安笑了笑。闪安见到他一贯温和的笑容，心下更是安定不少。

　　雷霆过后，一只装扮齐全的山猴突然从旁屋闪出来，在院子的青石砖上转着圈儿。玄序在鱼竿上吊了一串瓜果，引得山猴抓食，使它无心在意头顶上不断闪落的雷电。

　　闪安看着院子里的耍猴把戏，开心地笑了出来，同时，她也看清，经过玄序整治的衣甲帽子，确实是可以防雷的——至少，它没让猴子遭到雷劈。

　　心里有了慰藉的闪安，尝试着走出院子，站在雷电轰鸣的夜空下，尽管她两腿微颤，也未像往常一样逃走。

　　治疗计划的第一步成效已经显现出来了。

　　玄序看在眼里，喜上眉梢。他站在闪安身旁，温声说道："帽子只是给你鼓气用的，并不能真正防雷电，你能走出来，才是最大的成功。"

　　闪安有些紧张地挨近了玄序身边，抓住了他的手。

　　玄序抬眼看着黑沉沉的夜幕，算着时间。不多久，应他之约的乡民来敲门了，喊得震天响。"朱公子，朱公子，我家的一对娃跑出去钓虾，现在还没回，帮我找找吧。"

　　玄序撑伞走向院门，见闪安迟疑地站在屋檐下，问道："你不来吗？"

　　闪安一咬牙，低头钻进玄序伞下，揪着玄序的衣带，亦步亦趋地跟过去了。

　　一把油纸伞，撑起了一片宁静的天地。

　　玄序带着闪安走向静寂的街巷。闪安紧张地问："人都到哪儿去了？"

　　玄序低声安抚道："郡外有条河，他们去那边了。大叔家的一对儿女平常爱去巷子杂货铺买零嘴吃，所以我才想着带你去看看。"

　　闪安安心地走进了巷子里。越朝前走，越是觉得眼前的场景十分熟悉。

　　十一年前一个雨夜，滴水的屋檐，渗着冷气的地砖，泼开一片血色的夜空，还有围聚在她和哥哥身边的那些泼皮无赖……

　　这一切，竟然在乡郡的陋巷里再次出现。

　　闪安的眼前是一块空地。四五个穿着黑衣短裤的年轻人，站住屋角处，对着地上匍匐一团的麻袋拳打脚踢，嘴里呼喝着，"叫你偷，叫你偷，活腻了么！撞在小爷手里，横竖只有一个死字！"

　　鼓起的麻袋下传来女童的哭声，还有男童的求饶声，与雨声交杂在一起，冲刷着闵安的耳鼓。

闵安捂住耳朵，难以置信地蹲下身子。十一年前的哥哥也是这样护着她，避免她让泼皮踢到，手上还紧紧握着那块偷来的糕点。

麻袋下的女童在哭道："哥哥，抱住我，我痛！"

闵安猛地站起身，捞起民舍下的竹篙，大喊一声："住手！"就冲了过去。

大雨倾盆，雷声轰隆。

闵安右手捏紧竹篙，用尽全身力气，朝拳打脚踢的泼皮无赖们扫去。出乎意料的是，那些看似凶狠的泼皮，武力却不堪一击，不多久就被闵安打散，各自跑开了。

闵安丢了竹篙，蹲坐在雨水里，发觉麻袋下寂寥无声，心下揪得紧，伸手揭开麻袋一角。

求老天保佑兄妹两人平安无事。

她的心底只有这个念头。

底下空空如也，只有堆积在一起的沙包，盘成了两道小小的拱起的人身。

满心的紧张松弛之后，回想起悲痛往事的闵安坐地大哭。如果十一年前，也有一个人路过陋巷，救下她和哥哥，那么现在的她必定还能守在哥哥身旁，即使日子过得苦一些，也能让他们开怀携手、共度困厄。

可是她终究失去了哥哥，带着满心的伤痛和悔恨存活于世。她恨自己，若是忍住饿，哥哥就不会去偷茶楼的糕点，也不会招来坏人的打骂。

那么多的如果，偏生没能改变她幼时的命运。

雨水冲刷着闵安的脸庞，雷声掩盖不了她的号啕，天公陪着她尽数倾倒哀伤。玄序走过去，撑着伞遮住闵安的身子，极清楚地说道："你明白了吗？这与十一年前不同，你现在长大了，有足够能力自保，甚至还能改变很多事的结局。"

闵安拉住玄序被雨水溅湿的衣摆，仰头看他，"是你安排的吗？"

玄序并不伸手拉闵安起身，只对她说道："沉溺伤痛于事无补，站起来。"

闵安站了起来，玄序又说："记住这里，它是你的病魔，也是让你解开心结的地方。"

闵安环顾四周，这才看见屋角那边还有一条夹道，一对长相聪敏的兄妹挤在屋檐下，冲着自己笑着。

哥哥拉着妹妹的手，向闵安鞠躬，"谢谢哥哥救了我们。"

隔着雨帘，闵安仍能看清一对孩童干净的眉目，内心大为震动。他们能完好无损地面对着她，向她笑着，当真让她看到了一个不同于她的将来。

兄妹俩又向玄序鞠躬，撑起屋角的伞，一起走向了茫茫雨幕。

"好孩子，不费我苦心安排。"玄序轻叹了一句，不知在赞许谁，推着闵安回到了宅院里。

闵安不解地问："你怎会知道我六岁时的事情？"场景竟然布置得那样相似。

玄序淡淡道："老爹说的。"

闵安一听是师父转述的内容，心知师父没把玄序当外人，更是打消了疑虑。她回屋泡了一个热水澡，睡得极安稳。窗外雨声隆隆，也不能惊醒她的美梦。在梦里，她已经和哥哥一起坐在竹林里读书识字，活得美满。

玄序关好窗户，回头探望了一下闵安的睡容。她的脸很沉静，呼吸均匀，再也没有任何受梦魇困扰挣扎的姿态，可见已放下了心结。

可是玄序的心结并未解开。他坐在床边，执起闵安的手腕，低声说："闵聪并未死，你知道吗，以他对你的影响，势必会改变你的想法。若我求得他的支持，你也会支持我吗？"

闵安兀自沉睡着，没法回答玄序。或许，玄序并不需要回答。他所希望的正如前言，求得闵聪支持他的任何决定和计划，随后就能获得闵安的谅解。

他毕竟是朱家寨人，所做的事情，是与抵抗朝廷有关。闵安为世子效力，刚好与他的意见相左。

慢慢来，总有解决所有困难的那一天。

玄序不会为未到的担忧瞻前顾后，他很快地站起身，掩好门走了出去。

第二天雨气沉沉，青黑的山尖上不时划过两道闪电。

闵安与玄序装扮一新，齐齐钻进了白翅黑背蜜蜂所占据的山洞里。洞壁渗水，嘀嗒有声，干涸处落下大片白灰香粉。两人越朝前走，火把越发跳跃不停。火光快要熄灭时，闵安只觉头痛胸闷，不由得一下子坐在石块上大口喘气。

玄序拿出水囊，给闵安喂食了清神醒脑的药丸。

闵安借着火把看清了洞内的光景。就在她脚边不远处，扑倒着一具腐烂的尸身，从残存衣着上可推断出是进洞查探的官差，帽翎和腰牌仍在，显露出他的来处：昌平府衙刑房公捕。

闵安合手向尸身拜了两拜，将腰牌取过来说道："这位大概就是一直未归案的巡捕大哥，听说当初衙门派人来去旁郡案发地查找，谁都没料到他竟然死在十里外的地方。"

　　玄序脱下外袍，小心收敛了尸身，将骸骨放在石块下，给亡故的巡捕就地垒了一道石头坟。闵安休息妥当，要朝深处走，玄序拉住她，"里面的苦腥味太重，恐怕是蜂窝，再走进去就有危险。"

　　闵安拍拍周身穿戴齐整的衣甲，笑道："已经走到这步了，再回头也不划算，好歹抓只毒蜂子归案，我才能回去交差。"

　　玄序无奈，将闵安的头脸包好，随着他一起摸向黑洞深处。火把已尽，玄序就取出夜明珠照亮，勉强抵达了一处阴湿地方，穹窿顶上的石灰岩腐蚀出了数以千计的洞眼，里面塞着草末屑。不多久，一只只体大背高的蜂子闪着翅膀钻出来，震得草屑树籽纷纷落下。

　　闵安一心记挂着查清毒源便于结案，连忙掏出网兜抓捕白翅蜂王。玄序一边看着她，一边打量着洞里的光景。山洞蜂巢是四周山峰的会集处，东南西北四面都可行走，可见除去他们进来的那条路，其他的郡子也有入口。在石灰水结集的笋柱后面，扑倒着两具乡农打扮的尸身，依稀可辨面目，血肉并未腐烂干净。

　　玄序走近细细查看，突然察觉到，里面这两具尸身与外面的巡捕尸身有些不一样。乡农的指尖触着地面攒生的一圈白菇，身上的肉色呈黑红色，像是失水而竭的迹象。

　　闵安抓到了两只白翅蜂王，小心收在罐子里，也走过去查看那两具尸身。她懂得验尸，不多久就给出了答案："这两位大叔不是被蜂毒蜇死的，倒像是走到这里，气力不支倒地，然后活活渴死的。"

　　玄序看着乡农手指的白菇，心下沉吟，没有答话。

　　闵安凑过去看了看白菇，说道："在毒蜂出没的地方，又是个阴湿处所，这类的野菇多半有毒。"她取出银针试了试，针尖果然变黑了。

　　玄序顿时像是失了兴致，笑着说："走吧。"闵安起身就走，玄序落在后，隔着巾帕挖了几朵白菇，小心收进了腰包里。

　　白菇一旦被挖，地上的根眼里就冒出一点淡香气。白翅蜂子突然闻香而动，成群扑打翅膀就蜇了下来。玄序拉住闵安的手，使出全力朝外跑。两人边躲边打，衣衫头巾散落得不成样子，好不容易逃出石洞后，他们对视一眼，双双笑了出来。

"进洞一趟，成了叫花子。"闵安笑着，替玄序理好了衣襟。

玄序拉住闵安朝草坡下滑，急急说道："快去通知郡衙，将洞口封起来。"

闵安随后报告了郡衙长官，石洞里有毒蜂，让自己写的封条发挥了作用。

当晚，玄序烧了几道菜给闵安吃下，又点了安神香助她睡眠，见她睡得安稳了，才带上门走向了偏房。偏房铁笼里，还关着那只用来做演示的山猴。玄序刮了些白翅蜂王分泌出的白灰香粉，和在糖浆里给山猴吃下，不多时，山猴摇摇欲坠。他连忙取出浸泡好的白菇，分出一点喂给山猴，再过一刻，山猴就蹒跚着站起身，颤巍巍地跳下桌去。

玄序仔细看着山猴的动作，推算着时间。山猴走了几步，没挨到门边，突然又一头栽倒，再无动静。玄序走过去探了探，已经没了鼻息。他小心收敛它的尸身，放进和山洞湿气一样重的地坛里，封存起来，以待数日后验尸。

如果不出他的预料，山猴倒毙后的症状应与乡民一样，也即是表明，白翅蜂王看守的白菇，实是它们的天敌，能解它们的蜂毒。中毒者服食了白菇后，以毒攻毒，能阻遏毒血攻心，是以山洞里的乡民并未显露出中毒迹象，到了最后只是因为体力不继的缘故，被活活困死在蜂巢，留下了被蜇死的假象。

山猴之死，却是玄序有意为之。他特地挑了一点白菇作解药给山猴服下，看它抵不住毒发时也不加分量，目的就是为了便于查看它以后的反应。

玄序做了一番试验之后，心里就有了底气。趁着天黑，他去了趟羊倌的住所，再摸进洞挖出了一圈白菇，小心收藏起来，随后盥洗睡下。

天色刚亮，玄序洗漱完毕，走到碑林收蜂蜜。按照以往的惯例，再去了羊倌的石屋收集消息。羊倌见他来，接过他的赏银，利落说道："我打听过了，知道白蜂洞的人不多，也就这郡子里的几个老家伙，快要死干净了。白蜂洞的其他出口，东面的落在旁边郡子的官道上；北面的落在悬崖石壁上，鸟儿都飞不过去，公子可以不操心；南面的有点棘手，一直通到了清泉县郊野，听说那里有兵农挖沟修墙，正堵在了山前。"

玄序听了微微一笑，没说什么。

羊倌见他面有喜色，更是顺溜地说下去，"这两天郡子里的文书传得急了些，都说楚南王的二公子下乡郡巡查，还说昌平府里加紧了盘查，在找一个要犯，关口又没贴出绣像来，那人是男是女都弄不清。"

玄序听完，弯腰作揖，答谢羊倌，随后提着陶罐走回宅院。

　　闵安蹲在河边捞虾子，大概在挂记着可口的明虾球。玄序满足她的口欲，炸出虾球，趁她吃得高兴，劝告说道："蜂毒太霸道，最好炸断出口，封死了洞穴以防万一。"

　　闵安迟疑地说："在山洞口围了石台栅栏，贴了封条就足够了，不用炸山吧？"

　　玄序反问："若是有不懂事的孩童走进去呢？"

　　闵安想了想，回道："其余三处出口在哪里？"

　　玄序一一说明。

　　闵安擦了嘴说："那我拿着昌平府的办事腰牌去走动吧，劝得其他郡子长官封山堵洞口，以保万全。"

　　玄序笑道："你一人忙得过来吗？不如拨出两个地方让我帮你。"

　　闵安画出山势走向地图，标注出了四方出口，细细考量着，最终说道："那可不行，公务事怎能假手于平民，你还是待在这里吧。"

　　玄序微微笑道："我也需去旁郡收秋果，怎会闲下来等着，不如各自办完事再回到这里聚一聚。"

　　"好。"

　　闵安说了一些闲话，备好所需之物，去了郡衙，通知官员封山炸断入口的方法。她的提议得到肯定，郡里随即安排炸断了本郡入口，封死了山洞。闵安见事已奏效，提议派出两名公差，分别赶赴北面和南面的县郡，通知他们如法炮制，封死入口，她自己则去了东面的郡子公干。

　　她选东郡，也是经过一番考虑的。北面难度小，留给其他公差，方便他们行事。南面会走回清泉县，她再也不愿走回头路了，所以就选了东面。

　　闵安顺着山头翻越，还没走到东郡官道上，就听得轰隆一声大响。山坡整片地抖动，火药的余声连绵炸开后，各个小山头都翻滚出了泥浆，哗的一下泼洒下来，用铺天盖地的威力，顷刻就吞没了瘦瘠的山道。

　　闵安只能折返回去，绕过炸开的山道去东郡。她小心爬下断口，沿原路返回，泥浆滚滚，冲过来一名甲兵，手里还紧紧捏着一个标旗。

　　闵安眼疾手快，拉住那名甲兵，自身被他一带，险些冲下右侧的山坡。闵安将两脚卡进折断的树干里，死命地借力稳住，问道："军爷是哪个营里的？怎会走到这里来？"

甲兵身上和脸上全是泥浆，呼吸困难，只能摇摇手里的标旗。闵安吃力地将他拉到树干上，喘口气，将水囊里的水喂给他喝。

甲兵将息了片刻，说道："我是楚南王府二公子队里的骑兵，先来探路，突然遭着了火药炸山。我还来不及打旗语传回消息，泥浆就落下来了，烦你赶紧去看看，我家公子还好吗？"

东郡炸山如此雷厉风行，得力于白木郡衙门所派公差的游说。

公差之前，自然还有幕后指使者未现身。

玄序来到白木郡已有半月，通过钱银笼络了一批人，使得羊倌四处放牧给他收集消息，郡衙里的书吏与他称兄道弟，最紧要的公差位置上，还安插了朱家寨的人——一名叫做朱八的典史。

朱八领着典史之职，带好火药赶往东郡，比闵安先走两个时辰。他骑马掠过官道，打量两旁坡岸，看到的景况果然如玄序说的那样。经过两日大雨的浸泡，土壤已经变得松垮了不少。再加上数以万计的白翅蜂钻进山洞里，一代代繁殖下来，分泌出的白灰香粉腐蚀了洞壁，使得洞穴内淘空了，此时外人再点上火药扔进去，极易形成摧枯拉朽的力道来覆没整座山头。

朱八对着东郡长官一阵游说，长官并不了解洞穴内部的情况，听说繁苦差事由他人来代办时，十分高兴，于是顺水推舟，即刻点头应允了朱八的请求。

朱八做事极为快速，取得的效果也是立竿见影的。他钻进山洞里寻了个石壁薄弱处，放置好了自身带来的两筐火药，铺好引线，退了出来。东郡其他的衙役见状，纷纷抬进他们的火药，将引线编成一股绳，交到了朱八手上。

朱八劝说所有人退出了山头，也阻隔了官道上远远跑来的一支锦旗队伍的消息。

非衣的随从正骑马护在了马车外。

非衣拿着昌平府刑房书吏转告的三个地点，赶去最近的两个郡子，都未打听到闵安的消息，由此推断他必定是去了最后一个案发地——东郡。非衣不知闵安先赶到了白木郡探望玄序，闵安也不知非衣正在找他。

两人走岔了两三天，中间的时机恰好被玄序掌握到了。

玄序派出了朱八。

朱八此时就在官道上方的山头上。

非衣的马车走到官道最为宽阔的地方时，右侧山脊里突然传来一声巨响，紧跟着，地动山摇。非衣知道出了变故，立刻掠出马车，唤随从弃马。

可是铺天盖地的力道来得太快，一大片泥浆瞬间倾倒在他们身上。非衣使出全身力气，两手抓过离得最近的随从，随着泥浆的冲击势头滑向了左侧山崖下。

整支队伍的惊呼声不绝于耳。泥浆似水流一般冲刷着所有人的耳目，非衣眼力高于其他人，下坠间对底下的一点白碎亮光看得真切，就发力喊道："朝白光跳！那处有水兜着！"

一句提醒之后，能在坠落间调整身形的随从，都纷纷砸向了泛着水光的地方。

山崖底果然有一处水潭在等着他们，大片泥浆也随着众人倾泻而下，夹带着满天的山石土坷。非衣借水力冲出身子，点数跳下潭来的随从，还是损失了三人。

随从们浮出水面，找到挂在山壁的同伴，尽全力将他们救下。两名骑兵受了伤，所幸无大碍，另有一名前头兵被泥浆冲到崖底，直接殒了命。

非衣带着随从收集落在崖底的杂物，将亡兵放在了木枝搭建的担架上。他走到水潭边清洗头发及身体，水草丰沛的源头处，突然走来了闵安的身影。

闵安找到一条小路径直滑了下来，身上衣衫污败不堪，手掌及靴底沾满了黄泥。整支队伍里的人一看，就明白小相公下来得急，多半是冲着他们的安危来的。

闵安没想到一走出酸枣树林子，就能看见十几名青年兵士光着上半身站在水潭旁清洗，顿时羞红了脸。她低头闭眼朝前走，嘴里说道："非衣，你们还好吗？"

非衣先对身旁的随从说："都穿好衣服。"自己也找了一件皮甲裹在湿淋淋的底衣上，迎上闵安，将她转了个背身，问道："谁敢炸官道？"

闵安背对众人，依然低着头，"不是炸官道，是炸山封洞。"

"难道不知会引发泥浆水流覆没官道吗？"非衣冷冷问道。

闵安怔一下，才应道："我从白木郡赶过来时，也曾炸过山洞，没见过会引发泥浆流啊。"

非衣抬头望青灰色的天空，断崖壁阻隔了他的视线，使他看不见原先的官道上，右侧的山脊应该是什么样子的。他推断说道："炸山的人应该很了解这个地方，选取的断口也是山脊薄弱处，眼力不简单。"

闵安十分纳闷，赶着说了说炸山的理由，就是为了封住剧毒白翅蜂出没的道路。她摆出的理由极正当，非衣自然不会去怀疑她，生她的气。

可非衣并不是那种好打发的人。他唤随从抬着伤卒亡兵爬上山崖，一路赶到东郡郡衙里，压下一个未勘察地形就炸毁官道的罪名给长官，命长官善后并赔偿丧葬银两。

东郡长官悔不堪言，转身想找白木郡的典史承担罪责，却听说典史已经动身赶往南面的清泉县，提醒当地的长官整治毒蜂去了。他觉得真是哑巴吃黄连，在气势逼人的王府随从面前，也无奈应承下了所有的过错。

被毁的官道旁边，闵安凝神想着什么。虽说郡衙里的一批官吏没查清楚，为什么一炸山脊就会引发如此大的灾祸，这个疑点却进了她的心里。

非衣收拾好了随行之物，等在了干净的山道旁，默不作声地看着闵安慢慢爬上泥浆满地的山坡。闵安不嫌脏，他看了可是直皱眉。

闵安好不容易爬到了山顶，找到了一大块壁石，用手一捏，搓下了一些白灰粉末。她猛然记起在白木郡的毒蜂山洞里，只要是被蜂子毒液所腐蚀过的地方，就会产出这种干脆的白灰石。

她暗道一声不好，连滚带爬地滑落下来。非衣用手拎住她的衣领，问道："怎么了？"

闵安着急着朝前走，"赶紧的，我们要去通知清泉县郊野的守兵，军营背靠的那座山峰，并不安全！"

非衣拎着闵安的衣领不放，问理由。

闵安解释道："毒蜂已经将山洞石壁蚀空了！若是公差们再不勘探地形，点了火药炸山，岂不是像东郡一样，引发整座山头倒下来，砸断了军营吗？"

非衣问："你就这样去？"

闵安着急道："传令的公差已经比我先走一个上午了，再不赶过去，恐怕就来不及了！"

非衣说道："先要备好两匹马。"

非衣带着闵安朝前赶，闵安一边走一边脱去黄泥外袍，就着雨水淋干净了手掌和脸庞，稍稍整治出齐整的样子来。

非衣在一处山民家里买了两匹马，与闵安一起赶向二十里外的清泉县郊。

闵安骑在马上歪歪斜斜，震得伤臂发痛，但没喊过一声苦。非衣见她马术功力有所长进,问道:"平时还在操练吗?"

闵安点头,"有空就练,武力未曾拉下。"

"那就好。"非衣记起闵安以前不会骑马,必然要赖在他身后的往事,心底涌出一些酸涩之情。如今的闵安,显然不会再依赖他了。

闵安在马上疾驰时,暗自祷告上天开眼,别让传令的公差行事那么快,又给炸断了山脊。非衣询问闵安,中间的这两三日去了哪里,闵安想到自己提前去了白木郡探望玄序,应是属于渎职之举,就隐瞒了玄序的事情,只说顺着毒源去查探了蜂洞。

非衣又问:"传令的公差怎会这样急切,不勘探地形就炸断了山脊?"

闵安回想着白木郡派出的公差,都是一副老实巴交的样子,不像是什么耍心思的人,答道:"公差们往往只负责传到话,难免对其他事有些疏忽。"

真是如此的话,那就无异常了,最多治白木郡衙办事不力的罪责。非衣暗暗考虑到,应当探一探郡衙的消息为好。

两人沿着蜿蜒起伏的山道攀爬,遇见陡峭处弃了马,终于在傍晚赶到了郊野军营背后的山峰前。闵安与非衣商议分头行事,她去了军营,唤兵士点燃火把巡山,将毒蜂洞出口包围起来,不让外人进入。非衣则去了县衙通传诸事。

厉群还留在军营里,听见闵安的转述,知道事情紧急,也跟着忙乱起来。

正在一行人爬上山峰,堵塞洞口时,洞里突然传来潮水般的嗡嗡声,如同海龙呼啸。闵安侧耳一听,变了脸色,"快!毒蜂受到侵扰,快要冲出来了!"

话音刚落,大片的毒蜂挟着一阵苦腥气,像是暴雨一样冲刷而来。闵安来不及解释详情,喊道:"丢火把进去,用油桶堵住!"

第十六章　敢将三世许三生

闵安来得及时，军营里的物资也很充足，厉群倾尽整座军营的力量投火泼油，极有成效地遏制了毒蜂的伤害。

毒蜂被堵在山洞里，东西北三面都有火药爆炸，震动了它们大大小小的巢穴，它们受到惊扰，乱撞了一阵没找到出路后，便聚成一团朝外飞，齐齐冲向了南面的这座山崖。

南面是特地留置出来的出口，在玄序的计划内，他本想炸山引发山体坍塌，摧毁下方的军营，迫使李培南无法在郊野设置守军。

若是毒蜂飞出，蜇伤了兵士，这种连带的伤害也是避免不了的。

可就当玄序带着朱八探查军营后山山势时，不期然看见底下一条火把游龙正爬上山来，众多的军士鼓噪着，隐隐听到有人在高声询问："小相公，投掷火油能见效吗？"

玄序仔细听了听底下的动静，回头对朱八叹口气，道："走吧，她也在这里。"

朱八问："真的放手不管了？那不会影响随后的计划吧？"

玄序淡淡道:"我对父亲大人说过,帮本寨人做事的前提就是不伤害闵安,这是我唯一的要求。"

朱八笑道:"我自然是听你的,可是军营不拔,李培南始终安插了人马在郊野,我们的盐铁就过不去。"

玄序头也不回地走了,淡淡道:"我再想其他办法。"

朱八跟了过去,不放心地问:"还能有什么办法?"

"改道吧,凡是有李培南的地方,最好绕过去。"

两人越走越远,放弃了炸山砸营的办法。毒蜂冲突一阵,奋勇飞向洞口的火光。洞口火油越烧越旺,闵安带来的人马均是包住了全身上下,在毒蜂冲击下所幸无任何伤亡。飞出来的毒蜂被活活烧死,来不及飞出的就被闷死在洞里。

南面出口的险情由此解决,厉群随后封堵了洞口,插上铁栅栏挂了警示封条。

不多时,军营里齐齐燃起了灯,兵士及役工齐聚校场上,露天席地庆贺刚刚逃过一场大劫。

厉群向闵安敬酒:"多亏了小相公赶来救我们,今晚各位弟兄陪着小相公好好喝个够!"

闵安喝了一浅碗的水酒,脸颊上就晕染了红霞。她慌乱摆手,四处躲避军士的敬酒,引得众人哈哈大笑。

"小相公是我们整个军营的恩人呐,怎能不领情喝碗酒呢?"粗犷的汉子见闵安温文可欺,闹得更厉害了。闵安跳过一个个伸出来绊他的长腿,慌不择路朝前跑去。

夜风中传来淡淡的沉水衣香,篝火跳跃着,拉长了非衣的身影。

闵安一头撞上非衣的胸膛,被非衣挽住了身子。她立即站好,喜出望外地说道:"你来真是太好了!"

有了二公子出面,想必军营里的汉子就不会逼她喝酒吧?

非衣将闵安拉到身后,对着前面伸过来的酒碗说:"我代他喝。"

随后,他眉头都不皱一下,连接不断饮了几碗酒。

非衣平时性子冷清,这时愿意与众卒同饮,引得众人一片惊异声。他坐在厉群的桌案后,像是没听到众人议论,身子稳盘不动,敬来的酒水无一推辞。

闵安回头看见篝火飘荡过后,映得非衣的影子冷冷清清,有些担心他,一直坐在不远处守着。

闵安推过厉群递来的酒碗,朝非衣努努嘴。厉群压低声音说:"二公子刚从县衙过来,想必是遇见王爷了。"

闵安恍然,心知非衣眼底藏着愁郁的缘由——多半又遭到了楚南王的冷遇,此次冷遇程度更甚,令非衣在脸色上就显露了出来。

厉群不敢去劝酒,拿眼看着闵安,闵安悄悄扯了扯非衣的袖子,问:"你怎么了?"

非衣放下酒碗,拂落衣襟上的露水,淡淡回道:"我出去走走,你早些歇息。"

非衣离开校场,修长的身影一直融进夜色里,闵安才转过眼睛。淡淡的沉水衣香落在手边,她突然想到,非衣穿着的不是原先那套白衣皮甲,而是一件紫金色的锦袍。

楚南王的衣物。

闵安随即猜想,是不是面见王爷时,非衣衣衫不整,才引得王爷一顿奚落?

厉群递过一盏清茶过来,袅袅香气打断了闵安的思绪。厉群诚心说道:"容在下以茶代酒,敬小相公一杯,感谢小相公带伤赶来,救了我们一营的军士。"

闵安听到实诚话,再不推辞,接过茶杯一饮而尽。她请厉群走向军营外城城墙,站在瑟瑟晚风中俯瞰寂静的原野,河水从墙角蜿蜒而过,泛着细碎的白光。

民众役工所搭的帐篷就在河岸上,零散点着一些灯光。

闵安回头对厉群说道:"公子在郊野建军营,军威播于地方,不会使此处百姓受军士所累吧?"

"不会的,公子特别强调军纪,地方的百姓虽然有时会派劳役,但服了劳役是有赏银的,甚至胜过本身的营生所得。"

"那就好。"

在早些日子,郊野守军围困县衙时,闵安觉得要为师父这一类的老百姓做些什么,斗胆向李培南提了建议,请他善待百姓,不要驱使他们终生为军镇做劳役,得到了李培南的应允。今晚的原野上,并未出现百姓哀怨的情形,一座座供役工歇宿的帐篷甚是齐整,闵安心中有些疑惑,才向厉群问了问。

厉群却猜出了闵安的意图,也立刻明白了自家公子赏金聘请役工,就是承诺小相公在先的缘故。

厉群想到,公子看重小相公,总归是有一番道理的。他知趣地道:"小相公或许还不知道,公子为了应你的要求,暗地做了很多事。他分给役工钱银,又好生安置了县城里的巫医术士，让他们的生活有了着落。以后小相公再有什么想法，都可给公子提一提。"

闵安诧异道："是吗？公子会听我的话？"想想往事，觉得不大可能。

一阵低沉的笛声飘荡在夜空中，城外土丘孤树下，坐着非衣那冷清的身影。厉群抬了抬手，先下了城墙。闵安向土丘走去，静静地站在了非衣身旁。

孤城闭，冷月无声。非衣将心中的忧愁，全数化成了笛中的音调。他幽幽吹了一曲，向着月华，衣襟上迎了一片银辉。

闵安说道："曲子真好听。"非衣答道："娘亲家乡的小调。"

非衣明明身处华朝，就在自己的父王身边，却在秋夜迎月吹笛，怀念着另一个家乡。闵安懂得他的心思，踌躇一下，才说道："是不是王爷又为难了你？"

非衣放下笛子，用衣袖拂去石上沙尘，说道："坐吧。"

待闵安坐下，他才淡淡应道："我来得匆忙，衣衫未作整理，王爷由此责骂我一顿。"

闵安皱眉道："王爷怎会在小事上苛责？"

非衣涩然一笑道："连你也知道，王爷次次这样待我，一定是不寻常。"

"理由呢？"

非衣理好衣襟，掬起一团模糊的光华，坐着良久不动。过后，他微微叹息道："再过几日，就是世子母妃忌辰，王爷心情不好，见我落拓归来，更是怒不可遏。只因在王爷心里，我的娘亲就是逼死世子母妃的凶手，他疏远娘亲，连着也厌恶我，所以才待我冷淡。"

闵安模糊听得李培南母妃的一些事情，心想王府及世子府的陈年旧情最好还是不要提及。她见非衣心伤，静静地陪他坐着。

非衣又说："王爷待我不公，我并不怨恨，只想着为娘亲赎点罪，一直顺从着王爷的意思。即便娘亲有罪，多年来我已经替她还清，何况她并无丝毫罪愆。可是这么多年过去，王爷并未接纳我。蹉跎了这么久，我也想做个了断，待这次忌辰祭奠后，我就回北理去。你跟我一起走吗？"

非衣最后一句问得自然，却让闵安措手不及。闵安怔了一下，应道："如王妃带你从北理回来，就是希望你认祖归宗。你怎能不让王爷修玉牒昭告天下，就急着回到北理去？"

非衣淡淡道："等待的日子总有个尽头。"

闵安劝道："我相信王爷总会接纳你，只是时机未到。不如趁着世子母妃忌辰，你好好拜祭一番，让王爷对你改观一些。"

非衣仔细想了想，道："经你一提醒，我才想起以往两年的祭奠，我都未参加，确实失礼得很。"

闵安笑道："那就好好抓住这次的机会吧。"

非衣也露出了轻松的笑容，又问："我还想知道，刚才问你的那一句，你的答复是什么？"

闵安突然低了头，脸红回道："我哪儿也不会去。"

"为什么？"

"玄序在这里，我想与他在一起。"

非衣当然没有忘记玄序这桩事，他向闵安隐瞒了玄序就是朱沐嗣的内情，也是有一番理由的。闵安如此喜欢玄序，若是挑明了玄序的身份，势必会引得闵安心伤。强行夺取他人心头好本就不是易事，再引得闵安与自己生出间隙来，更是不讨好的事情。

非衣不想做出任何让闵安厌弃他的事情。

但他也不会放任玄序好过。

让闵安讨厌的事情，最好由世子来代为操劳。

不多久，非衣就付诸行动。他提醒闵安写一封家书向师父报平安，闵安自然不会推辞。

非衣殷殷嘱咐道："要写出离别后的挂念之情。"

闵安眼神微异，道："对自己的师父，不用写得那样悱恻吧？"

非衣微微一笑，轻描淡写地道："我动身来寻你那天，师父站在院子里骂了整整一个时辰，起因就是你不告而别，害得他老人家挂心。"

闵安咬着笔头，有些动心。非衣又说："翠花也挂念你，你传家信回去，顺便慰藉下两位亲人，又有什么不妥？"

闵安从善如流，写下一封既亲热又温暖的信，她不知道，这信随后却被送到了李培南手里。

家信上写道：离别之后，道路遥长，深感忧心，唯有所望。盘桓白木郡多日，全系公干繁忙，伏惟堂上动止万福，遂意安康，不久当归，庭前侍奉，以赎不孝，切切。

书信措词，让闵安咬着笔头想了半天，深觉以前做书吏传办公文都不曾这样严肃过。她想着，师父既然在生气，那么就得多说自己的错误，并向师父保证，回去之后一定要在他老人家跟前好好伺候着，希望他生活起居一切安好。

闵安拿出十二分的劲头，工工整整写完，转头犹豫问道："这么文绉绉的言辞，师父看得懂吗？"

非衣从容应道："敬启堂上的书信，自然要文辞雅正。若想随意，还不如托驿差带个口信罢了。"

闵安想想也是这个道理，提笔就要在首列写上书启称呼"恩师膝下"等字样，这时门外的校兵唤道："二公子好了吗？驿车要走了！"

寻常校兵肯定不敢这样催促非衣，不过今晚的传信下属，却是非衣事先安排的。闵安一听时候到了，将书信塞进白封皮中，来不及写上任何称呼，就将信件递到了非衣手上。

非衣问道：："军营的事情处理完后，你想去哪里？"

闵安心里记挂着玄序与她的约定，将嘴抿着，稍稍低头，不应非衣的问话。

非衣心里有底了，道："难道还要回白木郡去？"

闵安的耳廓稍稍发红，扭捏道："那里还有一些公文未交付，我去去就回。"

"嗯。"非衣淡淡应了一声，拿着书信走出门外，细细嘱咐了校兵一些事，随后就回到了屋里。闵安坐在灯前朝壁上比画着手势，时而笑出声，显得极为开心。

非衣倚门无声望了一阵，说道："单手不方便，我替你上药吧。"

闵安记得非衣所强调的同门之谊，顺从地伸出伤臂，让非衣敷好了药。她放下衣袖，转身又去玩手影子，回头看非衣在望着他，连忙正脸朝向非衣说道："营里简陋，没什么好玩的，你要是无聊，我陪你玩一个游戏。"

"好。"

闵安取来几张皮纸，提笔蘸了米汤、金粉、朱砂、墨汁，分别画出了几张图像。忙着捣鼓一气后，在桌上拉了一道布幕，就着灯光给非衣演起了皮影戏。

闵安坐在灯前，仅凭单手就活灵活现地演绎了一则民间流传的故事——《孝子救母》。非衣依从她的吩咐，仔细瞧着壁上投出的影子戏，偶尔侧头看去，闵安飞舞着眉毛，从双唇里吐出一串串奇思妙想的话语。她说，手上拿一根灯芯，在影子里就是斧子，朝着烛台打下去，就等于劈开了烛峰山……

她笑得很开心，无忧无虑。

非衣转头看着壁影，头发披落下来，遮住了紫金袍的光彩。他安静坐在灯辉里，是一道寂静的侧影。

闵安停了声音问："你还是提不起兴头吗？"

"我见到你，已经很高兴。"

"那为什么不笑？"

"我在想，随后要说的话，会不会吓到你。"

闵安纳闷道："难道你要骂我？"

非衣笑道："我本想对你说，你做事极为贴心，我十分喜欢你。"

闵安松一口气，道："哦，以为你要说什么呢？我也喜欢你啊。"

还好二公子没像世子爷一样，突然说些莫名其妙的话。

非衣看见闵安蓦地松了一口气，知道闵安的心思单纯，装不进其他的人，就想不到其他的意思。

他问道："因为我们是同门？"

闵安点头道："是啊。师父交代过，入门一日，就要恪守一辈子的同门情谊。"

非衣转过脸，将淡淡的无奈之情掩在灯光暗影里。他其实了解闵安的想法，直接问出来，总归不会存着误会。听到闵安斩钉截铁的回答，他同时也醒悟到，拜访师父那日，师父亲口说玄序只是道友，将他排在本门之外，原意竟是想玄序与闵安在一起，不用他们讲究同门之谊。

非衣问："既是同门，你告诉我，师父有没有撮合你与玄序的意思？"

闵安的脸红了红。因为师父确有此意，而且还一直叮嘱，除公事外，离得李家人远些。她本意也想对世子及二公子隐瞒婚事，以免旁生枝节，只因早些天世子爷那不咸不淡的玩笑，就把她吓得不轻。

闵安打定主意，抬头说道："不问了行吗？我不想谈私事。"

非衣果然没有再问，心里更是有主张了。从闵安身上问不出来玄序的下落，因为闵安不愿意谈及；从师父嘴里问不出玄序的动向，因为师父偏私。师父对他一向不冷不淡，徒弟比不上道友。

他总不能一直这样不受待见下去。

必须改变局势。

非衣想到，在不惊动闵安的情况下，应该让世子出面去对付玄序。他不希望闵安迁怒于他，所以做得不动声色，假手闵安的书信，告诉了世子，玄序可能躲避的地方。

同一晚，用驿车运送公文书信的校兵来到昌平府民巷中，提着灯笼寻了一阵。此时万物寂静，家家户户已然安睡。校兵砸开吴仁家的院门，对前来应门的花翠说道："小相公托我送一封信，我不识路，又要急着去投公文，天亮拜托你转送一下吧。"

校兵转身就走，花翠在后面扬声问道："谁的信？"

"二公子说过，似乎是世子府的。"

花翠嘀咕道："那送我们家来做什么。"

接到哨兵通传的李培南在天亮后就出了府，来到民巷前。

一队队锦青龙旗骑兵当先冲进巷子中，肃清了道路，两两分列在各家户门口，确保无人出来侵扰。花翠在院子里洗衣服，听到外面马蹄阵阵，隐隐传来行军之声，吃了一惊。

她搬来一架梯子搭在墙头，朝外面探了探。

白檀黑木马车已经伫立在石墙柳树旁，玉石金丝配饰昭示出王家的风范。锦衣侍从铺好脚踏，候着紫袍加身的李培南走出了车门。

花翠虽说是第一次看到李培南，但一眼就认出了他的身份。外面的排场煊赫至极，衣饰服色与众不同，最显眼的那人，稍稍朝门前一站，四处就鸦雀无声。

花翠连忙缩了缩头，只露出一双眼睛在瓦楞上，继续偷偷地打量着李培南。他的身姿修长，静寂站在石阶下，又抿着一双薄唇，看起来没有外界传闻那样冷酷。

花翠只认一个道理，杀人不眨眼的魔头，不会长着一张媲美仙君的脸，戏曲里的仙君，总是端雅俊丽的。

李培南安静等了一刻，无人应门，抬起眼睛看向墙上。花翠心下一惊，蹲在了梯头。吴仁逢月底并不出门占卦，这时也走进院子，问花翠："看什么看傻了？"

花翠回头嘘了一声，低声道："世子在外头。"

秋阳下，吴仁翻出一件薄袄套在身上，冷笑道："他来干什么？不待见他李家人已经多年了。"

花翠想想回答："估计是拿安子的那封信吧。"

"来得正好。"吴仁冷笑,"平时罚我家浑小子就算了,他一个皇亲的身家,我也讨不到便宜对付他。现在倒好,自己送上门来,那就新账老账一起还吧。"

花翠顺溜地爬下梯子,问道:"老爹想怎样整治他?他堂堂世子爷啊,会不会削了我们的脑袋?"

吴仁双手拢进袖子里,冷哼道:"怕死就站一边去。"

"你等等。"花翠回头找了一根竹篙拿在手里,说道:"我还有怨气没出,让我先来吧。"

再过一会儿,院门打开了一扇,穿着一身翠绿纱裙的花翠倚在门边,抬高了声音说道:"哟,贵客呐。我们这宅院虽小,门槛也是高的,比世子爷那不让进的行馆还要高上一截。有道说,不是撑船手,休来弄竹篙,世子爷想进我这大门,也要耍两手吧。"

大半月前,李培南下令行馆不接见闲杂人等,将她撵在外,她可是架着梯子才见到闵安的面儿。

听到丑话撂下来了,李培南不动声色,只应道:"我要闵安的信。"

花翠杵了下竹篙,砰的一声立在石阶上,扬着眉毛说道:"谁说安子的信是给世子爷的,说不定还是报平安的家信呢!"

李培南听到哨兵通传,知道是非衣派人送回了书信,还故意投到了吴仁手上,引得他过去取。他一去,无非要受吴仁的怠慢,让非衣心里畅快。

可是闵安当真写了信回来,他又怎会不想看一看内容。

门口的这个打发掉了,屋里想必还有另一个使脸色的。

李培南鲜少与底下人打交道,更没有什么耐心。来民巷,已是失常之举。既然来了,他也断然没有空手回去的道理。他对着后面摆摆手,就有一队骑兵快步跑过来,抬过了几个满满的金丝楠木箱子,齐齐摆在门前,压得灰尘扬起一圈。

花翠睁大眼睛望着,猜测里面的东西。骑兵一一打开箱子,顷刻就显露出衣帛、绸缎、药材、香料等各种物事来,满满当当的,算得上一份大礼。

李培南看着花翠惊异的脸色,说:"一点谢礼,我只要闵安的那封信。"

花翠回头问:"老爹,信呢?"一看见吴仁的脸色,她又转头咳了咳嗓了,淡淡说道:"信是我家安子送回来给老爹看的,和世子爷无关,劳世子爷大驾一趟,还是请回吧。"

李培南看向一旁,一名骑兵立刻走上前单膝跪地,双手奉送上一把新漆的钥匙，恭敬地说道："已在北城给两位准备了一座新宅子，请两位即刻移驾探望，试试风水、景致可适宜？"

"免了！"院里吴仁的声音传出来。

花翠暗自叹气。

骑兵又说："世子已买下先生所居的宅院，房契上写明先生的名姓，这是凭证，可查收。"

花翠忙不迭地打开两扇院门，走下石阶，拿过骑兵手里的匣子，笑眯眯地说道："这太劳公子费心了，不需交付租金的宅院就是方便。"

李培南稍稍缓和脸色，使得自己看起来没有那样冷淡，看了花翠一眼。花翠会意道："我进去给您找找。"

"有劳了。"

院子里的三间大屋映着秋阳，窗纸斑驳水渍，瓦楞上蒙积尘土。平日像这种简陋的地方，李培南向来是站不住脚的，但此次为了讨要闵安写给他的私信，他强忍住所有的不适。

吴仁既不叫花翠奉茶，也不准骑兵进院伺候，冷脸站在水井旁说道："庙小容不得大菩萨，世子爷还是请吧。"

"信。"李培南只冷淡应了一字。

"烧了。"

花翠走过来打圆场，说道："我也瞄了一两眼，世子爷不如听我背一遍？"

"不用了，我拿到信就走。"院内院外的闲杂人等众多，李培南哪里愿将闵安的书信内容公开。

花翠微微惊异，若说是公文信件，李培南过来讨要还情有可原，但闵安写回的只是一封无信头与落款的私信，李培南讨要得这么急，难道中间另有变故？

花翠看向吴仁，心下犹疑。吴仁可是个老江湖，眼光落得精利一些，当即就看出了一些不一样的意味。他心怀怨愤，是因为心痛闵安被责罚的旧伤，还有十一年前闵家被先皇抄家的往事，于是就生出了一种"恨屋及乌"的心思，见到李培南来，眼底心间可是堆满了厌烦。

李培南背手而立，身姿如远山一般峭然，任凭吴仁甩下各种脸色。吴仁奈何不了李培南，唤花翠进屋关紧大门，隔着窗子将信件丢了出来。

门口值守的骑兵见吴仁如此无礼，忍不住冷叱了一声。李培南扬手制止，依然不动声色地站着。

吴仁隔窗说道："十一年前，先皇提携闵家公，赐给四品官职，闵家上下还以为是皇宠优渥，哪里料得到先皇要整顿官场，特地将闵家公提到风口浪尖上来的？闵家公依照皇令，弹劾赈灾官员贪污粮饷，最终却不能自保，被害得家破人亡，一双儿女流落民间受尽了欺辱。我只救下了闵安，将她带在身边，现在她却跑到世子爷跟前做事，世子爷又要她举发楚州贪赃案，和十一年前先皇的手段一样。今天世子爷来了，敢不敢说句公道话，后面是不是也要效仿先皇，来一个卸磨杀驴的旧招儿？"

李培南其实知道这些陈年往事，自从对闵安上心后，他就特意去翻了翻以前的案宗，将闵家旧案的点滴细处记在心里。他敢踏进吴仁的院门，就做好了被怠慢，甚至被责难的准备，因此不管吴仁言行举止怎样失礼，他都不放在心上。

"我必然不会负了闵安。"

李培南留下一句意味深长的答复，就离开了民院。骑兵捡起窗口的信封，擦拭干净了，递交到李培南手里。

李培南抽出信件一看，满纸娟秀的楷体字映入眼帘。内容写得恳切，先表述分别之后的挂念之情，再解释多日盘桓在白木郡的原因，最后祝祷阅信的尊长生活安康，说是回来之后，必定亲自到跟前来侍奉起居。

李培南将书信正反都查阅了一遍，没找到信头称呼，但他看得高兴，直接将收信的人核定为自己。回程中，他将信件贴身收藏好了，扬着嘴角笑了笑，心想着等着闵安回来侍奉他。可他转念一想，突然觉察到非衣传信回来的目的，怕是不那么简单。

依照昌平府刑房书吏的交代，闵安前去查办积案，所涉及的案发地里没有白木郡的名字。而闵安在书信里提到了"盘桓白木郡多日"，是什么牵引住她的心思？

李培南当即在车里下令："派出所有人赶往白木郡，搜查仔细些，抓捕朱沐嗣。"话音一落，骑兵纵马奔驰，将火漆传令下达到各方，驱动他们下乡郡缉拿要犯。

李培南命令一下，也知道非衣的目的已经达到了。非衣伴在闵安身边献殷勤，将棘手问题丢回来给他处理，安的不是什么好心。

下次要还他一份大礼。李培南暗暗想到。

马车经过一条坊街时，传来一阵浓郁的奶酥茶味道，李培南唤停马车，前面清道的骑兵队伍不明所以，仍然恭恭敬敬地站在了两旁。

一处堂宇宽静的宅院里，种植着花木，小楼垂帘深深，氤氲着胭脂香气。李培南径直走进红木大门，一旁的骑兵还斗胆拦了拦，"公子万金之躯，这样的地方不能轻入。"

李培南已经走进门，拾级而下。他的紫袍及白玉绅带显露出身份，不需说话，也能让里面的人看得眼颤。一个满头花饰的女子从流苏藤架后快步走出，来到他跟前蹲了蹲身子，"见过公子，有失远迎，请恕罪。"

李培南看着女子低垂的脸，"柳家娘子吗？"

柳玲珑听见贵客指名而来，应得越发小心，"正是奴家。"

"上一盏冻子酥奶酒来。"

据说花街里如花似玉的柳家娘子，拿手才艺是跳舞及酿酒，闵安极是喜爱她的冻子酥奶酒，待李培南亲口尝到时，却觉得口感过腻，实在是不堪一提。

偌大的客厅里，门窗齐开，对着一方明净的荷塘，时而吹来花木清香。李培南坐在桌旁，骑兵队伍驻守在宅院外，柳玲珑一人作陪，偶尔抬起绢帕掩掩红唇。

李培南浅饮一口就不动，心里猜想着闵安以前是不是摸进过这座院子，坐在他现在坐着的椅上抬头看着水景。他满心都在想着闵安，哪里又去理会旁边的人。

柳玲珑走近一步，小心问道："公子还有什么吩咐？"若是无吩咐，她会忙不迭地退下去，去招呼另外一名留在楼里的男人，不欲打扰眼前贵客的清思。

"我府里有一位客人喜欢舞艺，指明要你去教她。"李培南定了心神，回答道。

柳玲珑连忙应是。

李培南又说："闵安随后也要进我府里去，你不可怠慢她。"

柳玲珑一愣，随后又极快应是。久在风月场讨生活的女人，察言观色是傍身之能，哪怕不尽懂话里的意思，自也猜出几分。

她琢磨着，那个喜欢来她这里蹭酒喝的闵安，才是世子爷看重的人。

果然，李培南跟着又吩咐一句："不准与她走得过近。"

他不说理由，也不需要说理由，柳玲珑就会满口答应。上头的吩咐，总归不会错的。

一刻后，衣甲齐整的骑兵队拔旗飞驰，当先肃清了回世子府的道路。李培南下了马车，吩咐将府里最雅致的院子打扫干净。管家小心问："给哪位贵客留着？"

"闵安。"

到了晚上掌灯时分，做事一向利索的管家就收拾好了一处荷美竹静的院落，也打听清楚了闵安是何许人物。李培南亲笔题上"唯吾"两字，叫管家赶制成牌匾挂在院门上。

管家低头应着，李培南站在院中的桌案前正待放笔封墨，外头传来侍从的通传："小相公来了。"

李培南连忙放下笔，迎了出去。管家拿着字幅细细交代属从，又赶到前院的客厅里奉茶。他所看到的小相公，与侍卫队长张放嘴里的好像不大一样——从垂拱门走进来一个白袍罩衫的少年郎，面容白净，长相俊俏，正磨磨蹭蹭地挨在门柱旁，还不要公子碰。

管家拿着茶案候在客厅檐下，眼鼻观心，打算什么都不看进去。

李培南的身量比闵安高出一头，闵安始终低着头躲避着李培南的牵手，李培南只好顺意抵在门前，将闵安堵在怀里，低声问："谁惹你生气了？"

闵安抬头道："公子为什么一定要抓我来府里住？我不愿意！"

李培南倚在柱上，好暇以整地笑了笑道："我愿意。放你在身边，我才能省心。"

闵安犹在忧愤，"我的案子还没查完，公子派人将山路封了，不准百姓出入，又是什么道理！"

李培南看着闵安发红的双颊，忍不住伸手揩了揩他的左脸，笑道："你怎么不说，为了让你一路平坦地回来，我用三天就修好了那些破马道？"

闵安怀揣着愠怒而来，若说要她对自家公子大呼小叫地责备，她也没有那种资格，面对李培南时，她总是警醒地朝后退一步，特意拉开距离，可是李培南总是步步紧逼，把她堵得没地方去。

闵安双颊染了薄怒霞红，偏生又推不动李培南的身子，她急中生智，从李培南怀里伸出头来，向前面站着的管家唤道："大叔我口渴，麻烦您，过来赏杯茶。"

那位端着茶水的大叔一过来，公子总不能当着长辈面欺负她吧？

闵安的心思很简单，李培南却只掠了下嘴角。

管家哪敢过去，打断公子的美意。他脚下稍稍踌躇一下，干脆端着茶案走进了客厅，再也不见出来。

闵安见左右横竖都没人，伸出两手推向李培南的胸膛，连伤臂都用上了力。李培南担心伤了她，终究后退了两步，给她一个喘息说话的机会。

闵安抓紧时机说了说去乡郡办案的过程，自然也省去了面见玄序的那段。那晚制服白翅毒蜂后，闵安留在军营里歇了一宿，听到郊野守军曾在社稷坛农祭中挖出三具尸身，心下不由得生疑。

由于尸身已经殓葬，她无法再开馆验查，所以找到当日参加祭礼的农工、士卒，细细问了许多事。

据众人所说，郊野之战的起因是守军长期欺压民众的结果。闵安倒是听说过守军的劣迹，心知势必会有涤清风气的一战，也支持王府的清剿行为。但她不明白的就是，为什么守军要杀掉三条无辜的性命来激起民愤，尤其在那么重要而严肃的祭日里。

三具尸身里，闵安在雷雨夜已探查过侍卫大哥的死迹，知他是死在行馆里，绝对不是被郊野守军所杀。其余两具亡尸里，有一位是帮助闵安查证尸斑的郎中大叔，闵安曾十分感激过的。

可是大叔最终也死了，相传被人一刀抹了脖子，丢弃到了河水里。

闵安痛心之余，又回头细细推敲，突然似有所悟。既然是王府打着清剿的名义发动郊野之战，那么必然要拿捏出一些借口来讨伐守军，由此进一步推断，侍卫大哥及郎中大叔的死情，行馆里的决策者必定是知道的，并且被他拿来利用了。

闵安向非衣求证，是不是世子借助三具尸身之力，挑起了民众愤慨，从而引发了郊野争战？

非衣倒不愿趁此机会落井下石，败坏兄长李培南的名声。他并不知道郊野一战最终的决议是由父亲还是兄长发出的，但他较为了解李培南为人，就说道："世子行事眼高于顶，不屑于用这些低劣的手段，这事恐怕不是他整治的，倒像是王爷……身边那些人的手笔。"

闵安随即想到，李培南统领侍卫队冲杀守军，必定也是知情人。他向非衣求证，非衣同意了他的观点。

那晚换成闵安坐在山丘孤树下，对着一轮残月心事难平。她所牵挂的郎中大叔，许多与师父一样出身的民众，向李培南求过情饶一命的守军们，竟然被一场郊外的战火全数拖进了劫难中，生生死死，没落得一个好下场。虽说民众充作役工，分到赏银，那又怎样？当朝廷或是王府需要他们时，一样将他们当做无用的棋子丢出来，践踏在铁蹄下，让他们成了王者前进的铺路之石。

闵安也曾耳闻历史中的纵横捭阖手段，但像王府这样草菅人命的事情摆在面前，她想着想着就有些寒心。郎中大叔可是帮助破案的证人啊，也算为官府朝廷立了一份功，行馆说杀就杀，没有一丝回旋余地，简直视民众如草芥。

残月迟迟未曾下沉，闵安就坐在模糊的光晕下左思右想，彻底反问过自己一次，跟着这样的东家是不是错了？以前在三座衙门打杂，长官们虽昏聩，毕竟没有残害过无辜民众，她睁一只眼闭一只眼也就过去了，可是楚南王和世子都不同，他们为了达到目的，会做出伤天害理之事，根本不计底下人的感受。

侍卫大哥，郎中大叔，下一个又会是谁？

闵安捧住头，支在膝盖上，苦苦思索了一夜。她想了很多，觉得自己的选择应该错了。当初为了给闵家翻案，她跻身官场苦苦爬升，后被李培南提携，还一度以为遇上了好时机，可是前番的诸多事迹表明，她跟着的这任东家，行事手段之狠绝，城府掌控之深沉，心思转变之迅疾，无一不出乎她的意料之外。

想她一名小小的低级下吏，哪怕是个一时受宠的兔儿爷，又有什么资格规劝东家的行事，对他的处事法则挑三拣四的？东家看重她，是她的运气，可行事之风与她所秉持的内心道义相违背时，她可以选择不附同吧？

一晚未过，闵安对李培南的怨愤之感愈盛。究其底因，是她十分不认同李培南的行事方法，白白搭上无辜人的性命，前面目睹侍卫大哥自刎，她曾劝过李培南要保护底下人周全，可惜没有成效。这次竟然还谋害了帮忙举证的郎中大叔，怎能不叫闵安恼怒。

可恨那会儿李培南还答复：依了你。而她，竟也信以为真。

天不亮，闵安洗漱完毕，留下字条就动身赶往清泉县衙。她避开楚南王的仪仗队伍，找到了主簿大人，询问可否开棺验查郎中大叔的尸身。主簿依照惯例，说是必须层层上报，取得昌平府府尹的首肯，才能再查郊野守军杀民一案。

闵安有了前面的考虑，多留了一个心眼，询问当时萧知情大人是否在场。主簿原原本本说了一遍当天案发过程，让闵安凉透了心。

萧大人竟然知道前前后后一切事发原委，亲自来到郊野厮杀，可见她是做好了准备。而且，侍卫大哥的投毒案，本身就是一桩无头公案。现在来想，极有可能就是萧大人指使的。

闵安越想越心惊，她一直以为萧大人是一名公正无私的好官，手段高明，教民有方，所以才安稳坐到了四品官位。可经过昨晚及今早的考量，立刻就让她明白了，萧大人其实是王府里的风向旗，行事手段与世子爷是一样的。

既然在心中推翻了对萧知情的好感，闵安不由得重新审视了一遍萧知情指派给她的任务：探查毒源。毒源在一处偏僻的山峰里，如果不是玄序在旁相帮，她贸然走进去，想必多半会掉了命。

好狠的人，好狠的心。

闵安凭借着多年断案养成的"知一而推二"的本领，在一天之内认清了王府及世子府里主家人的面目，只出于同门私心，将清冷而本心良善的非衣排除在外。

她打着马跑向白木郡时，非衣赶了上来，问她为什么不辞而别。

闵安心里烦忧，只淡淡说道："积案堵在心里，就能打发我早些上路。"

非衣取下背负的竹筒，递过温热的奶酥茶和糯米团子，唤闵安填饱肚子。闵安吃着热早点，心里越发觉得，非衣果真与那些人不一样。

非衣看见闵安投过来感激的眼光，笑道："昨晚我问你的，与我回北理一事，你考虑得怎么样？"

闵安真的低头考虑了一阵，最后才说道："我先回去禀明师父，还要询问玄序及翠花的意见，若是他们愿意去，我就跟着去。"

非衣微微笑道："师父、翠花，还有你，我是十分乐意带过去的。"

闵安抿嘴低头，没再说什么。刚赶到毗邻白木郡的山道前，一队守军就阻断了他们的路途。闵安打马过去询问原因，守军说是围捕朝廷要犯，一律封锁进出白木郡的道路。闵安请求非衣搬出楚南王府二公子的身份，那名队长不为之所动，朝非衣拱了拱手说道："世子传令，不得走漏一人，二公子勿怪。"

非衣内心暗叹世子来得快，更是乐意将闵安带走，也不争辩，径直带着闵安回了昌平府。闵安跑回府衙交付公文，向司吏出示了白翅蜂王的罐子，就此结了投毒案。司吏吩咐她去刑房抄案卷，她先告了假，骑马跑向师父的民院，向师父转述诸多事情，最紧要的一条，就是拉着师父，细细说了她昨夜的一番自省及懊恼之情。

闵安跪在吴仁跟前,拉住吴仁的衣角,仰头说:"悔不该不听师父的劝,决意搬进行馆跟着世子爷做事,现在闹得进退两难。我思前想后,觉得世子爷不是个好东家,身边人也不是良善之辈,又觉得要想自保,必须离开昌平府,离得世子爷远远的,师父可支持我这个决定?"

吴仁拍拍闵安的头,叹道:"师父哪有看走眼的时候,好在你醒悟得早,走得快还来得及。"

既然闵安已经下了远离世子府的决心,吴仁也不含糊,第一次在闵安面前揭示了十一年前闵家案的背后因缘。闵安听后心神大震,她没想到竟是先皇差遣完父亲,最终却不保父亲清誉及性命,囫囵判了弹劾案,将他们闵家抄斩。

"卸磨杀驴,卸磨杀驴,竟然是这样的处断手法。"闵安坐地半晌不能缓过神。

吴仁又下了一记重手,提醒闵安必须提防李培南的行事,因李培南推出闵安,让闵安申告楚州官员行贪,使得她处在风口浪尖上,和十一年前先皇手段一样。

闵安怔了半天,不得不信服师父的话。李培南私下爱逗弄她,她却不知李培南下一步会做什么。若是得了世子爷的厌弃,将她抛出去,落得的结果和侍卫大哥、郎中大叔又有什么两样。

非衣站在门外,不知屋里闵安的心思已是滔天巨浪,花翠与他闲聊,他出于礼节,也在细细应着。院外跑来一名银甲的骑兵,朝里唤道:"小相公,小相公,府衙已将你的户籍迁到世子府里,你理应回去报道一下。"

闵安正在心里筹划着远离世子府,听到这个消息,无疑是晴天挨到了一记雷劈。她交代过师父后,不等非衣随行,就骑马跑向了世子府。

闵安未曾想到,世子府上上下下的人已经认得她的面相了,进门之前她下马,想请值守侍从通传,侍从们却直接将她请进门。

闵安心里揣着一股愠怒来到李培南面前,却碍于礼数,不能对主家公子大呼小叫,内心愤懑之极。但他决心质问李培南的行事,因此逮着这股火气还没散时,痛痛快快地说了军营里的查探,并叫道:"公子做事太狠毒,实在让人寒心!从今以后,即使您治我死罪,我也不愿再跟着您!"

闵安退开两步,冷冷瞧着李培南,双颊染红,极力忍耐心中激愤。她生性温和,胆敢径直冲过来质问主家公子的不是,可见心底愤怒已极。

最令李培南受不住的是闵安疏离的眼神。每当他想靠近一步，闵安就退得更远，把眉头皱着，脸上还带着不屑。

李培南自然也明白了，这次的闵安与以前不同，当真在恼火他。他仔细听完闵安说的每一句话，眉眼始终温和着，仍然忍不住去拉闵安的手腕，将闵安带到客厅里坐下。

闵安拗不过李培南的手劲，顺势坐着，一口气说道："公子赐予我的官照与保状，我已交付给府衙里的吏部，即刻便可销档。只求公子撵我出府，此后让我落得一身清闲，不求功名不进仕，彻底做个了断。"

"决心不小。"李培南按住闵安的肩，不让她起身，淡淡道："从你走进行馆那一天起，就是我的人，不论你逃到什么地方去，都抹杀不了这个事实。"

闵安怒道："长官聘请幕僚也有个期限呢，就算是花街上的小娘子，也有从良的机会呢！"

李培南笑道："道理不通，驳回申斥。"

闵安看见李培南嘴角隐含的一抹悠然笑容，更是恼怒，挣扎着要起身。李培南突然弯腰，将两臂撑在座椅扶手上，压下了闵安的身子，像是虚空抱住了闵安一般。

"冷静些，听我说。"李培南低声道。

闵安果然不再挣扎了，眉眼带着愠怒之意，侧脸撇向一旁，也不看李培南。

"你的意思我懂，一说我手段毒，不能体恤民众，不能护住底下人周全。二说我效仿先皇，又想对你下黑手，使出卸磨杀驴的旧招。对吗？"李培南听了这么久，自然知道症结所在。

闵安依旧侧着脸，插嘴说了一句："还有那萧大人！和您一样，拿人命不当数！"

"是我的错，你说得对。"李培南为了消除闵安的火气，极快就应承了下来，"我后面都改过来，你别生气了，嗯？"

闵安推拒李培南越靠越近的上半身，嫌恶说道："我哪敢责怪公子做错了什么，公子以后是仁慈还是残忍，与我又有什么关系！"

李培南两手虚张，形成一股包围之势，又想将闵安压回座椅中去，白檀衣香淡淡渗落了下去，映染在闵安的鬓角发间。闵安察觉到两人靠得过近，失去了耐心，左右挣扎着，完全顾不得尊卑礼仪。

"公子好生没道理，我不伺候了还不行吗？放我走！"

李培南见闵安挣扎得越发厉害，心里更想挽留住闵安。长达二十四年的历练生涯里，这是他第一次感觉到紧张，与以往任何难处都不同，闵安是揪住了他的心尖，让他体会到悲喜的人。以前他可从容面对所有磨难，生杀予夺，从未有一丝怜悯之心。可是闵安一头撞进他的心里，渐渐影响了他的决定，让他每次下达指令前，多方考虑能够造成的结果。他能在郊野之战前先招安，又妥善安置清泉县的左道中人，还用赏银招募役工，种种举事在他已是难能可贵。

闵安并非一直跟着李培南的，对李培南的改变并不明了。先前，厉群虽提及过李培南的一两桩善举，但与闵安所见到的杀戮一比，实在是小巫见大巫。师父总是教导他，天地为大，民众乃万物根本，不立足于民间，又怎能借梯步上青云。能不能走上青云梯倒不是闵安记挂的事，她只是难以忍受李培南的处事手段。

就连萧知情的狠毒，也如李培南一般。

在闵安质的责难中，抛出三条人命引发郊野之战确实与李培南无关。但他想到萧知情忠心为了王府及世子府，所取得的战绩也是有利于他，也就爽快承担下来。

所以他并没有辩解什么，只是低声哄着闵安，说是愿意后面都改正过来。

然而闵安不再相信他了，抑制着怒气，只想远离他。

李培南既担心一味压住座椅会伤了闵安的左臂，又怕一味强逼惹急了她，索性半蹲下来，将左膝跪在了地砖上，便于他与闵安平齐着身子，让闵安看得见他眼里的诚意。

闵安一怔，为着李培南如此纡尊降贵的姿势。

李培南等到闵安安静下来，说道："我十分看重你，有你在我身边，还能规劝我行事，你若弃我而去，那就没人再来劝我，只会造成更大的祸害。"

闵安回过神来，眉眼又升起一丝愠怒之意，愤愤道："公子摆出一副诚意的姿态，偏生看似软语实含威胁，实在让人信不过。"

李培南敛容说道："这是心里话，不是威胁，你仔细想想。"

"那就是本性难改了，强要掌控一切，从来不想自己的错处。"闵安一眼看穿，不想再多做纠缠，伸手去推李培南，"让我走！强留小民是何道理！"

李培南低声劝道："别动气，你的手还有伤。"

这句话倒是提醒了闵安。她干脆举起左臂切向李培南的肩膀，哪怕搏个两败俱伤的结果。李培南不忍心伤她，朝后退开了身子。闵安就像一只逃脱猎网的兔子，一溜烟地跑到了院子里。她朝左右看了看，没找到其他出口，径直走向了垂拱门。

客厅左右各有一处石塘，植着时兴的海棠花。粉红云霞之后，淡淡掩着一道清冷的身影，天青长袍曳地无声，容颜比花朵显眼。

闵安背对着非衣走出去，并未看见非衣静寂站在花树后。

非衣其实是一直尾随在闵安身后进了世子府。他见闵安走得匆忙，且是一副羞恼的模样，放不下心，就跟着走进了院里。只是他落后一步，进门时看见李培南单膝跪在闵安前，正在哄劝着闵安，脚下犹豫了一阵，终究站到了石塘旁，隐在花树之后。

他也是第一次见到李培南纡尊降贵迁就别人，直到此时，他才切实体会到了，李培南是真正喜欢上了闵安，喜欢得炽烈、急切。

难怪李培南对他说过，对于闵安他是势在必得。

非衣站在树后，也曾问过自己，还有必要拉闵安回头吗？毕竟活了将近二十年，他还没跟兄长争夺过什么。但是闵安在他面前很快就做出了选择：蛮横推开李培南，逃了出去，带着一副不堪忍受的怒容。

他知道了，闵安不愿意接受如此强势的李培南。

看着闵安匆匆离去的身影，他的心底又兴起了一些要保护她的念头。他这样做，和很多年前照顾小雪的习惯一样，只因他已明白，若是得不到闵安的喜爱，至少要护住她的周全，不能让她伤透心。

李培南慢慢走出了客厅大门，看见非衣站在一旁，冷冷说道："既然借着闵安的书信，告诉我朱沐嗣的下落，为什么不先一步逮住他？"言下之意，等他发兵去追时，朱沐嗣又躲得不见踪影。

非衣淡淡道："闵安不高兴的事情，自然由你来做。"他说得磊落，做事也不遮掩。

"好盘算。"

通过这一次被闵安怒斥的教训，李培南也学到了，面对闵安时，一定要稳住心思，尽量不让她知道那些背后的事情。

所以抓捕朱沐嗣时，他一直吩咐不可走漏风声，也不告诉闵安朱沐嗣的真实身份。待到真的抓到人了，他自然知道怎么做。

非衣转脸看着李培南，道："不如你放手，后面诸多事情，就可由我来做。"

李培南冷笑道："你没资格。"

非衣嗤笑道："莫忘了一月之约，你可是亲口答应了我。"

"两桩事我都已做好，多费心自己的言行。"李培南应诺，一月之内好生照顾萧知情，不插手闵安大小事务。他有手段逼得闵安跑来见他，可他实在没料到后面会发生变故。闵安虽然来了，却对着他一阵怒斥。在他看来，已经做到了承诺。

后面这句，是指责非衣背后使些小手段赚取便利，非衣听得懂。

"我的言行向来雅服于人，名声也比世子强上一截，不劳费心。"

"当真？可以雅正到不在乎小雪的想法？"

非衣沉默了下来。

李培南的杀手锏就是祁连雪。祁连雪性子温柔，多年受非衣照顾，对非衣依赖极深。即使非衣能斩断情丝，以兄妹之情面对她，可是她的感受，他却不能不顾及。

非衣警告道："不准牵扯到小雪。"

李培南冷着眉眼道："忍你多次，可从不见你消停，该让你长个记性了。"

非衣道："闵安是我推荐给你的，你却左右整治她，得不到她的信任。从今天起我收回荐言，闵安归我跟师父管了，与你无关。"

"做事果然不经脑子。"

非衣一向与李培南没有话说，更是没有耐心与李培南指责下去，他见意思已经带到，转头就走。李培南负手而立，嘴角噙着一丝冷淡的笑。

这时垂拱门外响起一阵唏律律的马蹄声，非衣迟疑地停步。随后，一道温柔如水的声音掠进来，轻轻问："非衣在吗？"

非衣立刻走出垂拱门外，对着未曾卷起的车帘说："外面风大，又不听话，瞎跑了出来。"

车内女子笑道："听说你已经回了昌平，却迟迟不归府，我自然要来请一请的。"

非衣答："刚好给你采集了一袋干花，回府就能用上。"他转头朝着李培南冷冷瞥了一眼，抿起的唇角已经显示了严切之意，待再次回头时，脸色已经温和了不少。

因为对着祁连雪，他从来没有冷峻过。

马车垂帘轻轻掠起一角，搭在一只柔若无骨的手上。肤色欺雪，胜梅一段香。她人也不下车，就在帘角处略略躬身，"见过世子。"

李培南远远应道："免礼，送贵客出门。"话一说完就走进了厅门。

祁连雪见怪不怪，柔柔笑道："谢过世子。"

非衣对着冷寂的厅门瞥了一眼，才回头牵过马车缰绳，要亲自送出门。车夫有些惶然，正欲谦让，他伸手示意不必，淡淡道："向来如此，不必多礼。"

新换的车夫这才知道，王府里的二公子对祁连姑娘事必躬亲的情分，没再坚持，只跳下了马车。

非衣上了马，抖过缰绳，送着祁连雪回他自己的府邸。一列亲随押在车后，扣马缰缓缓而行，按照往例，与前车落下一点距离。

车里的祁连雪抿嘴笑道："我听岛久公主说，世子府里新收了一名贵客，叫闵安。难道非衣也跟着贵客搬进世子府去啦？"

所以才迟迟不见归还？

非衣老实应道："我倒没想搬进去，只想着将闵安诳出来，塞进我府里。"

"那敢情好。"祁连雪温柔笑道，"我可有个伴了。"

第十七章　如花美眷坐满堂

闵安去了昌平府衙向刑房司吏交付印章等物，坚意请辞。司吏见好好的下属说不干就不干了，情知有异，只拿话稳住闵安，不答应他的辞呈。

府衙里的日常运转如旧，放告、收状、升堂事务有条不紊地进行。因最高长官萧知情负伤，在世子府里养病，所有决令便由府丞代签。闵安有心要问白木郡的动静，特意带着点心拜访同房书吏，那人只说转手发放过密封文书，至于朝廷一直追捕的要犯是谁，他还真是不知情。

闵安没打听到消息，怏怏走回师父的民院里睡了一宿。清晨起，洗衣的花翠就开始唠叨，说是老爹为了表示清白，将世子府及非衣送来的诸多礼物退了回去，就连这座院子的房契，也被扔回到房东手里。

"唉唉，生计艰难，生计艰难呐。"花翠将外衫放在石块上用棒槌一阵捶打，不住地叹气，"老爹的脑子转不过弯，连你也空手回来了。"

闵安讪讪地走过去，将腰包搜检一番，拿出剩下的碎银交给花翠。她离开行馆时，退回了李培南所有的赏赐，因此也无钱银傍身。

花翠边洗衣服边问闵安道："老爹说，非衣和世子爷都对你动了心，真的吗？"

闵安蹲在脚盆旁，无精打采地摆手。她本就不信自己会落入李培南的法眼里，只当李培南有些怪癖，喜欢豢养男童，与世子园林里养着一些珍奇走兽一样的心思。再就是她不大相信李培南的为人，自然也一笔抹去了李培南说过的话，更不提那些逗弄过她的私密事儿。非衣则讲过多次要秉持同门之谊，连师父也是这样说，又有什么能让她想歪的。

花翠也觉得闵安不大可能引起两人青睐，回头对闵安细致瞧了一会儿，笑道："话说回来，还有半月就是你出嫁的日子，不如跟着姐姐拾掇下，学着怎样做一个姑娘家？"

闵安蹲着，将头脸埋进臂弯里，闷声说："玄序都不知跑去了哪里，还做什么姑娘家？"

花翠笑啐："又说气话了吧，玄序只是有事耽误，没来我们院子，做事倒是稳妥的。到时候他一定抬着大红轿子来娶你，保准惊动整个昌平府！"

玄序很少抛头露面，花翠虽然也在疑虑，但作为闵安的义姐，她自然也是帮忙说尽好话，安抚住闵安的心。

吴仁已去街头占卜讨生活，闵安闲在屋里半天，花翠洗洗刷刷嫌她占地方，将她撵出了院子，打发去老街药铺做短工挣银子。

闵安出门之前，花翠多留了个心思，想着让闵安逐步做回女儿身，便对她细细拾掇了一番。闵安既然不再在衙门打杂，书吏行头也就用不上了，花翠取了她的布帽，将她鬓角长发绾成两道时兴的波云缕绦辫，用布带缠好了，又束在脑后编成一股结发，松松坠在硬挺的衣领上。黑压压的发丝配着白净的肌肤，立刻显露出闵安俏丽的侧脸线条来。

花翠又取来一套新做的衣裙让闵安穿上，闵安揪着袖口不肯换衣，说道："我突然脱了男人的衣衫，穿起裙子，外人看我，会笑话死。"花翠哪里听得进她的申辩，见她还在磨蹭，走过去就拎住了她的耳朵，吼道："换不换？"

闵安执意不肯，与花翠周旋，一直寄养在院里的玉米爬到墙头，啃着瓜果好奇地看着揪成一团的两人。院外石墙边缓缓行来一辆华美马车，它回头看见，吱的一声叫。

院里争斗的结果是花翠退一步，给闵安换上了下幅宽撒绣着团花的长袍，上身再罩了一件灰色绢丝外衫。闵安觉得与往日衣装差不多，才放心地走向外面。

刚一打开院门，石阶下站着锦袍李培南，黑黑的眼睛看过来，焕发出神采。

李培南没有说话，可眼光胜过千言万语。

闵安的脸色冷了下来，当着李培南的面哐当一声关上门，拴好了，再从后院走出去，去了药铺打工。花翠仍在洗衣，看到闵安折返身走向后院，好奇问了一句。没听到回答，她就忙着做其他的活计去了。

李培南特意弃了侍卫队，只让车夫随行，就是为了不惊扰民户。他站在门外许久，都不见闵安再出来，拿出备好的糖酥糕点引得玉米翻下墙，一溜烟蹿上他的臂弯里。

李培南摸摸玉米的毛，说道："闵安呢？带我找到她。"

玉米吃了糕点，嘬嘬手指，一阵风跑向前。李培南跟着找过去，在一处青石街巷里的药铺前停了马车。

药铺是老字号，斜挑出旗幌子，斑驳着岁月的痕迹。

门口晒着一筛子甘草，一位满头银发的老妇人由着丫鬟搀扶，手持梨木拐杖颤巍巍走了出来。丫鬟细细说着话，似乎有些嗔怪老人家要亲自来取药，老妇人就答道，多走两步活动下筋骨也是好的。

闵安又端出一筛子草药，放在竹架上，顺手搀扶了老妇人一把。一近身，她就闻到一股淡香蜂蜜味，心里想，这位老大娘的药单开得巧，将她整个地浸在糖罐子里了，不带一点苦气。抬头一看，李培南的马车已经停在巷子对面，甩手又走进了内堂。

老妇人经过马车时，闻到一丝沉水香气，回头瞧了瞧车辕包手处的印记，见是龙旗徽纹，连忙又回身向着窗帷行礼。"老身见过大人，给大人请安。"

她不知道车里的大人是谁，但锦青龙旗是楚南王府的专用徽志，又恃楚南王亲自接见过她，要她来昌平劝说次子忠心报效朝廷，举发楚州官员行贪一案，因此她与楚南王府就结下了一些不解之缘。

看见楚南王府的马车，自然也要例行拜见一番的。可是药铺的老板知道老妇人的身份，见她都要拜，立刻知道车里的人来头更大，忙不迭地掀起衣袍下摆，小跑着来到车前躬身请示道："贵客莅临小店，有何见教？"

李培南伸指撩开帏帘一角，看清外面低头问安的人，对老妇人回道："马老夫人免礼。"

马老夫人听见声音，蓦地记起他是来过自家宅院、镇场查出案情的世子，心里感激他解开夫君马灭愚的柱死之谜，恭敬地请他去次子宅上，喝一杯薄酒洗尘。

李培南一口回绝马老夫人的好意，将她打发走，却随着药铺老板走进了前面厅堂里。天窗上，一阵明光撒落下来，粉壁及站柜静静沐浴在光线中，空气中弥漫着一股草药香气。柜台后的店伙计停下手里的活儿，齐齐向李培南行礼。李培南的袖口翻出一大片金丝藻绣，衣领制式又与众不同，药铺里的人稍稍打量一眼，能大概猜出他的来历。

闵安从后面的穿堂里抓着草药走进来，并没看见柱子旁站着的身影，对着郎中说道："大叔，我刚想起一件怪事，忍不住要来给您说说——刚才那走出门的老妇人，方子里没开蜂蜜这味药，身上却带着蜜香味儿，会不会是她老人家弄错了？"

郎中喷喷嘴道："马老夫人这一旬来，一直都是吃我开的药，错不了。"

闵安只好温声请罪，说是自己想多了，请郎中大叔不要怪责。店老板一直在冲着两人使眼色，闵安转头一看，知道前堂里陡然安静下来的原因，也躬身行了个礼，退到了后院，继续清洗草药去了。

第二天，闵安穿着一身利落的衣装走进药铺，李培南已经坐在了唯一的折背椅里。

闵安新换了一件秋香色罩衫，料子轻薄，远远瞧见，似乎是裹着一阵烟雾。肤色如雪，被衣料衬得极显眼。李培南看她进门，眼前本是一亮，见她不看自己，连秀气的眉头都要皱着，攒了一股厌烦意在上面，心里委实冰凉，竟坐在椅中说不出话来。

偏生店老板还在一旁躬身候着，殷勤询问，世子一连两天莅临敝铺，可是贵体抱恙？

李培南指着闵安："叫她来看诊。"并将右手腕搁在了扶手上，示意闵安过来号脉。

老板猛使眼色，闵安无奈走过来，躬身对着李培南说："小生不会看病，只是短工。"

李培南哪里听她的，道："我寝食难安，夜不能眠，一直在想着一个人，没心思做任何事，该怎样医治？"

闵安微微弯腰搭着李培南的脉，眼皮子都不抬一下，张嘴就说道："茯苓、白术、党参各一钱，用甘草水煎服，药到病除，公子您慢走。"她随口开出师父跳大神所用的百当方子，从头到尾也没看李培南一眼。

李培南起身说道："你来煎药，送到我府里。"

闵安站在柜台前，背对着丢过来一句："没空。"

"药铺和我各算一份工钱。"

"没空。"

李培南语塞，看了一眼一旁脸色讶异的老板。老板被那眼神一压，不由打了个激灵，说道："公子是我店里的贵客，亲自上门侍奉汤药也是惯例，闵安你为何不去？"

"没空。"

老板打算吹胡子瞪眼睛要教训人，李培南抬手制止，淡淡回道："那我来店里，喝你开的汤药。"说完转身离去，身后众人目瞪口呆。

第三天，李培南果然按时来到药铺，又坐在了唯一待客的折背椅里。他今天穿了常服过来，腰间摘了配饰，衣色深沉，没了前两天的矜贵意味。进店抓药看病的人果然走动得热络一些，逐渐习惯了他的样子。

老板去后院催促闵安煎药。闵安在人屋檐下，不得不低头。她无奈去拣了药材，拿着扇子看着泥炉，安安静静地煎沸汤药，待水面浮出沫子，又用筷子抹去一层。

一股清淡的衣香逐渐走近，冲散了浓郁的药草苦味。

闵安坐在小马扎上不回头，李培南想抬手摸摸她的头发，见她发辫梳得漂亮整齐，又怕拂乱了，只背手站在一旁。

后院极为寂静，炉火烧得汤水咕嘟作响。

闵安只当身后没人，身后的李培南却难以为继。他走到闵安跟前蹲下身，对着闵安的眼睛说："我当真念得苦，汤药起不了作用，除非你回来。"

闵安持着小蒲扇隔在李培南脸前，依然不说一句话。李培南拉下闵安的手，闵安又举起来，就是不看他，也不让他看到。

李培南转到闵安另一旁，随手拉过另一张竹凳，坐在闵安身旁。闵安拿扇子猛扇两下炉火，蒸腾出一阵苦汽，冷冷说道："药沸了丢一块冰糖进去，待到凉透就能喝了。"

闵安说罢，起身就走，李培南挪一步堵在她身前，软语说道："以前是我做错了，后面都改过来还不成吗？你消消气。"

闵安回头，冷颜冷眉对着李培南道："你改不改与我何干？我气不气又与你何关？你走你的阳关道，我过我的独木桥，又何必一味纠缠？"

李培南一连三天遇见冷脸，没想到闵安竟然是这样固执，简直是不给自己一点退路。他发了狠心，将闵安拉到怀里，几乎要贴住闵安的耳朵说："你掐着我的命，还想撇个干净，由得了你？"

闵安发怒挣扎，回道："我避开还不行吗？世子做什么又要找过来？留自己一条命不是更好？"

李培南冷冷说道："心里念着你，什么都做不了，还不准我找过来？难道你的心是铁做的，当真体会不到思念之苦？"

闵安闻言一怔，想起了消失不见的玄序。

李培南看见闵安发愣的样子，眼神直直的，突然明白了过来。他咬了一口闵安白净的脖颈，痛得闵安瑟缩抖了一下，然后才在伤痕处吻住不放。

闵安直往李培南臂弯外缩去，含恨说道："世子处死我吧，不用手软，我绝对不躲避，落个一了百了。"

李培南再伸臂捞住闵安的腰身，将她拉回自己怀里，闵安硬邦邦地站着，再也不应话，哪怕李培南随后诸多软语温言，再三哀告。李培南将软硬两种手法试了一遍，见闵安毫无反应，最后放开了她，凝视着她的眼睛说："你当真厌恶我？"

闵安吝于看李培南一眼。李培南低声道："那就遂了你的意。"他抚平闵安的衣衫，摸了下闵安的脸，转身离开了后院。

此后不再来药铺，只唤侍卫来取药。

闵安了却一桩烦心事，长叹一口气。她拿着小扇子扇炉火，院门后伸出萧宝儿的半个身子，迟疑地探了探，晃得压花小帽上的珠玉流苏簌簌轻响。

闵安闻声转头，对上萧宝儿好奇的眼睛，有气无力笑了笑："你都看见了？"

萧宝儿点点头，"世子好奇怪呐，干吗要强迫人。"

闵安由衷称是，却没有答话。萧宝儿咬着指甲说："安子还不知道吧，上次你套个布袋蒙住五梅一阵打，将他的头脸打肿了，你给他开个化瘀的方子吧。"

闵安扁了扁嘴，"我不会看病，也不会开方子，去找老爹要。"

萧宝儿踮脚朝后院竹架上的筛子瞧了瞧，眼神微异，"这么多草药，不如随便抓上两把,回去给五梅煎出一碗来。"

闵安嗔道:"药哪能乱吃的。"

萧宝儿只在院门处踮脚,"随便抓,随便抓吧,反正他也不懂。"

闵安挨不过萧宝儿的缠劲,凭着师父说过的方子,当真抓了一些药材包了起来。她招手唤宝儿进来,宝儿却低头说:"五梅不喜欢我来找你玩,要我离你远些,我还是不进来了。"

闵安将药包抛过去,怒道:"那浑小子嫌我打轻了是吧!"卷起袖子作势就要赶过去。萧宝儿抱着药一阵风地跑了,也不回头。闵安在后喊着:"药钱给了吗?"她连忙跑回来丢下一锭银子,又慌慌张张地跑了。闵安还在喊:"找你的钱……"她已经跑得不见人影。

第四天,闵安来药铺继续上工打杂,没想到萧宝儿又来了。她拿出昨天多余的银子递过去,萧宝儿啃着梨子说:"赏你的赏你的。"

玉米站在屋檐上,看见萧宝儿手里有好吃的,跳下来抢了过去。萧宝儿与它嬉闹了一阵,险些将闵安的药炉子打翻。

闵安将两个祸害撵得远了些,回头问:"五梅不是不准你来找我吗?"

萧宝儿被玉米抢了随身褡包,啃着指甲道:"我昨天回去跟他说了,世子抓着你不放的事儿,他听了很新鲜,还催我来看看,有没有后面的动静。"

闵安听后恼怒,但是对着萧宝儿,她又发作不起来。玉米举着绣花褡包在屋檐上跳来跳去,挑衅萧宝儿。闵安看不过眼,搭着梯子撵它,萧宝儿往炉子瞧了瞧,听见汤药咕嘟嘟响沸,她干脆坐在小马扎上朝着罐子沿上吹气,嘟起嘴巴学沸水声音。

咕嘟嘟……咕噜噜……

闵安回来时不禁笑了。

午时,世子府里侍卫过来取药。闵安依照昨天的惯例,将炭火拨小,合着陶罐一起放进密封龛盒里。侍卫提起盒子放在加固的架子上,一路押着马车回到世子府。

重重垂拱门外,烟罗纱裙的婢女林立两列,候着侍卫先进了客厅,再像水流一般行走起来,端银盆、绞手巾、递滤筛子……各行其是。

管家亲自将龛盒打开,提出陶罐,揭开盖子,汤药还冒着热气。他接过滤筛架在青玉碗上,倒出了药水,不多时,客厅就漂浮着一阵淡淡的苦香气。

管家端起金盘，高举平齐于额，将青玉碗递到李培南跟前。

碧透通身的青玉里晃荡着黄稠色的药汁，专治相思之苦，微微泛着亮色。

李培南看到汤药颜色与昨日不同，只稍稍一迟疑，仍然拿起碗一饮而尽。

管家招呼婢女过来递手巾与漱口水，李培南强忍不适，面色如常做完所有事。他按住管家的话头，吩咐道："母妃忌辰如常举行，不得有误。"

管家抬头看见李培南额上的汗，变了脸色："公子您这是怎么了？"

李培南重重坐回椅子里，强撑着说完第二句："不准为难闵安。"

管家心下大惊，一时竟说不出话来。李培南抿嘴运气，压制住体内剧痛，却抑制不住喉头的腥腻，一缕黑血随后流出嘴边，滴在了他的礼服衣领上。

管家终于省过神，大叫："快传军医！"

李培南坐着不动，脸色苍白如纸，额上的汗水涔涔落下。管家心急火燎地凑近过去，扯着袖口给李培南擦汗，跺脚道："军医死了吗？快抬轿子去搬！"

运药的侍卫见状，扑通一声跪在了厅门口，颤声叫道："属下失职！千刀万剐难逃罪责！请管家发落！"

管家却是知道自家公子喝药不要旁人先试的惯例，决计怪罪不到侍卫头上。慌乱中，他记得公子说的第二句话，立刻醒悟了过来，大声唤道："来人！将闵安请到府里！"

李培南之所以会喝下那碗毒药，因为它是由闵安亲手煎沸的。

他一连三天见到闵安守着炉火，加水、煎药、拂沫，诸多细处从未假手于别人。见到药色有异，他也曾稍起疑心，转念又想到：如果药里真被人下了其他东西，想必也是闵安极为信任的人。既然闵安信任那人，他又何必拂了闵安的面子，所以径直拿起药碗就喝了下去。

世子府里常备军医，很快就请了来，验查药渣得出毒源，火速配置好了解药，交付给管家。

侍卫扶着李培南回到寝居，管家将解药喂进李培南嘴里，忙出一头汗，回头问："闵安人呢？怎会来得这样慢！"

侍卫垂手回答："小相公听说毒药是砒霜，故意寻了个借口支开我，从后门逃走了。"

管家抬手擦擦汗，站在槅门前半晌没说话，回过神后又愠怒道："世子府又不会动他一根汗毛,他跑个什么?再派一队人出去找找,一定要将他请回来!"

管家摒开众人,走到床前,细心查看了一下李培南的神色。见他脸色苍白,两唇青乌,一副病入膏肓的样子,不由得长叹:"我的爷呐,您为了小相公可是下足了血本。"

李培南合着的眼皮轻轻一掀,目光清明。管家早就明白自家公子喝药真正的缘由,此时骤然对上了一双精干的眸子,他也未表现出极大的震惊。"爷的心思我都懂,我这就去门外候着小相公来。"

李培南摆摆手,管家躬身后退,当真站在了世子府大门外。

不多久,闵安匆匆走来。她穿着雪袍及罩衫,明丽照人,管家仔细瞧着她的面容,看到她一头清爽的发髻,突然醒悟了过来:这怕是一个女人,所以才能得公子欢心。

管家连忙降阶相迎,还行了个礼。闵安还礼,急着朝门里走,说道:"砒霜确是寻常毒药,药铺里就有。我抓药时不小心,放错了一些材质,害得世子中毒,是我的错,我愿承担一切罪罚。"

管家撩起衣袍下摆,带着闵安走向寝室,殷勤说道:"小相公事多繁杂,难免出错,怨不得你。只要回来府里帮把手,给公子多个照应,那就好。"

闵安话音陡然一转,"可是有一点我很疑惑,烦劳总管大人赐个明白话。我煎药的瓦罐只五口水深浅,误下的砒霜不过半钱,方才听得侍卫大哥说,世子竟已吐血,面相灰颓——这毒性显然要霸道多了啊?"

半个时辰前,侍卫赶到药铺急召闵安,同时也通传世子府里的情况。闵安心一惊,寻思着肯定是煎药的环节出了纰漏。听到侍卫频频请行,她知道世子府不会强蛮对她,因此找了个借口先从后门逃走,径直去见了萧宝儿。在她的追问下,萧宝儿吞吞吐吐地说,砒霜是五梅给的,骗她说是泻药,支使她下在药罐里,以此来报五梅受到李培南鞭笞的仇怨。她见药水浅,怕药下下去变得稠浓,被人看出来,加上胆怯不过,所以只倒了一点点分量,应该是不足以害死人的。闵安追问分量多少,听到萧宝儿比画比画,她立刻就明白,即使半钱砒霜撒下去,落进李培南药碗里的分量也不过是三成,决计不会要了李培南的命。

出于公道,闵安也必须去世子府一趟,代替萧宝儿受罚。她是真心实意来讨打,管家却不动她,只把她往世子寝室带,并说道:"公子忧思过度,似乎在想着什么人,没顾到眼前,因此就着了道儿了。"

闵安只把话在耳朵里转一遍，也不应答，管家一路殷勤备至地说着，他家公子是如何寝食难安，精神气头不比从前，做什么事都提不起劲，大概是得了相思病吧……他拿眼瞄着闵安，闵安偏生不朝他看，只朝着寝室疾走。

床阁里传来淡淡安神香气，四处静寂无声。

闵安揭开垂幔走了进去，李培南面色苍白，仍在沉睡。只是一天不见而已，闵安竟能觉察到李培南的脸颊微微塌陷了下去，若不是知道他误服毒药病倒，倒像是顷刻之间已经相思刻骨，严重到难以下榻。

闵安内心暗想，李培南难道是真的喜欢她吗？以前的那些玩笑话，不是白白逗弄她的？

她站着微微愣了一会儿，就清醒过来，取下脖上悬挂的寒蝉玉佩，放进了李培南的手里。"我已知玉佩来历，愧难当世子厚爱，现归还。"并想一起偿还了往日情分。

李培南的手平摊在锦被面上，指节松软，闵安将他的手指合拢，握住了玉佩，又说道："据闻寒蝉玉能解百毒，由世子随身佩戴，决计比我更适合。"

李培南突然反手抓住了闵安的手腕，睁开眼说道："玉佩是你撇清关系的最后一步了？"

闵安目的确是如此，一时挣不脱手腕，也不答话。

李培南勉强翻身坐起，牵着闵安走向前厅，安置坐在椅子里，已有微喘。闵安说道："世子既然无碍，就速速发落我吧。"

李培南像是没听到似的，在寝居里转了一圈，从八宝隔橱拿下许多玉石珍玩、玛瑙珠子堆放在闵安眼前，又唤婢女送上汤食糕点。不多时，闵安身旁的桌上就摆满了琳琅满目的佳肴。

李培南的额上渗了一些汗，唇色稍稍好转，病相实在不像是假装。他坐在闵安对面的锦墩上，微微笑着，极高兴的样子，闵安一时竟不忍心将他撵到一旁，或者是自己先行离去。

李培南说："肚子饿了吧，午膳总得吃一些。"他从时间来推断，闵安必定是来得匆忙，顾不上吃饭，所以考虑得周到，已叫厨房备好了汤食。

闵安也明白了过来，心底稍微一暖，低头咬了一口糕，喝下一匙汤。

李培南细细瞧着闵安进食，闵安脸皮薄，禁不住看，把头撇向一旁。寝室左右两壁悬挂了一些丹青水墨画，山色空蒙，水石错落，均出自大家手笔。正中又有一副,画石不尽嶙峋之态,渲染难以分出层次,似乎只在执意勾描一处场景而已。闵安心想,若自己问起这幅画,李培南又会回答,此乃女子的随手涂鸦之作,不值得赏玩。

李培南费力地挪开看着闵安的目光,顺着她的视线望去,沉吟片刻,说道:"岛久家的郡公主与我颇有些渊源,我曾应过她,下榻的地方都必须带着这幅画。"

"为什么?"闵安终究难免好奇之心问了一句。

"一年前我曾被困于西疆白木崖,郡公主暗中帮了我一把,又觉在白木崖上杀戮太重,就将那处地方画下,要我随身带着,时刻谨记战争的残忍。"

"那郡公主可是个好心人啊!"

李培南庄容道:"她的心是要软一些。"

闵安随意点点头,李培南跟着又说一句:"与你一样。"

闵安不接话,吃完糕点喝完汤水,擦净了嘴问道:"我可以走了吗?"

李培南起身挽留,理由颇为充分。"刚才你走进世子府时,想必已经看到前院的布置了?"

闵安方才脚步匆匆,只浮光掠影地瞥见一些前院的动静,此时经李培南一提,才恍然惊觉。

仔细回想,有一排排麻布旗迎风升起,花架上全数蒙上一层白绢,四处灯龛置换了油蜡,拂散出淡淡檀香。众多的仆从着白衣灰裤,头缠孝布徐步走入奠堂。

李培南提醒道:"母妃忌辰从未时开始,你留下来陪我。"

闵安拒绝道:"世子需见客,我是布衣身份,参拜不得王妃的灵堂。"

李培南淡淡道:"我被你下药毒倒,外面人全知道,我见不了客。"

"既然如此,世子好生休息就是,又何必要我作陪。"

"每当母妃祭礼,我这心里就痛得厉害,你多陪我一刻,稍能宽我心怀。"

闵安想了想,当真坐下来陪着李培南。她既不看李培南,也不应李培南的话。

李培南问:"除了冻子酥奶酒,你还喜欢什么?"

闵安不作声,李培南又说:"我已将柳家娘子请进了府,你回来,就可天天喝到她的酿酒。"

闵安觉得气闷,推开四格窗,看向庭院之前。纱裙素裹的柳玲珑恰路过门口，手里还挽着一名妙龄少女，从衣装制式来看，那名少女穿的应当是西疆御封的公主服色。她回头匆匆说道："我出去一下。"李培南来不及唤，闵安已撑住窗沿跃向了窗外，走得颇为急切。

院外车马辚辚，齐齐有侍卫队的行军礼，闵安走到门前，本想退让，可是已被礼服加身的楚南王堵住了去路。

闵安硬着头皮走上前请安，李景卓站在马车脚踏上，不发一语，一袭紫金袍撒下一片辉彩，无声勃发着王家气象。闵安迟疑抬头，负手而立的李景卓突然抽出手，朝着闵安白净的脸庞甩了一巴掌过去。

一声脆响后，闵安的白净脸面上留下一道红印子，人被扇倒在地。李景卓武功高强，这一掌虽未使全力，却已将闵安即刻撂倒，喝道："混账东西，竟敢在药里下毒！"

闵安支起身子，双膝跪地，低头说道："王爷这一巴掌我认了，是我的错。"她来世子府是为了给萧宝儿顶罪，因此在她心里，受一巴掌也是应该的。

李景卓听闵安如此认错，心下更是恼怒，又甩出了一巴掌。管家在一旁看得眼急，想都不想扑了下去，挡在闵安身前，替她受了第二记巴掌。

这一掌加了力，管家倒在地上，几乎晕了过去。

"连你也反了？"李景卓冷喝。管家摆手，开始为闵安说讨饶话。闵安低着头，脑子里嗡嗡乱响，很难得听清管家讲了什么，直到左耳流血，淌到脸面上来，湿濡濡的，她才觉察到左耳受损，可能已经失聪也未可知。

闵安反手抹去腮边血迹，起身兜头朝李景卓行了个礼，不发一语离去。李景卓怒喝："站住！不讲理的东西——"管家连滚带爬挪过去，一把抱住了李景卓大腿，惶恐说道："王爷息怒，王爷息怒，小相公是公子请来的贵客，请看在公子面上。"

闵安径直走出院门，心道世子府确是来错了，若真要领罚，应当去公堂上讨要说法。李培南饮下些微毒药，按理说只会腹泻力疲，偏生要闹出这许多事端，引得她来承担苦果。

闵安走得远了，心意终究难平，停脚道："小民不过误下不足半钱的药材，未曾伤着世子一分，已经赔上一只耳朵，王爷再打下去，就是仗势欺人，我为什么要平白无故留下来给王爷欺辱？"

李景卓脸罩严霜，踢开管家，大步追向了闵安的去路。同时，世子寝室的两扇大门被劲风破开，李培南堪堪在雪白睡袍上套了一件褐色短衣，未及整理发饰及衣装，就提着一道长鞭跃了出来。他的人影还没赶到李景卓身后，鞭子却无声无息追向了李景卓的后肩，狠狠抽了下去。

鞭子浸过牛油，生了倒刺，若是沾到一点，身子必定会受损。李景卓听闻风声，错身急避，回头喝道："不孝子当真敢打老子！还真的反了不成？"

李培南成功阻下父王，抖了个鞭花，冷冷道："正是。"

随行的侍卫们生平第一次见到世子对王爷发难，迟疑一下，齐齐抢出身去护卫楚南王。李培南抽出几鞭，将侍卫们震开，冷声吩咐杵在一旁不知所措的管家："调派人手隔开宾客，这里由我处置。"

管家会意过来，忍住伤痛，急匆匆调来侍卫及仆从，站满了前院两旁的廊道里，将后面的动静阻隔了开来。不出一刻，亲信小跑着来到管家跟前，压低声音说："公子打伤了王爷，还将王爷扣在石屋里，不让其他人靠近。"

管家倒吸一口凉气，这才知道李培南自承"反了"不假，竟敢拿自己的父王下手。他忙不迭地催动仆从进出院落照应前来参拜的宾客，亲自守着奠堂，为李培南解除后顾之忧。

李培南抽了父王两鞭，不顾父王的盛怒，火速调兵围住了寝室外的院子。李景卓堂堂王侯出身，怎会任由儿子摆布，与他游斗一刻后，掌力暴涨，几乎切断了石塘假山。李培南心里记挂着先行离去的闵安，不愿多做争斗，直接威胁父王道：再打下去，他就敢放火烧了母妃珍藏的花种。

这话切中了李景卓的软肋，亡妻所留的纪念物不多，花种又是她唯一喜爱之物，依照李培南说到做到的性子，再斗下去，当真要牵连到亡妻的遗物。

李景卓一停手，李培南就逼着父王退入收藏花种的石屋，加派人手守在门外。他打听清楚闵安的去向，稍作修饰，就找了过去。

闵安先走一步，却是追着柳玲珑的背影去的。回昌平府后，她曾去花街寻过柳玲珑，依照惯例去喝上一盏冻子酥奶酒，借机打听一下与她有关的事情。听说她已经搬进世子府，闵安自然也就断了会面的念头。

可是闵安心里存着一个疑虑，一直未能解开。据府衙户部籍册记载，柳玲珑已经拿到了放良文书，可脱离花街柳巷，做一门正经营生了。柳玲珑依然居住在绣楼里，每日陪酒接客，不见她有半分从良之意。本来这是人家小娘子的私事，闵安也管不着，可闵安查看放良文书抄本的内容时，赫然发现赎买她的人竟是玄序。

玄序与柳玲珑，会有什么关联？怎么从来没听见两人提起这件事？

闵安好奇不已，再次见到柳玲珑之后，当机立断追了上去。

柳玲珑进世子府教习舞曲已有四天，与郡公主衣久岛交好。郡公主来自西疆，衣是己名，久是父名，岛是本家姓氏。依照当地习俗，她的名字之前冠上岛久二字，指明了出自深受朝廷恩宠的总兵岛久家，名头不可谓不响亮。

衣久岛伴在柳玲珑身旁，不可避免会遇见闵安。她已听说过闵安的来头，不觉一名小童能有什么与众不同，从来没生出过好奇心。今天，闵安穿着烟罗罩衫和雪袍急匆匆走来，白净肌肤上犹自带着掌痕，她就知道，闵安实在没混到好处，衣装堪比世子府侍女，甚至是又讨到了"一顿赏"。

衣久岛穿着桃红公主服，金钿垂花，细细压在额发上，长袖飘拂，绣饰飞卷，如同拢着一层金碧光华，端足了皇家气势。她以贵客身份留居在世子府里，并未置办丧祭礼服，因此按照往日惯例，还是穿着公主服来去。

闵安的眼睛只落在柳玲珑身上，衣久岛站在闵安跟前，细细看着她的发辫及脸庞，突然撇了撇嘴道："原来你是女人啊。"

就是阅人无数的柳玲珑也不得不承认，今天这身利落装扮下的闵安，实在像极了女人。

闵安心思只放在玄序赎买柳玲珑良籍身份一事上，没接衣久岛的话，赶着问了问玄序做事的缘由。

柳玲珑稍一迟疑，说道："朱公子说你喜欢喝我酿制的酥奶酒，所以赎我出来，让我天天来酿酒给你喝。"玄序化名为朱肆，她也不知他的来头，觉得无大碍，就将玄序摆出来的理由又说了一遍。

闵安追问："那你现在可与他有往来？"

柳玲珑缓缓摇头道："他在半月前赎了我，此后就离开了昌平，再也不见人影。"

听到又没了约见玄序的法子，闵安不由得叹口气。

衣久岛迈出一步来，用手指点了点闵安的肩，"喂，小相公，怎么不答我的话？"

闵安连忙躬身施礼，说道："在下见过郡公主，郡公主生得十分美貌，令在下惶恐生乱，不知该怎样面对郡公主天颜，是以不敢随意答话。"

衣久岛托着闵安的下巴笑了笑，"小嘴说得真甜，我喜欢听。"心里想，难道这就是他与众不同的地方？禁不住又增了些好奇。

闵安见她并无恶意，也就笑了笑。

衣久岛将柳玲珑支开，牵着闵安坐在湖边石凳上，直截了当地说道："我知道你是世子的兔儿爷，很得世子喜爱，可我一心仰慕世子，想嫁与他为妻，不如你帮帮我吧？"

闵安一怔，看着快言快语的衣久岛，心里极快考究着。相比萧知情的阴柔，这样的郡公主其实很对她的胃口。她在世子寝室两次看见衣久岛的画作，发觉她笔力稚拙，心意古朴，可直接在画卷上体现出来，就明白她绝非是大奸大恶之人。既是温良无害之人，她又何必去惹公主不痛快，结下一个新敌来？只是李培南的心意，在她面前展露得十分明白，她也不能做出"移花接木"的事，爽快答应衣久岛的要求，拂落了李培南的面子。

闵安想不出一个持中的法子，耳里又痛了起来。待要起身告辞，衣久岛却拉住了她的袖子，仰脸说道："你在犹疑什么？放心吧，我不会胡乱来的。我从西疆追进世子府，目的只有一个，就是嫁给世子，伴他左右，至于世子其他的'嗜好'，我完全不在意，也包括你。"

闵安再叹衣久岛心思浅薄，简直可称得上小娃娃过家家时的玩笑。

衣久岛哪里不明白外人对她这奇怪心思的想法，笑了笑，兀自说道："世子圈养了一大群我们西疆的宝贝，却没有狸奴照料，所以现在还少不得我。"

闵安一听是与家宠走兽有关，问道："难道郡公主会驯兽？"

衣久岛笑着点点头，闵安更觉亲切，忍不住说："玄序也和你一样有本领，能让走兽飞禽乖乖听他话。"

衣久岛道："以后引见他进府吧，让我瞧瞧他的厉害？"

闵安怅然未答。衣久岛又说："不愿意吗？那我跳一支舞给你看，你也送一个回礼给我。"

闵安怔然坐着，看着衣久岛展开宽袖及衣裙，在风中翩翩起舞，桃装灼灼，与湖畔秋景相映衬，衬出她的天香国色。闵安不知不觉将一支舞看完，赞叹道："佳人一舞，足以动乾坤。"

衣久岛擦擦汗，坐在闵安身边，拉着她细细说些趣话。闵安不觉烦闷，连左耳的疼痛似也大减。李培南找过来时，正看到两人相谈甚欢的场面，心下一动，想到若是要留住闵安，倒可从衣久岛身上做些功夫。

随行军医看到李培南使了眼色，小跑过去，躬身请示闵安，说是要替她看看耳伤。

衣久岛连忙站起身，朝着闵安左耳瞧了瞧，说道："可怜的孩子。"她在袖里掏了掏，拿出一帕蜜饯，递了过去，"觉得痛就吃一颗，甜甜嘴。"

闵安欣然接受，端坐不动，任由军医治了治发痛的耳朵。军医走回李培南身边，低声禀告道："需好好休养，否则左耳必聋。"

李培南的脸色沉了下来，军医忙不迭地施礼离开。衣久岛回头瞧见李培南的脸容，走过来细细说了句："世子照看不住自己的兔儿爷，又该领什么罚？"李培南瞥了她一眼，她低头行个礼走开了。

湖面秋风吹来，拂动李培南的短衣衣襟，他穿着素净，本是为了母妃的祭礼。闵安不愿多花工夫与他寒暄，直截了当地说："耳伤已经治了，世子能放我走吗？"

闵安说得轻松，李培南却是心怀愧疚。他想走近几步，闵安避他如同躲避蛇蝎，怎么也不肯靠过来了。

李培南指了指石凳，涩声道："坐下，我有话说。"

闵安坐下来，侧过身子对着李培南。李培南说道："你躲着我是应该的，我只有一个要求，留在世子府里，让我能照看到你。"

闵安低头回道："放我走吧，耳朵已经聋了，世子身边是非多，我也抵抗不过。"

李培南听得闵安这样说，不由得想起闵安以前所挨的惩罚，无论是罚跪、鞭笞，还是断手、受威胁，果真都是因自己而起。一两个月来，他也没见到闵安退缩一下。闵安现在坐在他跟前，微微低着头，露出了女子秀气的脖颈，侧颜极恬静，却说着最委曲求全的话，反差如此之大，让他蓦地生出一股苦涩感来。

"当真是我没照顾好你。"李培南一开口，发觉声音有些抖，又连忙抿紧了嘴。前面是他没察觉到自己的心思，对待闵安时一味横蛮；后面却是没有机会，让他能弥补自己的过错。

闵安欠欠身道："世子保重。"

她起身要走,李培南想都不想,拉住了他的手腕,像是溺水之人紧握最后一根稻草。

"留下来,给我机会弥补过错。"李培南诚恳说道。

闵安该说的已说完,该做的已承担,没料到李培南竟然不肯放手。她拿出最后一个杀手锏说道:"非衣曾提及,世子允诺不干预我的大小事务,切望遵守信誉。"

李培南果真松开了闵安的手腕。既然放手,后面的苦涩话也就无须再说了。他将闵安写回的书信贴身收藏,每晚拿出来查阅,当真信了闵安在里面说的话,以为闵安回来之后,一定会来他跟前亲自侍奉,所以特意吩咐管家收拾好了院子。

现在闵安要走,他也不能强留。

闵安一路坦荡荡地走到前院,李培南如影随形,跟在身后,扬手阻退侍从的侍奉。闵安路过院墙外,墙里的宾客刚用过茶点,正坐在凉棚里歇息,一直在端茶倒水的非衣此刻得了空闲,从垂拱门走出。

非衣念在前两年未参加祭礼,未向父王及兄长展露孝心,今天特意赶来,换上麻衣短服,不去管后院里的动静,专心招呼宾客。他本是好心,谁想又撞到了霉运。

闵安向非衣行过礼,也未寒暄两句,举步走向世子府大门。

院子里传来惊唤:"不好了!我家老夫人断气儿了!"

李培南与非衣双双抢进院门,凉棚地面上躺倒了一名头发花白的老妇人,身份干系不小,是三品官员中书令马开胜的娘亲。

侍奉马老夫人的丫鬟乱成一团,非衣喝止了她们,走过去探了探鼻息,回头朝李培南看了一眼。李培南左右逡巡一眼,见到周遭众人脸色无异样,情知蹊跷不是起在他们这批人身上。

"唤闵安回来。"

得到李培南谕令的侍卫快步跑出,在路上截住了闵安。闵安听闻缘由,仍是不肯回转,侍卫索性将她拖了回来。

闵安被推进院子后,李培南摆摆手,众人依令朝后退了几步,露出通向凉棚的道路。检验尸身的物事陆续递了上来,闵安在众目睽睽之下,硬着头皮走向盛放马老夫人的凉席,仔细查验起来。

李培南留下宾客，且不避耳目，就是为了以示公正，当场获取旁证。

闵安验尸完毕，洗手熏香一下，走出来向李培南禀告："老夫人无外伤，嘴角鼻下渗黑血，取银针试舌苔、肝脾，可推断是中毒症状。"

寂静中，马老夫人的随侍丫鬟小声抽泣道："老夫人要来府里参拜，特地起个大早，戒饮食，只喝了二公子的一盏茶，怎会突然中了毒？"

军医递过马老夫人喝过的茶杯，朗声道："老夫已查验过，无毒。"

李培南对低头不语的闵安说道："查明缘由，我去马府一趟。"

由李培南亲自出面安抚，侍母至孝的马开胜虽未当堂发作，但要不回母亲的尸身，已让他隐隐生怒。随后非衣许下诺言，他的怒气才稍稍平息。非衣跟在李培南之后也走进马府大门，诚心实意向马开胜讲明，他可留下来充做人质，直到老夫人暴毙之谜解开。如若不能，任凭马大人处置。

世子府及二公子双双向马府许诺，给了马开胜极大的尊荣，马开胜见好就收，没再为难进门的两位贵客。

李培南与非衣在应对马府一事上心意相通，有意想拉拢马开胜，分化彭马党势力，不使前期的游说、笼络之功付诸东流。虽然马开胜一再推辞，不敢以公子为质，非衣仍固请留在马府里，在马家祠堂替老夫人守了一夜灵，面色始终虔诚。

李培南回府，将马府上的事情说给闵安听。闵安坐在太师椅里，用手撑着头沉思，不发一语。

灯华下，闵安的影子显得有些苍白。

李培南唤道："先去歇息吧。"他站起身，让开的路通向他自己的寝室，"我在外面守着。"

闵安用袖口按了下额头，不着痕迹擦去汗，有气无力应道："谜底解不开，我就睡不着。"

马老夫人死得蹊跷，大庭广众之下，与外人无任何接触，就这样不明不白中了毒。表面来看，确是非衣有最大的嫌疑，而非衣进奉的那杯茶，是世子府专贡的桂圆蜂蜜茶，本身并无毒性，用来招待宾客已有三年，从未出过纰漏。

疑点到底出自哪里？

闵安细细推敲着关联，想起四天前在老街药铺前遇见马老夫人的那次，她身上还带着一股淡淡的蜂蜜味儿，和世子府的茶水味道相合，突然有了主意。

若是马老夫人先服食了带有蜂蜜味的毒药，再喝了世子府的茶，从味道上来查探，决计不易发现两者之间的区别。下毒的人显然较为了解世子府的待客茶水，有意遮掩味源，兼以栽赃，用心颇为险恶。

闵安连夜唤来随身侍奉马老夫人的丫鬟，询问马老夫人这一旬来的饮食，可有蜂蜜在内。丫鬟回道，老夫人一心修道，在坛会上曾偶遇一名道师，道师开给老夫人一些补茶，其中就有桂圆、红枣、蜂蜜三味。

闵安心里一动，说道："姑娘说得仔细些，让世子爷描下道师的绣像。"

李培南本是站在闵安椅旁，细细看着她的神情，听话时就落得漫不经心。他的目光从闵安发辫朝下探，看到了闵安光洁的额上渗出一些汗，若不是有外人在场，他险些就要亲手擦拭了下去。闵安回头瞥了他一眼，他才踱步走到对面坐下，淡淡说道："不需画，说给我听就行。"

闵安不愿多做计较，索性取来纸笔铺开，一边擦汗，一边听着丫鬟转述。李培南最后还是接过她的笔，寥寥几下，在纸上勾描出一个颧骨高耸、身形瘦削的男子。

将众人摒退后，李培南问闵安道："认得他吗？"

"毒杀含笑的舵把子。"

李培南从袖中拈出一块雪帕，抬手向闵安额上擦去，却被避开。他将雪帕搭在闵安手边，坐在一旁说道："探子传回消息说，舵把子早就到了昌平，私下受到彭因新的接见，可见毒杀马老夫人一事，出自彭因新的主张。彭因新杀了马老夫人，本意自然不用说，但如果将计就计，便能助我劝说马开胜投诚。眼下，抓住舵把子是关键。"

闵安安静听着，没有应声，觉得头越来越重了。

李培南抬袖擦去了闵安的汗水，又唤了一声："去歇着吧。"

闵安仍是拒绝，"世子把话说完，我就去。"

李培南立刻说道："抓来舵把子后，我提他到马府里去，你跟着过去，向马开胜解释下毒茶的缘由。人证物证俱在，我猜马开胜必反。"他拉起闵安的手臂，牵着闵安走向槅门里的大床，闵安并未推辞，一头倒在床铺上。

李培南挽起帐幔，走到桌案前点燃了安神香，回身再探时，发觉闵安嘴唇透出青乌之色。他连忙摸出数粒常备的解毒丸，扶起闵安的上半身，用温水喂下。

闵安的气息逐渐平缓，嘴唇渐渐红润，只是神智仍未清醒。

李培南走出寝居，唤来侍奉闵安的婢女，问："我离开府里后，谁接近过闵安的身子？"

婢女回答："没有人。"

李培南声音陡然一冷，"那她为何会中毒？"

婢女惊得扑通一声跪地："奴婢不知。"

李培南想了想，又道："她吃了什么？"

"小相公只推说心烦，就吃了几个帕子里包着的蜜饯。"

"把岛久公主唤来。"

衣久岛得知闵安吃了蜜饯之后中毒，连忙裹了一件披风就赶到了世子寝居前。李培南正站在门口，脚边跪着一名婢女，衣领上攒了一圈白貂毛，容貌颇为清秀。衣久岛从婢女衣饰上就看出她的地位高于其他婢从。

"说！"李培南一声令下，婢女莲叶低头诉说自己所犯的过错。

莲叶伺候李培南起居饮食多年，性子稳妥，很得主人信任。这次萧知情受伤住进府里，李培南应了照看一月的承诺，特地将她指派到萧知情身边。衣久岛驯完园林里的珍兽后，无处可游玩，常去萧知情休养的竹斋找莲叶下棋，莲叶自然也会准备一些小食来款待衣久岛。今天莲叶外出采集食材，听说宫廷御用的糕点作坊"福兴坊"，新进了一批口味独特的蜂蜜、桂花、红枣馅料，心下好奇，也赶着过去要买一些。但是掌柜的说这批馅料是专贡逐鹿大会的糕点食材，好不容易才收购进来，决计是不能转让出去的。莲叶无奈，讨要了一点用不着的杏果蜜饯，用手帕包了，拿回来随手塞给了衣久岛。下午在世子府湖边，衣久岛偶遇闵安，与她谈得投机，心下一喜，又将蜜饯转赠了出去，最终却害得闵安被毒倒。

衣久岛问："姐姐一直揣着这包蜜饯吗？中间不曾转过手？"

莲叶深知自己疏忽大意，害了旁人，此时不敢隐瞒，极力回忆过往细节，"蜜饯甜味儿太冲，我怕随身带着遮盖了安神香气，惹得萧大人睡不着，时不时掏出来搁在桌上，不知怎么就会染了毒。"

衣久岛笑了笑，"姐姐不用担忧，反正毒味儿轻，害不死人。"

李培南冷着声音撂了一句过来，"在我府里犯错，家法处置，再撵出去。"

衣久岛咬咬唇，朝李培南福了福道，"这顿鞭子就先记着吧，我给莲叶姐姐讨个保，以后绝对不会再犯错了。"

莲叶连忙磕头求饶，李培南不依，唤侍从将莲叶架了出去。衣久岛急得跺脚，愤愤道："还不是误伤了闵安，世子才能这样狠心！那闵安有什么好？值得世子一次次迁怒身边的人？"

正说着，寝居大门一声轻响，头重脚轻的闵安昏沉沉走了出来。她并无旁顾，摸黑朝前走去。此时夜色罩顶，庭院里高悬的宫灯撒落一地光亮，她顺着灯光摸到了左边廊道上，李培南连忙走过去搀扶，却被她摆手甩开。

衣久岛看着这幅光景很高兴地笑了。

李培南低声劝道："你要好好休养，才能不落病根，就留在这里吧。"

闵安靠在柱上愠怒道："自从进了世子府，我就没好日子过，还想我怎样？放我出去！"

李培南回头看了看衣久岛，衣久岛笑吟吟地站在灯华下，丝毫没有过来帮忙的样子。李培南冷脸问："你也想被撵出去？"她才慢吞吞走过来，奚落道："世子一碰上闵安，就缩手缩脚不敢拿办法，走开些，看我的。"

李培南与闵安陷入僵局多日，不得不借助衣久岛的帮衬。衣久岛做事极为直接，冲过去用两臂锁住闵安的身子，见她仍在挣扎，索性敲晕了她，将她拖回了自己的院落里。李培南本欲出手阻止她动粗，转念又随她去了。除此之外，确是没有留客的良策。

李培南得了空闲，唤心腹侍卫张放拿着半包残余的蜜饯去了一趟非衣的府邸，不多久，擅长调香的祁连雪就给出了答复：蜜饯与竹斋里燃着的安神香气犯冲，只要将香料涂抹到蜜饯上，便可使食用者中毒。

李培南心里有了底儿，开始不动声色地查探谁是真正下毒之人。莲叶已受罚，回到厢房养伤，竹斋里另外派置了婢女，去照顾昏迷不醒的萧知情。如此推断下去，可在较少的几个人身上找到线索。

另一方面，李培南出动亲兵封锁整座昌平府，彻查各道暗巷民宅，抓捕下毒残害马老夫人的舵把子。

舵把子先前用蜡尸手法迫害了含笑，先行逃离清泉县，去昌平府投靠监察御史彭因新。彭因新在审查毕斯一案上失了势，被李景卓逼回昌平府宅里，听说马老夫人也来到昌平搬进二子马开胜家里居住，且要马家人修道养性，好生报效朝廷后，他受幕僚点拨，猛然醒悟到这可能是马家人想撇开他，投诚于楚南王府的第一步。为了遏制不利局势，彭因新授意舵把子除掉马老夫人，并将矛头引到世子府上。

舵把子打听到世子府招待宾客的惯用方式,提前准备,将泥蜡中的慢毒注进茶叶里,交到了马老夫人手上。王妃忌辰来临那日,就是马老夫人恰好喝完补茶分量的时候,她清晨赶过去拜祭,果然不出意外地死在世子府里。

随后,马府的应对出乎彭因新一众人的意料。他们软禁了非衣,却不整治他,也未与世子府大动干戈。舵把子接到彭因新的传信,隐隐觉察到不妙,连夜躲进他时常流连的花街柳巷里,索性缩着头不出来了。

李培南在毕斯案后,收买了一名彭因新的随侍,大致可掌握彭府里的动静。涉及暗中的布置,那名随侍也不能进到书房听见彭因新与幕僚的商讨,所以只能回传一些外层的消息。比如他曾说舵把子好女色,得知消息后的李培南就知道去哪些地方找人。

世子府的亲兵火速出击。

此刻,闵安被衣久岛软禁在宅院里挣脱不得。衣久岛按住她的头,往她耳里又灌进一些药,动作极为粗蛮。

闵安自然要反抗,使出平生之所学,甚至是师父教会的那些不入流的招式去对付衣久岛。衣久岛的武力并无多大厉害之处,她所赖的是婢女众多,全无惜香怜玉之心,在她的一声呼喝下,婢女们齐齐按住了闵安。

衣久岛坐在石凳上,笑着看闵安被按倒后怒容满面,说道:"在这座院子里,是我说了算。你又比不上园子里的那些珍奇走兽,如果不听话,就会挨鞭子。"

闵安权衡形势,被迫点头屈服。

衣久岛摆手唤退婢女,问闵安:"肚子饿吗?"闵安不理她,她就叫了清晨新烹的糯米团子和奶酥茶,当着她的面喜滋滋地吃起来。

闵安与衣久岛缠斗后半夜,摸到她的城府与花翠差不多深浅,并不排斥她。她唤闵安洗漱,闵安也乖乖地去了,她还拿来一把玉骨梳子,要帮闵安梳理头发。

闵安不肯,"公主手艺不好。"

衣久岛兴致勃勃地说:"试试吧,我瞧你昨天扎的那道辫儿挺好看的。"将闵安按下坐好,挽起长袖,当真一五一十地帮她梳发。

衣久岛的手艺当真不好,拉断闵安数根头发后,才勉强结起了两道发辫,然后将它们胡乱地盘在闵安头上。怕外人见了笑话,又殷勤地劝闵安戴上绢帽,最后将她背后垂下的发丝塞进帽里了事。

衣久岛对着闵安一阵端详，闵安被看得不耐烦，又想外出走动，再借机离开世子府。衣久岛当然知道她的心思，变着花样哄她下棋，每次看她不顺从时，就用武力解决。

两人正在院子里吵着对弈规则不可悔棋时，贴身婢女小跑了回来，凑近衣久岛耳边说了一些小话。衣久岛听得惊奇，问闵安道："马上风是什么？"

闵安没好气地回答："行房时猝死。"

衣久岛惊讶道："舵把子竟然死在女人身上，看来世子要的证据又给断了。"

李培南与衣久岛在西疆已有交情，对她并不提防，是以她能得闻消息。骑兵在一处妓馆里找到了舵把子，还没闯进门，伺候他的小娘子就提着抹胸惊慌失措地跑了出来。

此后，骑兵封锁了妓馆，差府衙里的刑房司吏过来查案，将详情回传到了世子府里。司吏勘查了现场，断定是男客泄身致死。

李培南看到验尸单子皱了皱眉，决计不信舵把子刚好死在这种紧急关口上，可他又不便于亲自去查看。

这时，驻守旁院的侍卫跑进来说："郡公主好奇不过，拉着小相公去了妓馆瞧新鲜。"

李培南隐生怒火，"污败之地，她也敢去？"说完就备车赶了过去。

十丈软香红尘掩落在一处堂宇宽静的宅院里。花木深深，胭脂香气扑鼻。这里本也是柳玲珑的委身之地，如今她搬去了世子府，绣楼就被空置了出来。接过她位子的是同门小姐妹，喜欢用些软香来侍奉客人，不凑巧昨晚就放倒了一个，让他再也爬不起来。

舵把子以恩客身份死在小姐妹的床上，赤身裸体，两眼暴翻。

断案的司吏听说闵安也来到场子里看热闹，马上软语相求，请她指点一二处纰漏，只因世子府传令，称舵把子之死必有蹊跷，需彻查到底。司吏在绣楼香阁里转来转去查了半天，实在没发现任何破绽，只能找高人出主意。

闵安前番破了几桩命案，名声传到府衙，也被列为高人之中。她依照往日惯例，必定要推辞，不愿意插手半路丢过来的案件。可是今天身边多了一个郡公主，而郡公主与教她舞技的柳玲珑颇有交情，向闵安申诉道，不判清这个案子，官府势必会查封这处宅子，下次再想喝到冻子酥奶酒，可就没机会了。

闵安心中一动,当真走进案发地,仔细端详四处的景况。舵把子的尸身还搁置在床上,胸口掩了一条被子,死状与民间所盛传的马上风情况相符。

闵安看清床铺及阁子里的物品,退出来说:"确是马上风,司吏大人先前的勘查无误。"

司吏擦汗,嗫嚅道:"该如何禀告给世子?"

正说着,楼外传来士兵跑动的橐橐靴声,并响起了肃清场院的呼喝声。一众闲杂人等被撵出院子,司吏瞧了瞧动静,连忙带着闵安下楼。

第十八章　公子托辞误佳期

　　银甲骑兵如林而立，齐齐围在了绣楼外。李培南下了马车，径直走到楼前，抬手朝衣久岛一指。衣久岛仍然穿着一袭公主服，桃色灼灼，映得脸面似花娇艳。可她看见李培南冷脸走过来又不说话，就全然端不起公主的架子，连忙摆手笑道："我拉她出来透透气而已，又不曾走丢了你的人，你生什么气啊？"

　　李培南冷冷道："拖出去。"他在处置犯错的莲叶时，也只是吩咐侍卫将人架出去，对着御封的郡公主，如此下令，可见是动了真怒。

　　衣久岛拈起裙裾，伸腿去踢左右靠近的骑兵，口中喝道："敢来扫本公主的面子，都给本公主滚开！"

　　李培南突地朝旁伸出手，知他心意的车夫忙不迭地跑过来，恭敬交付了马鞭。

　　衣久岛看见了黑魆魆的鞭子，再也不挣扎，由着骑兵抓住了手腕，还低声说："不准拖！用架的！刚好我累了……"

　　随车出行的侍卫张放将脸撇向一旁，龇了下牙，再走过去挤开了骑兵，一人将衣久岛连拖带架扯出了院子。衣久岛见是熟人，赶着问："后面还罚不罚鞭子？"

"郡主息声吧。"张放低声说道。

院里楼前清了场,闵安落在司吏之后,慢慢走到李培南跟前。司吏朝李培南行礼,踌躇一下,不知该如何再禀。李培南却什么都不问,摆手将他唤退,看着闵安说:"我曾说过什么?你还敢踏进花街一步?"

闵安淡淡回答:"是我疏忽了,世子要罚就罚吧。"她拖着孱弱的身子站在秋风里,脸色过于苍白,又是一副不以为然的样子,看得李培南心急。李培南带着亲卫骑队而来,声势浩大,打着搜捕疑犯的旗号,在下属面前向来是不手软的。

前面他拖出去了衣久岛,可以不假辞色,但对闵安实在做不出来。

李培南板起脸,要闵安自行走上马车,闵安看看四周严正以待的场面,果真爬进了车厢,挤在门后的小马扎上坐着。

李培南坐在锦缎长椅中,用手压住闵安的帽顶,迫使她的注意力稍稍集中些,说道:"你的身份已与往日不同,妓馆暗巷之地,绝不准随意进出。"

闵安低着头,并不应声。

李培南拍拍她的头,"我知你心里不在意,只觉与我没有干系,去哪里又何必受我管束。但你在我身边一日,就需顾忌我的心意。记住,我不愿你去见别的男人,不管那人是生是死。"

闵安仍是默不作声,撑额熬着头痛。李培南的话没有说透,似乎意有所指,她听得似懂非懂。但她知道,李培南不乐意的事很多,总归不单是她去了绣楼查看一具尸体。

闵安将嘴抿紧,对待李培南如同路人。李培南缓和了声音,弯腰去看她的眼睛,问道:"听进去了吗?"

闵安稍微不耐,大声道:"烦劳世子说话重一些,耳朵差,听不清楚。"她感觉耳朵里有东西,抬手就要去抹,李培南眼疾手快制止了他,又拈出一块雪帕,替她擦去了耳郭上的脓水。

闵安甩开李培南的手,冷冷道:"谢了。"

李培南神色微黯,伸手将闵安提到了长椅上,压着她坐稳了,才对着她的右脸说:"你对我越生分,我越是不敢放开你。"

闵安却觉得已将所有话说完,此刻再无话可说,不得不对他生分下去。李培南罔顾她的心意,将她强留在身边,这一点也是她不想再说的原因。

李培南仔细侯在闵安的身侧,一路上都没等到闵安说一句话,或是见她稍微变下脸色。闵安始终沉默以对，李培南心底揪得紧，一股苦味逐渐涌到了他的嗓子尖上。

眼见快要驶离长巷步入街市，闵安终究开口说道："舵把子眼底充血，舌尖卷在舌上，确是骤然泄身虚脱后的表象。但我验查他的胸口，发觉凝结淤紫，气脉浮张，似乎吸食了过多的软香，导致他手脚无力，直至脱阳而死。"

"说结果。"

"伺候舵把子的小娘子有问题。"

"我会查清案子，你不用管那些污秽事情。"李培南抓起了闵安的手指，稍稍握紧。

"那我已尽心力，可放心告辞。"闵安微微起身，敲着车门，示意车夫停下来。

李培南握着闵安的手不放，闵安回头说："还想我怎样？再进世子府，下次赔上的只能是我的小命了。"

李培南的眼光沿着闵安的眉眼、伤耳浏览一遍，他想起拉住的这条手臂，还是两天前刚愈合的，心中一痛，不由得松开了手。

太多的伤害落在闵安身上，她可能真的承受不起。

闵安一旦挣脱开来，就头也不回地跳车离去。

李培南敲敲车门唤道："走吧。"

回到世子府的车程，似乎变得漫长了。街市上人来人往，透过来一些鼎沸人声，他却一个字都听不到。他知道就此放开闵安，闵安此后也不会再来找他，这对于闵安是解脱，对于他，则是苦难的开始。

李培南点燃了两颗香球，想安神定性，却无济于事。最后他索性坐在闵安常用的小马扎上，用背挨着车壁，就当闵安仍留在那里，衣领及袖口散发着让他眷恋的药香气。

车夫似乎摸准了他的心思，将车停在新漆的唯吾院中，摆手带走所有侍从，留着车里的人宁神静气。

李培南坐了很久，直到日影姗姗西沉。他走出车，备了一间地牢，将受过家法处置的婢女莲叶锁在铜柱上，再唤柳玲珑进门查看犯过错的现成例子。柳玲珑神情强作镇定，却不敢对上李培南的眼睛。

李培南说："绣楼娘子使用软香，在风月场上不足为奇，你离去后，伺候舵把子的那人一连用了五晚，且从来不清除炉灰，给了司吏破案之机。现在是你从实招来，还是我继续说下去？"

李培南摆起的威严架势确实起到了震慑的作用，柳玲珑听过他的手段，心里堵得慌，再转眼看到莲叶血淋淋的身子，眉眼越发跳动个不停。她区分不了李培南是真的掌握了来龙去脉，还是用空话来刺探她，因此有些犹疑不定。

李培南适当放松逼迫之势，"全部说出来，看在闵安的情面上，我可饶你一命。"

柳玲珑咬着唇，慢慢跪地，心底仍在细细思量，不知该说多少。李培南转身朝铁门外走去，惊得她大喊："我说！我说！世子留步！"

李培南摆手斥退手持烙铁的侍卫，坐在椅中，端起了一盏茶。

柳玲珑迟疑说道："我本来有一个姐姐，叫含笑，就是死在舵把子手里……"随着抖抖索索的声音，她向李培南交代了，为什么使暗手法杀死舵把子的原因。

大约七天前，柳玲珑在绣楼开宴席陪酒，无意识了前来捧场的舵把子。她见舵把子脸骨瘦削，四肢枯长，还以为他酒色过度，笑话他落下了一副软快快的身子。舵把子盯着她看，又不挪开眼睛，喝得畅快时，还说了一句"比姐姐味儿甜"，引得她警觉。

偌大的妓馆里，从来没有人知道她还有一个姐姐，眼前的枯瘦男人又是如何得知她的身世？

随后，柳玲珑频频敬酒，将舵把子灌醉。舵把子趁着酒兴，说了一个大秘密：堂堂三品大官彭因新也要仰仗他的手艺，叫他在清泉县的案子里做些手脚，捏出一具女蜡尸来，将楚南王一众人糊弄一番。

舵把子说得洋洋自得，提到了含笑的名字，却让听话的柳玲珑怒火中烧。

姐姐含笑虽然待她谈不上亲厚，但毕竟是自家人，无缘无故落得一个惨死的下场，又怎能让她平息心口的恶气？

当晚，舵把子睡得死沉，柳玲珑守在门口，对着半轮残月苦想心事。她的手里已经拿到了朱肆公子买下来的放良文书，那人唤她摆脱妓馆重新开始正经营生，她听了心底也有所触动。若是没遇见舵把子，她多半会做完本月的生意，当真从良去做一个普通民户家的小娘子。甚至，她还想过，要为好心赎买她的朱公子做婢从，回报他的恩情。

但是所有的计划，都被那晚舵把子的酒醉话抹杀了干净。

第二天起，柳玲珑笑着送走舵把子，回头跟同门小姐妹闲聊，直把舵把子的床上功夫夸了一次又一次。小姐妹听得好奇，要她细说，她就点到即止，怂恿人家亲身上阵尝试一次。她想不着痕迹地除掉舵把子，不给官府落下把柄，再走出妓馆，清清白白做人去。

此后，她让出了绣楼，让那个小姐妹住了进去，将她交到舵把子手上，再在房阁里种下重重软香，洗干净手退了出来。

舵把子果然死在了香气氤氲的阁子里，只是不凑巧，她被外人看出了端倪……

李培南听完所有的供词，沉吟一下，起身离开地牢，没再理会柳玲珑。

侍卫也全部撤走。

柳玲珑跪地三磕头，再跑过去解开莲叶的手腕，将她放了下来。

莲叶咳嗽道："公子不追究你的过错，是你的福气，后头可不能再犯错了。"

柳玲珑在衣久岛身旁伴了些日子，也与莲叶相熟。她想得比莲叶深远些，因此答道："我死了，闵安去哪里喝冻子酥奶酒，世子爷留我一条命，大概还是闵安的原因。"

莲叶也轻轻一叹："蜜饯里投毒的人不是我，公子也罚得这样重，看来你说的话不会错了。"

一连数日，闵安在老街药铺忙来忙去，拒绝了衣久岛的邀约。她去府衙再次要求迁出户籍，落在黄石郡师父名下，且辞去见习司吏的职务，都被拒绝。最后，她索性不管官府的说辞，自行其是，暗中准备着机会离开昌平府。

说是暗中，事出有因。

闵安在药铺打杂，街口及后院门外都站着世子府的值守侍卫，来往行人看见他们的衣装，自认得是权贵人家。队长张放带着五十名近侍，轮流守护在闵安周围，即使闵安走去城外送药，他们也必定是远远跟随。

原先行馆里的一批聚众赌博的熟人，变成现今泾渭分明的主仆身份，令闵安十分恼火。她不要旁人跟随，更不要别人来服侍，将心意对着张放说清楚了。张放只唯唯诺诺点头，第二天起，更加隐蔽了身形，依然雷打不动地跟在闵安身后。

闵安徒觉无奈，只能装作看不见世子府的盯梢，甩手做自己的事。

萧宝儿曾经跑来找过她一次，露出个半脸，冲着她欲言又止。

闵安看到萧宝儿，心情稍好，招手叫她进后院，还拿出了桂花糖招待她。萧宝儿摆手说："我不进来了，五梅不喜欢这里的怪味儿，我找你是想问问，你那药行不行啊，为什么五梅吃了两副后，脑子的瘀血没化开，脾气却变得更大了？"

闵安忙问："他吼了你吗？"萧宝儿迟疑地摇头，又咬着指尖不吭声了。闵安一看就知道萧宝儿受了五梅的气，心底也怜惜，走出来握住她的手，低声说道："那我去看看他吧，给他治断根。"

萧宝儿像是犯困的孩童一般，被闵安带着迷迷糊糊走了几步，后又清醒过来，"你，你不会去打他一顿吧？"

闵安笑着否认，可是萧宝儿说什么都不肯再朝前走了，拉着闵安的衣袖与她纠缠。一阵淡香气飘来，桃色身影又迈进了后院，金碧绣饰拥簇着，她那所持的风仪像极了高高在上的仙君。

衣久岛交合双袖款款走到两人跟前，流转一双妙目，左顾右盼。"本公主亲自驾临一趟，请小相公参加今晚的生辰宴席。"

"谁的？"闵安见衣久岛瞟着萧宝儿，不知她打的是什么鬼主意，下意识地将萧宝儿拉到了自己身后。

衣久岛轻轻一笑，"当然是本公主的。敢不来，小心本公主拆了你家院子。敢空手来，从今往后别想好好睡一觉。"

"没银子。"

"你身后的小姑娘有银子，向她要去。"

萧宝儿朝闵安背后躲去，又好奇不过，露出头偷偷打量着衣久岛。

衣久岛捂嘴轻笑道："这小姑娘十分有趣，送给本公主做侍女吧。"

闵安随手捞起一根压草药的竹篙，将衣久岛撵出了门。萧宝儿拉着闵安的衣带说："安子真是厉害，竟然敢打公主。"

闵安懒得诉说衣久岛的种种行径，包括捉弄捉弄她的那些。她转头问萧宝儿："晚上跟我一起去吗？"萧宝儿忙欣喜点头，闵安笑道："现在放开我的带子吧，我没工夫去找五梅算账，你先回去歇着。"

闵安拿着一袋子糖果吃食哄走了萧宝儿，悄悄跟在了后面，看到萧宝儿七转八转不是冲着府衙内宅去的，就知道五梅那浑小子果然怕挨打，已经搬到陋巷躲起来了。

闵安回头一看，张放银白锦袍的身影也鬼鬼祟祟跟在了后面。被世子府盯得这样紧，闵安心下着实郁闷，朝张放狠狠剜了一眼后，又摸进了五梅的院子。

萧宝儿那时已被五梅支开，去了街市买东西，见到闵安进来，愣住了。闵安揪住五梅的衣领问："为什么不准宝儿见我？我待她难道不好吗？"

五梅翻了个白眼道："你是扫把星，走哪里都有晦气，还净是跟我添麻烦。再说我厌恨世子府的人，你是世子跟前的红人儿，我对你的恨意自然要加上一层。"

闵安武力强于五梅，提着五梅一阵抖，"不就是世子打了你一顿吗？你上次投毒已经报了仇，还要恨得这样深，是脑子里有病吧？"

五梅拂开闵安的手指，"你不知道，我那主家与世子府势不两立，所以有你没我，怨不得我恨你，又恨世子。"

闵安奇道："你那主家不是玄序吗？他做什么与世子府敌对？"

五梅嗤道："是另一个主家，我早就不跟公子混了。"碍于朱家寨的身份，他并没有说清楚后一任的主家，其实仍是他口中所称的公子的爹爹，一名叫朱佑成的知县。

闵安再问，五梅就拒不开口，闵安将五梅打一顿，依然讨要不到玄序的下落。几日前，她从白木郡赶去郊野军营救守军，与玄序失了联系，再回白木郡时，出入的道路已被李培南派出的骑兵封死。

昨天，师父吴仁打着收集草药的名号，替出行不便的闵安跑了趟腿，回来就说，白木郡外的守军早已撤走，他依照闵安的吩咐，去了青石宅院寻找玄序，最终也是无功而返。

玄序就像是凭空消失了一般，没留下任何只字片语，也掐断了闵安找他的线索。

闵安陷入难以言喻的懊恼之情中，四处打听玄序的下落，却一次次失望。

今天也是如此。

闵安丢下竹剑，拖着沉重的步子走出了五梅家的院门。

一直在外放哨的张放殷勤跑过来问："怎么了？病快快的，进院被人欺负了？"

闵安摆手不答，撇下张放走出了巷子，张放只好继续跟上。两人一前一后来到店铺林立的西街，闵安钻进了一处乐师聚集的教坊，打听舞姬所喜爱的红绡白羽扇是否到货。

以前她常见柳玲珑出入此地，与乐师商讨舞曲，所以思量着，要给同样喜欢舞乐的郡公主准备一份薄礼的话，奉上时兴的小玩意儿是最好不过了。

乐师拿出长翎羽装饰的扇子，正在夸奖时，头戴花叶金钿穿着红纱裙的柳玲珑也走进了屋门，满身的富贵气。她一看见闵安，就小跑过来抓住闵安的手，殷殷道谢救命之恩，让闵安十分不解。

柳玲珑压低声音说："世子看在你的金面上，不再追究舵把子的死因，还赐了我一座宅子，要我仔细整治酥奶酒送给你。"

闵安顿时失了兴致，"你拿着宅子做其他事吧，我口味变了，喝不进酥奶酒。"

柳玲珑怅然站在当地，"那怎么好，你不喝，我就欠了两份人情。"

闵安懒得理会，买了两把长翎白玉扇，头也不回地离开了教坊。柳玲珑没料到昔日的小相公似乎变了性子，如此不通人情，一时还没缓过神来。等她看到闵安越走越远，左思右想一刻，又连忙追出门来。

"小相公你行行好，回府里来吧。你能喝上我酿的酒，世子才会继续关照我。就是赎我身的朱公子，上次也详细打听了酿酒原料的产地，我才能从他手里顺利拿到放良文书……"

闵安听到这里猛然止步，回头朝街边望去，张放远远跟在后面，依照惯例不会靠她过近，惹她厌烦。闵安似无意问道："产地在哪里？我也去学学。"

柳玲珑报了一个叫做牧野郡的地名。

闵安抑制住惊喜之情，装作随意的样子，与柳玲珑又闲聊了两句，笼络她在晚宴上给衣久岛献舞。随后，她赶到师父民院，细细交付他一些事，又找去教坊，参与了乐班编排的杂舞，等着晚宴来临。

日暮，海棠台上灯盏万千，映得环水庭院光影灿灿。

衣久岛在城郊最负盛名的美景仙台设宴，广请宾朋。席上美人如云，裙裾斜曳，香风雾气阵阵拂面，迷乱了宾客的眼。

宾客均是女子，只闵安一人着儿郎衣装，显得有些醒目。但她随意玩乐，不理会旁人眼光。

萧宝儿紧紧靠在闵安手边，瞪着一双大眼，四处逡巡。无论她看了多久，最终都会将目光挪到正座高台上的女子脸上，再赞叹一声："全场就小雪姑娘长得美。"

闵安心思不在玩乐上，也免不了朝祁连雪看上两眼。

祁连雪生得冰肌玉骨，矜持端坐在锦椅中，如雪霰般的裙裾徐徐铺散，像是一朵娇柔的花捧在了白玉里。她的面容掩落在灯华之后，已令四周夜景黯然失色，座后大片大片的海棠花霞，不过做了她姿容的陪衬。

萧宝儿家境殷实，说到祁连雪的衣行装扮时，仍是羡慕不已。

"听姐姐说，小雪的薰香、口脂、眉黛、钗梳都是非衣公子亲手置办的。光是烘香的云母片，非衣从境外运来，就放置了几间大屋。"萧宝儿咬着指甲细细唠叨，"我每回去找小雪玩，总是得她的照顾，她用牙筒封着朱砂蜜蜡，燃香冷凝，就能给我点上好看的唇妆……"

萧宝儿说了许多，听得闵安暗暗咋舌。她也是第一次知道，女子的妆容竟然要经过这许多繁复的工序，每次打扮起来，还有不同的讲究和名称。萧宝儿提到的"石榴娇""小红春"等唇妆，她甚至以为那是花名……她对萧宝儿低声嘀咕自己的短浅见识，性情纯真的萧宝儿也忍不住说："小雪那是天上的仙女，我家安子像村夫呢。"

闵安笑了笑，夹起一筷酥玉糕堵住了萧宝儿的嘴。

随后，宴席上行起了酒令。衣久岛身穿桃红长裙，翩翩舞了一曲，赢得满场喝彩。闵安早已见过衣久岛的舞姿，忍不住再次为她倾倒。衣久岛舞毕，依照规矩，拧身旋转，用长袖卷向四周的桌案，袖口的花枝落在谁人桌上，谁人就要出场演示一曲。

祁连雪应了花筹，款款移出身子，在疏冷月色下轻舞。当她舞动时，四周静寂无声，海棠花瓣簇簇闪落，被她的袖风拂走，片片漂在水面，点染着妩媚夜色。

祁连雪舞毕，满场良久呆立，衣久岛拍拍手掌，震醒众人，四周又响起赞誉之词。祁连雪敛袖一一谢礼，将花筹卷向萧宝儿身前，再坐回高台桌后。

萧宝儿磨磨蹭蹭走上花毯，捏起木槌击鼓，可是鼓点纷乱，惹得一众女子侧目。萧宝儿干脆丢了槌子，跑下来一头扑进闵安的衣襟下摆中，羞得难以抬头。

闵安代替萧宝儿出场，扛着两个买来的长翎白玉扇站在花毯中央，一动不动地站着。衣久岛问："小相公要演做什么？"

闵安遥遥应道："在下舞艺浅陋，恐怕唐突了众位姑娘，不如让在下演示一个杂技助助兴？"

衣久岛最先好奇，自然是应好。

接下来的杂技演示就简单了。闵安先请好了杂戏班子，自己混进人堆里，扛着两把扇子充作幕障。待班主呼喝一声，杂艺者穿插往来时，闵安和其中的一名替身换了位置，神不知鬼不觉地逃出了宴席。

亥时起，闵安摆脱了世子府的一众眼线，借着杂戏班的衣物箱子出了昌平府，连夜与花翠、师父会合，动身赶往了牧野郡。

牧野郡兴农牧，漫山遍野都是秋冬季长膘的牛马。

玄序脱下青纱袍，换上了锦缎长服，外面罩着一件清贵的裘衣，像是一株玉树挺拔在山坡上。他与农场主商议着新鲜马奶的价钱，并未察觉到身后的动静。闵安寻到了他的踪迹，一阵风跑过来，不等他回头，就一把抱住了他的腰。

玄序先是惊讶，随后脸上又露出了笑容，"我家娘子好像来早了，花轿还没出门。"

闵安这一奔一逃，实属是辗转寻夫送嫁上门的举止。她想想就羞红了脸，将头埋进玄序的裘衣背后，含混道："你走了快一旬，又不递个口信回来，我心里念得紧，自然要出来找你嘛。"

玄序被闵安抱得动不了，笑着向农场主拱拱手，农场主会意，道了声告辞先行离去。玄序牵开闵安的手，回身一瞧，她竟然是穿着女装而来。秀丽的长裙轻轻曳地，衣领、裙裾的绣花极精致，令她增色不少。

玄序牵着她的手往回走，问道："你一人来的吗？怎样找到我的？"

闵安细细说了近一旬的情况，提到昌平府在追捕一名极神秘的逃犯，分散了不少人力下去。她辞去了世子府里的差事，无意从柳玲珑那里听到了他的下落。省去没说的，就是与案子相关的内容，以及李培南对她的挽留。

玄序暗自沉吟，倒是没想到闵安能避开世子府的眼线，来牧野郡这里找到了自己。他每次先收到风声，躲得急切，就是有一件事束缚了他的手脚，迫使他不得不回到昌平府，暴露在世子府等一干势力面前。

那就是他曾许诺，婚期一到，就亲自去迎娶闵安，办一场风光的婚礼。

闵安现在跑到他身边来了，从各种迹象来看，世子府的暗哨似乎也并未跟来。

可他仍然不愿委屈闵安，晚上在落脚的宅院里，他向吴仁表示了歉意，说道："牧野郡偏陋，物资匮乏，筹备婚事难免简陋，过于失礼了。不如再等几日，我带你们回昌平，依照以前定下的规格来办婚事，老爹觉得如何？"

吴仁当然不愿意婚礼办得冷清，自然满口应好，花翠也点头附和。就闵安一人低着头，声如蚊蚋说道："早些办吧，免得夜长梦多。"

吴仁猛然又想起世子李培南逮着自己家的"浑小子"不放手的事情，连忙也改了口。花翠凑到玄序身旁，细细地说："你不想委屈了我们家的安子，成亲之后就好好待她吧。敢负了她，小心我揍你。"

婚事就这样定了下来。

随后两天，玄序拿出银票兑换成白银，将银子交给花翠，嘱托她筹备婚礼。花翠听吴仁的话，一切礼节从简，只去郡上的商铺采办所需之物。吴仁看家，顺手打了一套柜子充做嫁妆。闵安做师父下手，每当师父问世子府里的动静，她心烦不过，两三句搪塞过去。

吴仁咧嘴笑道："你不怕成亲后世子来找你的晦气？"横竖左右无人，他就把话挑明了说。

闵安坐在小木凳上，用手杵着脸，皱着眉回答："成了亲就是夫家的人，他没道理还来寻我的晦气。"

吴仁一叹："我见世子做事，从小就没讲过道理，就怕你这一桩，也坏在他手里。"

闵安听不得师父的苦话，嚷了起来，"师父这么多门路，难道还没一个对付跋扈世子爷的法子？他若是坏了我的婚事，师父要给我撑腰，将他打回去！"

吴仁将手中的斧子朝木桩上一劈，放稳当了，磨磨手掌说："乖徒儿说得对！师父真是老糊涂了！"

闵安露出稍稍轻松的笑容来。

玄序外出一趟，用暗法联络到了本家人朱八，细细吩咐他办些事情。玄序最担忧的一件事，莫过于外人的干预，所以他多留了心眼，找来帮手提前准备相关事宜。

"婚事要是成了，你就回寨子里去，向我父亲禀明一声；婚事要是不成，你又没找到我，就速速去搬救兵，来昌平府打听消息。"

朱八记着玄序的嘱咐，领命而去。

玄序去成衣铺取了礼服，想了想，回头又买上许多彩缎锦帛、米面糕点、果品奶酪、药材皮革，一担担地朝宅院里送。挑夫趟趟地进出，不多时就将厅堂塞满。

花翠买好花烛红线等杂物回来，没地方落脚，又赶着收拾院子。

吉时终于来到。

玄序穿好红纱单衣、黑靴子，先在院外石桌上焚香拜礼，意为拜祭朱肆名义上的祖宗，他奉承宗庙的命令，可以进门迎娶娘子了。

婚嫁都在一所宅院里，礼节免不了简单，可是玄序依照古礼，三步一叩首，显露出了诚意。吴仁与花翠站在大堂供桌两旁，另有聘请的婶娘从厢房里牵出了新娘子闵安。

闵安穿着深色大袖外袍、素纱内裙，头戴博鬓，缀满了金银珠玉、花钗簪笄，通身亮灿灿的，照得她的颜容十分动人。她抿嘴轻笑，手持喜带的一端，轻轻移步朝玄序走去。

玄序接过喜带的另一端，紧紧持在手里，与闵安并肩而立，朝着供桌上的朱家牌位一拜。牌位上，自然也写着朱肆家双亲的名讳。

拜过双亲之后，便是拜见吴仁。吴仁笑得合不拢嘴，连忙伸手虚扶两位新人。

第三拜是夫妻对拜。一根喜带连着静静凝望的一对新人，均是喜上眉色。正要低头互拜，宅院门外突然响起一声大喝："慢着！本官掌握一郡平安，民生全赖本官做主！你们这家人，胆大包天，来本官郡子竟然不向衙门提请，封函题上婚书就以为可以成亲了吗？"

玄序持着喜带已经低头拜了下去，闵安听见婚书两字，心里一惊，却是抬起了头。玄序低声说："拜完就礼成，娘子快拜。"闵安依着玄序的话，再要向他低头行礼，牧野郡的长官已经两三步冲了过来，伸手一拉，将喜带抢了过去，也使得闵安的第三拜失去了准头。

玄序皱了皱眉，心里恚怒。他本来就是耳聪目明之人，来一处地方落脚，必先打点关系，本郡的官吏自然已经收到了他的赠礼。长官既然收了礼金，在衙门里口头应允过婚事，这时却冲出来坏了他的拜堂仪程，除了激起他的怒意，更让他警觉起来。

被扯到一旁的闵安，心下也自惊疑不定。她曾向萧知情讨要过一张未落名姓的婚书，得到萧知情的准许。萧知情留在行馆时，就差人将婚书备好了，再托户房书吏转交给她。她拿到婚书，当即写上自己及朱肆的名姓，就像是吃了一颗定心丸，忍不住盘算着后面的婚事来。

户房不知婚书上的一对新人是谁，自然也不能向双方家主道声喜，在宣化坊上张贴纸文宣告婚事。可是，闵安的户籍已经落进了世子府里，并在李培南名下，尽管她前前后后奔走了几次，昌平府都拒绝替她改迁出来。

因此，她的家主就变成了李培南，依照华朝婚礼成令，她必须向李培南申请婚事，得到他的准许后，婚书才能奏效。

闵安吞吞吐吐向玄序说过婚书上的难处，只推说以前的主家把持住了她的户籍，不轻易放她落回平民身，闭口不敢提李培南的事。玄序隐隐猜到了李培南的意思，也不点破闵安的话，答复她让他去想办法。

玄序由此再进郡衙，送给郡官一包银子，获得他的首肯，才定下吉时举行婚礼。

没想到郡官好巧不巧，在行礼的当儿冲了进来，阻挡的借口就是婚书无效。他在喜堂上说得极为清楚，"本官托人查过府衙里的文册，闵家小娘子出自世子府，未获得主人勾批的礼函就跑到郡子里成亲，此事绝不可行。"

吴仁咳嗽一声，从袖中抽出一张银票塞过去说："大人通融一下，我们随后补办礼函，保准盖上主家公的金印。"

郡官直摇头，"不成，不成，事关世子府，掉脑袋的活计，本官不敢通融。"

玄序细细看着郡官面容，见他不像作假，沉声问："大人想怎样？"

郡官摸着小胡子说："二位按照规矩来，本官才能退出喜堂。公子呢，可以回到本籍，申告父母官，请他主持婚礼，那就与本官无涉，由得公子成婚。或者小娘子回世子府去，拿来家主礼函，婚事也也不过稍延时日。至于走哪条路，全凭二位心意，只有一点，在本官这郡子里，是成不了婚的。"

郡官说到做到，留下一批衙役住在玄序宅院里，硬是看管着玄序一行人的举动。

好好的一场婚事受阻，气得吴仁跳脚大骂。他那骂功可是走南闯北学来的，只要一开口，就没人能招架得住。花翠捂住一边的耳朵，伸手去推吴仁，将他推进了内宅。

闵安穿着喜服，剪去花烛上的火花，回头看着玄序，歉意一笑。玄序走过去，搂住她的腰，在她耳边低声说："不是你的错，错在我，我明天就赶回清泉县，请长官首肯，再办一场婚礼。"

闵安解下博鬓，将头紧紧靠在玄序胸口，静静听着他有力的心跳声。过了一会儿，她才开口说道："不处置好世子府的事，终究是个麻烦。害得你这么劳心劳力，我十分过意不去。明天你若是赶回清泉，那我也不能闲着，我有办法让世子答应我的婚事，你能等上几天吗？"

玄序问:"你有什么办法?"

"赢了逐鹿大会就成。"

当晚,郡官返回到郡衙,一走进内宅门,就掀开官服下摆,朝着主座中的锦衣公子就地一拜,"下官已经遵循二公子的吩咐,用巧话点拨他们两条路,相信那两人会依语而行。"

非衣放下茶杯,伸手扶郡官起身,说道:"朱沐嗣不好找,这次露出身来,就不能再放他逃走。世子嘱托我要办好事,场面上还少不得大人的帮衬。"

郡官忙低头应道:"下官晓得,下官晓得,二公子只管吩咐。"

"明天放朱沐嗣出郡子,不用拦,我去官道上等他,随后大人要安抚住闵安的家人,不能让他们起疑。"

"下官一定办好差事,二公子请放心。"

非衣支开郡官后,抿嘴呼哨一下,唤出夜色里隐藏的暗卫,细细吩咐了一番。拂晓时,非衣一行人已经埋伏在了回清泉的官道上。

初起的天光中,玄序果然披着晨雾走来,身旁只有随行的车夫。

官道上落下几声鸟鸣,四处显得极为寂静。

非衣出手挟持玄序之前,必定是有一番犹豫的。目前他已拜投在吴仁门下,吴仁极为看重玄序,视玄序为忘年交,若是他出手对付玄序,就必须要承担背师之名,还有吴仁的怒火。

其次是闵安的心意。非衣一直知道她的小心思,时常抑制住自己的酸涩之情,才能从容面对她。

最后迫使非衣动手的理由,却是李培南的谕令。李培南以世子身份连夜发放火漆密令,责成非衣带队搜寻闵安的踪迹,从而抓捕闵安身边的朝廷要犯。

非衣在早先几日,向李培南讨要闵安的归属处置,李培南却不放手,并请出祁连雪牵制住了非衣的精力。随后王妃忌辰来临,非衣因奉茶误伤了马老夫人,自发走进马府请罪,有意远避世子府的是非,任由兄长扣住父王不放。

日后宫廷若是发起声讨世子欺纲枉法目无尊长的谏议,就不能发落到他头上。

非衣打定主意,尽力躲避,借口为马老夫人守灵,一连数日留在马家祠堂里不出来。马家人不敢怠慢他,锦衣玉食的伺候着,世子府总管还得一天跑两次,专程来马家给非衣请安。

说是请安，实则是催着非衣回世子府去。

非衣当然不愿意回去。世子扣押镇南王，兹事体大，如何收场悬念重重。他一回去，兄长必定是将父王推给他看管。

非衣在马家祠堂里闲适歇息了几晚，李培南突然亲自来了。进门时，他穿着紫色锦袍，衣摆绣着金线章纹，外面拢着一层罗纱，气势十足。非衣看他神色，知道必有要事。

连夜过来，又穿着礼服，可见事情不小，逼得李培南走得这样急。

"闵安逃走了。"李培南不含糊，径直说了结果。

"不是正中世子下怀吗？"非衣冷淡回道。

李培南将近侍留在祠堂外，隔开马家人耳目，坐在张放摆放的椅子上。非衣站在窗边，看着模糊的月色，心里始终亮堂着：闵安出逃，对他们有利。

非衣作为帮手，参与了李培南追捕朱沐嗣的计划。朱沐嗣为人狡诈，屡次逃脱搜捕，前后与世子府、衙门势力相斗三回，竟然从未落过下风，每逢追兵赶去，他都能跑得不见踪影，为此，李培南既恨且愧，誓要将他抓捕归案。

李培南先是考虑引蛇出洞，可惜又舍不得用闵安作饵，逼迫朱沐嗣出现，遂作罢。接着，他撤去围堵在乡野各郡的守军，暗中查访村郡之间是否有外人往来的动静，也未获得消息。直到最后，他仍然只能从闵安身上打开缺口。

闵安熟知化名为玄序的朱沐嗣的习性，跟着她，或许就能找到朱沐嗣。

李培南将这项重任交到了非衣手上，不管非衣是否愿意接受。非衣推拒时，他就说："抓人和审问，你选一个。"

非衣考虑再三，选择了伤害力道较小的抓人环节。他多少存了私心，不想事后闵安冲他发作一腔怒火。李培南自然也懂得非衣的心思，可是严峻的事情，总得有人去做。

于公于私，李培南都要抓到朱沐嗣。他给非衣下了死令："都察院二审之前，一定要抓到朱沐嗣。坏了楚州举贡案，我拿你顶罪。"

非衣想起以前曾答应过兄长，要自行承担一半得罪闵安的后果，就利索应了命令。李培南唤衣久岛去找闵安，以各种借口邀请闵安外出玩耍，趁机督查闵安的动向。他派出侍卫守在闵安身边，一是保护二是跟踪，不过他的私心很快就被非衣看穿了。

非衣落井下石道："我抓回了朱沐嗣，世子要看得紧些，对付他别手软，多想想，如果从他嘴里套不出举贪案的供词，后面世子府的颜面就搁不住了。"

李培南冷冷道："不劳费心，早去早回。"将他从柳玲珑身上问到的消息传给非衣，就此支使非衣动身去找闵安。

非衣果然寻到了牧野郡，打听清楚了玄序的动静。他出手抓捕玄序时，特地避开了师父吴仁，唤暗卫制服了车夫，自己钻进了车厢里。

车里坐着一名面色沉静、双眸清朗的少年公子，未见一丝惊慌之情，似乎等待已久。

非衣朝着端坐的玄序抬抬手，"闻名不如见面，久违了，朱公子。"

玄序还礼，稍稍让开一旁的座位，对着车门外说："车夫是我请的村夫，放他走。"

非衣敲敲车门，暗卫将车夫拎到林子里，耳提面命了一番，再放他离去。车夫拿着非衣的赏银，忙不迭地跑回牧野郡，举家搬向州外。

车厢里的玄序很沉得住气，不问任何缘由，只说了一句："闵安不知我底细，万事与她无关，烦请二公子看护她周全。"

非衣淡淡回道："你即将落进世子手里，是生是死难得预料。闵安那边，还是少操些心吧。"

玄序微微一笑，再不答话。他纵然能使出千万条计策，手上的功夫却没有一点，此时遇到生平的大对头，能保持气节的从容，是他极力想做到的事情。

非衣点了玄序的大穴，将他放进一口装了冰块的箱子里，以冷藏食材的名义悄悄运进了世子府。

世子府里已经收拾出了一间地下室，准备齐全了刑具。

李培南打开箱子，看见伏睡在冰中的男人竟是一名肤白脸俊的少年，恨不得一掌劈落下去，就此了结此人的性命。

他坐在锦缎华椅中，踩住箱子一角，将左臂搁在支起的膝上，朝下看了许久，一种比冰还要寒冷的感觉落在玄序脸上，迫使玄序睁开了眼睛。

他最先看见的是李培南的脸，以及墨刷般的眉下，一双蕴含了杀意的眼睛。他还没动，李培南已从袖中抽出一把短剑，抵在了他的咽喉上。

"为我所用，可愿意。"李培南并非是在询问，反而像是在下结论。

为世子所用，就必须转头对付账本上行贪的官员，至少要落下一些口供，可以破开彭马党那张遍布人脉的关系网。

反言之，若是不愿意投靠世子，必定会被他所杀。

所以李培南省去了前因后果，直接问玄序的心意。

玄序忍住彻骨的冷意，从短剑利刃下抬起头，慢慢支撑着坐在了箱子里，说道："我答与不答，于世子而言，没有任何区别。"

李培南突然持短剑对准玄序的左肩胛，用右掌一拍剑柄，送短剑刺入玄序的骨肉缝隙处，将玄序钉在了打开的木箱盖上。

"想清楚了再回答。"李培南的声音没有一丝起伏，手上动作更是不起半点颤抖。

玄序痛得唇色发白，他知道落进李培南手里必定要吃苦，但是没想到苦痛竟然来得这样直接。

"不愿意。"玄序哑声说。

他若说愿意，下一步就是要写下供词，单独将他收押进监牢，也使他失去了请动救兵的筹码。

救兵一旦知道他投靠进了世子阵营，只怕退避得更快。

李培南倒是不忧虑玄序的回答，正如玄序所说的，应不应没有区别。他朝侍卫说道："锁起来。"侍卫连忙打开机栝，将左肩鲜血淋漓的玄序捆进铁链中，又绞起链子，将他悬挂在半空里。

伤口的血一点点落下。

李培南最后吩咐道："留他一口气，不能死。"侍卫点头，用药汁维系着玄序的一条命，但也没有放松看管与折磨。

世子府里一切景况如旧，只是新漆的唯吾院走失了主人，而李培南的脸色又不那么好看而已。

后院有一处幽雅的竹斋，花香渺渺，清风玉露相伴，不时有鸟雀振翅飞过，给静寂的石塘增添一丝热闹气息。

李培南每天都来探望养病的萧知情。

此刻，萧知情拥被而坐，脸上已恢复了血色。李培南走进门时，新擢升的婢女正在喂药，萧知情看见熟悉的身影从竹帘外转了过来，心下一喜，扬脸正欲招呼，婢女没提防她的动作，药匙失去了准头，泼洒了一匙药。

李培南对着身后跟进的管家说道："撵出去，再换一个伶俐的进来。"

婢女慌忙行礼，还来不及收拾撒泼的汤药，就被管家硬扯出了门。管家打发婢女进柴房拾柴火，又请来手脚一向稳健的莲叶回屋伺候。

莲叶还未到时，萧知情挣扎着要下床向李培南行礼，李培南站在帘幕外说道："免了，好生养病，不要乱动。"她撑住床沿，就势微微低下上半身，行了个拜礼。

李培南道："以后都不用行礼，这话说出去就是成令。"

萧知情微微一笑道："学生谢过世子。"

李培南点点头，萧知情咳嗽了一声，说道："连日闷在屋里，骨头酸痛得厉害，不知世子可否批准，让学生外出秋游一番？"

李培南先问过她的病情，听说是无大碍，应了她的要求。

萧知情又请求道："学生许久不知外面的景况，世子能否做回东道，带我游历一次？"

李培南微微沉吟，随后应道："好。"

闵安与玄序告别之后，一人回到昌平府，准备参加不久后举行的逐鹿大会。她执意脱离世子府，这次回去偏生又要以门客身份再入世子府，难免有些尴尬。为了便宜行事，她又换上了男装，在郊野山村租了一处民房落脚。四周的地势较为平坦，她每天站在马桩上勤学苦练，并期待着再有机会去世子府前毛遂自荐，顺利跻身世子府的参赛队伍里。待取得成绩后，她才有资格向李培南提出成婚的请求。

闵安租房时，向当地里长申报过她的出身来历，户籍情况被录进册子送进昌平府户房，不多久，衙役循着户册里的记载，找到她头上来了，将府丞勾批的拘票塞进他手里。

闵安一打听，才知道五梅去衙门递了状纸，状告闵安恃武行凶，无故殴打苦主两次。苦主自然是五梅自己，闵安为了给萧宝儿出气，也确实打过五梅，她熟悉衙门办案的规矩，老老实实地跟着衙役回去了一趟，去大门东侧的申明亭参加调停事宜。

申明亭由德高望重的老者主持，负责处理民间纠纷、小偷小摸等恶行，很得长官及百姓拥护。闵安自然也要服从老者的处断，乖乖罚了钱银，并领着签条去红枫山猎场服劳役五日。

红枫山是此次逐鹿大会的一处赛场，闵安一听，更是乐意提着凿子去劳作。

萧宝儿听说五梅状告闵安的事情，心里过意不去，天天跟在闵安身后，坐在凉棚里吃瓜果糕点陪着她。

闵安总是撵她，"你这一副悠闲样子，说是来陪我，其实净是跟我添乱，回头我还得照看你，免得山上的粗汉对你动手动脚。小姑奶奶行行好，从明天起就别来了，成不？"

第二天起，萧宝儿带着一群随护坐进了凉棚里，免除闵安的后顾之忧。闵安顶着秋阳烈光，汗流浃背地在山脚底凿石头铺台阶，累得腰都直不起来，萧宝儿看着她瘦削的背影，突然发起了脾气。

闵安流着一身汗，走过来安抚了萧宝儿几句，说道："你又做不了五梅的主，还生气也没用。不如回去劝他撤走状子，我就可以不受这份苦了。"

萧宝儿将凉茶、凉瓜一个劲地塞进闵安手里，惴惴回道："我求过他啊，他又不听，他现在变得很奇怪，时常爱发火，我都要避着他。"

闵安恍然道："所以你只能跟着我。"萧宝儿推她回去凿石头，跑到山上一趟，摘了几片枫叶和一枝海棠花回来，兜在裙里玩耍。

闵安继续面朝山石背朝天地劳作。

石场里凿子、铁钎的叮叮当当声传到山坡上，引得秋游的人厌烦。

山坡的风光与底下自是不同，车马一路走来，红叶婆娑飞舞，片片滑落于地，掩盖了车轱辘的行声。萧知情坐在车里，推开一扇窗，伏在窗前看秋景闻花香，李培南穿锦袍束玉带，策马走在车厢这边，随行防护车马安全。

红叶浓郁的香气之后，又传来淡淡海棠花的芬芳。

萧知情拍手唤停马车，揭开另一旁的窗帷，问道："学生能否下车采摘一两支花？"

李培南想了想应道："风凉天干，你待在车里。"

萧知情叹口气，"可惜了，满山秋花空自开，芳香问讯无人来。"

李培南支使随行的侍从去采了一枝花回来，又下令继续前行，离开红枫山。

一行华美的车驾经过石场上方，马蹄声缓慢，并不容易引起下面人注意，但是居高临下倒是看得便利。

萧知情撩着窗帷细细地说："修好了石阶、围墙，今年的逐鹿就差不多要开始了罢？"

李培南回道："是的。"

萧知情笑道:"世子还要学生出场吗?"她已听说过闵安逃脱世子府的事情,尽管她休养在竹斋,较多时候没有转醒过来,但她所派下的眼线并没有闲着。

"你养好伤,自然要代我出场。"

萧知情咬咬唇,低头涩声道:"除非……世子答应学生……让学生做主心骨挑大梁……学生才能放手一搏……"

"依了你。"

"这儿空气好,学生就在这里舒活下筋骨吧,世子可顺便查看,学生是否拉下了功课。"

"回去再看。"

听到不应允,萧知情又提出了另外一个要求。山壁前长着一支粉霞晶莹的秋花,她认得那是重瓣海棠,可入药可酿酒,还能采回去交给祁连雪调香。李培南唤侍从去摘花,那处地势陡峭,侍从险些滑落下去,只得知难而退。

李培南唤车驾一行人离得远些,纵身扑落山崖下,伸手采到了海棠花。山石嶙峋,呈白色,他几下起落,犹如一只大鸟掠过石崖,深色衣袍尤为显眼。坐在凉棚里百无聊赖的萧宝儿最先看见他,鼓起嘴说道:"好好的功夫不来开石头,跑去摘花,竟然比我还悠闲啊。"

隔得较远,萧宝儿没有看清摘花的人是谁,眼力强于她的闵安,却一眼认出李培南。

李培南摘了花,别进后腰玉带里,低头向石场里看了一眼,尔后借助两手攀升的力道,三两下蹿上山顶,快如闪电来去,丝毫不作停留。

闵安回头又凿开一块石头,暗想,今天遇见的不是个好场景,我的颜面还留得住吗?罢了,反正要到婚礼批函后,我也不指望他什么……

李培南随护马车回到世子府,一连五天,好生款待萧知情,她的伤病也大好了。李培南对萧知情可谓宠信优渥,早晚各去探视一次,询问起居衣食,就差鞍前马后地伺候了。

就是早些天在世子府里进出的兔儿爷闵安,都未得到公子如此的青睐。

底下的人突然醒悟了过来,原来萧大人才是公子的心头好,个个打起精神来伺候着她。萧知情本人也有些疑虑,不知为何一病起来,世子突然对她转变了态度。

整座世子府里,就管家、衣久岛如往常一样行事,不对萧知情另眼相待。萧知情抓住衣久岛过来找莲叶下棋的机会,向衣久岛打听了李培南的意思。

衣久岛丢下棋子撇嘴道:"世子还能有啥意思?他和闵安谈不妥,闹得整个府里人仰马翻,王爷这样的人物,都被他关进石屋里受过。所以说,得了世子一两分另眼就不错了,还管他想什么呢?"

李培南平时放任衣久岛较多,在她跟前并不回避方方面面的事情,她说出来的话,自然就能占分量。萧知情听得衣久岛这样说,放下心来,心安理得地住在世子府里享受贵客待遇。

李培南唯独要萧知情做的事就是苦练功夫,一举赢得逐鹿大会。他在园子里开辟了一块练武场,左临流水花林,右靠扶柳树荫,整饬得仿似人间仙境。萧知情闻花香染鬓发,心情见好,功夫越发增长。

隔在世子府外的闵安却没有这副好光景了,她脸皮薄,不知怎样求见李培南,索性就在远街上打量世子府大门的动静。盘桓了半日,又觉无趣,就低着头快步走向了申明亭。

申明亭里总有一些状子,状告各处强盛人家欺负乡邻的行为。她在状纸里挑来挑去,都没找到一则与世子府有关的申诉,索性把心一横,自己写了一纸状词,状告世子府安拿平民发落,不配为尊的行事。

申明亭主持民议的老者说:"小相公空口无凭,需拿出证据来,民告官,不是小事。"

闵安指着自己的耳朵道:"我被世子府的人打残了左耳,长老可传郎中验伤。"

老者按照规矩上报给府衙,书吏们猜不透闵安前前后后与世子间的玄机,又不敢随便发落,互相推诿一番后,将状纸塞回了闵安手里。

闵安咬咬牙,亲自带着状纸走到了世子府大门前,向门房通传。里面半天没有回声,过了许久,管家拎着长袍下摆匆匆走出来说:"闵公子回去吧,我们公子不见客。"

闵安抿紧唇,脸上一阵烧灼,染得红云遍布。她犹豫了一下,才朗声回道:"无须世子见我,受理我的状词即可。"

管家擦擦汗道:"即便是告状,也没有这种规矩啊,你把状词送衙门去。"

闵安看着辛苦一遭又被推回到原处,知道事不可行。可是如今,她也没有其他的办法了。管家劝不动她,跺跺脚,又跑回了府里。值守的侍卫等了一刻,最后在门房的通传命令下,将大门重重掩上。

大门闭合声隔断了闵安的希望。她无知无觉地站在夜里，站在风里，又承着一肩清雾看拂晓来临。心底没有感觉时，她就摸摸手臂，总能触到一丝僵硬。世子府红漆铜钉大门再也不曾开启过，巍峨门宇前，两座石狮子踏足祥云之上，低头看她，似乎在笑话她的软弱。

闵安没有想过放弃，即使是遭到巡兵驱逐最为难最尴尬的时候，她都咬牙坚持了下来，只想着一件事：要从李培南手里拿到婚书批函，就得吃苦。

第十九章　莫道婵娟难逐鹿

衣久岛在世子府客居既久,知道的内情不少,连萧知情都相信她的话,闵安天性纯真,虽多次被她捉弄,仍旧不明白她的价值。

闵安在大门外独自站了一天一夜,颜面荡然无存,腹中饥渴得厉害。她摇摇晃晃站在新升的秋阳下,擦去汗,实在是熬不住腿酸,禁不住走到石阶前坐下。

大门吱呀一声打开,一阵暖香扑背而来,闵安回头一瞧,三五名婢女走出门来,她们支起一柄凉伞盖,摆上桌椅瓜果,随后退到屋宇廊道上忙碌,伺候着桃色衣装的衣久岛坐进椅中。

衣久岛拈开裙裾架起右腿,一抖一抖的,颠着她的绣花鞋。

"本公主给你出个主意,休说本公主不够意思,成不成事在于你,和本公主无关。"

闵安将头搁在柱子上撑着,看着小桌上的奶酥茶,不作声。

衣久岛笑道:"怎么,不信本公主的话啊?"

闵安有气无力地应道:"好好地说话,让我听得懂。"

衣久岛咕叽一笑,果然恢复了本色。"我看你饿也饿得差不多了,干脆一头栽倒,赖在世子府门前不起来，我看世子讲不讲情面，出来扶你一把。"

闵安饿得眼花，也要挽留为数不多的面子，装死不应衣久岛的话。衣久岛叽叽咕咕说了一气，劝不动闵安，也得不到闵安的一点正眼，又出了个主意："你是来求世子的吧？身子放低些，哄得他高兴，保准什么事都能答应。"

闵安竟然靠着柱子睡着了，衣久岛等了一会儿都不见回答，转眼看过来才明白，脱下鞋将她砸醒。"喂！我是来帮你的哪！你好歹说句话吧！"

无论衣久岛怎么呼叫，即使醒过来的闵安也不答话。她又累又心酸，很想在地上找个洞口钻进去，就此将世事抛在脑后。在风露里站一夜后，她曾细细想过，为何会落得现今这种局面，推究本因，应该是与李培南有关。

李培南先前待她很冷淡，不知从何时起，逐渐坐实了喜欢豢养兔儿爷的传闻，对她嘘寒问暖起来。她惶恐地夹在楚南王与李培南之间，天天提心吊胆过日子，好不容易能挣脱出来，推去幕僚、随侍等一众事务，李培南偏生不放他走，将她的户籍扣在手中，压下她在府衙投递的辞工信函，依然掌控着她的命脉。

因此，她只是在外转了一圈，又不得不回到李培南跟前。

这次若再不成事，她就放弃一切出身，私逃出昌平府，哪怕做个浮浪户，入不了籍册落地生根。

闵安打定主意，依靠在柱上盘算着心事。她闭着眼睛不动，衣久岛就咋咋呼呼嚷了起来："快传话，快传话，小相公晕倒了！"

传话进去，递话出来，前后有一柱香的工夫，李培南始终不露面。衣久岛也讨了个没趣，索性将闵安拖进了世子府里。闵安饿得奄奄一息，起先挣扎两下，后来也半推半就随衣久岛去了。衣久岛凑到她耳边说："世子忙着陪萧大人，我这边他顾不上，进来了，我再给你想办法成事。"

衣久岛将闵安丢到厢房里，叫人拿水给她，半晌才缓过来。闵安爬起来吃了一顿汤饼，睡了半天，精神气色有所好转。她向衣久岛表明心事，希望通过赢取逐鹿大会来得到李培南的一个应允。衣久岛并不问她想得到什么样的应允，只是笑着说："原来是逐鹿赛，我还以为是什么难办的事儿，这样吧，我将名额让给你，你去参加马术那一项比拼。"

衣久岛的言下之意是指，世子府已定参赛人选，以萧知情为主，左轻权、衣久岛还有一众精选出的侍卫，任务就是辅助萧知情夺得头筹。衣久岛若是退出，自然需要换人顶上。

闵安思忖衣久岛的主意，竟似可行。不管怎么样，死马当活马医吧。她收摄心神，在衣久岛的院落里安心训练一下午。傍晚时，看到一道银铠甲衣的身影从垂拱门走过。那名青年生得气宇轩昂，步子走得沉稳，闵安瞥见他的背影，猛然记起他就是在清泉县衙里打过一次照面的左轻权。

"左将军怎会去了竹斋？"闵安不解地问衣久岛。

衣久岛伸出头瞧了瞧左轻权的去向，轻嗤道："不知道怎么一个两个鬼迷心窍，都迷上了萧大人，净是跑到跟前去问安。"

闵安始终记得左轻权的大将之风，以及待人接物时的谈吐应对，不觉得他是一个贪恋女色的人，因此还为他辩解。"左将军既要辅佐萧大人夺魁，去找她商量对策，也是应该的。"

衣久岛撇撇嘴道："这个小哥喜欢萧大人也不是一天两天的事，难道你看不出来吗？"

闵安摇头，又问小哥是谁。衣久岛答道："左轻权家里还有个妹妹，我们随她妹妹的叫法，叫左轻权为小哥。他为人和气，体恤年纪比他小的姑娘，很得姑娘们的喜爱。还有啊，他在世子处罚萧大人时，还为萧大人挡过刀呢。"

闵安细想了一下，记起左轻权在清泉县衙花厅里，确实为萧知情所处的局势着急过一回。那时李培南脱刀刺向堂上，左轻权以为目标是萧知情，吓得脸色都变了。由此可见，左轻权挂念萧知情倒是真的。

掌灯后，左轻权走了回来，路过衣久岛所居的院落，特意走进来请安。他看到闵安站在一旁，微微一笑，也施过一次礼。闵安还礼，左轻权说道："能否请小相公借一步说话？"

既是借一步，那就表明不可让旁人听去内情。闵安听从了左轻权的意思，送他出大门。左轻权说："小相公留在郡主院子里，世子是默许的，也猜得到小相公的心意。在下并不反对小相公代替郡主出赛，不过事先得提醒一句，剑术切磋向来是最重要的一场，只能归属于萧大人的功劳，小相公不可强出头。"

闵安立刻躬身应是。她听左轻权这番话，显是世子已接受了自己的加入，心底松了一口气，暗将不可涉足剑术比试的规矩牢记心里。

闵安泡了澡后陪衣久岛下棋，又被衣久岛捉弄了一次。她对衣久岛讲明自己左耳已聋，衣久岛还要将她压在石桌上，灌了一耳朵的药水。

闵安心想在人家屋檐下，不如低次头吧，也不还手报复。萧宝儿摸进来，将锁得严实的竹箱子打开，玉米竟然在里面酣睡。闵安看了大喜过望，要伸手过去抱起玉米，衣久岛已先一步捞走了它，跑到一边玩去了。

闵安前几天做苦力，无法回到牧野郡，就托付萧宝儿跑一趟送消息。萧宝儿因五梅的状子，觉得愧对闵安，因此来去一趟之际，还带来了闵安的心头肉来宽慰他。

闵安将萧宝儿拉到一旁，询问牧野郡的情况。萧宝儿答道："你说的那个玄序大概去了清泉县衙吧，还没送口信回来，老爹和翠花在等着。他们叫你安心参赛，别记挂着家里。"

萧宝儿说了这些后，高高兴兴地追着衣久岛玩乐，一点也不显露忧色。她的性子本来就是纯善，去牧野郡一趟只是受闵安所托，闵安要她不声张她就不声张，要她守口如瓶就守口如瓶，除了透露给五梅，她还真是没对任何一人提起过，至于玄序是谁，口信是什么，闵安为什么要参赛，她一概不关心，也不过问。

闵安托付萧宝儿传信，自然是信得过她的品性。为了感谢萧宝儿的辛劳，听从她的要求，请衣久岛出面陪她游园。

园林堪称世子府一绝，白墙黑瓦，花林密立，山顶铺着炉甘石，逢雨天，就能炼制出一个人间仙境。萧宝儿曾得到一头由闵安转送的小猞猁，每次赏玩之时，就忍不住拿它和世子府的珍禽作比，她听说园子里的动物比猞猁更好看后，怎么也按捺不住要去探究一番的心思。

衣久岛平日驯兽，掌管了园子里的钥匙。她带着萧宝儿走进去，转了许久都不见归还。闵安有些心急，挑着灯笼寻了过去。路上有两名婢女走过，也不识得闵安，还以为她是寄居的客人。

闵安向她们打听，可曾见到郡公主一行人。婢女们提提手中的竹篮兔子，回道："郡主在里面呢，听说我们过来捕兔子给萧大人做药引，很利索地抓了一只出来，没有半点儿推辞。等下小相公见了郡主，再帮我们道谢一次。"

闵安应承下来，提灯走向园林，在一丛峻挺的竹子旁，突然遇见了李培南。整座世子府都是他的居所，他出现在任何一个地方也是应该的，难就难在他手里拎着一只竹筐，里面蜷着毛发纷飞的玉米。

短短半个时辰不见，玉米竟然受了伤，所戴的瓜皮小帽不知落到了哪里，耳朵上还有个缺儿，渗出一些血水。

闵安放下灯笼快步走过去，眼睛落在玉米头上的伤处，半天也不挪开一下。

李培南沉脸将竹筐递过来，说道："看好它，将军再有闪失，拿你问罪。"

闵安道声歉，从袖中扯出巾帕替玉米裹住头，李培南弯腰从玉米手里拈起白鹘将军的一根羽毛，别在它的小褂上，转身离开了园林。

玉米戴着一场恶斗之后的战利品，站在竹筐里吱吱叫了起来。闵安抬手半天，在它身上没找到下手的地方，最后拍在筐口上，恶狠狠说道："府宅那么大，你还能找到将军的屋舍？真是泼猴劲儿！下次再摸过去，我也要受罚，听到了吗？"

玉米听懂了，虽然千万个不愿意，还是吱的叫了一声，应和了闵安的责备。

玉米此次受伤，待遇不比以前，没了膏药的伺候，痛得直叫。闵安哄了几句不见效，背着它朝药房摸去。世子府的药房就在军医屋舍旁，所处僻静，避免了巡兵盘查的尴尬。

毕竟静夜出行，又伤了价值连城的镇宅珍禽将军，不是什么光彩的事情。

闵安从药房里翻出一封膏药，闻闻味道，知道找对了药，走到厨房，把它焙热了，拌上蜂蜜水，替玉米的伤耳裹好了药泥。玉米时而抬手摸摸耳朵，沾下一点甜味，将指头送进嘴里嘬，竟是馋得厉害。闵安拍下它的手，它就眼巴巴地看着她，随后趁她转身不注意时，将整只手塞进罐里掏蜂蜜，结果取不出来了，惊得吱吱叫。

玉米的叫声吵醒了炉子旁边打盹的婢女，她拈起蒲扇扇了下炉火，陶罐里的兔肉汤咕嘟嘟冒出香甜气。闵安认得她是萧知情的侍药婢女，也知道兔肉来自园林，用珍禽作药引，去调理萧知情病中的口味。李培南舍得拿一只西疆贡兔入药，闵安见了却有些不喜，不由得背起手上杵着蜜罐的玉米快步走出了厨房。

走回厢房不一会儿，竹斋那边响起一阵喧哗声，像是渐涨的波潮一般，逐渐卷向了内庭宅院。

闵安为了惩罚玉米，故意不帮它取下蜜罐，任由它举着罐拳头挥来挥去。她对着它笑，它对着她叫，小小的动静扯得灯影子直晃。

一众侍从提着灯笼涌进庭院，向掌门的婢女说着什么。闵安在厢房里已经听明白了外面的意思，叹口气，从壁上取下驯兽所用的皮鞭，拎在了手里。

竹斋来的侍从说得极清楚，刚不久萧大人喝过兔肉汤后，突然咯血，面色苍白。军医赶过来把了脉，没查出紧要的病因，只说她可能是吃了不适的东西。侍药婢女随即想起在厨房里偶遇闵安的事，觉得汤食是被她做了手脚，所以招呼着一众侍从赶过来讨要说法。

当然，依照他们的架势来看，讨要说法是假，兴师问罪倒是真。明天萧大人就要参与逐鹿赛，偏偏在今晚病倒，他们承担不起罪责，自然要找个替罪羊。

近些天在府里不受器重的闵安就成了好人选。

闵安深知自己"任重而道远"，从窗缝细细瞧了下院子里的光景，打算等衣久岛训完话后就出去认罪。衣久岛披着斗篷站在石阶上，用手点着竹斋的侍从，怒喝道："当本公主的院子是自家门楼吗？想进就进想闹就闹，将本公主的威仪搁在哪儿了？"

侍药婢女请求衣久岛允许闵安出来答话，衣久岛冷笑道："本公主的客人，凭什么让一个四品女官的下级奴才来问话？从哪里来滚回哪里去！"

侍药婢女面有难色，却不敢顶撞衣久岛。闵安从厢房里走出来，将皮鞭甩开，对着一众侍从说道："你们想要什么说法？按照府里的规矩，十记鞭笞够不够？"

衣久岛抢过鞭子，砸向侍从，喝道："谁敢走过来一步，本公主今天一定手刃了他！"

院门悬挂的灯笼影儿一晃，拥着貂裘斗篷的萧知情走了进来。她的面色苍白无比，一双眼睛淡去了往日的神采，勾出几丝柔弱的意味来。她的步伐也没有以前那样矫健，每走一步，仿似莲华摇落，翩翩裙裾盛着一阵轻风，无声卷荡在她脚下。

闵安看着她，眼光逐渐变冷。不知她摆出的这幅病怏怏的美人图是什么居心，猜想她难道是按捺不住，要亲自上阵了吗？

没多久，萧知情轻轻一咳，对着满院的侍从婢女说："你们都给我退下，深夜惊扰公主和贵客，没个规矩。回去后，自己领上一顿板子。"

闵安回道："萧大人体恤，愧不敢当。有句话还是想当面问个明白，在萧大人看来，药里可曾是我做过手脚？"

萧知情微微一笑道："是婢女看管不力，落了什么脏东西进去，我怎会推责到小相公身上？"

"大人明鉴。"闵安抬抬手，先走回了厢房，不再理会院子里的阵势。她本想领一顿鞭罚息事宁人，免得自己被撵出世子府，没想到萧知情倒是亲自赶过来了，温言细语化解一场纷争，大肆收买人心。衣久岛平日与萧知情有些交情，见有台阶下，终是不会撕破颜面。她摆摆手，唤走自己的亲随，将退路让了出来。

这时，院门外又响起橐橐靴声。十二对手持雪亮矛戟的侍卫疾步走来，排置在两旁，围住了整座院子。锦衣侍从提灯涌进，将各处照得亮如白昼。李培南穿戴齐整，最后走进院里，一袭石青锦袍深沉得醒目，牵住了所有人的目光。

众人齐望向世子，等着他的发落。

李培南看向萧知情，沉声道："病了就要好好休养，你的属下深夜惊扰府里的贵客，需是失察之罪。"

萧知情咬咬唇，躬身应是。

李培南问："我说得不对？"

萧知情柔声答道："不敢。学生谨领……"

李培南不待她说完，冷冷道："回去反省！"

萧知情蹲了蹲身子，没再说话，转身便行。一众侍从正随主而去，李培南抬手指向那个侍药的婢女背影，侍卫会意，交错矛戟将她拦下。萧知情回头瞧了瞧婢女惶恐的脸色，摇摇头，自顾走了。

李培南并不看那婢女，冷声道："做奴才的，敢在府里造谣生事，该怎样罚？"

婢女扑通一声跪下，慌乱应道："求世子开恩，奴婢并没有乱说话，求世子开恩哪。"

"没说假话，想来药汤里的东西就是你下的。"

婢女更是惶恐，不断磕头求饶。她并不知错在哪里，也不知世子怎会得到这样的推断，在她最是想不通的时候，闵安拎着竹筐走了出来，站在阶上说道："是我下的，世子错怪了别人。"

玉米扒在筐口，伸头看着院子里雪亮闪闪的衣甲，觉得蜜罐太重了，又将右臂掉在筐外，朝李培南吱吱叫着。

满院寂静时，衣久岛走出来一步，扯住闵安的衣袖说："你瞎认个什么？世子当真要罚下来，你又如何受得住？"

闵安淡淡道："我强自留在府里就是错，所以才引来纷争。为了让萧大人满意，我必须受罚一次，否则下次府里生出更厉害的事端来，罪凶可能还要落在我头上。"

衣久岛细细想了想，哑摸到了她的意思，突然跺脚一叹，转身走向了内宅，丢下一句话："谁造的孽谁来担，本公主不奉陪了。"

闵安依照府规递上鞭子，朝李培南躬身施礼，"请吧。"

李培南摆手唤退所有的侍从，包括那名惶恐不已的侍药婢女，沉默地看着闵安。

闵安的举止不卑不亢，心底却隐隐生痛。她拿不定主意李培南是否会鞭笞他一顿，但她明白李培南在想什么。李培南需要一个罪凶来平息纷争，有意先支开了萧知情，只拿住下人问罪，可那姑娘都不明不白的，险些要被剪舌头。闵安想着，诸多事端都是由她引起的，不如由她来受罚吧，想必能让萧知情满意。

"世子对萧大人的纵容，就是祸害其他无辜之人。"闵安不是糊涂人，受罚之前，自然要把话说清楚。

李培南丢了鞭子，朝玉米招招手，玉米一溜烟地钻进他的臂弯里，将罐装拳头举给他看。他抱着玉米走到阶前，握着它的手臂朝柱子上一磕，砸掉了陶罐，将它的手掌解救了出来。玉米抓紧机会嗫着手指，好奇地看着一旁静立不语的闵安。

李培南放下玉米，冷淡说道："离萧知情远些，对你有好处。"

闵安回道："世子有所不知，除非我搬出府里，否则到哪儿都远不了。"

"当初就不应该进来。"

"三天后自然会离去。"

"来得走不得，尽早死心吧。"

闵安抿嘴不答，心里有自己的主意。李培南看了她一眼，淡淡道："由不得你。"当先走出院子，侍卫在后簇拥着他离去。

闵安捡起皮鞭挂回原处，将玉米哄着睡下了，仍在想，三天后逐鹿大会结束，李培南会不会应允她的要求。想了一阵，没理出什么头绪，只得倒头睡下，等着第二天的比试来临。

竹斋里，萧知情却睡得不大踏实，她细细想着李培南的处置，觉得他应是偏袒于她，最后才放心地睡过去。

深秋红枫绚丽，山谷彩旗林立，人声鼎沸。

逐鹿赛第一场马术比试就在红枫山猎场举行。马术比试又分为上午下午两场，各有不同的规则，世子府由闵安领队出行。

猎场坐落在山谷中，以南面为尊，设置了观阅台，明黄伞盖高高矗立，烘托出一架锦缎龙椅。五岁光景的幼帝居中拥衾而坐，旁边的凤阁纱帐里，映着一个妙曼的身影，她时而伸出一截皓腕，取走幼帝手中贪拿的糕点果饼。幼帝噘嘴不乐，可又不敢造次，向左侧锦棚投去求助的目光。他的皇叔楚南王李景卓安稳坐着，侧影凛然，全副身心都放在了场中。

李景卓既然不看幼帝，龙椅之旁的纱帐自然也是不关注的，任由里面的盈盈眼光暗淡了下去。

李培南穿紫袍束白玉坤带，以手支颐坐在父王旁侧，一双鹰隼般的眸子徐徐扫视，底下马队喧闹，人声浮沸，尽收眼底。他的身后是非衣的阁帐，里面只留了祁连雪端坐的身影，既雅静又孤单。

大红纱裙的衣久岛钻进阁帐问："二公子呢？怎么不陪你？"

祁连雪嫣然一笑："我催着他去看看小相公，必要时出手照应一下。"

衣久岛索性挪到祁连雪身边，红裙与她雪白的衣衫相辉映，在纱帐之后留下两道娟秀影子。远在场地里的非衣回头一看，就能找到最为醒目的衣影，由此放下心来。

观阅台两侧，林立各宫亲、官宦人家凉棚，锦帐纷纭，布置好了瓜果食水所需。他们围聚在一起，形成了半壁势力，正对着校场里的参赛人马。

一共有十数支队伍参加比试，领队者策马站在最前，衣饰各异，以此来区分各家的出处。闵安扣着马缰，带领一众侍卫列队排在左侧，细心观察周围的对手。世子府的马队齐齐穿着深红色锦衣，翻领窄袖，头系绿色缠带，一身利落，英气逼人，在人堆里比较扎眼。非衣走进待出发的队列中，找到了闵安。他拉过马缰，趁着嘈杂对闵安说道："跑出去后不用那样拼命，留在谷口，等侍卫队搜集小旗交到你手，你骑马拿回来，照样算你的功劳。"

闵安微微侧身下去，问道："你说什么？"

非衣突然醒悟到，他是在对闵安的左耳说话，心底不由得揪了一下。他连忙转到马身右边来，又强调了一回。闵安听清楚了，仍然有所迟疑，"这样做，我岂不是在作弊？"

非衣手上加力，拉得马头低靠下来，也带动马上的闵安躬身抵向了他这侧。非衣穿着紫红长袍，领口衣袖缀饰了金丝藻绣，与闵安的深色锦衣相应，两人相靠的身形，犹如一株并蒂而生的珊瑚玉树。高台上的李培南转眼看到他们凑在一起，不知在说些什么时，皱了皱眉，立刻唤侍从去请非衣回来。

侍从领命去催，非衣像是没听到似的，依然对着闵安耳提面命。他的意思很明白，就是要闵安将护住己身作为第一要务，至于赢不赢上午这场马赛，完全不需闵安考虑。非衣说，若是抢到的旗子数目少了，侍卫们自然会知道怎么做，确保本方扭转局势。常见的手段有绊马索、飞刀、天降沙石阵雨等……

闵安听得睁大了眼睛，"皇家赛会，也使那些下三烂手段？"

非衣淡淡道："有人就有江湖，有江湖就有恶斗，十几支马队跑进山谷，谁又能看得见背后发生的变故。你记住一点，只要能达到目的，就不要计较手段。"

闵安了然，在马背上坐直身子，看向周遭对手的眼光变得审慎起来。非衣将李培南派来催请的侍从打发走，亲自拉着闵安的马缰，站在队列之前，回头问侍卫队道："东西都备好了吗？"

侍卫们从衣底袖口翻出一条条飞链绑缚的薄刃镰刀，齐齐答道："请二公子放心。"

"这都是从哪儿冒出来的。"闵安看得实在是惊奇。昨天下午与侍卫大哥们配合训练时，从没听见他们提过别的事，个个都埋头苦练，这下齐刷刷地一出手，简直要把闵安震住了。

侍卫队长张放笑了笑，"小相公甭担心，死不了人。我们这队大风大浪经历得多，还没把小规格的马赛放在眼里。"

闵安啧啧嘴道："敢情我还成了拖你们后腿的人。"

张放嘿嘿一笑，闵安又问："世子知道吗？"

张放肃容道："公子自然是知道的，所以才不上场。他说过，若是由他出手，只怕所有人有去无回。"

闵安内心嗟叹，果真是虎狼一般的人，不管他在哪处场地，就从来没手软过。

再过一刻，高台鼓号齐鸣，禁军持旗飞驰当先开道。非衣放开了马缰，闵安在激越的鼓声中，带队风一般奔向山谷。

山谷设立了多处陷阱坑洞，考验参赛者马上功力。首先一难在地势曲折险陡上，马队要经过几道起伏落差大的山坡，抢夺栅栏阱口的彩旗。第二难在洞穴多，导致出路回旋往复，骑兵往往冲杀一阵就会迷路。最后一难落在沙尘灰雾天气上，使得众多衣饰的身影撞在一起，敌我难辨，只知道从旁人手里哄抢彩旗。

针对上述三难，各家骑兵设置了对策。通常的应对方法是问答口令，往往一拨人撞在一起，口令声此起彼伏，然后拉开马找己方人，容易出弊端。闵安为了保险起见，在本队人衣囊里装满了香料，即使走散或者撞见在一起，都能循味辨人。

远处长鼓声响阵阵，以示激励催促，唤马队早些夺旗回转。

闵安铁了心要拔头筹，凭借着服劳役铺石阶的记忆，硬是在雾气腾腾的山谷里找到了出路。她勤学苦练一月有余，身后又有张放作辅助，两人纵马在阱口急掠，齐心合力拔到了几面彩旗。

一支彪悍的骑军突然从旁边杀进，打头的人穿着黄衣黑裤，头戴软甲帽，像是跳出山涧的老虎，径直扑向了闵安。闵安认得他是祁连太后家的外甥，禁军营里的后起之秀，叫温什，连忙避开。

温什气势汹汹，可比瘟神，堵在他马蹄之前的对手纷纷铩羽。闵安拨转马头，赶到他马股后，见他的马尾并未编扎起来，心生一计。

通常参加马球战的骑兵，都会将马鬃编成三花形，将尾毛紧扎在一起，避免与别的马匹发生纠缠碰撞，影响骑行。瘟神并不参加下午的马球赛，又喜欢将自己和所骑之马装扮得漂亮些，来博取场上闺秀的眼线，因此给了闵安一个机会。

闵安纵马跑出去，抽出一支栅栏竹篙，在燃烧油脂用来驱雾气的铁盆里搅了搅，将竹篙紧捏在手里。她靠近温什，以竹篙为刺，和温什缠斗在一起，趁机将油脂擦在温什马股后。当她掀翻铁盆时，火星飞溅到温什马尾上，立刻点燃了尾毛。马匹受惊，将温什掀落在地，闵安趁机夺去了他手里的彩旗。

那边张放招呼世子府的侍卫，将祁连家的马队堵在栅栏边一场激战，黑手频落，又抢了几面旗帜。

如此拼杀一阵，闵安与侍卫队闻香气首尾结队，如铁屏一般扫除了其他马队，当先冲出了山谷。

闵安纵马跑回时，背缚一包旗帜，并高高扬起了右手。右手之上，赫然是一面金黄色飞龙旗，迎风猎猎飘舞，宣示着最困难的陷阱已被攻克，并迎来了王旗的回归。

观阅台前号角长吹，礼部侍郎宣告世子府首胜。

闵安众人齐齐向台上行礼，见到李培南摆手示意，才依次离开校场。非衣绕到禁军值守的屏障石墙外，截住了闵安，叫她去阁帐里歇息。

闵安摇头道："流了一身汗，气味难闻，恐怕唐突了小雪姑娘，我还是先去更衣吧。"

非衣回道："小雪唤我来的，她并不计较这些。"

闵安仍是拒绝，走回侍卫队搭起的帐篷里，提水草草擦拭了一遍身子。全身气力耗尽后，肚子先饿了起来。摸出帐门在石窝里翻出一个烤熟的饼子，张口吃了起来，噎得喉咙里有些难受。

一个竹筒及时递到眼前。闵安来不及称谢，拿过竹筒喝尽泉水，擦净嘴角说道："世子怎会来这里？"

李培南转到闵安跟前坐下，将手里拎着的竹枝在沙土地面上划了几道痕迹，说道："下午马球讲究角力与计策，张放守外围，你传球给左轻权，由他去攻。"

"为什么要改变以往的打法？"

"听话就成。"

闵安听见李培南的吩咐，低头去拍锦衣袖口的沙灰，并不答话。额上缠绕的绿带散落下来，擦着她的眉眼，看着有些不便。李培南本想伸手替她拂开，她已经抬起头后退了一步，说道："世子临场才改变打法，难道是另有目的？"

李培南确实有其他的目的，但不能对闵安明说。闵安此次矢志不渝挤进府来，无非是为了奏请与玄序的婚事。将闵安嫁给他人，李培南自然不乐意，除此外，他不希望闵安风头太旺，惹得其他人记挂，另生事端。

逐鹿赛分三场比试，由闵安统领马术队，左轻权御射，萧知情进行剑术切磋。上午闵安手持金龙旗当先驰回，马上英姿夺人眼目，又恃生得唇红齿白，已有不少闺秀向衣久岛打听她的出身。李培南听到消息后，立刻决定提升左轻权的位置，将他推到众人眼前去。

左轻权文武兼备，堪能担当重任。只是闵安有自己的考虑，极为推脱明天要进的箭靶场。她在马术上能拼得一二，箭术实在是浅陋，所以打算依赖今天的比试攒功劳。

李培南懂得她的心思，说道："你若不从，必然会坏了我的事。"

闵安勉强答道："我只能应世子一声，尽量见机行事。"

李培南转头离去。

午时，宫亲贵族一行人留在猎场行馆进膳休整，李景卓安置好幼帝的衣食住寝，退了出来，回到锦帐内饮茶。非衣及祁连雪侍立一旁，李培南最后进门。

李景卓一见到李培南，脸色仍然缓和不下来。李培南旁若无人地走到椅前坐下，说道："刚御医通传，太后心口痛，怎不见父王去探望下？"

"孀嫔之前,父王身份怎能随意走动。"

"礼行之事,父王也需操持。"

父子两人语含机锋地一来二去,杵在一旁的非衣明哲保身,带着祁连雪走出了锦帐。随后,祁连雪去行馆内探望祁连太后,询问病因。太后只说口味不适,腹胀气闷,已经服下一帖药,身子并无大碍。

祁连雪放下心来,找到非衣,催他去请闵安过来进午膳。闵安不便连推两遍祁连雪的好意,故而欣然赴约。宴席上遇见了衣久岛,她穿着桃红宫装,两颊染着喜色,眉眼飞扬,顾左右笑语连连。

闵安低头喝汤,衣久岛就持着她的手腕说笑,害她汤匙抖个不停。

闵安无奈停下饭食,问衣久岛:"公主到底想怎样?"

衣久岛嫣然一笑,将嘴唇凑到闵安耳边,轻轻说道:"世子准了我的议亲,向官里递了禀帖,拟定下月聘我为妃。"

闵安怔了怔,过后反应过来,疑虑道:"世子正宠着萧大人,怎又会要娶你。"

衣久岛搥了她一记,嗔道:"先前还有风声说你是世子的兔儿爷呢,还不是不了了之。"

闵安再呆愣一下,才应道:"我这是玩笑话,算不得真。公主这桩可要守好了,千万不能让萧大人钻了空子。"

衣久岛嗤的一笑,道:"她若贴过来做妾,本公主自然不会推拒,可她放得下身段吗?"

闵安没应,实际上她已无话可答。世子府的风云变化,简直比教坊传唱的话本还要精彩。她低头再要舀汤,衣久岛又凑过来说:"皇天不负有心人,我终于等到嫁进世子府的这一天了。喂,你不进来陪我吗?"

闵安正眼瞧了下衣久岛,看她神采飞扬的模样,觉得她应该不是在说梦话。"你与世子喜结连理,我掺和进来做什么?"

衣久岛扒住闵安的手臂,不以为然地说道:"这里不比西疆自在,我又没伴儿,不如你来陪我。"

闵安抖落她的手道:"公主多喝些鸡汤,补补脑子。"

衣久岛突地转了转眼睛,狡黠笑笑,"那,你帮我写封信交到世子手中,向他表达我的倾慕之意。"

闵安忍不住打了个寒战,说道:"私密书信,怎能由我这外人代劳?"

衣久岛转眼就变了脸色，拿出场马术比赛的名额威胁闵安，嚷着要将她撵出队伍。闵安只得转了脸色，低声下气地求着，在案席后拉扯了一番。非衣伴在祁连雪案旁，听不见对面的两人在说什么，一半的心思放在了饮食不适的祁连雪身上。

祁连雪也不知对案在闹什么，笑着打圆场，"公主不可欺负小相公，她是我的贵客。"

衣久岛扁扁嘴，扯着闵安走出帐篷，继续恐吓闵安，最后还是搬出不通文墨的理由说服了他。闵安钻进衣久岛的阁帐，盘腿坐在案后，字斟句酌，写了一封书信。信中说：红鸾星动，化禄照吉宫，正是婚嫁好时机。妾心忧虑，不堪相思苦情，唯付素笺一封求君意……云云。

写完之后，闵安实打实地摸了摸手臂，按下泛起的疙瘩。她看着衣久岛用花香素笺誊抄一遍书信，用绢带封好了，才放心地走出门参加马球赛。衣久岛咬着笔杆子想了一阵，将闵安的原件扎了起来，置换掉自己抖得不成字形的素笺。

此时，李培南还在父王帐里听训。说是听训，他坐得比父王还要闲适，以手支颐，听着观阅台的鼓声点数。

三长两短，马球即将要开场了。

李培南瞥了下父王的侧脸，觉察他没有出帐的意思，催了一句："父王还有什么不满意？"

"早些成婚，我才会满意。"

"慢慢来。"

李培南拿着婚事拟议，总算安抚住了父王的火气。

逐鹿赛是宫廷盛事，摄政王必须到场。可是几天前，李培南将父王软禁了起来，惹得父王恼怒。后边他再想请父王出来参加开场礼，楚南王嗔怒未息，一面托病，一面以世子纳妃的事相胁。

李景卓打伤了闵安，确知是拂了李培南的面子，他有意不提这中间的龃龉，只问李培南一件事，"当初在行馆，我就发公文催你定下一名妃子，你也应了我的话，说是逐鹿之前必定向礼部呈上禀帖，挑一门贵女下彩聘。现在时候到了，你的禀帖又在哪里？"

李培南自然记得这桩差事，他将衣久岛留在府里，就是为了应对父王的追婚之举。若是像以前，他将送进府的豪门贵女一个个打发掉，不久后他的父王必定又会送进来一批姿色更盛声名更甚的女子。世子府的地位举足轻重，闹出的动静及采制超过宫廷选秀，次数多了，徒惹谏议大夫闲话。

李培南找到了应对之策，开始拖延父王的催促。李景卓显然也明白他的心思，与他斗气几次，均是落于下风。这次，李景卓采了迂回方法，拿李培南最为看重的信约来压制他，终于迫得他退让了一步，向宫中呈报与衣久岛议亲一事。

李培南不得不守约，因父王数月前使弄翻云覆雨的手段，拟奏替他置办姻亲，让门下省同意附署，将世子拟娉写进了公文中。既是公文，就要维系朝廷及王府威仪，怎能随意更改推诿。李培南接到公文之时，恰好在一月前，彼时他深知闵安的出身不足以入选，因此在行馆里嘱咐厉群回信，推脱说日后再议婚事。

李景卓向李培南推荐中意的人选，李培南一口拒绝。李景卓思前想后，将萧知情暂且放在一旁，催促李培南筹备婚事。

李培南仍是冷淡以对，能将父王请出软禁的石屋，于他而言，已是事成，婚期尽可拖延。衣久岛在帐外唤了两声，他借机走了出去。

衣久岛低头羞涩一笑，将手里抓着的怀纸信包递了过来，转身一阵风地跑了。李培南站在帐前有些惊异，拆信一阅，又笑了起来。

熟悉的字迹，文绉绉的言辞，和平日怀里贴身收着的书信一样，竟然辗转来到了他的手上。他自然知道，闵安不会思念他，可能接到闵安的两封私信，多少还是让他欣喜宽慰。

李培南走回观阅台看马球，即使看到闵安挤走左轻权，夺得了第一筹进球，他的心里依然没有一丁点火星气。场中闵安手持月杖击向彩球，侧身落在马鞍旁，动作矫健如猎豹，倏忽跑到了短门前。迎面扑过来黄衣黑裤的少年郎，与她打了个照面，禁不住微微一愣。

闵安也有些惊讶，只是没在脸色上显露出来。过来的少年郎正是祁连太后家的新秀，上午被闵安烧了眉毛甲帽的温什，正豁着两截高隆的眉骨，光秃秃地染着焦黄色，像是从火里扒拉出的稻秆。

温什在马上喝道："怎么又是你？！"

闵安不答话，击球入门，朝温什撇撇嘴，送他一个讥讽的笑容。温什打马直追，索性弃了彩球，一心去绊闵安的马腿。

依照两人各自收集到的战报，闵安以为温什下午不会参加马球，而温什也以为不会遇上闵安这个世子府的主力军。

温什出自禁军营,捕捉到一些散落的消息,知道下午世子府派出左轻权做主攻。他与左轻权有些私交,左轻权随后又传密信过来,说是愿意助他一臂之力赢得下午的比赛,以此来平息祁连家的不平之气。

祁连家马队会生气,是因为上午世子府侍卫使黑手夺了他们的彩旗,使得他们名声扫地。既然世子府有意卖个人情过来,温什作为马队队长,自然也要好好接住。他正打着彩球,虚晃一下,竟然迎上了闵安,不由得起了报仇的心思。

闵安被气势汹汹的温什缠上,没法静心打球,索性提住马缰绕着球场一阵疾跑。球场是由黄土一寸一寸砸平的,侍从用油反复浇铸了地面,落得平滑如砥,光亮如镜。闵安和温什的马上功夫都不差,跑了几圈下来,都未见分晓。观阅台上的皇亲贵族们乐得直笑,一边看球门左右厮杀得火热的比拼,一边又分出心来看场地外面遛圈的两人。

衣久岛钻过几座纱帐,摸到祁连雪的身边,去问一旁守护的非衣,"这是什么战术?"

非衣忍不住也笑了,"依闵安的性子,大概又是乡野小儿的把戏。"

正说着,领着温什转圈的闵安有动作了。马球进行到一个鼓点,必须换马蓄脚力,温什追着闵安跑,哪有心思去换马搦战,不知不觉座下的白马已跑得力怯。闵安瞅准时候,将随身带着的玉米零嘴儿撒开,豆粒珠子滚落黄土黑油的地面,软滑得厉害,温什的马一踩上去,顿时失足。

台上众人只看到闵安单骑穿过一列锦旗屏障,洒脱地跑进了场,身后已不见追击的温什,谁都不知温什去了哪里。

闵安换马之后,冲进球场厮杀,手起杖落,端的是凌厉无匹。左轻权从旁路助攻,张放守门,三人配合默契,压制住了祁连家的火力,半个时辰后,取得马球的胜利。

祁连家的儿郎打完马球,才在锦旗后找到落地不起的温什。温什正撅着屁股,匍匐在摔落的马鞍上,捶地大怒,"他娘的,不剪了小相公的威风,小爷就不叫瘟神!"

让他在一众美貌的姑娘们面前,灰头土脸两回的人,实在是太可恨了。偏生那人的脸皮生得厚实,赢光了姑娘们的青睐后,还一头钻进纱帐里不出来。

温什嚼着牙,一拐一拐地离开了球场。

由此,逐鹿赛场上盛传祁连家与世子府不合的消息。

"罪魁祸首"闵安觉得这个梁子结得实在是冤枉，可也没有心思去替世子府解开。她正痛惜玉米的零嘴儿没了着落，回去之后免不了被它追讨，所以摸进衣久岛的纱帐里寻一些小食。

衣久岛走回来，塞给闵安一些香巾、胭脂、绢帕，笑着说都是小姐们打赏的。闵安没取那些，就包了一点桂花糕、蜜饯塞进怀里。

一天的比试结束后，宫亲女眷轮流作陪，力邀幼帝及太后登昌平古城赏灯赐福。李景卓心系幼帝居行安危，自然要全程陪护。太后坐着凤辇，高兴地前往昌平府内城第一楼，欣赏手可摘星的壮景。

豪门贵胄派出的马队忙乱一天，此刻得令散去，各自摸进街市民巷游玩。

闵安回到世子府，玉米一阵风地扑过来，吊进她的臂弯里就不下来。闵安哄了一刻，将它安置进围椅里，坐在一旁歇息。他拿出绢帕里的蜜饯，喂给玉米，玉米舔了舔甜味儿，嚓几口，再也不吃。

闵安一心念着明天的箭术比试，立起几道靶子，开弓练了起来。可她的箭矢往往失去了准头，乱七八糟散进石塘花丛中，看着令人泄气。

玉米吱吱叫着，伸手要闵安抱它出来。闵安觉得气闷，将自己稍稍收拾了一番后，索性背上玉米去街外游玩。

昌平古城夜景繁荣，摘星楼高耸入天，挂满了灯盏。

内城有禁军把守，普通民众无法靠近，人流拥簇在内城外，仰头观看玉宇层楼。时有斗花冲天而起，照亮了数里长街，皇家气象与之辉映，吸引了更多游人驻足观赏。

深巷及瓦舍就落得清净了不少。

闵安背着玉米走出世子府，已被温什派出的家奴盯梢上了。温什在闵安手里连折两场比试，心里十分不服气，一接到家奴传来的消息，他马上散了酒席，径直从二楼栏杆处跃下，抢了一匹马就朝夜市冲去。

闵安买了一串糖葫芦，塞进玉米手里，又拈着拨浪鼓跟在小贩身后走街串户，乐得自在。当她回头看见温什带着一众打手，气势汹汹地冲过来时，拔腿便向小巷子里跑去。

久违的逃跑神功发挥了作用。闵安弯腰在民户屋檐下钻来钻去，不多久就甩开了温什那一队人。温什气恼地捞起一根竹篙，纵马在巷子里乱窜，将人家屋檐瓦片扫落了不少下来，闹出一片响声。砸了很久，没惊出闵安的人影，温什气冲冲地对着夜色喊："你他娘的小相公，敢不敢露个脸跟爷爷干一仗？还躲着不出来，爷爷明天就编个曲子，让大街小巷的雏妓儿唱响你的名声！"

闵安像是一只缩头乌龟，蹲下身子挪出了暗巷，背上的玉米好奇不过，本想吱吱叫上两声，被她眼疾手快盖上了竹筐，将声音阻断在里面。

彻底逃了出来后，闵安扬眉吐气，慢悠悠地走向了内城。今晚花火齐放，夜景绚丽非凡。所有的宫亲贵族都留在城楼上赏灯，女眷们按照往例，撒落一些银钱彩缎下来，赐给民众一城福瑞。闵安推想温什不敢来天子脚下撒野，撇开温什之后，有意凑向了护城墙外，也仰头去看天上的花火。

摘星楼层层叠叠的光华，掩落在花斗辉彩中，底楼侍从持伞而立，眉目映得清晰。闵安向他们掠了一眼，突然觉得其中一人有些眼熟。

似乎是那名叫做朱八的白木郡衙典史。

闵安稍稍惊异，没想到朱八攀升速度如此之快，不过一旬未见，已然混到内廷中去做了侍卫。再过一刻，花斗燃尽，世子府骑军鸣金疾驰，当先肃清了回行馆的道路。随后，金驾凤辇齐齐回转，带着延绵不断的伞盖仪仗，迤逦铺排了一路。

楚南王李景卓陪护幼帝车驾回到了行馆，李培南统领一切军务，带队彻夜巡守红枫山。非衣陪护祁连雪及衣久岛，只有闵安落得逍遥自在，摸回世子府好生歇息了一宿。

一宿无事。

第二天便是箭术比试。闵安起了大早赶到红枫山猎场，左轻权已列队点数箭囊完毕。一行人按照牌号走上校场，各自施展身手，向靶心射出三箭。萧知情穿着朱红罩甲及洒金线百褶裙登场，英姿勃发，震弦而射，获得满场喝彩之声。她面带微笑，向观阅台左右作揖谢礼，如当涧而立的白鹤，在众射手中极为醒目。排在她之后的闵安可就不够光彩了，将三箭全数射偏，被淘汰，在一众哄笑中灰溜溜地退下来，走回侍卫营帐篷歇息。

校场上鼓声阵阵，各家的儿郎骑马飞驰来去，向高台上的皇族展示了高超箭技。闵安留在营地里，听着喧闹动静心痒难耐，很想知道比试的结果。可是遭淘汰之后的参赛者，损失了颜面，实在是没有理由继续留在场上。况且闵安的风头一落千丈，只要她一露面，势必会引起昨天败于她手的各家队伍一片嘲讽声。

闪安百无聊赖地坐在石塘前，温什循迹找来，也不打招呼，径直拿着长鞭抽了过来。闪安滚地避过鞭影，一时找不到称手的武器，索性捏起石块呼呼地砸过去。

山谷里鼓乐齐鸣，喊声如雷；营地里两人忙着争斗，打得难解难分。

闪安觉得温什简直是无理取闹，温什看闪安觉得十分不顺眼，鞭鞭咬着闪安的背上抽。缠斗一刻后，闪安寻了个破绽跃出石塘外，喝道："你到底想怎样？"

温什抖了个鞭花，冷笑道："小爷拼着逐鹿头筹不要，也要弄死你个小娘皮的。"他并不知道闪安是女孩儿，只是看闪安生得俊俏，没有男人的威武劲儿，所以才用小娘皮羞辱闪安。

闪安回嘴道："猪狗！死奴！当我真的怕了你不成？"一边骂，一边跑，从帐篷门外扯了一根旗挑子过来，三两下剥落缠巾，做成一柄竹剑捏在手里。温什提鞭来追，闪安使起李培南所教的三招君子剑，将"投木报琼""相见恨晚""白首同归"一一演练出来，反复舞上十数遍，剑影子就影影绰绰的，像是一道罩子笼住了温什的全身。

若要闪安临阵使出高超剑术来御敌，那简直是玩笑话。但她苦练这三招一月有余，且只练这三招的起手、连贯、反刺的能力，作用就不可小觑。她不管温什提鞭子攻向哪里，反正只上上下下、前前后后地舞剑，将自己罩得滴水不漏，温什一时竟拿她毫无办法。

鞭子抽不进去，温什怒喝道："小娘皮的，使什么鬼把戏！"

"杀狗三剑听说过吗！就是哥哥这种打法！"

温什大喝一声，合身扑了过去。闪安见他不管不顾地整个人抱上来，也急了，起脚去踢，连剑招都忘记刺击出去。温什得了便利，两臂一锁，将闪安箍在怀里，没哪处出力，索性一口咬上了闪安的脖子。

闪安自从恢复过女儿身后，就牢记除去夫君外男女授受不亲的道理，在温什臂下挣扎得厉害，还是被咬到了一口。她痛得直叫，用膝猛击温什下身，发力挣脱了出来。温什捂住裆部翻到在一旁，嘴里咒骂不停。闪安听着十分气恼，抓起半大不小的石块，朝温什砸了过去。

两人的梁子越发结大了，闪安始终稍占上风，却抵不过温什的缠功，心里计较只能避开这疯子。营地里没人能庇护她，就朝灰雾重重的山谷跑去。温什不舍，又跃上一匹马就追了上去。闪安带着温什在山谷里绕来绕去，净是挑陷阱栅栏口边挑衅他，引他过来抓，再趁机用阴招坑害他。

温什果然鲁莽，中计落在坑底，闵安就蹲在坑口前问："服不服？还敢来招惹我吗？"

温什大声咒骂不停，闵安索性走回帐篷，简单擦过了身子，吃了一些干粮倒头就睡，再也不管落在坑里的温什。

箭术比试趋近尾声，李培南得了空闲离开观阅台，找到了营地里，却看到石塘火星散落一地，石块乱七八糟投砸的痕迹。他堪堪扫了一眼，推断出大概，站在帐篷外说道："这两天避开温什，不可与他再生事。"

闵安惊醒过来，揉了揉眼问："为什么？"

"有用处。"

"什么用处？"

李培南负手而立并不说话，闵安就知道问不出答案了。她扯过冷手巾抹了把脸，走出了帐篷，低头应道："好吧。"又走到石塘边，将石头捡了回来，一块块重新垒上。

李培南看到地上丢弃的竹剑，沉吟一下，问道："你与温什打斗时，使出了三招君子剑么？"

闵安将竹剑擦干净，插进帐门沙地里，应道："世子所传的剑法很厉害，温公子攻不进来。"

"如此说来，是你赢了。"

"是的。"

"两天后再打斗，将剑招反过来用，更有作用。"

"是吗？"闵安听得惊异，不由得停下了手里的事，李培南却没再说什么，转身离开了营地。

闵安很想再去找到温什，试试将剑招反过来的作用，但又记着李培南说的"两天之后"，想了想，还是按下了心思。通常情况下，李培南不会将一句话重复两遍，既然说了，肯定是有原因。

闵安找不到原因，但明智地不去触怒李培南，想着总归会落得好的结果。昨天她忤逆了李培南的意思，将左轻权挤到一旁，先击进一记马球，已是赢得了不少风头。风头大了，自然会引来其他青年子弟的妒忌，这追着她不放的温什就是铁例。她不想再纠缠下去，走回去解救温什，温什已骂得口干舌燥，斜依在坑壁上喘息，闵安将绳子绑好甩下坑，便自己回去了。

下午，闵安失去参赛资格，又为了躲开温什，就向张放通报一声，先行离开了红枫山猎场。见她落了单，温什又从暗处跳出来，当道挑衅。闵安有意退让，打马跑向昌平府，温什一路追赶。

两人你追我躲忙了大半个下午，天色渐渐灰暗，乌云隐隐盘旋。闵安抬头看天，擦去汗，心头烦闷，见温什仍旧赶来，拨转马头喝道："你有完没完？整日追着我不放，不嫌害臊吗！"

温什丢石子过来当回答，"追你个小娘皮是小爷看得起你！小爷输人不输阵，断然不能把祁连家的名声坏在你手里！"

正说着，后面赶过来助阵的一众家奴手持棍棒走近，其中一人还大声说道："公子差我办的事已经办好了！这小娘皮回城里去，保准每座妓馆都传唱编排他的小曲子！"

闵安想起昨晚温什在巷子里丢下的恐吓，心下委实惊怒。坏她名声不要紧，但是传到世子府里，连累李培南被市井笑话，所造成的后果就不妙。她不想节外生枝，咬牙想了半天，最后跳下马来，让温什打了一顿。

闵安护住头脸，倒地不起。温什喝退家奴，只他一人下手砸闵安，还呸了一口道："不是和世子爷有言在先，看小爷不整治死你！"

闵安的身上到处都痛，脑子里嗡嗡响得厉害，哪还有心思去问温什与李培南约定了什么。依照两人性子来看，决计不是什么好事。闵安只想在逐鹿赛后抽身退走，决计不肯再多管闲事了，等温什打得满意带人扬长而去后，她才从地上爬起身，骑着马走回了世子府。

将要进门时，她将身上脏乱不堪的锦衣收拾了一番，还用头巾包住脸，躲躲闪闪地从侍卫眼皮子底下掠过。侍卫不是张放那一批走得近的人，也不会多问一句，放闵安走进门。管家张罗晚膳时，听说闵安不愿出屋进食，还殷勤地将食盒亲自送到她门前。闵安隔窗道谢，管家多留了个心眼，摸过去从窗口瞧了瞧光景，惊叫道："哪个伤了你？好大的胆子！"

闵安不愿多说，管家急得翻窗："唉，公子这几天忙得打紧，顾不上你，你就落得这个模样。回头公子要是知道你在外面挨打，我这老骨头就担不起责任——"

闵安不等他说完，连忙关上窗户道："大叔不用担心，我在府里只是个食客，世子没道理来怪责你,我这伤也不重,睡一觉就好了。"

管家直叹气,"公子这几天,唉,那萧大人,唉……"他似乎有什么隐情难以启齿,唉声叹气半天,闵安又没心思去问,请他取来跌打药,擦过澡涂涂抹抹一身,倒头就要睡下。

管家看到雷雨天气将要来临,而闵安又是一副被伤了头脑的模样,心底暗暗叫苦。他听自家公子说过闵安的宿疾,又因府里的骑兵侍卫全数去了红枫山护卫皇亲,没留下多少照应的人,思前想后了一刻,他还是遣一个侍卫骑马赶到了红枫山,将消息送到了李培南手里。

李培南重责在身,自然不能回来处置私事。他念及衣久岛与闵安的交情,催促衣久岛回府照看闵安,却未透露打伤闵安的人是谁。衣久岛一听说闵安受伤,就跳了起来,不需李培南再多说一句,带着一队人火速赶回世子府。

厢房里,闵安快要睡着时,突然想起玉米不见了。她爬起身,忍着头痛去找玉米,在院子里转了一圈,喊得喉咙干了,还是没发现玉米的影子。

闵安问白天帮忙照看玉米的婢女,婢女回答说,下午玉米打翻了福兴坊送来的贡饼,她训斥了两句,玉米龇龇牙翻上檐头就跑了,怎么唤都不回来。

这婢女是衣久岛贴身侍女,说得委屈,闵安还得安抚她两句。院子里落下两道雷声,雷霆闪过,噼噼啪啪落下雨点子。闵安在头上披上一件雨罩,正待朝雨里冲,婢女拉住她,说是自己去找玉米,好生将她劝得睡下了。

衣久岛回到世子府后,走进厢房里查看闵安伤势,见她手脸肿得厉害,心下怜惜不过,亲自绞了手帕给她冷敷。

雷声滚滚,雨水帘子挂在屋檐下,哗哗作响。

厢房里沉浸着安神香气。闵安昏沉沉醒过来,发觉桌上燃了一盏孤灯,零星光火洒落地面,也映出了一道蜷伏在炕边的影子。

闵安伸手推推伏在她枕头旁的衣久岛,低声问:"公主怎能睡在这里?回去歇息吧。"

衣久岛埋头不动,似乎是睡得沉迷。闵安发力再推,衣久岛忽然软软倒向一侧,滑落身子,在心口处显露出一截刀柄来,桃色宫装竟是浸满了鲜血。

闵安一激灵,翻身坐起,用手去探衣久岛鼻息,觉察到尚留一丝气,立刻嘶声喊道:"快来人!公主遇刺了!"

雨声盖过了闵安的嘶喊,闵安又大声叫了一遍。

衣久岛所带回的一队人都已睡下，由于奔波了一路，晚上俱各睡得深沉。只有两名侍从值守在院外，听到喊叫抢进门来，抱起了衣久岛的身子，冒雨冲向了军医所在的院落。闵安抱臂坐在炕上，在门窗涌进的雨水冷气中瑟瑟发抖，仍是不明白衣久岛怎会被人刺倒。脑子里混沌了一阵，一道闪雷劈落下来，照亮了狰狞的夜色，突然也拨开了她心里的迷雾：有人选了这样的雨夜，嫁祸于她。

闵安起身摸出门，提着一柄灯笼打量四处的动静。她相信凶手仍然留在了这座院子里，因为侍从彻夜未眠，就驻守在院外，若是遇见了想潜进来的刺客，他们必定会大声呼喝惊醒她的。

闵安只担心，趁着侍从抢进门查看衣久岛伤势这段空隙，凶手会悄悄逃了出去。院子里闹出一番动静，惊醒了其他的婢女，她们纷纷点灯，披衣走出门询问缘故，只有一间屋子里还是黑魆魆的。

闵安回头瞧见了不点灯的屋子，扯过婢女低声问道："这是谁的厢房？"

婢女答道："柳家娘子的。"

"柳玲珑？"

婢女怯怯点头道："柳家娘子平日教习公主舞蹈，就歇在这座院子里。"

"那她人呢？"

婢女摇头，三三两两结伴冒雨向军医院落那边冲去。

闵安提着牛油纸扎的灯笼，披上雨罩，一步步打听柳玲珑的去处，终于在大门前得到消息，值守侍卫说，柳家娘子在一刻前推说闵安口苦，要喝冻子酥奶酒，她必须连夜赶到农户家去，取新鲜的奶皮回来。

闵安推算柳玲珑离府的时间，恰好就是事情败露之前，心里腾地燃起了一把火。她不明白平日里看着良善的柳玲珑，为何会刺杀衣久岛来嫁祸给她。一时不及多想，连夜找出府去。

第二十章　身负诬名意凄惶

夜半，昌平街道上。

大雨滂沱，砸在柳玲珑身上，使她睁不开眼睛。她的臂弯里挎着一个小包袱，背上还背负着喝醉了米酒的玉米，行走得十分艰难。连着滑倒几次后，她忍不住咒骂起天气，又咒骂起使她连夜出逃的罪魁祸首萧知情来。

萧知情掌握着她柳玲珑的生死，其狠心的程度，远远超过了世子李培南。柳玲珑本来是惧怕李培南声威的，在世子府里老老实实做人，可是萧知情随后找到了她，拿舵把子犯了马上风的细节来质问她。

萧知情说，即使世子权势再大，也管不着昌平府父母官的御民手段，她已看出马上风一案中的破绽，并未在供词上盖上官印结案，随时可翻案再审查一遍。

柳玲珑听到这里时，心底凉了半截。世子那天审她，只应诺不再为难她，却没说要庇护她终身。当然，仅凭这一个原因还不足以让柳玲珑答应萧知情的差事，难就难在萧知情随后又拿出了亡姐含笑的验尸单抄录件，对她解释清楚了含笑被腌制成蜡尸的过程，还说道："舵把子是西疆那边的掌门人，才来中原一次，就不明不白地死了。他的徒弟已经赶到昌平来，四处打听他的死因,并放出风声要为师父报仇。他们要是摸到你这条线索,也把你炼成蜡尸扛回去,你能忍受住他们的折磨吗?"

柳玲珑打了个冷战,不由得接过萧知情替她置办的通关凭证,无奈地应了杀人栽赃这桩差事。她胆子不大,所杀的又是平日里熟识的衣久岛,心底惴然了许久。萧知情私下催得急,告诉她即将到来的逐鹿赛就是最有利的时机,迫得她最终只能下了狠手。

要等到闵安与衣久岛在一起,且缺少看护的机会是少之又少的。柳玲珑为了做到不惊扰闵安,不给其他人留下眼线,先将玉米哄到暗处迷翻,再将它塞进竹箱里藏起来。处置好一切,她就耐心等着衣久岛的回转。

管家接到传信,曾赶到闵安门外讨好说道:公主马上就回来了,有她给你撑腰,你放心大胆地去报仇吧。

说者无心,听者有意。柳玲珑屏声静气等在自己厢房里,细细盘算了随后要怎样做,才能顺利逃出城去。

天下大雨,闵安看似头痛难耐,已经躺倒在炕上,柳玲珑悄悄走进去,加重了安神香分量,使他睡得更加沉迷。衣久岛随后进屋,亲自照料着闵安的伤势,不敌困意,也昏然睡倒。面对不省人事的衣久岛,柳玲珑下刀时有过一丝迟疑,最后一声轰隆的雷霆撕开了茫茫雨夜,露出了狰狞的面目,她受了感染,咬牙将匕首插进衣久岛的胸口,做成衣久岛被炕上的人执刀杀死的假象。

柳玲珑逃得急,强装从容的样子拎着竹箱走出世子府,半晌才想起昏睡的玉米在箱里。箱子是她平时盛装酥奶酒器皿所用,她打着外出置办酥奶酒的旗号,自然也是要将它随身带走的。

逃了一阵,背上的玉米越来越重,成了一个大累赘。柳玲珑将竹箱取下,随手丢掷一旁,骨碌碌滚进了水沟里。玉米被冷水一浸,立刻醒了过来,发出细微的叫声。柳玲珑也不回头看,提着裙子径直冲向了前城。

待到天明,城门打开,她便可出城,用新的户籍身份去外地隐居。

雨夜里蒙胧行来一盏孤灯,由远及近,大雨中来人不甚分明。柳玲珑心生警惕,躲进民户夹巷之中。即使外人提灯来照,也不容易发现她的身影。

茫茫雨幕后传来一个低沉的嗓音,问道:"前面可是柳家娘子?我是萧大人派来的仆人,来护送娘子出城的。"

既然来人能找到她,可见真是受了萧知情的指点。柳玲珑一听是护送她出城的，松了一口气，慢慢从夹巷中挪出身子，探头看了看灯笼那边，只打量到一道瘦削的身影，轮廓似有些熟悉。

柳玲珑迟疑问："既是送我出城，怎不见车驾随行？"

那人笑答："已经置办好了，就在前头。"那人提着灯笼走近，露出一双杏眼和半截直挺的鼻梁，映着幽幽的光亮，模样生得俊俏。

雨水冲刷而下，像是一道帘子，阻隔了柳玲珑的视线。来人站在一丈开外，她最先看清的是他的一身长袍及罩衫，觉得衣装很眼熟，最后才打量到他的半张脸，不由得惊呼："闵小相公！你怎会在这里？"

闵安不是应该头痛脑热地躺在炕上，被世子府的人发现，认定是她杀了郡公主吗？

更何况，她又如何能帮萧大人做事？萧大人不正是要嫁祸给她吗？

柳玲珑怎么也想不通其中的道理，躲在屋檐下，迟迟不敢走近。

闵安站在原地笑道："内中还有些曲折，现在不便对娘子说清。请娘子相信我，时辰不早，请快些随我走。"

柳玲珑迟疑未定，抓紧了包袱，说道："我还是等在这里吧，再不久天就亮了，城门也要打开。"

闵小相公将一柄银钗隔空丢过来，说道："这是含笑头上的钗子，萧大人从刑房架阁库取来的信物，娘子还不愿意跟我走吗？"

柳玲珑捡起脚边的银钗，细心捻了捻上面的珠玉簪饰，心里信了七分。亡姐被逼死，就是死在这柄自己送给她的珠钗上。

柳玲珑还在犹豫的时候，闵安又问："世子府的人知道你要去哪里吗？"

柳玲珑答道："应是不知，我只推说要去收奶皮做酒，将他们引到不着边的人家去。"

"哪户人家？"

"城西头的'温记'。"

"娘子做得机智。"

闵安在雨幕里始终没有靠过来，最后还回身朝来路走去。柳玲珑见她走得利索，踌躇一下，终究还是跟了上去。

城西，温记农庄前。

闵安提着牛油纸扎的灯笼赶到了马道上，四处冷雨砸落，雷声阵阵。她细心查看前面的木牌门，辨明字号，才一步步趋近。

风雨冲刷着道旁的蓬蒿，簌簌不绝，四下里尽为雨声所罩。闵安借着微弱的光亮，沿着石子路淌水走上坡，突然从上面冲下来一辆木板车，手把径直对着他，借着下滑之势疾刺过来。

闵安连忙躲避，喝道："何方鼠辈暗中伤人！敢出来会一会吗？"

木板车翻倒在道旁，上面的沙袋撒落一地。闵安喝了一阵，没得到回应，转头查看木板车，突然从沙袋后翻出一道瘦削的身影，手持竹杠狠狠向她扫去。

闵安受过温什的一顿打，手脚没有平时利索，堪堪跳起躲过。偷袭者显然是有备而来，一记竹杠不得手后，跟着一把香灰迎面撒过来。闵安猝不及防，勉力支了几招，终究被放倒在马道上。

大雨倾盆，像是冰珠子一样砸向闵安的身子，也冲走了很多痕迹，将闵安上下清洗了一次。

闵安倒地昏迷了半宿，天亮放晴，被早起吹奶皮的温记老板惊醒。

温记老板的惊叫声响彻整个山坡。

闵安睁开眼，就着躺地的姿势，最先看到了面前侧卧着一个人，待得细看，不禁倒吸一口凉气。

柳玲珑的尸身就倒在她手边，胸前也是插着一柄匕首，脸色在雨水冲刷下显得苍白。多年的断案经验在此时提醒着闵安，一定要冷静。闵安身上痛得厉害，头脸也肿痛不堪，几乎爬不起身，但还是强忍着不适，打量清楚了四周的光景。

柳玲珑身旁再无他物，衣衫也整洁，就像是信步走到农庄前，遭人突袭一般。

闵安回想昨夜初见柳玲珑时，她随身携带着一个布囊，此时却两手空空，显是被凶手刻意布置。可见还是有人利用她，制造出假象来嫁祸给闵安。

衣久岛的刺杀若是不见效，还有这第二桩的刺杀，脱去所有干系谈何容易。

好毒的计策。

闵安还没想到，最毒的计策还在后头。她蹬蹬腿，勉力站起，才摇摇晃晃走出几步，温记老板就扯着嗓子喊帮工过来揪住闵安，要扭送她到衙门去。

帮工慌慌张张跑过来，说道："不好了老板，那下面还死了一个！"

闵安心一沉，要发力挣脱钳制，去山坡下看个究竟。温记老板拼死拉住她，骂她是狼崽子，一连杀了两个人。帮工也赶过来踢了一脚，叫道："那么漂亮的小姑娘，你也得了手？"

闵安越听越心急，终于挣脱开来，用力过猛，没有稳住身形，径直滚向了坡底。她稳住身形，感觉不到一路碾压过来的疼痛，只从心底拔起一股凉气，惶急地喊出来："宝儿！"

可是萧宝儿一动不动，再也听不见她的叫唤了。

闵安心头气苦已极，拼着一股劲爬过去，终于摸到了萧宝儿的手指。她的手冰凉凉的，被雨水冲刷了半宿，带了一点乌青色。闵安扑到她身上，想搂起她，将她捂热了。她却半合着眼睛，任凭闵安摇晃，再没有一丝往日的嗔笑来。

闵安大哭，连声唤道："宝儿，宝儿，是我啊，别吓我，我经不得被你吓的，看看我好吗，宝儿，宝儿……"她摇晃了很久，也唤了很久，萧宝儿四肢已僵，躺在她怀里，苍白得没有一丝血色。

闵安从未觉得这样痛心过，两手紧搂着萧宝儿的尸身，舍不得放开。哭喊抖动间，萧宝儿的怀里滑出一只香囊，还有一柄湿了的白绢扇，却是闵安先前给她的。

看到萧宝儿随身带着她的物品，至死不离身，闵安哭得更加悲切。一众帮工等得不耐烦，将闵安打晕，拖进了府衙。

一天后，闵安才在一间收押疑犯的粮仓栅井后醒来，满墙的霉味直透鼻腔，水渍爬到天窗上。

闵安对着窗口透进的一点光亮一动不动，心如死灰。

萧宝儿的离世是她心头最大的伤痛，这是她最先喜欢上的一个女孩儿，像是跟在她身边的小家宠一样，百般逗得她欢心，如今，怎会横死在城西马道上。

她的身上遍布伤痕，却感受不到任何的疼痛，心底那一块凉透了，才是她万念俱灰的起因。

由粮仓改造成的监房其实还坐着一个人，他看着地上了无生气的闵安，默然片刻，斟酌着言辞。他猜想不到闵安的心思，更是料想不到闵安为着萧宝儿，竟能颓唐到这个境地。

闵安衣衫凌乱，乱发披覆，她不看任何地方，就盯着光亮，眼睛失去了神采，仿似感受不到其他的东西。

李培南最终开口说道："我信你不会杀人，要洗清冤屈，还需自己站起来。"

闵安一动不动，眼皮都不眨一下。

李培南紧跟着说："我先带你回府里，司吏审案，必然要知会我一声。"

闵安没有反应。

"萧知情也死了。"

闵安身子抖了一下，仍然不作声。

李培南脱下外袍，罩在闵安身上，将她抱回了世子府。

车驾回府时，闵安依然不说一句话，发丝上沾染着草梗沙尘，身上透出一股泥浆与霉米混杂的味道。李培南将她抱在怀里时，她既不挣扎，也不看任何地方，形如一具傀儡。

李培南从车壁上取过一个鎏金镂刻小香炉，将它放在闵安眼前晃了晃，散出一丝淡淡的香气。"身上这样臭，也不在意了？送给你，空闲时把玩一下，还能熏熏香。"他逗着闵安说话，闵安却没有反应。

李培南想了想，低头在闵安耳边说道："真的没动静？那就这样待着吧，后面我娶你进门，你也要乖乖地听话，不准反抗。"

后面的事情会怎样进行下去，李培南也没有全然把握。不过眼下闵安极安静，又看似软弱无依的样子，他趁机表露两句心迹，即使被拒，也不会觉得难以忍受了。

闵安长久沉溺在伤痛中，突然听到了娶亲一事，想起衣久岛才是李培南拟聘的妻子，神智不由得回转了一些。"公主……怎样了？"

李培南低下头，才能听清闵安的声音。他斟酌着答道："还留着一口气，军医用珍贵药材吊着她一条命，待她脉象平稳了，我送她回西疆去。"

闵安听后默然闭上眼睛，再也不动了。

李培南终究有颗玲珑心，他见前面刚提起话头，要娶闵安为妻，闵安却问到衣久岛身上，似乎在提醒他已经拟聘公主，当然应守承诺。这番话，却是罔顾他对她的心意。

无论他做什么，说什么，在闵安面前，心意果然要旁落了。

"岛久总兵想壮大在西疆的势力，所以才将衣久岛送进世子府来。"李培南思前想后一刻，还是说出了他拟亲的原因，"联姻对我和他都有利。"

闵安不关心这些，也没听到耳中去。

李培南猜到了闵安的反应，摇了她一下，又去说些软话。"身上臭，脸上也脏，我看半天找不到地方下嘴，下次再亲回来，嗯？"他抵着闵安的额头，又低声说:"我已扫清招你厌的人,就留在我身边,听见了吧?"

马车悠悠晃动,闵安的身子在李培南怀里也轻轻地晃动,她似乎听不见任何话,昏昏然睡了过去。李培南低头看着她的面容半晌,抬手拨去她的乱发,用袖口擦净了她的一块脸,才在没青肿的地方亲了一下。

回到世子府后,心腹侍女莲叶早就候在了唯吾院内。李培南不避嫌,径直将昏睡的闵安抱下马车,放置在厅堂里的一张躺椅里,回头又细细嘱咐莲叶一些事。莲叶听得心奇,忍不住朝蜷缩在毯中的闵安多瞧上两眼,这才知道,连她在内,府里的所有人都看走了眼——闵小相公不仅是个女人,还备受公子青睐,若不是念着男女之别,相信梳洗换衣之事,公子都想亲手去侍奉。

掌灯时,肚饿的闵安转醒过来,发觉自己躺在一处幽雅的床阁里,发饰及衣衫都更换过。玉簪盘发,干净利落,雪袍打底,外罩绢衣,一身富贵的行头将她装扮成世家子。摸摸束胸甲衣,仍是裹在身上,她的心安定了不少。

相连的外间渗入淡淡安神香气,还有轻轻走动的裙摆摇曳声。不大一会儿,莲叶捧着案盘走入,对着坐在床边回神的闵安行礼,讨巧地说了一些话。她告诉闵安,是她帮闵安清洗了身子和头发,还保住了闵安的女儿身秘密。

"公子说,一切按着你的意思来。"莲叶抿嘴笑道,"全府的人都要听你的差。"

闵安没有心思讲笑,沉着一张脸挪到桌旁,低头吃晚膳。喝了一碗饱腹的汤,才记起要道谢,站起身朝一旁的莲叶行个礼,又坐下来默不作声地进食。

暖阁里的氛围有些冷清,莲叶依照命令留守在闵安身边,又没听见什么吩咐,踌躇一下,取过一件灰貂绒夹袄请闵安加衣。

闵安吃饱穿暖,径直走向了原先落脚的院子,回到衣久岛遇刺的那间厢房中。她呆坐着一动不动,莲叶忍了又忍,才开口说道:"小相公不必担忧公主遇刺的案子,已被公子处置好了。"

见闵安不为所动,莲叶又道:"公子已得知是柳家娘子刺伤了公主,他命人收捡好这间房里的香炉灰,送到刑房司吏手上。司吏大人验了炉灰,称其中下了重香,小相公伤重,其时必定在昏睡,没法动手行刺公主,因此撇开了小相公的嫌疑。"

闵安的身子稍稍触动一下,终究还是没说话。李培南拿着香炉灰做文章,大概又弹压过司吏,所以才让司吏不得已接受它做物证。以闵安往日在黄石郡做六房书吏的经验来看,这则物证的说服力实在是太薄弱了,谁又能保证房里的人吸食同等分量的安神香气后,不会提前醒来,将刀刺进衣久岛胸中?而她确是先醒转来,让刺杀后匆忙逃走的柳玲珑没提防住,所以才紧跟着凑到了一块儿。

只是两人再见面时,已是一死一生,光景大不相同。

闵安问:"柳玲珑为何要刺伤公主?"

莲叶摇头道:"公子没交代过。"

既然第一桩案子的嫌疑已洗脱,闵安理所当然要过问第二桩案子的事。可她想起萧宝儿的死状,心底痛得厉害,喘息了片刻,才说道:"宝儿……死得冤……不是我下的手。"

莲叶应道:"公子知道,只是案发地有两处关键对小相公不利,公子正在着手解决。"

"哪两处?"

"一是宝儿姑娘身上带着小相公赠予的东西,可证明宝儿姑娘和小相公私交甚笃,司吏大人说,宝儿姑娘死前没做过反抗,就是坏在熟人手里。二是昨天深夜,城西的更夫见到宝儿姑娘跟在小相公身后,当时未见别人,由此一口咬定是小相公……祸害了宝儿姑娘。"

闵安细细回想凌晨抱住萧宝儿尸身的景况,突然想到,从宝儿怀里落出来的两件证物,有一件竟是许久不见的自制白绢扇,这扇并非自己赠与宝儿,不知为何竟在她手中。

当初,闵安为了从李培南手里套出白鹘去约斗,亲手制作了一把白绢扇,打着古代巧匠丁缓遗物的旗号,送给了李培南。李培南并未接受,扇子就留在闵安袖中,辗转多时,最后不知去向。

扇面上描了明月、栖鸦、桂花,在光华下会展现里外两层不同的颜色,端的是手艺精巧。旁人若想仿做,决计难以成真。

这把扇子现在落在萧宝儿的手里,看似成为闵安杀人的铁证,其实也能帮助闵安理清一些事。

宝儿怎会有这把扇子?或者说,是谁拿到这把扇子,最后将它塞进宝儿怀中?

闵安想起温记农庄前的那个雨夜偷袭者,应该是他整治出了这些凶案,并故意留下断案的线索,嫁祸给自己。那么,只要找到那人,就能解决所有问题。

可是另有一名更夫的证词对闵安不利。闵安细致问了更夫的情况,莲叶答道:"丑时更夫走到城西坊门下,看到宝儿姑娘冒雨跟在小相公身后,跑得磕磕绊绊的，似乎在追赶着小相公，小相公并没有等宝儿姑娘，直接走向了城西农庄那边。"

闵安想了又想，再问莲叶更夫证词中的细节，莲叶已经答不上来了。牵扯到案件内容，又是依仗司吏转述过来的口供，莲叶一个下人，能知道这么多已经难得，闵安也不再追问，打算找个适当机会去问问李培南，就此缄默了下来。

莲叶踌躇站了一会儿，没听到闵安继续问下去，又开口道："萧大人……死在祁连太后家的温公子手里，还好小相公当时不在校场上，要不就挨了'瘟神'的霉头。"

闵安对萧知情的死讯没有多大触动，听莲叶提起，心中暗想：多亏自己走得急，没留在红枫山继续参赛，萧知情被温什刺死，总不能将这桩霉事也落在她头上，算成第三桩案子。

据莲叶的转述，再加上后来听到的侍卫谈论，闵安最终了解了事情本末。

逐鹿赛第三天是武力考核，分马桩斗鞭和剑术切磋两项。下午比试剑术时，世子府由声名大噪的萧知情出场，对战祁连家的温什。上场之前，温什扬言要报仇，将闵安羞辱他的过错算在世子府头上，让世子府颜面尽失。两人持剑击斗时，温什寸步不让，招招直逼萧知情要害。萧知情使出几招剑法，温什似乎早有提防，堪堪避过，立即反攻回来，所使的剑招竟与萧知情所使的相像，不仅克制住萧知情的攻势，还渐渐将她笼罩在剑光之中。

温什一攻得手，精神抖擞，激斗之间利剑突然疾送，刺进萧知情胸口。萧知情临死之前，睁大眼说了句"君子剑误我"，才倒在校场台上。这下变故徒生，一时众人都惊得呆了，摄政王李景卓最先掠起衣摆跑下来，查看萧知情的伤势，已经回天乏术。待他回头怒斥时，温什已抢了一匹马冲向山谷，后面世子府的侍卫队稍迟了一步，据说进山搜查良久，毕竟没能找到他的踪迹。

温什逃走，萧知情的属从齐齐拔刀对着祁连家队伍，禁军营一片哗然，世子李培南调兵弹压全场，又派人进谷继续搜查，将禁军营调遣出来，护送一众皇亲贵族回昌平府。

按照往年的常规，逐鹿赛三天赛事之后，皇亲登临摘星楼祭天祈福，向全城百姓发放赏钱。下午的武术切磋出了意外，已将祁连太后的好兴头打断，她本想带着亲眷起驾回宫，却又经不住幼帝的闹腾和彭因新一众官员的劝谏。他们都说，百姓早已等在城楼下，倘若不去祈福，恐怕会失去民心。因此回程中，祁连太后又下令摆驾前往摘星楼，举行两年一次的盛礼。

　　李培南听说闵安犯了案，连忙赶到府衙监房，将闵安接回府，顾不得摘星楼那边的祈福大典。

　　闵安听莲叶转述时，也知道李培南时间紧急，哪能再在自己身上花工夫。她想着就留在厢房里歇一宿时，一袭礼服加身的李培南却来找她了。

　　闵安站起身行礼，李培南抓住她的手腕说："随我去摘星楼散散心？"

　　闵安连忙推拒，回道："待罪之身，不得随处乱走，需听派衙门的传令。"

　　李培南哂道："谁敢来我府里拘人？"

　　"出去后，面对一众王子宫亲，我更是难保颜面。"

　　李培南想了想个中道理，最后放开了闵安的手腕，吩咐道："那就好好待着，等我回来。"他转头朝世子府前院走去，闵安却送出了门，一路默不作声跟随着。

　　李培南停步道："还有什么事？"

　　"柳玲珑为何要刺伤公主？"闵安关心的，终究还是案情。

　　李培南有所准备，因而利索答道："浮艳女子性情不定，所做之事难以解释。"言下之意是"没道理"。

　　闵安自然不会相信这番说辞，却也没有再问下去。她相信抓住那晚偷袭她的人，很多事就会见分晓。

　　闵安又问："更夫指证我的供词，可有破绽？"

　　"昨夜雨大，更夫看见的人难免有差错，待以后堂审，你与他对质便是。"

　　言下之意是"有无破绽都不打紧，径直上堂去威吓就成"。

　　闵安再度缄默，朝李培南躬身施了个礼，转身走回了厢房。

　　闵安在房里来回踱步，不断推敲究竟是谁要这样整治她，能扮作她的样子，祸害了一条条性命。师父曾说，江湖上有一些旁门左道，可以改变人的颜容，在模糊光线下足以以假乱真。但是昨晚天降大雨，决计没有人在易容之后，还能保持面容的干燥及稳定，由此可见，嫁祸给她的人，想必是形似于她，且了解她与萧宝儿、柳玲珑两人之间的牵连。

　　闵安蓦地想起了一个人——五梅。她与五梅同窗半载，私下多有接触，五梅较为熟悉她的言语举止习惯，加上五官长得和她有五分像，假设五梅稍稍装扮一下，在夜雨天里，足够蒙蔽更夫的眼睛。

可是熟悉她的人，就蒙骗不过去了。

比如宝儿。

宝儿不止一次说到过五梅变得怪异，对她不体贴。待闵安赶过去教训五梅时，她又不准。

闵安想到这里，心底生痛。她隐隐觉察到宝儿之死，估计是与她的推断有关联，连忙提着灯赶往民舍，查探五梅的动静。世子府的侍卫受了李培南的叮嘱，知道不能再出差池，一路上寸步不离地跟着闵安。

民舍里，灯烛残灭，桌上落下薄薄的一层灰，四壁萧然。

闵安走出院子，向左邻右舍打听五梅的去处，未得半分消息。

五梅不见了。

闵安越想越惊心，仔细回忆昨夜与她交手之人的体貌形态，隐隐契合了五梅的影子。她嘱托跟随的侍卫大哥们四处查探五梅的消息，这才拖着沉重的腿，一步步走向世子府。

宝儿之死，如果是五梅下的手，闵安发誓定不轻饶。只是目前，她需要搜集五梅就是真凶的铁证，总不能以后找到了人，径直告到府衙上去，依仗李培南所说的"去堂上威吓"就能法办五梅了吧。

闵安低头走了一阵，两旁街市燃起了灯盏，如游龙一般，弯弯曲曲地照亮了归途。她站在灯火里恍惚瞧了一刻，总觉身边还少了点什么，以前每逢遇见光亮烛火突起时，必定有个小东西吊在他臂弯里，乐得荡来荡去。

玉米。

玉米也不见了。

闵安心里沉甸甸的，她掏出脖上悬挂的小哨子，一路吹响，沿着玉米往日爱去的地方找了一圈。就在她快要放弃希望时，赌徒约斗的瓦舍里传来一阵哄笑，夜游人高声嚷道："这泼猴儿养得精，知道给人作揖，就是胡乱比画的两下子，透着一股怪味儿，该打。"

有猴子吱吱尖叫声响起。

闵安听出是玉米的叫声，急得吹哨子，瓦舍里面立刻又传出猴子的嘶叫声。

闵安见门口人多，对身后的侍卫说："杀进去！"众侍卫应一声，都拔剑在手，向内便冲。挡在前面的看到侍卫的衣饰，知道来头不小，都不敢迎上来，纷纷退到两边。闵安随众侍卫冲进，屋内的众人四散，玉米脖子上带着条绳子，向闵安扑过来，紧紧抱住她脖子。

救出玉米，闵安向众人询问，得知玉米是一个戏班的老板带着的，人也在这里。从人群中叫出那个老板，质问他玉米如何会来夜市。

在侍卫的冷目环伺下，戏班主抖抖索索着身子，说明了玉米的遭遇。他怀疑玉米是从饲养人家逃出来的，受了虐待，淋了一夜雨，身上的泥污和毛皮揪在一起，都不见冲刷开来。天明时，玉米抓住一片菜叶当作帽子顶在头上，伸手朝瓦舍方向吱吱叫，戏班主查看一阵，发觉无人照管它，于是将它带回自己班中，想从此据为己有。

到了晚上，戏班主用鞭子训斥玉米，逼它玩把戏。玉米却站在台上一直比画着什么，用手指着瓦舍吱吱叫，惊扰了斗鸡，惹得众多的赌徒汉子聚在一起叫骂。戏班主惶恐不过，将要下鞭子抽打玉米时，闵安就带人杀进来了。

玉米从闵安怀里抬起头，委屈地叫着。

闵安心痛难当，饶是她生平慈善，也忍不住伸脚踢了戏班主两下。回世子府的途中，玉米趴在闵安肩头睡着了，两臂紧紧搂住她的脖子，像是一个漂流在外寻求保护的小娃娃。回到厢房之后，闵安虽然不忍叫醒熟睡的玉米，还是忍心弄醒了它，给它上药。

玉米得到几块谷芽糖，放嘴里嚼了两下，精神立刻恢复了一半。它吱吱叫着，在桌上来回走动，还扬起手臂比画着什么，闵安细心看了许久，突然明白了它的意思。

玉米竟然在比画着昨天雨夜发生的事。

依照玉米的猴把戏表示，它跟在柳玲珑身后，看清楚了随后发生的一切。

闵安赶紧问："你看到了什么，快跟哥哥说说。"

玉米吱吱叫着，由于犯案过程漫长，它的"手舞足蹈"又模糊难辨，看上去很是费解。但经过一段时间的细心揣摩，闵安还是从它复杂的动作中，猜测出了一些情由。

一个长得很像闵安的人来到街上，叫柳玲珑和他一起走。玉米以为他就是自己的哥哥，也追在后面跑。"闵安"拿出尖刀，突然杀死了柳玲珑，吓得玉米躲了起来，害怕也会讨得惩罚。它叫着，"闵安"却不应它，它慢慢跟过去，看着"闵安"将柳玲珑搬上马车，赶着车去了城西那条路。

闵安猜想玉米跑不过马车，由此断了随后的案发经过。她搂着玉米说道："谢谢小崽子，有你这么一比画，后面的我都能猜得到了。"

闵安猜测着，玉米追丢了马车之后，假闵安，也就是五梅，搬着柳玲珑的尸体去布置嫁祸的现场，却不小心被宝儿跟上了。宝儿追着五梅走进城西坊门，恰巧就被更夫看见，更夫来府衙做人证时，对着司吏出示的闵安绣像，自然将宝儿跟踪之人认定为闵安。五梅最终发觉宝儿跟到了农庄前，大概怕事情败露，心狠手辣杀了宝儿，再嫁祸给闵安。

闵安又想起宝儿临死之前半合的眼睛，还有她丝毫未曾反抗的样子，恨恨地捶了下桌子。宝儿如此钟情于五梅，相信他，走近他时自不提防，五梅竟然还能下得了手去杀宝儿，简直是丧心病狂。

玉米比画累了，倒头就要睡，闵安将它拎起来洗了个澡，细心地问它，为什么要一直指着瓦舍的方向比画。玉米吱吱叫得响亮，对着闵安的鼻子一阵点，闵安受痛之余，总算明白了它的话。

好像是天亮时，玉米又遇到了"闵安"，站在檐头喊他，他依然不应，还钻进了瓦舍里。

闵安突然眼前一亮，马上传话给院内驻守的侍卫大哥，要他们赶去瓦舍捉拿五梅。今天昌平府跸路，关口盘查得严，许进不许出，因此她推断，五梅一定还滞留在城里，没有逃出去。

侍卫刚动身，世子府大门外金鼓轰鸣，马蹄阵阵，似海潮一般惊天动地而来。

闵安听闻如此大的动静，把心一沉。

一定又出事了。

正想着，世子府的层层垂拱门传来报喏声："禁军飞骑左轻权将军入府，闵相公出迎！"

闵安听到重重传报，立刻收拾行装迎了出来。

银铠左轻权纵马径直闯进府内，见到闵安的人了，才飞身下马，赶过来一把拉住闵安的手臂，沉声说道："幼帝宾天，亲贵薨殁，小相公随在下一起去摘星楼救场！"

闵安被左轻权扯上马身，赶急着问："怎么了？世子可好？"

左轻权打马疾冲出世子府，回道："世子写下保状，在祁连太后跟前极力举荐你，要你彻查摘星楼重案！"

摘星楼的奇案，夺去了上十条人命。

案发时，皇亲贵族齐聚摘星楼拈香祭拜天神，自上而下，依照品秩排满了九层楼宇中的礼堂，仪仗及侍从悉数留在了楼外，禁军把守着护城墙。楼里，太史念过礼札，高声唱喏，九层金钟轰然敲击，幼帝放下香炷，手持五彩帛初献礼，摄政王李景卓紧随其后亚献礼，在袅袅烟香中端正叩首一记。待抬起头时，他就看见正前蒲团上的幼帝倒向一旁，嘴角流出白沫，脸色已然青黑。

李景卓传令随行的御医进顶楼，吩咐李培南调派亲兵把守楼宇各层门户，将一众官亲显贵堵在了原地。禁军突见变故，纷纷拔刀结阵以待。监察御史彭因新厉斥李景卓兵变逆反，大声呼喝官员及侍卫们反抗，众人一时无措，摘星楼乱成一团。

李景卓提着衣摆匆匆走下楼来，又不便透露幼帝情状，低声呵斥彭因新不得狂言惑众。彭因新看见楼外的带刀骑兵越聚越多，怎会听从李景卓的斥责，仍在大声叫嚷，最后，李景卓当着众官员的面扇了彭因新一巴掌，才让彭因新噤了声。

李培南一直驻守在顶楼，御医忙活了一阵，突然扑通一声跪在李培南跟前，拼命磕头，只说医术浅陋万死难逃其咎云云，祁连太后一听这话就明白了过来，挣脱宫女的扶持，扑到摆放幼帝尸身的凉榻上，哀声痛哭。

李培南走到楼外，朝下面飞檐角驻守的骑兵打了个手势，骑兵用黄旗打出旗语，将谕令层层传递了下去。不多时，骑兵队哗啦一声拉开刀鞘，两两一组手持武器背靠背戒备，将九层楼宇外围防得密不透风。

楼下，李景卓听到哭声传来，沉声向彭因新道："知道事情严重了吧？"

彭因新冷笑道："王爷质问我，对我发难，又有何用？"

李景卓冷脸相对："彭大人若是此时再添乱，本王绝不轻饶！"

彭因新趁着抬手作揖时，嘴里冷哼了一下，并未答话。

就在李景卓抬脚要朝顶楼走时，各层楼接二连三传来惊呼声。他连忙派人查看，不多时就有消息回传上来：有十名贵族亲眷倒地不起，御医施救不及，均已毙命。

李景卓闻报大怒道："究竟是何种缘由，惹得众多亲贵薨殁，养个太医院又是干什么用的！"

可即使砍了御医们的脑袋，也无法扭转摘星楼内连连暴毙的局面。李培南请父王上去陪护祁连太后，唤骑兵将一众御医架到楼外看管，由此也救了他们一命。

祁连太后哀伤痛哭许久，最后不能自持，见李景卓走来，竟一把拉住他的紫金袍下摆，哭晕在他眼前。李景卓扶起她的身子，喂过水闻过嗅盐，将她唤醒。随后，祁连太后便软怏怏地坐在凤座里，脸上兀自带着泪痕，一张丽容惨淡得失去了颜色。李景卓陪护一旁，走又走不得，留下来又觉不妥，只能依照规矩问了一句："太后想如何发落后面的事宜？"

幼帝尸身尚不能收殓，又是驾崩在祭礼上，香火还没熄灭，就要被白烛顶替，将礼堂置办成奠堂。

若在往日，祁连太后势必应上一声："一切听从皇叔的主张。"可是今天皇儿死得蹊跷，层层楼宇又被世子府骑兵把守，若她一个不小心，从明早起，华朝的乾坤说不定要翻个天，落在李培南手里。

祁连太后坐正身子，用绢帕抹去泪痕，哑着嗓子说："请出太上皇诏书。"一名内侍低头躬身捧出一个黑金龙纹锦盒，将它恭敬地放在凉榻枕头旁，再三拜退下。

李景卓一见太上皇退位前的诏书又被祁连太后请了出来，不由得头痛。他平生所惧的只有父皇一人，迫于远在海外的父皇的震慑力，又因要维系起皇家威仪，每当祁连太后使出请诏书这一招时，他总是不得不低头，向她退让一步。

祁连太后手抚锦盒细细说道："皇叔入朝之前，曾对诏书起誓，今后辅助我们孤儿寡母处理朝政，必然不生二心。哀家有赖皇叔多年，未见出过什么纰漏，只是今天大祸起得蹊跷，值此非常之时，不知哀家还能信皇叔一次吗？"

李景卓拱拱手，对诏书拜了一拜，以来表明决心。

祁连太后起身盈盈还了一礼，移目看见皇儿孤弱的身子平躺在凉榻上，眼中又有了泪光。"既然皇叔已应允哀家，不如让哀家做回主，了断这桩祸事。"

她所谓的了断方法，就是提升监察御史彭因新做钦差，彻查摘星楼案情，严厉惩治凶手。李景卓心里清楚，若让彭因新查案，自己一家从此将不得安宁了。彭因新挨了他一耳光不说，两家是宿敌，只要有隙可乘，彭因新铁定将矛头对准王府，时刻准备着搬倒他。以他清泉县衙毕斯一案所见，彭因新没别的本事，栽赃陷害的本领却是一流的。

李景卓一边拱手唯唯，一边朝李培南使了个眼色。李培南本是负手站在一旁无动于衷的样子，见父王示意得急，他想了想，才挪出步子来向祁连太后举荐了闵安，要求与御史台联手查案。

彭因新冷笑，列数闵安身负几桩命案，连连刺伤郡公主、杀害柳家娘子及萧家二小姐等凶行，罪大恶极，此等狼子野心之人绝不堪用。

李培南素来只喜用霹雳手段对付敌人，此时在祁连太后跟前，却不能随心所欲。彭因新明白这个道理，躲在太后凤座之旁，只凭尖利嘴牙，直斥王府荐人不当。祁连太后皱了皱眉，抬头看向李培南说："世子举荐的人，身上既负有命案，还未洗脱嫌疑，如何取信于朝廷，不如另换一个。"

可是除了故去的萧知情，世子府的属臣中，最有查案资格的只有闵安了。李培南本来不愿将闵安荐给皇家，更不愿此时的她背负着犯案的污名出来受到旁人指摘，所以先前才置身事外，不参与父王与太后的朝政斗争。可现在听到彭因新一口咬定闵安就是连环三凶案的元凶，李培南突然觉察到，让闵安来查摘星楼案件，以此来证明她的能力，遏制彭因新的嚣张气焰，也不失为一个好方法。他写下保状，排除昌平府衙插手案情，着力提点出闵安先前断案的功绩，将保状交到了祁连太后手上。

在祁连太后跟前，李景卓也不能再扇一耳光来解决事端，只能随了李培南的意愿，力荐闵安作监察官参与办案。

祁连太后骑虎难下，最后说道："先唤人过来让哀家瞧瞧，听他如何证明自己的清白。只有他是清白了，才能决断皇儿的事务。"她拒称皇儿崩殂，只说事务，实则是勉力抑制住心痛之情，在一众显贵、官员面前做出表率，特意留下来镇场的。

不多久，闵安被左轻权飞骑请到了摘星楼，李培南等在了底楼，走过去与她低声交谈一番，向他通传太后的懿旨。闵安一边听着，一边说了说对连环三凶案的释疑，还提到了五梅栽赃陷害之事。李培南全力支持她的判断，拍了拍她的头道："好好表现，给我长回脸。"

闵安连连遇见变故，多次经由李培南之手化险为夷，此刻对李培南存了知恩图报之心，加上自己确有求于他，因此并不反感他的靠近。李培南知道事情紧急，带着她一步步走向了顶层。

闵安垂目敛容，意态极为恭谨，向列座各位皇亲及官员行礼。祁连太后抬眼看去，看到了一身清贵装扮的少年郎，气度颜容不凡，隐隐带有世家子弟风范，心中先存了一番好印象。

闵安穿着雪袍绢衣来的,外面还罩了一件灰貂绒夹袄,将身子拔得如同一株秀颀楠木,轻盈立在礼堂里,顿时牵住了众多视线。她越是沉敛,只将白皙的脸低着,越是博取了祁连太后的好感。祁连太后缓和了一下语气,显得没有那般的咄咄逼人,才问道:"小相公背负三桩命案之事,可有说辞?"

闵安深深作揖,落落回道:"世子已替小人主张,称重香炉灰做证物,辨明小人当时吸食了同等分量的迷香,无法出手迫害岛久公主,由此洗清了小人第一桩凶案嫌疑。"

彭因新身为监察御史,审过不少案子,听到闵安的说辞,知道她其实是站不住脚的,不由得冷哼了一声。李培南在旁看了他一眼,他连忙拢袖坐正身子,再不左顾右盼。

祁连太后轻轻道:"哦?竟是如此容易辨明嫌疑吗?"李培南传令楼外侍立的昌平府衙刑房司吏觐见,司吏忙不迭地小跑进来,将堪录证词的文书递上来,送呈到祁连太后手上。祁连太后草草看过一遍文书,又找不出破绽,摆了摆手,就此默认了第一桩命案与闵安无关的结论。

她这一摆手,就是承认案子不需发到宫中三司部再审,若是日后再被司曹提起,谁又能承担起纠办太后之错的骂名。

司吏大舒一口气,李培南也乐意见到这种结果,赶紧摆袖示意司吏退下。

沉寂的氛围中,闵安即将面对第二桩命案:柳玲珑之死。祁连太后细细看着闵安,说道:"瞧着小相公的眉眼干净,想必也做不来杀人之事吧?"

闵安施礼回道:"小人推断,公主遇刺一事实由柳玲珑所为。她连夜逃出府去,依照常理,必定是要离开昌平。可是她惨死在马道上,反而被人做成被小人所杀的样子,请太后明察,这中间是否生了变故?"

彭因新急道:"还不是你跟过去杀了那名娘子!这时在太后面前推三阻四的,绕着什么话儿?"

闵安朝彭因新作揖道:"大人有所不知,小人与柳家娘子一样,也是遭人迫害的。"

彭因新冷笑不已,李培南伸手在他座椅扶手上轻轻一摸,他就察觉到一股钝力沿着木椅传了过来,连忙又闭上了嘴。

满场寂静中,祁连太后最终问道:"谁人迫害你,可知根底吗?"

"温什公子。"

祁连太后听见自家外甥名姓,脸色不由得变了,厉声道:"休要胡言乱语,温什怎会来害你!"

闵安既然敢报出温什的名号,对太后的责难自然早有准备。她并非是不知道栽赃陷害的元凶另有他人,只是目前五梅还没寻到,她又不能拿出铁证来洗脱自己的嫌疑,所以打算抛出温什来应对太后的发问。

闵安确是在污蔑温什,因为温什错手杀死萧知情,已经逃得不见踪影,若是将污名转嫁到温什身上,她料定温什也不会站出来反驳。即使温什听到她的污蔑忍不住露了面,她帮助朝廷揪出逃犯,也算是大功一件。

还有一个最重要的理由,就是闵安多留了一个心眼,觉得仅凭五梅的眼识及胆量,不足以出此连环毒计来祸害别人,她相信五梅背后一定还有指示的主人。她想揪出这个主人,在没有套到五梅的供词前,也不便将五梅拱手推到太后或是彭马党一脉眼前。

闵安打定好了主意,磊磊落落报出温什名字,并说道:"柳家娘子死在温记农庄前,那温记刚好就是温公子家的产业,若不是他召唤柳家娘子前去,柳家娘子又何必弃了逃跑的大道,摸黑赶到农庄前?小人也是被温公子叫去的,凑巧赶在了柳家娘子之后,只是随后被温公子打晕,整治成杀人泄愤的模样。"她抬眼看到彭因新张嘴要说什么,又赶急说道:"小人句句实言,请太后明鉴。"

彭因新已将手臂撤离了扶手,仍能感觉到椅上传来的钝力,心里叫苦不已。迫于李培南暗地里的威逼,他没有再开口说什么,哪怕"一派胡言"已经到了嘴边。

祁连太后却不知道闵安纯属缓兵之计,皱着眉,当真在推敲她的说辞。她想了想,问道:"既然你说受温什所害,那后面犯下的萧家二小姐的案子,也与你无关了?"

闵安恭恭敬敬施了一个大礼,应道:"正是。"

李培南看见闵安眉目澹淡,丝毫不起波澜的样子,蓦地想起了父王故人李非格说的话,看来她果然是一张嘴能说死人,亏自己还为她担忧,怕她挨不过太后的审问。

闵安一直躬身弯腰,不看座上的任何人,意态始终恭顺。祁连太后没听到彭因新的质疑,自己也没了主意,最后乏力地说道:"温什来不了堂前与你对质,哀家姑且信你一回，让你参与摘星楼的审查罢。等查清了事由，你还需去府衙向官吏申诉后面两桩案子，让官吏彻底查个清楚，听明白了吗？"

"遵太后懿旨。"

李培南调派的骑兵随后退出了摘星楼，十数具尸身摆放在顶楼礼堂中，祁连太后哀伤过度，几度哭得昏厥过去。李培南走近父王身边，轻声说："当前照料太后为第一要务，辛苦父王了。"李景卓听后面色不悦，却又不能置祁连太后于不顾，在李培南的催促声中，起身请太后先下楼回到王府歇息去了。

太后这一走，彭因新的靠山就倒了一半，局面由李培南掌握，能给予闵安较多的便利。尽管出了如此大的命案，在李培南心里，不见得能引起多大的震荡，他之所以亲力亲为操持着后事，全系为了维护皇族颜面，后面他又叫来了闵安查案，自然要为闵安保驾护航。

闵安虽说在祁连太后面前，凭借一副如簧巧舌暂时免除了自身的嫌疑，得以参与办案，但彭因新并不买账。碍于李培南在场，他不好呼喝闵安避到一边去，可是作为主审钦差，他却有资格把持着案情的方方面面不去通传，因此害得闵安不仅要重新寻线索，还必须想办法与他争一长短，且不能拂落他这个钦差大人的面子。

彭因新在顶楼礼堂用屏风暂时设置了一处案席，端坐在后，传唤各层证人证物到堂。他故意不给闵安留下场地，也不拿正眼看闵安，完全将闵安撇到一边。李培南忙完军队调度，回顶楼一看光景，立刻明白了，走过去就待掀翻案桌，闵安一把拉住李培南的袖子，将他请到了僻静处说道："世子又想故技重施，像清泉县衙一样，搅乱案子的审查？"

李培南哂道："对付敌手，何须讲究规矩。"他本想负手而立，发觉衣袖牵在了闵安手里，又站着不动作了。

"在众多官员眼前，世子还是收敛些为好。"闵安劝道，"何况我还要询问彭大人案情，世子惊吓了彭大人，我断案也会受影响。"

李培南垂袖应道："依了你。"他既然应了闵安的请求，随后就意态闲适地跟在闵安身后，保持着得体的距离，为闵安镇场。旁人一看见他，自然也利索地回答闵安的发问，少了许多推诿。

闵安问话、打听案情曲折时就方便多了。

先前查验过尸身的御医们均是众口一词，说幼帝及众亲贵均为中毒迹象，但他们反复查验薨毙之人的进食、饮水，却探查不到毒源。

闵安听得心奇，既是食水无毒，这些人怎会显露出毒发的样子，嘴角涎下的也不是黑血，而是白色沫子……想到这里，她突然心神一动。

病人一旦口吐白沫，理应是毒物与口水相结合，毒素顷刻攻入大脑的状况，稍迟得不到救治，必然会失去性命。在这座楼里，又有什么毒物能顷刻攻击人，并会渗落进人的口舌里呢？

闵安环视四周，看到了袅袅烟雾升腾在帷帘后、鼎炉上，还未散去。她招手扇了扇风，仔细嗅着烟雾里的味道，还猛然大吸了一口，自身却未发生任何异状。

毒源应该不在烟雾里……

闵安坐下来细细推敲着其中的道理，对周遭动静一概不应，李培南站在一旁，知她此时需要清静，摆手唤退了所有人，就连彭因新也被"请"了出去。

低头看着闵安的发顶一会儿，李培南问："有眉目了吗？"

闵安答道："恐怕还得请小雪姑娘来一趟。"

李培南深信闵安的断案本领，也不问缘由，径直唤贴心侍卫张放进来，对他嘱咐几句，张放得令后就动身赶往王府，去请祁连雪。

楼堂里没人，闵安心绪不宁地转了一圈，还俯身朝底楼护城墙那边看去，侍从们如常站立，拢袖低头候着上面的指令，闵安即使想将他们的颜面看清楚，但距离过远，目力难及。李培南是以不变应万变，等闵安走回来，才淡淡问一句："又发现了什么？"

闵安皱着眉道："我总觉得，这连续几天犯下的案子，内中有些牵连。"

"何以见得？"

"似乎都与逐鹿大会有关。假说以逐鹿为间隔，这前前后后发生的事情，其实都能扯出些许关联。"

李培南没说什么，正在暗忖由他推动的萧知情之死，是否已被闵安看出了端倪。闵安知道了内情倒不可怕，他只担心萧知情的死因一旦暴露在皇家及属臣面前，所带来的后果却是难以善全的。

闵安对萧知情殊无好感，自然不会去多想她的死因。她对李培南说的那番话，是想为一团乱麻似的案情理出个头绪。

闵安说道："逐鹿前，我曾在世子府中过毒，世子并未对我讲明毒源何在，又是谁人下的暗手。现在回想起来，眼前摘星楼所患的情况，与我当时所患症状有些相似，均是误饮误食所致，偏生又找不到毒源来处，假使世子说一说当天那桩蹊跷事的因由，对今天这件案子或许有裨益作用。"

话已提到了由头，李培南不便再搪塞下去，答道："毒源在香料上，你那天吃下的蜜饯与安神香气犯冲，萧知情事先将甜香涂抹在蜜饯上，让你着了道。"

"蜜饯本身无毒？"听到萧知情的名字，闵安一点也不吃惊，只问自己在乎的事情。

"军医验过，无毒。"

"既然如此，那世子是否追查过蜜饯的来处？"

"出自宫中御用的糕点作坊'福兴坊'。"

"福兴坊，果然又是福兴坊。"闵安念叨，"今天摘星楼的灾难，应该也与福兴坊脱不了干系。"她看着鼎炉前的黄缎桌案不动。李培南顺着她的目光望过去，看到一盘盘糕点上用砂糖勾画出的"福"字，有些明白闵安的意思了。

闵安笃定说道："皇亲贵族参加逐鹿，宫里势必会钦点福兴坊做膳食，假如有人事先在膳食食材里动手脚，再等待合适机会，点上与食材犯冲的香，那么吸入者就会与我一样，落得中毒的症状了。还可以推断的是，贵族亲眷食用福兴坊糕点越多，殒命机会越大，世子若是不信，待小雪姑娘前来验查香烛一番，便可证明我所说不假。"

"我信你，不用查了。"李培南立刻回道，"后面的事交付给我，我去搜集证据送到太后面前，了结这桩公案。"

闵安相信李培南足以应付后面的局势，不过有一件事搁在她心里，断然不能让她就这样轻松地放手，任由李培南去交付案情。

"世子前面说，曾查探过福兴坊蜜饯，那能不能一并告知，逐鹿大会上所用的糕点馅料，可由特殊食材制成？"

"你怎会想到馅料上去？"李培南不答反问。

"蜜饯出自同一批食材，既然无毒，想必被人精心调制过，才能与香气犯冲。"闵安落落答道，"我能联想到糕点馅料不同，也是凑巧。玉米向来喜嗜甜食，偏生不吃福兴坊的蜜饯，还曾将贡饼打翻，讨得一顿责骂。我到此时才想明白，玉米不吃福兴坊的糕饼，就是因为它尝到了不一样的甜味，感觉比我们要灵敏一些。"

李培南点头道:"听着很有道理。"后面又不再续说什么。闵安见李培南转身要走,又急着问:"馅料果真由特殊食材制成?是不是有三味过于甜腻的桂花、红枣及蜂蜜?"

李培南突然转身,"你怎会知道?"除了声音有些凝肃,他的脸色还是镇定的。

闵安没从李培南神色上找到端倪,如实说:"我曾听人说,白木郡是昌平府福兴坊贡品的源头,专程进献秘制桂花糕和枣泥金果饼,其中桂花、红枣、蜂蜜是主要的食材。"后面半截话就被闵安自行掐去了,是因牵扯到玄序身上。他为了护住玄序的名声,自然不会去说玄序曾倒卖过这三种食材,从而赚取到大量的差价银子。

可是闵安也不曾想到,玄序已落在李培南手里,最紧要的是,李培南听见他说出三种食材名称,立刻醒悟了过来,整治特殊食材馅料的事,想必又跟玄序脱不了干系。

李培南抓捕玄序之前,已探明玄序落脚在清泉县、白木郡、牧野郡三处的营生,知道玄序做过一些买卖。只是玄序做事手段隐秘,收货、放账、倒卖均是派出短工跑腿,没落下一点现成的把柄在李培南手上,李培南持续搜集能举证玄序的证词证物时,就遭遇到了逐鹿大会及摘星楼祸事。这次福兴坊的糕点出了纰漏,李培南还未来得及提过掌柜的问话,求证卖出食材的人是谁,但他相信,出自白木郡的食材,多少是被玄序做了手脚。

玄序竟然还能在闵安面前充好人,被闵安记挂在心,更是引得李培南的痛恨深了一层。他正在细致推想,该怎样对闵安讲明玄序的种种事端,楼梯口已转出两道身影,顿时让他省去了瞻前顾后之心。

非衣既然来了,将棘手的差事推给他就成。

非衣穿着锦袍常服,护着祁连雪一步步走上顶楼,扫了一眼堂前静立的兄长与闵安,情急问道:"又怎样了?闵安怎会脸色不好?"

何止闵安脸色不好,就连刚刚推掉太后跟前陪侍差事的祁连雪,眼眶也是红红的,一袭华贵的雪貂罩衣掩不住她的哀容。她低着头,冲李培南敛衽一礼,默不作声退到一旁,眼角滑落泪水。

李培南看了非衣一眼,非衣回头对祁连雪柔声道:"节哀。在世子跟前,别失了礼数。"

祁连雪抽出襟口别着的绢帕，擦了擦眼睛，又冲着李培南蹲了蹲身子，"世子唤我前来，想必是有紧要事吩咐，请发落吧。"

闵安心系他事，此时留在顶楼亦无作用，她在李培南嘴里打听不到食材情况，便匆匆向李培南请示，可否由她出去一趟，传唤福兴坊掌柜到堂问话。她的做法，也中李培南的下怀，李培南点头应允她外出跑腿，将祁连雪指使到礼堂前勘查香灰，落得四处清静了，才对非衣说道："再过一刻，闵安就会查到玄序头上，以她的心智，推断到玄序被囚在世子府只是早晚之事。等事发，你去向她讲明玄序往日种种作为，好生安抚。"

李培南径直下了成令，非衣推辞不得，只好应下。

第二十一章　不忍朱郎遭图囹

闵安持着世子府的腰牌，匆忙赶向福兴坊。楼外候着的彭因新见她行色匆匆，知是有因，唯恐闵安独占了功劳，急忙带着人跟了过去。

老字号福兴坊内，掌柜听到摘星楼出了大祸端，吓得两腿一软，瘫坐在地上半晌起不了身。他如此害怕，省去闵安盘问的口舌辛劳，闵安没问几句，老板便详细交代了糕点食材的来源。

是由白木郡特贡的三种馅料：桂花、红枣、蜂蜜。

闵安听得心中暗惊，追问："是谁人卖给掌柜的？"

掌柜颤巍巍站起来，将手扶在桌子上，才勉强稳住身形。他呼喝一阵，唤来账房，打听到了是白木郡的农户卖来食材，并说明食材收货时，满满的几缸，全数被封存好了，决计不会在途中污损，也不会在制作前在坊里被倒换。至于食材封存之前，农户是否做过手脚，掌柜说这就不能保证了。

彭因新怒道："你这刁民倒是说得好，食材原封不动送到，你就照样制作，将毒发罪责撇了个干净。本官且问你，既是给宫里的供应，为何毫无查验，本官觉得你一定是合谋，如果交代不清，这就定你一个欺君罔上之罪，立时打死复命！"他想早些结案，也不经堂审，就要定出元凶来邀功。说罢，随行侍从从院里抄来竹杠，气势汹汹地朝着掌柜打去。

掌柜不敢逃，直挺挺跪着，双手抱头，大声讨饶。在一众吵嚷声中，闵安脸色苍白地站着，看看周遭人影幢幢，却觉得听不见一句话。前面掌柜说得极为清楚，食材不是他做的手脚，那么查探源头处时，卖家当是最大的嫌疑。

最大的倒卖商户，就是玄序。

难道是玄序做的手脚？

闵安越想越心惊，突然回想起了玄序说的每一个字。玄序说，馅料经他改良，就能倒手卖出大批银子。闵安还曾担忧过，玄序这种横扫秋货、囤积居奇之举会引起官府的责罚，玄序却笑谈，真正出了事，罪名也不会落在他头上，因他只做幕后的老板，商谈事宜全由打短工的跑腿。

如此看来，玄序确有最大嫌疑。

耳边棍棒叫嚷声不绝，闵安脚步漂浮地朝外走，突然又觉得无路可去。她不知道玄序去了哪里，为什么还未回到牧野郡与师父会合；为什么玄序要做出如此大逆不道之事，祸害了十几条性命……

玄序会是那样狠毒的人吗？每次温和地笑着，暗地里却在杀夺他人性命？闵安抱着头，蹲在了院角，心底有苦说不出，愁肠百结。她想，如果玄序真是那样的人，那她就可称得上是一个瞎子，将脏污当成白雪般的纯清，一心念着玄序是世上最谦雅最和气的男子，能嫁给玄序，是她三生修来的福气。

多么可笑的想法。

如果这是真的，玄序往昔的种种好处更显得冷酷而可怕。

闵安想得心里发苦，便狠狠抽了自己一巴掌，将痛意转移到脸上。她顶着一道红印子，大声喝止了彭因新的棍棒击打，说道："彭大人即使打死了掌柜，也无法使案情昭雪于天下，当务之急，应是抓捕到放出食材的暗凶！"

一头热的彭因新也稍稍清醒了过来，唤侍从拖下鲜血淋漓的掌柜，拿着帕子擦汗，问闵安道："小相公说说，该怎样抓到元凶？掌柜将责任推到农户头上，打死不改口，本官定不了他的罪，没法对太后交代。小相公既然有本事，就去抓个元凶回来罢。"

闵安回道："大人明鉴，摘星楼一案有两处关键，一是在糕点馅料里动手脚，二是在宫亲贵族祈福时，有意燃起犯冲的香烛。前面这则馅料已经断了线索，我们可从后面那处关键的香烛查起,只要找到了燃香之人,不愁抓不到元凶。"

彭因新嗤地一笑道:"依照往日规矩,燃香的人应是礼部官员,他们都是朝廷千挑万选出来的良才,个个身正影直,又怎能让小相公信口雌黄乱言诬赖的?"

闵安追问:"燃香的不一定有歹意,那香烛来源呢?总有推敲之处吧?"

彭因新醒悟过来,随着闵安赶回了摘星楼,李培南先他们一步,已经查清了香烛出自老字号香烛店,那也是官里常为采办的御用店铺,不过这次福事采办者名叫朱八,正是彭因新一手提拔上来的侍卫。

彭因新听得汗水淋漓,不住拿帕子擦脸。他对上李培南一双寒冷的眼睛,辩解道:"本官见朱八来投奔,试过他武艺高强,才收了他做侍卫,本想着他能为逐鹿赛尽一份力,决计没想到他包藏了其他的祸心啊!"

彭因新嘴上喊得响亮,心底却在叫苦连天,他确实没想到朱八的投奔会另有图谋。朱八当初拿着朱家寨的信物来找他,说是愿意为他所用,他与朱家寨有盟约,自然收下朱八做臂膀。如今事发,他才知道朱家军师朱沐嗣躲得不见人影,只派一名典史过来,想必是有一番道理的。

朱八借助彭因新之力,顺利讨要到内廷侍卫一职,所盘算的心思却是彭因新不能预计到的。他为整座朱家寨的利益而奔走,可谓忠心耿耿,直接听命于幕后的首脑朱佑成朱大人。被派到白木郡后,他才跟从着自家公子朱沐嗣行事,既是督促,也为辅助。说是督促,缘由就出在朱沐嗣执意要娶闵安为妻一事上,远在闵州的朱大人听闻消息后,急传书阻止这门婚事,声称朱家不便纳世子府的属臣做媳妇,除非闵安是平常人家身份。朱沐嗣自然不肯退掉婚约,化身为玄序,逐步取得闵安的信任,若不是出了郡官阻婚的乱子,相信他与闵安已然成婚。

郡官阻婚得手,朱沐嗣被迫赶往清泉县,再也不见消息传回。

朱八知道出了变故,他按照朱沐嗣先前的吩咐,将公子囤积了十年的财富提取出来,全数搬运到了祁连家新晋良才温知返宅院里。温知返年纪不大,只十七八岁光景,却领着指挥佥事一职,管理闵州下辖十五个卫所,在海边防御海盗贼寇侵袭已有四年。他立下了赫赫战功,受朝廷褒奖,此次回昌平府就是领诏受封,特意先回家祭祖,再去太后跟前报道的。太后本想给她这个外甥封爵,遭到了摄政王一派的抵制,她在官中暗示下臣举谏,将温知返的功勋摆在朝堂上申议,多数老臣认为温知返所取功劳与世子李培南不相伯仲,理应封赏,摄政王只能退让。太后借幼帝之口封赐温知返为定远侯,仍统领海防事务,对他依仗甚重。

温知返新晋侯爷后,深居简出,如往常一样低敛行事,不见任何欢喜颜色。他是温家收养的义子,以异姓封侯,又得温家和太后的看重,已觉恩赐深重,不敢生出丝毫倨傲之心。温家公是太后妹夫,亲生子温什不肖,闯下刺死朝廷重臣萧知情的罪责后外逃,曾让温家一度背负了污名。多亏次子温知返受爵封赏,给温家赚足了颜面,温家公才能从病榻上爬起身,抬头去拜见太后。

拜见之后,温家公刚回到府邸,就传来幼帝宾天的消息,身子立刻又委顿了下去。温知返伺候汤药过来,神色始终恭谨,温言劝着温家公睡下了,才在偏房里接见了潜逃而来的朱八。

朱八此时已得手,在摘星楼重创皇族。他来投奔温知返,自然也是朱沐嗣指点的明路。一看到温知返穿着常服走进屋,他就兜头一拜,叫了声小侯爷。温知返脸色略微沉了些,问道:"皇帝还是个孩子,你家公子也能下得了手?"

朱八不卑不亢答道:"只有剪除了皇帝,太后才会想着培植亲信来巩固祁连家地位,不让王府那一派人掌权。后面要是再立嗣,太后肯定想在祁连家过继一个,但是祁连家没有合适的儿郎,所以退一步来说,太后只能在温家子嗣上挑拣。我家公子已经帮小侯爷想好了,小侯爷先封爵,再去太后跟前走动,将公子赠予的钱银转送一半出去,取得人脉、亲信,未尝不可与世子府相抗衡。到时候小侯爷走动得好,说不准可继位大统;就算不能继位,小侯爷用公子的赠银招兵买马也是好的,手握军权与李培南斗上一斗,将李家彻底打垮,出一口恶气。"

温知返默不作声思索了一阵,淡淡应道:"这法子不错,对我对朱家都是两全其美,那我就试试公子的提议吧。"

朱八长躬身施礼,道:"朱家寨出钱银,小侯爷出气力,何愁扳不倒李家王朝。"

"说了一晚,就这句扳倒李家落在我心坎上,不冲着这个收场,我还不屑于假托温家才能立身的权宜计,早些年就在海边造反了。"

朱八忙应道:"那是,那是,我家公子一直相信小侯爷的本事。"他请动了援军温知返,随后援军又会去借助太后的力量成事,他的重责就可卸落下来,肩上轻松了,他才能长吁一口气。

当晚交谈完毕,温知返安置好朱八,又在温夫人面前巧言软语一番。温夫人受了点拨,连夜乘车去楚南王府,催请太后来家里下榻。太后见着自家亲姐妹,想起幼帝惨死，不仅泪落如雨，坚执要随着温夫人回府。李景卓不便再挽留，派重兵护送太后回到温家。

此后，温知返抓住机会侍奉太后，事必躬亲，晨昏定省，言行至恭至孝。

一晚未过，温家的动静还没传到摘星楼来。

彭因新并不知道朱家人已撇开他另攀一门势力，在李培南的质问下叫冤不已，只说自己与朱八并无干系。李培南冷冷道："用人不察，遇事推诿，朝廷养你又有什么用？"右手向后一探，衣袖已经搭上了张放手里所持的蚀阳剑柄。

彭因新听见李培南的口气冷若冰霜，连忙后退一大步，惊叫道："世子又想挟私报复本官吗？别忘了本官可是太后钦点的钦差！少一根汗毛太后就会拿世子过问！"

李培南倒是没有杀死彭因新的心思，他已应承过闵安，并不急着取彭因新性命。长剑如一泓秋水，在空中划了个圆，又复落回张放的手中。彭因新的官帽落在地上，却已无顶。彭因新披散着头发，气急败坏朝楼下赶，要去找太后告状。李培南随后扣下一顶"涉案私逃"的大帽子，命令侍卫拿住了彭因新，扭送到王府监牢中。

李景卓刚送走太后，没想到好好的官审闹出这么一折戏，稍作考虑一下，就将彭因新扣留了下来。彭家亲信将消息送进温家，等着天明后太后的定夺。

押送彭因新进王府路上，闵安赶过来询问彭因新，以往在清泉县衙里处断毕斯案子的隐情。"不知大人是否还记得，我的东家毕斯屈死一案。那天在衙门里，大人本是带兵与世子对峙，后来却派骑兵护送我外出，使我免受一场屠戮，有意对我施恩。我曾推断，大人背后还有高人在指使，却苦于没机会来请教大人……"

彭因新正痛恨着朱家人陷害了自己，不等闵安说完，他就利索答道："你不用拿话来探了，本官大方告诉你，那天背后确是有人在托本官放了你。那人要挟本官，本官毕生都不会忘掉他的样子。"

闵安心里一颤，问道："那人到底是谁？"

"朱家公子朱沐嗣。"

闵安停了脚，站在夜色里发愣，脑海中无数念头呼啸而过。半晌，她才醒悟过来，追上收押彭因新的马车，隔窗再问："朱公子可有诨名？究竟生得什么模样？"

彭因新哼道:"这个笑面虎惯穿青袍,似乎有一个表字叫玄序什么的。"

冷风灌耳,割得闵安耳鼓生痛。她仅凭完好的右耳,也听清了玄序的名字。树枝在夜风里抖动得厉害,折弯了腰,响声遮盖了马蹄车轮远去的动静。闵安站在冷清的林道上一动不动,任凭大风刮过来,吹过她的身子,也吹落了她的泪水。

她只恨不能哭瞎眼睛,从此不必用双眼查看世事。

夜风吹干了闵安的泪水,她已经哭不出来了。遍体生凉,如坠冰窖,也抵不过心底的苦痛。她恨自己双眼驽钝,错认狼子为好人,还一厢情愿地以为,玄序就是自己最为稳妥的托付。

玄序竟是自小有婚约的朱沐嗣,他却偏偏站在了彭因新背后,做了彭马的党羽,甚至祸害无辜之人,来达到他们险恶的目的。

闵安很想揪住玄序问一声:为什么要这样做?又为什么要下手这样狠毒,连幼帝都不放过,更不提与他无冤无仇的官亲贵族们?一想到玄序就是彭因新的爪牙,且是朱家派来的军师时,闵安脑子里存留的诸多疑难往事,突然一一清晰起来。

很早之前,清泉县衙重囚犯作乱,趁机抹杀了王怀礼、李非格等人性命,想必是知县幕僚暗中推动的结果,那名幕僚随后消抹了踪迹,仿似不曾出现过一般;再朝后,毕斯被戮、含笑冤死,均系彭因新一手操持,今晚彭因新却透露另有高人指派,将玄序的名字剥落了出来,使得闵安终于明白,原来朱家始终隐身不现的军师,其实一直潜伏在自己身边。

想到最后,闵安越来越心惊,无须再去求证什么,全然明白了玄序暗地里做过的那些事。玄序祸害了他的老东家毕斯,将东家尸身丢在乱坟岗上来嫁祸给非衣,其狼子野心可见一斑;含笑死时,饱受尸蜡裹身之苦,她万万没有想到,罪魁祸首竟也是玄序;她曾打马赶往东郡,通知当地长官提防白翅蜂之毒,却有人先她一步,炸断官道坑害非衣,险些将他埋进石流中;随后白翅蜂受炸药侵扰,齐齐飞向清泉郊野那方的洞口,若不是她赶来得及时,提前做好准备,想必军营里的兵士又要饱受蜂蜇之苦……

太多往事,让闵安不敢回头细想,她怕再朝后想,又会发现玄序更多的坏处。在她心里,总归想保留玄序好的一面,还有他为她打理的起居细节:玄序洗手做羹汤，处心积虑替她医治好宿疾，总是和颜悦色地对着她，从未勉强过她的心意，那么多的体贴事儿留在记忆里，怎能让她一时对玄序就切齿痛恨起来……

她恨自己有眼无珠，也恨自己知晓玄序身份后，仍然提不起一腔怒火去恨玄序。

她的心底只有苦痛，还有渗入四肢百骸的冷意。眼前若是有刀，她必定是举起刀子自戕，而决计不是转过刀口对付玄序。

这是为什么？她哭得昏天黑地，想不通其中的道理，也听不到身后传来的马嘶。

李培南接到侍卫通传，在百忙之中还是断然抽身，赶来接闵安回府。他能推想到闵安伤心的原因，看见闵安孤零零站在冷风中，跃下马来，径直将闵安打横抱起，塞进了自己怀里。闵安哭得力乏，涕泪齐流，全然落在了灰貂绒袄口上，一张脸已经辨不出往日的颜色。

李培南抱紧闵安在风中疾驰，冷冷说道："你以前的骨气呢？见到我使手段做坏事，必然跑来斥责我一阵，现在换到玄序头上，就狠不下心了？"

闵安被李培南捂在怀里，后背也搭上了一道斗篷，全身上下暖意融融。她低着头，鼻涕泪水就抹在了李培南锦袍胸口，一阵熟悉的白檀衣香裹住了她，还传来清晰有力的心跳声，她安静地感受着一切，只觉身懒，想在这怀里沉沉睡去，再不醒转。

李培南纵马径直跃进世子府大门，两旁侍从连忙打着灯笼小跑着向前，一路替他照亮，将他送到了唯吾院中。莲叶匆匆走出，看了看光景，什么都不敢问，打过温水取来一切所需之物，静悄悄地退了下去。她走的时候，还唤退了其他值守的婢女、侍从，并带上了门。

李培南绞了一道热手巾，走到呆坐的闵安跟前，擦去闵安脸上的脏污泪痕。他捏着闵安的下巴，用手巾前前后后擦遍了，像是给一樽瓷瓶除尘，手上的力道稍加加重了，也没唤醒闵安的神智。

李培南不催，也不说话，将闵安拉起来，剥去她的夹袄，解下她的腰带。

闵安不由得瑟然一抖，朝后退了一步。

李培南问："我来还是你来？"闵安终于会过意来，慢慢走到内阁里，就着热水擦拭了身子，并换上了一套新的衣衫出来。候在外间的李培南怕她冷，又给她套上一件貂裘，细细扎上腰带，前后检查一遍，才放开了她的身子。

闵安像是一根木头桩子站着不动。李培南走出阁房，片刻换了一件干净的锦袍进来，闵安还是先前的样子。李培南坐进椅中，看了闵安一刻，才开口说道："我早已知道玄序身份，不对你说，就是怕你伤心。现在你已探明他的种种事端，省去我的口舌，也算好事。既然知道他的为人，就应当斩断对他的诸多情谊，不准再为他伤心。你若是只挂念着他，断不了案子，将私情看得比国事还重，势必坏了闵家的名声。"

闵安被闵家两字稍稍点到了痛处，有所反应，眉头抖了一下。李培南沉声道："若拿闵家也说不动你，可见你已无所顾忌，我还留你何用，不如去太后面前领了保状受罚，还能顾全一点世子府的颜面。"

闵安听到保状一事，完全清醒了，垂目躬身道："错在我，请世子雅谅。"

李培南心想，她终究还是顾及自己的，担心太后责罚下来，意态不由得缓和了不少，朝膝前点了点。闵安打起精神走到李培南身旁坐下，听他讲摘星楼案情的进展。

朱八已逃遁，失去了踪影，使得玄序下毒祸害皇亲一事失去有力佐证；追查食材源头时，因馅料几经转手，想找到最初放出食材之人，已是难上加难。

李培南并不是不知道罪魁祸首是谁，只是依照有司规矩做事，免除在国丧之际，给自己招致来非议。他将案状交付给太后过目时，必须提点相关人证物证到堂，如今线索和证人一一断了联系，眼看着这桩公案将要变成糊涂案，他又怎能取信于百官，帮助父王平定朝政动荡。

还有最紧要的一件事，李培南并未公布出来。玄序被他关押多日，落得半残不死，恰巧就避开了案发的时间。若说玄序是元凶，更是需要提出铁证来证明他的行径，万万不可在堂审时被他辩驳了回去，说自己身陷囹圄，又怎会有机会去毒害人。

李培南将人证物证难以到堂的难处对闵安说了说，仍隐瞒了玄序的下落。闵安提议另辟蹊径，在玄序以往的跟班身上找到缺口，与李培南商讨几句，就将主意打在了五梅头上。

犯下连桩凶案后，五梅躲在瓦舍里逃不出城，已被世子府的骑兵搜查了出来，关押进地下囚室。李培南去摘星楼处置国事时，侍卫们也没闲着，狠狠鞭笞了五梅一顿。可是五梅被打得死去活来，也没吐露出一个字。

李培南既然要处置摘星楼事端，五梅这边就顾不上，也没工夫亲自去动刑惩罚一番。今晚他安置妥当闵安,本想动身去一趟囚室,闵安将他拦住了,说道:"五梅极怕世子,又不经打,却挨着刑罚不松口,我猜他心底恐怕还留着一个念想,指望着有人来救他。世子一露面,就会惊吓到他,逼得他一心求死,不如让我想个法子套他口供。"

李培南默然站了一刻,闵安以为他在考虑自己的提议,就在一旁静静候着。李培南突然抬手推起了闵安的额头,看着闵安微微讶异的眼睛说道:"难道在你心里,我很可怕?"

"世子怎会这样想?"李培南丢出一句与案情无关的话,让闵安微感诧异。

"你几次提及谁人怕我,见我不是逃走就是寻死,我又怎能不记在心上。"

闵安仔细想了想,确有其事,连她自己,以前见到李培南也是两脚打颤,恨不得立时逃掉。只是到后来,她感激李培南的多次援手,不知不觉就走近了,再也不觉得李培心冷不通人情。

眼下杂事压身,闵安没了心思说小话,随口应道:"府里的侍卫大哥说过,一旦世子出手,鲜少有对头能讨得了好去,我以前难以理解世子的手段,可后来也想到,有些人,有些事,确是需要非常手段去权宜的。"

"那是自然。"李培南应了后就走了出去,布置提审五梅的事宜,并未出现在五梅面前。他将后事交到闵安手上,心里盘算的是该怎样处置彭因新那一派党羽。

仅仅杀杀威风是不行的,对他来说,杀尽乱党才是上策。玄序自然也不例外。

世子府的地下囚室,冰冷潮湿,从高高的气窗上透入一点光,照着一个蜷缩成一团的人影。五梅被打得皮开肉绽,血水浸湿了泥土,稍微动一下手臂,就能牵发全身的剧痛。这段时间,他一直苦挨着酷刑,不愿意死,也不肯招供。

世子府的人明白,在五梅背后,还隐藏着一个发号施令的主人。

五梅确实接受了朱佑成的指派,留在昌平府作案,嫁祸给闵安,试图让闵安身败名裂。一来败坏世子府的声誉,二来阻遏自家公子娶闵安为妻。朱大人不乐意见到闵安既与世子府有牵连,偏偏还要嫁进朱家做媳妇。在劝说公子无效后,就将差事交付给了五梅,唤他妥善处置好后事,算是进朱家寨的投名状。

朱家寨向来只招收同宗同源的人,对外来民户从未开放过,因此五梅格外珍惜这个机会。他辗转奔波多年,跟随的东家非死即伤,只有眼前的这一家财大气粗，人脉广远，足以庇护住他，他为了将来的福荫吃点苦，自认为也是应该的。

闵安提着一盏昏黄的油灯走进囚室时，五梅还在蓄着力气，一心念着朱家派人来救他。看到熟悉的身影走近，五梅心中闪过一阵绝望。闵安走到离五梅不远处，坐了下来，静静地看着他。五梅匍匐在地，既不抬头，也不说话。他的心里很清楚，一旦熬不住刑罚，将他所知的朱家的事情全数招认出来，那才是让他真正失去了被救的本钱。

闵安看到五梅死狗一样的倒地不起，一副打死也不说的架势，便不急着开口，脑中回顾与五梅往日的来往，细思应对的法子。过了一会儿，她开口先谈到宝儿，历数往日萧宝儿对五梅的种种好处，闭口不提与案子有关的事情，以此来查看五梅的反应。

五梅听闵安讲起宝儿过去的点滴，内心终究有愧，肩膀抖动起来。闵安看在眼里，声音突转凄厉，追问五梅为何下此毒手，一连杀掉两人，五梅却闭嘴不答。相比较侍卫的拷问，闵安边揣度五梅的心意，边用言辞试探攻取，一面逐渐瓦解五梅的心理防线，一面在五梅面前造足了为宝儿声讨冤案的气势，再退出去布置下一步的审讯。

走回唯吾院中，师父吴仁与义姐花翠已坐了大堂上，手边的茶水糕点早已飞冷，神色愁云惨淡。

非衣站在一旁，脸色也是凝重的。因是奔波一趟将吴仁接来，来不及梳洗就陪侍堂上，身上锦袍稍起皱褶。

闵安踏进去的步子迟缓了些。吴仁站起身，朝闵安看了一眼，叹道："师父也看走了眼，那玄序竟是朱家寨的人，竟是为师害了你。"

闵安向师傅拱手示意，即转脸看向非衣道："难道你早就知道了内情？"从摘星楼出来后，他与非衣根本没打过照面，非衣将师父接过来，师父又如此说，显然非衣已先一步告知了玄序的事情。

非衣并未否认。闵安又问："什么时候知道的？为什么不告诉我？"她的嗓音略起颤抖，似乎有些埋怨之意。非衣答道："比世子稍迟一些。为了都察院二审的案子，没人敢透露风声。"

"说白了，你们是不信我，以为我知道玄序身份后，还会偏心帮着他。"闵安语含苦涩，又道："也该我落得受人怀疑，谁叫我瞎了眼睛呢。"

花翠一直没说话，手里绞着帕子。她和老爹一样，只看闵安的意思。他们对世子府、王府一派势力殊无攀附之意，只认得一个道理：玄序毒杀数人，导致幼帝宾天，这已算是大逆不道之事。既是逆道而行，那么就不能再维护玄序，早些将闵安从麻烦里扯出来，才是正当的。

吴仁叹道："玄序这事，府里两位公子也不要怪安子，都是我人老眼瞎，硬是我撮合两个小娃在一起。我已没几个年头好活，要是追究责任，就抓我吧。"

非衣连忙行礼，对吴仁说："师父不用自责，玄序工于心计，朝廷多次抓捕都告无功，何况师父对他毫无防范之心呢。不管换成是谁，都会着了他的道儿。"

吴仁不会因为非衣几句宽心话就会丢掉自责之意，他在心底还是为着玄序的毒辣叹息，又担心玄序的下场，更是在意闵安的想法。闵安当初留在世子府里练武，不在他身边，也确实是他一口答应玄序的提亲，以家主身份应允了婚事。随后两个小辈渐渐走到一起，他看着欢心，从未想过去打听玄序的来历，荐人失察，这个罪责是逃不掉的。

非衣一路陪着吴仁、花翠过来，曾提及过玄序所做的恶行，并未涉及玄序与闵安的私情。吴仁和花翠听了后，脸色先是惊愕，再是灰败，继而两人凑在一起，絮絮谈议了一些，不住摇头叹气，倒是没表露出怎样怨恨玄序害人的模样来。

非衣明白了，即使玄序心肠再黑手段再毒，在闵安这边的人心里，到底旧情难舍。他请师父进了大堂，等着闵安回来，打算把话说开。

闵安不仅记着玄序的事，还想起了宝儿的惨死，又怎能舒展开眉头。她灰着脸坐在花翠的椅旁，花翠拍了拍她的手，以示安慰。

非衣等三人坐定，对闵安道："这堂上所有人都在看你的意思，连我也是。玄序已经做了这些伤天害理的事，无法挽回，依照世子的主张，就是等都察院二审过后，查清楚州官吏贪腐的案子，无论国法怎么判，世子都要亲手了断了玄序。"

闵安急问道："玄序已经落在世子手里了吧？"

非衣点头，低声道："世子那脾气，你也知道。你与其枉自替玄序在这儿揪心，不如去劝玄序早些招供，免去拷问的折磨。"

闵安手足轻颤，一股寒气从脚底直贯脑顶。虽说已经料定，但亲耳听到非衣说出玄序身陷世子府，还是忍不住在心里涌出一股涩痛。她在这边低着头伤心，非衣想着助她一臂之力，快刀斩乱麻，索性将掌握到的消息都说全了。

"你心软，舍不得玄序受苦，也要看他做了什么事，能不能逃脱国法的处置。

你念着他，无非也是看他往日待你的好处，但你和师父恐怕还不知道，他待你的那些好，其实也是装出来的。"

闵安抿着唇，低头不语，脸上微红。她明白事理道义，知羞愧，可是心底的不舍难以自欺。花翠倒是惊异地看着非衣，道："我敢说，玄序待安子绝对是真心，他们就上过两次街，都有我陪着，那些对安子的殷勤，我看在眼里，怎么都不像是假的。"

非衣淡淡一晒道："清泉县街上邂逅，凉瓜果铺相交，玉器店里赠扇坠，从茶馆逃脱糕点钱，这就是你们上街交游的过程，我可有说错？"

花翠仔细回想了一下往日种种，发觉都被说中，只能点头。非衣话里的不屑之意更重，"实则都是玄序的把戏。他包下两条街，打点好各处商铺，只等着你们进门。我曾回头查访过他的行迹，才掌握到了这些，各家掌柜都在证词上画了押，可证明我所言不虚。"

花翠惊愕不已，一下子坐进了椅子里。如此点滴小事，玄序都能安排好，那随后拜见老爹，一步步取得老爹的信任，自己的欢心，又有什么困难的？

非衣对闵安说道："如此虚妄造假之人，你还记挂着他做什么？利索些断掉念想，向他问出口供，保举世子肃贪成事，兴许还能为他讨来一个体面的死法。"

闵安猛然抬起头，脸色红白交杂，喊道："非衣，别说了！给我……留些余地。"

非衣拱拱手，请吴仁及花翠进后宅梳洗，留闵安一人静神。闵安软倒在座椅里，心中五味陈杂，一遍遍地回忆自己与玄序走过哪些地方，做了哪些事，玄序陪伴左右，笑得极为温柔……

玄序准备了蜂蜜米果糖来招待她，为她洗衣做饭，缝制衣甲，看她的眼光那样明亮，待她的心思又怎会是假的……

假不了！

闵安知道真心待一个人的感受，她想着想着，又难过地哭了起来。玉米受了花翠的指使，跑到堂上吱吱叫着。闵安听见它的声音，看它好奇地望着自己，一副不甚明了的模样，心底一苦，哭得更厉害了。玉米爬上闵安的臂弯，拉开闵安的手，朝她脸上吹气。闵安无声哭了一阵，哽咽道："我知道该怎么做……就是心里难受……你走远些……我这里没吃的……"

一两道清涕滑落下来，沾在玉米的毛手上。玉米把手臂绕到身后擦了擦，撩起马褂下摆罩在头上,然后又拉下褂衣做了个鬼脸。闵安擦了泪水,喃喃道:"装鬼这个办法不错,可以试一试。"

再过一刻,心神稍宁的闵安打水洗脸,收拾一番后,走进后宅与师父及花翠商议。需处置的棘手事有两件,一是让五梅开口招供,二是让玄序写下楚州贪赃证供,以此来换取较为体面的结束。

能在死前免受折磨,保留少许尊严,已经是最好的结果。

这也是吴仁等人能为玄序做的最后一件事。

闵安强按下苦涩之意,在颜面上不露出异样,心底却是有自己的打算。她不说,吴仁也没察觉到,花翠与她见面时间短,仓促之间也没看出她的心思。

闵安就等着处置好了五梅,再去见玄序的那一刻。

夜色降临,世子府处处燃灯,地下囚室依然黑暗。侍卫从不曾送过饭食给五梅,这次听从指派,将掺了迷药的汤水放在五梅手边。五梅挣扎着喝尽,不多久眼皮昏沉,就要睡去。

闵安唤侍卫取来灯油泼在五梅身上,又围着五梅在地上泼了一个圈儿,将灯罩提在手里晃悠,蹲在五梅跟前说:"宝儿昨晚托梦给我,在我耳边哭了一宿,说你心狠,要我送你下去陪她。"

五梅的神智还未完全散开,听见冷冰冰的话声,身子抖动了一下。

闵安阴恻恻地恐吓道:"宝儿还说,晚上雨大风冷,怕你着了凉,她才带着棉被去看你。你倒是好,欺着夜黑摸出门做坏事,回头看见她跟上来了,一刀把她了结掉。她要我问问你,若是见了面,你还敢问心无愧地对着她吗?"

五梅有气无力地说:"你装什么鬼,宝儿明明被你杀了,怎会托你带话过来。"

闵安冷笑道:"师父做法事招魂,宝儿冤死不甘心,自然会回来找你。"

五梅低头躲在披散的乱发下,心里发怵,没有应话。他的头昏昏沉沉的,心智逐渐丧失,又想到闵安能说出宝儿死时的细节,或许当真有招魂的法术,将阴间的话递了过来。闵安随后点燃了地面上的灯油,一圈火苗豁地冒起,包住了五梅周遭的地面,同时气窗外也涌进阵阵浓烟。五梅生受不住烟熏火燎,听见闵安冰冷至极的嗓音说道:"下去陪宝儿吧。"就彻底昏迷过去。

不知过了多久,五梅再醒来时,当真在一间阴沉沉的阁子里看到了宝儿。宝儿还是头戴压花小帽,穿着水红夹袄和素白长裙,清冷冷地站在灯柱后。朦胧的光线映在宝儿脸上,照得她的肤色青沉了一些,双颊也塌陷了下去,突出了两个印着黑影子的眼窝。

阁子间四壁雪白,挂满了招魂幡,顶上落下一阵阵的烟雾,蒙在灯烛上,光景更是惨淡。五梅觉得通体冰冷,牙关不由得咯咯大响,问道:"这是哪里?你又是谁?"

宝儿的衣裙并未落地,手脚僵硬,像是一张画,挂在了半空中。她的身影借着烟雾缓缓飘动,声音也显得飘忽,道:"我死得好惨哪,五梅,你还我命来。"

五梅看见宝儿居然浮动在阁子里飘来飘去,着实吓得不轻。宝儿倏忽直冲过来,将惨白的脸送到五梅眼前,还向五梅指着胸口被刺的刀伤,一点点按下去,道道血水从伤口直涌出来。

五梅大叫一声,瘫软了手脚,倒在角落里不住求饶。

这时,被老爹巧手装扮出宝儿样子的花翠,挂在烟雾里隐藏的滑竿上,抓紧机会问:"你为什么要杀柳玲珑?"

五梅抱住头答道:"我受萧大人所托,杀掉柳玲珑灭口,岛久公主的案子就死无对证。"

"那就是说,萧大人借刀杀人,害死了公主?"

"是的,是的。"

花翠呼出一口烟气,朝五梅面上喷去,熏到了五梅的眼睛。"我与你无冤无仇,为什么又要杀我?"

五梅双眼酸涩,流出泪水,视线更加模糊。"千万莫怪我,是你看到了不应该看到的事。"

"我看到你杀人,便一定要让我死吗,一定要追上来刺我一刀?"花翠的声音更加凄厉。

"我也没法子啊,大人要我拖住闵安,不准她和公子成亲。"

"哪个大人?"

"公子的爹爹,朱佑成大人。"

花翠听见五梅的声音倦怠着低了下去,提着嗓子尖叫了一声:"你空口无凭!你就是狠心想杀我,何必推到别人身上!"

五梅连日身受酷刑,本已虚弱到了极点,此时又被烟熏和惊吓,精神已经濒临崩溃。他拼命咳嗽一阵,急喘着回答:"确实是大人……咳咳,指使我来祸害闵安的,冤有头……债有主,你找他去!"

"你说指使，可有凭证？"

"大人曾传过一封私信给我，详细说清诸多要害关系。"

"信呢？"

"……被我烧了。"

花翠阴恻恻笑道："这样说来，又是无凭无据了！我还留你有什么用处？纳命来！"

五梅极力向角落躲去，无奈手脚疲软，根本挪不动一下。他急声叫道："我知道在昌平还有朱家的一个同党！他藏得深，谁都找不到！有一次我偷偷跟着公子摸过去，才知道他的底细！"

"谁？"

"温家的二公子。"

花翠再恐吓一阵，诈不出其他有用的消息，索性一棒子敲晕了五梅，褪下一身装鬼的行头，将阁子里的场面丢给侍卫处理。

阁子外，有数名被李培南请来的府衙书吏。他们在司吏的指派下，围住烟气残光缭绕的阁子间，听明了五梅的答话，一一记录下来，将来作为堂审的证词。

李培南站在最外，耳力却强于在场所有人，阁子里的动静听得一清二楚。等所有供词抄录完毕，他对司吏说道："今晚的证词足够结案了？"

司吏忙答："那是自然，那是自然，我们一干人等可为小相公作证，昌平雨夜连番犯下的凶案，确实与小相公无关。等天明我就将供词递到府丞大人案前，禀明案情曲折，请大人盖印结案。"

倘能如此结案，府衙的申诉无效用，宫里的提审也就没必要再进行，闵安就能真正从凶案嫌疑中洗脱，重获清白之身。

闵安设法解决了自身的麻烦，又取得五梅有力的证词，可算为一件大功。李培南回头看见闵安脸上殊无喜色，问道："又怎么了？"

闵安答道："五梅证词只能洗脱我的嫌疑，却不能成为定罪的关键，朱大人那边，还是告不倒他。"

李培南自然也明白，因为没有铁证。五梅刚才交代过，唯一可作为证物的书信已被烧毁。

李培南淡淡道："慢慢来，朱佑成不愿收敛，我自然有办法对付他。"

闵安仍是面有忧色，也不答话。李培南问："还有什么烦心事？"

"我想见一见玄序。"

李培南冷了声音道："现在不行。"

闵安低声道："世子曾应我，若我赢得逐鹿大会，就满足我一个要求。"

"你只赢了一场，并未赢到最后。"

闵安语塞，沉吟道："那……五梅的供词，我总有功劳。世子可否看在这份功劳上，答应我一个要求。"

"情理之内，我自然答应。"

闵安踌躇一下，跪在了李培南跟前，道："求世子免去私刑，将玄序交给大理寺处置。"

李培南突然伸手抓住闵安的裘衣领口，要将她提起来。闵安沉着身子，青白着脸，一动都不动，眼眶已是隐隐发红。李培南提了一半的手劲突然就散了，将闵安松开，冷冷说道："依了你。"

闵安就地磕了个头，爬起身子站在一旁，抹了抹眼角。

李培南道："刚才五梅提到温家二公子，这么大的事儿，你都毫无反应，可见心思是真的不在这里。"

闵安回道："我只知温什，确实没听说过什么二公子。"

李培南看看闵安，淡淡道："是玄序的事勾走了你的心智吧？"

闵安沉默不语。

李培南缓缓道："温什看你不顺眼，次次刁难，太后一见你却是和颜悦色，想过其中的道理吗？"

闵安摇摇头。

李培南答道："因为温家二公子的面相，与你生得相近。"

夜深灯暖，侍卫整理完阁子里的物什，行过礼退了下去。李培南摆手让所有人退下，也包括杵在眼前的闵安。可是闵安浑浑噩噩，毫无所觉，依然怏怏站在李培南身前。李培南见撵不走闵安，掉头朝院外走去，索性落得眼不见为净。

闵安在夜风里站了一会儿，突又清醒过来，追上了李培南问："我长得像温家二公子，又碍着温什何事？他打我一顿，我还没还回来。"

李培南并不停步，瞥了闵安一眼道："这会儿就想起吃了亏？刚才做什么去了？"在他眼里，闵安能还嘴，能在意其他事，才算是活过来了，要不总是拖着一张要死不活的脸。一想到她在为玄序伤心，就一肚子不快。

闵安小跑赶过李培南,倒退着问道:"世子告诉我缘由吧。"

李培南看她的样子可怜,放慢脚步道:"温家二公子温知返,武力、心智强过温家其他所有的小辈,时常被太后挂在嘴边,温什不服气,处处与温知返作对。温知返自请到海防历练四年,只为避开这些争端。"

闵安听出了话里的意思,原来温什缠着自己斗狠,只是发泄对自家弟弟的不满,将自己当作了温知返的替身来打。太后大概是爱屋及乌,就对她这张相似的脸生出亲和来,在摘星楼时,没有着力追究她背负的凶案嫌疑。如此说来,她虽然替这温二公子背了黑锅,总算也沾了温二公子的光。

闵安未曾想到的是,很快,她就看到了这温家的二公子,温知返。

两人正在说话,院外侍从的声音一道道接力传进来:"温小侯爷奉太后懿旨,到府谒见公子——"

李培南冷冷掠了下嘴角,身子岿然不动。他知道温知返的来意,即使是太后懿旨宣下来了,他也没有要去接见一下的意思,只问道:"他带了兵吗?"

侍卫奔进来行礼答道:"小侯爷点了两千禁军留在街外,自己一个人进了前院。"

"胆子倒不小。"李培南冷淡撂下一句,兀自不动。

不多久,世子府北门外的骑兵营全数出动,将外街围住,两千禁军被堵在了街口,只等着府里传出号令。

闵安想走到前院探一探究竟,李培南拉住她的手臂,示意她不要动,再对侍卫说:"叫二公子出去会会小侯爷。"

非衣怎会听不到世子府的动静,更何况来的人还是大名鼎鼎的温知返。两千禁军前来,这等情势,他没有别的选择,只能站在李培南身旁,为王府出力。

温知返近来声名鹊起,朝廷上下无不与闻,非衣和李培南近年来各自事务繁忙,倒是很久没跟温知返正式打个照面了。如果避免不了兵戎相见,早些出去会会正主也是好的。

非衣完全懂得李培南的意思,徐步走向前院,从腰间抽出软剑,迎风一抖,炼出一柄凛冽的秋霜。他并不搭话,径直举剑向石青锦袍的身影削去。

温知返闻声急避,两于一展,似是一只钻天的鹞鸟,陡然向后飘开。非衣软剑赶到,刺向温知返的手腕大穴,招招伶俐,却也秉持了君子之风,没有指向要害。温知返看得真切,游走在剑招下,始终不曾正面与非衣交锋。两人斗了一刻，直引得院内的侍卫手捏一把汗，生怕其中一人有一丝闪失，若是误伤一个，街外、府里的数千士兵就会大打出手，很难收场。

偏偏又不见世子出来斡旋。

侍卫们心里纳闷，互相张望一眼，拔刀悄悄欺近，静观其变。直到身后传来一句"退下"，让他们松了一口气。

非衣随即也收了剑，轻轻跃向一旁，站在了台阶上。李培南走上两步，在檐宇下站定，冷冷道："小侯爷请动了太后的旨意，也得看我乐不乐意放人。"

温知返穿着长袍落落站在石砖上，修长的身形背后，是一塘修竹，气质恬淡儒雅。若不是方才露了一手上乘的武功，宛然是一个谦谦君子。他徒手接了非衣十剑，呼吸吐纳如常，待非衣退出战局后，还曾对着非衣行礼，不曾辱没一点风仪。非衣负手而立，并不还礼，他也不为意，依旧面带笑容。

"惊扰了世子及二公子，非我本意，太后催得紧，要火速来提朱沐嗣公子，我只能冒昧来拜谒二位公子了。"

温知返淡淡答完，气定神闲地看向台阶上的李培南。

李培南冷声道："提见一个区区犯人，需要带两千禁军？世子府何曾成了随意走动的校场？"

温知返躬身施礼道："世子勿要怪责，这是我考虑得不周。"他扬手甩出一枚弹子，火花在夜空中呼啸而过，散落下来时，两千禁军已齐齐后退。

禁军若退，留在院中的温知返气势更是落了下风，但他始终站得稳当，脸上也不见任何忧色。

李培南一扬手，世子府的骑兵随后也撤回了军营。

李培南道："我不受任何人辖制，太后亲自来，照样接不走朱沐嗣。"他转头朝门内走去，温知返在身后朗声道："世子决意抗旨，实有损于王爷颜面，尚请三思。"

李培南连一思的工夫都不曾有过，转身一掠，像是一只捕食的鹰扑了下来。他的气势凌厉无比，专程挑着温知返的双肩下手，温知返不觉他这等快法，及一股劲风扑面而来，忙错身欲避开，脚下终究慢了一点，左肩已被李培南的指爪带到，顿时如被火炙。

温知返后退两步站稳，森森道："世子当真不接旨？"

李培南一击得手，收住身形，笑道："来我府上找我讲理，小侯爷的火候还浅了些。"

站在台阶上的非衣听后微微一笑。

温知返拱了拱手道:"既然如此,那我只能得罪两位公子了。"他从袖里抽出一柄漆骨扇,徐徐展开,走到光亮处,一张俊脸上已经满是严霜。

李培南和非衣见他如此,都不敢大意,暗中蓄势待发。突然,院门后的闵安抢出身来,目不转睛地看着温知返,大喊了一声:"哥哥?"

世上面相相近之人比比皆是,仅在一座黄石郡,闵安做书吏时就看过数例。比如五梅形似于闵安,闵安又时常与五梅交游,然而两人走在一起时,从来没有人会认错他们,李培南和非衣自然也不例外。

对于温知返,李培南等也是一般的想法,只是认为他长相近似闵安,从未想到其他事情上面。

闵安看到移步光亮处的温知返时,却看出了异样。

温知返穿着石青锦袍站在灯华下,长身玉立,面容俊美,除去眉骨尾梢的一道剑戟伤痕,身形及轮廓像是撑大了一轮的闵安,与闵安竟有七分相似。他比闵安长得高壮,肤色因风吹日晒,生出一种古铜色泽,藻绣肩衣抻在肩膀上显得宽厚,比闵安多出许多男子气概来。

温知返拿出了一柄漆骨扇作为武器,扇骨上文着白石兰草,他用左手将扇叶朝下一抚,就展开了扇面,像是轻轻抚开了一张金帛纸,然后又把纸页持在了手中。

在闵安的记忆中,那是哥哥的习惯动作,与常人不一样,并不摊开扇面,而是向下抚落。

眼前的温知返容貌相似,又带着令闵安熟悉的影子,闵安心头激荡,冲口喊出"哥哥"。但是温知返转过脸来,神色只略略惊异,掠了一眼闵安,就看向了不远处的李培南,说道:"世子强留着朱公子不放,我只能待到王爷来主持公道。"见李培南置若罔闻的样子,他又一展扇面,朗声道:"请吧!"

李培南向来不在意对手是谁,在他眼里,凡是挡道者需一律剪除。虽听闵安唤了声可可,心下沉吟未定,身子却不后退一步。看到温知返并未与闵安相认,此时更听到他的挑衅,便吩咐一句:"带她下去。"再向右边伸出手,眉眼沉沉,盯住了温知返的动作。侍卫张放连忙抢上来,将宝剑蚀阳放在李培南手里。

闪安急声道:"世子手下留情呐——"又转向温知返道:"小侯爷当真不认得我?"

温知返依然不看闪安,非衣就走上前去,拉住闪安的手腕说道:"走吧,这里留给世子处置。"闪安充耳不闻,挣扎着对温知返说道:"我知道你是哥哥,你不敢看我,因为心里有愧。小时候你带着我出门玩,生怕我走丢了,紧紧抓住我的手,眼睛一下子也没落在别处,这些你都记得吗?"

温知返听到闪安的言语,微微叹口气说:"世子府的门生,难道都是这样攀认亲戚的吗?"

李培南冷笑道:"她唤你一声,你才能少受一分折磨,你该跪谢她的恩典才对。"

温知返笑了笑,对着仍在挣扎的闪安作了个揖,突然一掠扇叶,朝李培南削了过去。李培南手持蚀阳,仿似握着一股摧枯拉朽的力量,红光凛冽之处,剑气森然切落,石塘竹木无不坍塌,就连温知返的衣袍,也被划落几片,只有手上的铁扇,还是完好的。

非衣怕捏伤闪安,手上并未用力,闪安虽然挣脱不出来非衣的掌控,但非衣也拖不走她,只能任她抱住石柱,留在了台阶上。庭中两人缠斗在一起,动作及身影均如风驰电掣,闪安只看得清温知返的脚步在向后退,袍角被削走,已露败象,她不忍心再看,扭过头靠着柱子,死死咬住嘴唇。

她只是伤心,在这座世子府里,没有什么是她能把握住的。

玄序正在饱受折磨,将要被处死,眼前明明是自己的哥哥,偏偏又不认她。此刻既然和世子斗在一处,无论她说什么做什么,都改变不了场上的结果。

看到闪安悲痛欲绝的样子,非衣放开闪安的手,朝着庭中扬声说道:"请世子暂且罢手,来看看闪安吧,她当真不妥了。"

李培南突然撤了剑,劈开一掌隔开温知返的攻势,快步走向了石柱旁。温知返得了间隙喘气,左肩上的伤口越发疼痛。他挺直了身子站着,手臂及腰部被剑气新创两道伤口,渗出了血水。李培南收剑及时,令他尚能保存颜面。他来世子府一趟,闹出不小的动静,目的已达成,即使不能全身而退,至少是可以让楚南王在明后天的朝会上头痛一番的。

他领着太后懿旨来提人,李培南不仅不放人,还将他打伤,道理上终究说不过去。太后若是生气,指派老臣们上书,楚南王在处理朝政时,就会连连遇见弹劾世子的奏章，即使楚南王想护短，在冲撞太后旨意一事上，也必然要给出一个得当的处置。

尤其在目前举国哀痛的情形下，世子府或是王府的一举一动，都能牵扯到朝政动荡，势必也会受到老臣们的监视。

温知返就是打着这个目的来的，趁着彭因新被关押进王府，御史院与闵安的联合审查还没找到关键证据时，他在太后面前进言，要求大理寺提审朱沐嗣，防止世子用私刑逼死了关键疑犯。

太后倒是知道摘星楼案情的进展，底下的人并没闲着，打听好了方方面面的情况回传给她。她听说幕后的主凶是朱家公子朱沐嗣时，恨不得亲自掐死朱沐嗣给皇儿报仇。只是她明白自己的身份和重担，抑制住了火气，吩咐亲信继续打探朱沐嗣的情况。这时，温知返抓紧机会说道，案子或许内藏曲折，希望太后静下心来听一听。

太后自然是要听听这个一向受她宠信的外甥要说什么。温知返列出案子最大的疑点，说朱家早在摘星楼发生变故前，向祁连家赠送过大批财富，数量之多，足以超过国库积存。朱家若是要图谋弑君叛逆，断然没有向祁连家先投诚的道理。再说，摘星楼的食材来源，只有楚南王世子说是朱沐嗣所供，御史院的官员才将朱沐嗣拟定为疑犯进行审查的，实情究系如何，尚有存疑之处。

"可是据我所知，朱公子早在毒发案前就被世子抓进了府里。"温知返特意提醒，"假使世子毒打朱公子一顿，打得他口聋舌哑，任凭世子说他是凶手，他也无法反驳。"

温知返紧抓住一点，就是目前李培南没有确凿证据定下朱沐嗣的罪名，所以才能反咬世子府一口。"外甥以为，世子一向跋扈，不将姨母家的人放在眼里，此次投毒案，焉知不是世子指派，姨母不如将朱公子提出来，交给大理寺彻查。"自然，他也猜得出来李培南的反应，不会那么轻松地将人交出来，朱沐嗣无论获不获救，终需用一死来平息各方动荡，这本来就是他与朱沐嗣早已商议好的计划。

一晚未过，太后已被温知返的连番说辞动了心，怀疑投毒案另有别情。但如果此事由楚南王世子主持，王爷是否也参与其中呢？兹事体大，左思右想之后，她只答应提出朱沐嗣重审，并未同意对世子府直接开展调查。

温知返唯恐动静不大，又请令提来两千禁军，声势浩荡地来到世子府。朱八曾转述过闵安的一些琐事,他自然也知道闵安就留在了府里。当闵安想与他相认时,他打定主意不去理会,言行举止之间还表现出对闵安的轻视,引得李培南动怒。他唯一没有想到的,是李培南在公然抗旨之余,还以武力对抗太后的使者,而武功之高,也出乎自己的意料,如果不是非衣出声,自己此刻估计已经身受重创。

李培南将左臂撑在柱上,望着满面泪痕的闵安,低声说:"我不动手了,为一个不相干的人哭什么。"

非衣走下了台阶,不去听背后两人的私话,持剑戒备,挡住温知返的来路。

闵安深吸一口气,强忍泪水,哽咽道:"小侯爷的来历有些蹊跷,极有可能与我有些渊源,世子一味狠斗,伤了他怎么办。"

"你怎么不担心是我受伤?"

"世子府兵多将广,世子又武艺高强,凡是上这找晦气的人,哪次全身而退过?"

李培南淡淡道:"以前有来无回才是世子府的规矩,今天小侯爷只被我剚了两剑,算是轻的。"

闵安伸头从柱后偷偷打量了下庭前站得笔直的温知返,一点也未觉得他的剑伤是轻伤,心底又有些哀愁。她回头对李培南说:"世子已经答应过我放走玄序,让大理寺审查,为什么不借着小侯爷带来的懿旨,就此放过玄序呢?这样做,既不辱没世子府的颜面,对世子也是有利无害的。"

李培南冷淡回道:"我答应你放人,但不是今晚。"

闵安听不懂他的意思,疑惑地看向他。

李培南道:"我只愿送人情给你,人情送多了,你才会把我记在心上。"

闵安暗叹一口气,这种时候听到他讲情话,心中真是五味杂陈。

温知返站立良久,见世子只顾着闵安,毫不以他为意,拱手道:"世子既然执意留客,温某不敢相强,就此别过。"他转身就要朝院门外走,从中院门宇后又传来一个声音道:"慢着!小侯爷说个明白话再走!"

一身布袍的吴仁拢袖走出,眯着眼睛说:"我家安子为了认亲落得一肚子委屈,小侯爷敢不敢对着我这张老脸说一句,小侯爷当真不是闵家的大公子?"

温知返返身施礼道:"久闻先生仙风道骨,今晚一见,果然名下无虚。"

"扯那些没用。"吴仁吹着胡子道:"安子小时被混子打,他家的哥哥护着他,险些遭了毒手。我赶过去救下俩孩子，背上背一个手里抱一个，不歇一口气跑到山庙里，将他们安顿好，等第二天才下来告状，要衙门去抓那些混子。我回去时，庙里的老和尚就说哥哥不见了，还拿走了后门一柄柴刀，怕是寻仇去了。我又折身去县城找，那些混子逮住我打了一顿，还说昨天的小娃儿没打够，又送来让他们打一次，这次他们讲不了情面，把那小娃儿两脚一提，丢到河里去了。我赶到河边，却再没看到他的影子。"

温知返神色淡然，仿似在听一个街巷里的故事。

吴仁语锋一转道："我与闵安世交，也是闵家公托孤的老友，小侯爷当着我面，撂个明白话下来，认不认我这个老家伙？"

温知返弯腰长揖，淡淡答道："先生的义举足以震铄古今，只可惜晚辈没这个福分受领。"说罢转身离去，身后的石砖地板上，留下几处浅浅的血迹。

李培南遣退诸人，带闵安回唯吾院。闵安焦虑哥哥及玄序的诸多杂事，满心伤痛，脚下随着李培南的步子，走得有些踉跄。李培南等了一刻，见闵安仍然未回转过心神，便伸手钳住闵安下巴，认真说道："他那意思很干脆，绝对不会认你做妹妹，收些心，听我说……"

闵安觉得下巴生痛，伸手去拉李培南的铁腕，含糊道："可是……"

"没有可是。"李培南一下就截断闵安的话，"他不认，你就争些气，不去认他，当他这十年白活了。"

可是骨肉亲情哪能这样容易割舍，更何况，哥哥之所以现在不认她，可能是有着难言的苦衷。

闵安一边暗想着，一边掰下了李培南的手腕，揉着下巴颏，沉着脸不说话。李培南站得近，依势推了推闵安的额头，促她专心听后面要说的话。"你细心想想，温知返来世子府闹事，提不走朱沐嗣就回去了，背地又有什么目的？"

闵安发力想着，不得要领。李培南看见院外侍卫做出了手势，举步走向门口，说道："肯定是想引出事端落我口实，在太后面前参上一本，这样阴险用心的人，你还念着他做什么？"

李培南已经走出了唯吾院，闵安在后嘟哝道："那你就避着点嘛，为什么还使劲地陪他闹事，不是更遂了他的意吗？"她认定了温知返是失散的哥哥，想为哥哥分辨，但为何哥哥会落在温家，隐姓埋名，一时根本想不出什么头绪。

李培南能猜出温知返的来意，又顺着温知返的意愿大闹一场，自有他的一番深意。

　　今晚五梅供出温家的温知返与朱家有联系，关系匪浅，李培南火速修书派人送至王府，说明原委，嘱托父王去一趟温家，假借探望太后的名义，查探温家的虚实。李培南推想，摘星楼投毒案案犯朱八已无处可藏，又出不得昌平府，必定是要找一棵广有福荫的大树依靠。既然知道温知返与朱家的关系，放眼整座昌平府，能庇护朱八且又不走漏风声的，也只有近来深居简出的温知返了。

　　但温知返刚从海防回来，行装简便，所带亲随并不多。他若是贸然安排朱八留在温家，容易泄露朱八的行藏，内院里还有伺候太后的宫婢侍从来去，人多眼杂，看见半生不熟的面孔时，想必也会留心甄别一番，朱八决计不会轻易留下……

　　李培南正在推测朱八的去处，恰好温知返领着两千禁军来提取朱沐嗣，给了李培南一个机会。李培南有意拖住温知返，暗地发出指令，派侍卫去催请父王动身。

　　李景卓去了温家之后，照例询问了太后起居饮食等诸多事宜，又沿着厨房、宅院、暖阁转了一遭，连看带问，当真刺探出了温家内情。仆从小心候着摄政王的问话，将诸多琐碎杂事一一禀告了上来，李景卓立即从中听出了一条有用的消息：温知返对太后和双亲事必躬亲，隔日便去城西温记取新鲜奶皮制造奶酥茶给太后及温夫人食用，除此外，鲜少外出走动。

　　李景卓由此想到，朱八或许藏在农庄中，温知返常去农庄，就是为了与朱八串通消息。他唤来侍卫嘱咐一番，情报随后被侍卫带回了世子府。

　　李培南走出唯吾院，布置人手夜查温记农庄，手段之快，超乎所有人的反应。世子府骑兵手持火把彻查农庄，只说领王爷密令前来捉拿逃犯。藏在农庄地窖里的朱八听见外面动静如此大，又未接到温知返的任何指示，心知逃不脱本次的围捕，索性把牙一咬，打算以死报主。他故意卷走农庄的一些细软，装作偷盗的样子，摸黑朝庄外的蓬蒿地里跑去。骑兵按照李培南的谕令，本想活捉朱八，胁迫他作为人证举报朱佑成，因此只是大声呼喝，不敢放箭。朱八得了空闲，在蓬蒿地里点火自焚，围捕的士兵赶到，朱八已经气绝身亡，只得复命。

　　骑兵将烧焦的尸身抬回世子府，李培南请军医验明正身，听明抓捕情况，不得已放弃朱八这边的线索，转而又去严刑拷问了朱沐嗣一番。朱沐嗣仍是拒不开口,在地下室囚牢里苦苦挨着。

在另一间囚室里,五梅在冰冷的地面上惊醒过来,恢复神智后已经醒悟到,他被"宝儿的冤魂"骗了。他想起自己受到了惊吓,和盘托出所知的一切,导致自己失去了等待朱家人来援的本钱。他越想越懊恼,又越想越怕,最后一头撞死在渗水墙壁豁出的尖石上。

五梅自尽的消息传到李培南耳里,已是夜深之时。他留在书房处置公事,听到五梅死讯也有些懊恼,但事已如此,也无法可想,当下吩咐埋了五梅,又安排其他事情,几乎彻夜没休息,也没顾上再去照看闵安。

闵安自从见到温知返后,虽心下认定他是亲生哥哥,毕竟别了多年,对他这些年来的经历一无所知。眼看他绝情不认自己,心下既悲且疑,不由得踌躇满腹。师父眼见她愁眉不展,知道她的心思,就去找非衣打听温知返的身世情况,再原原本本告诉了闵安。

温知返是温家收养的义子,传闻是温夫人去寺院参加斋戒时,一名眉清目秀的小和尚辛勤侍奉着,很得温夫人的眼缘。寺里的主持说情,将小和尚送给了温家做小僮。随后小和尚尽心伺候温家公、温夫人,种种行事与年岁相近的温仁大不同,显得少年老成。温家两位主人一商议,索性收了温知返为义子,指望着他日后能帮衬到温仁。

温知返在温家接受骑射、文华教养,去了海边历练,此次回朝时已立下赫赫战功,使得温家声誉大盛。他做事进退有度,待人温和谦逊,从未留下一丝污名。至于他出家前的俗名、出身,就无从打听了。

闵安得知温二公子出身佛门,更认定了他是哥哥。他既然不认自己,必有自己的缘故。她挂念温知返的伤情,连夜摸出世子府,辗转找到温知返的亲随,投递了名帖,请求拜见。温知返正想着借闵安之手推动朱沐嗣认死,趁着夜色接见了闵安。

会客厅里烛影廖廖,温知返坐在阴影里,看向光亮处的闵安,将她的局促尽收眼底。闵安低头看着手边揭开盖的茶水,直看到杯口不再冒出热气了,心底仍是烦乱,不知该怎样打破僵局。

温知返自始至终坐着,既不起身迎客,也不开口寒暄,像是对着一厅的空气在想着心事。温府的管家进来续水,见两人的茶杯依旧满着,干脆拖长声音说了一句:"小相公深夜叩扰我家公子已是无礼,又这样干坐着,不如回去吧。"他摆着手唤仆从打灯送客。

闵安急了，把盘桓了一晚的心里话问了出来，"你为什么不认我？"

温知返摆摆手，清退了众人，才喝了一口冷茶清喉咙，淡淡回道："我们素不相识，小相公想必是认错了人。"

"哥哥当真不记得我？我是玄英啊！"

玄英，闵安的小名，这世上唯独两人会把它挂在嘴边，亲切地唤着，声声展现对女儿家的柔情。闵安猜想着，哪怕哥哥不慎磕了头忘记了往事，也不会忘记这个名字。

可是温知返的反应依然很冷淡。他抬手刮了刮茶杯盖子，发出呲的一声轻响，动作那么漫不经心，如同他对待闵安的态度。

"据我所知，闵家公是坏在先帝的手里，明明是衷心报国的一个人，偏生得不到主人家的怜悯，用完了他，像是狗一样处理掉了。他的家眷儿女被迫乞讨，讨遍了大半个闵州，侥幸存留下来的，只有一个儿子。若我是那个儿子，应该认得一些教训，绝不会再去效忠李家人，重蹈闵家公的覆辙。即使我不是那个儿子，也应该生出一根傲骨来，离得李家人远远的。若是真有志气和手段，就该好好去对付李家人，让他们知道，就算是一条狗，也会有咬断人骨头的本事——小相公坐在这里，与我攀亲，不去报仇，岂不是可笑得很？"

闵安抿住嘴一言不发地听完奚落话，脸上却未显出一点难受的神色来。她的心智很清明，不会因为这些似是而非的道理，就搅乱一片澄澈的心湖水。从温知返貌似平静的话中，她又确信了几分，他绝对是她的亲哥哥。

温知返见她不语，淡淡说道："你回去吧，以后不要来了，你我立场不同，终究不便。"

闵安站起身作了揖，肃容道："小侯爷受家父冤案所激，生出一腔仇恨，我能理会此中的艰辛。只是我要告诉小侯爷一声，谁为帝谁为臣，在我心里本是不在意的，我只看他是否为着老百姓考虑。这个道理很浅显，我相信小侯爷听得懂。先帝纵然有过激手段，处置家父一案时多有差池，但他本意是想压制官场动荡，还老百姓一个青天朗日，单看这一点上，我就不恨他。如今是摄政王持政，其政令手段比先帝更高一层，他与世子一心想革除贪赃枉法的风气，正是维护百姓利益的举事，所以在这一点上，我又是支持他们的。小侯爷看我不屑，笑话我仇恩不清，任是说得'在情在理'，也遮掩不了一个事实——朱家在背后促成楚州各地官员行贪,钱银滚滚转运,害的又是谁?又能从谁的身上搜出这些银子来?若是为了报仇,达到咬痛李家人的目的,就要盘剥百姓祸害百姓,这样的仇,我看还是不用报的为好!"她最后抬手朝着座上的温知返一揖,头也不回地走出了会客厅。

夜风冷,吹得树枝弯腰。闵安虽说畅快说完了一番话,心底实则还是苦涩的。她知道这样一走出去,或许竟是永诀,再没了回头的机会。她期待着哥哥能追来,看在往日情分上,会对她软语哄劝几句。

可是十年之别,她的哥哥早已不是那个有求必应,一心只顾着呵护妹妹的少年。

温知返并未追出来,只顺风送出了一句清晰的话语:"你的所作所为让闵家先人蒙羞!"

闵安咬咬牙,决然调过头,朝着温府大门走去,再也不去期待什么了。她自问自己的作为不会忝辱祖先门楣,更谈不上是非不分。他或许与哥哥走了不同的路,但是归处只有一个,那就是给父亲翻案,洗刷闵家上上下下所有的冤屈。

闵安自然不能对着一脸冷淡的温知返多做解释,说她也曾逃离过世子府的掌控,想以清白身家再谋官位,一步步走到足以重审旧案的位置上去。她猜想,即使说清楚了,哥哥也不会信她,以眼前哥哥如此仇恨李家人的态度来推断,不管她说了多少,做了多少,在哥哥心里,她就是一个无足轻重的人,不知廉耻、数典忘宗的无知小女子。

想到这里,闵安又忍不住难过起来。提着灯摸黑走了一阵,风刮过来,觉得脸上冷,才察觉到原来是泪水被吹干了,只留下两道硬邦邦的痕迹。前面传来一阵马蹄声,借着光亮,看到非衣疾驰而来的身影。

第二十二章　红绡帐里试天真

非衣翻身下马，疾步朝着闵安走来，拉住闵安的手腕，直扯得灯笼呼啦一晃，外面的牛皮罩纸立刻破了。

"你怎能这样大意，不带一个侍卫就跑出来了？现在的温知返是侯爷，不是你家兄长，他若是存了歹心，将你掳去要挟我们，岂不是让我们投鼠忌器？以后也不需要斗法，只剩拱手输给他了！"他晚上留宿在世子府里，师父不见了闵安，跑过来敲门敲得山响，他细细问了一下，就知道原因出在哪里了，连忙扯过两匹马跑了出来。

闵安踉踉跄跄地跟着非衣的步子，听他说得急切，心底有些不认同。"小侯爷会这样做？不至于罢？"

非衣微微一叹道："你只记着手足之情，却忘记了官场上的规矩。官场上讲究拿人拿赃抓现行，管不了背地里整治的事。他若是心狠，等你走出温府，暗地派人赚杀了你，直接推脱说不知情，谁又能在太后面前治下他一分罪？他受罪事小，你有个损失才是事大，听我的，后面谨慎些，不要再去见他了。"

闵安默然想了一刻，重重应道："是不该再去见他了，他当真没把我认做妹妹，还夹枪带棒骂了我一顿。"

非衣将闵安扶上另一匹马，小心看了看她的脸色，见她黯然，又宽慰道："你去的不是时候，恐怕刚好撞在了温知返的气头上。你大概还不知道，世子就在今晚出动了骑兵搜剿温家农庄，朱八已经畏罪自焚，这些还没上报给太后听。世子这是先斩后奏，多少会折损温家的颜面。温知返那边，死了联络朱家的眼线，又没提出玄序来受审，心里肯定在恨着世子，你特地送到他跟前去，他自然要对你撒气。"

闵安在马上低下头，怏怏道："好像不管我怎样做，都是错的……"

非衣道："我信你心里有取舍，知事理，所做的决定绝不会错。"

"非衣总是这么好心替我说话……"

非衣翘起嘴角道："我待你自然不一样，比世子要温和多了，更不提那一心想着富贵的温知返。你要是有心，回头认我做哥哥算了，我一辈子养着你，不让你伤心。"

闵安揉了揉发红的鼻子，低低叹道："可你终究不是我亲哥哥，我想他陪着我，再带我回闵家旧宅定居，告慰父母在天之灵。"

非衣听见了闵安的嘀咕，微笑道："只要不是跟了世子，这想法落在谁身上，都好实现。听得懂我的意思吗？"

闵安一路上都在愁肠百结，实在是没想过有关李培南的任何事，听到非衣的话，她也就无意间点点头。非衣又高兴地道："小雪一直念着要设宴款待你，与你说些贴心话，等世子府的事忙完了，你去我那边见见她？"

闵安不忍拂了非衣的兴头，勉强应道："若有机会，一定要见见。"她既然没得到温知返相认，所牵挂的事只剩下玄序的处置了，要她先瞻顾以后，放开胸怀，过得惬意一些，目前实在提不起这种劲头，自然也会让非衣的好意落空了。

两人在清冷的风中奔驰。非衣没再说什么，急着向世子府赶去，两匹马跑过城头防风树林，将要冲进街坊门楼时，从白石匾后突然蹿出六名黑衣人，手持钩镰锁链，恶狠狠向他们招呼过来。

非衣心底一惊，下暗手的果然来了。他扬声对闵安说道："你躲在马后，不要出来！"手在马鞍上一拍，身子已借力向半空掠去，右手也没闲着，在腰间一抚，亮出了寒光凛冽的软剑。

非衣持剑与黑衣人缠斗，走了几招后，察觉到他们所使用的不是中原门派的招式。他跳出圈子喝问:"你们是谁?温知返派你们来送死的吗?"

闪安躲在马后,伸头出来观战,怕非衣有闪失,连忙说道:"非衣不用讲君子礼节,先扣住他们再说!他们怎能知道我们走哪条路,难道真是……"说到这里,她心中气苦已极,是她的亲哥哥派人来对付她啊,一颗心立刻凉透了。

非衣受了闪安提醒,不再迟疑,扬剑再战,手底果然没有半分怜悯。黑衣人确是接到了温知返的传信,打算抓住这个机会掳住闪安,用闪安来要挟李培南,要世子府放出朱沐嗣。若不成事,他们至少也要提出朱沐嗣去大理寺受审,不让他白白死在李培南手上。

黑衣人的来历与温知返有些渊源。他们出自西疆苗蜡族,本是舵把子的徒弟,听说师父暴死在妓馆绣楼中,觉得事有蹊跷,纷纷从西疆赶至昌平府。平时与他们联络的朱沐嗣已经下狱,无消息传回,致使他们寻不到报仇的门路。正在他们胡乱打听师父案情时,温知返拿着朱沐嗣的信物召见了他们,许之便利,嘱托他们另行成事。

成事的关键之处,就是从世子府提出朱沐嗣,这样才有可能平息近来的朝野动荡,保留住朱家寨、温家、西疆苗蜡三派势力。

黑衣人权衡利弊之后,与温知返定下江湖契约,依计行事。他们出动六人,抓一个闪安本是绰绰有余,无奈传信上并未指明,闪安身边还有个高手。他们不想错失良机,看见闪安跑出温家的地界,不会给温知返造成任何嫌疑时,立刻发动了攻击。

非衣以一敌六,渐渐占据上风,黑衣人眼看事不济,分出两人偷袭闪安,其余四人奋不顾身直攻上来,完全是两败俱伤的打法。他们抛出钩镰锁住白马,将它拉走,使得闪安没了遮挡。随后另有第三人不要命地赶过来,抛出锁链梭镖,缠住了闪安的手臂,使劲一拉,带动闪安跄踉扑出,倒在了坊门柱前。

情急之下,闪安反手发力拖住锁链,拼着伤了手臂,给非衣的救援争取到了时间。非衣持剑如风赶到,连伤数人,将闪安抢了下来。黑衣人一看失了势,用苗蜡语招呼一声,带伤逃遁进夜色。

非衣挂念闪安的伤势,并不追赶。他回头替闪安草草包扎一下,说道:"来的人是苗蜡族,舵把子的手下。我们要跑快些,回去将消息交给世子。"

世子府书房,李培南处理公事仍未歇息。秋凉,夜里有些寒露,闪安顶着一头水珠,带伤走进门,衣袖染有血迹。她低着头讷讷地想认个错,李培南脱下身上穿的貂绒夹袄，扬手丢了过去，砸断了她的话。

"穿上，洗干净了再说话。"

莲叶送来温水、手巾、伤药等物，闵安嗫嚅道："这儿有些不方便，姐姐将东西送我屋里去成吗？"

"你怕什么丢人现眼，就在这里洗。"李培南的话像是一记闷棍，打得闵安抬不起头来。

莲叶抿嘴笑了笑，招呼着婢女退下，并带上了门。

屋子里的气氛变得冷凝，非衣想起身帮助闵安，李培南就发话了："你坐下。"

非衣想了想，觉得不能与兄长在小事上争执，就顺意坐下。

李培南并没有训责闵安，闵安也知道不顾府里的规矩，私自去见温知返确是做错了事，极为温驯地擦去血渍，替自己上好了药。他抬头看见李培南站在灯下读羊皮纸，走过去讪讪说道："世子，我……"

李培南丢下记载了苗蜡族古老传闻的皮纸，抬手点上闵安的额头，将闵安推到了一边去，向非衣说道："苗蜡异族兴鬼神巫觋之说，手段颇为诡异，不得不防。"

非衣应道："世子认为他们会搞这些东西吗？"

"极有可能。"李培南沉吟道："抓去闵安也只是为了对付我，实则闵安的去留并无多大用处，他们敢兵行险招，显然是为了更深一层的目的。"

"什么目的？"

"只怕与朱家寨犯下的案子有关。"

"世子也是猜测，没有确凿证据吧？"

李培南点头，非衣说道："不如静观其变。"

非衣的提议正中李培南下怀，李培南点头应允，从头到尾不看闵安的眼神。闵安坐在围椅中，左右都觉得不自在，不断扭着身体。她听到李培南说自己无多大用处，心里实在是不认同，可又说不出辩驳的话。今晚的局势变化多端，她与哥哥彻底决裂，还生受了奚落与追杀，说是不难受那自然是假话。本来她只揪心一件事，要求面见玄序，却迟迟未得到李培南的准许。现在哥哥的冷酷无情也让她寒了心，为了不让自己显露出伤痛，只好强装无异，举止也显得随性起来。

闵安的异样引起了非衣的注意，他起身向李培南告辞，也催着闵安回屋休息。闵安不想引得李培南生气，待请示过他之后，才随着非衣走出书房，怏怏地回到唯吾院中。非衣等得闵安熄灭了烛火，在窗外多站了一会儿，才举步离开。

闵安翻来覆去睡不着，快到天亮才合上眼。可当她清醒过来，睁开眼一看，却发现自己被包在被褥中，又搁置在了书房的斜榻上。

李培南一宿未合眼，穿着一件单袍坐在案前，大概是怕吵着闵安了，将桌案移到了门边，顺手接过门外哨兵传回的消息，再批示出去。闵安在被褥里揉了揉眼，问道："我怎会又回到了这里？"

"打包运过来的。"

闵安微微有些羞愧，竟然是睡得这样沉吗？

李培南随之下令道："这些天寸步不离跟着我，否则稍有不慎，你又会跑出去生事。"

"我哪儿都不去，就留在院子里也不成吗？"

"苗蜡族防不胜防，待我将他们清除干净，你才能外出走动。"

闵安心想，自己不仅仅是住在李培南的府里，还躲在他的檐头下避风躲雨。要是哥哥知道这情形，还不知道怎么想呢。想到哥哥已经与自己恩断义绝，又暗暗叹了口气。

李培南提笔写了一则密令，回头一看，闵安捂着被褥已经蹲在了案边，还仰着头可怜巴巴地看着他。

"又怎么了？"

"不是寸步不离吗？"

李培南推闵安的额头，道："去那边的椅子里坐着。"

"还是寸步不离好。"闵安拖着被褥走了几步，回头又挨到了案边，蹲下了身子。

李培南处置公事时，坐姿一向沉稳，他将房门打开，正对着白玉石筑基，两边还有侍从来往。现在闵安蹲在他身边，捂住被褥披着头发，被人掠去一眼，恐怕在府里又会兴起一桩笑谈。

李培南正考虑着将闵安撑得远一些，闵安自顾自地说："我这样听话，世子让我见见玄序吧。"

李培南提笔在闵安脸上写下"不准"两个大字，撇下她扬长而去。

莲叶带着婢女走进来，一行人手上捧着托盘，上面放置了钗环首饰、香粉发梳等物，最显眼的是一套罗纱绣花衣裙，料子轻薄，铺撒开，如烟雾缥缈。

闵安不解地看着婢女们忙碌，莲叶就笑着说："公子怕你冷，特地叮嘱了，外面还要给你穿上貂绒袄。"

闵安醒悟过来，连忙躲到屏风后，探头道："我不穿女装，姐姐们出去吧，我洗洗就成。"

莲叶倒是预想到会遇到闵安的抵触，好在李培南已交代过对付的法子，她一声令下，将几个孔武有力的婢女调派过来，齐齐堵住了书房，逼得闵安逃窜不了。

闵安拒不恢复女装，又走不出门，最后听得莲叶说，不要惹得公子生气办坏了事，她才勉强允了。一刻后，闵安整装完毕，领着李培南"寸步不离"的成令，特地走出门去报到。

闵安这一走出门，世子府上上下下的人都看明白了，原来小相公是位姑娘，对她的称呼自然也要改了。闵安觉得自己并无多大变化，如同往常一样绾发缠辫，穿着绢衣一般的衣裙，在外面裹住李培南留下的夹袄，暖融融的，走去哪里都落得轻便。

她与擅长女红的花翠不同，没有花翠的利眼，看不出身上衣裙造价不菲，是李培南特意送过来的。她满心都在想着玄序的事，一直在猜测，李培南迟迟不放玄序去大理寺提审的原因是什么，借着"寸步不离"的便利，总能套套口风吧。

李培南将书房留给闵安梳洗，去了前院客厅。外出查探福兴坊毒饼食材源头的心腹属从纷纷回转，向李培南报告说，他们将白木郡里里外外搜查过数遍，也没找到倒卖食材的那几名农户。

这个结果原本也是李培南预料到的，他唤属重跑一趟，总归是不想落下一处细节，被朱沐嗣钻到空子。眼见摸查食材源头这条线索确是断了，他下了铁心一定要在朱沐嗣身上套出供状来，不再顾及闵安为朱沐嗣说的那些讨饶的请求。

只因近两天，朱八自焚、五梅自尽的两例，先一步断绝了李培南想胁迫他们举证朱佑成的后路，昌平府连桩命案、血案犯下来，只给李培南留下了一个疑犯朱沐嗣。

如今的朱沐嗣不仅是关键人物，而且是唯一的关键人物。

可他宁死也不开口，遑论写下能证明朱家寨参与了数案的供词。

为着大局考虑，李培南忍住杀心，没有立时手刃了朱沐嗣。他唤侍卫动用新的刑囚手段，将朱沐嗣百般折磨。朱沐嗣瞧着一副文秀书生的模样，骨头却甚是硬朗，连番拷问下来，竟然还是闭嘴不说一字。最后，李培南亲自走到囚室里，伸手一拉绞索，将两肩扣穿在钩刺里的朱沐嗣提起来，对着他苍白得毫无血色的脸说道："你熬着最后一口气不死，大概想见闵安。她就在我府里，天天跟在我身边，再过一时，我就会娶她做妃子。你若不死，还能见到她穿着喜服嫁给我的样子，多留口气，好好等着。"

朱沐嗣双肩被挂，双脚已断，没有多余的力气抬起头来。他了解李培南的为人，没有绝对的把握，不会说这样的话。如此看来，令他苦苦支撑的最后一个理由，也将要瞬间倒塌了。

李培南看到朱沐嗣垂落的发丝在微微颤抖，知道假话已经起到了作用，折磨朱沐嗣的肉身未必是最好的法子，攻心才是最有效的手段。

李培南走出囚室，对闵安自然也瞒住了朱沐嗣的情况。面对闵安，他神色如常，举止有度，无形给了闵安一种假象，以为他顾念自己的求情，并未太为难朱沐嗣。闵安在昨天听得非衣说，落在世子手里，玄序必然少不了折磨，她揪心哭了一刻，向李培南请求不用私刑对付玄序，李培南当时也是应允了的。两厢原因凑在一起，两人各自盘算着想从对方手里讨到便利，倒也没出多大的纰漏。

今早，闵安听从莲叶的劝告，不想忤逆李培南的意思，穿好了秀丽衣裙找到了客厅里。她一进门，带着一阵清雅香气，白净的脸容攒在貂绒衣领上，映得眉目如墨玉，生出与平常不一致的温婉气质来。侍卫张放站在李培南的座旁，呆看了一下，才醒悟道："果然是个姑娘家，我就说小相公生得白，样子也太文弱了些。"

李培南看着闵安慢慢走过来，说道："还是这样顺眼些。"第一次瞧见她着女装，风姿秀美，他的心底还是带着赞许之情，只不便在言语上显露出来。

"把我的意思传给父王。"李培南吩咐张放带着口信去王府，向父王知会他要娶闵安的主张，将张放撵走。

闵安走到李培南座椅前，依照往日规矩站在他膝边，直到塞不进一个茶盅的距离，使他满意地笑了，才低声说着："世子，我要见一见玄序……"

"不急。"

相比较不准的答复，这样的回答多少还能让闵安安下一份心。

"那什么时候，才能……"她吞吞吐吐地问道。

"再过两天。"

"为什么？"

李培南抬头看了闵安一眼，眼神意味深长，闵安立刻咬住嘴不说话了。

李培南对于闵安的乖顺很满意，他牵着她的手坐下，说道："还要准备一些事，待事成，你就可以见到他。"

闵安不明白所备琐事是哪些，不过较为明智地不催了。管家递茶进来，李培南随手拾起茶盖，溢出一阵清香气，状似无意而问道："府里还有人会做酥奶茶吗？她爱喝这个。"

闵安忙摆手："不用了，我不喝。"前面喝一次冻子酥奶酒就闹出柳玲珑的命案，她警戒在心，不愿再试。

李培南却说道："我尝尝味道也是好的，能让你念念不忘的东西，想必另有一种风味。"

闵安也不好再阻拦，管家立刻撩起衣袍下摆跑出去了。她站在李培南椅旁，絮絮分析着案情的细处，李培南也没答话，只是听她说。

"仅靠五梅的口供，不足以定朱大人的罪名，后面该怎么办？"闵安问道。

李培南答："我有办法。"

"什么办法？"

"后面的事你不用操心，让我来处置。"李培南话锋一转，由此又断了闵安打探的意图。他并不是不信任闵安，只是随后要做的事情，手段未免阴毒了点，他是以其人之道还治其人之身，闵安却不见得能接受。

闵安觉得干站着有些傻气，找了点其他闵州的趣事来说，尽量逗得李培南欢心。李培南看出她的意图，心里好笑，勉为其难在面上也笑了笑。他矜持着脸色没说话，实则是在等着管家回来。

小半个时辰后，管家果然打道回府，急匆匆地提着一个红漆食盒走了进来。他打开盒盖，取出温热的瓷碗，一阵子甜腻香气扑出来，带着蜂蜜味儿。

管家先将酥奶茶递给闵安，闵安摆手不接，他像是怕闵安闻不得甜味似的，还凑到她鼻底晃了下。闵安立刻嗅出了一丝熟悉的味道，若隐若现的，很像是以前暴毙在世子府里马老夫人所饮用的茶水味。

管家不曾察觉闵安的神色，恭恭敬敬将奶酥茶呈给了李培南。李培南也不曾迟疑，拿起瓷碗就待送入口，氤氲甜腻顺着热气飘散出来。

闵安突地灵机一动，喊道："慢着！这茶里好像有古怪！"

李培南抬起瓷碗看了看，问闵安："瞧出了什么？"

闵安接过瓷碗封盖好，用药汁与家禽分别试验，可证明茶水里确是掺了毒，其毒源就落在马老夫人误服的那种养生茶材质，蜂蜜及桂圆上。她细细一想，突然额头就渗出汗来，急道："马老夫人服用的养生茶是舵把子给的，而舵把子已经死了，那现在这杯奶酥茶，十有八九是他徒弟做的手脚，连下毒手段都是一样的。"

闵安的推断向来不会出错，李培南当即下令，唤管家再跑一趟腿，带着府里的军士去酿茶的作坊查勘。管家忙不迭地跑出去，约莫一顿饭的工夫，又满头大汗跑回来，面带喜色地向李培南禀告情况。

"西疆苗蜡族果然躲在作坊底下，骑兵将他们一围，一个不落地抓起来了，公子您看该怎样处置？"

李培南不答反问："舵把子之下，应是大徒弟掌门，那人常穿一身黑，瘦弱无形，抓到他了吗？"

管家擦汗道："公子这一提点，我才省得，骑兵还抓漏了一个人。"他连连作揖讨饶，李培南摆手将他斥退了。

管家一出大门，腰身就挺直了起来，心里嘀咕着，公子给的差事真不好做，幸亏已瞒住了那小相……小姑娘。

闵安却是被蒙在鼓里，她还在惊异，苗蜡族怎能这般神通广大，世子府里想买酥奶茶的小事也瞒不过他们的耳目，而且立刻就把毒水准备好了，还成功交到管家手里……待她慢慢回味过来，这一切其实是李培南耍的手段时，已是两天之后。

昨晚闵安受伤，引得李培南震怒。他在闵安与非衣面前不动声色，连夜却派发多道赏金帖下去，在巷闾里打听，昌平府新进人口中，是否有外地来的可疑民户。他不惊动官府，又严令封锁消息，温知返那边就来不及通风报信。重赏之下多出勇夫，他在书房等了半宿，天不亮就有消息送进来，说一群脸形瘦削、颧骨高耸的外来人马驻扎在茶水铺里，鲜少走动，或许就是悬赏里的苗蜡族。

李培南既然拿到了消息，就等着炮制出一个发兵清剿的理由，华朝自太上皇起就开创了招纳夷民、四海一家的国策，而西疆苗蜡族自然也是优待对象，李培南若是突然兴兵讨伐，会有忤逆旧策之嫌，这样，他需要一个合理的出兵借口。

古例说道,欲加之罪何患无辞。不多久,李培南就想好了对策,还能做到一箭双雕。

当然,闵安也要被这支看不见的箭射中。

书房里,李培南对闵安叮嘱道:"苗蜡多诡秘手段,行事毒辣,超乎人想象。今早的酥奶茶好在你看得出门道,如果你不在我身边,恐怕我已经着了道儿。从现在起,你必须跟紧我,不能再让我有任何差池。"

闵安点了点头,突然又愣住,道:"不让您出差池?那就是说,我来保护您咯?"逃走了一个神出鬼没的苗蜡大徒弟,李培南唤她寸步不离地跟着,她还以为自己才是受保护的人物。

李培南回道:"不仅如此,你还要试我的茶水饭食。"

闵安再愣,看李培南脸色凝重,无奈地应道:"好吧,我来试毒。"

李培南转身笑了起来。

试毒、贴身保护的前提,自然是同吃同住。吃的方面闵安较为容易应付,她坐在李培南身旁,将他的三餐饮食各先试了一下,抿住嘴老实实看着壶漏。待时间到,她又无异状,才请李培南动筷。李培南往往只喝了一碗汤,吃下几个西疆常见的面饦饦就了事,桌上另外一大片的菜肴、糕点、汤食全数空出来,留给了闵安食用。闵安本想斯文些进食,吃到七分饱就成,李培南却持着布案的筷子敲她的额头,"再吃一些,有了力气,才能打跑杀手。"

闵安为难道:"若真是有杀手,我的武功也不济事,世子不如自己打发掉。"

李培南取过一碟糕点放在闵安面前,道:"我晚上常常睡得不省人事,你想我打发他们,先要唤醒我。"

"哦。"

"所以你必须睡在我身边,方便叫唤。"

闵安睁大了眼睛,咬着的糕点从嘴角掉下来。她愣了片刻,回道:"我守在床边可好,若有突发情况,伸手也能推醒你。"

李培南沉吟道:"你熬得住一晚不睡觉?"

闵安忙点头。

李培南又接着说道:"那就试试吧。"

闵安三下两下喝完汤吃完糕,擦净嘴催促道:"世子可先巡查一遍,叮嘱侍卫大哥们多来院里走动。"

"我睡觉图清净。"李培南一口回绝。

闵安觉察到保护世子爷的差事不好做,她都不知道他还有哪些坏毛病。她跟在他后面朝寝居走去,他突然又顿了脚步,让她一头撞上了他的后背。

闵安揉着鼻子问:"怎么了?"

"你唤我'世子'是为了显生分,我不乐意听到。"

哦,原来是坏毛病又来了。闵安顺着李培南的意思说:"那我唤您公子吧。"

"公子也不好。"

"尊卑需有别,公子就别为难小人了。"

"你不是小人,是姑娘家。"

"哦。"

"姑娘家唤同宗同源时,可唤他的表字。"

闵安疑虑道:"我什么时候跟公子同宗同源过?"

"我是非衣兄长,非衣是你师弟,由此我跟你的师门就有了渊源。六十年前华朝外纳三州,闵州百姓就在其中,两三代人与华朝女子通婚,后代血脉逐渐融合,由此我与你同根源,都是正统华朝人。"

闵安想了想,不得不服李培南牵强附会的本领。

"公子说得极是,那要我唤您什么'同宗'名呢?"

"叶循。叶是我祖姓,循是太皇太后赠予所赐的字。不顺口,还可唤我阿循。"

闵安在心底试着念了一遍叶循这个名字,深觉不妥,回道:"还是称您公子吧。"

李培南转身离去,道:"你总有喊我阿循的那一天。"

他一直在等着。

世子寝居华灯高燃,雪亮如昼,暖香融融。

沐浴过后,李培南穿着睡袍走进来,闵安也已清洗完毕,只等着承起值夜的职责。院里果然没有值守的侍从,石塘花木静悄悄的,夜风经过,才能发出一点细碎的响声。

太静了。

闵安内心不安。与李培南共处一室,终究有男女之别,她小心伺候着他,指望着他一高兴,就能答应她的要求,早些放过玄序。

闵安的心里有些小盘算，李培南的心里自然也藏了不少事。不过对着面色羞赧的闵安，李培南还是讲足了礼节。

他问她："夜里还需备用什么物品？"

她环顾外间的锦桌、百宝架、橱柜、卧榻，陈设足够华丽，无需再添加什么。他不放心，又叮嘱道："饿了就取宵夜吃，石炉里还给你温着。怕不过就唤醒我，我陪你守夜。"

主家公子都这样细致考虑了，闵安哪能厚颜再提要求。她催他去睡，他果然走进榍门躺在床里睡下了，呼吸清浅，吐纳自如，半晌都没传出一点动静。

里外两间更寂静了。

闵安在外围着桌子转了几圈，太过无聊，取来书籍观看。一本《百草引》很快看完了，书架上陈列的，多是兵法、典籍，她完全不感兴趣。若不是守夜的职事在身，依照她那性子，势必要将橱柜、格架全部摸一遍，找出新奇的玩意来。里面的李培南睡得毫无声响，她侧耳听了一阵，干脆坐着发呆。

不知坐了多久，眼皮变重了，她只想好好趴着睡一觉。

院外突然跑过嗵嗵靴声，闵安清醒过来，扒在窗边一听，依稀辨得是侍卫的声音，他们在议论，世子府园林走兽震惶，似乎起了异动。

闵安回头看见榍门内光影沉沉，淡香缥渺，自忖这不算什么大事，不应去惊扰李培南的好梦。她撑住头坐了一刻，外面动静由近及远，依稀传来呼喝声。她暗想着，那些从西疆捕来的珍奇走兽们不知怎样了。

这样漫不经心一想，她又记起一件有牵连的事：走兽出自西疆，不正是苗蜡族常居的地盘吗？

闵安推开门想一探究竟，侍卫跑过来低声禀道："两只虎、一只鹿已被毒翻，刺客还潜在府里，闵小姐护好自己，千万不可出门张望。"

闵安想想也是，退回寝居，好好守着李培南。她坐在拔步床脚踏边，用手撑着下巴，看着静卧的李培南，心想：他还要睡到什么时候才会醒过来？外面的动静似乎越来越蹊跷了。

世子府园林里灯火通明。走兽受到惊扰，纷纷纵出石屋，原本高广的院墙，已被破开一角，苗蜡族大弟子带着死士夜闯世子府，纵火驱兽，用口令指挥着走兽们逃出墙外，他趁机扒在豹肚下，融进夜色四处奔窜。

世子府的侍卫都是百里挑一，突变之下，不少人都想到了囚在府里的要犯。

调派人手之际，也给潜在暗处的大弟子指明了方向。大弟子指挥猛兽扑咬，将围守兵力撕开一个缺口，自己偷到机会钻了进去。他在地下水牢里摸索一阵，却没找到人，立刻明白了中了圈套。

大弟子是苗蜡族掌门亲传之人，所习的本领不是其他同门能比肩的。世子府人马今天出动，抓光了他的同门，唯独漏走了他，一半的缘由就是他技高人胆大，借助走兽飞禽外逃时，令人防不胜防。

园林里的白鹤、灰鹳鸟，无论能否振翅飞起，都被大弟子尽数唤来，隐隐结成阵势助他逃脱。大弟子逃逸后，世子府才逐渐安稳下来，但堂堂世子府，被刺客来去自如，全身而退，已是大失颜面。

侍卫将消息传给闵安，却不进门禀告，给闵安留下了艰难差事。闵安瞅着李培南睡得如此安稳，实在是失去了耐心，终于斗胆推了推他的肩膀。

他没动，自然也就没醒。

她纳闷得很。平常习武之人，多半非常警觉，她这样发力推了，他怎会还不醒？

闵安凑近一点，低声说道："实为无奈，得罪了。"她拍他的手臂，连声唤着"公子""公子"，甚至还摇晃过他的双肩，都未能叫醒他。

闵安彻底泄了气，瘫坐在脚踏上，背抵着床面愣神。

她也是第一次发现，看似雷厉风行、不可一世的李培南，竟然还有这样的怪毛病。任你喊破了嗓子，他自岿然不动。

既然叫不醒人，她只能好好守着。

可是府里还有夜游的走兽们。一只豹子摸到院落里来，吼吼叫着，惊得闵安全然没了主意。她跑出去加固门窗，一步步退回床阁旁，提心吊胆地听着门户被撞得扑哧咚咚响。

院外再无侍卫走动的声音，闵安前后不能照应，心里暗暗叫苦。她本是很招动物眼缘的，也喜欢驯服小兽，可是对于庞大的豹子，她一向敬而远之。早在清泉县行馆里，无论她使出什么样的解数，都不能与李培南的金钱豹友好相处。

豹子因此也成了她的天敌。

天敌在外，武功高强的人睡得浑然不动，她苦苦熬了半宿，终于撑不住睡意，一头倒在了床铺边。安神香气重重掩落下来，堵塞了她的神智——试想以武力强盛的李培南险些都抵抗不住这种香气，她一个文弱身骨的姑娘，又怎能时刻保持清醒。

天亮时，闵安被喧哗声吵醒。她揉揉眼睛，正要唤莲叶进来，突然又觉察到事情不对劲，自己身上何时换了衣服？

她穿着一袭雪袍躺在李培南的怀里，李培南坐在床上，任由她两手揪住他散开的衣襟。她拽了拽衣衫，认得不是昨晚他穿的那一套。忽然省悟，在自己身上找到了他曾穿过的睡袍。

闵安羞愧难当，滚落下床，光脚朝槅门外跑去。外面桌旁，还好好蹲着一只豹子，面相凶恶，迎面一声吼叫。

闵安惊叫一声，又飞速退回床阁旁，想都没想，伸手去抓李培南的衣襟寻求保护。直到半裸的胸膛出现在她面前，传过来一阵鼓鼓有力的心跳声时，她才像被点醒了穴位一样，体内血脉经络通通滚过一股火热，一下红透了脸。

她恼怒，又羞愧，责骂自己怎能一遇危险就失了礼度？她本想质问李培南，为什么趁她熟睡就占她便宜，可是以眼前现状来看，原因出在她自己身上才对。

说不准，还是她占了他的便宜。

想到这里，闵安背过身去，用手捂住了脸。

李培南系好衣襟带子，不慌不忙说道："昨晚豹子刨门，你跳进我怀里不愿意下来，我只好让你抓了半宿。后来不知你听到了什么，又掀开我的睡袍朝里面钻，我只好将睡袍脱下来送与你。"

闵安听到这里跺了跺脚，连耳朵也捂住了。"公子应该撇开我啊！"

李培南起身走过闵安身旁，抿了口热茶，扬扬手，将豹子支走。"你抓我那样紧，我若用力，就会掰断你的手腕，我自然只能坐着不动。"

闵安看到豹子一跃而起的影子，神智彻底归位，"公子说动不了，那这只豹子又是怎样进门的？"

李培南看了闵安一眼，道："没想到你睡得这样沉，还爱忘事。"

闵安招着自己的手臂，使劲回想她忘了哪些事。

李培南解疑道："早上父王来了一趟。"

事情缘由需从昨天算起。张放领会到李培南的旨意，特地挨到深夜，才将李培南的口信传到，李景卓听得火起，连夜就要赶到世子府教训李培南一顿，被张放死命劝住。天刚亮，忍了一宿的李景卓径直闯到寝居外，不出意外又被侍卫们跪地阻挡。他按捺不住，依着脾气踢开门，李培南已稳稳候着了，在帷帐后说：

"父王再向前走一步，就是唐突了我的妻子，王府的体面尽毁在父王手里。"

李景卓自然能猜得到，帘帷后"侍寝"的人是谁，此刻的光景又会成什么样子。他甩了袖子先行离去，依然发落一句下来，要李培南随后去请罪。

李培南当然不会去请罪，闵安还睡在了他怀里。他向闵安解释了一些缘由，真话假话掺半，却闭口不提他已知会父王要娶她的事情。

闵安一听到楚南王来过，就不自觉地握着一手心汗。

李培南继续说道："他要见我，向来不讲规矩。我不去应门，他就将门栓踢断走了进来。那只豹子顺势也钻了进来，向我讨要肉食。"

闵安听得快哭了，"那王爷……不就看见了……我和公子衣衫不整的样子……"她多次在楚南王手里吃亏，十分后怕，这会儿已经急得心里打鼓。

李培南将闵安的急切看在眼里，却不动声色说道："你不用担心，该担心的人是我。"

"公子又何出此言？"

"两人共处一室本无事，你却闯进床里来，势必会毁了清誉，而姑娘家向来又把清誉看得比命还重。"

闵安由衷点头，埋怨道："你也晓得坏我清誉使不得啊，当时又不推开我……"

李培南突然放下手里的茶杯，极清楚地说道："错了。"

"怎会错！"

"我被你闯了床帏，抓住了身子，是我的清誉被毁。"

闵安看着李培南修长有力的身材，也注意到了他那双强韧的手臂，脸上不由得显出难以置信的神色来。

李培南淡然道："早已有言在先，我一旦睡下，就会不省人事。你如此便利地闯进来，对我上下其手，便宜都被你占光了。假如你摸也摸了，睡也睡了，不泄露一点风声，我们的名誉尚能保住。难就难在让父王抓到了现行，父王知道我们共宿一事，必然会训斥我，不出多久，半个昌平府就会传遍府里的动静。日后昌平人见了我，想起我睡下醒不来的毛病，会以为堂堂世子在床上原来是个软弱角色，误会又这样传散了开去，还有哪家姑娘愿意嫁到府里来给我做妃子？"

闵安听着这番密不透风的宏论，不得不呆立当地。

"所以说，是我的清誉被毁。"

寝居里极静，李培南一动不动地看着闵安，等着她的反应。

闵安艰难地开口道:"公子说的,似乎有些道理……不如公子容我戴罪立功,我自会十分留心,看哪家的小姐愿意嫁到府里来,我给你们说个媒。"

"你要负责。"

"错在我,我一定负责办好公子的婚事。"

"怎能祸害其他小姐,只能是你嫁进来。"

闵安急忙摆手推脱。

李培南掷地有声:"由不得你推脱责任。我已派人向吴先生提亲。"

闵安"误闯"李培南床帏,又被他催婚,心里怎一个乱字了得。又听到李培南已向师傅提亲,心里像突然开了扇窗。她逃出世子寝居,一路小跑进唯吾院,去找师父商议对策。院门外,师父正举手作揖,向一身官袍的太傅道别。

闵安看见官中之人突然出现在世子府,隐隐觉得有些不妙。吴仁回头看见她,叹口气,将她唤进厅里,细细说了刚才太傅专程来一趟的原因。

"太傅代世子向我提亲,我已经答应了。"

闵安难以置信地看着师父。师父一向不待见李家人,最是不喜行事跋扈的李培南,怎会轻易答应李培南的提亲,将她许配给他?

吴仁再叹口气,持重说道:"你莫怪我这个决定,你心里想什么,想跟着谁,我都知道。玄序现在犯了事,后果难保,我绝对不能再将你托付给他。我答应世子的提亲,也不是一时发头昏,随口应下的,你先坐下来,听我跟你说说原因。"

闵安木然坐下。

吴仁说道:"现在整个世子府都知道你是姑娘家,还夜宿在世子寝居里,不管事情中间有没有曲折,风声传出来就对你不利。世子这个时候诚心来提亲,我为了堵塞其他人的风言风语,自然在口头上也要答应他的。"

闵安一听到"口头"两字,眼底稍稍一亮,以为师父是采取权宜之计,事情还有转圜的余地。

吴仁怎会不懂闵安的想法?他拍拍她的头,继续说道:"我本想拖延世子行聘,等玄序的事判定下来后,再带着你和花翠离开。世子大概猜得透我的想法,托太傅过来提亲,还给我捎来一封密信。信上说了三句话,就是看到这三句话,我才下定决心将你许配给他。"

闵安并未问信上说了什么,只是苦涩地念叨了一句:"这样说来,我还是要嫁给他了？"在她的心里依然惦记着玄序的时候。

吴仁摸着闵安的头，叹道："世子写明，可为你削爵为民，远离李家是非，终生庇护你周全。"

李家的权力争斗是非、楚南王对闵安的歧视、世子的身份干系，正是吴仁最为顾虑的三点，他本想利用这三点理由推挡李培南的提亲，没想到被李培南先行一步预料到，并给出了明确答复。眼见事已至此，李培南又表露了如此大的决心，吴仁还有什么理由再去拒绝李培南？

因此闵安的婚事，就这样被定了下来。

吴仁唤花翠给闵安梳洗，闵安一动不动坐在椅子上，心思还没转过弯来。她听见了师父说的话，也明白李培南为了她，能做到什么地步。说不震动那自然是假话，她根本就没想到李培南会如此看重她，甚至会放弃他的尊荣身份。记得她以前为了拒绝他，还曾向他逼问：是否真的不顾及名声，娶一介寒女为妻？当时他的答复很明确：不娶妻，只留她在身边而已。

可是如今为了娶到她，他费尽了心思，还能做得更多。

花翠给闵安梳好了发辫，将她整饬得清爽漂亮了，才推她出门，期间并没说一句话。老爹吴仁的意思就是她的意思，也不需要她再多说什么话。闵安却是知道，连义姐都支持了师父的决定，那么她的这次婚礼，是实打实地逃不掉了。

闵安满怀心思地朝着书房走去。短短两个院子的距离，却让她走了一刻钟。眼看离得李培南越近，她的脚步越是踟蹰。这几天连番掀起风浪，李培南多次伸手拉她出漩涡暗流，她对他十分感激，印象也改观了不少，再也没了先前的厌恶之情。更何况共室一夜，闹出同床的乌龙……

可是事关再嫁一项，她的心底依然是抵触的。

闵安收拾好了脸上的神色才迈进书房门。李培南穿着石青色常服站在桌旁，通身摘了配饰，只在袖口翻出一片金丝藻绣，看起来整个人变得亲和一些。闵安对上他含笑的眼睛，半晌才迸出一句话："王爷呢？王爷总不会答应公子的婚事。"

楚南王俨然成了她最后捞住的救命稻草。

李培南先指指主座，柔声道："坐吧。"

见闵安温顺坐下，他才走到座旁说道："我派非衣暗地劫了父王的生辰纲，父王若是听到被劫的消息，铁定要赶过去处置后事。"

闵安惊异道："公子竟敢去劫自己的父王——我是说，非衣一向对王爷恭敬有加，又怎会受公子指派？"

"我自有办法。"只是这个办法让李培南费了点口舌。非衣听到支使时，也曾警觉地说："此时派我外出，不合时宜，府里连番起动荡，还是留下我这帮手较妥当。"

李培南淡淡道："父王整治闵安多次，你劫他生辰纲，权当为闵安出口气。我留下来主持要事，否则，机会可不能让与你。"

非衣当真被李培南支使开了，去了昌平府外劫道。只要有李培南承担罪责，且能小惩王爷一下，他还是乐意促成的。

李培南一连撵走两个干系人物，不对闵安说个中细节，闵安却是受催婚刺激，头脑越发清醒，立刻想起了引发的后果。"所以王爷无暇顾及世子府这边？"

"嗯。"

"公子成亲是大事，哪能不听从父母之命？"

李培南不以为然道："不做世子，便不需听从父王命令，大小事务全权由我做主。"

"世子身份非同小可，又哪能随便推去的？"

李培南递过糕点给闵安，闵安未接，他径直递到她嘴边，示意她咬下。她坐着没动，他才应道："我在朝野擅权专事，多次受老臣弹劾，父王弹压不了底下的讨伐，必然要处置我。"顿了顿，没再说了。

闵安推开糕点，疑虑道："除去我所知的那些，公子您……还擅权行了哪些事？"

李培南的眼皮都不见抬一下，"你又知道哪些事？"

"冲撞公堂、借机追杀敌对官员、抗旨不遵、私审疑犯，还有打伤了小侯爷。"她暗想着，简直是楚州一霸。

"那都是小事。"李培南哂道。

闵安不由得抬了抬声音："还是小事？"

"我在西疆中兵，超出了行制，太后那边始终不放心。回来后占了清泉郊野，私设军镇，恰逢幼帝宾天，太后怕我造反，加紧催促老臣上谏弹劾。我不让出一部分兵权，太后必定义要对父王施压，到时候处罚依然会落在我头上。"

闵安仔细想了想，说道："即使这样，也不至于被削爵为民吧？"

"那是最坏的打算。"

"希望不会走到那一步……"

"被削了也无关紧要。"李培南淡淡道,"成亲事大,你逃不脱。我说这么多,是为了告诉你我的决心,听懂了吗?"

闵安无奈点头。

李培南捻捻她的衫子,柔声道:"去换喜服吧。"

闵安的眼睛又一次睁大,跳起来道:"哪能这样急!"

"喜服、花烛,一切备用之物已置好。"

闵安低头坐着磨蹭,不肯挪步。李培南推了推她,见她皱着眉抵触,只笑了笑,弹了一记她的额角。她受痛抬头,立刻又捞起另外一根救命稻草,问道:"非衣什么时候回来?"

非衣曾告诫她要远离李培南,若他在,一定会阻挠婚事。

李培南淡淡道:"不用起那些心思,他这两天是回不来的。"

闵安叹口气,几乎要瘫软在椅中。李培南唤莲叶等婢女进门,替闵安梳妆打扮,当真备起今晚成亲的事宜来。他本是算好了一切应对,却没料到非衣回来得早了,还带回一个令他震惊的消息。

书房里,莲叶等人正在忙碌,李培南特意候在门外,防止闵安生变。这时,几道院墙外传来疾速的马蹄声,夹杂着侍卫重重的通传声音。李培南抬眼看过去,心知来人进府不下马,跑得这样急,必定是外面又出了变故。

闵安也听到了马嘶之声,推开莲叶,穿着一身素服打开门,正迎上非衣一张凝重的脸。

非衣跃下马后朝李培南行礼,直接说道:"影卫听我指派凿开船底,在水里劫了生辰纲,本要撤退,岸上突然来了一名女子,跃上船来,提走了温水山石上培育的贡品丁香。那株丁香是极珍贵的异种,王爷重金采办,本来是要送给太后的,就这样失了太过可惜。我发力去追那名女子,可是追了三里地,连她的影子也不见一个。"

非衣功力如何,李培南最为清楚。连非衣都追不上的人,可见有些来历。生辰纲也不是年年都会置办,只有他的父王李景卓在政令上有所更张,需要太后附和时,才会费心去采办一些女人家喜欢的衣料、香木、珍珠等,赶急着送到宫里去。

那名劫走贡品丁香的女人,功夫如此之高,又知道生辰纲的种目及运送时辰,不可谓不厉害。

李培南也知道非衣做事说话必定稳妥的性子，耐着性子听他把话说完。

非衣从怀中掏出一张画纸绣像，递给李培南："她的功夫极厉害，只一跃就不见了踪影。倏忽间河风拂起她的斗篷，让我看到了她的脸。"

画像上是一名瘦削身形的女子，全身被灰扑扑的斗篷所掩盖，只露出一张俊丽的脸。她的双眼望向远方，似乎看穿了浮嚣世事，并未落在实处上，而她的挺鼻薄唇，像是映着瓷白色的月光，带着李培南惯有的冷淡样子。

看那画像，李培南心神大震，半晌才道："你应该也在疑心吧，你没看错，确是母妃。"

非衣凝声问："王妃竟然尚在人世，这二十多年来，她怎会避着王爷不见？"

李培南低声道："此中的曲折连我也不清楚。听父王说，母妃性子冷淡，行事向来无回转余地。她若现身，也必定是打好了主意，决意让父王知道她还活着的消息。"在这之前，他和父王多方查探无果，最后才相信她是真的离世，只能通过置办祭礼来寄托哀思。

非衣脸色越发凝重，"按理说，有人劫了生辰纲，依王爷的脾气，应该会亲至查勘。可我在河边暗处等了许久，都不见王爷的车马过来。"

一听这话，李培南冷了半边脸，道："父王恐怕遇上母妃了。"

非衣看着李培南的脸色，不由得探问："两人见面岂不是更好？"

李培南却不是这样想的，因他了解父王脾性，从而能想得更远。

"父王一见母妃，无心过问他事，政务自然又会落到太后一派手上。他若是能与母妃一起回来，朝中也翻不起大浪，只怕他追着母妃去了，将一切丢在身后，从此消没了'楚南王'的称号。"

李培南的担忧并非异想天开。

不多时，一贯追随李景卓的心腹侍从飞马奔回，向李培南禀告："王爷听到生辰纲被劫的消息，亲往查办，途中见到一名灰衣女子走进林子，王爷神情大变，像是唤那人什么'小冰'，然后撇下我们一众人渡河追去。"

李培南示意来人回去再探。又等了一个时辰，没等到任何后继的消息回传。他静静站在檐下，看着落日余晖，心里考究着随后会发生的事情。非衣走近说道："世子既然如此担心，为何又不去看看究竟？"

李培南回道："府里暂且交由管家主持事宜，父王那边，确实不能乱了方寸。"随后，他走进书房，对着闵安嘱咐几句，也不管闵安反应如何，径直又下了软禁闵安的命令，随后才纵马离去。

婚事竟然就此推迟了。

连续几天，李景卓发力追逐那道熟悉的背影，只要认准了方向，就再没有迟疑过。他追到一个市集上，环顾四周，遽然发现萧冰已经没了踪影。

夜幕降临，寒风突起，一路跟随的影卫跑上前，替李景卓披上了风衣。影卫劝他歇息一下，向他禀告了飞信搜集到的消息。

"王妃搭乘杂耍班子的马车向北行，半个时辰前刚在这座镇子落脚，王爷勿急。"

"她人呢？"

影卫指向前方小客栈，李景卓赶过去时，杂耍班子正在开台表演，马车里空无一人。李景卓下令搜查客栈，一道修长身影从围聚起的人群后走过，左手提着一个锦布匋盒，周身再无他物，侧颜极为冷淡。

李景卓看得真切，屏退影卫跟了上去。

萧冰穿着玄色衣裙，在衫子外套了一件灰白羊绒夹袄，普通行人装扮，李景卓却一眼就认出了她。他顾不上别的，追过去一把抓住萧冰的手腕，沉脸问道："为什么要躲我这么久？"

长达二十二年的时间里，让他饱受相思之苦。

他的苦楚从眼神里透露了出来，可是萧冰的眼睛却没有看他。她似乎透过了他周身的轮廓，看向了更远的夜幕，从未将心思放在他身上。

这是李景卓熟悉的眼神，既冷淡，又带有一丝不屑。他想了她二十二年，可她依然像二十二年前我行我素，对他吝啬哪怕一分的关切之情，甚至仅仅是多看他一眼都不曾有过。

李景卓习惯了萧冰的应对，他将温热的两手捂住她的脸，用拇指去触摸她素净的肌肤。"我已经老了，小冰还是这样年轻。"

萧冰确是二十二年前的样子，眼角未生皱纹，皮肤依然细腻，只是她的脸色过于苍白，唇色也相应地变得清淡了些。

睽违二十多年，李景卓并没有一眼看出分别，他舍不得就此放开想念了如此久的身子，抓着她细细问些他在意的事情。"你住在哪里？为什么要避着我？现在又想去哪里？随我回去！"

萧冰一动未动，自然也是不应的。李景卓不以为忤，对着她，仿似又回到了年轻时，心里有用不尽的宽容和温柔。萧冰看了夜幕许久，直到夜空中升起一盏白纸扎的昙花风灯，她才转过眼睛对着李景卓说道："你与郡公主圆房的那一夜，我就站在窗外。"

李景卓的脸上闪过一丝猝不及防的狼狈神色，萧冰说的境况，确是他不知道的。当年他被侍女下了药，失去理智与谢如珠共度一宿，事后他手刃侍女，弃谢如珠于不顾，但竟然再难挽回。更令他万万没有想到的是，在如此尴尬的境地里，他苦苦寻觅的萧冰其实就站在了窗外，听着他与另外一个女人的云雨。

李景卓捏紧了萧冰的手臂，苦涩道："既然你在我身边，为什么不帮我醒药？"

那又何必。

萧冰断然不会对李景卓说出多余的话。对于改变不了的结果，她向来看得清，也避得远。她的冷淡，是在冰城苦守寒棺多年后，被冷气渗到骨子里而形成的漠然。

李景卓太熟悉萧冰的脾气，无论她应不应，他都紧抓住她不敢放手。萧冰冷冷道："我快死了，死之前见你一面，交付你两桩事。"

"你又怎么了？怎会分别二十多年，一见面就说这些要我命的话？"李景卓的紧张之情溢于言表。

夜空中的昙花风灯摇摇晃晃飘了一阵，灯油燃尽，消失不见了。

萧冰被李景卓抓持了如此之久，终于失去了耐心。她手腕一震，李景卓虎口发麻，萧冰已从他手掌中挣脱开来，转身朝风灯消失的地方走去。

风拂落萧冰的斗篷，李景卓这才看到，她的发尾染了一层风霜，尽数变得雪白。

红颜或许未老，青丝已然成白发。

李景卓抑住心酸之情，跟在萧冰身后，来到一座土房前。土房门口挑着一道黄布帘子，依稀可辨是"医庐"两字。

一个扎双髻的小姑娘迎出来，脆生生地说："阿昙，药配好了，快来试一试。"

李景卓看见萧冰径直走进房子，没有一丝犹豫，突然醒悟到，小姑娘唤的"阿昙"，原来才是萧冰的名字。

而他唤了多年"小冰"，她都不纠正，也没反应，可见她对他，确实是不上心的。

他心底的苦涩又多了一层。

小姑娘名叫双双，身子矮短，圆圆的脸蛋上长着圆圆的眼睛，腮部染着胭脂红色，使得整个面目瞧着非常喜庆。她偕着萧冰从容做事，从头到尾没多看李景卓一眼。她们似乎当他不在场，也似乎知道他必然会跟来，总之在他跟前没遮掩什么，举止一切如常。

萧冰解开手上提着的锦盒缎布，从中提出一个造得精巧的琉璃龛来，龛内，又培植着一株白昙，昙花根部隐隐变色，叶子上已经挂了一些霜露。

萧冰既然将李景卓带到此地，也没有再隐瞒下去的心思。她径直说道："我中了毒，试不出解药，将血水挤入这株昙花里，看它能熬过几时。它死，我必然死；它活，我或许活，一切看天意。"

双双朝李景卓行了个礼，微微笑着说："阿昙找了多年，试过万千法子，终于打听到西疆出奇香丁香花，能克制白昙毒，所以才劫了王爷的船只，请王爷多担待吧。"

李景卓应道："我只恨不得将整座华朝拱手送给她，谈何担待一株花。"

萧冰服下双双配置的丁香花药丸，安静坐在椅中，面色有些灰颓，就在气息越来越弱时，她望向李景卓身后，眼神像风，散尽在虚空。

"阿循想娶闵安，王爷不可阻拦。西疆各族争斗已久，总兵无能弹压，王爷需将阿循放进西疆为王。"说完后，她就闭上了眼睛，身子虽端坐，头已缓缓垂下。

李景卓大恸，扑跪在萧冰椅前，紧握住了她已然冰凉的双手。心痛至极中，他不知该唤她"小冰"还是"阿昙"，只知道咬住牙，不发出哽声，却又无法止住眼角的泪水。

他将头抵在她的膝上，哑声说："你知道如此多的事，平日里肯定就躲在我和阿循的身边，看着我们一天天地伤心，偏就不出来见我一面，为什么你要这样狠心？"

双双在后轻轻地说："王爷节哀。"

李景卓哀痛到了极点，泣不成声。他只觉此生已无所望，除了紧握住萧冰一只冰冷的手，他已生不出其他的心思。

双双将萧冰的头扶靠在椅背上，用枕头垫好了，仿似害怕惊醒了沉睡的萧冰。她紧盯着李景卓的手，喝止了他的自裁动作，朗声道："王爷就这样追着阿昙去了，难道不关心身后事吗？"

此时的李景卓紫金袍沾染了灰土草芥，眼神愁苦，实在是没有一副摄政王该有的模样，又何谈关心其他事。他不说话，双双却是冰雪聪明的，又抢声说道："王爷总该先办妥阿昙生前嘱托的两桩事吧？"

李景卓忍住泪，闭眼想了想萧冰临死说的两桩事，咬牙答道："我都依了她，办妥之后，我再追她去。"

双双淡淡一笑道："亏得阿昙守了冰棺多年，早就看穿了生死，王爷却是看不破的人。"

从一个外人嘴里听到有关萧冰的事情，让李景卓心里一动。萧冰为什么避开他，为什么不曾衰老，为什么中了毒，甚至是更多年前，她从哪里来，做了哪些事，出身如何，他统统都是不知情的——他曾问过她的来历，她面有不耐之色且闭口不答，他就软了心肠不再追问，只要她愿意留在他的身边，他的心里就充满了欢喜，哪曾计较其他事。

正是因为萧冰来历神秘，引得他与父皇都查不到根底，由此父皇才强压下他的婚事，不承认他那来历不明的妻子。

他依然不以为然。

他与父皇不和的历史由来已久，也不会因为萧冰的到来而改变分毫。

可他最终抗争不过父皇的谕令，接下皇诏另娶一妻，无法保证萧冰的尊荣。

萧冰被迫出走。

这是他的错，他认这个错，心怀愧疚地找了萧冰多年。偌大华朝，他走遍每个州，都不见萧冰的踪迹。历经数年后，谢如珠告诉他，萧冰已死，尸骸就埋在昌平府新宅后花园里，尸旁有他赠送的檀木手珠链为证。他请仵作验了骸骨，可推断出死者确是有二十六年骨龄，与萧冰岁数相符，由此他也信了萧冰已逝的事情。

他哀痛了这么多年，实在是难以想到，萧冰竟然未死，还能出现在他面前。在他来不及喜悦一分、对她亲近一寸时，她偏生又在他面前死去。

巨大的伤痛再次将他击倒。

双双等着李景卓清醒过来后，坐在坑边细细说了许久，让他听明白了一个漫长的故事。

"阿昙本姓商，只是去了萧家庄后，不愿透露来历，才顺着萧老爷的意思叫起了'萧冰'。说起她的出身，其实还有一段隐秘……"

萧冰的外祖母本是北理皇族，从七十年前的宫乱中逃出，隐姓埋名，嫁与平民，此后逐渐隐没了出身。萧冰的生母亦是不知情，死了丈夫后，为躲避战火，她孤身带着萧冰远走域外冰城，受尽颠沛流离之苦。冰城由冰雪覆盖，是乌尔特族的地盘，萧冰生母抵抗不过寒冷，不幸抱病离世。萧冰年幼无依，由乌尔特族抚养长大，作为回报，她必须听从族长的安排，一个人走进最寒冷的谷底，去镇守历代族长殒身的冰棺，直到下一任守冰人进来才能离去。

"说起冰棺可奇怪哩。"双双笑了笑道："里面装着冰团子一样的尸体，那乌尔特族偏偏说人没死，一两百年后还能活过来。"

双双把乌尔特族最为骄傲的殒身传统当作笑谈来讲，李景卓听得也皱了皱眉。

双双又说："阿昙老老实实守了五年，本来还指望着有人来接替她，发现族里没那个意思后，忍不住逃了出来。她这一逃，就是无家可归。后来混进市井之中，做百工，用一身功夫养活自己。萧老爷看她可怜，收留她一阵子，凑巧就碰见了王爷您。后面的事，王爷已经知道了，我也不必多说了。"

李景卓转头看看炕上萧冰的遗容，悲从中来，哑声问道："她离开我后，又去了哪里？"

双双轻轻一叹，道："阿昙的性子虽孤僻了些，但她是个实心人。她离开王爷，又能去哪儿呢？总是躲在暗处，继续看着王爷忙里忙外的。后来王爷跟如王妃在一起了，阿昙才狠心离开了昌平府，打算回到冰城里去，完成她的使命。这点王爷别怨阿昙，阿昙自小长在乌尔特族里，依照那边的规矩，男人一辈子是只能娶一个妻子的，还要对妻子死心塌地。阿昙还没回到冰城，半路上就遇见了我，将我救下，后来就带着我四处飘荡。"

据双双所讲，她当时已有九岁，被家人卖到杂耍班子里讨生活。班主强行灌药，要将她炼成一个侏儒，她吓得放声大哭，萧冰听得于心不忍，就向班主讨要了她。班主故意为难萧冰，要她去西疆偷一具蜡尸给他变戏法，萧冰果真去了一趟西疆，钻进坟穴里背出一具干尸，结果此行吸进地底的腐烂尸气，中了奇毒。此后，萧冰为了解毒，随身带着双双走遍天下，不断寻求解药。

"阿昙中毒之后就没再衰老，听大夫们说，这毒会激发人体血脉运行，让她保持吸食时的模样，但到了一定时候，会提前要了她的命。"双双蹙眉看着萧冰的容颜，低低叹道："果真如此啊。"

李景卓怒道："西疆那些旁门左道迟早要被我铲除！"他迁怒于苗蜡族，已兴起灭绝之心。

双双对于苗蜡族，显然颇为了解。她说道："据说，那尸毒能激发血脉运行，所以才能在二十年后唤醒坟穴里的一具具蜡尸，生出苗蜡一族'养活死人'的奇异传闻来。王爷去了那边，多少要提防一下。"

李景卓听完萧冰所有的身世、经历，已无心应付双双的言辞，默然守护了萧冰尸身一夜。他常常伸手去探她鼻息，希望她只是睡着了。她的胸口尚有一点点余温，只是不见她醒来。

第二天，双双已备好马车，将萧冰放进一口薄棺材中，赶着马车走在杂耍班子之后，悠悠荡荡继续朝着北方冰城走去。李景卓失魂落魄地跟在最后，听不进影卫的劝告，也听不见闲杂人等的奚笑。

李培南日夜兼程追上李景卓时，他已憔悴不堪，仅勉强站直了身子。他用手扶着棺木，头也不回地对李培南说："你的婚事我准了，西疆那边，我会放一道诏，任你为兵马总统领，收缴百部异族兵力，成全你的'独王'名声。"

李培南以不变应万变，拱手回道："谢父王。"

李景卓伴在棺木之旁，不肯离开。李培南无法，点穴放倒父王，带着他回到昌平。

这一去一回不过大半月光景，消息传递难免滞后，府里却是发生了令李培南意想不到的变化。

第二十三章　怒马难渡千山雪

　　李培南外出期间，世子府张灯结彩，婚礼筹备如常进行。闵安也曾想过，趁世子不在府中时，恳求管家带她去见玄序一面，管家自是百般推脱。

　　直到几日后，大理寺审查案犯的期限来临。

　　李培南不在府里，管家招架不住太后那边一道道传下的懿旨，非衣虽设法拖延，最终亦无法阻拦对朱沐嗣的提审。

　　闵安寻到了便利，终于赶在刑车到来之前，见到了朱沐嗣一面。她能私下与朱沐嗣接触，也是应了非衣与管家的条件，必须穿戴好喜服才能走进地牢门。

　　朱沐嗣已经不复她记忆中的模样。以前的玄序是一个丰神俊朗的男子，脸上带着温和的笑，决计不应该像现在瘫坐在地，如一团污泥一般在苟延残喘。

　　朱沐嗣听到走下地牢的迟疑的脚步声，抬起头来，勉强露出一个笑容，"我真想坐起身来，端端正正地看着你，可是琵琶骨痛得厉害，因此十分对不住了，只能用这副模样候着你。"

　　闵安揪着长裙下摆，慢慢走近被锁链捆绑的朱沐嗣，眼中已含有泪水。在走进地牢前，她打听过朱沐嗣的情况，心中也有所预料，但目睹他的满身伤痕时，她无法抑制住悲痛之情。

朱沐嗣的脸在汗湿的黑发中越发显得苍白。他默然看着一身新衣的闵安走过来，细细打量了她的梳妆，才苦涩说道："你当真要嫁给世子了？"

闵安蹲在朱沐嗣跟前，用手帕擦去他脸上的血水及脏污，含泪点了点头。

朱沐嗣的手腕猛地一动，带动锁链一阵大响，"我只恨当日成亲之时，没有强压着你拜完天地，如今连你也要离开我，我活着又有什么意思？"

闵安哽咽道："玄序，你先别动好吗，我替你梳洗一下。"

朱沐嗣再听"玄序"之名，知她在心底依然留恋旧情，喟叹一声，不再抗拒。闵安打来清水，擦干净了朱沐嗣的手脸，又束好他的头发，将他整治出一副干净的模样来。

朱沐嗣闭眼盘腿，任由闵安打理。以他玲珑心肝，已觉察到了异样之处。

"是不是我的期限快到了？"

闵安涩然应道："温小侯爷领太后懿旨，再次来世子府提你过堂候审，大理寺卿已备好案词，此次无论你应不应，大理寺都要治你的罪了。"

"也罢，总有这一天。"朱沐嗣淡淡道。

闵安凝目看着朱沐嗣，凄切道："既知如此，当初又为何要犯下逆罪？"

面对闵安清朗的目光，朱沐嗣偏过了头，徐徐应道："你要知道，生在何种人家中，不是由得我的心意来的。我既是朱家寨人，自然要为朱家寨担当。朱家的盐铁营运出了差错，需由我出面解决麻烦，有人一定要挡我的道，我自然要铲除。"

闵安拽紧裙裾，颤声问道："所以你就能肆无忌惮地使出见不得人的手段，祸害一条又一条的性命？你助彭大人杀死含笑，用尸蜡裹住她身，反过来嫁祸给非衣；还有我那个东家毕斯，被你们曝尸荒野，如今我想祭拜他，都没脸去他坟头看上一眼！你做这些事的时候，可曾想过我的感受？撇开其余的、被你祸害的性命不说，单看这么多身边的熟人，都与我脱不了干系，你怎么下得了手？"

闵安虽是在质问朱沐嗣，内心却是疼痛难当，她紧紧抓住裙裾，身子躬成半弓形，已经哭跪在地上。朱沐嗣瞧见她如此难受的模样，有所触动，不由得叹息一声，用手抚摸她的发鬓。

"是我错了，害得你伤心，即使让我死，也不能抵消这份罪过。"

闵安泪眼婆娑道："你当真错了，错得彻底，不留回头路，也不给我留一点盼头！我本来还指望求求世子，留你一条活路，可你做下这么多错事，害了幼帝，害了皇亲贵戚，害了百姓民众，哪里给我机会为你辩解一句？你也知道，去了大理寺堂上，最后只会判定为死罪，可你若是落得个死罪，我还能好好活么？！"

朱沐嗣闻言大震，发力将闵安低垂的脸捧起，凝重地说道："你千万不可做傻事，我犯了罪，自然要担当责任，这些罪没有一条与你相干，你绝对不能做傻事！"沉吟了一下，又急急说道："如果你要这样犯傻，我宁愿你去嫁给李培南！"

闵安一想到朱沐嗣必然会被处死，哀痛不已。朱沐嗣提起的嫁人之事，又揭开了她的隐痛。她哽咽说道："嫁与世子，非我本意，我挣脱不了，不如随你去。"

朱沐嗣长叹道："有你这份心，我已满足。余下的，不用再说了，听我一句，好好活着，说不准日后还能……"他讲到这里，突然顿住，只是再默默叹了口气，安静地抚着闵安的头发，用无声的举止来劝慰她。

闵安深知与他见面时间短暂，咬牙擦干了泪水，紧抿着嘴不敢应话。她只怕一旦开口，眼泪又要掉下来。

朱沐嗣凝视着闵安的眉眼，温和笑了笑道："我走后，想我时，就将我送你的绢扇展开看看，就当留个念想。"

闵安哑然不应，看到朱沐嗣哀求的眼神后，才点点头。

满室死寂中，铁门轻撞，传来一声响。

闵安回头看时，非衣穿着锦袍拾级走了下来，右手托着一副案盘，已经备好了纸砚等物。

闵安与朱沐嗣立刻明了非衣前来的目的。

试想，即使有太后懿旨开道，堂堂世子府，又哪能让疑犯容易走出去的？朱沐嗣不留下点儿世子府想要的东西，想要就此走出去，实在是太天真了。

非衣将案盘放在朱沐嗣跟前，说道："朱公子身份干系不小，事关楚州举贪、刺官几桩大案，亟须公子费心写出证词来，事毕自当恭送公子出府。"

闵安跪在一旁研磨，低声说道："这是世子要的证词，主张用来应对都察院二审。你早些写吧，后面能图个清静，至少……他不会再折磨你。"

朱沐嗣低头思索片刻，执起笔，牵动琵琶骨的疼痛，手腕在微微颤抖。

非衣冷声问："朱公子还在犹豫什么？信不过我吗？"

朱沐嗣起身朝非衣落落行了一礼，道："我信二公子为人，想请二公子做一件事。二公子若是答应，我必然痛快写出所有罪状，不再为难世子。"李培南对他百般折磨，他反而自承为难，不失君子风度。

非衣缓和了语气，道："说来听听。"

朱沐嗣看向闵安，又转向非衣，道："玄英认死理，我怕她做傻事，二公子在她身上，还需多费心。"

闵安咬嘴撇过了头，不让朱沐嗣看见她的泪水。

非衣看着面前两人的表情，稍一细想，已想明白其中的意思。他极快答道："朱公子今日的第一要务，是把证词写好。我与闵安系出同门，无需朱公子指点，自会知道怎样做。"

朱沐嗣不再多言，盘膝坐定，扶住右臂，忍痛写下一份证词，声称由他辅助王怀礼、彭因新等人，行贿楚州多名官员，并祸害毕斯、含笑一干人。他痛快承认了来到楚州后所做的诸多罪行，将罪责揽到自己身上，不牵扯到朱家寨一分。他的证词写得流利简略，不仅撇清了他与温知返的关系，还直陈朱八心生怨恨，毒害了天子和一众皇亲贵族，将国难推到了朱八头上，直接来个死无对证。

非衣拿过证词看罢，冷笑道："朱八不过小小一名典史，宫里又不曾为难过他，他为何会心生怨恨毒害人？"

朱沐嗣淡淡道："人各有志，他或许想得偏激了些。据我所知，早年有一批被先皇赐死的冤官们，与朱八有些牵连，或者他存了报仇之志，我也不知详细。"

非衣再问，朱沐嗣却是不开口了。

这时，地牢外传来温知返宣读祁连太后懿旨的声音。闵安跪地听完，起身默然走向一旁，看着世子府侍从开了锁匣，将朱沐嗣架起来。朱沐嗣抗拒他人拖行，勉力朝外走去，再也不看闵安一眼，残破的身子在风里竟然直不起腰来。闵安心里又苦又涩，实在是念得紧了，不知不觉跟着走了出去。她一路紧咬着嘴，远远跟在官兵队伍后，目送朱沐嗣出了世子府大门。

非衣本犹豫未决，担心朱沐嗣的证词不合世子之意，如此便利地走出世子府，不好对李培南交差，随后他又看到闵安失魂落魄的模样，伸出的手最终收了回来。

"关门。"一声令下，大门轰然阖上。

闵安依然留在门后，痴痴地站了许久。

非衣站在闵安背后，扬手阻止吴仁等人的劝告，留下闵安一人心伤。

闵安整整一天滴水未进,她枯坐在厢房内,任由泪水肆意流淌。

掌灯时,外出走动的非衣带回消息:"朱公子当堂未受刑罚,我托司吏将朱公子的证词拓本传上去,午后就有判词放下来,责令衙官秋后处斩。"

闵安吹熄了灯火,隔窗嘶声说道:"多谢。我先歇息了。"言毕坐在黑暗中,无声痛哭。

非衣思前想后,提笔写下飞信,禀明府里的动荡,吩咐人加急送到李培南手上。

昌平府死牢是个阴冷潮湿的地方,案犯一旦被收押,许进不许出,亲友亦不得探望。闵安吃了多年的公门饭,深知朱沐嗣入监必定是要戴上枷械的,她心里怜悯他过得辛苦,却无法见上他一面。

两天后,噩耗传来,朱沐嗣不堪忍受折磨,又因触犯国法羞愧难当,竟在牢中服毒自尽。

非衣最先得到衙门里的消息,问传回消息的探子道:"死牢密不透风,不准外人探监,那朱沐嗣是如何拿到毒药的?"

探子答:"属下细细盘问过牢子,牢子一口咬定没人进过死牢,由此看来,毒药只怕是早就在朱公子手上了。"

非衣细想一下,胸中了然,"移交、收审、关押朱沐嗣的过程,都有大理寺卿监管,没出一点纰漏,朱沐嗣最后还能服毒,手段不可谓不高啊。"

非衣能想到的唯一一处空漏,便是温知返站在世子府地牢外宣读太后懿旨时,曾迎着朱沐嗣蹒跚走出来,与他打过一次照面。虽只是一瞬间,但传递是有可能的。

非衣有了这个想法,就想亲自去一趟停尸房,查看朱沐嗣的死况。

他刚走出院门,垂柳石径上跑来一行人,最先一人是闵安,穿着水红缎子貂绒袄,芙蓉绣花长裙,仍是一副喜庆的打扮。只是她拈裙跑得急,不顾后面侍从婢女的追赶,头上的花钿一路委地,鬓发也散去了一半。她的神情悲伤快惶急,透出非衣从未见过的无助感。

非衣眼一沉,回头问哨兵:"谁走漏了消息?"

哨兵扣手急答:"并非是属下,属下一拿到消息,就直奔公子下榻处,不曾有过半点停留。"

非衣斥退哨兵,闵安已经飞奔到面前。闵安抓住非衣的锦袍袖口,脸色雪白,一迭声地说:"非衣,非衣,带我去,我要见他,见他最后一面。"

非衣持住闵安的肩膀,低声说:"顺口气,梳妆好了再出门。你这个样子走出去,世子的体面何存。"

闵安回身急唤婢女莲叶帮她整装一番。趁着间隙,非衣从吴仁嘴里问到了事情原委,得知竟是温知返修书一封,将朱沐嗣的死讯告诉了吴仁。

"又是他。"消息透露给吴仁,就等同于告诉了闵安。作为闵安的兄长,温知返行事从未替闵安考虑过,只将妹妹朝绝路上推。

非衣带着闵安坐车抵达州衙,看见温知返一人站在檐下。两人并不招呼,径直从他面前走过。

温知返对着斑驳的竹叶在思忖着什么,面色有些恍惚,仿似怅然若失。

"玄序离世,对哥哥也是打击吗?"闵安心里转过这个念头,急切追上非衣的步子,并不回顾,听到背后的

淡淡叹息:"就这样死了,真是可惜。"

闵安闻言心底更痛,低头快步走向了停尸房。

温知返目送闵安等人离去,轻轻叹口气。这句叹息,非衣走得急,已经听不见了,自然也没心思去顾及别的。至此为止,温知返以朱沐嗣来牵制闵安,从而让闵安牵制住非衣的目的,是完全达到了。

停尸房内,天窗渗下一缕明光,照在朱沐嗣全然僵硬的身体上。他的肤色青白,手脚从又脏又破的衣服里伸出,带着紫红色的暗痂。破皮的地方,还有残血濡出。

他已经不再感受到痛苦,然而生前所受的折磨,却清晰地留在身体上,展示给来看他的人。

闵安挣脱非衣的手,扑上了石床。她默默地哭了一会儿,便拿着锦帕,一遍遍替朱沐嗣擦净面庞和四肢,泪水如雨,无声滴落在死者身上。她已全然忘记身在何处,眼里只有朱沐嗣了无生气的样子。

州衙在场官吏面面相觑,他们瞧见闵安的穿着明明是位新娘,可她哀伤难抑的神色,怎么也不切合这身衣服。

他们暗自递了个眼神,均是在想,此中必有隐情。

好在世子李培南并未到场。

非衣作揖请得一众官吏离开停尸房，留给闵安一点私处的时间，同时也抽空向督案的大理寺卿打听案情原委。

大理寺卿结合了确切证词及消息，才向非衣透露出，朱沐嗣确是服毒自尽，毒源不明，仵作已经查探过尸身，可证实是毒发身亡。

"本官还未查出毒药来源，宫里要是怪罪下来，本官只能说是案犯自备之物。司曹日后来世子府里查验证词，还望二公子遮掩一两句。"

大理寺卿低声求托，非衣连忙应了。事已至此，卖个人情给大理寺，不与之树敌，总归不会错的。至于最后能否糊弄过去，那只能看他人造化了。

大理寺卿暗松口气，说道："朱公子倒是个聪明人，知道一死遮百丑，就此了结了前面这大大小小的案子，本官处置好他尸身，还需谨慎结案，先走一步，二公子莫怪。"

非衣问道："死犯尸身大人要如何处置？他家里没人来收尸吗？"

大理寺卿道："温小侯爷在太后跟前讨来了便利，说是将案犯阖棺送还本籍，由他亲自押送，本官需得当场签封、验证。"他抬抬手，急匆匆走了。

非衣正在沉思，温知返亲自押尸返乡，到底在卖弄什么把戏，后院里随从突然疾呼起来，非衣立刻箭步掠回停尸房。

闵安竟然出了变故。

原先一众官吏等避开了停尸房，只余两名世子府侍从把守住门户，各自散去自行其是。闵安一人扑在石床前，守着一具孤零零的尸身，眼泪已经流干。她痴愣看着朱沐嗣冰冷至极的侧脸，回想起在农家小院里，他曾是那样温和地笑着，为她洗衣做饭，仿似从来不曾忧愁过。

也不曾离开过。

如今，他冷冰冰地躺在她面前，安详又决然。

或许那些和乐的日子太少了，而痛苦又来得这样直接，闵安看着朱沐嗣，心里已经痛得没有知觉。她将头搁在床沿上，轻声说："宝儿走了，你也走了，哥哥不认我，公子要娶我，你说我该怎么办？"

她最后摸了摸他冰冷的手腕，看着腕上的累累伤痕，喃喃道："你的痛，我能感受，可是我的痛，你已经不在意了。"她掏出暗藏的匕首，转手朝自己胸口插去。

等大理寺卿及非衣抢进停尸房时，闵安已倒在地上，气息奄奄。

非衣惊怒交集，暗恨自己粗心。他抱起闵安，急声唤来军医包扎伤口，又顾不上交代一句，即刻将闵安带回世子府。

吴仁闻讯赶至，探到闵安一息尚存，快要将满口银牙咬碎。他不知能怨恨谁，替闵安重新医治一番后，赶了一辆马车，带着昏睡的闵安及花翠两人，闷头朝世子府外面闯。

非衣说尽软话，也不能留住师父。

吴仁怒道："安子命苦，待不得繁华富贵地，不是挨打就是受罚。这次倒好，快整得没气儿了，你再拦我，就是把安子朝死路上推，还让不让开？"

非衣想了想，默然让开了道路，跟在马车之后，送吴仁出了世子府。管家陡然见到如此大的变故，惊慌了一刻，赶紧又撩起衣摆，准备追上去。

非衣温声支开管家，费了一番口舌，待管家放心离去后，他追上吴仁，就地一跪，向吴仁恭恭敬敬磕了个头，如此这般说了一通，竟说动吴仁，连夜与非衣一起离开了昌平府。

第二天起，管家才得知非衣带着闵安、祁连雪等人直奔北理而去，气得跌足长叹。自家公子不在府里，整个华朝无人能阻挡下非衣的车驾，眼看着选定的主母就这样被人带走，他怎能不心生恨意和惧意。

管家跪在府里，等着李培南返还。

同一天，温知返将朱沐嗣的尸身浸在泥蜡里，在寿棺外再套上椁棺，亲自打马送棺车出了昌平府。昌平府里外或许还藏有世子府眼线，他总得小心行事。

就是从太后跟前讨到朱沐嗣完整尸身，他也费了不少唇舌。

又拿出不少朱沐嗣所赠的财物，提交给太后亲信，帮助太后收买人心及整治军备，终于让他请到了一道懿旨，能够保全朱沐嗣全尸，且能将之送回原籍。

李培南带着李景卓风尘仆仆赶回世子府，不避下属耳目，将跪在门前的管家结结实实抽了一顿。管家被抽得皮开肉绽，仍死死咬住嘴不敢吭声。其余众人见了，皆低下头，屏住气等候着发落。

"闵安回来，才能保住你们一命。"李培南冷声丢下一句，先行回到别院安置父王去了。

侍卫长张放招呼众人赶紧起身，星夜快马去催促闵安的回转。他本人依照李培南的吩咐，外出一趟收集消息，掌灯时分就带回了一句前要求哨铺打探的谜底。

李培南接回父王时,见母亲棺车旁守着的双双身材矮短,声音却有成年女子的圆润腔调,心生警惕,不禁多看了一眼,当下就看出了一些门道。后来与父王多谈了几句,更是心生疑惑。

　　据闻双双多年追随母亲,算是母亲的亲人,可是母亲逝去,她的脸上殊无悲戚之色。当她移动眸子看向李培南时,眼眸黑白分明,清润有神,一点也不忌讳,更不提小姑娘该有的羞涩、惮惧之态。

　　李培南推断双双其实已成年,只是身形近似侏儒。李景卓心力交瘁不愿多说,甚至一度怪责李培南面对丧讯还能如此镇定,李培南适时忍让,并未解释。

　　他不伤心,是因为对外人保持了警惕心。

　　他不信母亲就这样孤零零地在荒郊野外再逝去一次。

　　他始终记得母亲绝无仅有的冷僻性子,行事经常不合常理,因此唤张放去暗查。

　　"公子的推断不差,王妃身边的双双姑娘,来历确实有些蹊跷。"张放说:"探子找到了当地的黄册,从户籍抄载来看,双双是浮浪户,原籍已不可考,但有人听出她来时带了闵州散花县口音,因此就记了一笔,说她是闵州人。"

　　既是闵州散花县人,那不得不让李培南警惕。

　　因为朱家寨就在散花县。

　　李培南留了个戒心,问:"朱沐嗣确是死了?"

　　张放点头道:"二公子亲自去查探过的,大理寺卿又亲自将尸身装进棺椁里。"

　　李培南坐下说道:"他死的时机不对,特地挑我不在府里就服了毒。"

　　张放道:"唉,还不是怕公子回来不放过他嘛!他这一死,倒是解脱,把背后的朱家寨名声保住了,用一条小命就能了结前面大大小小的案子,买卖很是划算!"

　　张放说的,无非是人之常情。

　　李培南挥手让张放退下,坐在安静的书房里想了想,突然觉察到,双双的出现才是最为及时的。双双劝母妃去劫生辰纲,引得父王去追,而他又必须跟去善后,刚好在这个空当,朱沐嗣被提出世子府,服毒自尽……

　　他连夜派人去搜查双双下落,火速回报。

　　第二天,李培南询问大理寺卿,递交到都察院里的朱沐嗣证词,可有下文。大理寺卿细细答道,依照惯例,在案犯自裁之后,司曹便会核定案卷,不再翻查。

　　李培南见王怀礼、毕斯、含笑等一众公案已经结案，指派嫡亲官吏再次提出申状，状告楚州余等贪赃枉法之人，这次少了朱家寨人从中作梗，楚州举贪审查得以顺利进行。

　　渐渐的，李培南在一月里逐步肃清了楚州上下官员的贪赃枉法之风，举荐多名清廉才子上任，替换了先前的贪官污吏。

　　楚州地界一旦呈现出一股清明风气，如同艳阳之光拨开乌云，必将逐渐地将波及其余州郡，吏治便有望一新了。

　　彭马党派极力弥补缺漏，趁着摄政王李景卓病倒休养之时，连连上书阻拦楚州置换官员之事。三省台将公文送至李景卓手上，需得听从他的决议，他在重重帷帘之后，依从李培南的示意，签发了多项有利于李培南的诏令。

　　除去安排亲信入楚州为官吏，李景卓自然没有忘记，拟一道诏令上去，任命李培南为西疆百部兵马总统领。这道诏令却迟迟得不到官里认可，首先遭到了祁连太后那一派的抵制。

　　反对理由便是世子私设军力已经超出了行制，若是再加上西疆的力量，势必会危及朝廷的统治。

　　李景卓不听三省台官员的附议，想要一意孤行。

　　李培南倒是料到了反对的声音，他亲自出面，劝父王缓图。

　　祁连太后眼见李氏父子两人联手，意欲倾覆朝野，情急之下派出太上皇在位时的老臣，请托老臣去了一趟海外，将华朝诸多事宜禀奏给了太上皇听。

　　太上皇回了四字手谕：不正则放。

　　意思是，若正统皇位无嫡亲子嗣继承，需由李景卓登位。

　　太后看了大惊失色，对外瞒住了太上皇的手谕，连夜召见温知返进宫商议。温知返劝慰太后道："太上皇远在海外，手无重兵，不见得能对宫里造成威胁。既然太上皇要正统子嗣，太后便寻一个来，过继到自己膝下，等到扶植新皇之后，太后既能应了太上皇的谕令，又能亲自理政，一举两得。"

　　太后想起自己惨死的孩儿，心酸不已，暗地里又将她所认为的罪魁祸首朱八咒骂一遍。骂了朱八不打紧，她又想起朱八是由彭因新举荐而来的，索性把心一横，委派省台的亲信提出申议，得到李景卓的首肯后，将彭因新罢免了官职。

　　彭马党失势，余下残部归顺到太后阵营中。

宫里暗暗酝酿着一股云谲波诡的浪潮。

楚南王府及世子府里却有些平静。李景卓痛心发妻弃世，放下李培南统兵的诏令后便一病不起，此后无论李培南怎么劝，他都不愿过问国事，大有耗尽病体追随发妻而去之意。

而太后一派隐隐在兴风作浪，形势发展就对李培南极不利。

李培南思前想后，对病榻上的李景卓说道："我怀疑母妃并未离世，父王无需如此痛心，待我找到双双之后，一切事情就能明了。"

李景卓惊愕不已，起身询问李培南说话的理由。

李培南说了他的怀疑，李景卓随即躺下，紧紧闭上眼睛，重重叹息一声。

他突然也想明白了许多事，比如双双为何不悲伤，比如那辆棺车始终不要他靠近。

当晚，李景卓凭借身法避开众多耳目，先行一步逃离了王府。他发誓走遍天涯海角也要找到萧冰。如不能生而见人，他就要死而同穴。

李培南听到父王离开的消息，没有多大惊异。他这边，也有焦头烂额之事。

世子府的人去了三拨，都不能从北理国接回闵安，先前倒是有非衣的阻拦，使得信使见不到闵安的面，等后面他私派禁军飞骑百卫长左轻权带兵闯出边关，向北理国呈上他手写的书信时，得到的答复却是闵安已落户北理，不愿回到华朝。

李培南坐在唯吾院想了一夜。

他想得很远，考虑得也足够细致，才在天明起身，拂落满衣的霜露，唤厉群调来清泉郊野军镇的两万骑兵。

郊野两万骑兵曾受过闵安的恩惠，知道此次出军并无朝廷诏命，只是世子的指派，为了迎接闵安回来，也意味着要背负"滥武犯关"的罪名。但三军并无犹豫，毅然向华朝边境进发。在深夜寅时，他们又遇上了世子府的骑兵营，共计三万人，合兵一处，一路向北而去。

元央三年冬，幼帝崩殂后三月，李培南在华朝举丧之际，悍然发动三万骑兵，直指边境，准备越过最后一道紫红石幕墙，叩关攻打北理边郡。

官中签发的罢战书追赶不及，又因李培南所调骑兵皆是精良，致使边关势态一度紧张。

来北理边郡迎战的是非衣从外公手中借调来的十万军力。

两军在漫天风沙中摆开了阵势。

非衣在马上向李培南行礼，再喝问："世子当真要弃太上皇诏令于不顾？早在六十年前，太上皇已签订两国停战文书，致力两国互通惠利，息兵共存。世子今天如果执意兴兵，违背旧约，必受两国子民唾骂！"

李培南未穿铠甲，挺身坐在马上，先安然不动受了非衣的礼，后听他叫喝，只淡淡问道："你哪边的？"

非衣一怔，答不上话。

李培南按下马缰道："代北理出战？"

非衣再抬手行了一礼，道："我受北理厚恩，难以置身事外。只求世子看在两国百姓的分上，退兵修好。"

"将闵安送出来，我便退兵。"

非衣回道："闵安心意已决，不愿再回伤心地。"

"兄长的妃子，你也敢霸占不放？"

非衣脸色稍变，好在头盔包得严整，未曾透出他的愠怒。"世子所赐的罪名，我不敢领受。既不退兵，那就在战场上分个高下吧。"

"慢着。"李培南的口气仍是那么冷淡，"你非我敌手，将谢照唤出来。"

谢照便是非衣的外公，北理赫赫有名的战将，三军统帅。听到李培南如此不恭，直唤外公名讳，非衣哪里还顾及什么，长枪一挺，搠马杀了过来。

李培南等的就是这一刻，他手持蚀阳迎了上去。

阵后厉群带兵扎住阵脚，未曾听到命令之前，他不敢贸然进军。

对手也是同样的心思。

北理边境风沙滚滚，几乎遮蔽了场上两人胶战的身影。两人出招激烈，剑气刺透风声，显得虎虎有力。厉群眯起眼极力去看，似乎瞧见了自家公子微动唇形，竟像是在低声说着什么。

他想，公子这一来，难道另有他意，不光是接回闵小姐那么简单？

可他又不是那样肯定，因为紧接着，他就看到公子一剑掠回，二公子身形一滞，，臂上已见了血。

非衣低头看了看伤处，冷脸问："世子来真的？"

李培南跃下马，似长虹贯日，一剑铿然袭去，冷冷道："分出个高下也好。"

不管真真假假，他确是想打一场。

非衣皱了眉，遇上兄长的乖张行事，让他想避也避不了。他自然明白李培南远道而来，另有深意，其中一部分计划还需借他手来施行，可是通常嘱托他人做事时，主人都是谦逊有礼的，哪像他这个兄长，一言不合就借机杀过来，将假戏做得实打实的真。

非衣心想，让外人看到兄弟反目的场景已经差不多到火候了，便无意再战，持枪跃出战局。李培南长剑赶到，又伤了非衣一记。北理部众唯恐非衣再有闪失，一众亲兵离队，朝着李培南冲杀过来。李培南以一敌百，并不胆怯，长剑纵横天地，直杀出在西疆征战时的剽厉风骨来。

非衣喝令其余部众不得再逼近李培南，留着场上百来人继续厮杀。李培南杀了一阵，抽身后退，示意厉群带兵撤退。

非衣等了片刻，才下令大军掩杀过去，又严令要活捉李培南，不可放冷箭。李培南断后，鲜血染红锦袍，一人独力支撑，厉群与他首尾失联，被北理十万大军分成两个战团围住，正待厉群号令骑兵整队再战时，远远的风沙之中传来李培南的喝声："全军下马，缴械罢战！"

不出半个时辰，边关战争结束，以世子三万兵力缴械投降而告终。

非衣收降三万骑兵，连带十万大军一起，缓缓驱马走向北理首府伊阙。两国虽有厮杀，伤亡人数却不多。李培南失了心腹厉群，只带着几匹马逃回华朝边关连城镇中，白绫中衣尽染血污，连眉眼、头发上都蒙上了一层黄沙。

驱马走进军衙时，他并未显露出一丝的落拓之态，神色也是从容，犹如外出游历了一番回来。

简直像是虽败犹荣的诸侯王。

手持官中加急文书的连城镇都尉见了暗暗称奇。

心中虽有疑惑，但都尉还是展开文书宣读，将祁连太后并三省高官炮制出的诏令传达下去。"王者毋膺顾托之重，趋进无容，动辄非礼，今有擅权干戈，置藩犯边之逆行，特夺爵为士伍，迁食邑万户，去逐楚州，有司择日备册传敕。"

太后攻讦理由极为充分，言称李培南私置军镇拥兵违制，又擅权行事挑起边境干戈，这些确系李培南做过的事。在她的授意下，诏令削夺李培南的爵位，将他贬斥为普通兵卒，收缴他的食邑，还将他逐出楚州服役，惩治手段可谓严厉。

李培南站着听完了诏令，手上动作并未停，仍是用湿手巾擦拭他的满身血污。

都尉在背后拱拱手，道："得罪公子了，还望公子体谅。"他招手唤来侍从捧上案盘，将里面置办好的路引、公信及一套短装衣物呈上，带人大步退出了军衙。

他留给李培南最后一份尊严，期待李培南回以宽宏之举。李培南确是没有为难他，当他再走进门时，案盘上的一众物什已被取走，取而代之的便是世子金牌、徽印配饰等物，喻示着主人已经受了削爵的诏令，还走得坦荡无比。

都尉再次生奇，过了一刻，他突又醒悟过来，察觉到李培南竟是带走了历代太子佩剑，急急唤人去取。可是李培南持剑走出连城镇时，无人敢拦。

众人在城头看着他的背影走进了残阳余晖里，嗟叹一两句，又各自散去。

李培南这一走，隐没了大半年的消息，往日追随的心腹、扈从都不知他的踪迹。

闵安自然也不例外。

伊阙外城长石街上，吴仁开馆授医，带着花翠、闵安糊口度日。老爹脾气一向硬朗，照例又拒绝了非衣的接济。他医治好祁连雪的头痛脑热病后，整日在家将闵安看得紧紧的，生怕她再有什么闪失。

连带着对待非衣的态度，吴仁也是如同以往一样，不冷不热的。非衣不以为意，依然礼待师父。

闵安既然出不了门，想通传消息的人只能主动登门。来找她的有世子府的侍从、华朝特使、北理通关使、左轻权，最后来的竟然是战俘厉群。

厉群带三万骑兵，遵循李培南的意思归降非衣，并未吃到什么苦头。他抱着李培南的血袍闯进门来，扑通一声跪在闵安跟前，哽咽道："闵小姐见见公子吧，我怕公子熬不过这一阵。"

闵安仍是一身华朝装扮，绾发为髻，穿着雪青色长裙。血袍滚落到她脚边时，衣摆上露出一截竹绣，丝线已染红，透出斑驳萧瑟之意。她看了很觉眼熟，突然记起，这是她第一次见到李培南时，他所穿的外袍。

"世子怎样？厉大哥请坐下说话。"闵安挽起厉群，急问道。

厉群诉说李培南在边境之战中的艰险，后不容于华朝之种种。花翠倚在门边嗑瓜子，突然插嘴了一句："要我说，这都是世子自找的。"

吴仁碾压草药，只听，不说话。

厉群回头看了花翠一眼，花翠把瓜子皮一叶，瞪眼说道："看什么看，难道我说错了吗？平常世子要是性子宽厚些，不做那些出格的事，哪个敢爬到他头上找他算账？"

闵安转身将花翠推出门，对厉群说道："我出去见见世子也行，只是起不了什么作用。"

"闵小姐有所不知，你的作用可大咧。"厉群一边说，一边从血袍内衬里摸出两封染血的书信，递给闵安，"公子贴身收藏的，你看看。"

闵安展信一阅，心受震动。她在白木郡给师父写过一封家信，又替岛久公主做了一封情书，言辞均是文绉绉的，让她记忆深厚。她没想到这两封信都被李培南当作宝物一般留着。

闵安收好信，回头望着师父。吴仁把碾子一放，冷哼道："不准去！"甩手走出了厢房。

闵安低声问："世子在哪里？可有疗伤处？"

厉群怅然想了一会儿，摇头长叹："我也不知。我这笨人，现在才想起来，公子竟然没交代我一句话就纵马跑了，我竟然也不知道去追一下。我还以为，小姐一定会知道公子在哪儿……"

闵安再听到李培南的消息是在一旬后，华朝那边传来风声，说李培南已被夺爵，贬为走卒，目前下落不明。

闵安的心顿时五味杂陈。怜悯、担忧、挂念、惊异连番走过一遍，最终只能让她重重一叹。

南方的华朝，她确是不想回去了，太多伤痛阻止了她思归的脚步。

离别华朝一年后，闵安居然收到了通关使的传诏。诏令有言，擢闵安为西疆左州按察司，兼任宣慰招讨处置使，即行上任。

对于远离华朝的文吏，能够凭空得到正三品官职之事，闵安不得不惊疑。她向使臣表明，早在离开华朝前，她已交还官照和保状，且未参加吏部的铨选，是无论如何也做不来这个官的。谁知使臣慢吞吞一笑，道："闵大人修来几世的福气，才能做女官，休要推辞，这是官里的旨意。"

闵安默然不应，使臣嗤道："大人或许不知，去年秋末铨选，世子已将大人的官照递了上去，给大人候了一个缺儿。后来大人走了，世子下放，这官缺还在，今头官里一检点，自然还是要翻出来落在大人身上。"

使臣要走，闵安急急拉住他衣袖问："到底是谁的主意？"

"温小侯爷。"

待使臣离开，吴仁凑过来说："只怕不是好差事。"

闵安点了点头。诏令上的按察司或许好当，招讨处置使一职可就不好做了。既然要"招讨"，那就是意味着西疆蛮夷之地多起叛乱，需由她出面替朝廷安抚。但是诏令已下，又牵扯到李培南与兄长的担责，她必须走马上任。

元央四年秋，闵安带着吴仁、花翠，走上了漫漫赴任之路。

西疆地形多变，丘陵、山林、原野一应俱全，潜藏着大小十余座军镇势力。军镇出面统领属地内一切军政，架空了朝廷委派来的官吏，名义上虽仍为朝廷所属，实际上各自为政。

左州处在西疆南部，地势较为平坦，汉人与苗蜡人混居，除去叛乱的匪军，所有人均受一名叫做格龙的总兵统治。

鱼龙混杂之处，往往多生变乱。来去西疆的行人商旅为避免被劫风险，组成几十人的团队上路。闵安一路走来，多少打听到了左州的情况，此时她特意隐瞒了自己的身份，与吴仁、花翠装扮成一家三口凑在旅团之中。

千里赴任，途中果然有风险。

旅团请来的保镖打退了数次小股山匪劫道，眼看着将整团人即将送进左州州府时，突然从道上山林中传来一阵铜锣响，一队千人数目的皮甲弩兵围住了他们。

闵安坐在车内，听见外面的兵卒呼喝："格龙总兵有谕，盘查道里行人！无关人马快滚！"

保镖一听格龙名号，根本不做半分抵抗，弃了车马纷纷逃散。旅团里的人抱在一起哆嗦，倒显得闵安三人越发镇定。闵安诧异地看着同行之人，既是本地的官兵来盘查，何必如此惊惶？

吴仁模糊听得"抢女人"的字眼，低声嘱咐闵安与花翠道："莫生事，只管把头低着，你们脸上有我贴的泥膏，保准他们看不上眼。"

吴仁是个老江湖，为了行走方便，早就在闵安姐妹的脸上做过手脚，粘了胎记黑痣等物，使她们看上去丑陋不堪。

只是可惜，吴仁这次的算盘落空了。格龙家仿似缺女人，只要是女子，无论年纪长幼，都被弩兵塞进一辆大车里，摇摇晃晃运进军堡。吴仁与其余男子捆绑在一起，像是一串蚱蜢似的，被弩兵单独驱赶进军堡下方的地牢里。闵安听见地牢那边的门口有人唱号，回头安慰花翠说："老爹没事，编了他的号，估计是要被送去服徭役，这种做法通常是营里的规矩。"

花翠放下心来，凑到闵安耳边说："这里邪门得很，你别显露了身份。"

闵安点头。她的确不用显露身份，一是因为她这个朝廷下派的女官无实权，二是因为她打听到了，前两任州衙官员都是被总兵的人杀掉的，理由便是官府征收的钱粮赋税没有上交给总兵府。若是她亮出了身份，只怕彻底断了后路也未可知。

她所揪心的是装在竹箱里的玉米也被抢走了，弩兵一见到它逢人作揖的乖巧样子，哈哈大笑，翻身上马提着箱子朝军堡后面的总兵府冲去。

"怎么连猴子也抢……"双臂被捆的闵安忍不住对花翠嘀咕。

有识内情的姑娘小声说道："拿去讨好总兵小姐的，总兵小姐喜欢稀奇玩意儿。"

闵安想着既然目前无性命之忧，不如来之安之。她乖乖听从总兵府的指派，与花翠一起充作了奴婢，负责洒扫厨房与后院的事宜。三天没过，她从后院聚集的婢女奴仆嘴里打听到了一些消息，均是与闻名未见面的格龙有关。

正如花翠说的那样，总兵府确是有些邪门，因为格龙年近四十，精力旺盛，府中除了一名小姐，竟然无一子嗣，他在二十年里前后娶了三任妻子，四处打听壮阳偏方，几乎夜夜留宿芙蓉帐中，无奈还是未诞下一子。

格龙心急，执意要生出一个儿子来，他听从了本地占卜师婆的建议，将主意打到了外来女子身上。在闵安之前，格龙已抢过一批女眷，闹出不小动静，苦主家属跑去州衙哭诉，知州传唤格龙到堂未果，只得带了一队衙役来找格龙评理，格龙说不赢人，索性一不做二不休，将知州一行人扣押进牢底，将他们活活饿死。

被抢的女眷们听说连官府老爷都被害死，吓得放声大哭，个个要寻短见。格龙觉得晦气，把她们统统关进后院里，再派人外出抢掠了一队人进来。

闵安自然就在第二批被劫的女子里面。她给后院被关押的第一批女眷们送过饭，回到矮房里就着铜镜粘黑痣，细细给花翠说了个中原委。花翠问："总兵的婆娘为何生不出男娃来？"

闵安答道："三个额吉就大的生了个小姐，其余的不是小产就是不孕，里面肯定有些古怪。""额吉"在左州话里是妻子的意思，与中原风俗不同，地位上无妻妾主次之分。

闵安外出送饭时,花翠曾从总兵府老婆子手上接过两张木牌,上面写着"叁""肆",她不懂其意,随手就将三号牌递给了闵安。

闵安想了一下,脸色都变了:"总兵今晚要过来找我们。"

"找我们做什么?"花翠觉得脸上的假胎记很痒,忍不住抓了抓。

闵安急道:"我们排行三和四,就是陪他睡觉的次序!"

花翠啧啧道:"生得这样丑,他也不嫌弃吗?"

闵安掐了花翠一把道:"这都什么时候了,你还在想着无关紧要的东西!"

花翠却兴致勃勃地凑过来,低声说:"看来这总兵是个猴急的东西,竟然不挑食,你说他见到我们面相时,会不会用枕头皮把我们一蒙,灯一吹,当成美人给办了?"

闵安急得在屋里打转,她的武功有所精进,或许能制服总兵,但外面镇守的几万弩兵,哪是那么好打发的?

屋头檐下传来玉米吱吱的叫声,它是趁总兵家的小姐不注意时,偷偷溜过来的。闵安一见它,大喜过望,取出零嘴儿投喂它,它吃得饱足,向闵安比画了一个消息。

闵安难以置信地问:"你说公子也在这里?"

花翠推了闵安一把,道:"赶紧想办法出去瞧瞧。"

闵安教唆玉米做戏,以送还小姐宠猴儿为借口,一步步摸到了总兵府中心地带,小姐所居住的琉璃楼外。

一进院门,她就瞧见那个熟悉的背影坐在荷塘旁的山石上,穿着短衣黑裤,普通长随打扮。一头墨发由彩锦丝绦系住,披在身后。他用小刀剖开竹条,正在用心做着竹蜻蜓。

"公子?"闵安未想其他,径直唤了一声。

玉米一溜烟跑到石边站住,嘬指仰头看着那人的动作。

那人不回头,也未听见似的。闵安心奇走近,拂去遮眼的枝叶,她看得越发清楚,石上人就是李培南。李培南似乎瘦了一些,浆洗得发硬的白色衣领抻在下颌处,脸庞清矍。

"来这里做什么?"等到闵安走近了,他才不紧不慢问了一句。

"我和老爹是被抢进来的⋯⋯"闵安料想玉米应该对李培南比画了一些事,

她还是拣着紧要处说了说。

李培南听后不语,将竹蜻蜓放在手上抻了抻,运力弹了出去。竹蜻蜓似一只翻跶的鸟,滑落秋草中。闵安纳闷着,一年未见,李培南怎会变得如此冷淡,她是沉浸在他乡遇故人的喜悦中,可是李培南未显露有多大的触动。

闵安暗想,他还在生自己的气吗?或是被贬谪后消沉了不少?

"我是问,你来左州做什么?"李培南终于分神瞥了闵安一眼,看见闵安脸上突生的点点黑痣,麻子似的,将嘴角轻轻一撩,又回复了平常的冷峻面目。

"哦,公子是问这个啊?"闵安答道:"官里补录我官职,将我丢到这兵荒马乱的地方来了。"

"既然知道荒乱,为何还要前来?"

闵安低了头,不说话。李培南起身要走,她不知不觉跟在后面,看着他挺拔而又清瘦了一圈的身影,轻轻说道:"我惦记着公子,心想公子长年在西疆练兵,对这块儿熟悉,来一趟说不定能遇见公子。"

"不为旁人寻死觅活了?"前面的李培南丢来一句。

闵安用了极久的时间来平复心伤,将朱沐嗣这个名字埋在记忆深处,轻易不敢去碰触。她为朱沐嗣死过一次,满心的情感随之倾尽,像是掏净了她的感触,只在她身上留下了一片麻木。吴仁救活她之后,狠狠骂了她一顿,逼她立誓从此要好好活着,她才逐渐活了过来。

李培南虽然没有明说,可她还是听懂了,感觉到了心底的一点点麻痛。李培南听她不答,猜她心底仍有旧情,头也不回说道:"来总兵府里多长些心眼,我已是平民身,担不得你叫一声公子了。"

闵安惆怅道:"那唤你什么?"

"叶循。"尽管西疆兵册上所记的名字仍是李培南,但他现在领了兵役,打算用太皇太后给他取的字名,从头开始。

叶循。闵安在心里默念一遍,一时却唤不出口。

她难以呼唤的名字,却有一道清脆的女声大方说出口。

"阿循,这个芝麻饼是什么人,你干吗要理会她?"

应声从琉璃楼里冲出一道矫捷的身影。来人不过十五六岁,穿着五彩锦缎褂,下身配了一副蜡染描花百褶裙,生得眼大嘴小,艳丽无比。她并未戴上苗蜡族常服中的珠玉毡帽,而是梳着两条长辫,在辫尾系上与李培南发饰一样的丝绦,显露出女儿家的娇俏来。

闵安怔怔看着她,觉得总兵家的小姐发式、服饰有些不搭配,细想一下,才明白小姐装扮是经受了一半汉化的结果,看上去非苗非汉,略显古怪。

"喂,芝麻饼,说你呢!"柔然小姐冲过来抓住了李培南的手臂,依在他身边,朝闵安跺了跺脚。

闵安抓抓头,莫名其妙。低头看见自身穿了一件白底黑花的婢女装,又被花翠梳了个顶发包髻,再想起此时脸上满是黑痣,活脱脱像是一张能动的芝麻饼,这才明白小姐说的人就是自己。

闵安连忙蹲了蹲身子,道:"见过小姐,奴婢是过来归还小猴的。"

柔然从鼻孔里哼了哼,道:"阿循是我找来的跟班,是我的人!你们这些丑女人,都走开些!"她扭头去看李培南时,语气温柔多了,简直要像蜂子酿出蜜来,"是吧,阿循?"

李培南没说什么,弯腰去捡落在草里的竹蜻蜓,柔然还挂在他臂弯里,他也一并带走。柔然接过他做好的竹蜻蜓,欢天喜地放飞了一次,过后像是想起了什么,又返身跑回来将李培南抓得紧紧的,拉着他一起走回了琉璃楼。

闵安大惑不解走回后院,向花翠转述一切。花翠冷笑道:"什么跟班,八成是小姐看中了他,招他做上门女婿的。"

闵安扁扁嘴道:"只要公子不消沉,活得自在,那也是好事。"

花翠又冷笑道:"你说堂堂世子大人会消沉?他心眼比谁都足,来这里肯定又有什么其他目的!你想想,他那武功比谁都高,不是他自己的意思,哪个又能勉强他来这儿服役?"

闵安深服其理。她回去后,向其他奴婢打听李培南为何来总兵府,知内情的奴婢说过,小姐那院新晋的座上客,是小姐亲自从兵营里挑出来的,小姐见他长得俊逸,又是旧楚州府世子出身,立刻收他做贴身侍从,喜欢得不得了,恨不得就此招他做夫婿。

闵安叹道:"父女二人都擅长抢人嫁娶。"

闵安所料不错,当晚就有一队人来抓闵安到楼舍里侍寝。花翠站在一旁啧啧称奇道:"他当真不计较这脸长得丑的。"她是个不怕事的主儿,遇上这种事又无法可想,抓起竹筒就是 阵乱打。

闵安起初也想抵抗,但是很快就放弃了,因为弩兵黑着脸,张弩欲射,无半点怜悯心。她招呼花翠放下竹篙，顺从地走向楼舍。花翠见状，又跟了过去，动静闹得极大，差不多惊动了整座总兵府。弩兵一时制不住她，干脆两个一起推走。

楼舍是临时开辟的温柔乡，各物齐全，身形粗犷的格龙甚至还摆上了一桌酒，自斟自饮了几大杯，他的脸上浮着两团酒红气，一见闵安走进，便大着舌头喝道："蒙住脸！"

闵安一进门，眼前的灯亮呼啦一下变暗了，原来是门后的亲兵用一个布袋套上了闵安的脸。

花翠在后苦于两手被制住，只能叫骂："臭不要脸的男人！竟敢摸黑办事！活该生不出儿子来，生出儿子也没屁眼！"

格龙摸摸小胡子，笑道："你这小娘子说得不对，当今世道最是看脸，我怎能不要脸，你仔细瞧瞧，我比那满脸麻子的娘子好看多了吧。"

花翠啐了一口。格龙笑道："娘子莫急，我等会儿再来睡你。"

被蒙住头扣住双手的闵安出声喝道："且慢，总兵大人可知我是谁吗？"

格龙喝了一大口酒，大笑道："你是芝麻饼小娘子。"

闵安奋力挣脱两边亲兵的扣押，朗声道："我是总兵请来的师婆先祖！法力高深，化为肉胎来点化总兵生儿子的！"她听说总兵深信师婆之流，加之知道他思子心切，急中生智，想从这上面找个脱身之计。

格龙愣了下，立刻又大笑道："小小娘子也敢糊弄我，是发昏急着想爬上我炕头吧？"

闵安回道："总兵是格盰部之后，龙族第三脉传人，本来甚有根基，只可惜对应错了香火传承，所以生不出儿子来！你让我做一场法事，我能担保额吉有喜，必定给总兵生下儿子！"

格龙名姓中带有龙字，就是源于远古时期的图腾崇拜，他未受汉儒教养，并不了解龙族传人的历史，甚至不知道那是不是真的。可他看见闵安说得有板有眼，心下大动起来。

格龙唤亲兵松开闵安、花翠两人，当下命她二人做法。闵安取下头套，从门外折来一段竹枝，装模作样在房里转了一圈，跳了大神舞，嘴里还念念有词。格龙看了半晌，正有些不耐烦时，闵安却把竹枝朝外一指，朗声道："仙童快来，速报喜讯！"

门外真的走进一个人，不是仙童，生得俊逸非凡，胜似仙人。

连格龙也起身相迎，道："公子怎么来了？"

李培南朝格龙拱拱手，道："这位道友是我亲眷，请总兵放了她吧。"

格龙眯着眼睛，抖着胡子道："就这芝麻饼小娘子吗？"

李培南点头，道："本已与她失去联络多时，恰巧就在总兵这里遇见了。"

"什么亲眷？"

"义妹。"

格龙想了想，盯着闵安苗条的身段半晌，脸上掠过一抹为难之色，终究说道："那就送还给公子。旁边的这位小娘子，总不是公子的义妹吧？"

闵安急着说："翠花不育！总兵要她何用，请一起放了吧！"花翠也眼巴巴地看着格龙，希望他信了闵安的话，就此放过自己。

李培南审时度势，目前寄寓他人势力之下，不便再得寸进尺，于是站着不说话。闵安走到李培南身边，将他扯到门角处低声说："我知公子必然会来救我，可是救人需救彻底，请你配合我的把戏，将总兵说动心。"

李培南抬眼问："要我做什么？"

"你去问三额吉，是否已有身孕。"

李培南冷了脸道："不可，我算是什么身份，怎能深夜去惊扰总兵女眷。"

闵安劝道："公子休要自谦。想公子无论走到哪里，都是大杀四方的人物，由你出面，必定能吓破三额吉的胆。你再问她怀上了吗，她一定会老老实实告诉你的。"

李培南伸指欲弹闵安的额头，看那上面也黏了几粒黑痣，于是改手弹向她的包包头。"你这像是求我办事吗？"

闵安笑了笑道："若不成事，公子可请柔然小姐帮忙，柔然小姐也必定听从公子的话，为公子所驱使。"

总兵家的小姐可是呼风唤雨的人，由她去探听三额吉，想来必有个结果。闵安打的就是这个主意，她既然敢做法糊弄总兵，就是料定了三额吉有孕。

她在后院清洗府里女眷衣服两天，听见三额吉的贴身小婢闲聊，三额吉近日不喜多动，嗜睡好酸，她心下一动，旁敲侧击打听到三额吉的月信规例，立刻留了意。

李培南不知闵安葫芦里装的什么药，但知道她一向机智，如此做必有道理。

李培南尚在犹豫时，闵安轻推他，道："快去快去，事成之后请公子吃芝麻饼。"

李培南想了想，向格龙请了个安，当真走出了门。闵安与花翠再三恳求，让总兵大人稍息，且等公子回来再说。

过得一刻再回来时，带来了三额吉已有身孕的消息。闵安向格龙道："适才做法已经奏效，三额吉已经怀上了总兵大人的龙种。"格龙听后两眼放光，将闵安尊为贵客礼待，即使不可避免要对上闵安一张光彩熠熠的麻子脸，他也觉得好看了不少，还把她夸上了一遍。

闵安的称呼此后由"芝麻饼"荣升为"满天星"，连李培南有时都这样叫她。闵安苦恼不已，每天出门之前，必定要对着铜镜检查黑痣是否移位。

闵安从格龙手上讨要回了老爹吴仁，与他一起着手进行总兵府的第二件大事：保胎。

按照以前的惯例，额吉们要么滑胎要么孕后死胎，总之没生下任何一个正常的孩子来。闵安请吴仁给额吉们把了脉，她们身体都很健朗，令闵安好生疑惑。

闵安成了格龙的道仙上人，可以在府里随处走动。她心下软，先用花言巧语蛊惑格龙一番，让格龙放了被关押的劳役及女眷们，这个顺手的善举，后来却给她带来丰厚的回报。

有一名女眷对闵安说，能时常听见后院地底传来的空空声，恐是闹鬼，劝闵安不要夜出。闵安听在心里，缠着花翠与她同行去查探一番，花翠却不敢去。

连老爹都拒绝了闵安，"常走夜路，总会遇鬼，我是道家人，不敢与神鬼犯冲，去不得。"

闵安心痒难耐，只能自己提了灯笼走向后院石塘。她四处敲击探寻，当真在一处听到了回声异样，似乎里面是中空的。费力搬开山石后，果然露出一个洞口，当下壮胆走了下去。

总兵府后院竟然有地道，土壁石栈搭建，地势非常浅显。闵安才走十丈远，就断了路，只得悻悻回转。走到地道口时，她伸手去推山石，突然发现出口被堵死，惊吓出一头冷汗。

石缝传来一丝灯笼光亮，闵安低声喊："谁在外面？"

巡夜的弩兵回："口令！"

闵安抓了抓头，不得要领。

"恐是贼人，不说口令便用火熏死。"

闵安试了试:"芝麻开门?"

山石竟然真的被挪开了。弩兵就亮打量了她一下,说道:"原来真是芝麻道仙,底下是府里存放干果酒粮的地方,不得随便进入,道仙以后要识得路,别再走错了。"

闵安诺诺点头,第二天起,她亲手做了一盘芝麻炊饼,摸到了柔然小姐的琉璃楼里。

第二十四章　黄沙不掩万里情

秋日清晨薄雾缥缈，阳光稀疏洒落，琉璃楼前的嬉戏已经持续了一段时候。李培南穿短衫长裤，身姿挺拔，在一众扶疏树木前极为显眼，闵安伸头瞧过去时，见他额上竟有一层薄汗，忍不住犯了嘀咕："公子性子当真改了啊，陪着小姐玩一早上，也不嫌累。"

柔然在总兵府宠爱优渥，李培南对她也迁就不少。柔然见状，变本加厉缠住李培南。早起，她就唤仆从搭建网绳秋千，要人在她身后拉住，然后像是弹子一样，弹射到李培南怀里去。

李培南站在秋千对面，但凡柔然挟着风声扑过来时，他就在手上注入柔力，轻轻一摆，卸了柔然扑来的力道，将她两腋稳稳架住。

她对他极信任，玩得不亦乐乎，他也接得不遗余力。

闵安捧着炊饼盘子，在门口等了许久，总觉得自己有点碍眼。她转身想走时，远处的李培南喊道："什么事？"

柔然回头去看，才发现多了个人，噘嘴道："芝麻饼真是讨人嫌，迟不来早不来……"她见李培南已经停了手上的动作，在擦汗，无奈跺跺脚："你过来吧，芝麻饼。"

闪安局促走近,渐热的太阳光将她也晒出了一头汗。不知为何,她不想纵着这小姐的脾气,忍不住回道:"我不是芝麻饼,我有名有姓,叫闪安。"

柔然哪听她的意见,就待扯过李培南再去一旁玩耍。闪安连忙说了为府里事务而来,想请李培南进一步说话。柔然自然不乐意,李培南推动她的肩,说道:"你先一边玩去。"

柔然极听李培南的话,当真不再为难闪安,只是离去时,冲着闪安嚷:"满脸星,满脸星,变个花样来看?"

闪安无奈,从袖中摸出老爹做的烟火,交给了李培南。李培南帮着点燃,躲在石后的柔然和闪安都捂住了耳朵。

一阵巨响,紧跟着是数以百计的绚丽弹子升空,仿似漫天垂落的星星,逗得柔然拍手欢笑,也让她心满意足地离开。

闪安总算松了口气,顺口说道:"公子不能这样惯着小姐。"

李培南淡然回答:"你管不着。"

闪安语塞,塞过炊饼,道:"承公子人情,请吃饼。"

李培南接过放置一边,道"什么事?直说来意。"

闪安说了探查后院地道之事,并问道:"公子来府里已有一月,比我待的时间久,可曾发现异常之事?"

"这里全是异常之事,你要听哪一件?"

"额吉不孕,背后真的有古怪?"

"可从下人查起。"

"公子既然知道内情,为何不向总兵点明?"

李培南冷笑道:"他人家事,何须我来插手。"

闪安暗道,既然你来总兵府不是为了"家事",可见真的是为了更大的利益,多少是与总兵势力有关。

闪安不再追问什么,只向李培南提议,晚上请他同行一趟,李培南也未推辞,转头走向柔然,继续陪侍一旁。

当晚,闪安穿了一套紧身衣,在外面罩上宽衫,收拾妥当后带着李培南来到后院,瞅瞅四下无人,带他弯腰走进地道里。走出十余丈,她指着断口处说:"只能到这里了。"

李培南晃开火折子，细细查看了各处，伸手在盛放干果的缸沿上反复搬弄了几下，眼前又出现一个暗道。闵安看得奇怪："公子怎么知道这底下还有路？"

李培南当先走了进去，低声道："左州总兵府在六十年前，是一处游牧兵集结地，他们怕太上皇发兵打过来，提前在地底挖了许多地道，能联通多个出口逃出去。"

闵安恍然道："公子来这里，难道是为了探寻地道？"

李培南带着闵安走向左侧，脚步未曾有过丝毫迟疑，闵安越发肯定了她的推论。

"不尽如此，我还需拉拢总兵府的军力。"李培南走出一段，才回答闵安的话。

"公子已被削爵，还需要军力做什么，难道是……"后面的想法她不敢说出口了，实在是太可怕。

李培南笑了笑，道："我怎会坐以待毙。"言下之意，即是没有否认有聚兵生乱，甚至会颠覆官廷势力的打算。在李培南眼里，朝政被太后一派把持，算不得是正统的皇权。

听到这种反逆的话，闵安适时不吭声了。李培南往前走了一阵，熟悉到不需辨认地形，直接对闵安说："上面就是三额吉的院子。"

闵安伸手要推出口山石，李培南拉住了她，叮嘱道："上去之后，多等一刻，如不出所料，今晚必定有人来作怪。"

"公子又怎么知道？"闵安越听越惊奇。

李培南从容答道："我在晚上多来地道查探，路过此处时，偶尔会听见一些消息。"但他是个冷淡性子，哪怕上面闹出了人命，他都径直走过去，从未外出看一眼。

"公子又如何料得是在今晚作怪？"

"你前两日才透露了消息，听到三额吉有孕，自然会有人来下暗手。"

三额吉的院落里有榆树，正对着垂幔竹楼。李培南唤闵安躲在树窝里，他则斜倚在树干上，借着枝叶隐蔽了身形。夜里起了薄雾，凉风习习，两人各自没有言语。闵安挨了一刻，觉得又冷又困，低声问："还没来吗？"

"再等等。"便没了下文。

闵安再等一刻，又问："还在吗？"

"嗯。"

"怎么不说话呢？"

"该说的早已说尽了。"

闵安默然，这才觉得自己想的没错，时隔一年，再见李培南，他变得疏冷了不少。她窝着身子一阵苦想，不知心里该喜该悲，总之有些酸涩堵住喉头间。她忍不住问了句："你喜欢小姐吗？"

李培南不答。她又问："会娶她为妻吗？"

李培南依然不答。闵安觉得自讨没趣，耸了耸鼻子，小声道："我看你待小姐是极好的。"没听到回答，她又忍不住在心里说着：是真的好，比久岛公主好，似乎……比待我还好。

想哪里去了？为什么要用自己来比？闵安心生惶然，掐了手臂一把，忍住了泪，不再说话了。

过了一会儿，李培南说道："叫我叶循。"

"哦。"

"难以担当公子之称。"

听见李培南第二遍这样说，闵安立刻从善如流："阿循喜欢小姐吗？"

李培南突然道："看脸。"

闵安愕然道："阿循也看脸吗？难道真像总兵说的，当今是个看脸的世道？"她的芝麻脸可不讨喜。

"看那人的脸。"

闵安愈加愕然，问："不是小姐的脸？"

李培南索性折了一段树枝，伸手一探，别住闵安的脸，用了两成力将她的脸扭到了另一边。闵安顺势看去，才发现竹楼外出现了一道黑影，似乎是穿着苗蜡族的服饰，那人脸色映着模糊的光亮，显得青惨惨的，像是从地底爬出的幽魂一般。

李培南提着闵安轻轻跃上高处树枝，用右手捏住了闵安的两颊，闵安受力说不出话，讷讷想到，原来他是嫌自己聒噪啊。她只能乖乖伏在他身旁，去看竹楼里发生了什么。

竹楼里三额吉低低惊呼了一声，过后燃起灯，她与进楼的人交谈了几句，一副受惊吓的样子。

两人静听了一会儿，渐渐听出了门道。进楼的男子自称是二十年前三额吉已经离世的父亲，诡异之处是，男子还保持着她父亲入殓时的衣装和容貌，眼角没生一点皱纹,连靴底的泥巴都是从她熟悉的坟地带出来的。男子似乎怕三额吉不信他是"来托梦的冤魂",还特意说了诸多以前的家事,对答之间,三额吉似乎已深信不疑,但语带颤声,显然被吓得不轻。

三额吉战战兢兢地问:"父亲又不愿女儿生下孩儿吗?"这句话问出,楼外的闵安心头一动,果然这并非第一次来访了。

男子口吐一股迷烟,阴恻恻道:"格龙与我有仇,你生下孩子,我便化作厉鬼附在他身上,夜夜扰得你不得安宁!"

三额吉颓然坐倒,说不出话来。每隔几年来惊吓她一次,已经让她吃不消,更不提夜夜来索命的事。

随后男子走出竹楼,径直走向院子里花泥软腻的地方,朝下一跳,顷刻隐没了身形。

闵安看得惊异。她从树上跃下来,伸手掏向男子消失的那块地,抓到了满手泥,并未发现下面是空的。她回头看着李培南,李培南施施然走过来说:"苗蜡族谙熟地穴留气法,传闻肉身能保持二十年不腐,钻进泥地不足为奇。"

闵安纳闷:"可他也没法钻进去不见了啊。"

"再朝里面探一些,必能摸到地道。"

她倒是信了李培南的说法,只是手没那么长了。她蹲着想了一会儿,有了抓住地底钻泥者的办法。

李培南带着闵安走回来时的地道时,与她的泥手隔了一段距离。闵安讪讪地跟在后,趁机将脏手擦干净了。推开后院的出口,两人徐步走出,却发现柔然裹着厚厚的衾衣朝这边走来。闵安急忙缩身在一株树后,小姐看到她和世子在一起,说不定会大嚷起来。

柔然噘嘴说:"阿循又去夜游了,丢下我不管。"

李培南确实没有瞒过柔然,他晚上时常走地道查探地势之事。他只需稍稍叮嘱一声,柔然就对外瞒住了消息,连总兵父亲都不提一个字。

李培南走过去说:"回去歇着。"

柔然拉住他手臂,顺着他的步势,摸黑磕磕绊绊地走了。

闵安怔怔在后看他们远去,忽然省过神来,却不明白,自己为何要站那么久,喉头里又为何要堵上这股酸涩。

闵安怅然许久，一宿翻来覆去，睡得不安稳。天亮后，她简单梳洗一下，打算出门找点线索。可是转悠了片刻，她还是鬼使神差地朝琉璃楼走去。柔然早起之后，照例在缠着李培南游玩，笑声传遍了整座院子。闵安伸头观望一会儿里面的光景，有些踌躇不敢进。

李培南别出心裁，叫匠工赶制出了一批人形陶俑，在底部灌铅，做成不倒翁放在院子里，柔然一见这些大玩意儿就高兴，在陶俑后穿来穿去，唤婢女来抓她。

无人招呼闵安，闵安只好小步挨进门。

李培南留在场外，查看着柔然的玩闹，只要她跑得急了，他便扇出一道袖风，将她托稳身子，再唤道："跑慢些。"

闵安安静候在一旁，李培南早看到她，分神问了句："有什么事？"

"向小姐打听点消息。"

"她玩得正高兴，现在叫她停下，估计你什么都打听不到。"

"阿循帮我唤一声吧。"闵安点点头，算是行礼。

柔然的兴致被打断，走回李培南身边时，脸色果然不悦。闵安向她说明来意，她摆手说："走远些，走远些，讨人嫌的芝麻饼。"便再也不理会闵安，拉住李培南手臂，抬脸与他说话。

闵安想了想，道："小姐怎样才肯应我？"

柔然噘嘴想了想："要我高兴了才成。"

闵安邀柔然玩一个游戏，内容颇简单：一人下令，一人施行，如果做错便要受罚。柔然说"蘑菇"，闵安需得团起身子，头顶斗笠坐下，在石上做出蘑菇状来。柔然说"桂花树"，闵安就盘膝坐好，在怀里、衣服上插满白色霞草。当她听见柔然嚷着"你这桂花不香"时，又取出李培南以前赠予的香囊球点燃，在周身熏上一股香气……最后，闵安表演了一个"一眨眼变布袋"的把戏，将紧身衣外的罩衫撑起来，遮住头脸周身，才将柔然逗笑。

闵安擦擦汗，嘀咕道："我的小姑奶奶，可算高兴了。"

柔然见到闵安丰上的绞金香囊球，造型古朴而华丽，向她讨要，闵安哪敢不给，忙不迭地递过去了。柔然唧唧咕咕笑道："又得了一个宝贝。"她伸手从脖领里掏出一个光泽鲜润的玉佩，将香囊球比在一起，说道："瞧，刚好一对儿。"

闵安看得真切，柔然佩戴的玉佩，正是李培南曾赠予她的那块，那时她急着要摆脱世子府，摆脱李培南，就将玉佩塞回他手里，如今却被他转手送了别人。

玉佩虽小，含意却深。

由此看来，李培南的确很看重柔然。想到这，闵安不由得一扁嘴，道："的确很般配。"并朝场中修缮陶俑的李培南瞥了一眼。

柔然更高兴了，对闵安也不似先前抵触，竟然有问必答，向闵安和盘倒出她所知道的消息。

柔然说她的母亲，也就是大额吉，并不很受父亲的宠爱。父亲当初再娶两任妻子，她母亲暗地骂了整整一个月，过后才摆出和善的样子接纳了两位额吉。尽管她母亲给父亲留够了体面，可是父亲仍然极少来留宿。柔然天性真纯，口没遮拦，说正是因此，她没有任何手足可以嬉戏。

柔然的母亲显然是个聪明人。她主动结交二额吉，诋辱三额吉，用的是各个击破的法子。她时常唤柔然送些瓜果膳食给二额吉，以示恩典，二额吉不敢与大额吉交恶，又以为她一番好意，全数接下谢恩，并回礼往来。

二额吉曾有过身孕，吃了大额吉送来的汤食后，不小心滑胎。医生诊脉后道：额吉气血亏损，元气大伤，此后再难有身孕了。格龙听完二额吉的哭诉后，大为光火，本要惩治大额吉，幸得柔然跑去乱闹，自承了许多不是，格龙的怒火才降了些，最后只能罚了大额吉一顿了事。二额吉也只能含恨咽下这口怨气，从此后完全受大额吉的摆布。

闵安听到这里心奇，插嘴问柔然道："大额吉的出身应是富贵之家吧？"竟然连总兵都奈她若何。

柔然的话语被打断，小姐脾气发作，噘嘴不肯再说了。闵安在袖兜里掏了一阵，没找到新奇玩意儿，手指摸到朱沐嗣送给她的白绢扇，犹豫了一下，最终还是将它取出递了过去，哄道："喏，好东西，在月光下看，能见识到不一样的扇画儿。"

这把扇子被闵安翻来覆去看了多遍，难免睹物思人。她的心痛渐渐地淡了，送走扇子，也当是与过去做了断。来总兵府后，她很高兴能遇见李培南，她不知自己这是怎么了，见他就会不知不觉的高兴。她也就此在心里问过自己，真的是忘了玄序吗？还是随时日子迁延，每个人都会这样，死的人已经死了，活的人还要过下去……

她琢磨着，自己怕是"见异思迁"了，虽说有些难为情，可她倒是能从容面对他所喜欢的人。她在心里安慰自己说：他乡遇故交，这也是人之常情吧，说明不了什么的。

她一掏出扇子，柔然就接了过去。

柔然展开扇面，扇风，扇影子，玩了一会儿，接着说完了所有事。

"我外公是苗蜡族长，父亲当然要吃娘亲的火气。"柔然不以为然说完，扑扇子追秋虫，引得闵安也只能追过去，"三额吉也知这个事，就很怕娘亲。娘亲从来不找她，她的娃总是莫名其妙滑掉了，估计是她自己身子有问题。"

那是吓掉的。闵安暗自念叨，没有声张。她向三额吉的仆从打听过，三额吉甚至还偷吃过易掉胎的东西，铁了心打掉自己的孩子。仆从们受三额吉胁迫，不敢说出真相，更是不知竹楼里曾经被"冤魂"拜访过几次。

闵安在昨晚见识过苗蜡族做的把戏，自然不像三额吉那样，去听信一个"冤魂"的话。三额吉之所以深信，是因为苗蜡族做得真切。传闻苗蜡族下葬时，均要裹泥蜡，将人身做成蜡尸，多年后剥开外壳，内中人面目并未腐烂。若他们想惩治一个人，将那人也裹进泥蜡中，只要在气孔滴入淡盐蜂蜜水，至少能让那人多活五日，也多受五日的折磨。

清泉县发生过一则案例，正好是苗蜡族施用此法在含笑身上，闵安刚好经历过。她多往下面想一步，推断三额吉甘受"冤魂"指使堕胎，缘由应该是这样的——苗蜡族必定是挖出了三额吉父亲的尸身，验出他死时情状，又特地在同宗中找个面相相近的亲属，将那亲属装扮一番，穿上三额吉父亲的衣帽鞋袜去惊吓三额吉。

苗蜡族敢如此糊弄三额吉，又是受了谁人的指使？

答案不言而喻。

闵安走回李培南身旁，突然恍然大悟，难怪李培南不插手总兵家的私事，想必一旦牵连到大额吉，就会牵连到柔然。

"阿循既然知道是大额吉在背后作怪，那打算怎样做？"闵安开门见山向李培南说："还是要瞒住小姐吗？"

李培南安静看着远处嬉闹的柔然半响，突然问："你为何待她那样好？"

闵安撇撇嘴道："她不是你喜欢的人吗，我待她好，你自然也高兴。"

"既是待她好，那就万事不要扰她，将她护住。"

"恐怕不行，大额吉那边，只听得进小姐的话。"

李培南回道:"不准惊动柔然,出事我拿你是问。"

闵安听后低头不语,只觉胸闷。她闷头闷脑地站了一会儿,说不出一句话,抬脚就想走。李培南静静地看她,问:"不高兴了?"

闵安咬住嘴,半晌低声道:"小姐不就跟宝儿一个德行吗?我喜欢宝儿,自然也会喜欢上小姐。这样少心机的人,我自然会为她考虑周全,你实在没必要放狠话来威胁我。"

李培南淡淡道:"不是威胁——看来以前把你惯狠了,让你听不清我话里的意思。"

"那,你能不能告诉我,不惊动小姐的理由是什么?"

李培南负手不语。闵安揪着眉毛凑到他跟前说:"想做上门女婿?"

李培南看都不看她。她又踮起脚说:"那就是想娶她为妻。"

李培南伸指点上闵安额头,将她凑到眼前的芝麻饼脸推开,转身从容离去。闵安扁扁嘴,跑出了院子,此后再也没来打扰李培南和柔然。

午膳时,闵安放出风声说,三额吉已经问卜于师婆,师婆可为三额吉稳住吉胎。

随后,闵安找机会摸进地道,在苗蜡族逃遁的泥地里布置了一块铁板,连接了机关,静候那个"冤魂"。当晚,装作冤魂的苗蜡人又来造访三额吉的竹楼,待他从原路返回时,闵安扳动机关,铁板扑哧一声发动,将他活活困住。

闵安将人绑到格龙面前,说清事情原委,却不点明大额吉才是幕后指使,将所有过错推到那个人身上。她并不关心格龙是怎样想的,只当已经解决完总兵府里棘手的问题,急着要走。

格龙摸着胡子说:"你帮了我,我不会忘记,来去由你自便。翠花小娘子需得留下,我喜欢她身上的辣味儿。"

花翠哐哐走出来,拍着胸口说:"老爹在我身上下了降头,谁胆子大,尽管来吧!"她豪气地说完,自己却先走了,经过门口时,一股浓重的花粉香随风飘回,满屋子的人经受不住,一个接一个打喷嚏。格龙也不能幸免,跟着众人一起打喷嚏。

花翠身上有吴仁配制的药粉,一路走出总兵府,所向披靡。她洋洋得意地远去,吴仁朝格龙拱拱手,拉着闵安紧跟着离去。

格龙终归念着李培南的面子,又忌惮"吴道仙"的法力,果真不加阻拦。他转头去审那名装鬼的苗蜡族,那人却忠心耿耿,先一步服毒自尽了。

格龙外表粗豪,却并不是草包。见事情由苗蜡族做出,他就知道内中与自己的大额吉有牵连。但证人既死,他也乐意顺水推舟,胡乱了结了此事,此后暗地里疏远大额吉,对外也保全了堂堂总兵府的颜面。

闵安离去前,向格龙反复讲明,破除针对总兵府的一系列阴谋,都是李培南的功劳,自己只是从旁协助一二,绝不敢居功讨赏。格龙记下这个大人情,对待李培南更加亲信了。

吴仁留下的保胎偏方也有奇效,三额吉怀胎十月,安如泰山,足月生下一个儿子,喜得格龙合不拢嘴。那时李培南已离开总兵府,格龙依然将人情算在李培南头上,修书给李培南,应了李培南出兵的要求。

左州按察使司官衙秋草萋萋,清炉冷灶,前后漏风。十五座院落虽无倒塌之虞,却毫无体面可言。

闵安领按察使一职上任已有月余,司衙内公职人员本少,见新任官居然是个女人,纷纷投递名帖攀附其他地界的官衙去了,所留下来的只有一些上了年纪的老差役,他们睁只眼闭只眼,与闵安半死不活地周旋。

左州官员连连殒命于格龙之手,州衙政务几近荒废。赋税、徭役、养老、祀神、刑律等一切事务皆转入司衙中,还有几名小吏也顺势归依到闵安帐下混口饭吃。

闵安日夜审查左州刑名卷宗,将民生百事交付给吴仁打理。吴仁出面与官吏们打交道,有意无意提及楚南王二公子非衣是他的弟子,也是新任臬司大人的师弟,那些老滑头们顿时肃然起敬。吴仁再放风声,说臬司大人与原世子李培南颇有交情,还曾是格龙总兵府上的座上宾。这话一传出去,效用如神,整座司衙的公务事宜进行得极为利索,原先倚老卖老的官吏们,统统改了性子,在闵安面前踏实干起公务来。

闵安埋头在案卷中,吴仁夜里秉烛陪在她身旁,淡淡地说:"我一连说了几个来头响亮的名字,还抵不上李培南的一句话。"

头昏脑胀的闵安抬头,不解地望着吴仁。

吴仁释疑道:"我本以为整个左州都怕格龙,哪晓得连格龙都要卖李培南几分面子。"

"为什么?"闵安想着,李培南明明已被削了爵,手上也无兵权,他本人不过是一勇之夫，还有何可借重之处呢？

吴仁叹口气道："我从老吏官嘴里才套出实情，原来除了左州、白木州，其余地界都是李培南的地盘，他放在西疆的兵无人能收，实际上背地里还是受他的掌控。"

闵安猛然记起，朝廷曾调派新官来西疆接管李培南的兵力，过了不久，西疆就传出了各部不服统领，皆欲造反的消息。

那时李培南杳无音讯，远在北理的她自然不会将叛乱与他联系起。

可是今晚老爹提起这个话头，又有什么言下之意呢？

闵安不作声，抓着案卷纸的手心渗出了汗。吴仁拍拍她的头，再一声低叹，"李培南来左州，八成又是兴乱的，你要防着点。"

闵安团了团手心，也叹气道："我防不住，他本事比我大，连我这个官缺儿，也是他给举荐的。"

吴仁低眼瞧着闵安的表情，冷不防地说："你是喜欢上他了吧？"

闵安抿了抿唇，并未答言，又埋首案卷中。吴仁心里有底了，说道："他身上变故多，我本来就不中意他，可你……那不如这样，我去帮你把他请来。"

闵安赶紧制止道："他在总兵府有要事，老爹千万别去惊扰。"

吴仁冷哼："什么要事，总不过是陪着总兵小姐玩闹，一来二去的，外头人都把他当准姑爷了。可他莫忘了，他当初白纸黑字写了求婚书，要我将你许配给他，我也是堂堂正正应了他的，准你们成婚。他现在倒好，把你丢在脑后头，想撇个一干二净，门儿都没有！那书信还被我留着，看他敢不敢赖？"

闵安捂住头道："老爹当初不打招呼就把我拖到了北理国，伤了他的颜面，他现还在气头上，管你说什么，保准他听不进。"

吴仁把眼一瞪："哎呀你这个死丫头，还有脸怪我做错？这翅膀还没硬就敢顶嘴，再往后还了得？"

不多久，闵安就被打出门来，好在私宅在后面院落，前面歇息的官吏们都听不见动静。

第二天天刚亮，花翠就风风火火冲进房里，朝榻上睡得不动的闵安喊："快起来！公鸡都叫好几遍了！"

闵安翻了个身，含糊道："公鸡叫与我有何关系？我又不是母鸡。"

花翠拎起闵安，正与她纠缠，窗外吴仁在喊："世子来了，安子出来见客。"

许久不闻"世子"名的闵安纳闷道:"果农上缴秋果去库架房就行了,为何要我出去接见?"

两刻过后,闵安被花翠整饬一新,推出门来。在穿衣洗漱时,吴仁讲给她李培南来司衙的缘由。

原来是吴仁先斩后奏。

吴仁嘴里商量着去请,实际书信早就发出去了。他不怕觍着脸说好话引得李培南前来,就怕他家的傻丫头朝后落了空,被总兵家小姐捷足先登,抢走了李培南。李培南不知在总兵府忙什么,迟迟不见过来。最后吴仁放了狠话过去,说是"若非因婚约之配,老夫不必请动公子。公子不来,闺女择日许配他家"等等。

吴仁站在司衙外,远远看见李培南担着一肩露水走过来,丰神俊朗的样子,脸色也如往常一样冷清,可他这个老江湖,还是瞧出了不一样的东西。

不管李培南做不做得成世子,背后整治什么事情,他对安子,势必还是上心的。书信一发过去,他就连夜赶来,这里面的急切,明眼人一想就明白。

吴仁好好将李培南请进了司衙,又去叫了闵安出来。

闵安见过李培南,头一句就问:"阿循怎会放任小姐不管?"她绾发为辫,穿着水红夹袄与撒花裙,被花翠推到李培南跟前时,一阵薰衣的清香也随之而来。

今天的闵安装扮得极为漂亮,李培南忍不住多瞧了两眼。

没听到回答,闵安又狐疑问道:"阿循来这里小住还是入幕?"她在乡野闾巷早已发放公文,为司衙招募各类人手。若是入幕,李培南就需得听从她指派。

花翠在后咳嗽了声:"木头脑子,就不兴人家来看看你吗?"

闵安不悦答道:"他早说了,万事以小姐为重,我又怎能耽搁他的工夫。"

李培南拂去袖上清露,从容说道:"不耽搁,我顺路。"

花翠走出带上门,想了想,还将门上加锁。

司衙今天休沐,不闻鼓梆声响,阳光从窗纸渗入,屋里极静。

李培南走了半夜,却面无倦色。他一直安宁坐着,拾起木几上闵安随手放置的卷宗抄纸查看,并不说话。闵安时不时瞄过去,觉得他仍是那样冷淡,几次想开口,又不知该说什么好。

李培南穿着石青色长袍,领子里露出一段细白中衣,着装上已与往日不同。闵安想了想,拖着一张小马扎凑到他跟前说:"阿循看着穿得不多,不冷么。"

"不冷。"

"那饿吗？"

"早膳常吃玉米汤馎饦。"

闵安回头瞧瞧桌上花翠留置的小米粥与炊饼，有些犯难。她本是随口问问，倒没想李培南回得很直接，告诉他的喜好，似乎还有要她亲自置办之意。

李培南看见她的神色，将抄本隔开她凑得极近的脸，淡淡道："办不成的事，不必殷勤来问。"

闵安于是隔窗喊："翠花开开门，我要下厨。"

花翠大声道："不开，你们把话说透了再出来。"

说透是个什么意思？闵安纳闷。李培南却是听得懂。他懂，却吝于去说。

闵安取来案盘，放在李培南跟前："粥还是热的，你先吃吧，晚上我再下馎饦给你。"

李培南依言喝完一碗粥，闵安则在一旁乐呵呵地瞧着。她不知为何会那样高兴，还忍不住说："阿循留下来才能吃到馎饦。"

李培南回道："歇息片刻，我就上路。"

闵安诧异道："怎会这样忙！你刚才说顺路，难道是真的路过我这儿？"

"我需去一趟白木州总兵府。"

听到名号，闵安稍稍紧张，问道："岛久公主家又出了什么事吗？"白木州总兵即是衣久岛的父亲哲使大人，自从李培南送回了他那中毒昏迷的女儿，他便与李培南断了来往。

李培南事后是否与哲使修缮关系，闵安并不知，她只听到衣久岛苏醒过来的消息后，就连着烧了几夜的高香，感谢老天爷开了恩。随后她问过李培南，衣久岛会否再来楚州游玩，他却不应。

不过这次，李培南倒是答得利索："无事，公主唤我过府一叙。"

闵安不悦，心想：无事的地方你会去吗，不是闯祸，就是惹得人家姑娘挂念……她低下眼睫，小心藏住脸色，低声说："你就不能写封信与她叙叙旧吗，我这地儿也少不得你。"

"为何少不得我？"

闵安声音更低，"兵匪乱，关口松，司衙也没个能帮衬的人。"

李培南抬眼看她道："你还真当我过来，入幕做你属从的？"

闵安声如蚊蚋,"你不是曾说过……么,又不见你践诺。"她低着头,白皙脸上带着一抹红晕,与夹袄衣色相辉映,像是一株雪空下的霞草。不等李培南回答,她已羞得无地自容,一点点朝前蹭,鼻尖撞到了他的手臂。

隔着这么近,李培南都未听清她在说什么,只得抻着性子不回答。

闵安有点急了,推他道:"你还说过很多小话,不单是这一句,难道都想反悔不认吗?"

李培南冷淡道:"我说的话很多,你又何时听得进去?"

闵安心里沉了一下,暗想着他果然生气了。回想以前发生的诸多繁杂之事,确是很少替他考虑过,一次次罔顾了他的心意,甚至最后被老爹带走,再也不能去见他。

那么他现在不理她,待她冷淡,也是应该的吧?

闵安给自己鼓足了气,大声道:"阿循许诺的那句我确是听进去了,现在不准反悔!"

"哪句?"

"自愿做我的随侍,被我玩弄在股掌之中!"

李培南静静地看了闵安半晌,说道:"一年不见,你的脸皮倒是厚实了些。"

闵安红脸朝前蹭了蹭,道:"阿循答应我可好?"

"理由。"

"现在我是官,你是民,你需听从我的指派。"

李培南微哂道:"你那三品提刑有名无实,论号令,还比不上我这白衣身份。"

闵安勾着头,脸颊红如霞染,道:"所以我才要留你在身边,让你去号令他人嘛。"

"你想得倒美。"李培南淡淡道,"用无本生意赚得便利,我又没任何好处。"

"那你想要什么好处……"

"若我娶柔然那日,你需穿官服在前替我压轿。"

闵安像是被雷劈了似的,满脸死灰色。半晌抬起头去看李培南,道:"你当真要娶柔然?"

李培南敛容答道:"谁说我不能娶?"

闵安心乱如麻,听见他如此认真的口气,突然一阵气苦,几乎不能呼吸。一月来想不通、说不清的感觉,一下子明朗起来了。原来她就是怕他心有所属,不再理会她，才一次次急匆匆地逃开了。

她蓦地记起许久以前，她在海棠山捕猞猁时，曾问他一席话，他就答过："我想要的东西必定会亲手去取，无人能阻挡我，军权、王权、妻子、富贵都是如此。你现在怕我，躲得紧，日后我调头喜欢上了别人，你不后悔吗？"

他那话的意思，她现在才算全明白了。

他留在西疆，辗转奔波几座总兵府中，就是为了亲手夺回属于他的王权富贵；她现在不怕他了，想亲近他，他却忙于周旋公务和私事，难得看上她一次；最可怕的是，他似乎真的喜欢上了柔然，还想娶她为妻……

于公于私，柔然陪在他身边，都要强过她。

若说她不悔，那绝对是笑谈。她悔得肠子都青了，脸色怎么也控制不住，一下子变得苍白。

看到闵安低头不语，李培南发狠说道："我歇息一下就动身，你去忙吧。"

闵安悲愤地想，他连逐客令都下了，我还有留下来的余地吗？她木然朝外走去，拉了拉门栓，才想起房门被花翠锁上了。额头撞上门框，她突然一阵无力，头抵在门上，无声地哭泣起来。

李培南闭目养神，没有去理会。静候了许久，见她没有忍泣的样子，出声唤道："你过来。"

闵安哭得两眼通红，涕泪长流，哪有颜面走回李培南跟前。李培南起身走到闵安身后，将两手撑在门上，用胸怀虚拥住她，低头在她耳边说："你现在试到了心痛，以后就不准再错一步。"

闵安紧紧抵住头，泪水长流。她也不知她是否做错了什么，但心痛的滋味可真不好受。

李培南亲了亲她的头发，道："痛过了，才能长个记性，我也是这样熬过来的。"他不屑于说，闵安离开楚州后，他夜夜难以安寝，只想着把她找回来。他调兵攻打北理，打算孤注一掷，她却狠得下心来，依然对他不闻不问，那时的他已完全冷透了心。

闵安哑声道："我应是伤了你很多次，所以才落得这般境地，总之我知道错了，以后会好好待你。"

李培南从怀里掏出一方雪帕，抹去了闵安的眼泪，道："走出去，你就是堂堂桌司大人，不能示弱于民。"

闵安擦干了泪，低声说："你就不要走了，成吗？晚上我下馎饦……"

"嗯。"

李培南应后，再无接近闵安的举止，退到椅中坐下，继续查看抄本。

门外左侧小厨房里，花翠从窗边探个头瞄着屋里，吴仁也忍不住探头探脑，几乎撞到花翠。花翠不解地问道："老爹，他们青天白日就趴在门上那个……会不会太孟浪了些……"

吴仁啐了口道："我家安子竟没落到这地步，要生米煮成熟饭便宜那贼小子。"他回头又问："饭熟了吗？"

花翠看门上两人姿势未分开，啧啧嘴道："影子都糊成那样了，还能不熟吗？"

直到午膳时，花翠才打开房门，放两人出来。李培南稍作休整，闵安小睡了片刻，精神气头恢复了不少。可是吴仁看见他们时，脸色有些不悦，把一碗鸡拉到自己怀里，啃光了两只鸡腿，也不说话。

闵安不知原因，只当老爹的怪脾气又犯了。

李培南从花翠古怪神色上瞧出了端倪，凝声道："吴先生想错了。"

吴仁把眼一翻，将骨头塞进鸡屁股里，随手丢进汤盘中。

"公子那意思，是说我家安子皮相不入眼，还配不上你？"

李培南诚恳答道："晚辈下回一定尽心。"

吴仁看见闵安还一脸安静地喝鸡汤，估计她这傻丫头没听懂意思，一掌拍了过去，恨恨地说道："长个猪脑子。"

闵安捧着汤碗委屈地叫："又关我什么事——老爹真是的，平时舍不得吃鸡，这会儿漏掉了一只好腿，我给你留起来。"她要夹起吴仁汤盘中的"鸡腿"，李培南眼疾手快夹住了她的筷子，将那只塞了骨头的鸡屁股转嫁到花翠碗里，温声说："你义姐辛苦下厨，该是犒赏她。"

盛饭出来的花翠笑纳，乐得合不拢嘴。

晚上，闵安下厨做了一罐玉米汤馎饦，李培南像是久饿，吃得风卷残云。她趁他面色宽和了，凑到他跟前说："我做的饭食好吃吧？你就别走了。"

李培南道："无需每日这样下厨，只要不犯错即可。"

闵安讪然想到，那就是以后小心行事，取得良好表现，不惹得他嫌弃，不惹得他生气咯？后面想勉强他留下来的话，应该不能说出口吧？

李培南猜透了她的心思："我可以留在司簿一月，帮你处置事务。"

闵安高兴地跳了起来，欢呼道："做我随从？"

"是的。"

"不用回去照顾小姐？"

"嗯。"

"那也不用娶小姐了？"

李培南答："我身边来一个，你排挤一个，我又如何娶得妻子？"

闵安听后皱眉道："那也不兴整天跑来跑去，刚辞了小姐就去见公主啊……"

"我总得娶妻成家。"

闵安把心一横，豪迈道："留下来，你的婚事就由我包办了。"

李培南瞥她一眼，淡然道："你包不了，一月后我就要离去。"那时火候差不多到了，他可出面统领西疆军力。

闵安怏怏坐进椅里，看李培南低头看书，没有理会她的意思，踌躇许久，才小声说道："我喜欢阿循，自然就想留在你身边。"

"两个月。"李培南答得头也未抬。

闵安绞着衣带想半天，还是说不出更直白的话来，红着脸跑出门去。李培南遽然明白，迫得她如此表露心迹，已是她所能做到的最大限度。

州县衙门审查百案，监判死犯，民间一向传闻是个冤魂充斥的地方，按察使司衙也不例外。

历任署官沿袭官场规矩，逢初一、十五就去各神座仙台处烧香。司衙三堂院顶悬挂着一个红色的棺材，外表斑驳，衙门里人却虔诚顶着三根香，毕恭毕敬对它行礼。

李培南早起之后随闵安巡查各处，看到衙门里拜神敬鬼，忍不住多待了片刻。闵安站在穿堂里遥遥对棺木拱拱手，回头说道："里面据说放着万人敌张飞将军的骸骨，众人唯恐大将军降祸于自己，争着礼拜祭祀。"

李培南回道："你们的圣贤应是说过'不语乱力怪神'，如此参拜，不怕有违遗训？"

闵安答："百姓若是未受教化，自然就迷信荒诞之说，这种情况在左州尤为突出。也好在子民畏神，性格淳朴，蓄意生事的人就少了。"

离司衙一里外有处集市，顶头边修了一座城隍庙。这日，有人来上报说，城隍庙里供奉的神主，突然被人调换，香火却比前更旺。闵安听后惊奇，带着李培南便服查巡了一番。

她随着参拜的女眷徐徐朝前走，进入大殿，就看到石座上供奉着一尊包着头巾的苗蜡宗祖像，原先的城隍神像已经不知去向。她打量左右，发觉两排副座上也换上了众多苗蜡族泥塑，不知在苗蜡神主中官司何职。

城隍易主并非绝无仅有，闵安初来左州，也听说过某地有此等情形，以及苗蜡族的一些奇异风俗。怪就怪在底下虔诚烧香的女眷们，个个顶礼膜拜，口中念念有词，脸上均有惊惶之色。待她们参拜完，脸上的紧张之色就缓解了不少。

闵安混在人堆里，渐渐听出了些眉目。这些来祷告的人，多是家里有人亡故，她们祷告的内容，也多是求自家已故亲属入土为安，不可夜半再来托梦惊扰家人，并求得家宅四处萦绕的冤气速速退散……

闵安听了许久，才慢慢走出来。

城隍庙门楼外，集市热闹非凡。少壮男女齐聚于此，欢度一年一次的花枝节。姑娘们穿上锦绣衣装，手持时令花束舞蹈。她们的身旁，就是各种秧马、竹竿、花轿、丝竹表演。

李培南先前看着闵安随人流走进城隍庙，逐渐失去了她的踪影。他站在门楼处等她回来，正闲看四下里的光景，一枝妖娆的秋海棠横伸到他眼前，花瓣随风缓缓飘落，遮住了他瞧向大殿门口的视线。

李培南回头，俊逸的容颜在花枝上显露出来，令邀舞的姑娘心里一颤。她们盛情邀约，手持花枝打响边鼓，向他盈盈笑着。他始终淡然伫立，静雅得如同山巅的云，不笑不语，让邀舞的姑娘好生失望，以为他是哑巴。

闵安从人后钻出来，发辫上缀着几朵小蓝花。她牵着裙裾蹲了蹲身子，笑道："入乡需随俗，有人请，你一定要应。"说完，她就拉高裙子，灵巧跳进竹竿队里，替李培南跳了一支舞。

李培南缓缓跟着竹竿舞队伍，陪在闵安一旁。她跳，他就看着。她停下，他就笑一笑。闵安突然有种从未有过的安稳，愿意这节永远过下去，花枝永远招展，笑容永远灿烂。

从花枝节会上出来，李培南的怀里、袖中，多了香囊、手巾等物，而闵安衣上则熏染了花草清香。李培南瞧了瞧怀里的物什，问道："刚才那些游方曲子，你会唱吗？"

闵安红了脸道:"我才来一月,哪能学得这样快。"游方曲里尽是一些绵绵情话,叫她怎能唱出口。

"既然不唱歌,也应学一学乡俗,怎不见你丢些礼物给我?"

闵安摸摸布褡,为难道:"身无长物,别无所赠。再说了,花枝节上的小物也不能随便接的,姑娘家会误会你对她有情意。"

李培南久居西疆多年,怎会不懂各部风俗。他不回赠,就是不想使人误会。他矜淡地走在闵安身边,她问他:"饿不饿?"

"随你。"

"'随我'是什么意思?"

"你饿我就饿。"

闵安禁不住莞尔一笑道:"阿循难得这样听话,为了嘉赏你,我带你去一个地方。"

顺着石子路朝前走,屋舍越来越少,有地下清泉叮咚作响的声音。黄狗、白鹅从闵安眼前跑过,闵安都要回头瞧上一阵,李培南也不催促,将袖里的香囊、手巾、绢扇包在一起,随手朝篱笆上一挂。

"别!留着还有用处!"闵安阻止了他,"回去交给翠花,她变卖出一点银子,可送给前头的秦婆婆。"

正说着,郊野村头居住的秦婆婆家已经到了。三间土坯房,院里无家禽,篱笆还倒塌了一边。闵安走进去,与眼花体弱的秦婆婆说了一番话,秦婆婆忙转身对李培南连声说:"敝居简陋,怠慢了公子,勿怪勿怪。"

李培南回了礼,无甚话说,便四处看了看,削来数截树枝,修补起篱笆。闵安从厨房出来,端着一个黑瓷盅,唤他过来吃饭。他看着盅里的黑米团,迟疑挑了一筷送入嘴中,顿时一股灶火熏出的苦焦味落进喉头,他勉力吞下,不动声色。

饭后从秦婆婆家走出,李培南去溪边漱口,闵安蹲在他身旁说:"这还是婆婆家最好的一顿饭,平时她就捡些草籽米粒煮粥饱腹。"

李培南顺势坐在溪石上,闵安也坐下道:"你来的那天,秦家的案卷刚好搁在我桌上,你也看到了,对吧。婆婆一连失了丈夫、儿子,老来境遇悲凉,就是格龙的总兵府害的。"

左州钱银赋税被格龙强征入府,官衙怕上头怪罪,只好在百姓身上再摊派一次。秦家与千千万万西疆百姓家境况相同,再无钱粮上缴,只得送出男丁去服苦役，多被格龙奴役至死……格龙种种恶行使得州郡出现"百户无丁壮，妇孺守寒门"的局面。

闵安再道："我知你在总兵身上打主意，想与他结盟连势，便于助你在西疆成事。但你也要看看总兵是什么样的人，州衙里全是申告他的状纸，我是没法再压下去了。"

李培南开口问："你想怎样做？"

"格龙权势太大，我拿他没办法。他是你的盟军，应是你对付他。"

李培南考虑许久，才应道："待时机成熟，我自会处置。"

闵安松口气道："司衙里的七成案子可先函封起来了。"

李培南不接话，她就追着说："你怎么不问问还有三成案子是什么？"

李培南回道："枭司大人今天带我出门，果真不是随便转转的。"

"被你看穿了。"闵安笑了笑，拉李培南起身，带着他朝前走，"我以前总觉得你太过严厉，又被人锦衣玉食地供着，难免不近人情、不通世故的，所以想，趁你现在没了权位使唤我，赶紧带你出来使唤下，让你尝尝我平日所受的痛苦。"

闵安说的是笑谈，李培南自然听得出来。他扯回被她牵在手里的衣袖，说道："使唤是假，体察民情、解决诉讼倒是真的。"

闵安笑着，要去抓住李培南的手臂，李培南急避。她不悦地说道："为什么柔然能拉住你，偏生我就不行？"

"她还是孩子心性，你可是要站在人前的枭司官，需得庄重些。"

闵安甩手走开，不悦道："无人处也不能迁就我……"

李培南慢慢跟了上去。闵安踢着脚边的草叶，一边走一边说："枭司官，枭司官，随风飘零无人管，草根泛泛远籍贯，何日回得旧乡关？左州恐慌说兵乱，阿循助纣不责担，浮萍民生各自散，休谈暗云换青天。"

李培南听后静静笑了起来，并未去劝。闵安生了一阵闷气，想到以后总归有希望，自个舒解开了心头烦忧。她抬头发觉变天了，就对李培南说："前面你看了花枝节，吃了黑米饭，还算不上体察民情，真正的民情，在后面。"

秋冬季节的雨来得疏落，滴滴答答打在屋檐下。四周极静，好像除了避雨的闵安与李培南，整座村子里已经没了旁人。风里卷来泥土的气味，扑鼻而来的都是萧寒之意。

"听到什么了吗？"闵安站在一旁问。

"雨声。"

"还有呢？"

李培南不语，似在静听。闵安喃喃道："那就等雨大点吧。"她从布褡里取出玉米窝头，掰碎了，一点点吃下。

他就站在檐下听雨，等着雨声变大。

她扭头对他说："你今天几乎没沾米，我知道你饿了。这个窝头是用玉米面做的，好吃得紧，想要吗？"

李培南不假辞色，闵安叹口气说："你总板个脸，老要我端庄些，所以我端庄地想了想，决定不给你了。"

她慢慢地吃完窝头，拍拍手说："雨下大了，你听到了什么吗？"

李培南的确听到了，雨点砸进空物里的回响，还有桌面溅起的水花声。闵安走过来拉住他的手，这次他没有甩开她。

"走吧，我带你去看看。"闵安将李培南带进了一条石板路铺就的村巷里。两旁屋檐滴水，中间雨点落在巷里鱼贯摆着的几十张木桌上。桌上有碗碟筷子，散乱摆着，杂着枯枝败叶、沙石泥垢，显然久已无人照管。

"这里本是摆'百家宴'的地方，村民热情好客，从来不提防远来人的恶心肠。去年开宴时，苗蜡族派厨子混进村，在饭菜里撒了药水，逼得村民去求他们赐解药。他们趁机滥抬药价，村民凑足了钱银送过去，好不容易捡回一条命。之后，整个村子都搬迁了，再也不见归还。"

闵安一说完，李培南就记起了她那案卷抄本上的内容，应道："苗蜡族就是司衙里另三成案子的元凶？"

闵安点头叹道："这才是一例。"

两人冒雨穿过长长的村巷，一时无话，听雨声萧然。闵安开口说："早上听得城隍庙里的香客求神，求苗蜡仙神发慈悲，不要再做法催动冤魂过来索命，我一听就知道苗蜡又开始害人，因为他们的做法和惊吓三额吉的手段是一致的，也是装神弄鬼，假借托梦向百姓索要钱财，若不给，他们就闹得更厉害——偏偏百姓又信这些，就连衙官也信了，无论怎么劝，他们就是不听，执意要把'免灾金'捐给庙里。"

李培南说："风俗教化非一日之功，你平日在政事上用心，后面自然会找到办法应付。"

闵安苦笑:"多谢你如此信任我,依照往日教训来看,破除鬼神之说需移风易俗。若想匡正百姓朝拜之风,必须打破苗蜡神像,替他们塑造一个真正的英雄。"

"说来说去,还是想剪除苗蜡族?"

闵安点头。"短时间不能斩草除根,至少也要严厉弹压他们的恶势力。"

李培南想了想,答道:"也好,父亲早就看苗蜡不顺,多次提到要铲平他们。"

闵安稍稍惊异,问道:"苗蜡还曾招惹过王爷吗?"

"娘亲曾在二十多年前,被苗蜡的蜡尸毒气祸害过一次,父亲因此记恨在心。"李培南答得简短,并未多提及往事。

"那王爷现今在哪里?"

"去寻娘亲了。"

闵安这才知道李培南生母并未离世的秘密,不得不震惊。李培南依然不愿多提,当先走出了村子。闵安跑上前去,再带他走过几个村落,让他察看此间民生百态,最后才走回了司衙。

总兵府派来的仆人已经候在了宅院前,见李培南回来,恭敬递上柔然催促李培南回转的书信,低头等候发落。

李培南唤仆人去门房等待,找到了闵安,将书信放在她眼前,说:"老规矩。"

闵安心里虽不乐意,可是也没办法,研磨执笔,替李培南再写了回信。

"花枝漫漫,游人祈福安。今见民戏喧盈,恍然别后已有三日。待公务完毕,必戴月速返,途中所见若干微物,颇有意趣,已购在囊中,归时自来相赠,勿念再拜……"她被李培南软语威胁已有多次,捉刀写信时,她都要搜肠刮肚找些哄小孩的话说给柔然听,今晚还别上了一枝干花送过去附庸风雅。

李培南看了信件无误,出门送到仆人手里,嘱他先行回禀小姐。闵安心中暗喜,这次总算没有被小姐催回去,看来他也有意留在司衙,帮助闵安处置眼前的诸多事务。

晚上刚睡下时,司衙前堂就敲起了鼓声,州同知高声喊道:"军营生变!军营生变!"

左州军营设置在关津要道旁,本是千户所规格,因动乱频发,一些兵卒出逃,被乱军杀死,他们的兵牌就落入乱军之手。所谓乱军多由各部浮浪户组成,浮浪户们因各种原因失了户籍,其中不少就捡了兵牌,冒充正规军混进军营里。

如此一来，军营里鱼龙混杂，军官也懒得去详查，只求阅兵时人头能数得齐，也就睁只眼闭只眼。这些浮浪户自在惯了，对军营的规矩多有不服贴的，加上老军新兵之间龌龊不断，平日里就状况不断。

闵安带着一众官吏到场，巡检司里所剩的兵力凑在一起才有百来人，跟在她身后，显得势单力薄。闵安嘱他们远远站定，自己一人朝军营门口走去。

闵安穿着官服，站在军营门口，面前是一千多鼓噪的兵勇。她苗条的身影在暗淡的火光里格外显眼，雨水冲刷着她的眉目，不施粉黛的脸上白得透冷。

来之前，她就严厉叮嘱过随行官兵，若没有她的号令，不准轻易动作，也不准随便后退一步。大家见最后一人提着一柄红光凛冽的长剑，目光如炬，正是传闻中赶来效力于臬司大人的李培南，只得勉强站住不动，心里惊疑不定。

闵安听清了噪兵鼓噪的理由，朗声道："雨大毁屋，寻常之事，尔等怎能假托怪力邪神乱我军心！未及翻整的屋舍，我即刻拨来官银进行修葺，尔等可放心居宿。如敢私挟兵械离营，以故意扰乱军纪论处，绝不宽宥！"

闵安运气而喊，官腔十足，她知道以一介女官气势无法震慑众人，所以这段话几乎用了全身的气力。

抵在前头的士兵嚷道："我们早知州府没银子了！都被格龙抢光了，大人又何必糊弄我们小人，说是拨银子帮我们修军舍？"他们抄起刀矛朝前拥挤，带着跃跃欲试的神情。

闵安拿出袖中笼起的官印盒子，将它高高举起，喝道："官印在此，见钦差如见皇上，再有冒进者，必定杀无赦！"

军营外的巡检会意，发令道："弓手准备！"七十名弓兵齐齐举箭，将涂抹了火油的箭矢对准大门处。

兵士鼓噪势头稍稍停歇。闵安抓紧机会说道："我敢来此地，就不怕没命回去！尔等前进一步，即为叛乱，格杀勿论！若能就此回营，让我送进缮银，今晚变故我便一手揭过，不追究尔等罪责！是死是生，速速选择！"

兵士愈加迟疑。落于人后的李培南朗声唤道："让开。"司衙这方人马立刻让出道儿，吴仁忙不迭地推着箱车走进军营，箱子顶上还横放着长剑"蚀阳"。

蚀阳是历代太子佩剑，镌刻了徽印，可不依法理先斩后奏。它出现得及时，作用强于尚方宝剑。

闵安会意，执起了蚀阳，高举着对着前头的噪兵说道："这箱银子先作应急之用，其余所缺钱银，后两天再送来。尔等究竟怎么说？"

接到消息赶来送银子的吴仁，一路上早在心里哭成一片苦海：连我的棺材本都掏出来了，傻丫头一点要顶住呐。

闵安确是顶住了。聒噪的兵士逐渐退回所属军舍，只留队长与司衙里的人交涉。闵安回头低声问："公子呢？"

巡检亲眼瞧见一个女官喝退满营噪乱兵士，心里对闵安钦佩，不由得跟在闵安身边忙前忙后。见她问起，急忙答："公子一直不露面儿，大概是不方便。我刚回头去找时，他已经不见了。"

闵安听得心奇，权且按下。她落落大方朝军所走去，向身边的一名队长问道："骚乱了半个时辰，怎么不见千户出来弹压呢？"

队长跟上一步答："臬司大人明鉴，我们的千户大人……发生了点意外……"

"直说，休要隐瞒。"

"千户大人本应在他房里休息，等兵士去请时，发现他已经不见了。"

又一个不见了。闵安心知有故，继而问道："除了千户，可还有人突然不见的？"

"没有。"

千户居住的地方是一个普通宅院，四处简陋，闵安带人勘察了一遍，不见异常状况。据队长们所说，整座军营全然关闭，进出均需令牌，并不曾走漏一马一卒。他们相信千户应该还留在军营里，可是将营地翻了个底朝天，都不见千户踪迹。

于是营里有人开始流传，千户夜间睡觉被暗神诡仙带走的风声，他们笃信，若非如此，怎会一个大活人不见了，且不留一点痕迹？这风声一传十十传百，说得有鼻子有眼的，再加上雨大风冷，刮倒数间军舍，种种状况一夜在营里突起，像是发酵的面团，终于使得全营都鼓噪起来，当下要冲出营去，避开这里的厉鬼恶神。

"谁是第一个透出风声的人？"闵安细心问。

队长们面面相觑，又唤亲兵下去打听，乱糟糟跑动一刻后，倒是把人找出来了。"是新兵营里的一个人，叫什么没留意，好像是苗蜡族。"

"生得什么模样？"闵安再问。

"脸瘦颧骨高，整天穿着黑衣，懂得养马养羊，跟牲畜们倒是亲近。"

闵安对着千户的床铺细细想了一刻，突然心神一动。新兵营里来的爱穿黑衣的苗蜡族，很像一年前夜闯世子府的舵把子徒弟，那人擅长驯兽，没救出朱沐嗣后，最后借助园林里的飞禽走兽逃走了。

检验千户是否被疑犯所害，闵安还是有方法的。她唤弓兵移走房里一切物什，用木炭烘烤地面、床铺，过了好大一会儿，床铺上就显露出异象，弓兵再把芝麻撒上去，那上面立刻附出一个人形来。弓兵将芝麻扫去后，人形痕迹的左胸、腹脐处黑末子明显密集些，这便是伤口所在。

闵安细细向队长们解释："今天下午雨大风急，兵士们各自进营歇息，凶手抓紧机会害死千户，又将床铺清理干净，只待做出一个千户消失不见的假象。他随后散播鬼神之说，蛊乱全营军心，用意确实险恶。其目的究竟怎样，只能将人抓来仔细审问一番才成。"

队长们传令下去寻找，那个黑衣苗蜡人竟然无影无踪。一天不过，凭空不见了两个大活人，在场的兵士们个个胆寒，直嚷着太邪门。

闵安听到四周遍起的质疑声，从容说道："不急。"

巡检擦着一头汗，只悔带进来的人太少，再看闵安气定神闲，心里才稍安下来。

闵安道："各位可认得楚南王公子李培南？"

如雷贯耳的名字，谁会不知。

众人纷纷点头。闵安再道："有他在，无人能逃。"

话音落地不久，屋门哐当一声响，滚进来一个黑衣人，身上带了血迹。

李培南随后走进来，冷冷道："凶手在此，千户被他藏在了马粪里。"他记得自己府里上次的教训，专程找走兽多的地方下手，果不其然，在马腹下抓住了一道黑影子。

能大闹世子府并连夜出逃的人不多，李培南与黑影一打照面，话不多说，立刻下重手将他拿住，逼问出千户的下落来。

千户尸身随后被挖出。营中将士见真相已白，俱各心安。

闵安得了李培南的援助，面上不动声色，心里却长舒一口气。李培南遽尔不见，她猜测他留在人后，必定有他的用意。她信他一定会回来，他也不负所望，抓回了凶手，果然就是老熟人——舵把子的大徒弟。

平息军营噪乱后，李培南留在屋里继续审问大徒弟。闵安见不得李培南的手段，速速退出门外，又将无关人等支开。巡检带原班人马侯在了大门处，听见旁人议论新任枭司大人才干出众，禁不住附和道："西疆这片儿水深，好好跟着枭司大人干，总能摸出道道。"

屋外，闵安没听到大徒弟的惨叫，正在惊奇，李培南已经走出门来，用手巾擦去了指间的血迹，说道："死了。"

"怎么悄无声息的？"

李培南淡淡道："我怕他畏罪自杀，就将他手脚捆住，满口牙敲碎，所以他动不了，也做不了声。"

"那他怎么死的？"

"想来是忍不了痛。"

"没问出什么？"

李培南掠了闵安一眼，道："我还没问，他就赶急着死了。"

闵安叹道："你下手太重了！"

"还算轻的。"李培南笑了笑。

闵安犹在惊疑，道："这个大徒弟躲了一年不见动静，怎么这个时候来军营里生事？"她想着，大徒弟的独门功夫足以杀掉千户，再悄无声息溜出去，偏生他要造出"暗神诡仙杀人无形"的风声来，如此大费周章，甚至赔上一条性命，究竟所为何事呢？

李培南拍拍她的头，道："走吧，回司衙去。"

"为什么呢？"闵安想出了点眉目，又觉得不大可能，再问了一遍缘由。

李培南与她推论一番，最终还是首肯了她的想法，道："兴鬼神之说，便于控制军营。左州军营若是成功了，何愁其他州郡军营势力拿不下。即使拿不下，他们也会生出其他办法来蛊乱军心，便于他们从中取事。"

闵安沉吟道："他们仅在左州一部，就能生出这多祸害来……我总觉得，他们背后的目的没那么简单……"

李培南道："兵来将挡，水来土掩，先不用愁，等他过来，就可瞧出他是哪门道行。"

"好吧。"

两人正准备动身回司衙，一名飞骑闯进军营大门，嘶声大喊："报——城外有乱军杀到！正在攻打前门！"

第二十五章　不悔荒村欺软玉

左州城外，一万乱军纵马散队而来，举着火把呼喝，齐齐围堵正门。门卒将他们的诉求传回军营里，闵安眉头一皱，道："公然叫送钱银出去免灾，好大胆。"

一名队长被营里士兵推出来，期期艾艾说了大家的想法："不如……大人送点银子出去……打发他们走吧……"

闵安笑道："今次就算可以送银免灾，下次贼军再来，尔等如何应对？"见兵营中士卒渐渐拢来，她不等那队长回答，站上校场点兵台，朗声喝道："贼军乌合之众，我军则是精锐，为何怯战？今夜听我号令，杀贼十人，赏银十两！枭首三十，奏报朝廷擢升百户！如有怯战私逃，军法从事。"

众官兵见闵安镇定自若，赏罚分明，群情稍稍振奋。

李培南站在司衙这方人马前面，适时开口说道："枭司大人领旨招讨乱军，朝廷必准其奏报。"

众人纷纷醒悟过来，新任枭司兼任宣慰招讨处置使，确是有权统领官兵处置西疆各州叛乱的，若他们不战，不仅从此声名扫地，还会惹上朝廷的重责。若是出战，无论战绩怎样，只要他们杀了贼人，枭司就会奖赏，如果战事不利，再做打算也未迟。"

几个队长带领，全军立刻备战。片刻后，全营兵士凑成一千二百人，披挂整齐向城门进发。巡检纵马跑在闵安身旁，低声问道："叛军人多，我们力弱，枭司大人有什么法子打赢这一仗？"

他的担心正是众人的担心，闵安又如何不知。她松了缰绳，缓缓驱马而行，故意高声回答道："乱军作乱，只因各部浮浪户多，生活又没了着落，所以才在秋冬季出来打打秋风。朝廷力主劝服，并非围剿，此去让他们晓宗明义，必得退去。"

闵安前后鼓动军心、制定赏罚条令、交付退敌策略，手段可谓雷厉风行。尤其是临敌镇定，分派清楚，众军士见主帅如此，一扫先前的慌乱，行军队列渐渐整齐，士气高昂起来。

左州城墙高达数丈，有效遏制了乱军攻城的步履。城头正中整齐排列着百余人，他们均是捡了兵牌混进军营的原浮浪户，此时穿着正规的军装。闵安最先将他们唤出来，温声安抚一番，表明朝廷不会追究他们过错，只需他们在今晚奋力一战，替她宣示朝廷恩威，过后必加重赏。

城头底下，乱军哄撞大门。

闵安要那百余人齐齐向前，在乱军眼前展露身形，朗声道："各位此时投降，还能与他们一样，受朝廷隆恩，既往不咎，身入良籍！若再作乱，必定令手足相残，罪上加罪，朝廷定加重责！"

城头百余人齐声大呼："降者不死！沐浴天恩！"有与城下乱军相识的，便早已出声，极力劝他们投降。

乱军在闵安眼里只"乱"非"叛"，终究是因为百姓多受兵灾、徭役赋税之苦而流落成的浮浪户，她体恤他们的难处，因而尽心尽力向城下呼喊，宣告了朝廷的数条招抚政令。城下乱军本是乌合之众，听得官府不追究罪责，且会补录户籍、减免税租等等好处时，果真散去了一大半人。

巡检看见城下仍有部分乱军滞留不去，向闵安解释道："余下不走的多是悍匪，从格龙军营里逃出来的，不服管教，留下他们终是祸患。"

闵安转脸说："那就有劳大哥了。"

巡检一怔，才明白过来闵安是将棘手问题直接丢给他了，他也没推辞什么，把脸一抹，说道："枭司大人忙前忙后，小人蓄了一夜的力，是该出马了。"他招招手，两列弓兵在掩墙后列好队，只等看号令便朝下放箭。布置停当，巡检打算带一队人出瓮城搠战。

阙台旁，李培南拉住闵安的手腕叮嘱："你就留在这里，不准下去。"说完赶在巡检的前面下了城楼，招呼一声："随我来。"

巡检看见李培南也要出城，心气儿更加充足，捞起长刀就跑了出去。

城前有李培南出战，场面遽尔变得惨烈。李培南眼疾手快，持剑掠到乱军贼首前，只出两招就将他削下马来。李培南抓了首领，不急着退，却吩咐巡检队列围堵在前，替他防护一阵。乱军失了首领，正当逡巡不进时，只见城门前的李培南收起了长剑，从腰间摸出一把短刀来。

只听匪首一声惨呼，众人只见李培南手中的短刀挥舞，匪首的四肢上都喷出鲜血。

贼首嘶声惨叫，犹如杀猪，叫声冲透雨夜，使得城头的闵安心一颤。

李培南对着围聚起来的贼兵高声道："再不下马投降，此人便是榜样。"众匪虽然胆寒，但尚挟余通高呼，欲上前抢人。李培南冷笑一声，在贼首的持续呼号中，又落下两刀，结果了匪首性命，推在一旁。

李培南喝道："摆阵迎敌！活捉后处以极刑！"巡检等人哪里操练过什么阵势，但他们是明眼人，看到李培南刚一出手就震慑了全场，就会意过来，七七八八地围成里外两层，做成一副严阵以待的样子。

乱军不由得拉马后退了几步。李培南突然再掠出身形，雷霆一般抓了一名贼兵回来。他如法炮制，先用短刀割断四肢，又是两刀夺命。待他第三次起步出阵时，城门前的乱军心胆俱裂，发一声喊，四散逃窜。

"杀过去！"一声令下，城头城下杀声震天。

追赶一阵，巡检呼唤李培南回城，李培南遥遥传来声音："看好枭司大人，我去去就回。"他一手持火把，一手持剑掠进了黑暗中，令人追赶不及。

闵安留在城头处置后事，细细吩咐军营收缴投降的乱军，将他们编录另册，且要加强管治。待完成一切事宜，她左等右等都不见李培南回来，忍不住拉上一匹马悄悄出了城。

沿途都有躲难回城的浮浪户或降兵。闵安一路问过去，心里越发跳个不停。据说，一名穿短衫的青年公子持剑追赶贼人，到河边时中了埋伏，被贼子掀翻了船，没顶落进河里……

雨幕下的长河寒气逼人，岸边果然有厮杀的痕迹，却不闻一点声息。

闵安摸到河边，踩着水草深一脚浅一脚地蹚着，走几步就要唤上一声："阿循！"她不信李培南就这样折在敌人手里，但逃回来的人都说得肯定，她在水边又看到了大片血迹，连河水里都透着一股血腥气，她把一颗心捂得死死的，生怕那些人一语成谶，让她真的看到了李培南受伤倒下的身影。

可是看不到李培南，她更是揪心。

顺水蹚了一阵，闵安竟然在水面捡到了李培南的短衫。这下，她彻底慌了，连连呼唤着："阿循，应我一声！"雨势此时更大，她伸手去抹脸，也不知脸上是水是泪。又走几步，一脚踏进了深水处，顿时没顶。

寒意透骨而来，闵安呛水浮沉。不知飘荡了多久，她抓住一根横伸过来的树枝，拼尽全力爬上了岸。一道蓑衣身影蹲在她跟前，将脸藏得极低，从斗笠下发出一声沉沉的叹息："唉……"

闵安突然意识到，是这个突然出现的男子救了她一命。她竭力抬头，用冷得发抖的声音道了一声谢。那人的容貌藏在黑暗里，只低声说了一句："又何必如此。"然后解下蓑衣，将闵安围住，起身离开。

闵安在夜幕下看不清那人的身影，只觉得他周身轮廓似乎有些熟悉。她勉力爬起身，唤道："恩公请留步！"那人依然不回头，向着林子深处走去了。

闵安跟跄追过去，树梢上挂着一盏灯，想来是那人留下的。那灯盏罩纸显然是特制的，遇雨不湿，照明极便利。她提着灯，依靠这一寸小小的光亮，让她摸到了郊野的荒村中。

这里本是置办百家宴的村落，她曾经带李培南来过一次。不知为何，她总能看到前面一抹红幽幽的光辉，像是蚀阳剑芒，因此就循着光亮走进了村里。

雨大风冷，草屋都在颤抖。

闵安哽声叫："阿循！你在这里吗？"无人应她。她走着走着，心里实在是担忧，竟不知不觉又哭了起来。就在她哭得昏天黑地时，李培南的声音终于应了过来："说了不准下城，偏生又不听。"

闵安一听，满腔的害怕和委屈顿时爆发了出来，哭得更大声了。

李培南慢慢走了过来，牵起她的手，说道："做了枭司官也不让我省心，跟紧了，别再弄丢了。"

闵安脸上夜雨、涕泪齐流，她紧紧抓住李培南的手臂，大声哭道："我以为你……以为你……"

"死不了。"李培南将蚀阳收好，举起未受伤的右手，替闵安抹了抹脸。

"可是河边……"她哽咽难言，"你的衫子……"

他不以为然道："你曾说过我是祸害，祸害向来能活千年。"

她破涕为笑："我只说过你是霸王……"准确地说，是把他腹诽成"楚州一霸"。

"霸王吗？那活得更长久了。"

"你说的应是王八吧……"

李培南扯了扯闵安的手，闵安拉着裙摆，禁不住跟跄了一下，倒在了李培南的身上。他扶稳她，说道："腿短，真要跟紧了。"

他拉着她走进了废弃村舍中。夜雨飘摇中，荒村更显破败，所幸屋舍尚能抵御风寒。李培南牵着闵安走进一间完好的屋子，竟然找到一些主人留下的衣物，催促闵安换上。他在地上垒起一道石塘，在里面生了火，闵安靠近火光，才觉得身上暖和了一些。她抱着两臂蹲在火旁，哆嗦着说："不知为何，我头晕得厉害，你出去避避，候久一点再进来，那会儿我应是换好衣服了。"

李培南摸摸闵安的头，满手烫，连忙又出去烧水。闵安走来时，听说他受伤坠河，已经在路上讨到伤药等物随身带来。他趁着闵安换衣的间隙，去了另外一间屋子，褪下中衣，仔细瞧了瞧自己的伤臂。臂上一道创口入肉颇深，濡出暗黑的血，隐隐带有苦腥味，显然箭头有毒。他先强忍着痛挤出些黑血，直到血色变红，才挑了些止血的膏药抹在上面，撕下衣角扎住。

毒势尚不严重，只是不知道是什么样的毒，暂时也没有解毒的法子。他瞒着闵安，省得她担心。

李培南提剑追击逃兵时，遇到了一场精心布置的埋伏。大概一个时辰前，乱军溃散逃去，李培南跟在副头领打扮的人身后一路紧追。擒贼擒王，如果能将几个匪首尽数除了，那些贼兵必不敢再来犯城。他这样做，有意要为闵安解决后顾之忧。

逃兵抢了渡船慌乱撑过河，他沿河追击，背后突然飞来冷箭。他转身扫落飞箭，随后更多的暗袭来到。石岸下、秋草堆里，密密麻麻有飞矢冒出，他难以躲避，只能跳入河中。

偷袭者布置周密，在水底铺了渔网，还在渔网之后安排了钩镰枪。枪尖上被抹了毒，留待最后致命一击。

李培南被迫下水后，两脚踩到网绳，心生警觉，立刻吸气拔身而起。他似游鱼一样蹿出水去，抢到河中的一只渡船上，单臂一支，借力跃上了船板。偷袭者安排的绝杀，恰好就躲在船底下，那人算得准李培南的退路，有意将船留在水中。

李培南脚底刚踩到船面，并不稍停，再次拔起身，两只蓝汪汪的钩镰枪尖削到。身在半空，早在身周结起一张剑网。随后，他施出全力打退一次次进攻，斩杀十数人，却暗暗心惊。那些持枪者并非普通的匪类，而是身怀武功的死士，根本不计自身安危，拼命也要伤得李培南半分。即使他们被斩落入水，同伴们也会将尸身拖走，不留一点线索给李培南。

暗杀持续半刻，大篷血花散落，顺水漂走，除了翻转过来的渡船、杂乱的水草，整个河面似乎未发生过一丝争斗，竟是全然消除了痕迹。

袭击者退去后，李培南才得空看了下伤口。伤在左臂，伤口有麻痒之感。他逡视河面，知道遇上了对手。那人苦费心机，动用了这许多人手，尽管遭到他重创，最终还是得手了。

李培南跃过河去，追上一名乱军的逃兵，还未使出他的"凌迟八刀"，那名逃兵就吓得胆战心惊，有问必答。李培南问过话，得知乱军也不知河里有埋伏，偷袭者是另一拨人后，他想了想，还是将逃兵放了。

抬头望去，前面似乎是一处眼熟的村落。

李培南摸黑走去了荒村里，手中长剑光芒引得闵安一路追来，两人得以相遇。

追途中的埋伏，自然也被他一并遮掩下。

李培南既然打定了主意，就决然不会再更改。他裹好伤臂，又在屋里乱翻一阵，竟给他找到一些家常的草药，连忙架火煮好。回到闵安所在的屋前，说道："我进来了。"里面没有传来回应，实则他也没有等回答，就推门走了进去。

闵安勉强换好小衣底裤，早已歪倒在地。趁着神智涣散前，她扯过炕上的破布帘子遮住了自己。

李培南连忙扶起她，给她喂下驱寒散热的汤药，将她挪到了土炕上。闵安的额头滚烫，嘴里却一直嚷着冷。他找来两床旧被褥，全数裹在她身上，她仍然喊冷。

李培南只得抱起闵安，将她放在了火塘前取暖。"还冷吗？"

　　闵安唇形抖动："冷。"

　　他低声道："我已找过所有房屋，只能取来这些。你忍着点，我背你回城里去。"

　　她挣扎道："外面雨未停，我受不得冷……"

　　"那你想怎样？"

　　"你过来些。"

　　李培南的背已抵在炕边，怀里抱着闵安，已经紧密无间，确是无法再靠近一分。他嘴里笑道："再过来，就要钻进我心里，出不来了。"用右臂搂得更紧实了一些。闵安在他颈窝里蹭了两下，将头搁在舒适的地方，伸出手来，挽住了他的脖子。

　　一股女儿家的清香透出小衣领口，李培南的气息顿觉凝滞。他低头在闵安耳边说："你这不是折磨我吗？"她已不喊冷了，手臂偶尔动两下，雪色肤色入眼即来，暗香萦绕其上。

　　李培南听她鼻息渐沉，竟是睡了过去，不敢稍动。可他的心鼓一声比一声急，最终将她唤醒。

　　"太吵了。"她不满意他的"动静"，嘟囔道："你也睡吧。"

　　"待你睡着。"李培南嘴唇半干，伤臂隐隐作痛。

　　"我睡醒还能见到你吗？"

　　"头痛了？净说傻话。"

　　"你会不会又去照顾小姐？或者溜走去见公主？"

　　"不会，快睡吧。"

　　"那小姐睡之前，你是怎样做的？"

　　李培南忍不住冷了脸，道："以前还未发觉，你竟是这多话。"

　　闵安从被里伸出身子，朝李培南的肩膀上靠去，发丝在他脸上蹭来蹭去。"讲个故事给我听。"

　　李培南索性将手滑入了闵安小衣里，逗她道："不如做点正经事。"

　　他的手有些冷，她的肌肤在他的触摸下，泛起了红晕。她扭动着身子，脸上还顶着一额汗，低问道："外面在下雨，我们孤男寡女行事有违礼教，会不会遭雷劈？"

他的手摸到甜腻处不肯移走,道:"我记得吴先生信道。"

她微微低喘:"和老爹什么关系……"

他笑道:"我已答应吴先生,行事当不遗余力。吴先生信道,自然只对真神祝祷,与天公无关。"

闵安头脑昏沉得厉害,她喃喃道:"好像有些歪道理。"

"况且风月之事,只需男人把持。"李培南已把她平放在炕上,身子压了下去。

闵安被他堵住了嘴,说不出一句话。她已失去了抵抗力道,也说不出话。她像是一团水,瘫软在他手里,随着他的心意翻来覆去。他的身子带着一股暖意,仍是攻城略地的剽悍,驰骋到底,将战栗送进她的血脉里去。

闵安在一片火热里沉沉睡去。李培南擦净她的身子,小心替她穿好了衣服,她仍然没醒。他抱着她,支撑过后半夜,了无睡意。

雨后放晴,明光透过窗棂,闵安突然惊醒过来。她看到了李培南的裸身,也未显得有多惊慌,只是从他怀里爬了出去。

随后的应对完全出乎李培南意料。

闵安既无羞涩之情,也无尴尬之意,她擦了擦脸,回头对上李培南噙着一些意味的眸子,怔了一下问道:"夜里……我们是不是……做了一些大逆不道的事。"

"是的。"

闵安稍稍踌躇后,说道:"那回司衙去吧。"

天放晴,两人简单梳洗完毕,静寂走在回城路上。闵安盘算着心事,走几步就要停一下,出神地想什么;李培南闲适走在她身后,是以不变应万变,只管将她看住。

闵安踢着路边石子问:"阿循的户籍现在迁入了哪里?"

"左州总兵府帐下。"

"军户吗?"

"是的。"

闵安心生不悦,道:"那你的去留该由总兵把持着吧?"她担忧的是总兵如此听从自家千金的话,若她按照官衙成亲规矩,写下婚书向州民宣告,第一个跳出来反对的,必然是小姐柔然。

想到要与柔然争嫁李培南,闵安就觉得头痛,还有她的脸皮也是经不住烧灼的。

李培南多少猜到了她的心思，回道："无人能操控我，户籍落入军册，只是权宜之计。"

闵安变得高兴起来，背对着李培南无声笑了一阵，她身上的热还未全退，脸色也是红红的。她摸了摸脸，索性回头对李培南说："我累得慌，头又晕，你背我回去吧。"

李培南看了看四下，道："出了路口，你得自己走。"

闵安兴致勃勃地将挽着官服等物的包袱挪到背后，说道："知道了，知道了，在子民面前，要端出臬司官的样子嘛。"她踮了踮脚，李培南的背影峻挺得像座小山似的，让她够不着肩。她拉拉他衣袖，他会意过来，无奈地蹲下了身子。

闵安趴在李培南的肩上，晃晃悠悠地快要睡着。他忍住臂伤走得慢，步履算是稳健。小道静长，他的额头渐渐渗出汗。

"你现在与我亲近，应是不怕我了？"李培南问道。

闵安惊醒过来，道："我是官，你是民，你得听我指派，为何要怕你。"

他哂笑道："由此可见，你以前所说的极为怕我的旧话，应是做奴才做久了的。"

她不满地推推他道："你以前多凶呐，现在大变样，自然招我喜欢些。"

"承蒙你喜欢——"

"不敢当，那是没法子的。"

李培南突然将闵安放在了路边石座上，闵安不解地问："怎么了？"

李培南淡淡回道："口渴。"闵安连忙翻出水囊递了过去，见他额上有汗，又站到石上，挽起袖口替他擦去了汗。

李培南脸色稍缓，喝过两口水，掉过头朝路上走去。闵安眼巴巴等了一会儿，发觉他没有回转的意思，叹口气，一步一挪地跟上去。她的感冒愈见凶狠，似乎看影子也是两重的，只走了几步，腿一软，竟倒在路边。

李培南果然走了回来，又背起了她。她眯着眼趴睡一刻，突然想起还有话没说完，连忙拍了拍他的肩，道："阿循此时背着我，吃了些苦头，想必只有这样，才能让你记得深刻。"

李培南没有理会闵安的胡话。闵安又说："老爹说，娶一门媳妇儿不易，做相公的要好好珍惜。"

李培南应道："我未娶你未嫁,那话于我们不应景,算不得数。"

闵安将一张大红脸藏在李培南的颈后,悄声说:"怎会算不得数,你不是托太傅向老爹提过亲吗,还写过一封请婚的密信。"

听见这一席话,李培南知道闵安在想什么。但他有他的顾虑,若是官廷之事未成,左州军马不发,非衣那处哗然生变,他的全盘局势就会受到影响。从小处看,若与闵安过多亲近,他也会累及闵安的安全。

因此他直接说道:"大事未成,难以成家。"

闵安不知李培南内心考究的诸多方面,听后就怏然地低下头。李培南慢慢走了一阵,身后没了动静,心里终究熬不住歉疚,说道:"待我一年,必来迎娶你。"

闵安搂住他的脖子,将嘴送过去说:"我左耳听不清,我要你再大声说一遍!"

李培南只得在这条冷清又悠长的郊野小路上说道:"明年初冬十五,无论闵安在何处,我必来迎娶。"

闵安发觉自己的唇就在李培南的左脸旁,顺势亲了他一下,可是又觉得难为情。她把脸朝里藏了藏,小声说:"玄英,我小字玄英,记得了。"

"嗯。"

一只野鸭经过枯草丛,窸窸窣窣响了声。路上极静,只有李培南愈来愈重的脚步声。

闵安昏沉沉地发了一会儿呆,想起什么,从怀里掏出一年前李培南书写的提亲信函,将它展现在他眼前,说道:"白纸黑字,阿循写得清楚,当初就要娶我,可不能赖。"

李培南笑了笑:"不赖。"

她在他背后一阵摸索,道:"不成,得把今天你说的话也给记下来。"

他又笑:"还不放心,回去给我加个章印。"

她喜滋滋地将书信收好了,躲在他背后傻笑了一阵,连额上渗落的汗水也顾不上擦。一旦放松心神,她又觉得百无聊赖,自顾自地哼着小曲儿。

期间,李培南将闵安放下,长换一口气。他看了看她的红脸,摸摸她额头,心下一惊。"头痛吗?"

闵安哪顾得头痛脑热,依然笑呵呵的。"阿循唱支游方曲子?"

李培南蹲在她身前,低声道:"你在这里等等,我去雇辆车来。"他才走开几步,她就慢慢跟了过来。他无奈,将她抱回了原处。"坐这里不要动。"

她拉住他的衣袖，道："讲个故事也成。"他起步要走，她就说道："你走开我就会乱跑，回来后不见了我，你跟老爹怎样交差？"

他耐着性子问："你又想怎样？"

她攀住他的胳膊站了起来，"若背不动，就来扶我。"

李培南此时觉得伤臂已经渐失知觉，明白一路发力运气，毒性渐深，伤势比起昨晚前半宿，已是重了很多。闵安不知内情，他怕她担忧，仍然不愿说。

他向她伸出手道："抱你走？"

她拒绝道："扶我便成。"

他依言搀扶住她，她嫌他隔得远，整个身子靠在他怀里，他只好搂住她的腰，手上用力，带着她朝前走，额上逐渐渗汗。

闵安强忍着头痛，不动声色跟上李培南的步伐。他才松松手，想将她放在路边缓口气时，她就说道："擦擦汗。"他举起尚是空闲的左臂，擦去了汗。她却把一张恬淡的脸伸到他跟前，低声说："我的。"

李培南用手巾擦去了闵安的汗，对上她忽而露出的笑容，不由得顿了顿。

她笑道："记起来了？此情此景是不是很相似？"

他确是记起来了，在海棠山道上，他曾捉弄她，要她舍命扶住他的往事。

她摆手先行离开，背着一个大包袱，在路边踢草、敲树干，惊吓小兽们仓皇逃窜。

身上没了负重，李培南也是长松一口气，跟在闵安身后看她玩闹。他发觉她的快乐很简单，无需任何要求。他暗想，指望她端庄起来，持上万千凤仪，恐怕是不能的了。因为池塘边一只孤鹅出来觅食，她就摸摸肚子嚷道："鹅鹅鹅，曲项用刀割。拔毛加瓢水，点火盖上锅。"孤鹅扑飞走，她快快地踢着石块，惊动了打盹的野猫，野猫一蹿身，奔向了水面。她已是头热得可炙茶，偏生还要跟在后面一阵追赶，"猫猫猫，曲项向天喵。白毛藏肉爪，大鱼水中捞。"

待他沉声唤住她，她就不乐意了，"阿循做事偏心！无论柔然耍什么，阿循只唤她跑慢些，从来没有凶过一回！"

李培南冷了脸道："你与她不同，我无需管束她。"

"为什么？"

"你先答我一句话，我再告诉你。"

"不答。"

李培南摘下脚边的野苍耳，一一弹出，打得闵安在路边跳脚。闵安弹跳一阵，辫子上挂了几颗苍耳，她不敢贸然去扯，只能含恨看着他。他抬手又拈向了珠粒似的山果，她捂住额头大声说："好了，好了，你问吧！"

李培南站着不动，道："过来些。"

闵安磨蹭走回一点，站在他两臂开外，愠怒瞪着他。他问道："先前你为何说，那是没法子的事？"

她含糊道："什么……什么事？"

他的声音冷了不少，道："才过一刻，你就忘了？"

她费力想了想，将先前掏过一次的书信又取出来，迎风一抖，在他面前晃了晃，道："白纸黑字，你提过亲，老爹应了，那你就是我未拜堂的夫君，我只能收下你。"她在包袱里摸索一下，扯出一个牛皮纸包，举起来对他义正词严道："后来你又送来两封血书，寻死觅活要见我，我一想你为了我都要大动干戈，哪能不管你这个祸害，所以只能勉为其难收下你了。"

她把书信等物小心收好，嘴里却轻描淡写地说："听明白了吧，你是老爹冲昏了头送的。"

李培南淡然回道："幸亏未过门。"他走过了闵安身边，并不望她。闵安跑上前去抓住他手臂："总之你是我的，我不会让给任何人。"

"谁敢做我的主，何须由你来让？"

闵安不依道："白纸黑字写明了，你就是我的，必须受我支配！"

李培南对她笑了笑："走着瞧。"

她不满地拖住他手臂，一脸怒容地对着他，额上汗水涔涔，"不准走着瞧！你说过的话就要履行！"

李培南看她有些动气，连忙擦去她的汗，软着口气对她哄了又哄，随后将她扶进雇来的马车里，送她回了司衙。

一进院门，吴仁就撩着衣摆跑过来说："昨儿下了一整天的雨，怎么不早些送她回来？"

花翠也急匆匆走出来，喊道："可算回来了，把我们急死了。"

李培南抱起昏睡的闵安朝房里走，道："她像是犯了病。"他察觉到闵安的异样，别的事都不提起。

吴仁跌足长叹道："唉，原来你也知道啊，我还当你空心莲蓬一个，当真怜不上安子难处半分!她那怕打雷的怪毛病虽然自个好了,可是遇雨天头痛发热的老病根还带着,稍有个不慎,又会跳起来折腾人!"怨归怨,他还是心急火燎地替闵安降温、煎药,花翠在一旁打下手,忙得团团转。

李培南退出来,回到自己的厢房里,查看左臂伤势。伤口的黑气开始扩散,他用力挤一挤,出来的全是黑血。简单包扎一下后,他特地走出司衙,找到一处医庐里问药。郎中细细瞧了他的伤,沉吟道:"公子的伤说重也重,说轻也轻,只要找对了药,就没事了。"

"苗蜡尸毒?"

"是的。"

李培南听说过这种毒,娘亲也是栽在它上面,至今不见踪影,也不知她是否已经解毒。若说他与娘亲有什么不同之处,那就是他中毒日子尚浅,发现得早,救治起来应该容易些。再不济,他还可以找到柔然的母亲大额吉,向她打听解药,不愁没有应对的法子。

李培南回到闵安寝居探望,花翠看他的眼神有些怪异,他视而不见,揭开帐幔查看闵安。花翠在后叹道:"两个都是利索人,刮风下雨身子欠安的,还能把生米煮成熟饭。"

李培南脸上一热,低头看着闵安道:"吴先生怎么说?"

"先骂,再叹,最后摇头走出去了。"

"闵安嫁我是迟早之事,吴先生也拦不住的。"

"放心吧,谁敢拦安子出嫁,老爹那是第一个要拼命的人。"

听到花翠的话,李培南一转念,沉吟道:"吴先生为何急着嫁出闵安?"

花翠语塞,默然一刻,终是没有说出缘由,只淡淡说道:"当爹的都是这个心思。"她和吴仁已经瞒了闵安几年,老爹自己也说了,他那家族遗传下来的病症,不到时候是不会发作的。只要嫁出了闵安,帮她许得一户好人家,他们才算偿了平生夙愿。

前堂传来几声云板响,过了不久,门童过来说:"巡检大人堂前求见公子。"李培南出了私宅大门,一路径直朝前走,见到了巡检的面儿。巡检为了军营里新编兵士之事前来,对李培南道:"营里男人多,枭司大人前去多有不便,公子德高望重,不如去一趟,足以震慑全场。"

李培南不便多插手左州军政之事,但军心如果不稳,事关重大,当下随巡检去了。他仅是在校场上站了站,喧哗声顿时息了。众人均想起他在城前凌迟敌人的手段,操练时也变得利索了许多。

忙累了一天,巡检亲自驾马将李培南送回了司衙。李培南在车里闭目养神,听见巡检在外问:"不知新任千户,公子心里可有人选?"

李培南来左州后,行事大多低调,面上绝不与朝纲国纪相冲突。军营新任长官人选是个棘手问题,以他的身份,轻易发声恐又落人话柄。所以听了巡检的问话,只作不知。

巡检自言自语地说:"去年官里禁军营遣散了一一些人,有个队长流落到我们这地儿来了,听说也是一条汉子,昨天才进的营。我看他武功高强,相貌堂堂,就跟同仁们合计合计,准备向上头举荐他当队长。"

李培南道:"三省台不见得会附应荐议。"

巡检笑道:"公子且看着,我们自有办法荐成人,再说左将军难得来趟左州,总得成了事再走。"

李培南闭上眼睛,道:"人说'藏巧若拙,左州显卓',果真不假。小小一块地方,藏尽了良才,个个不容小觑。"

巡检嘿嘿一笑,道:"再精良,也比不上臬司大人和左将军。"他的话没说透,但是李培南听懂了,他就放了心。

上灯后,李培南在厢房里沐浴净身,才脱下内衫,闵安就挑开门栓闯了进来。李培南身在陋处,可也想得周全,在房里放置了一道屏风,阻挡外面一览无余的视线。

闵安从屏风后伸出头问:"有空吗?"

李培南背对她道:"没空。"

闵安自顾自地说:"你签了文书我就走。"她从怀里摸出婚书,用袖口遮住了卷本,躲在屏风后暗暗比画,是顺手递过去给他看好呢,还是趁里面水汽蒸腾时哄得他签字了才好呢,颇有些踌躇不定。

"你信不过我?"

"什么?"

"这么急拿婚书来,是怕我反悔?"

闵安讪讪道:"老爹说了,煮熟的鸭子还能飞呢,哪能不朝锅底加把火?"

"你放下,先出去吧。"

闪安想了又想，把那封签了她的大名，加盖了她的官印的婚书塞进了怀里，又伸头出来瞧了李培南的后背一眼，突然叫道："咦，你受伤了？"

"小伤。"

她走出去沿着他的浴桶转了圈，他摸摸她的额头，发觉不烫了，由此才放下心来。她顺势凑到他的伤臂包扎处闻了闻，惊道："苗蜡的尸毒，不是简单事儿，洗好后让老爹看一看吧。"

"不碍事。"

闪安皱眉瞧了李培南一会儿，见他裸身上滚落水纹，突又醒悟过来，她这是没骗成婚书还贸然闯进男人房里，是不知羞的行为，离李培南的端庄要求还差得远哩。她悄悄朝后退，他却唤她："伤口不能进水，你来帮我洗。"

"如果我不进来呢？谁又能帮你？"

李培南哂一声道："你不闯进来，我能回避到水里去？"

闪安听后果然走了过来，拿起手巾，冲着李培南扁嘴，道："我可有言在先呐，我只帮阿花、阿瓜搓过澡，手脚没个轻重，弄痛了你，不能恼我。"

李培南淡淡道："能弄痛我算你的本事，你尽管来。"

闪安挽起衣袖，拿着手巾替李培南洗刷上身，念叨道："想当初为了见你一面，我可是洗了两刻钟，里外都洗得香喷喷的，好不容易折腾完了，哪知你家的规矩大，又把我推去熏香，直熏得我头昏脑涨……"

李培南站在浴桶里，伸出手臂配合闪安的动作，抿住嘴看着她忙前忙后。她捏着花皂球在他身上一阵擦，又说："鼻底是沉水香，颈上是白渐果香，手腕是白檀香，各有各的位置，还不准我混着用，你说说，哪家能有这样大的规矩？"

李培南淡淡道："你到底想说什么？"

闪安丢了皂球，转到李培南跟前说："我怕你，以后也要定这么多的规矩。"

"太随性也不好，难以成大事。"需用规矩来约束她。

这正是她头痛的地方。她踮踮脚擦净了他肩上的水，软着声音说："做平民小百姓不好吗？一定要拿出王侯世家的气派来约束人？"

李培南突然听懂了闪安真正的意思。他伸出右手捧住了她的脸，朝前一带，她便不由自主地来到他面前，隔得非常近，能看到他一双凝肃的眼睛。

"出身皇胄，怎能白衣无名过一生。你想嫁我，必须承担相应的难处。"

闵安知道李培南平时总是依着她的,从来不给她脸色看。他现在说得果决,可见在这件事上,他一旦认定了绝无可能更改。她隐约猜得他以后会做什么,最可怕的打算就是倾覆现有皇权,袖手翻转了华朝乾坤。既然他意旨明确,听她才说了一句试探的话就生了这么大的反应,那她还是不要去捋虎须吧,顺着他的心意去做,必要时还得助他一把力。

闵安暗暗忧愁,我喜欢现在的阿循,可他却一心想赚杀到宫里去,谋着世上最危险的生计。若是事成,他能一步登天,那时就不是我一个人的阿循了;若事不成,他就会丢掉性命,那我拼死也要跟他在一起……她皱着眉头想心事,李培南一把将她拉到了怀里,低声说:"傻瓜,想那多做什么,一年后诸事已成,你只需乖乖等我一年。"

闵安鼓嘴道:"我怎能不想、不担心呢?你连婚书都不愿写。若你真的不写,我填上别人的名字去。"她搂住他的腰身,与他贴得毫无间隔,依然用软法子对付他。

李培南裸身抱住她,低头在她耳边说:"想我答应很简单,晚上来陪我一宿。"她听后脸上红得渗血,为了一本婚书偏生还得搂住他不动,忍受他的言语轻薄。

他似是醒悟到了什么,转头朝她右耳上啄吻,嘴里轻笑道:"一晚太少吗?那两晚也成。"

她继续装作听不见。他又笑道:"再不作声我就当你默许了。"

她稍稍推离他的胸膛,从自己怀里摸出那本婚书,顺着他紧搂不放的臂弯处举了上去,含混道:"那你先签了吧,我晚上再来拿。"

李培南接过婚书随手丢在榻上,手掌摸向了软和而香腻的地方。闵安好不容易从他的轻薄中挣脱出来,夺门而逃,却不期然在自己寝居里撞上了吴仁。

吴仁坐在灯下,双目炯然有神,问道:"衫子怎么湿了?"

闵安硬着头皮答:"阿循受了伤,我帮他擦澡,不小心打湿了。"

吴仁两眼睁大,意味深长地瞪她道:"傻丫头,不能太顺着男人的口味了,要吊块萝卜在前面,让他看得见吃不着。"

闵安一愣,期期艾艾道:"老爹你……你想错了,不是那样的,再说阿循也不吃萝卜。"

吴仁叹道:"傻丫头,你哪是他对手,要多看多学。"

入夜,李培南在灯下翻看巡检塞给他的军营册子,吴仁背着药箱推开门走进来。

"安子说你中了毒，叫我来看看。我原本不是热心肠，是她要我来，我就来了。你莫谢我，把好处算她头上吧。"

李培南放下册子卷起衣袖，露出了伤臂。吴仁仔细看了伤势道："苗蜡族用老法处置尸体，听起来邪乎，其实就是博个名头。那泥蜡放在地底多年，能防止尸体风化、腐烂，自然也会渗出有毒的东西。苗蜡将那些毒水收集起来，炼出尸毒，四处害人——听起来可怕，但其实你伤得并不重，你想解开它也容易，只要你去放蜡尸的地洞，找一些不怕尸水毒物又长得好的花木，将它们采来，我就能帮你炼出解药。"

吴仁的诊断与先前医庐里的郎中说法差不多，听到解毒的法子也有了，李培南对自身伤势更是不以为然。他放下袖子一转身，就看到吴仁急匆匆出了门，床榻上放置的婚书却不见了，不由得笑了起来。

闵安巴巴守在窗口，等着吴仁递进婚书来。她迫不及待地翻开卷本一看，题头男方的地方还是空着的，就怏怏地坐在了椅子上。吴仁顺势伸手进来敲了敲她的头，道："莫叹气，脸皮要厚，把萝卜吊起来，不信他不咬。"

闵安吧嗒关了窗，听着师父晃晃悠悠哼着曲儿走远了，才念叨："真的要等一年吗……横生变故怎么办……小姐比我厉害多了……"她是愁肠百结，从来没想到，喜欢上一个人，并想与他相守终生，竟是如此困难的事情。

夜深，浅寐中的闵安突然闻到一股熟悉的衣香，清醒了过来。李培南持灯坐在床前，手上还拿着一封拆了漆印的信。她支起身揉揉眼睛问："有急事吗？"

李培南将信函放进衣袋，简短说道："总兵发来急件，约我回去商谈事情。"

"现在就走？"

"嗯。"

原来李培南是过来告别的。闵安突然有些心慌："那你还回来吗？"

李培南没答，转而看向窗外："你窗上吊着一串萝卜是何意思？"

闵安低头不语，脸却红了，暗地骂了师父一声。她揣着个娇羞样不作声，撑开的衣领里露出一截抹胸，随着她的呼吸一紧一松，暗暗溢出香气。李培南心下生奇，伸手摸了摸她的红脸，低声问："怎么了？"

闵安咬了咬唇，终于下定了决心。她扑过去搂住李培南的脖子，嚷道："不管了，送上门来就绝对没有放回去的道理！一定要抓住你！"她暗暗想，抓住就不能再放手,不能给柔然小姐机会。

李培南觉得好笑,道:"处置好了总兵府的事,我就回来,你不用抓得这么紧。"

闵安手脚并用扒住了李培南,吊在他怀里,将嘴送到他耳边小声说:"还有什么事比你写婚书更重要的?不去了行吗?"

李培南连忙抱住闵安,佯斥道:"快下来,别摔着。"

"行不行,行不行?"闵安觉察到李培南避而不谈婚书之事,显然是事不可行,那她至少要挽留他在身边。她搂着他不放,听他不答,心里越来越慌张。

李培南只能将闵安拉下来,放在自己膝上。"不行。"

闵安失望透顶,一扭身扑进被褥中,向他的腿踢了踢,怒道:"那你走吧。"

他伸手想将她转过脸来,叮嘱一声,她却蒙着头,又滚向了床帐旮旯里。

李培南动手再拉她,她依然抗拒,裹着被子滚来滚去,就是不要他碰。最后他说:"我不去总行了吧,快出来。"她从茧被里伸出头来,欣喜异常地问:"当真?"

"我何时骗过你?"

闵安仔细想了想:"骗我多着了,说是畏血、走不动,还引我闯进房来,坏了你的清誉……"

李培南截口道:"这些小事,也亏你记得这样紧。"

她抱着被子防备地看他:"老爹都说你满肚子坏水,要我放精明些。"

他拍了拍身边的空床:"过来。"

她不动,他就说:"不放心就过来看住我。"

她才依言放开被子爬了过来,将他的腰身抱住,还出力晃了晃。

李培南笑道:"你这是做什么?"

闵安把耳朵贴在他胸前,说道:"晃一晃,还能听到坏水响,看你怎么狡辩。"

他将她整个人抱在怀里,嗅到了她的发香,低眼瞧过去,看到了白皙的皮肤,心又有些动了。他低下头问她:"睡一宿,可以不?"

她用手抵着他的胸膛,已经感触到了他热切的心跳,偏生还要磨着他说:"你问错了,需问'行不行'。"

李培南只得从善如流:"行不行?"

"两声。"

李培南拧了拧闵安的脸:"行不行,行不行?"

"不行!"

他安静搂着她一会儿,心跳清晰有力,代替了他想说的言语。他并未开口,她依然昂头回:"不行!你不说我也知道你想说什么!"最后他低着声音在她右耳边说了一句,她红着脸犹豫一下,就回搂住了他的脖子道:"好吧。"

李培南未曾唐突过闵安,得到应允后,彻底放开了他的自律力。她躲在他怀里喘息,发觉躲不过那些冲击挞伐的力道时,转头去求助别物,用手抓住了被褥。他的动作越来越急,将她抱了起来,像是骤然横跃了溪瀑的长虹,一举喷发,到达巅峰。

闵安只能忍住酸痛不作声,嘴角刚溢出一点细碎的呼叫,被她强忍住了。他听不到,只能身体力行地感受。

天亮后,浑身无力的闵安翻过身来,手掌随意朝旁边一搭,扑了个空,突然清醒了。

床边、帐前、桌上理得齐整,没有一点褶子,被角还给她掩得好好的,甚至窗前还开了一道缝隙,为她放进了一些融融冬光。

屋里清静,残余着安神香气。

闵安抬手摸了摸自己的酸痛处,知道昨晚不是一场春梦,可是枕边人已经不见了。她暗暗觉得不妙,梳洗完毕后,不等花翠过来叫唤,她就出门打探。

李培南已经离开了司衙,驱马赶往总兵府。

藏巧若拙,左州显卓。

外界流传的这句话是说左州隐藏了许多人物,平时喜欢装傻充愣,不到特殊时候不会显露他们的才干。如今,闵安到任一月有余,所遇难事不计其数,最紧要的一处就是司衙缺银子。她快把户籍黄册翻烂了,也没找到合适人选去募捐,因为战乱频发,大户们逃的逃,穷的穷,实在没有多余银两来"孝敬"她了。

她在忙得焦头烂额时,猛然记起了这句话。

她不信偌大的左州没有兜底的人物。她不要才干,只要财富。

一大早,左州军营接到司衙里的公文,派出一队兵士随闵安外出公干。领头的是一名青年将领,穿着黑色底衣束着银白软甲,走起路来气宇轩昂。闵安一见到他,就在车旁抬袖遥遥行了个礼,唤道:"有劳左将军了。"

左轻权连忙屈膝行军礼，低头道："卑职参见大人。"

简短寒暄两句后，闵安上了马车，左轻权亲自执鞭驾车，两人依礼行事，并未表现得有多热络。一是避嫌，二是小心行得万年船，尤其是在这局势动荡不定的左州地头上。

闵安坐在车厢里一边想着心事，一边敲打着手里的竹杠。车外左轻权问："大人今天去哪里？为何带了一支竹杠？"

闵安笑道："左将军有所不知，有道是，竹杠一响，黄金万两。我手里的这个东西，又不会自己响，自然是要我去敲一敲的。"

左轻权从军营来，知道司衙急需拿出缮银修屋舍，多少能听懂闵安的言下之意。"大人想找谁？"

闵安将竹杠敲得一阵响，笑道："左州与白木州夹界处有座白木山，白木山盛产凝脂梨花蜜，蜜庄前住着一户人家，看似不起眼，其实统领着方圆三十里的生意。户主是一年前搬来左州的，落籍生根，迅速发迹，他在一年里的运势之大，敛财手腕之强，超乎我想象。"

"大人可否告知，这名户主究竟是何来历？"

"黄册上登记为温乡绅，其余情况一概含糊其辞——待我们去瞧瞧，这藏得深的温绅是何方人士。"

一队人护着马车沿着幽静林道前进。此时已是初冬，万物不耐寒霜，纷纷凋零，唯独白木山前绿树俨然，随风送出一阵阵花香。队伍朝里走去，一道榆木门楼立在篱笆前，正对着三间残破的草屋。从外观来看，不像是富裕人家。

闵安将车马安置好，带着一队人进了草屋。屋徒四壁，门窗漏风，众人进来良久，也无主家仆从露面接待。她站了一会儿，笑道："风里有花蜜香，还有女子喧闹声。"她招了招手，心奇不已的兵士们随她悄悄走出后门，踏上了一条石子路。

又绕了一盏茶时间，闵安终于在一处不起眼的山包前停下了脚步。山前有木门，门后别有洞天，竟是在山体上凿出一个偌大的石屋。她带人一路闯进去，进到内厅，一个相貌粗豪的年轻财主，正坐在几个衣衫不整的美人怀里，与她们喝酒调情。闻声转过头来，却是温什。

闵安将竹杠倒立起来，放在地上，不去看那个财主，先细细打量着此处。这间石穴算是温家别宅，布置得富丽堂皇，别的不说，光看石壁上团团悬挂的夜明珠，就知道温乡绅的家底有多厚了。夜明珠发出柔和光彩，被穹窿顶上一大块琉璃石反射下来，将四处照得雪亮。她的目光落在数不清的珍奇古玩上，暗道，果真来对了地方。

温什先是吃了一惊，待看到是闵安领着人进来，心下恼怒，喝道："是哪个不长眼的东西，扰了小爷的雅兴？"

闵安朗声道："司衙署官前来查案，无关人等速速回避！"此时身后的兵士也进了门，闻声齐齐拉出军刀，发出哗啦一响，惊得羊皮毯里玉体陈横的一众美人们尖叫起来，跳起身来跑了。

温什抬起两寸厚的黑布靴底，踏足在琉璃塌上，眯眼看了闵安一下，冷笑："你果然是个小娘皮，什么时候又成了司衙里的官儿？"

闵安身旁的左轻权走出两步，轻轻一咳，道："温公……温老爷休得无礼，这一位是我们新任的臬司大人，还不快过来拜见。"他与眼前的温乡绅有些私交，禁不住先出声提醒一句，以免后面还要生出冲撞之事。

可是温什并不买账。

"我拜见她？我跟这小娘皮的旧账还没算完呢！"温乡绅低头看看左右，没找到称手的东西，索性捞起一根银筷就飞身扑向闵安。

闵安喝道："温什！你好大的胆子！"见他来势凶猛，只好避开锋芒，掠向左轻权身后。

左轻权化解着温什的攻势，也不伤他，仍在劝解。温什尽力想避开左轻权，拼全力朝闵安乱刺，边打边骂："你这不正经的小娘皮，忽男忽女的，每次见你总没好事，小爷躲到左州山里来，还是避不开你一身晦气！"

闵安穿着一身秀丽官服而来，气势也摆得足，偏偏被温什口口声声骂作"小娘皮"，又被他逼得左右闪躲，实在觉得有失颜面。她瞅了一个空当，喝道："都让开！我亲自来会会温老爷！"

原本已经围上来，想闯进战局的兵士，闻声齐齐退了下去，只留下左轻权一人掠阵。他心里明白轻重，知道闵安不能有任何闪失，事急随时可以出手。

闵安抽出左轻权的军刀，挽出一道剑花，说道："看好了，这是一年前你领教过的'杀狗三剑'，别说我欺负人，我已经改进了招式……"话还没完，她就一刀劈了过去，正是以前与温什打架时用过的君子三剑。

她在北理曾苦练武功，剑招威力早已今非昔比。打败温什其实并非易事，温什武功本是强过闵安的，只是他在这一年里赚钱享乐去了，遇上拳不离手的闵安，强弱已经颠倒过来。斗了一刻，闵安好整以暇，抽出手时专找贵重东西下手，石室中乒乒乓乓大响，温什看见宝箱玉石被砸，心痛不过，只得大呼着服输。

闵安擦了擦额上汗水，唤左轻权将温什捆绑起来，先要治他一个冲撞臬司的大罪。等温什被捆得粽子似的，闵安示意左轻权等人外出守住门户，她拿起案盘里的割肉刀，踱到温什身边，将刀搁在温什的脸上问："官了还是私了？"

温什的细皮嫩肉搁在锋刃上，早已胆寒。他向来不服闵安，此时落入她手，深怕她公报私仇，会设法折磨他。

"小娘皮又想——"温什的话没说完，闵安手中的刀子轻轻抖了下，在他的俊脸上拉出一道口子。

温什又痛又急，喊道："你他娘的兔崽子——"话到一半，肩上又被拉出一道伤口。他怒不过，起身去撞闵安，闵安却朝旁避开，轻笑道："我很是好奇，以你这样的猪脑子，是怎样守住万贯家财的？"

温什呸她一口，被躲过，同时额头挨了一记爆栗。他看到闵安满手去抓玉石器皿，顿时老实多了，回道："我这万贯家财都是世子送的，哪用我去守。不是看在世子面子上，你一百个闵安也不够我打！"

闵安哂笑道："你是太后的亲外甥，不去太后跟前效力，为什么要讨得世子的赏赠？"

温什闭口不答，又遭到了闵安一顿打，只好和盘托出一年前的事情。

那时正值逐鹿赛前夕，李培南找到他，许以厚利，要他脱离太后家族的庇护与世子府结盟。温什在家中处处落于义弟温知返下风，正愁没了翻身的机会，就满口答应李培南的提议。

李培南先教与他三招剑法，取了很文雅的名字，叫作"白首同归""相见恨晚""投木报琼"，剑招实际上恰恰与君子剑相反。他去了逐鹿赛，与闵安结下梁子，私下里缠着闵安打斗时，曾见过闵安使出这三招，只不过与自己所学似是而非。等到第三天比试剑术时，世子府宠臣萧知情上场，使出来的仍然是闵安用过的剑招，他越看越觉得蹊跷。

温什硬着头皮反施君子剑三招，意外地封住了萧知情的攻势，而且每一招都恰好克制着萧知情的剑法，最后竟然将她杀死。他心知萧知情是王府的宠臣，这个闯了大祸，惶恐中只能逃向山谷，随后世子府侍卫队打着搜山的名义，将他转运了出去。他在那时已经明白，李培南教他剑法的用意，是要借他之手除掉萧知情。

随后，李培南派一队人送重伤的衣久岛还乡，顺势将他塞进了马车队里。他随着衣久岛的护卫队一路颠簸，终于来到了白木州，衣久岛之父哲使总兵的地盘上。

哲使听说温什是世子府的客人，未曾为难他，将他放走。他拿着李培南赠予的信物与手谕，去了李培南的西疆兵府，将李培南许诺的财物尽数提出，随后买通文吏，编造了一个新身份，隐姓埋名留在了左州。之所以选左州落户，是因为白木山前花蜜香浓，可让他重操温家农庄旧业。

这一年里，衣久岛曾派出亲随侍卫来看望温什，闲谈之间，说在西疆这块地域上，放银收租是大富之家最常用的敛财之法，温什干脆将来人聘过来，帮他做这个营生。格龙的总兵府知道他与李培南有些交情，从不曾为难过他，他就慢慢聚集起了财力。安逸日子过了一年，最终闵安找上门来。正如他想的那样，一见闵安他就要倒霉。

闵安拿着刀子在温什脸上比画来比画去，毫不客气地说："你的家财来路不正，现在世子失了势，看你还守不守得住这一方田园。不如倒卖出一些，捐给司衙，以后司衙给你撑伞，我保证不再找你晦气，你觉得怎样？"

温什大声呸了一下。闵安板起脸说："以前你犯的一些案子我先不提，单说今天我来的这桩，就让你吃不了兜着走。"

温什喝道："小娘皮又在含血喷人！我整天吃肉喝酒，没出门走一步路，什么时候会犯下案子？"

闵安嗤笑道："白木山前桃花峡可是你的地盘？桃花庄里采蜜场可是你的肆业？今早庄民来告，护庄的武丁又打死了一个偷蜜贼！你敢说与你不相干？"

温什一愣，恨恨道："这些粗鄙武夫，只知道拿钱不干好事！"

闵安伸手揪住温什领口，将刀子搁在他脸上，恶狠狠地道："官了还是私了？"

一个时辰后，闵安带着左轻权一队人回转，坐在马车里将竹杠抖得哗哗响。她的座椅下，塞满了装着银两的箱子，粗略一数，有三百两之多。

左轻权将三百白银带回军营修缮房屋，回禀消息给司衙，说是银两仍然短缺，兵士渐生鼓噪，待他去请示长官时，却发现营里新任的千户大人不见了。

银两短缺的问题好解决，闵安派人把竹杠再送到温宅一趟，再讹诈他一点钱财就行，可是军营千户失踪之事就显得棘手了，因为里面还牵扯到了"故人"。

故人就是彭因新。

摘星楼大案过后，彭因新受到重责，被罢免了官职。成为平民之后，他不断使钱银买通温家，终于赶在温知返进官之前跪倒在他马车前。他向祁连太后跟前的大红人温知返举荐自己，希望温知返能替他说上一两句话。

温知返坐在车里细细思索一下，想着以后确是需要一批卒子去西疆制造麻烦，就首肯了彭因新的请求。他向太后进言，费了一番口舌替彭因新讨来一份官职，将彭因新安插进左州军营里。一方面西疆需要得力的暗探信差，另一方面要有人暗中制衡李培南在西疆的动作。

彭因新受到温知返的一番耳提面命，得到这个差事，没有讨价还价的资格，只得假意慨然领命，连夜走马上任。当他赶到左州军营时，发觉前任千户刚被人害死，自己来得正是时候。既没有任何时间上的空隙被外人所乘，也免去了权力交接时的种种麻烦。

尽管营里已经进驻了李培南的心腹左轻权，他也不太将这个武夫放在心上，安心做起了千户大人。他来这里不久，想起对温知返的承诺，又一个人摸向了白木山桃花峡前。

他不知道等待他的将会是什么，他以为他只是帮温知返查清李培南谋反一事的线索。

他去了桃花峡，死在另一个温家人温什的地头上。

温什早起巡视完了采蜜场，正在教训一众帮工、武丁不得滥用武力处置偷蜜贼时，庄民来报，说庄前又死了一名外来人丁，看衣着与腰牌，应是营里的军官。

温什认出仆地侧卧的尸身，竟是朝廷里以前的大官彭因新，心里直叫晦气。他本想逃，可又舍不得到手的基业及财富，思前想后一阵，他觉得还是走"私了"的路子行贿闵安较为妥当。

毕竟在庄前死了一个朝廷命官，他这个事主哪能很便利地脱开身去。

闵安看见派出的人带着满箱子的白银回来，连温家的管家也跟着一起来了。

管家满脸堆笑，请闵安去了僻静处，变成一张苦脸，细细说了温什的担心。

闵安听后说道："唔，你家老爷的烦心事恰巧与我是同一桩，都出在彭千户身上，所以少不得要让我去看一看的。"她笑纳了温什进献的白银，依然带着一队人赶去桃花峡。跟在身后的管家琢磨不透闵安的用意，见她模棱两可的样子，心里暗恨道：都说天下乌鸦一般黑，她拿了老爷的银子，却不动声色，看来事情没那么简单。

管家自然不知道，彭因新的身份特别，他的这场意外，先引起了司衙里的惊疑，后又惊动了各路人马。就算闵安想要徇私，也并没有那么容易的。

彭因新的尸身倒在桃花溪前，伸出的右手指向了一处小山包，眼睛也望向了那处，至死都未阖上双目。温什怕吃官司，在未得到司衙的回复之前，很明智地保护住了现场，给件作的检验提供了便利。

竹障外，闵安看着件作做事，又细心观察了四处的境况。一片浓密的花林内，飘出香甜的蜂蜜味，引得几只体大背高的蜂子扑着翅膀飞了进去。

那些蜂子个头有点大，生得白翅黑背，闵安还以为自己看错了，唤同行的巡检去抓来了一只。她把蜂子兜在网里细细查看，越发肯定，眼前的这些蜂子就是以前曾在白木郡碰见过的毒蜂子。

那时她去白木郡公干，巧遇朱沐嗣，朱沐嗣向她讲明白翅黑背蜂子的凶险，替她做了一身护甲，陪她进洞探查毒源。她听到他的提醒，处处小心，不沾上蜂子留下的白灰香粉，由此也避开了蜂子的攻击。

可是眼下的彭因新好巧不巧倒在这里，难道是被蜂子毒死的？闵安站得远，并不能对彭因新的死因一目了然，趁着件作检验尸身的间隙，她回头问温什："温家采蜜场里为何饲养这种毒蜂？"

温什一听毒字，心知麻烦大了，忙不迭跑过来，细细看了闵安手里网住的蜂子，说道："小娘……大人可不能信口开河吓唬本员外，本员外的庄子从来不养外来品种。"

闵安掠他一眼，冷冷道："好好说话！"

温什站直了身子，大声说道："不是我家的，只能是外面飞来的野种，一月前我巡庄时，还没见过它。"他冲着闵安抬抬手，"大人听明白了吧？"

闵安向他摆摆手，道："走远些，身上甜香味儿太冲，我自然听得懂你的话。"

这样就想摆脱的嫌疑吗？算盘倒是打得响，就要看自己是否乐意成全了。

温什实则是不愿意靠近闵安的，因为一见她面，他总要倒霉。可他看见闵安嘴边一丝不怀好意的笑容，心下觉得不妥，又认命地走了过去，扯住她的衣袖在一旁低声道："看在世子面上，你要帮我这一回。"

闵安也低声回答："事关朝廷命官的性命，我帮不了。"

"你想要多少银子，开个价。"

"今天这桩案子跟前面偷蜜的那桩不一样，官员暴毙需上报，哪能随便瞒下。"

"一千两！"

"我……只是代行左州，还得听上面的，做不了主呐。"

"两千两。"

"表章上奏回去，朝廷才能再派一名千户下来，当真做不得半分假。"

"三千两。"

闵安还待开口，温什一把抓住她的手腕，咬牙说："只有三千两了，要不要？你再不知足，小爷我就不奉陪了，大不了撕开脸闹到太后跟前去！"

闵安从容一笑，道："成交。"

温什满手触到闵安官服料子的轻软，又闻到一阵清淡衣香，嘀咕着说："你真是个女人吗？穿上一身狗皮倒是像模像样了，以前下手那样狠，差点踢断了小爷的命根。"他丢下闵安的手腕，凑到她脸旁细看，像是要验明正身。

巡检喝道："大胆！竟敢对臬司大人无礼！想吃棒子吗？！"

温什冷笑道："你又算哪根葱，小爷由得你呼喝？"

闵安走回巡检那方人圈子里，笑着说："温员外可是本州的财神爷，捐的银子多了，头脸自然长到了天上去，我们这些穷当家的，千万不可和他一般见识。"

温什悻悻退下，留在一边，继续等着死尸案的发落。仵作勘验完了，向闵安拱手禀告："小人查看了彭千户的遗体，可以确定彭千户是中毒而死，起因就在蜂毒上。"

闵安走近彭因新尸身旁，低头细看，知道仵作所说不假。彭因新尸身呈青黑色，口眼大开，皮肉未曾溃烂，正是初期毒发的症状。仵作看见闵安弯腰按了按尸身面部，从嘴角流放出一丝脓血，他猛然醒悟到新任的臬司是个内行，更是不敢含糊，接着说道："尸斑集中落在彭千户的右脸及右侧身上，已出现尸僵现象，小人可查出彭千户死于辰时，尸身在毒发后再无移动，这里就是案发现场。"

闵安点点头，笑道："先生辛苦了，可向温老爷讨要赏银。"

仵作听见闵安说得客气，觉得她应是好通融的主儿，又抬手说："多谢大人，只是还有一事,让小人想不明白,不知方不方便讲。"

闵安立刻接道:"事关案情,不必细讲。"

仵作抬抬手,默不作声走向温什讨要赏银。温什把眼一瞪:"怎么一个两个都问我要银子。"

仵作低声说:"臬司大人免除了老爷一场官司,小人又证明了老爷的清白,按照惯例,是要讨得一两分'开检钱'的。"

温什丢出一锭银子,恶声恶气道:"彭千户死在我的地头上,还指着我家风水的要穴上,晦气得很,赶紧抬走吧。"

闵安暗叹一口气。她要仵作不说的细处,就是彭因新手指的那方,看着有些蹊跷,为了避免旁生枝节,她特地暗示仵作掩盖。可是这个不识好歹的温什,竟然直接嚷了出来。

巡检等一众随从一心听从闵安的安排,看见了什么、听到了什么,也聪明地当成没有发生过。巡检招手唤两名兵士过来抬走彭因新尸身,还未来得及动作,众人身后又传来一句呼声:"慢着!温老爷说得很有一番道理,臬司大人为何不细细查探下缘由?"

闵安回头去看,桃花溪前疾步跑来一小队兵卒,他们抬着一顶青黑垂幔官轿,前面打了旗牌仪仗,风风火火地赶过来,显出很急切的样子。兵卒和官轿之前,一个三十来岁的官员快步赶来,甚是眼熟。

闵安看了看官牌和青旗,掂了掂来人的官衔,朗声问:"不知是哪位大人莅临敝州?"

那官员停步,微喘着朝闵安拱拱手,道:"下官毕节,在黄石郡与大人曾有过一面之缘。说起来算是大人的旧识。大人看在下官兄长面上,万望关照则个,容下官去彭千户指向的山包查一查。"

闵安听他提到黄石郡,立刻想起了他是毕斯的弟弟。拱手道:"毕大人所言极是,这就请便吧。"心里暗暗担忧,毕斯家的人来这里做什么?彭因新一死,他就赶到了案发现场,倒像是接到消息专程来一趟似的。随着他这一来,以前在楚州作恶的彭马党势力又得显露了出来,仍是牵扯到彭因新和毕家的关系。

毕节连连向闵安拱手,道:"并非是下官有意忤逆大人的查判,只是彭千户死得蹊跷,不查个干净,难以向宫里头交差呐。"

闵安带人偕着毕节一起朝前面山包走去,一边还细细问毕节:"毕大人怎会到左州？"

毕节答："实不相瞒，因彭千户一年前犯了大错，官里头有些不放心，特意委派下官来督查彭千户政绩军业的，没想到下官一来左州，就先遇上了彭千户的死讯。"

这个理由倒是冠冕堂皇，闵安抿了抿嘴，没说什么，攀上了山包。

第二十六章　素心不改解连环

山包上草木遍布，石块耸立，左右望去都无异处。毕节撇开一众人，手里持着一根木棒四处敲打，似乎在寻找着什么。

闵安问："大人可是听到过什么风声，否则不会一来就执意要查看这里，此刻又寻个不停，难道这里藏了什么古怪？"

毕节甚是多礼，又合手向闵安作揖，道："既然大人发问，那下官也不隐瞒。不错，下官从京师来，曾在街头听到小儿传唱：'木子李，木子李，风吹西京落地去。白王气，白王气，元阳未倒换大旗。桃花溪，桃花溪，十里流水困锦衣。香山里，香山里，玉石腾空跃紫鲤。'心里觉得十分惊异。后来歌谣传到官中，引得太后震怒，太后着下官来一趟左州，一是督查彭千户的军绩，二是探访歌谣所唱是否属实。"

闵安听出端倪，忙道："歌谣只是小儿信口胡掰，算不得什么，大人切莫当真。"

"大人有所不知。"毕节淡淡道："来之前，下官就去钦天监地册中查过，仅在左州白木山前探到有一处桃花溪，溪边百花竞放，招惹蜂蝶，香味熏染山包峡谷，使得此处落了个雅称，叫做'香山'。"

他用木棒遥遥指向彭因新的尸身，又说："彭千户身着三重锦衣，死在桃花溪前，手指香山那边，不正是应验了歌谣里的传唱吗？"

歌谣一共有四句，前面三句似乎都起了照应。闵安听得出内中的古怪，就连跟过来看热闹的温什，也暗暗觉得不大妙。

歌谣所说，木子李与西京，隐隐是指李培南来西疆落地生根，且使白王生气之事。白王即是皇字，元阳谐音元央，正是幼帝的年号。既然"元阳未倒换大旗"，那么可推演出，在元央年号还未废除时，已经有人想要换掉皇家的龙旗了。谁人能有这个本领呢？歌谣的最后一句又指出，在香山里，有一块玉石上腾空跃出紫鲤，而鲤又是李的谐音……

巡检咳嗽一声，走上前来说："卑职斗胆提醒大人，小儿歌谣多是谣谶，总有一些险恶用心的人，唯恐天下不乱，故意借着小儿的传唱来蛊惑人心。"

毕节斜睨巡检一眼，冷冷道："谣谶？本官看未必吧。先不说李家公子有没有这个野心，单是这谣谶传在京师里，宫里岂能坐视。世上本多妄人，谁敢说没有人听进去了，以为是天意使然，要集结起来拥簇李公子造反，那时的后果又有谁能担当？所以说，诸位大人不要再推三阻四了，都跟着本官进去探一探究竟，才是万全之策！"他冷哼一声，甩了袖子朝前走，显然是拿出钦差的身份了。

闵安走在后面暗哂：阿循就算造反，也不屑于借助谣谶之类的手段，他想做什么，向来是直接去做，哪曾迂回过一次。这分明是有人在京师玩弄的把戏，引得太后惶恐，给宫里一个整治阿循的借口。

预知后事如何，只能静观发展。

本地已经发生两任千户暴毙的案子，朝廷的特使毕节也来到山头上，闵安再无借口阻挡毕节查个究竟。毕竟宫里一旦震怒，突然发兵打过来，局势对左州、对李培南就没有好处。

闵安又想，彭因新突然来桃花溪，一定也是为歌谣而来，但他走到这里就被蜂子蜇死，恰好又印证了"桃花溪困锦衣"一句，倒是令她费解之事。难道暗中有人周密布置，使歌谣一步步得到印证？

那边，毕节随从惊呼道："大人过来看看，这里有一块碑！"

石碑放置在山包背面，被草木遮掩，平时不易查探得到。上面写了"木子李，换大旗，桃花溪，困锦衣"十二个大字，从字面痕迹来看，已经留有一些时日了。

闵安回头朝温什瞟了一眼,温什一个激灵,暗暗用口型说:"不是我,什么时候搁这儿的,我也不知道。"

毕节笑道:"找到这块碑,离歌谣传言的源头又近了一些。"

闵安道:"依我所见,当是有人暗中凿好字碑,预先放在了这里。"

"哦?"毕节的笑容有点讥讽之意,"那人恐怕是大罗金仙转世,竟然能提前算到彭千户要做什么,会死在这里,特意用来对应歌谣传言的。"

闵安走近一步,对上毕节的眼睛:"大人难道不觉得这是有人在暗中筹划,而是相信此系怪力乱神之事?大人诗书传家,竟然也信这一套?"

毕节朝闵安拱拱手道:"下官不得不信。下官更怕的是,背地里有不怀好意的人,撺掇李公子因言而动,煽动妖风,真的引起一场倾覆社稷的大火。"

煽风点火,这也是闵安心里的怀疑。

在毕节的催促下,众人沿着字碑外露的这条小山道继续查探一番时,她也没有推辞。温什唤庄里的帮工取来十数副防护用的纱笼帽及手套,叫众人戴上,准备妥当了,一行人才走进相连的一个山洞里。

毕节问:"这洞通向哪里?"

温什没好气地答:"白木州。再走九、十里,就可看到邻州地界,那里世代有苗蜡族把持,我怕他们进来偷蜜,把出口封了。"

毕节奇道:"相传苗蜡有独门手艺,能养活族人,为何还来做这偷蜜之事?"

温什越发不耐烦,没好气道:"香山盛产凝脂梨花蜜,拌在泥蜡中,可以用来封存尸体,苗蜡族整天捣弄'蜡尸',少不得这种东西。"

凝脂梨花蜜、泥蜡、蜡尸,这些对外人而言奇诡怪异的东西,听在闵安耳里,却显得不那么陌生。她在清泉县衙参与过含笑遭泥蜡裹身的案子,早就知道有凝脂梨花蜜的地方,必定有苗蜡族。同理,有苗蜡族出没的地方,必定会有祸端。

她心里有些不详的预感,对即将要面临的事,隐隐有了一些准备。

山洞并不局促,蜿蜒盘旋,两壁挂着长明松油灯龛,既能照亮又能取暖。走到开阔处,温家置办的蜂箱散发一阵甜香气,大小不等的离巢蜂子嗡嗡飞转。再朝前走,闵安突然闻到了一股熟悉的白灰香粉味,连忙出声唤道:"大家护好头脸,前面有白翅毒蜂,不去招惹它,它不会蜇人的。"

前面的光景确是如同闵安说的那样,当一行人穿过一小段白翅蜂的壁洞巢穴时，它们只爬上爬下，洞眼里的草屑纷纷掉落，倒是没有攻击底下的行人。闵安知道白翅蜂的生长脾性，也是得益于一年多前，与朱沐嗣同进白木郡蜂洞的那次经历。眼见一路走来都是香蜜、蜂子，使她蓦地想起了同是养蜂人的朱沐嗣，心里又涌起一股难以言喻的感觉。

如果他还活着，以他的聪明才智，一定能妥善安置蜂洞，赚得各种便利。

可是斯人已去，今事还未毕。

闵安回神来想，死在溪旁的彭因新越发显得古怪了，为什么在那种开阔的地方，偏偏就他招惹了白翅蜂，被蜂子注毒蜇死？

还未走出白翅蜂的地界，前面稍暗的洞穴里传来一阵柔和的亮光。众人凑过去一看，发觉是一块白玉石碑，地基垒得很高，碑上书写着"李氏临朝，昌兴帝业"，旁边镌刻了一道紫鲤跃出龙门的图案，还用金砂勾芡了，在玉质石色映衬下，拂散着淡淡的辉芒。

"宝气天光，宝气天光。"毕节喃喃说道，"洞里果真藏有明诏，冥冥中引得我一路走过来，一定是天意昭然。"

至此，歌谣传唱的第四句"玉石腾空跃紫鲤"已然出现。

温什跑到石碑前左看右看，说道："真是邪门了，本家人从来没进里面来，什么时候又多出了一块石碑？"

闵安低声说："恐怕是白木州那边的出口被人掏开了，放了一块石碑进来，你整天只知道享乐，什么时候又想着进洞来查看查看？"

"大人此言差矣！"毕节大声说："这块石碑质地不凡，旁边又有毒蜂出没，寻常人哪敢来此地冒险？只能是天公授意，落下吉石示诏，警告朝廷早日发现李家造反叛乱之心！"

巡检低声道："真是荒谬。"

温什也哂笑道："痴人说梦，还想大家都听信他。"

闵安回道："大人非要一口咬定这座山里的种种异相，一定是天意使然？大人极力举证此等传言，又有什么用处呢？"

毕节振振有词道："山生异相，必定是天意垂示；天意垂示，往往是动乱的先声嚆欠……"他说了很多，总之一口咬定，李家人一定会生反心，老天爷都提醒世人了，这种传言说法绝对没有错。

闵安心知，李培南一定会反，但是逆反一事，又怎能拿到明处来说，让太后一派先有了剿灭的借口。她猜想，毕节执意查看山里境况，口口声声相信"天意"，必定是有人先教与他这样做，那么站在太后那边，躲在毕节后面的人，才是李培南真正的敌人。

转过石碑，毕节又惊呼："不好，还有个人死在这里！"众人连忙提灯去照，才看见石碑背面地基旁仆倒一具尸身，锦衣官靴穿戴，暗暗喻示着出身不简单。毕节将尸身翻转过来，腰牌噗的一声落地，金漆刻字在光亮下解释了死者的来处——西疆总兵府。

闵安看到死者面目，动容道："这是马开胜马大人。"

西疆总兵府本由李培南掌管，自李培南削爵后，朝廷就另派武将来接管兵马，却遭到军营上下一致的抵制。除去总兵府所居的首县，其余各州郡纷纷发生哗变、兵乱，以左州、白木州两处尤甚。

马开胜就在不久前被派到西疆来斡旋，促成新旧权力交接的。

闵安细细推究，发现朝廷选马开胜来做中间人，应是看在他与李家人的些微交情上。一年前，李培南坐镇清泉县马家，协助闵安破了马家老爷马灭愚的命案，随后马老夫人感念恩情，拜见楚南王李景卓，受到李景卓的提点，她主动去昌平府二儿子马开胜家中，劝说马开胜脱离彭马党营，依附到王府势力中去。马开胜侍母至孝，虽说未主动向李景卓投诚，倒是真的从彭马一派中挣脱开来，分离了彭马势力。他的所作所为，使得李培南在最后的楚州举贪案里事半功倍，李景卓念着他的好处，在放权之前，擢升他为三品大员。

马开胜的立场已明，归顺太后的彭马旧党适时进言，太后不久就将马开胜派到兵荒马乱的西疆来了。

李景卓放手权柄，世子失爵，马开胜在朝政上失了依靠，自然无力抗拒，只有遵旨来西疆走马上任。此时又被发现暴毙在香山地洞里，内中自然又有隐情。

马开胜倒毙在地时，手搭在石碑地基上，头面、四肢均有青黑色，肚胀，口角渗血。

闵安心中一动，提着灯盏照亮马开胜的尸身，吩咐随行仵作细查各处。仵作查验过后，再次断定，马开胜亦是死于白翅蜂的毒针下。

"那可怪了。"闵安说道，"马大人好好的军司安置使不做，跑到这穷乡僻壤钻山洞，要活活被蜂子蜇死。"她顺着马开胜所指方向去看，仍是那块石碑，左右都无异处。

随行众人站在闵安身后议论纷纷。

"马大人和彭千户一样的死法,确是邪门。"

"马大人也穿了锦衣,难道是蜂子只杀锦衣人?"

巡检笑道:"温员外穿的衣服不知比两位大人华贵多少,也没见蜂子来蜇他嘛!"

温什瞪眼推了巡检一把,怒道:"小爷我穿锦衣怎么着,不做亏心事,自然受蜂子敬重,不行吗?"

才吵嚷了一句,站在石碑正前的毕节突然发出一声凄厉的惨叫!

众人回头去看,只见毕节两手胡乱挥舞,状似发疯,几只白翅蜂从他的帽子纱帘下、袖口处飞出,在毕节的疯狂驱赶下,它们毫无去意,不时恶狠狠朝着他蜇去。

"快救大人!"闵安一声令下,巡检已经一个箭步赶过去,扶住了毕节快要倾倒的身子。

仵作舍弃了马开胜的尸身,拿出工具箱里常备的醒脑解毒的药膏,给毕节的红肿处擦上。

可是药膏不敌白翅蜂毒性,毕节的呼吸逐渐艰难。他紧紧抓住闵安的袖子,抖着嘴唇说:"毒……毒性太……强……我只怕……"话未完,嘴角涎下沫子。

闵安大声问:"蜂子为何会蜇大人?大人方才做过什么事?"

毕节竭力摇头,气息奄奄地道:"我就……摸了下碑面……什么……都没……此乃天意……天公在守着……守着这块石碑……谁也不能……忤逆……"说完就断了气。

两个毕节的随从惊恐地打量洞中四壁,最后将眼光放在石碑字刻上,一步步后退说:"太邪门了,摸下石碑就得死,另一位大人还倒在石碑底,小人们回京,该怎样给官里头交代?"

闵安喝道:"休得胡言乱语,本官自然能查验出三位大人真正的死因。"

随从连连摆手:"不,不,还是请臬司大人放小的走吧!李家的邪气太重,任哪个都镇不住啊!"

巡检听不得聒噪,一人赏了一脚,两个随从叫嚷不休,温什突然喝道:"安静!洞里有其他声音!"那两人抱在一起,满脸惊恐之色。巡检和众人一起侧耳,同时抽出了军刀,站在了一众人的前面。

温什拉拉闵安袖子，低声说："小娘皮，你躲远些。"闵安依言转到他身后，想起谣谶里困死锦衣传闻，还伸手捻了捻他的衫子，暗想："他也穿锦衣，怎会没事？"

白玉石碑所在的洞穴之旁，还有一个小洞，渐行渐近的脚步声就是从那里传来的。巡检一手持刀，一手提灯去照，才让那边亮堂了一些。就在众人凝神屏气间，一个修长的身影从暗处走了出来，眉目澹淡如月，周身意态安闲，行走在幽暗山洞间，对他来说，也似闲庭信步。

闵安从温什的肩膀处踮脚瞧了一下，叹道："不是鬼，不过来得也不是时候。"

巡检连忙放下灯笼，抱手行礼道："原来是公子，多有得罪。"

李培南穿着黑衫长裤，一副普通民众行装，只是他的眼睛，在暗色中也显得那样明亮。他的目光越过众人，径直落在闵安只冒出一截缩花发辫的头顶上，问她："你怎会来这里？"

闵安始终站在温什之后，淡淡道："查案子。"

"查什么案子？"李培南暗暗纳罕，什么要紧的案子，需要带这多人？与温什紧挨在一起，又是闹什么鬼？

温什看到李培南的目光落在他这处，一激灵，笑着迎上去，细细说了一遍洞外洞内的光景。就在温什在邀功诉说时，毕节的两个随从仍然抖作一团，向闵安低声请求道："大人，大人，先放了小的吧，如今李公子都出现了，这这……"

闵安正在懊恼的就是李培南早不来迟不来，偏偏倒毙了两名官员之后，他好巧不巧地出现在附近，像是故意要坐实了石碑及谣谶上的传闻。她细细思索，这一切到底是巧合，还是有人故意安排的结果？

李培南倒是没解释他出现在此处的原因，只对闵安说："快些回司衙去，这里不安全。"

闵安回道："职责所在，我走不了。三位命官连番倒毙，我身为臬司，需查出原因。"她唤巡检带队送出两具尸身，顺便将那两个随从送进巡检司软禁起来，不想他们过早将风声传回京师。

温什踌躇一下，正待跟着巡检走出去，一手持着火把先行的闵安唤道："温公子先别走，跟我去探探你家筑的出口。"她走向了与入口相反的方向，温什终究怕官司缠身，只得硬着头皮随她而去。

眼见如此光景，李培南只能走向了闵安那边。温什快步追上闵安，还唠叨着:"小娘皮又想坑我吗?"

"你且闭嘴,走我前面。"

温什几步跨过闵安身边,闵安又道:"慢些,举好火把在前带路。"

温什不痛快地回嘴:"小娘皮真难伺候。"

温什话音未落,脑后突然一道劲风袭来。他吃了一惊,下意识地回身去挡,脖子已经被李培南抓在了掌里,顿时浑身酸软,动弹不得。

李培南冷冷道:"你且长个记性。"

"什么?"温什痛得跳脚。

"她说的话要听进耳里去。"

走在一旁的闵安心生鄙夷。

温什大叫:"好吧好吧,公子放开我,我知道怎么做了!"

李培南放手后,温什举着火把乖乖走在前面带路,且闭上了嘴巴。

闵安笑道:"恶人自有恶人磨,'小娘皮'以后叫不得了。"

温什哼了一下,此后,整个山洞显得安静多了。

山洞湿气加重,火把照向壁道,可见许多滑腻腻的青苔和松香灰。闵安跟在温什身后,细心查看是否有蜂子来蜇他,全然将他当成试行"锦衣招毒"的靶子。她一直不说话,温什自然不知她的心思,李培南也觉得她过于安静了些,淡淡地问道:"军营里有无动静?"

闵安答:"发了缮银、军饷下去,暂时安抚住了。"

"司衙呢?"

"麻烦事不断。"提到麻烦,她不想诉苦,李培南也不再追问。

见闵安又没了言语,李培南想了想,低声问:"那天早上我离开司衙——你生气了?"

闵安嗔道:"既然走了又何必回来?"

李培南笑道:"为你走,为我回,当然十分必要。"

闵安反手揪住李培南的袖子,说:"柔然小姐怎会放你回来?你走就走,别说为了我,冠冕堂皇的话说多了,小心闪了舌头。"

走在前面的温什好奇地竖起了耳朵,大气也不喘一个。李培南扶住闵安的后脑,低下头极快在她脸上亲了一记,说道:"我去总兵府,是为了说动格龙出兵剿灭苗蜡族,给你免除后患。来去匆忙,并未见到柔然的面。带兵杀进苗蜡寨后,我左臂毒发,再也挨不住,去山洞中,是因为阴湿之处能找到解药。"

十多天前,闵安带着他走访,让他看清苗蜡族迫害民众的罪行,他始终将她的诉求放在心上。待到时机成熟,他才离开她赶往总兵府,一举成事,彻底帮她根除苗蜡隐患,虽说离开她时,他不辞而别,又放了谎话出去,会惹得她不快,可他更不愿见到她跻身战场涉险招安的情景。两厢比较,他宁愿她生气。

闵安是个明事理的人,她满心的怨气在李培南那个安抚的亲吻中散得无形,就转过脸去看他,柔声道:"手臂还痛吗?"

李培南笑了笑道:"解药没找到就见着你了,伤痛已经好了一半。"

闵安倒是记得老爹说过,李培南的尸毒解药,需去蜡尸掩埋处寻找开得最好的奇花异草,立刻明了李培南来香山是事出有因。只是这一来,正印证了香山谣谶与他有关的传闻。

可见,使他中毒,迫他来寻解药的人,就是处心积虑炮制了命案、石碑等一切事端的人,其目的就是落他口实,让太后及世人相信:天意昭然,李培南必反。

闵安问:"你寻解药早不来晚不来,为何趁着宫里来人巡山时,钻了进来?"

李培南答道:"这毒药还算厉害,以我的功力,抑制毒发也不过一旬。"

他是挨到第十天,带着格龙的兵扫荡苗蜡族余孽时,看到大势已定,才分心去做私事,替自己解毒。

闵安掐指算天数,马开胜来西疆斡旋纷争,彭因新上任千户长至倒毙,毕节从京师赶来调查谣谶,果然不多不少刚好十天。她暗自心惊,这背后的人好生厉害,竟然将时机把握得如此精准!她朝前推,又想起一连串连番发生的祸事,突然满背都是冷汗。

前些天,左州军营发生哗乱,舵把子大徒弟趁机杀死千户长,暴露了自己的行踪。闵安破解了大徒弟杀人的手法,仍在犹疑,为何他躲了一年不见动静,偏偏此时出来生事……她还未完全放心,又赶忙去招抚城外乱军。乱军冲突一阵,引走了李培南,李培南在追击中遭遇伏击,被死士下了尸毒,而那些伏击,应是早就准备好了的……

闵安越想越惊疑,这才明白,自她来司衙后,连番的突发事件,其实都是套在一个环链之中,形成了连环计。因为大徒弟杀死千户,将千户位置悬空出来,才能使宫里派出新任的长官。城外乱军生事,引得李培南去追,才能迫他中毒,需他去香山寻找解药。彭因新到任左州，接替千户之职，命案就接二连三发生，留下的证据处处对李培南不利……照这个路数下去，后面应该还有不少暗招、诡计在等着他们。

闵安拉住李培南细细说了她的推断，叹道："背后这人极厉害，摆弄这些诡计时，竟能做到分毫不差，得心应手。看来我们稍不留神，就会踏入他设下的彀中。"

李培南只在大事上着眼，这些阴谋诡计在他心里还是小打小闹，并未引起他的忧虑。他淡淡说道："使这些小手段，毕竟成不了气候。"

"你可知背后这人是谁？"

"温知返。"李培南知道，如今的朝堂上，也只有温知返敢与他对着来，且是明目张胆的。

闵安顿了顿，道："光哥哥一个人，还做不成这么多事。"

前面的温什忍不住回头说："就是，就是，温老二算个球！他那脑子转不开！想不了这些精细的盘算！"

闵安强忍不悦，还是点了点头："这些计划太细腻了，不是行伍出身的哥哥能设计的。阿循你看，这座山连接两州边境，旁边又住着苗蜡族，只要他们使出本门手段，从地底来又从地底去，就能神不知鬼不觉地安置好两座石碑，坐实关于你的谣谶。可是有一点我们不能忘，那就是苗蜡族与哥哥素无瓜葛，他们只依附过朱家寨人，听从朱家寨人的指派。"

李培南沉吟道："也就是说，除了温知返，还有朱家寨人参与了进来。"

闵安点头。

李培南道："朱家帮佣死去大半，只剩下首脑人物朱佑成与一个丫鬟朱双双。朱双双终究是女流之辈，想来非她所为。如此看来，留在温知返身边出谋划策的人，十有八九是朱佑成本人。"

闵安没作声，心里认同李培南的推断。李培南笑问："怎么不说话，是想起了老熟人，又不痛快了？"

"没有。"

耳尖的温什嘀咕道："莫非这里面，还有一段什么什么……爱恨情仇？"

李培南不理温什，回身对闵安道："到我这里来。"他牵住闵安的手，带她走出黑暗。他的手心很暖，闵安感觉很舒服，真想就这样一直被他牵着。突然，她想到一事，冷冷道："你以前也用这只手牵过小姐。"

"你看错了。"

"那她至少抱过你的手臂，总是不放开。"

李培南低声说道："我曾应过格龙的请托，照顾柔然。她小孩心性，身子又有病，我怎能冷面拂了她的意……"

还没听完，闵安就扁嘴："她又不是你的责任，你干吗要事事迁就，再说照顾就照顾罢了，又何必让着她黏在你身上，像是牛皮糖样的，扯都扯不下来？"

李培南笑："你说得对，以后见到柔然，我与她约法三章，不准她靠过来。"

"还要让她明白，你是我的人，她不能抢过去。"

李培南将嘴凑到闵安耳边，轻声道："羞不羞，当着外人的面，连这种小话儿也说。"

闵安瞪起眼睛摇他的手臂，故意大声道："温什是打灯笼的，你管他做什么——你应不应，应不应？"

李培南低声笑道："都依了你，快放开我，毒气传给你可不好。"

闵安把李培南的手臂缠得紧紧地，拉着他躲在洞口拐弯处，踮起脚在他嘴上亲了亲。李培南低下头，任由她伸手拉扯了一下他的耳朵、脸庞，才好脾气地说："走吧。"

闵安放开李培南，追上温什，见前方光亮越来越明，问："出口已被掏开了吧？"

"是的。"

"苗蜡族真被剿灭了？可是族里应有一些幼儿妇孺吧，不会连他们也……"

李培南忙应道："我剔选出生事作恶的部落，将他们一一清除干净，不曾动过妇孺一根指头。"

闵安奇道："你又是如何知道，几万人混居的苗蜡族里，哪些是坏寨子呢？"

"娘亲就在苗蜡族里，与我做了眼线。"

闵安不解地瞧着李培南，李培南只得如实相告："娘亲在多年前也曾中过苗蜡尸毒，她为了配解药，曾多次往返西疆，探寻各州各部秘辛，现在比我还精通此地情况。"

苗蜡族世代依山而居，八九个寨子连在一起，所占的地界就不可小觑。闵安走出香山，站在洞口朝白木山脉怀抱里的寨子望去，全貌竟不能收于眼底。

因总兵府清剿过蛮帮夷族，寨子里鲜少有炊烟升起，方圆几里不闻鸡犬声。

"太静了。"闵安心里不踏实，兵连祸结，池鱼之殃是免不了的。

李培南告诉她，总兵府的军力并未退去，驻扎在寨外平地中，正在清点缴获。他不愿意蹚浑水，才走向了香山地洞里寻解药。

"解药未找到，怎么办？"闵安担忧的事情有很多，这是头等重要的。她看着温什走在前面，一路不见有毒蜂来蜇他，因而断定三官员倒毙案件中，锦衣不是招蜇的理由。既然不是理由，那么破案的线索就需要另找了。

李培南答道："苗蜡掩埋蜡尸之地较广，以前筑了不少地坛培骨养花，在洞里找不到解药，只能去地坛碰碰运气。"

只是他与娘亲都不知，地坛入口在哪里。他打发温什去前面一座山查探查探，温什哪敢孤身涉险，嘴里应着好，暗地摸向了山前，打算绕道回温庄。

李培南牵着闵安，一步步走下香山。山脚湿润，绕着几条小溪，一些野花野草点缀两旁。"歇一歇。"他唤她坐下，又用宽大草叶盛水过来给她喝。

闵安问："手臂真的不痛吗？给我看看？"

李培南答道："不碍事。"

她软声相求，他仍然不肯将伤臂露出来。她抓向他的手臂，想来个突击，一向寂静的村寨外，突然传来杂乱的嘶喊。

李培南侧耳一听，动容道："又有一队人马杀过来了，听他们的呼声，应是白木总兵的军力。"他顾不上别的，反手拉住闵安，径直朝前掠去。

闵安知道李培南急切的缘由，白木州总兵即是衣久岛父亲哲使，他与格龙都是李培南想联合的盟友。西疆多争战，源头就在部族众多，血统繁杂，较难融合。以前有李培南坐镇首县，哲使与格龙多年能相安无事。今天格龙出兵清剿苗蜡族，刚好越过了左州地界，哲使有了借口，就明火执仗地赶过来打劫了。

寨口有座小山丘，落在草靶场之后，李培南将闵安抱到山上，唤她好好藏起来。他说道："两个总兵府争斗，不是你这招讨使能处置得了的，听我的话，等兵散了，你就回司衙去。"

"那你呢？"闵安抓住李培南的袖子。

李培南摸摸她的头，道："我出面解决事端，还需归还格龙的兵力，把队伍带回总兵府，不能来找你。"

她听后拽拽他袖口，关切道："小心一些，保重身体。"他已起步掠开，又回来一趟,在她脸上亲了一记才急匆匆离去。她看着他兔起鹘落奔下山,从寨门处拔了一把遮阴的凉伞,几个纵身就跃进寨去。

闵安担忧战情,爬向了更高的山头,匍匐身体朝下看,越看越心惊。她是听说过蛮夷军冲锋陷阵的厉害,但没有想到,蛮夷军的武力竟是如此剽悍。

传闻说,西疆蛮夷人喜欢列车作战,一旦被敌军冲散,他们掰起一匹马便能再战,直至杀得军刀卷刃,还要扑上去咬敌两口⋯⋯

眼前场景不差分毫。

白木州总兵府所出军力,均是头缠白巾,裸身穿戴皮甲,呼喝着蹬踏在两轮战车上,扬手甩着长鞭。在战车之后,还有手持圆盾及长枪的骑兵,个个断发刺面,外形狰狞可怖。待冲锋的战车撕开对手阵形缺口后,骑兵风一般插进战局,挺枪直刺倒地者,呼啸而去,又荷荷怪叫着拨马杀回来。

左州总兵府已经打过一场大仗,亏损了兵力,被白木州的骑兵杀得措手不及。他们大队挤在营地帐篷旁,展不开队形,捞起武器就砍向马腿。骑兵滚地,他们举刀赶过去厮杀在一起。

肉搏战中,骑兵弃了长枪使用军刀,几乎刀刀见血,落地之后的肉搏中,他们还要用牙齿咬伤左州军,甚至有兵生啖人肉。左州兵久与白木军征战,也未曾提防敌军的怪异打法,渐渐地惊呼怒骂,士气开始受挫。

闵安看得头皮发紧,更为李培南揪心。

李培南恰在此时赶进了战局之中。他手持大伞扫出一阵劲风,趁迎面的人马纷纷向两边闪避,游龙一般冲向了战车。总兵佥事识得李培南的面,先喝停了左右的战车。由于隔得太远,遮挡物又多,闵安看不清李培南的动静,只能干着急。

两派人马缠斗不休,战火已漫延到山下。闵安被奔逃上来的左州兵发现了身形,无奈之下,她一咬牙囫囵滚下山去。白木州的骑兵纵马来踏,似是认出了她的官服,提缰的动作稍稍延迟。她趁机滚过马蹄,专挑帐篷栅栏处落脚,七拐八拐,使出浑身解数,扒在一匹战马肚下,竟给她混出了战场。

辨明方向,闵安不及歇一口气,立即着手寻找苗蜡地坛藏匿的地方,想着解除李培南的后顾之忧,替他找解药。

祭祀场所并不难找,苗蜡族祭祀时幕天席地而拜,在垒砌的石塘旁插满大大小小的旗子,一望便知。闵安在塘边寻找了一阵儿,突然见一处塘底豁着泥巴,露出一口陶缸,心里蓦地一动。

这样的场景布置,似曾相识。

当初非衣在清泉县涉案,关键证人含笑被裹在泥蜡中,是埋在地底陶缸里的,也是由苗蜡族做出的把戏。

闵安扎紧袖口裤脚,正待探进陶缸里,旁边传来一个低柔的女声:"我来。"应声走来一名穿着蓝染布裙的女子,身上披着一件黑压压的斗篷,罩住了头脸,使得她看起来有些神秘。

闵安仔细打量她低垂的脸,见她容貌秀丽,不过二十三四的年纪。闵安心中一动,犹疑着问道:"尊驾是……阿循的娘亲?"

萧冰围着陶缸转了一圈,说道:"地坛入口竟然在这个不起眼的地方,真是没想到。"她抬头看了闵安一眼,"你的心思细腻,很不错。"就要一头扎进去。

闵安急声道:"王妃?王妃!不可贸然行事!"

萧冰淡淡道:"你去寨子里躲着,我等会来找你。"她深吸一口气,如遁入湖水的鱼儿,倏忽陷落进陶缸里,直至没顶。

闵安呆了一呆,心想,他们母子两人行事,果真与常人不一致。说出的话不容更改,也不留人喘息的地儿。

闵安摸向废弃的寨子里,躲进一座毡子房中,趴在窗口去听,厮杀声已渐渐息了。可能李培南已经平息了两座总兵府的争战,使得他们偃旗息鼓,各自退了回去。想到这些,闵安的担心也少了一半。

傍晚时,萧冰穿着一套新衣衫走进毡房,神采翩然。

闵安奇道:"王妃是怎样找到我的?"

"阿昙。"萧冰简短答道。

"什么?"

"我的名字。"

闵安愣了一下,醒悟过来:"哦,好的。"

萧冰说:"我是江湖人,自有江湖手段。人想寻我,不可见。我寻他人,明如火烛。"

闵安觉得阿循的娘亲太厉害了,样子又冷冷的,很有气势。虽说阿昙说话行事异于常人,可她闵安身边也不缺乏奇人,老爹和翠花不都是这样的吗?才过了短短半天,闵安就喜欢上了阿昙的性子。她告诉自己,不是爱屋及乌。

萧冰从背囊拿出整理好的花草丛束，递给了闵安："烦劳吴先生配解药。"

闵安问："你认识我师父？"

萧冰却答："我知道你所有的事。"

闵安摸了摸脸，笑道："阿昙怎会了解得这样清楚？"

萧冰淡淡答："我一向行踪不定，就是去了各处查探消息。"

闵安暗道厉害。又问："为何不见苗蜡妇孺？"几座寨子里荒无人烟。

萧冰答道："苗蜡妇孺相信师婆的法术，对她言听计从。我看寨子里的师婆只会妖言惑众，一刀杀了她，扮做她的样子，劝得妇孺们朝北走，去投靠冰原上的乌尔特族。"

闵安先是一怔，再是一喜。怔的是阿昙行事不依循常理，只用江湖手段；喜的是阿昙已帮她解决后顾之忧，安置好了许多人的去处。

萧冰指着花草说："我落进陶缸地穴中，摸索前行，找到了一处墓地。墓地藏在香山底，不埋死人，却筑了上百个石坛。我在数年前中过尸毒，知道苗蜡族的厉害，特地割血滴进石坛中，查看坛里所培养的花草反应。其中的丁香花开得硕大无比，又透出幽香，我猜解药应该出在它身上。"

闵安听后，心知萧冰深明药理，完全可以放心。她与萧冰话别，萧冰说："不用来找我，必要时我自会露面。另，解药留我一份。"

暮色里，闵安揣着药草爬上香山，打算循着原路返回司衙。

绕山的小溪旁传来一阵嘈杂声，她俯下身子看了半晌，才明白是分道扬镳的温什出了事。

先前温什被李培南支开去前山寻地坛入口，他嘴上应着，却偷懒窝在草丛里，正巧遇上了来打劫的白木州骑兵。温什一人势单，又想着报出衣久岛的名号总不至于被劫，就大大方方陷落在战团里，一时半刻不急着出来。等他察觉到眼前的骑兵堪比凶神恶煞，根本听不进他那套近乎的言辞时，再想逃出来就显得迟了。

骑兵见人就杀，用长枪在温什身上戳了几个血窟窿，将他从山上挑下来，啪嗒一声甩在溪水里。温什失血过多，身子又浸在水里，等到管家带着众家丁寻到他这老爷时，他已是气息奄奄。

管家给温什就地裹伤上药止血，摇晃半天，竟是没唤醒温什，吓得惊呼起来。闵安遇到这情景，虽不想耽误给李培南配解药，但毕竟不能见死不救，不由得叹口气，从山道上爬了下来，帮助家丁救助温什。

苗蜡村寨毡子房里，还遗留着一些物什。闵安唤家丁烧柴生火，取来温热锅灰盛放在布袋里，再用布袋熨烫温什心口。温什本是手脚僵直口舌紧闭，在布袋反复熨烫之下，身子逐渐回暖。他一睁开眼，就看见闵安关切的面容在前，突然开口道："娘……"

闵安一惊，暗忖温什是不是已经不中用了，回光返照之际，将自己误认做他的娘亲？

温什又叫了一声娘，似乎看不见别人，只管用眼睛紧紧攫住闵安的脸，迭声唤道："娘……我饿了……"

管家见闵安脸色有异，连忙护住突发傻的温什，哭嚷着说："我家老爷跟着大人走的时候还是好好的，现在变成这个模样，大人能逃得了罪责吗？不是大人钦点我家老爷去巡山，我家老爷能落到这种田地？怨就怨我家老爷心软，一个劲地跟着大人，又没寻到好东家得个福荫，这才被人坑了，连苦都说不出来……"

闵安见这管家说得可怜，当下细心查看温什脑后，摸到一处鼓起来的血包，向管家解释道："你家老爷命大不死本是好事，可惜不走运，从山上掉下来时磕着了头，把脑子磕坏了。"

管家看看坐在毡子上缠着头的温什，再看看一脸不以为然的闵安，心酸劲一起，又抹起老泪来。"那老爷为什么只认定大人做娘亲？"

闵安笑道："我怎知道，平日里他骂我倒是起劲，没想到一发傻，竟黏着我不放。"她隐约觉得，温什错认她的理由，与新孵出的小鸡认定第一眼见到的家禽为母鸡是一样的道理，只是她不好意思说出口——太过奇异，缺乏印证，她也没法说出口。

两个时辰后，被耽搁了工夫的闵安来不及回司衙配置解药，径直去了格龙的总兵府。吴仁接到闵安的口信，也急匆匆朝总兵府里赶。

府里戒备森严，气氛压抑。

闵安等被留在客房里，只说府上有事，暂时不能见客，明日再说。睡了半宿，晨起食用过早膳，迟迟不见格龙和李培南来会面，想要出去，却被府上的卫士再三推阻。她暗觉惊异，询问端茶倒水的婢女再三，终于明白了缘故。

早起时，小姐柔然在密闭的庄院里失踪了，琉璃楼四周都是好好的，未发现任何异常，她整个人像是凭空消失了一般。

大额吉本来靠着家族之力与女儿的娇宠地位在府里得势，现在苗蜡族被剿灭、女儿失踪，她一下子倒了势，哪肯好相与的，在府里大肆打人放火，闹得鸡飞狗跳，甚至一度冲到李培南面前，叫骂他害了柔然，简直要拿出拼命的架势来。

格龙怕惊扰了贵客，连忙请得李培南去偏院落脚，又将大额吉软禁了起来。

闵安听到这里，摆出原先曾有的"芝麻道仙"架子，不准仆从通传，径直闯去了偏院。

格龙在大厅里走来走去，一副慌张模样，还在问："公子再仔细想想，柔然平时对你说过什么离奇话没有，说她要去哪里玩耍之类的？"

李培南的回复千篇一律："没有。"

见他神情淡然，格龙又急："我就这么一个女儿，现在她就这么无缘无故不见了，公子怎么安生坐在这里，一点不心急吗？"

李培南从容答道："我能帮忙找小姐，却不便插手总兵家事。"

格龙把手一挥，大声道："柔然就是我家最大的事儿，公子既然有办法，就请替我找回来吧。"

"若我找回，总兵需应允我一件事。"

格龙皱眉道："又是什么事？"

"先前我许诺过保护柔然一年，这差事需容我交卸了。"

"为什么？"

"我已应允过内子，不便再保护小姐。"

格龙惊异道："公子已娶妻？"

李培南笑道："早已定亲，只是未曾迎娶进门。"

格龙连连啧嘴，皱眉道："这可不好，柔然要是知道了，又得不依不饶地闹。"

李培南见意思已说清，起身拱拱手，再不开口。门外偷听许久的闵安忙不迭地走进来，朝着格龙施礼，道："下官不请自来，还望总兵恕罪。"

格龙简直喜出望外，忙道："道仙说到哪里去了，用八抬轿子请你来，还怕请不动哩。"

有了格龙的尊崇与支持，闵安行走在总兵府里调查柔然失踪一事，显得便利多了。既然李培南不便插手府里的事务，那么就由她这个顶着道仙之名的按察使来接手，倒也是名正言顺。

李培南怕闵安有闪失，寸步不离跟在她身后，乐得她一直使唤他做事，还公事公办地向他询问证词。

"我没见过柔然，这次回总兵府，忙于布置讨伐苗蜡事务，并未与她搭上话。"李培南的回答依然很简单。

是以大额吉控诉的，由他引出柔然再劫走柔然的做法，缺乏施行时间。

闵安考虑到要平息总兵府的惶恐心，给格龙一个正大光明的交代，不得不采用官场上通行的规矩，先审问李培南，再准予大额吉出面申诉她的主张。

堂审设置在客厅内，相关人员到场。

大额吉说："大家都说李公子待柔然亲厚，不可能劫走她，我认这个理。但是，你们也别忘了，柔然是见他不着，才一次次私闯出去，被老爷关进院子里的！谁能担保，这次不是柔然要见他，才想着法儿逃出去的？所以说来说去，他的责任最大，问他要人理所当然！"

闵安坐在大厅主座上，看向右侧座位上的李培南，问道："可有此事？"

堂审中，李培南作为被告人，与大额吉相对而坐。他离开总兵府有十数天，对府里动静了解得并不是很透彻，但他听见闵安询问，还是爽朗地应承了下来。

闵安道："小姐确有私下出府寻找公子的意图，此次不见了人，或许正是她的意图所在，不应怪责仆从守护不力，也不应指控公子诱导她出府。"

来之前，大额吉就发动二额吉站在她那边阵营里。此时听见闵安的论断，大额吉就伙同二额吉一起冷笑道："大人一张嘴伶牙俐齿，可是就连我们妇孺女子都知道，衙门里断案判事是要讲究证据的，总不能空口无凭就能撇清公子的责任吧？"

她们争论的关键，无非就是李培南先牵动了柔然的情思，后又疏于陪伴，以至于柔然失踪，应负有最大责任。

大额吉翻出书信及许多小物品作为呈堂物证。里面包括了闵安替李培南捉刀所写的回信，随信夹附的干花、帕子，花枝节那天收录的游方曲子……不一而足。

这些女儿家的小物件，还真是能引起足不出户的闺房小姐的情思。

闵安抿唇坐得笔直，面上淡淡的，并不去迎李培南掠过来的眼光。

当初她回信时，随手转赠柔然一些花枝节所获的小物什，只想讨好她，哪里想到会引起后面的波折。

李培南听到种种证词不利于他，问服侍柔然的婢女："小姐所中意的私物较多，可曾随身带得什么？"

婢女想了想，答道："只有一个香囊球、一块玉佩、一把绢扇是小姐舍不得放下的东西，不管去哪里，都要随身带着。"

奇香香囊球和白绢扇是由闵安转送的礼物，玉佩是李培南亲手给柔然戴上的护身物，极得柔然喜爱。她带走它们，不足为奇，也无意给李培南留下了查询的线索。

这时，甲兵队长走进客厅，向听审的格龙禀告，彻底搜查过全府、兵堡后，仍不见小姐的踪迹。

格龙脸色更忧。

李培南请示："能否让我检查一遍小姐的庄院？"

在格龙首肯下，值守的甲兵打开层层封闭的庄院，向众人展示了院落楼宇的全貌。

闵安帮着李培南勘察痕迹，完事后冲着他摇摇头，意示府里的甲兵搜查结果并未有错，柔然确是在无地道连通、有高墙护垒、兵士昼夜巡查的情况下，就这样无声无息地失踪了。

院里的秋千架子、不倒翁陶俑还在，蒙着一层冬阳光辉，只是走失了它们的主人。

李培南回头一看，说道："少了一尊陶俑。"

闵安快步走向陶俑场，用铁锤敲击俑身，传回硿硿声音。她一连敲击了十一下，都未发现内中藏了人。

李培南对格龙解释道："我曾唤匠工赶制十二尊陶俑，做成不倒翁样子，供小姐玩乐。现今少了一尊，只怕小姐藏在里面被偷运出府去。"

婢女怯生生走过来说："禀告老爷，小姐昨晚嫌最后一尊陶俑破了个口子，要运出去让工匠修缮一下……"

格龙瞪眼怒喝道："怎么不早说？"

婢女快吓哭："大家慌作一团寻找小姐，奴婢就把这件事给忘了……"

闵安却察觉到，婢女在应格龙话之前，还曾偷偷看了大额吉一眼，似是去探大额吉的脸色。

格龙立刻呼喝甲兵盘查大门关口处，得到回传消息，说是今早放行过一辆装了陶俑的牛车。

"牛车去了哪里？"格龙急问。

不待甲兵再去探查，闵安就说道："司衙。"

总兵府原有工匠、农户做劳役，闵安被格龙第一次抓来时，凭借着当芝麻道仙的三寸不烂之舌，哄得格龙放了所有的农奴、役工，随后工匠们又被司衙征召过去，每天清晨去工部房报道，接受官吏指派，去左州军营修缮倒塌房屋、校场马桩等。

是以要想找到一名工匠修理陶俑，必须去司衙等着，交与工房司吏处理。

大额吉走到格龙身旁，低声哭诉道："老爷，你可要替我母女俩做主呐，前面公子的责任还没算清楚，这后面就冒出个女枭司，说是柔然就在她那处——难不成，他们两人是串通好的？"

格龙皱了皱眉，神色有所犹豫。因他之见，爱女的失踪，与李培南、闵安有着太多的干系巧合，多到连他都拿不定主意了。

闵安是个明眼人，懂得势态紧急，有意安抚说道："总兵勿忧，只要小姐在我司衙，必定走不脱。大额吉也请放宽心，公子始终是总兵的盟友，绝不会做出有损小姐之事。"

大额吉冷冷道："只怕未必。"再看格龙的神色，似乎被闵安一番话说动，冷哼了一声，悻悻退下。

格龙道："大人既如此说，就请赶往司衙，只要能找到小姐，其他的话以后再说。"

格龙整装起一大队人马，带着额吉们的马车，浩浩荡荡朝司衙进发。还未出得府门，就被得信儿赶来配置解药的吴仁一头撞上。吴仁扯住闵安的马缰问道："我这还没进门，你又想去哪里？"

闵安细细解释了来去缘由，低声问："我昨晚没回司衙，不知衙门动静，老爹说说，上午可有一辆驮着陶俑的牛车进了工房院子？"

听清来龙去脉的吴仁翻了个白眼，吹胡子道："就算牛车进了院子，哪个能保证小姐就一定在里面，说不定她半路跑出来了呢？"

闵安一把抓住他袖子，使着眼色道："咳咳，老爹又在发糊涂。小姐不是为了见阿循吗，她以为阿循会回司衙，必定是先去司衙等着。再说总兵树敌多，一路上都有兵乱，挺不安全的，小姐没有通关路引，怎会平白无故地显身，难道故意让别人抓她回去或是绑去邀功？"

吴仁渐渐明白道理，不说话了，背着药箱去了总兵府客房捣鼓药草。

赶赴司衙途中，闵安对一旁护卫的李培南说："老爹没提柔然的下落，恐怕是没见到她。"

李培南问："司衙里可有与总兵有过节的人？"

听见这一问，闵安立刻醒悟了过来："哎哟，柔然这次当真危险，她爹爹逼死过一众州官，又抢过衙门里的赋税，连人家口粮都没留下，我估计，司衙里的大半人都恨她家的。"

李培南抽了一记马鞭加快脚程。

闵安跑上来说："还有个麻烦事先给你知会下——司衙里来了个傻子赖着不走，死认我做娘亲。"

李培南的身形慢了下来，冷冷道："除了我，你还敢与其他男人有瓜葛？"

闵安笑道："你那脑子果真长得不一般，怎么想事的？"

李培南冷脸说："两晚的工夫还是短了。"

闵安想了想他的话，耳朵先是一红。她就是耳根软，经不得李培南第二晚的求欢，当时他还报了个名头，说是早些让她有孕，她才半推半就地应了。

李培南又说："离开不过八天，连儿子都冒了出来，老实告诉我，到底是怎么回事？"他紧紧盯着闵安的嘴，打算听见一个名字后，就立刻调转马头去杀了那人。

闵安突然看懂了他的脸色，冲他笑了笑，纵马先一步嗒嗒跑开。

香山里外连续倒毙三名官员，死因蹊跷，整座司衙的官吏无不震慑。自三具尸首运进停尸房后，众官吏对外封锁消息，连夜彻查各方线索，忙碌个不停，对于二堂院落里吏、户、礼、兵、刑、工六房的动静就难免疏忽了些。

工房位于院落的左下角，旁边就是角门，上午运进来一辆牛车，除了当值的司吏，再无人过问。

格龙带着大队人马径直闯进司衙，呼喝叫嚣，气势凌人。官吏们被他欺辱得多了，都闲散站在院里卷棚下，冷眼瞧着他，并不言语。闵安走出来，对格龙拱手笑道："总兵大人，这毕竟是我的地盘，大人若急于找到小姐，最好还是听我来安排调遣。司衙里向来阴气重,有多位鬼神盘桓,惊扰了他们,恐怕不好。"

踞坐马上的格龙抬头一看,就看到三院堂高门顶上豁着两道木榫子,原本悬挂在上的红色张飞棺已经不见了。他打了个激灵,忙不迭地下马,向闵安抱抱拳,将随兵唤退,自身也退向了一旁。

司衙颜面已保全,下一步便是施展枭司的威仪。

闵安当众唤司吏细问,问清牛车动静。司吏说,他布置完修缮任务后,众多工匠就去了军营,随后牛车进院,车夫将牛卸下,拉牛去马房喂草,车上的陶俑一直摆放在那里,无人看守。

李培南早已将陶俑打开,里面是空的。俑背垫了些干草,有压过痕迹。他弯腰在俑身里检查一遍,说道:"柔然的确是躲在了里面,才避开众人的盘查。"

俑身残留着熏衣香,那香味是奇香香囊球渗落出来的,香料本是昌平府世子府特供,李培南嗅到这股熟悉的味道,知是柔然来过无疑。

"可小姐现今在哪里?"闵安转头问司吏。

司吏抬手回道:"不知。"

司衙门子及值守兵士来到二院,向闵安禀告,自牛车进衙后,并无闲散人马出得大门。闵安传来卯册查看诸位官吏签到时辰,一一印证他们一直留守在司衙内,并无外出的迹象。

种种情况核查属实。

"既然这样,小姐应该仍然留在司衙里,只是暂时躲起来了。"闵安彻查各处,将司衙十五座院落翻了个底朝天,连吏舍床底、茅厕、柴房等不起眼的角落也检查到位,就是没看到柔然的影子。她劝格龙勿急,再意味深长地看了李培南一眼。

李培南懂得闵安心意,走上前将格龙请到花厅里,奉茶等候。大额吉坚持留在院落里,监听闵安的处置决断。

闵安唤来门子细问:"当真没有一人出过司衙?"

门子是个伶俐的少年郎,见到闵安面色凝重,侧头细想了一会儿,低声说:"大人可还记得,曾吩咐小朱出门办事的?"

闵安一怔,才记起司衙里确实有过一个人物,叫作小朱。

小朱流落到左州,原籍已不可考,循例充作了浮浪户。他去军营里讨营生,兵卒嫌他长了一张坑坑洼洼的鬼脸,瞧着很不吉利,就将他乱棒打出。他去司衙告状无人受理，干脆天天站在八字墙外读书，也不惊扰旁人，一直安静待着，终于让佥事看不过眼，打算用几两银子打发他了事。

小朱不走，只摆手，也不应话，等着闵安的马车经过。

佥事眼见近月来司衙诸事流年不利，偏偏又来一个穷酸书生添晦气，人急了，几脚踢上去，将小朱险些踢倒。他没料到小朱看似文弱，身子骨倒是结实的，任凭他踢打和辱骂，小朱既不出声，也不还手。

他俩在边巷里闹的动静惊动了路过的闵安。

闵安撩起车帘一看，一个身材清瘦的少年将双手护住身后的书卷，手上袖子滑落下来，抻出一对纤秾合度的手腕，衬得皮肤宛如砚玉一般。他的面相却甚是恶劣，生了满脸的小疙瘩，都是粉白色的，稍稍一搓，还掉下死皮。他抬手护住脸，手背也是灰白疙瘩，瓜籽大小，经佥事一碰，就落下皮屑来。

佥事一边打一边嫌弃，直到闵安喝停了他。

闵安说："瞧他也是读书人出身，怎能受得你如此对待？你眼里要是还有王法，就向他认个错，将他接进司衙好好安置一下！"

上司发了话，佥事哪有不应的，他见小朱执意不走，顺水推舟，趁着司衙招募人手时，留小朱做了门子。

闵安每逢进出司衙时，多数能看见小朱低头做事，一副安静老实的样子。她瞧他不是生事的人，逐渐将他忘了。几天前，她唤人移除三院大门悬挂的张飞棺，想破除司衙迷信鬼神的风气，却无人敢站出来搭手这个"神物"，只有小朱不声不响地走出来，用他那哑得干涩的嗓子说："这个小的可以做的，各位大人勿虑。"

众人乐意至极，摆手散了，闵安本想道谢，小朱又不声不响地退下了，留给她一个挺直而瘦削的背影。

她不承想，几天前应许的事，偏偏要推到今天来做。

就在这风口浪尖上。

闵安不需再去问门子，就知道小朱推张飞棺出司衙时，个个忌惮鬼神法力，是铁定不敢去检查棺内是否藏了人。柔然若是藏在里面被带出了司衙，她这个臬司又逃脱不了责任。

闵安只觉头痛。

大额吉冷眼瞧了一会儿，瞧出了门道，冲上来喊道："要我说，就是你这司衙与李公子相互勾结，绑走了我家柔然！柔然不去别的地方，偏偏一头钻进司衙里，哪有这么巧的事儿？再说她来了也就罢了，枭司大人夸的海口，说她平安无事的留在司衙，现在哪里能找到人？枭司你看着我做什么，倒是交出人呐！"

大额吉一放泼，就把稍稍安定的格龙又引了出来，看到总兵出来，她闹得更是不可开交。

闵安一直充耳不闻大额吉的哭闹，细心询问各处的变故，将她离开司衙后所发生的细枝末节做到了如指掌。李培南担心闹得太不成话，影响到闵安的断案，当即手按蚀阳剑走了出来，对格龙正色道："既在华朝，需听从华朝律法约束，不可扰乱司衙办案。"格龙见他脸上微有怒色，担心他真的翻脸，连忙喝止了大额吉，反过来劝慰李培南不要动怒。

大额吉只能按下火气，向李培南低头，见到服侍柔然的婢女小心候在一旁，又恶狠狠瞪了她一眼。那婢女瑟然发抖，不敢对上大额吉的眼神，和先前一样的委屈模样。

一个处处留心大额吉眼色的婢女，其行为值得推敲。

闵安有了主意。

不多久，三院花厅里就用屏风隔出了一个听讯室，李培南请格龙坐在里面不要发出声音。

外间备了茶水果点，闵安装作找不到一点线索，气急败坏的样子，急匆匆进了门，"随手"点那个婢女过来服侍。婢女怯生生地跟着闵安，见闵安喝茶吃点心，并没有问她话，便逐渐放松下来，没有先前那么紧张。

闵安将糕点盘推到婢女跟前，随口询问她家有哪些人，在做什么营生之类的家常。婢女一一应着，又听见闵安抱怨左州战事混乱，属下官吏个个不顶事，还曾软声细语宽慰她几句。

闵安扬声道："慢着！你一个小丫鬟都知道外面乱得厉害，决计不能跑出去撒野。那你家小姐，平生都娇生惯养在深宅大院里，为什么这个时候不明事理，偏偏跑了出去？还是说，你这个贴身伺候的人，由着小姐乱跑，不去提醒一声？"

婢女涨红了脸，支支吾吾说着和先前差不多的辩词。闵安大喝道："小姐一次次私跑，已被总兵训斥多次，明明安生了十天，中间从不吵闹，为什么十天之后，她又突然改了主意，再次逃了出去？"

见那婢女一时嗫嚅着说不出话，闵安把脸一沉，不待婢女辩解，就喝来手持毛竹板的衙役，吩咐他们拉下去先打。婢女没经过堂审阵势，急得直哭，偏偏又没给她拿主意的人在跟前，不大一会儿，就全部招了出来。

闵安想的疑点果然没错。

婢女招供，小姐柔然是听信了大额吉的挑拨，特意选在今天清晨逃出总兵府的。大额吉之所以选今天这个日子，也是看在昨天总兵出兵，歼灭了她的族亲，她气不过，才想着弄出点事端来报复总兵。

闵安听后对婢女摇头道："我信你说的话，却信不过大额吉会那样糊涂。苗蜡族一灭，大额吉失去依傍，该好好哄着小姐，凭借小姐的威势才是，她怎会反过来断了自己的后路？"

婢女急道："大额吉本不会这样糊涂，可她身边总有个小丫鬟递话儿，我瞧她很信小丫鬟的主意！"

闵安心中一动，情知听到紧要处了，急问道："什么小丫鬟？"

婢女回道："大额吉新收了一个小丫鬟，长了一张丸子脸，很会说话。个头不高，才到我肩膀，我代小姐去向大额吉请安时，听大额吉叫她'双双'。"

话说到这份儿上，留在花厅里的闵安、李培南、格龙三人，已大致摸清柔然失踪一案背后的隐情。

朱家寨人不会无缘无故出现在一个地方，他们既然来了，就表示在这个地方有他们必争的利益。

大额吉身边的小丫鬟，不出意外应是朱双双。苗蜡族向来依附朱家寨人，渊源颇深，这次受到致命打击，这个双双适时出现在格龙的总兵府里，细想起来不仅不奇怪，甚至顺理成章。

闵安说："这十天连番发生命案、祸事，再加上今天小姐失踪的这一桩，都在朱家寨人的设计中。我原本以为他们只会对付我和公子，没想到现在连总兵府也不放过，总兵这次可不能袖手旁观呐……常言道，虎毒不食子，大额吉也是太糊涂了，竟把小姐给搭进去了……"

闵安一番煽风点火的说辞，惹得格龙恼怒异常。他对大额吉忍让已久，只是看在苗蜡族势大的面子。如今苗蜡已除，大额吉又犯了大错，他对大额吉已没一丁点的心软。

大额吉在衙官面前被结结实实抽了一顿，颜面尽失，遍体鳞伤。她一把抱住格龙的大腿，哭道："老爷，是我的不对，你消消气吧。我只恨自己耳根子软，都是双双那个贱婢不停地劝我,她撺掇我把柔然偷运出府,说将她藏起来,嫁祸给公子,引得老爷慌张,就顾不上对付我们苗蜡族了……说到这里,她低下头去哽咽,"千不该万不该,不该拿柔然做引子……"

格龙一脚把大额吉踢翻,怒声喝道:"说!柔然藏在哪儿?"

大额吉抹去嘴边血,嘶声道:"都是那个贱婢安排的!我信她的话,让柔然来司衙等着公子,现在柔然既不在这里,多半是她安排人把柔然拐了出去!老爷别冲我发火,这会儿赶回去,还能逮住那个贱婢!"

披头散发的大额吉,拼命转移着格龙的怒气,让闵安听出了门道。她想着不能姑息这个女人,再给她嫁祸李培南的机会,站出来道:"总兵,借一步说话。"

格龙随闵安去了僻静处,闵安说道:"大额吉前后两次言语有矛盾之处,她说诱骗小姐出府,将小姐藏起来,其目的是为了嫁祸给公子,随后却说让小姐在司衙等候公子,有意在外人前显露小姐行踪,那她的嫁祸之计就无从实施起。我猜想,大额吉是为了推卸责任,才故意将矛头引向了朱双双身上,若我猜得不错,总兵此刻赶回府,保证见不着朱双双。如果我猜得不错,大额吉是与朱双双串通好的,早就将朱双双放出去了,暗地里拖延时间……只是这样,就完全不顾小姐的死活了。"

有了闵安这么一点拨,格龙怒火更盛,他抓起大额吉头发,将她拎到马厩去拷打,不出一会儿,大额吉就被打得奄奄一息,连起初的尖叫声也消失了。

"且慢……"大额吉奋力抬起头来,盯着格龙冷笑,笑声凄厉,周围的人莫不心寒,"你从来没想到,一个女人会这么狠心吧?连自己的亲生孩儿也不放过?我不怕告诉你,当你灭我族人那一刻,我就恨不得生啖你肉,把整座总兵府拉下黄泉地底陪葬!你想知道柔然的下落吗?她就在……"讲到这里,她的神色突变,猛地一头撞死在壁前,倒在了格龙的脚边。

格龙又惊又怒,在大额吉的尸身上踢了几脚,没心思继续盘桓在司衙里,将诸多后事交付给李培南处置,带着人马匆匆赶回府。回去后,遍寻不着朱双双,他就知道闵安的说法是对的,又因受了李培南的委托,他只能暂时按兵不动,等着李培南回传消息。

大额吉受刑之时的惨叫惊吓了脑子发病的温什,他冲出吏舍到处寻找他的娘亲,闵安急忙让人把他拉回去,吩咐再要闹,干脆绑起来。

闵安留在花厅与李培南商议:"大额吉已死,小朱、双双遁走,寻找柔然的线索断了，不如让我张榜出去，叫乡亲多留意下这两个人。"

李培南仔细询问小朱的情况，可惜闵安了解得也不多，只说他面相令人生厌，待人处事倒有书生的儒雅。

李培南沉吟道："依年纪来看，不应是朱佑成。论小朱行事之小心谨慎，其风格又非朱家寨人莫属。"从他所掌握的资料来看，朱家寨中有能力独挡一面的人，已经所剩无几。他稍稍惊异，在这一年中，难道又有新晋的人才？

花厅窗口处露出温什的痴脸，他将嘴挤进镂空木格里，嘟囔着："娘……娘……糖呢……"

闵安扶额，走过去用衣袖遮住温什的脸，低声道："一边玩去，一边玩去。"

李培南冷冷道："堂堂司衙怎会收留一个傻子，任他流着口水来去？"

闵安赔笑道："他当初与我说好了，要捐我三千银子，既是衣食父母，我哪能随便撵他出去？"

更何况温家的管家凑银子还未归还，她更是不可能赶走着已痴傻的财神爷。

温什转脸看了看李培南的冷峻眉眼，似是辨识了一阵，才含糊唤道："爹——"

闵安乐了。

李培南脸色缓了下来。

温什冲进花厅围着闵安转圈，唤着："爹……娘……糖……"

闵安无奈，叫衙役取来蘸了桂花蜂蜜糖的米果，哄走了温什。门外刑房司吏说道："大人，香山倒毙的三桩尸案，下一步该怎么办，还请定夺。"

闵安想着命案较为紧要，与李培南匆匆交代几句，便急匆匆出了门。李培南自去查询柔然的下落，两人各具使命，分开行事。

因格龙驱使大队人马来去，使司衙外车辙痕迹杂乱，也就断了李培南循迹追踪小朱车辆的心思。他在等候司吏描出小朱画像时，啃着米果的温什悄悄摸过来，用一把白绢扇捅了捅李培南的手臂。"爹……的……"

李培南初初拿到扇，还以为是温什送来的玩物，待他展开扇面，突然察觉到了什么。

扇底下有一行小字，是新添上去的，写道：小朱恭候公子大驾，只可一人，换走小姐。

这把白绢扇应是闵安转送给柔然的那把，他曾见柔然在月夜下瞧着扇面画儿，乐得自在。画上无非山水，无其他异处，仔细再看，温什用湿手掌在扇面抓过的地方，显露出了不一样的东西来。

是一张地图。

扇有两重，内藏乾坤。

地图显示，白木州白木崖上，有一所小小的道观，空中还盘桓着一只蜜蜂，来标示出此处与众不同。

李培南仔细一闻，当即闻到温什手上的米果，沾染的就是一股熟悉的桂花蜂蜜味道。若再加上红枣，那就是不折不扣的朱沐嗣所倒卖的馅料食材。

朱沐嗣去世已久，可他的痕迹仍在。

李培南转头问温什："谁给你的？"

温什贪吃，额上被弹了一记才知道回答："爹。"

"谁是你爹？"李培南这才明白，他和闵安都不是温什嘴里的这个爹。

"糖……爹……糖……"

李培南细心想了想，当即收好扇子，快步走出了司衙。整个事情的来龙去脉就由一把扇子串起来了——小朱用蜂蜜米果收服了温什，托温什传来口信，故意留下让李培南寻找的线索。

他想念李培南一定会找来。

司衙停尸房内，三具朝廷命官的尸身还未收殓。

三位大人的死因很明了，均是由毒蜂蜇死，可是毒蜂怎会识得人面，只去蜇他们三人，却是让闵安费解的事情。

若是不查清真正死因，将公文呈报给三法司过目，不仅毫无颜面，还会落得失职的罪名。

司衙刑房的人围在一起，小声议论，几个关键字眼飘进闵安耳里："要我说，八成还是锦衣招来的祸，谣谶传唱的'桃花溪，困锦衣'，指的不就是这些穿锦衣的大老爷吗？"

闵安曾用温什做靶子，试探过白翅蜂是否蜇他，早已推翻了"毒蜂逢锦衣者必蜇"的论断。她坐在案后没吭声，刑房的几个还在那边嘀咕："说不定是大老爷们的衣料独特，有香甜味儿，才引得蜂了嘴馋。"

闵安一拍脑袋，心想自己肯定是忙得过头了，这种取证的方法，以前早就用过的，怎么就忘了呢？

她急唤差役取来已被封存作为物证的三套官袍,唤针线手艺娴熟的花翠过来帮忙勘验。花翠拆开官袍,用水漂热蒸的方法,细细检查出了三套袍子与其他锦衣的不同之处。

在衣胞与里衬之间,三套官袍都多加了一层细丝蚕衣,极薄,但吃水性强,蒸笼上的热气刚沁过衣服,蚕衣就透出一股辛甜的香气来。

闵安赶过来扇了扇风,嗅到鼻里,只觉一阵眩晕直冲脑门。她定了定神,对花翠说:"好熟悉的味儿,我在哪里闻过。"

花翠懂她,也不吵闹,轻声唤着衙役将物证再收拾好了,屏退了余杂人等。

闵安冥思苦想,过后讶然抬头说:"去年我去白木郡公干,巧逢朱沐嗣。他带我探查了蜂洞,使我了解到白翅毒蜂的习性。记得那洞里长有一种白菇,就是散发这种香味,引得毒蜂盘桓四周,不准旁人靠近一步。"

花翠听懂了,嗔道:"瞧你说得不敢肯定的样子,试试不就行了?"

闵安进香山一趟,把白翅毒蜂抓了几只出来。她将漂洗蚕衣的水稍稍加热,拂散出香味,放蜂子出去试验,果然见到它们停靠在木桶边缘,将蜇刺伸向了水里。

试验证明,杀人毒蜂确是冲着白菇香味而来,倒毙的三名官员来左州公干时,势必要穿上官服的,凶手只需在官服上涂抹白菇粉末,诱使他们齐齐来到香山蜂林旁,那么剩下的事情,蜂子就会帮他做完。

凶手这种隐秘的心思,堪称狠毒绝巧。

花翠唠叨:"这使坏的人来头不小啊,能在三位大人官服上做手脚,少说也是官里头有权有势的。"

官服统一由宫里尚服局发放,若非是能臣巧将,确实做不来这桩迁延到日后的买卖。

闵安第一个想到的凶手是哥哥温知返,可她转念一推敲,又觉不对。

白菇生长在白木郡白灰洞里,有毒蜂把守,除了她和朱沐嗣,先前进去的人都被蜇死了。为了防止毒蜂出来害人,她赶去其他郡县,将所有的出口炸断、封严实,确保无漏洞渗透出毒源。这样一来,除去与她一同进去过的朱沐嗣,再没人能了解或是接触到白菇。

可是眼下朱沐嗣已死,白菇又出来害死人命……

"怎会这样?"闵安不得不惊疑,"玄序走了,再没人能知道这些毒东西,难道是哪里还有漏洞不成?"

花翠凑过来说:"会不会是玄序临死之前,已经采到了白菇,转手交给了别人?"

一语惊醒梦中人。

闵安越想越觉可能,心里的不安仿似涟漪一般,逐渐泛大。玄序是有可能将毒源转交给别人,但别人没有他那样的精细心思,能忍,能不动声色埋伏在四周,直等到最好的机会,才出手一击必成。

她想起乱军攻城那晚,她搜寻李培南踪迹而不慎落水,岸边有一个蓑衣男子救了她一命,打量他周身轮廓,看他留下的扎纸灯,都觉得熟悉;她又想起发傻的温什来司衙里,本是见不着她吵闹不停,后来听说居然被门子小朱收服,温什吃了他的蜂蜜米果糖之后,变得乖多了……

闵安突然闪过一个念头,如被雷击,快步冲出房,赶到小朱平时寄宿的吏舍里,开始翻箱倒柜地找东西。

小朱留下的是一间收拾齐整的偏房,一罐子桂花蜂蜜就放在显眼位置上。

她走过去一闻,不出意外闻到了熟悉的味道。

花翠赶着进房时,就看到闵安失魂落魄地坐在炕沿上,额头渗着一层汗。

闵安抬头看花翠,喃喃道:"我真是傻,去年在白木郡里,玄序不知做了多少回这种米果给我吃,也是蘸了这种蜂蜜水,也是这种味道。今天温什吵着要吃糖果子,我拿给他了,闻到了熟悉味儿,竟然没反应过来。"

花翠也不由得脸色发白,惊道:"安子你别瞎说啊,当时玄序可是死透了的,你和非衣都验过了。不能说这后面出了事,看起来像是他做的,就把责任推到他头上。"

闵安沉默,有了更多的考虑。当初她亲眼目睹朱沐嗣的尸身透着青白色,即使是死,他遭受的折磨依然没有停止过。她看得极为难受,忍不住自戕追随他而去。

那种痛苦,死过一次的人才能体会到。

深夜,闵安留在后宅里难以成眠。小朱之事挂在她心头,而她依然拿不定主意,他是否就是朱沐嗣。她没有证据能上呈到刑部,证明三名官员命案的元凶就是朱沐嗣,只因世人想法与花翠一致,皆认为那人已死。将罪名归咎于已死之人头上,恐怕是荒天下之大谬。

灯影儿突地一闪，闵安抬头一看，深院中多了两团模糊的影子。修长身影的人隔窗说道："打扰，我是阿昙，深夜来访，有要事相告。"

闵安连忙开门。

萧冰穿着蓝花染布长裙，外面披着一件黑色斗篷，用风帽遮住了大半个头脸，她的容貌本是不易看清，又因装作苗蜡族师婆装扮，她特地在脖颈中套上了束布，嘴上蒙着绣饰了花草的口罩，使得外人根本看不见她到底长了什么模样。

师婆在左州是一种神秘的职业，凡是迷信之人，见她必然参拜，哪能抬头去看她的脸，冲犯福瑞神气。此地最大的信徒便是总兵格龙，他赠予师婆一块腰牌，便于她在总兵府来去。

师婆常常出入总兵府，占卜问神，还曾唆使格龙强抢民女续香火，作威作福一时。萧冰趁着总兵府人马清剿苗蜡族时，一刀把那个师婆杀了，顶着她的名衔，暗夜里继续在左州走动，倒也对得上师婆的风范。

萧冰去总兵府寻吴仁拿解药，往来一趟，听到了柔然失踪案后的隐情。她服下了尸毒解药，又将吴仁带离了总兵府，专程去了市集戏班歇脚的地方，抓到了化身为侏儒的朱双双。

朱双双曾在萧冰身边生活十几年，得她照顾不少，只因自身是朱家寨人，不能违背宗族里的规矩，所以才在暗地里参与了朱家寨的计划，做下了几件不轻不重的勾当。

她一见萧冰找来，就知道情义与族规不能两全。

可以说，从孩童时期起，她就是由萧冰一手带大的。萧冰于她，像是娘亲、师父，感情胜过族人。她的心思没有那样歹毒，知道出暗手祸害李培南就等于背叛了萧冰，所以逃来逃去时，她总是拣了熟悉的地方落脚，也方便萧冰找到她。

总归不是完全避开萧冰，来个死不相见。

萧冰将朱双双捆在戏班幕布里，整成一团包袱，提着她跃进司衙后宅，没惊动任何人。

见到包袱里屈膝坐着一个扎双髻，脸盘圆圆的小姑娘，神色淡淡，闵安猛然想起了她是谁。

闵安劈头第一句就问："小朱可是朱沐嗣？"

朱双双拍了拍裙幅，站起身来，淡然道："是的。"

闵安心中五味杂陈，半晌没了声音。

朱双双细细瞧着她的神情，又道："小朱虽然帮着本寨人做事，可他总提一个条件，那就是不伤害你，是以这两年来，朱家寨从来没对你下手。"

萧冰冷笑道："你们害她身边人，她心里就好受了？"

朱双双不作声了。

闵安问："他是怎样活下来的？"

朱双双一被萧冰抓到，就做了以死谢罪的打算，此后但凡闵安发问，只要她能说的，必然会老实作答。

"秘诀就在白菇身上。"她走到椅前安然坐下，态度安闲，"白菇是白翅毒蜂的天敌，能缓解蜂毒。小朱曾拿山猴试验过，只要吃了白菇，就能被救活，分量给得多，活的时间越久，反之，分量少了，能救活的时间就短些。"

"小朱被大理寺卿提审那天，服下备好的毒药，也就是毒蜂粉翅上白香灰提炼的药丸。小朱毒发，气息全无，无论谁来验，都是明明白白的死人一个。各级官员都放低了戒心，只当他已死透，我们再差人进去，给他喂了白菇解药，将他放进泥蜡里藏着，一路带出了昌平府。提到泥蜡裹身作用，大人也是知道的，喂给他蜂蜜淡盐水，至少能延续他五天性命。"

此后，朱沐嗣寻一清净地疗伤养病，直至再出现在闵安面前。

闵安不识他，也是有一番缘由的。

毒性相克是自然法则，却无相生道理。朱沐嗣巧用白菇捡回一条命，遭泥蜡裹身，却不能完全根除白香灰的毒性。他的身子经过世子府刑罚，消瘦不少，周身轮廓减了一圈，再加上白香灰的毒性逐渐扩散，显现在他四肢及脸上，就不可避免会改变他的一些容貌。他为了让人完全认不出来，又在脸上做点手脚，是以一路走来，完全达到了他要的效果。

真相大白下，闵安的心底如江涛翻滚，搅动个不停。她痛恨过玄序的心狠手辣，做过那么多的祸事，见他受尽折磨离世，怜惜他，终能以百病之身偿还世间罪过。她怀念过他，将他对她的那些好处放在心底，作为回忆来珍惜。甚至，她曾试过以死相谢……

可她万万没想到，她所回顾的记忆也是假的，他根本没死，又出来炮制一番风云变幻。

闵安追着问："小朱将柔然带去了哪里？还有，他做事通常都有目的，他带走柔然的目的又是什么？"

朱双双不想和盘托出朱家寨背后的所有计划，低头不答。萧冰抬袖，轻轻覆压在她背上，冷淡说道："事已至此，你还想隐瞒什么？在我面前，能隐瞒得了吗？"

朱双双惨笑道："确实隐瞒不了，不过我说与不说，已无多大区别。"

闵安料想她敢如此抖落内情，应是暗中计划的事情已经成功，更加担忧起柔然和李培南的去处来。

萧冰喝令朱双双交代清楚，朱双双想了想，爽快说道："小朱绑走柔然，无非是引开李公子，使得公子与他的援军不能首尾相顾。"

果然中了心里的猜想，闵安不由得脸色一沉。

朱双双道："大人应知道，公子手里仍然掌有军力，且向来不怎么听从朝廷的管制，我们忌惮的，便是这批军力。公子分别与左州总兵府、白木州总兵府结盟，这也是我们忌惮公子的第二层原因。有了这两大阻碍，我们必须想办法离间他们，来左州所策划的这些事，目的很简单，就是转移公子及两府的注意力，以便火中取栗。"

闵安通过询问，证实了左州军营发生哗变、千户长被刺、李培南中毒、三名朝廷官员倒毙、柔然失踪等诸多事，均是由朱家寨人在幕后推成。她喝问，后续还有什么招数，朱双双沉默不语。

闵安再问："你们到底想用什么法子，要分开公子和他的军力？"

朱双双摇摇头道："今日我吐露了这么多，自是要报答阿昙的情意，已经万分对不起主人。军机要密岂是我能了解到的内容，我只知道，自从三官员命案发作以来，朝廷就派出了军队赶赴这里，出兵理由就不需要我再说了吧。"

萧冰突然察觉到朱双双嘴角渗出黑血，伸手捏住了她的下巴，问："你瞒住我还做了什么？"

朱双双抬眼瞧着萧冰，淡淡一笑道："阿昙，我始终对不起你，只能先走一步了。"她之所以说"先走"，是因为她知道萧冰也是必死无疑。萧冰所中的苗疆尸毒，毒物沉浸在骨子里久了，不容易拔除，虽说不会改变她的容貌，使她看起来仍是二十五六的年纪，但长久下去，总归不会有好结果。

萧冰急急伸掌，运内力护住朱双双心脉，扬声道："只要你说清朱家寨的毒计，让我能护住儿子，我又何曾想过要你的命！"

朱双双惨然道："是我心里有愧，觉得对不起你，忠义不能两全，只能以死谢罪。"她拂落萧冰的手,瑟然说道:"在戏班一见到你,我就知道逃不过罪责,吞下了事先备好的毒药。如今……我能说的也差不多了……"话音未落,她已一头栽倒。

萧冰扶起朱双双的尸身,神色悲戚。闵安见她这样,心下也凄然。

萧冰擦去朱双双嘴角毒血,对闵安说道:"我必须带走她,好好安葬。这么多年,她待我很孝顺,我不能将她留下给你做证物。"

闵安点头:"我懂的,你去吧。"

萧冰再不多话,背负起朱双双的尸身,用包袱布蒙住了,纵身起跃,消失在夜色中。

灯下,闵安思绪烦乱。

玄序未死,又生祸乱;阿循离开司衙,不知道现在怎样;朱双双明明是朱家寨人,心里偏生向着阿昙,宁愿以死来偿报羞愧之情;朝廷里派出大军,难道要与阿循决战?还是只想迫他放弃兵权,捉他回去?朱家寨那边,到底还有什么后招?

闵安苦思一刻,不得要领,索性放弃诸多杂事。她走到前院唤醒花翠,并布置人手连夜赶去了左州军营。

军营里由左轻权代行千户长之职,他整理衣甲接待司衙一行人,听闵安转达了诸多事情。

左轻权问:"大人想我怎么办?"

闵安道:"左将军当务之急是找到公子,随身保护他。我必须留在司衙里,等待朝廷来人,向他们解释清楚,三位大人的命案与公子无关。必要时,我还需调度人马尽量拖延敷衍。"

左轻权轻轻蹙眉:"可是大人也不知公子去了哪里,我又该怎样寻找?"

这话倒是不假。

闵安曾问过司衙里的门子,李培南到底走向了哪方。门子都答不出,似乎李培南并不想让大家知道他的去向。

左轻权整顿营兵还未出门,司衙那边又传来消息:李培南托人送去信物,将白木州总兵府的郡公主衣久岛请出了门,随后再无音讯,总兵哲使急派人寻找李培南和衣久岛。

闵安一惊:"什么信物?"她想,在这风口浪尖上,阿循明明知道再牵扯一个总兵府小姐出来必是麻烦之事,怎还会假手他人去做这件事?难道又是一个柔然?

跑腿的文书答:"据说是李公子家祖传的白玉。"

闵安的心沉得更深。白玉她是见过的,当初她还为着李培南随手转赠柔然的行为吃过味,李培南只解释说,留与柔然是给柔然傍身所用,随后她才没吵着要回。

如今玉佩被第三个人作为信物骗走了衣久岛,正是嫁祸给李培南的妙招。

偏生李培南也不见了,若他出面向哲使总兵解释,还不至于引起一场误会。

闵安问文书:"既然公子托人去请郡公主出门,总得说清两人见面的地点吧?"

文书答:"约在白木崖上。"

闵安转身对左轻权道:"快去看看。"

白木州白木崖上,松树凋零,白木盛长,草木的香味和清蘦味混在一起,引得野蜂、蝴蝶盘桓其中,弥漫着一种不祥的生机。

李培南带着吴仁首先上山,搜寻柔然、衣久岛两人下落。一天后,受闵安所托的左轻权也摸上山来,与百名营兵拉网搜查全山。

按照地图指示,白木崖上有蜂子不假,却不见道观。

几年前,李培南曾在此地抵御过叛乱夷族的攻击,由于当时寡不敌众,他放火驱赶狼群冲下山去,闯开了一条道路,随后衣久岛派遣的援军赶到,帮他解开了白木崖之围。

这次,小朱将囚禁地点选在白木崖上,就是想让熟悉地形的李培南无所顾忌地上山来。两座总兵府的小姐被困,对李培南来说,都是亟待解救的大事,他不可能无功而返。

一行百余人找了两天,没发现一点端倪。

吴仁沉吟道:"莫非是小朱耍了咱们?"

李培南站在山石上,放眼环望四周,仍是几年前的景致。他的身材修长,穿着绛紫世子冠服,清风掀起衣襟,在白灰木色映照下,衣饰既醒目又飘逸。

吴仁朝李培南脸上瞧了瞧,发觉他眉目依旧冷峻,神色中不漏任何端倪,心里略为轻松。

李培南缓缓道:"不急,小朱既然引我前来,势必要给个交代。"他是真的不急,不急着下山,不急着去白木州总兵府斡旋——即使哲使打着找寻御封公主旗号,再次出兵向左州总兵府打劫。

两州总兵府撇开了李培南,在后方煽风点火闹纷争,这可是祁连太后派系的人乐见的事情。朝廷出动三十万大军,浩浩荡荡直奔左州而来,继朱家寨人炮制的命案之后,正式对李培南发难。

温知返亲领五万人马,已将白木崖一带堵得严严实实。他令随行官员在山前大声宣读了圣旨,声讨李培南"抗皇令、养重兵、暗勾结、滋战事"等多项逆反之罪,无论山上是否有人应答,他都把逆罪立斩的号令传达了下去。

左轻权看着底下山道密密匝匝的士兵,面有忧色,劝李培南寻捷径速速逃离此山。李培南淡然道:"我熟悉这山,逃跑是没有路的,不怕死的就随我顶几天。"

温知返已知李培南插翅难逃,不急于亏损兵力去捉他,下令先放火烧山。大火随着风势蹿上山去,最先惊扰了飞禽走兽。众多白狼为走避火势,纷纷蹿向山崖顶石寰洞中。李培南等人本已检查过这个洞,没有发现异样,才将它排除在外。这次为躲避火势,他们再次进洞,突然看到白狼蹿上石台,朝着泥壁上的雕像嚎叫,觉察到了不一样的地方。

白木崖上或许没有道观,但在苗蜡族风俗里,在石洞设置祭台,摆上泥塑像,就是为了拜神祈福所用。

李培南忙唤左轻权小心破开泥壁,裹在泥蜡里的衣久岛、柔然赫然显露,众人急忙将她们救了出来。两人虽气息奄奄,但经过吴仁的诊治,身子并无大碍。

吴仁叹道:"幸亏小朱没对两位小姐下毒手,只用泥蜡养着……就是不知他画个道观是啥意思?"他摆着头,回想朱沐嗣为人的细处,心里五味杂陈,但至此也泯灭了对朱沐嗣最后的一点交情。

李培南似胸有成竹,答道:"为了拖延时间。"

"干啥要拖延时间?"

"朝廷的大军赶到左州需要时间。"

众人聚在一起,防备狼群的进攻,一边细细答话,向衣久岛、柔然讲明处境,使她们了解事情的来龙去脉。柔然被护在最里面,嗔怪李培南为何站在洞口不过来,李培南并未回话,只是凝神看着山坡上的动静。

衣久岛眯眼打量李培南的背影,突觉他的身形轮廓清瘦一圈,与以往有些不同。她本想问,吴仁冲她嘘了声,说道:"别扰乱公子心神。"她只能将疑心放下,举着火把，使用自己驯兽的手段，将狼群撵到了洞外。此时洞外火势渐消，草木大多被烧光，上山之路已再无阻挡。

李培南吩咐道："提防点，温知返就要攻上来了。"

衣久岛问："你没算到会有这么一天吗？怎么不调兵来救个场？"

李培南低声道："军队在首县驻守，此刻也被朝廷的兵围着，来不了。"

左轻权接道："何止首县里公子的人马，连司衙也被围困住了，走脱不了一个人。"

衣久岛冲李培南背影扁扁嘴道："那这次没法子了，我也帮不了你。"

李培南对她点点头，领了好意，应道："无妨。"

他和吴仁淡然以对这次的劫难，其余人可没这种好心态。朝廷统共拨出三十万人马，五万用来围困白木崖，一万堵住司衙防止闵安来救，其余的分作两拨，手持诏书分别劝降左州、白木州总兵——谁知两州总兵向来不和，缺少李培南的斡旋下，两州人又打起来了。朝廷的人马索性留五万在山后扎寨，观望两州兵马战况，打算等他们两败俱伤、实力大损后再去招抚。余下的十九万被调派到首县，与西疆总兵府的二十万骑兵对峙，宣诏安抚，命他们听令于温知返。

骑兵营素来唯李培南马首是瞻，对官里的诏令并不买账，军营内有少数生出异心，立刻被镇压下去了。

如此情况下，李培南的军力及援军就被朝廷人马分化开来，都遇到了阻遏，连小小的司衙里也不能幸免。

一万人马围困在外，闵安出门与朝廷御使交涉，被喝止。闵安向御使出示香山里外三桩命案的证据，多次声明责任与李培南无关，请朝廷不要听信"吉石天相"等谣谶。她在明处拖住御使，暗地派功夫好点的探子先行摸出门去，打听外面的情况。

司衙里一众官吏你瞧我我瞧你，都觉难以担当刺探消息的重任，最后还是镖局小姐出身的花翠，挽了个包袱跑了出去。

不久，花翠就设法将消息递到了司衙里，告诉闵安：左州军营一千兵力被扣，无法援驰白木崖，待她前去解救李培南，事必成，勿虑。

闵安看信后更加焦虑，以花翠一人之力，怎能解救白木崖五万大军的重重围困？外面消息彻底被封死，闵安与白木崖、两州总兵府失去联系，随后得不到任何风声，饶是她一向智计百出，此刻也不由焦急起来。

如今堵在司衙前，不放行也不离开的御使大人说得明白："即便本官不追问谣谶传因，也得向官里交代，三命案的元凶是谁。枭司大人只推说是朱沐嗣所为，这理由也未免可笑了些，难道枭司大人还指望，官里相信一个死人再跳出来，做出这种种逆行？"

闵安的难处就在没抓住小朱这个罪魁祸首。司衙里的门子、书吏轮番作证，也只能证明小朱确有其人，是否真是朱沐嗣又是无影子的事。

闵安再辩，御使就冷笑道："枭司大人说这些无凭无据的推测，实难令人信服。难道当时验尸的温小侯爷、非衣公子、大理寺卿都是瞎子，瞧不出一个人到底是死是活？"

言至于此，闵安无法再争论。她一头烦闷走回花厅歇息，天天吵着要吃糖果的温什又摸进门缠住她："娘，娘，我饿。"

闵安没好气地说："饿了去厨房找饭团子吃。"外面一万人马虽是围住了司衙，倒是没断他们的水粮。

温什吮着手指，喃喃道："娘，娘，我饿。"

闵安抬头看他，半晌无语。他扯着她的衣袖摇晃："娘……米果……"

闵安真是服了温什，也不知那米果有什么法力，一直引得他吃个不停。厢房里小朱留下的桂花蜂蜜是按日计算分量了的，已经见底。温什没了辅佐甜味，不依不饶的，整天吵死人。

才一会儿工夫，闵安没照看到温什，温什馋瘾发作，冲撞守门的士兵，就要硬闯出去。御使带着死令来的，怎能走失一人，下令毒打温什一顿。温什如今失了心智，傍身的功夫早失，不出片刻，就被抓住一阵饱揍，他撕心裂肺地喊叫，声音传到闵安耳里，让她心尖一跳。

闵安赶去时，温什正趴在地上，眼泪沙土糊了满脸，大哭道："娘——娘——救我——"

见到温什的惨状，闵安突然大怒。先前与他的种种不快，早已抛在脑后。她抄走一旁衙役的水火棍，举起棍子就朝门口堵着的人马打去，身后的官吏见她先动手，立刻反应，纷纷抄起家伙就跟了上去。

司衙大门前，场面一度混乱，间杂着被踩趴的温什的嚎叫。闵安连忙扶起温什，将他带到一旁躲避。一场混战不出一刻就被控制，御使发话，让闵安带着温什外出一趟，买回温什所需的蜂蜜就速速回转，不得与外人接洽。

闵安想着司衙里不能少了长官镇场,唤书吏陪同温什前去,可是温什不依。

御使也说:"眨眼的工夫就回了,臬司大人有空在这延迟,不如早去。"

司衙前的街道里就有一家卖蜂蜜干果的铺子,一炷香时间就能回转,闵安不再犹豫,在御使特派的兵士监督下,与温什一起去买桂花蜂蜜。

店铺老板抬头看见一行四人进门,脸上笑得发光。他推说柜子上的蜂蜜陈了,将四人带进库房。温什用指蘸了蜂蜜水,放在嘴里吮,表情很是受用。闵安看得心一动,要老板舀了点蜂蜜给她试试。

味道确是与小朱酿造的差不多。

老板捧来一碗茶殷勤劝着闵安,笑道:"秋果茶与甜蜜犯冲,特地给大人洗洗嘴的。"闵安觉得嘴甜,又盛情难却,接过茶水饮完。她问老板:"为什么傻哥只挑这种蜂蜜馋嘴?"说完还摆了摆头,眼前迷糊了不少。

老板看着闵安稍稍涣散的眸子,笑了笑道:"很简单,因为蜂蜜里兑了罂粟水。"

闵安狠狠掐了自己一把,回头喝道:"温什过来扶我!"她努力抬着越来越沉重的眼皮,恍惚看到,同行来的两名兵士仍袖手一旁,丝毫没有过来帮忙的意思。

她才知道,温什吵闹要吃蜂蜜米果,御使放她出门,茶水里的勾当,都是有人先就算计好了的。

老板柔声道:"大人勿要挣扎,这碗茶是朱公子特别配制的,下了迷药,那迷药味道轻,后劲大,睡一觉就好了。"

闵安顺手抓起烛台做武器,可是满屋人只远远站着,看她陷入昏迷,并未对她动手,温什只管站在罐子前蘸蜂蜜吃,回头看见门外走进一个青衣身影,立刻迎上去叫道:"爹,我饿。"

小朱对温什微微一笑,拍着他头道:"都给你备好了,随我走吧。"

两名兵士及店铺老板向小朱拱手行礼,表示依照他的吩咐,已经将事情办好。小朱还礼道:"替在下回禀御使大人,在下已完成太后、小侯爷所托,带她先走一步。"

兵士打开后门,小朱将昏迷的闵安抱进备好的马车里,带着温什辗转赶往最西边的渡口,打算走水路。按照计划,他的父亲朱佑成会在渡口接应他们。

司衙里的众官吏左等右等不见闵安回来,知道不对劲,又在门口掀起一场冲突。只可惜司衙人马少，又缺乏有效指挥，最终在朝廷军队前败下阵来，尽数被俘。

消息传到白木崖下的军营里时，温知返紧皱的眉头稍稍松缓了下。他虽说为了大计，硬起心肠不认闵安，但听到司衙叛乱已平，妹妹又被安全带走，心里总算长嘘了一口气。

他抬眼去看，火势已经烧出一条路来，吩咐刀斧手准备攻顶。

亲兵送上晚膳，热气腾腾的香菇汤食配上返沙芋头，旁边还搁着半只脆皮盐焗鸡，一看就让人食指大动。膳食色香味俱全，又带有闵州特色风味，很对温知返的胃口。他抛去攻战的烦忧，踏踏实实吃完了晚膳。

如果说近两天能让温知返舒缓心情的事情，恐怕就是这顿顿美味了。军队赶到左州本是匆忙，吃得也简陋，却不知底下人从哪里找来这么个好厨子，次次对着他的口味整治膳食，让他吃得欲罢不能。

亲兵收拾完餐具，温知返觉察到咽喉涌起一股酥热，忙倒了凉茶压制热气。厚厚的毡毛帐篷外传来守兵声音："厨娘备了去火汤进献给小侯爷，小侯爷要用吗？"

"放她进来。"温知返暗想，来得正好，何许人物能有这么玲珑的心肝？

一个纤秀人影提着食盒走进帐篷，面容俏丽，衣装精巧，通身不见灰败，倒飘散着淡淡胭脂香气，看似是有备而来。温知返看着她的脸，凝神想了一下，隐约记起她的来历。

女子抿嘴笑道："不用想了，我叫花翠，一直留在安子身边照顾她，还知道小侯爷前前后后的家事。"

温知返走到桌案后坐下，淡淡道："有何来意，直说。"

花翠瞟了瞟帐外驻守的人影，笑道："闵家公临死之前，将安子托付给了吴老爹，还说了一些大逆不道的话，小侯爷是要我当着他们讲出来吗？"

温知返审时度势，更觉得一介女流不会生出多大的事，有意与她见招拆招，将守兵唤退。

花翠打开食盒，呈上汤水，絮絮说道："闵家公知先皇心意，被斩前托信给吴老爹，叫他好生带着你们，不要给他报仇。闵家公说，朝堂上的事讲究权衡，当势力失衡时，难免就有卒子遭殃，不凑巧，他就是遭殃的那个……"她说了一刻，言谈之中以闵家公往事拉近与温知返的距离，降低温知返的防心。

温知返不好对女人发难，尤其是养足他胃口的。他耐心听她絮叨完，才开口："你的意思是，我现今做的，违背了闵家公的遗愿？"

花翠嗤道："小侯爷真是不孝，只管叫自己的亲爹'闵家公'，像不是闵家人似的。"

温知返肃容道："今晚之所以叫你进来，是想看看闵安身边的人还有什么把戏，你既没有正题可讲，先且退下吧。"

花翠看看砂壶，觉得火候差不多了，不慌不忙扯开自己的胸衣，露出一大片酥软的胸膛来。温知返恼怒，喝道："成何体统！"却不知不觉咽下一口吐沫。

花翠软着腰身款款走近，笑得十分得意，"来之前，我就打听好了你的口味，专门做了你喜欢的饭菜给你吃。你戒心重，我就不敢下药，所以多想了个法子，在两顿汤食里分别添点'佐料'，不合在一起，是验不出迷香效果的。"

温知返抬抬手，察觉到已经散了一半力。他摸出贴身的匕首，冷不防朝花翠刺去。花翠不慌不忙，闪身避开。温知返渐觉手足酸软，过不了几招，花翠已将他制服住，娇笑着依在他身上，用匕首比画着他的脸。

"哎哟你好坏喔，怎能发力打女人呢？我忘了告诉你，那迷香里有催情功用，一动手，热气在身子里蹿得更快，这会儿，你怕是欲火焚身吧？"

她将酥胸挤在他怀里，抬手摸了摸他的脸，声音温柔得能滴出水来。

温知返强自压制欲火，抿起的嘴牢不可破。她反复去撩拨他，见不应，用指甲刮了下他的脸庞，娇滴滴说道："瞧你这模样，憋得多辛苦，我给你擦擦汗。"

说是擦汗，花翠却除去了温知返的衣甲，将他的衣袍解开，还褪下了裹裤。她一边忙一边说："你不认安子，木头脑袋一个，敲也敲不醒，我就不指望了。可我得好心提醒你，你站在太后那边害安子，害世子，总得有个限度吧。这天下以后终究都是他李家的，你一个外人，掺和个什么呢？就算你这几年风光了，以你的兵力和脑子，后面能斗得过李家吗？不如趁这次罢兵算了，给自己积点回头阴德，以后世子娶了安子，看她面子，世子说不定还能放你一马。"

温知返武功既高，战功显赫，是当今朝廷最显赫的人物之一，平时何等威风，何曾料到今晚竟要栽在一个女人手里。他凭毅力压下欲火，发力挣脱花翠的纠缠，将她踢到一边。花翠生气，跳过来骑在他身上，压得他难以动弹。

她轻轻一刀，在他的脸上划出一道口子，冷笑道："温小侯爷，你知道吗，每天我都对着与你差不多的脸叫骂，早就练得一身功夫了。你以为就靠你摆起的脸色,我能怕了你?"她撕碎衣袖和裙子,将口脂、胭脂涂了他嘴边,大声叫唤非礼,并做出痛不欲生的样子。

花翠尖叫的时机甚至是巧妙,当那凄惨的叫声传向夜空,一身紫袍的镇南王李景卓正好赶到营中,甚至是正好赶到了温知返的大帐外。

满营人马初见气势威严的李景卓,只得行礼。李景卓离开昌平府快一年,许久未传回音讯,就是朝廷里的人,都不知他去了哪里。但他的爵位仍在,官里也未放诏削除他监国辅政的权力,因此他这一出面,全军震动,没人敢忤逆他的意思。

除此外,他还带着一支剽悍的骑兵队伍来的,人数有五千之多,均是穿着皮甲骑着高马,夜里行军,仿若出入无人之境。

西疆本地军人认得马队的厉害,惊叫道:"乌尔特族!"

那个长久居住在北方冰原中,擅长攻城作战的乌尔特族。传闻从太上皇时期起,他们就是华朝冲锋陷阵的头牌军。

李景卓苦找萧冰未果,一路走向了她的来处乌尔特族中。部族首领感念他的痴心,只得如实相告,萧冰未曾回到冰原。他执意留在乌族等她回,甚至还替她去冰谷底镇守历代族长殓身的冰棺。如果过了大半年之后,使得乌族人完全接纳了他。

李景卓远在华朝疆域外,并非不关心国事。当他打听到朝廷趁幼帝一年祭礼,在京城集结军队时,就察觉到了异情。他不惜以父皇当年施与乌族的恩情来恳求,要求乌族人助他一臂之力。乌族首领实则是佩服萧冰本领的,且对她有愧疚之情,再加上李景卓的身份,经族里一众商议后,他最终决定派出五千精兵辅助李景卓,同时帮李景卓找回萧冰。

李景卓带着骑兵直奔西疆而来,在路上,又遇见苗蜡族残余的妇孺。她们对他说,是听从了师婆的指令,前来投奔冰原上的乌族。他细细问了师婆的情况,看到师婆留下的信物,更加坚信萧冰就在苗蜡族的大寨中。

李景卓的队伍先去了大寨,不见任何人影。他派人去问白木州总兵府,得到李培南被困白木崖的消息,来不及理会白木州与左州的争斗,火速领军赶往白木崖。

花翠在潜入温知返营中后,支开了跟随的兵卒,在山上采摘麻药,美其名曰置办食材。她看到山下来了一队人马,吃不准是哪派人,后来看到打头马队上的锦青龙旗。

大喜过望，滑下山来，堵在李景卓的马前，一五一十说了现今各处的情况，包括李培南的危难，与闵安的交情，甚至还有萧冰夜访司衙的往事等。

李景卓听她说得详细，情知不虚。这半年来，他远离朝廷，对李培南与闵安之间的事情，也早已有所释怀。此刻儿臣有难，不计其余，他与花翠计议定了，让她先回军营迷倒温知返，自己则率队暂避，随后赶到大营见机行事。

到晚上，眼见火势一减，温知返即将攻顶时，李景卓收到了花翠的信号。

他立即带乌族兵进入军营。

满军营的人自然知道他来的目的，可他偏偏不提白木崖一个字，只说府里走失了一名贵客，是幼帝御封的厨子——这会儿兵荒马乱，幼帝又宾天，谁能判断御厨之说是真是假。众人看着他大步走向主帅帐篷，也不便阻拦。

随后的场面确实出乎众人意料，包括李景卓。

温知返衣衫不整地压在一名女子身上，那女子神情委屈，裸露出手腕及腰肢，忍泣不住，一行行泪水无声流下。

李景卓喝令所有人等退出帐外，脸色铁青。他当着朝廷随行官吏之面，数落温知返行为不检，竟敢玷污贵客贞洁，不是被官吏所劝，他几乎要提剑杀了温知返。花翠在帐内哭诉，请求李景卓替她主持公道。大帐内一时乱成一团，李景卓的怒斥、花翠的哭诉、一群官吏的劝解和议论，搅作一团。

药效稍过的温知返在一旁挣扎着坐起，突然大声下令："来人，先绑了镇南王！"

帐外的亲兵们马上冲进来，齐齐围住李景卓。号令传了下去，营中的人马将乌族的数千骑兵队伍围在垓心。

一瞬之间，情势又似要逆转。

花翠穿着温知返的衣袍，将他拖了出来，把匕首搁在他颈上，威胁他收回成令。温知返冷笑："既然你说我要了你的身子，那你就是我的人，怎敢做出吃里爬外的事？"他不怕死，只管要人强攻山顶，并捉拿李景卓一队人。

眼见威胁无效，李景卓迅速退出帐外，与乌族的骑兵会合。温知返的亲兵投鼠忌器，只好眼睁睁地看着镇南王出帐。花翠见李景卓已经脱身，自己毕竟不能就这样杀了闵安的哥哥，长叹一声，扔下刀束手就擒。

乌尔特族凭借高超的马术和卓越的弓箭，偕着李景卓杀出大营，一路退向了山顶，围在了李培南所在的石洞外面。

李景卓一见李培南的面，叹道："父王来迟了，好在能帮你退敌。"李培南却扭过脸，撇向了火把照不到的那边，脖颈露出一截极为白皙的肤色。李景卓细心瞧了一下，突然失声唤道："小冰！"

"李培南"转过头，微微苦笑："果真骗不了王爷。"她的眉眼与李培南生得相近，由于吸食了苗蜡尸毒，容颜停留在二十五六年岁，与李培南年纪差不了多少，再经吴仁巧手一扮，确是第二个李培南无疑。

直到此时，山顶上的人才知道，这几天一直盘桓不去的并不是李培南，而是他的生母萧冰。至于王妃为什么又活了过来，眼前军情紧急之下，他们也不便询问。

李景卓却觉萧冰才是天底下最紧要的人，问她："你怎会在这里？"

萧冰拂落李景卓的手，不紧不慢说道："我代替阿循留在此地吸引火力，他去了京城逼宫，势必要让我顶几天的。"

山下厮杀声渐近，李景卓忙凝神对敌。

这一晚，杀得夜空透了半边亮，连飞禽走兽都动用上了。温知返发动两次进攻后，损失兵力两千，并未攻下山顶。李景卓这方也有伤亡，他们且战且退，避向了另一处崖头。

眼见战况不容乐观时，山下的温知返突然停止了攻击。

拂晓前，温知返突然接到了左州驻守人马的飞信，知道了一个重大军情。近几天两州总兵府混战只是假象，两边各派出一些闲散人马躲在山谷里厮杀嘶喊，蒙蔽山前扎寨等待完战的朝廷军，其余总计十五万兵力已沿左州总兵府地道撤离，赶往了京城。

温知返用心一想，猜出了李培南背后的意图，顿时气急败坏。

李培南原来另有安排，趁着朝廷倾巢而出剿灭他的时候，反守为攻，想办法奔向了京城。

朱家寨人完成了诸多计划之后，已经齐齐退回了闵州，再未留下一个智囊人物善后。他从闵州卫所调来自己的军队，与朝廷人马一起，打算一举攻克李培南，且要置他于死地。如今朝廷的大军倒是赶到了左州，可是京城就放空了，除了羽林卫，再也没有任何抵御的军力。

战局瞬息万变，如今到底是火速赶回京师救援，还是一鼓作气，先平定西疆，灭掉李培南的根据？

温知返在帐中走来走去，心神委实不宁。他猛然想起花翠劝他投降的话，唤亲兵将花翠提来，喝问她，李培南到底有什么计划。

花翠的确不知李培南背后做了什么，她一直以为李培南就在山顶上御敌。"替我松绑，手咯得慌。"她进帐之前，看到军队有拔营之意，先跟温知返拖起了时间。

温知返知她花样多，只松开了部分绳索，将她的双手仍牢牢绑在一起。

花翠啐道："药效已经过了，还这样提防着奴家，奴家好伤心喔。"

直到破晓，温知返都未从没个正形的花翠嘴里问到什么，想来花翠并未与谋，确实不知李培南的计划。他想来想去，终于决定拔寨收兵回京。当下收拾停当，带着花翠一起赶在军队之后，直奔京城而去。余下的一万人马堵在白木崖前，被乌族骑兵一冲击，早就没了心思抵御，纷纷逃散开去。

留在首县、对峙李培南骑兵营的十九万大军听到消息，也拔寨起兵，路上被乌族骑兵袭扰一阵，士气消沉，分成几路向京师而去。

京城，空城。

最先攻进皇宫挟持一众文臣武将的人是非衣。

非衣留在北理国一年，平时训练士兵骑射。他与李培南有约定，待到时机成熟，他需带领从外公手上借来的十万骑兵，再加上原世子府降卒一共十三万人马，夹攻华朝。

李培南早在一年前的犯关之战中，将亲信兵力三万人拱手送与他，其目的就是要他助力成事。

非衣接到李培南的传信，驱动大军赶往华朝，正值华朝人马结集完毕后开赴西疆之时。

华朝皇廷只余三千羽林卫，背后是整座空城，陷入了孤立无援的境地。

非衣先派太上皇在位时的老臣进宫去劝降，再转告羽林卫，不久后就有两支更剽悍的蛮夷军攻来。控到星夜兼程赶来的李家盟军是左州、白木州总兵府时，羽林卫不得不放弃抵抗，纷纷缴械投降。

只因那两支人马，上了战场向来嗜血残忍，车战马战冲杀起来所向披靡，连以前坐镇首县的李培南，都不愿轻易去捋他们的虎须。不久前，两州人马为抢苗蜡族战利物资而厮杀，其剽厉风骨、惨烈战况传回皇廷时，也引得皇廷无端慌乱几分。

如今两州人马，伙同李培南二十万骑兵一齐从西疆涌来，怎能不让京师恐慌。

非衣不费多大力气就收服了整座皇廷，出乎众人意料的是，他并没有拥兵自立为王，而是等着父王及兄长一行人归还。

虽说皇权本就是李家人所放，但真正攻克到朝堂时，非衣却不得不考虑众臣子的颜面。祁连太后见运势已倒，将她新立的傀儡小皇帝留在后宫中，封闭了宫门，打算以死抗争。其余未降的文臣武将，只得层层坐在宫殿外，用肉身结成屏障，也在无声抗议非衣的逆行。

非衣料想到了太后的应对，随军带来了祁连雪。掌灯后，宫苑内外悬挂素纱灯笼，祁连雪屏退随侍，一人进入宫殿面见太后。

太后的容貌瞧着已经衰老不少。盛年失夫、暗慕皇叔芳心空许、幼子夭亡、宫廷倾轧、家族指责……她经历了种种艰难，缺乏能支撑她度过困厄的臂膀，惨淡结局怎能不让她心伤。

聪慧的祁连雪是朵解语花。她在太后寝宫留宿一晚，尽是给太后讲解北理国的趣闻，谈及北理的女子活得自在洒脱，无需背负过多的责任。还有一只只的白熊，会在冰河上游结队走过……

太后最后懂了祁连雪的话，叹道："小雪劝哀家放手，去北理散散心，哀家细心想想，也确实没精力再去角逐权力了，不如依了非衣的意思，退位让贤，去享清福。"

不管是宫廷倾轧导致心倦，还是无力抗争现有的局面，从第二天起，祁连太后就以新帝名义放诏下去，将皇位交付给了镇南王李景卓手上。她听从非衣的安排，带着养子，坐上凤辇悄然移居到一座华丽的庄园中。

非衣不曾亏待她，赠予丰厚财物。再承诺待父王归廷，另有封称及赏赐。

第二个赶回京城的人是李培南。他将两州总兵府人马留在城外，自己的亲随军摆在城门内，手提蚀阳走进皇宫。文武百官一见他冷着眉眼登殿，全都拜倒降服。

温知返带着朝廷残余的人马，共计十八万人堵在京城外，与两州总兵府的军力对峙。花翠在车里拼死劝谏，向温知返细数这场战一旦打下去，即将所引起的种种弊端。

温知返心知乾坤已经易主，朝廷人马心存胆怯，真正打起来，必败无疑。太后、幼帝已退位，他若执意再攻占京城，不仅师出无名，而且显得别有祸心。

大势已去，他没有过多的犹豫，唤副官转交出帅印和令牌，自己带着本部人马返回闵州卫所中，等待朝廷随后的处置。

花翠瞧瞧身后巍峨的京城，拍拍裙上灰，又爬上了温知返的马车。温知返面色倦怠，正掩着书闭目养神，她冲他一笑："你那儿还缺个厨娘吧，我与你同去。回头安子找来，还能认个亲。"

远在西疆白木崖顶的李景卓，听闻宫变已尘埃落定，并不急着赶回京城登基。于他而言，最紧要的人始终是萧冰。

萧冰见大势已定，决定与乌尔特族骑兵一起返回冰原，去完成她的任务——镇守冰棺。李景卓指使乌族兵先行离去，寸步不离守着萧冰，发觉她去意已决，发狠说道："你若走，我又该立谁为太子？"

萧冰像是听到了最为离奇的问题，回头应道："自然是阿循。"

李景卓拉住萧冰的手腕："你虽嫁与我为妻，却从未入过金册，阿循只能算是庶长子。你这一走，待我登基后，天下人只当谢如珠是先皇后，势必只认嫡子非衣，到那时，我又找谁说去？"

"随你心意，我懒得管。"萧冰挣开手腕，头也不回朝山下走去。

山下本有左轻权带兵马驻守，肃清了道路。他先安顿好吴仁、衣久岛、柔然等一行人，正等着王爷起驾回宫，却不经意发现，在旁边的影影绰绰的树丛之后，王爷正强搂住王妃的身子，低头在她耳边说着什么。

左轻权低咳了声，唤道："列队！行军一里！"

萧冰不愿在众多耳目之下与李景卓纠缠，他能抛却堂堂王爷之尊，她还想给李培南留点颜面。她拗不过他的缠劲，拂落他的手，低头钻进他的马车中。

李景卓自然是欢喜异常，登上马车，不断叫随从备好各种物什，亲自动手服侍萧冰。她那梳作男人的发髻被他打散，她不在意地凭窗披发坐着，他就软语哄她低头，好让他替她梳出发辫。他绞了帕子给她擦脸，替她宽衣，终于将她收拾成他记忆中的"小冰"模样。

萧冰不胜其烦，几次想翻窗逃走，都被李景卓不顾体统地抱住。他将她看得极紧，一路平安抵达皇宫。

宫内翠华仪仗、金钟龙鼓、文武百官、皇子王孙依次排列，等待着新皇入主宫廷。

李景卓紧执萧冰之手，走向了金漆龙椅。顿时，宫廷内外山呼万岁。他回头看着她，眉眼带尽温柔，凝声道："只可惜父皇不在场，我要他知道，你始终是我的妻子。这天下，我只要你一人。"

萧冰淡然伫立，只将目光投向了丹墀之下的李培南。李培南穿玄衣饰朱纬，映得眉目如墨，一身合乎礼制的皇子装扮，将他衬得更加光彩照人。

他似乎在聆听礼乐鼓声，面容一如既往的冷淡。

相比之下，站在大殿门前观礼的衣久岛和柔然就显得高兴多了。她们牵着手，一直抿嘴笑个不停。

俗话说知子莫如母，萧冰扫了一眼全场，就知道李培南的心事。

据哨铺回传，闵安、温什、小朱及朱家寨幕后首脑人物朱佑成都不见了，似乎凭空消失了一般，朝廷严令各关津要道彻查通行之人，都不见有异情禀告上来。

闵安就这样不见了，李培南一时无法可想，只有多派人手四处打探。

入朝后，需他处置的问题更多了。最棘手的事是妥善安排两州总兵府人马，既不能强硬接收，也不能放任他们回去继续独大一方。

眼下，最为简便的方法就是与两州总兵府结姻亲，再封以重爵，间接地辖制总兵势力。

可是连萧冰都懂得，李培南不会有联姻的心思。

李培南先留两州总兵府的小姐在皇宫做客，待以公主之礼。较之柔然，衣久岛与李培南素来交情好，性子也爽朗些，她明白李培南的心意，从来不提结亲之事，还劝动父亲交出了一半兵力归附西疆首县兵营。白木州势力一旦分化后，李培南果然送衣久岛回到总兵府，并赠予了大量物资及钱银。

对于温知返，朝廷下诏赦免前罪，令他镇守闵州卫所，警惕海防，算是既往不咎了。

柔然失去了衣久岛的伴同，天天要与李培南在一起游玩，即便是李培南入官辅助政事也不例外。

夜里，李培南待柔然睡着，从她寝宫内退出来，走向暖殿。

萧冰披着一身月色站在桂花树下，待李培南走近，就说道："陛下拿金册地位胁迫我留在宫里，可我过惯了闲云野鹤的日子，留在这里万般不自在。我若走，陛下不能立你为太子,你是否怪我狠心?"

李培南回道:"宫里规矩多,讲究掣肘权衡,束缚人久了,性情就会冷僻。娘亲一走,父皇无心处置国事,朝政一旦动荡,最后殃及万千子民,娘亲在哪儿都不会待得心安。"

萧冰沉默良久,终究不再多说一句话,走回了正殿之中,陪伴李景卓批阅奏章。

半年后,华朝国运亨通,政局安稳,民生吏治军政诸事各有起色。

李景卓唤非衣进宫,提出祁连家族有意请婚之事,询问非衣意见。非衣思前想后,应付了婚事,愿意继续照顾祁连雪。随后,宫廷为两人举行盛大婚礼,非衣夫妇搬进宫中,举案齐眉比肩相亲,成为万千家庭表率。

柔然见祁连雪成了婚事,羡慕不已,向李培南提出后继效仿之意。李培南待她一如往常亲厚,应她万般要求,唯独不涉及婚事,更是阻止她传书回去催促父亲请婚。

柔然生了一阵子闷气,终究小孩儿心性,过后依旧听从李培南的主张,再也不提婚事。她即使驽钝,经过半年,也看得出来李培南将她供奉得好好的,丝毫不带一点男女私情。她本想询问缘由,可转念一想,只要他待她好就足够,于是作罢。

李培南调令亲军、哨铺找寻闵安的踪迹,听闻闵州卫所里的温知返要成亲时,还一度赶赴到场。

可是闵安依然没有出现。

温知返在海边历练半年,也被花翠纠缠了半年,终于被她降服,请来吴仁,替他们主婚。

花翠满脸喜庆,笑着对吴仁说:"这桩婚事划算,离了安子,每天还能看见与她一样的脸,也能称心如意。"

吴仁却面有忧色,怏怏道:"就是不知我家安子去了哪里,过得可好。"

花翠连忙说些贴心话劝慰吴仁,吴仁逐渐心安。

李培南未见到闵安,无心久待,对温知返勉励几句,就带着锦衣骑兵队离开了。

花翠更是高兴了,扭腰走到温知返面前邀功,声称当初听信了她的话,才使得他不失颜面收场。她高兴过了,又想起该为闵安打抱不平,跑去问吴仁:

"殿下一直留着柔然不送走,是个什么意思?他没想过吗,只要柔然在宫里,安子哪肯回?"

吴仁叹道:"殿下借了格龙兵力平息西疆之乱,夺占宫廷,自然要亲抚厚待柔然。再说了,柔然自出生后就有不足之症,我把过她的脉,活不过十七岁。"

花翠恍然,立刻明白早在西疆时,李培南对柔然百依百顺的原因了。

冬初来临,吴仁嫁出了花翠,了却一桩心事,终因家族病症发作,他带着未见到闵安的遗憾,离开了人世。花翠虽有心理准备,知道老爹的病症是个隐患,可亲手送走老爹,她又万般舍不得。最后,温知返安置好哭得昏厥的花翠,依照吴仁心愿,将他骨灰撒入闵州海水里。

与闵州一海之隔的东方,有一座四季如春的岛屿,终日有冬青树、海潮为伴。

岛屿中心修建了一座巍峨庄园,大理石筑基烘托出主楼气吞八荒的气概。山庄静寂无声,是一处绝佳的清修地,岛上居民鲜少去打扰它的安宁。

半年前,海潮卷发风暴,将一条盐运铁船吸进乌云后的断口,给岛屿送进来四名不速之客。

三男一女。

一个朱家老爷,一个朱家公子,一个昏迷的新媳妇,还有一个年纪十七八岁的傻小子。

初登海岛的人,都可看出此处是一方世外桃源。岛上居民各司其事,生活井然有序。

朱家老爷面善,言谈温和,很快打听到这座海岛就叫作无名岛,长居于此地的村民大多姓谢,因而岛上唯一一所村镇被称为谢家村。

朱老爷带着家人登岛,租了一座院子住了下来。他与儿子在村学里授课,见识颇丰,所讲内容广涉趣事,很得孩子们的喜爱。家里的媳妇却有些郁郁,整天站在海边等待海潮来临,顺便看管傻小子捕鱼。

小朱曾向谢家村出示珍藏的婚书,上面写明了他与闵安的名字,便可证明闵安是他的妻子。闵安细心一想,才知被小朱钻了空子——她曾在牧野郡与朱沐嗣成亲,后被阻,婚书却是留在了朱沐嗣手里,换个地方,白纸红字还是见效的。

兴致怏怏的闵安搬到偏房自行居住,也不再争辩,平时有话要传时,总托温什跑两边。温什乐意与他的爹娘住在一起,每天笑得快活。

小朱遵循闵安的一切心意，从不勉强她，晨昏定省，也不缺漏。

冬去春来，海岛不起风暴，也无过往船只。

渡口岸边生长着一株粉云霞蔚般的杏树，花朵灼灼，煞是耀眼。闵安走过时，曾看见一道白袍身影坐在树下石座上，身姿峻挺，在观望海潮。

她站在树后看海，日复一日期待风暴再临。后来她听人说，那男子就是归隐的太上皇，她心下一揪，不敢再去渡口。

她记得幼时曾来过这个地方，如今再看，沙地绿树边都有熟悉的痕迹。

当时她才五岁，随爷爷登岛拜访太皇太后，爷爷去书馆修史，她一人跑去海滩玩沙。可能是她长得喜庆，又落了单，太皇太后就叫非衣来陪她……

往事豁然明朗了起来。

五岁的闵安穿着杏黄衫子，头上顶着两个绿锦带扎的元宝髻，玩得不亦乐乎。七岁的非衣极不情愿地走到她跟前，见她的手臂像是藕节一样，胖乎乎的挤出几道褶子，用雪帕擦了她的手，说道："脏呢，快起来。"

闵安抬头冲非衣一笑，包子脸挂着两个小酒窝，甜得发腻。非衣呆了一呆，她就用胖手抓了一把泥沙塞进小瓷杯口，拍紧实了，说道："我的包子，送你。"

非衣退开一步，低头瞧着海沙拍成的土包子，低声说："还是你自己留着吧。"

不远处还有一个翩翩少年郎，是十二岁的李培南。他负手而立，看着海潮起伏，被更加广阔的天地牵引了心思，并未去看沙滩边的动静。

闵安蹲得久了，腿根有些发麻，蹒跚走到李培南身边时，可是费了一番力气的。她用沙手拽了拽李培南的衣摆，扯得他回头来看，清清亮亮地说道："我的包子，送你。"

李培南接过已辨认不出原形的瓷杯包子，随手丢进海里，又从袖子里摸出一把猎鹿用的小刀，塞进闵安手里，冷淡说道："一个'包子'换一把好刀，值了。一边玩去。"

闵安握着小刀，用力拽了拽李培南的衣服："我的，我的？"

"包子吗？"

"我的包子……"

"丢了。"

"丢了……"

"这多话，一边玩去，别耽误我看海潮。"

小小的她拉着李培南的衣摆不放手,也去看着蓝汪汪的海水,嘟哝道:"我的。"

回想到这里,闵安忍不住捂面哭泣。原来很小的时候,她就选择了李培南。可是现在的他,为什么不来找她?

"明年初冬十五,无论闵安在何处,我必来迎娶之。"

左州清冷又悠长的小道上,李培南发下了誓言。

言犹在耳,婚期将至,他却没有出现。

海岛与世隔绝,闵安并不知道华朝的消息,更不用提李培南的动静。她每天等待着离岛的机会。

秋季来临,冬青树不减绿意,久违的雨水终于滴滴答答落了下来。

宅院屋檐下,摆起了茶具与泥炉,雨帘挂在空中,遮挡了乌云沉意。

朱佑成抬头看天,淡淡道:"你可知道,我们并未输。"

小朱安然斟茶,动作不慌不忙。

"下雨就预示着海潮来临,不久之后,华朝那边的信使就能登上岛来,我们的身份又能瞒到几时?我们来了这么久,太上皇想必早已知道我们,只要跟华朝的信使一对照……"

朱佑成笑道:"我说的不是这一桩事。"

小朱奉茶,恭敬道:"依父亲的意思,还有其他的安排?"

朱佑成站起身来,背手看向沉沉雨幕,说道:"十五年前,先皇囫囵判处闵家弹劾案,斩了一批老臣,我那时便看出华朝吏治混乱,势必会影响后代。我怕落得和闵家公一样的下场,先发制人,安插了一些朱家寨的子弟去紧要人物身边,希望在日后能助我一臂之力。双双跟着王妃,你去县学读书,结交官家子弟,还有一名两岁女童,被我送到了祁连家,至今无人知道她本名是朱妙儿。"

小朱一怔,道:"父亲所说的可是祁连雪?"

朱佑成点头道:"如今她已婚配楚南王的次子,诞下的子嗣,仍是朱家寨血脉,到了适当时候,老一辈的人请她认祖归宗,她还能拒绝吗?"

小朱苦笑道:"这怕是朱家寨即将倾覆之际,唯一留下的好消息吧。"

朱佑成未答,沉默地看向海上。眼看秋雨越下越大,乌云盘桓得沉厚,他知道自己的时限也快到头了。

朱佑成在茶水中注入剧毒,向小朱说了最后一句:"生为朱家人,必担身后事,别怨爹爹。"最后从容饮完,坐毙于竹椅中。

小朱将父亲的尸身搬到凉席上放好,盖上了白帕。闪安一直抗拒再见他,他的心底徒留苦涩,却无怨恨。他从老天爷那里多借了快一年的时间,能与闪安团聚,心里已知足。

闪安从海边唤回了钓鱼的温什,带着他一起走回民院。

雨水滴答有声,挂一帘朦胧烟雾,从檐下看,院中的冬青树更加挺拔。

小朱斟了一杯茶,向走进竹门的闪安抬了抬手,笑道:"冬青坚韧,涉青阳不增其华,历玄英不减其翠,来年再看,望你记得他。"他当着闪安的面从容喝完茶水,然后起身关上门,再也不见出来。

温什摸进门讨要米果吃,摇晃着小朱的身子没有反应,最后他终于明白了什么,啊的一声大哭了起来。闪安闻声赶过来,看到小朱安然的面容,眼泪不禁掉下。

她与他的结局,只能如此。

闪安火化了两具尸身,将骨灰撒向海里。

此时风暴已平息,一艘金漆龙舟破开晚云,昂然驶向渡口。

闪安站在岸边杏树下,心想,总算能回华朝了。十二对翠华仪仗先行下船,列在渡口,随后手握朝天镫的侍卫肃清了道路,等待龙舟上的人下来。

宫灯盈盈,照着一个挺拔的身影。他穿玄衣束白玉绅带,袖口五色章纹随风飞起,彰显了与众不同的地位。

闪安看清了降阶而下的人影,怔忡未动,倒是旁边的温什嚷了句:"爹——扇子——"

他还记得曾应爹爹之请,塞给这人一把扇子。

李培南闻声看过来,展颜笑道:"总算找到你了。"

闪安咬了咬唇,转头就走。李培南唤随从先去岛上庄园向太上皇请安,自己追随闪安而去。

闪安察觉到了身后有人,闷声闷气地问:"你终于舍得来了?是不是又忙着陪哪位小姐去了?"

李培南抓住闪安的手,不放她逃脱,软语说道:"近一年不起海潮,我想来也来不了。宫里的一切事已处置好,不会再分我心神,你随我回去吧。"

闪安上下打量李培南一眼,问:"按照衣制——你现在是太子?"

李培南笑道："不是太子，是你夫君。"

"回华朝之后就是太子。"

李培南听出了弦外之音，问道："你难道不想回去？"

闵安低头道："在这岛上，你是我一个人的。回去后，宫里规矩多，美人也多，你就不能专心了。"

李培南搂住闵安的身子，轻笑道："我来一趟岛上，怎能空手而归。我会求得皇爷爷写道手谕，规定我只能娶你一人，将你纳入李家金册，父皇就不能再勉强我再娶了。"

"那你的心意呢？可愿意是这样的？不是被我逼迫的吧？"

李培南吻了吻她的脸："傻瓜，一个你就足够我费神了。"

闵安摇了摇他的手，笑问："你还记得这里吗？我们小时曾见过面，我还对你说了一句话。"

李培南笑了笑，不答话。

闵安不悦地皱起眉毛，嗔道："难不成只我记得，你又给忘了？"

李培南将她搂进怀里，说道："'我的。'"